日本小説技術史

渡部直己

新潮社版

小説の手法の分析は、これまでおおっぴらになされた試しがほとんどない。このように永いあいだ保留されてきたわけは、ほかの諸ジャンルが優先してきたからである。だが根本的な理由は、小説の技巧がほとんど解き難いまでに複雑であって、その織りなす綾をとりだすことが困難だからなのである。(…)そこで、これから行なう模索には、いささかの忍耐をもって接してもらいたい。

J・L・ボルヘス

日本小説技術史　目次

凡例

1 引用文中の傍点は、注記なき場合はすべて引用者に依る。
2 原則として、引用文中の旧漢字は新字に改め、よみがな、圏点類は省略した。
3 引用文中の難読漢字には引用者に依るよみがなを（ ）で示した。
4 引用作品は原則として雑誌初出時を示し、必要に応じ単行本刊行年を代用した。
5 外国文献は本文中では原著の初出時を記入し、訳書の書誌は巻末引用註に示した。
6 引用註にあたっては、出典参照が比較的容易なものには薄く、難いとおもわれるものには厚く処置した。

日本小説技術史

序文 「日本小説技術史」にむけて

1

坪内逍遥『小説神髄』（一八八五年〜八六年）から横光利一「純粋小説論」（一九三五年）まで。——内実や影響力の差こそあれ、いずれも画期的な二つの小説理論のあいだにはちょうど半世紀にあたる時間が流れてあり、おおむねその時間の経過にそった九つの章を通して、本書は数々の小説作品を論じている。それゆえ、これもまたすでに山ほどある「日本近代文学史」の、十二分に季節はずれな一著と目されようし、事実、目次を一瞥されるだけで明らかなように、主要対象の選択においても、この国の「文学史」なるものに久しく尊重されてきた作家や作品に多くが傾いている。各種のトピックについても、教科書的および専門的な復習をさほど怠ってはいない。いくつかの局面では、かなり真摯に研究者ふうの文言が書きこまれてさえいる。個々の対象にかんする主たる先行論評も、そのつど、可能なかぎり広く参照し、必要に応じて引用し、検討を加えてある。しかじかの作品傾向の総称やトピックの名称として定着した慣用語も、律儀にそのまま踏襲している。そうした意味にかぎるなら、書物の輪郭としては定石どおり——実質的な起点を曲亭馬琴に求めることを除けば——本書はほとんど何も変えていないといってもよい。だが、ここで何も変えていないのは、逆に、ほとんどすべてを変えるためであり、その転倒のかなめが、技術の一語にほかならない。これについては、従来の「日本近代文学史」は、何ひとつまともには語ってこなかったからだ。しかし、小説から技術を抜き去ったら、一体どれほどのものが残るというのだろう!?

試みに、手許の類書をひもといてみるとよい。書き手が誰であれ、つまり、視界の明暗も、論証力の強弱も文章の巧拙も問わず、そこに主景化されつづけているのは、多様な作品に「反映」され「表現」された人物たちの「内面」の、作家の個性や時代の性格に応じた特徴や変化といったものである。

　小説の主脳は人情なり、世態風俗これに次ぐ。

『小説神髄』に冠たるこの指令に一貫して忠実なのは、作家たちであるより、むしろ「近代文学史」の書き手たちのほうなのだ。何よりまず、そこに描かれた「人情」(＝「内面」)に焦点をあわせ、次いで、もろもろの作中人物たちを取り巻く「世態風俗」に応分の視線を注ぎ添える。そうした傾向にたいして異が唱えられなかったわけではない。近年なら、「カルチュラル・スタディーズ」と総称される読解姿勢などがそれに当たる。社会学、経済学をはじめとする人文系の多様な知見とともに、外部条件に大きな重点を置いて作品に接するというその視界の数々が、まったく無駄だとはいわない。興味深い書物も散見する。だが、それらの大半もまた、対象作品に「反映」され「表現」された文化としての「世態風俗」を見出しているにすぎぬという意味では、

「人情」派とさして変わりはしない。両者はともに、作家たちが現になしていることには、ほとんど関心を示さぬ点において共通しているからだ。

では、何事かを「反映」も「表現」もしない当の作家たちは、そこで何をしていたのか？　筆を執ってたんに書いていたのだ。言い換えれば、言葉として何ものかを創りだしていたのである。奏効の強弱は措き、すべては創出である。その事実が個々の作家たちに促し、もしくは強いてきたいくつもの達成や失態、喜悦や苦痛、果断や妥協や逡巡。このとき、「反映」「表現」といった語彙は、すべてが創出であるというこの事実に近ぢかと由来するいわば過酷な僥倖を、いたって曖昧にやり過ごすための（しばしば怠慢に抽象的な）符牒と化す。たとえそこに、何事かが「反映」され「表現」されているという印象が生ずるとしても、それもまた、創出のいわば事後的な効果にほかならない。そして、それが創出である以上、真っ先に問われるべきは、その形式的な諸相、すなわち、日本小説が用いてきたさまざまな技術だというのが、本書に一貫する判断となる。技術を伴わぬ創出など、そもそも語義矛盾であるからだ。現に、小説はいまも（？）、「芸術《アート》」（＝「技芸」）の一領域と目されているではないか。ごく一般的な話として、ソルフェージュも上げていない弾き手によるピアノ・コンサートや、デッサンも知らぬ描き手の展覧会といったものを想像してみるがよい。

したがって、「なぜ技術なのか？」という問いにたいしては、「技術以外の何が小説にあるのか？」といった反問を復誦せざるをえないのだが、反問はしかし、人々のいだく思考や心理や感覚や欲望、時代や社会などを無視するという意味では毛頭ない。そうしたものが言葉の領分に招致されるとき、それらはいかなる技術を要請し、どういった技術と抵触するかといったポイントは、この場でむしろ積極的に問われるだろう。それじたいが形式的な機能をおびて作品内に場所を持つ＝生起する（avoir lieu／take place）「内面」といった観点などが、そのひとつである。あるいは、およそ技術とは無縁にみえる力として、生きることと書くこととの紐帯を不意に横ぎる出来事の生彩といったものがある。これにたいしても、本書はいくつかのくだりで指さしもするが、それとてやはり、技術的なものを追いつづけるがゆえの事件として見出すものである。事件は、ここでも、小説という名の現場でしか起こらぬのだ。

つまりは、言葉から言葉へと書かれ（読まれ）ゆくその現場に可能なかぎり近づくこと。これを旨とする以上、本書の論述がときに具体の細微にまでいたる点は、あらかじめ寛恕を請うておきたいとおもう。具体性を欠いた技術というのもまた、語義矛盾の最たるものであるからだ。ゆえに、本書の読者、わけても作品分析の（ある場合ほとんど無慈悲な）細かさにあまりなじみのない人々には、扉語に借りた言葉どおり「これから行なう模索には、いささかの忍耐をもって接してもらいたい」と願うよりほかにない……とはいえ、これだけでは無愛想にすぎるかもしれない。よって、その「忍耐」を少しでも和らげるために、以下には、各章の主だった表情を一筆書きに略記しておくことにするが、日頃より具体的なものの力動に親しみ、また、批評文を小説のように読む術を心得ている向きには逆に、以下はむろん、あらでもな文言に類する。目次と上記のみですでに十分、このまま本文に移るという選択もまた、とうぜんの見識である。

本書中もっとも長い第一章には、『小説神髄』をめぐるいくぶん硬質に原論的な理筋をふくめ、次元を異にする複数の事柄が一気呵成に捻じこまれている。このため、やや煩瑣・難解の感を否めぬ人々もあろうかとおもう。だが、そうした読者にも、本章の主要なラインとして、馬琴に発する小説技術の猛威が（明治十年代の数々の類例を経由して）逍遥の実作『当世書生気質』『妹と背かゞみ』と尾崎紅葉の『金色夜叉』になまなまと取り憑くさまが語られてあることは、容易に理解できよう。理解に資して、論述は、小説技術にかんする本邦初の実践指標といってよい馬琴の「稗史七則」の意義と、『南総里見八犬伝』の分析に少なからぬ言葉を費やしている。「稗史七則」とは、「一に主客、二に伏線、三に襯染《しんせん》、四に照応、五に反対、六に省筆、七に隠微」をいう。詳細は本文に委ねるが、この箇所の論述が強く着目を促すのは、「省筆」中の一技法としてその活用が求められている「偸聞《たちきゝ》」である。活用というより、濫用に近い頻度で馬琴の人物たちに強いられるその仕草が、作中にいかなる組成力を示し、書き手のいかなる欲望を肯うか？　この点を逍遥の実作に引き継いだうえで、さらに尾崎紅葉の『金色夜叉』を召喚する論述は、そこでは、「七則」にいう「照応」と「反対」、すなわち、それぞれ類似性と反対性とを媒介に、互いに懸け離れた場所に描かれた二つの場面や人物たちが導き入れる「対」の組成力に目をむけることになる。「偸聞《たちきゝ》」の場合と同様、この対偶化もまた、いわゆる「御都合主義」的に作品を主導する。馬琴や逍遥の人物たちが、物語の展開にとっては、偶然いかにも「都合」よく何事かを立ち聞き（あるいは覗き見）するように、紅葉作の主人公・間貫一の前にあらわれる人物たちはしきりと「対」をなすわけだが、これらはしかし、「主義」ではなく、作品の長さを支えるに不可欠な歴然たる二種の構成技術である。

　理論上は見事に葬られたはずの「馬琴の死霊」（坪内逍遥）が、そのようにしていかに強く、逍遥と紅葉の筆を縛り付けていたか？　本章にあって、その呪縛はさらに、逍遥の小説断念、紅葉における『金色夜叉』中絶の最深部にまで見出されることになるだろう。

　第二章の前半部にみる二葉亭四迷の『浮雲』は、旧来の「近代文学史」であれば、「言文一致」の問題とともに、ほんらい書物の冒頭に揚々と掲げられるべきものである。だが、「近代的自我」なる話題にも、B・アンダーソンのいう「国民国家」と「俗語革命」の紐帯にも――それらの議論がいきおい観念的な抽象に傾ぎがちであるという理由から――積極的な位置を与えぬ本書におき、『浮雲』が貴重なのは、まず、前章にみるごとく、個々の作品の要所要所はどれもこれも二流、三流の馬琴が書いているといって過言でない時期にあって、きわめて例外的に、馬琴の技術から自由な作品風土を一気に切り開いてみせた点にある。これは同時に、作品そのものの基盤たる「読者」との関係に発する新たな創造性の開拓を意味している。具体的には、三人称多元視界による焦点移動のまぎれもなく斬新な達成が、そこで中心的に論じられることになるが、論述はさらに、みずから開拓した新技術それじたいによって暗礁に乗り上げてしまう点に、『浮雲』の中断事由を求めることになる。二葉亭は、当時に並はずれたその小説技術にかけて、いかにも見事に、失敗することに成功した作家であったというのが、論述のかなめとなる。

　対して、『舞姫』をふくむ「ドイツ三部作」の森鷗外は、きわめて用意周到に、はじめから成功するつもりで現に成功した書き手であった。それが、日本小説の新技術たる「一人称」の特性をふまえた後半部の要点となる。学校教育にいう「主題」すなわち作品の中心部にむけて、諸細部をたくみに統御し管理する作者の手際を「官吏」的能力と呼びながら、論述はたとえば、『舞姫』にみるそのあざやかな成果のひとつとして、さりげない比喩が、作品全体を隈なく律するさまなどを強調することになるだろう。

第三章は、『大つごもり』以降、わずか十数ヶ月間に次々と書き上げられた名作群に接する誰もが禁じえない問いを中心に展開する。あるとき急に鬱ぎこむ『たけくらべ』の美登利をはじめ、樋口一葉の描く女性たちは、いくつもの作品の切所で、なぜああして、何の前触れもなく心変わりし、高ぶり、だしぬけな振る舞いにおよぶのか？　その理由がまったく、あるいはほとんど「説明」されぬまま、出来事のみが素早く変転してしまう。心理や状況にかんする因果関係を冴えざえと切断するその筆つきが、文字どおり「奇蹟」的としか呼びようのない生気をおびる作品風土にあっては、つまり、馬琴このかた、男の書き手たちが都合よく酷使しつづける「偶然」を、その根底からたじろがせるような「突然」の強度が煌めきやまない。冒頭部にやはり馬琴による一則（「襯染《しんせん》」）を呼び寄せたうえで、草稿段階とのきわめて興味深い異同のいくつかを確かめながら、固唾を呑んでその煌めきをたどる論述は、最後に、『浮雲』とは別のかたちで「読者」との稀有の関係を取りむすぶ一作品に説きおよぶことになるだろう。

第四章は、日本版「自然主義文学」の先蹤と典型をなす四人の作家たちの代表作を順にたどって、分量としては第一章に伍するが、さほど労せずに読みたどれるかとおもう。論述があげて、〈自然〉と〈物語〉とのいくつかの関係に費やされているからである。独歩と藤村においては通常の意味での「自然」を、花袋と泡鳴の言にしたがって、いわば第二の「自然」としての性欲（および、その対象たる女性）へと転ずるあたりから、理路に多少の綾がつく程度である。独歩においては、自然描写なる技術の原理的側面を確認しながら、その描写「量」と作中人物らの「運命」とのかかわりが説かれている。藤村の『破戒』の〈物語〉にはむろん、旧来の「近代文学史」における最大のトピックのひとつ、「内面」の「告白」という要素がふくまれているが、ここでは、その「内面」なるものが、同じく自然描写とどのような関係を結び（あぐね）、他の虚構要素とのあいだでいかなる場所に位置するかといったことが、「内面」機能なる用語のもとに論じられている。そこで強調される〈場所を持つ＝生起する〉という命題は、花袋の『蒲団』の中心にも引き継がれ、ひとりの女弟子にたいする主人公のさらに露骨な「内面」性につき、そのテクスチュアルな特性が見出されている。最後の泡鳴の「五部作」にかんして、新たに、主人公の欲望のかたちと、日本小説史上まさに画期的な新技術たる「三人称一元」視界との必然的な紐帯に着目することになる論述は、併せて、そうした斬新な紐帯をまってはじめて、花袋や泡鳴当人によって遠く置き棄てられていた本来の「自然」が、意想外のかたちで再帰してくるさまに、驚きを隠せぬことになるだろう。

第五章の夏目漱石に「フォルマリズム」の名を寄せるのは、本書の独創ではない。同じ用語とともに、たとえば、彼の『文学論』を読む人々がすでに存在するからだ。だが、漱石は、『文学論』のいくつかの箇所で、小説や詩の「形式」を分析・分類しているにすぎない。他方、その実作にはまぎれもなく、「形式の自覚が小説の内容をも作りだしている」ような事態（シクロフスキー）が随所に認められる。この点への注目をいくつかの方向から促す本章は、やがて、『行人』と『道草』における二組の夫婦の、その対蹠的な関係に眼をむけながら、一葉の場合と同じく、ただし、大方にはあまり発せられたことのない問いに集中する。すなわち、漱石の作品風土にあって、女性たちはなぜ、ああもたやすく傍らの男たちの「心」を読み取ってしまうのか？　同じポイントは最終部の『明暗』論にも引き継がれるが、その箇所では新たに、針小棒大な心理描写の倦むこともない反復をはらんで遅々として進まぬ物語という作品の特徴が注目される。論述はそのうえで、漱石晩年のこの未完長編のうちに、今日の書き手たちも陥りがちなという意味で、一種教訓的な失態を見出すことになるだろう。

第六章に扱う志賀直哉と徳田秋声は、一般には、「私小説」作家の最高峰と目されている。その表看板にかけて、彼らは、技術的なものとはもっとも無縁な書き手と思われがちであり、現に、小林秀雄などは早々に、志賀の「眺める諸風景が表現そのものなのである」といった啖呵を切っている。だが、問題はやはり、「眼」ではなく「手」に求められなければならない。しかも、ある意味では世界文学レヴェルの斬新な手際として。『城の崎にて』などの短編作品と『和解』を対象とした前半部では、この点が、その草稿類の検討なども通して示されてゆく。秋声の『足迹』『黴』『爛』『あらくれ』を主な対象とする後半部では、同じく「前衛」的な手際として、その時間処理の異様きわまりない特性と、事物にたいする細部描写との関係が論じられる。そのうえで、『あらくれ』の分析箇所においては、秋声の描いた最高の女性といってよい主人公・お島が、ついには、秋声的作品風土そのものに抗うかたちで、従前の役割を変えた事物たちのなかに息づきながら、あざやかな生彩を発するさまが語られることになるだろう。

第七章において、芥川龍之介を主軸に、佐藤春夫と谷崎潤一郎を配し、いわゆる「大正モダニズム文学」の技術的核心部を扱う論述は、当時好んで用いられた語りの手法（「信頼のおけぬ話者」「メタ・フィクション」）と虚構要素（「探偵」「分身」）との関係を、E・A・ポーの諸作品ともに検討することにその前半部を費やしている。後半部では、芥川にあってほとんど顧みられることのない一作品を遺作『歯車』へと繋ぎ渡しながら、そこに持ちこまれた喩法の、ほとんど戦慄的な側面を見出すことになる。第二章の『舞姫』の核心部に指摘したものは、隠喩の組成力であったのにたいし、ここでは、「換喩の亡霊化」という事態が強調されることになる。小説における比喩はたんなる修辞ではない。そこに選ばれたひとつの比喩が、ごく稀な事態とはいえ、ある場合、事後の出来事や、作品の帰趨そのものにまで作用する。そうした稀少例のほとんどが隠喩に託されてあるのにたいし、芥川の痛ましくも鋭利《テクスチユアル》な知性は、これを換喩のうちに求めている。どこか涙ながらにといった表情を隠さぬこの論述箇所には、自死した作家への一種の香典として、同時期のライバル、谷崎潤一郎の別途やはり換喩的な小説『人面疽《じんめんそ》』が添えられてくるだろう。

　第八章では、その谷崎のいわゆる「古典回帰」とされる作品と、森鷗外の「史伝」の世界との比較が、大きなポイントとなる。論述は、当時「本格小説」と呼ばれた作品形態じたいへの異和において共通する両作家の姿勢に着目を促したうえで、先に鷗外を扱う。一般には、彼の「歴史小説」に見え隠れする作為性が、『渋江抽斎』にいたりきれいに一掃されたと目されている。これに異を唱える論述は、世界にたいする同じ除菌的な手さばきが、前者から後者へと周到に洗練されてくるさまに焦点を絞りこむ。これにたいし、排除の観念とはまるで無縁な谷崎による『吉野葛』と『蘆刈』を取り上げた後半部では、叙述（語り方）の特性と虚構（語られたもの）の色調とが互いに入り混じりながら、谷崎その人であるかのような作品を創出するさまが見出される。そのさい、『蘆刈』の末尾を横断する無意識のテクスチュアリティーに一驚を禁じえぬ論述は、最後に再び鷗外の「史伝」に戻りながら、そこでもまた、遺作『北条霞亭』に隠れようもない無意識と打ち重なる偶然とに驚き、かたがた、「文は人なり」という古びた言葉にたいする新鮮な共感を覚えることになるだろう。

第九章は、その大半を横光利一の作品世界に費やしている。プロレタリア文学との「格闘」ぶりから始まる論述は、次いで、彼のいわゆる「新感覚的な経営」、すなわち、突飛な比喩、事物の矢継ぎ早な列挙、列挙における非連続な飛躍、心理の断片化といった技法が、それらによって描かれる出来事や人物たちとのあいだに示す関係（および、関係の変化）を初期作品から『花園の思想』『上海』にむけ指摘したうえで、『機械』に集中する。巷間「新感覚」から「心理主義」への不意の転換を示した名作と目されるその一編に見出されるのは、しかし、主人公の「心理」の純粋にメカニカルな機能である。そのあざやかな作動ぶりに近ぢかと眼を凝らしたのち、本章は、同時期の尾崎翠『第七官界彷徨』を招致する。「第七官界」とは何か？　同じ「接触」の主題を分かちあいながらも、「機械」としての「心理」が媒介する横光作とは異なった生彩を放つ作品を「仕草の宝典」と呼ぶ論述は、その問いにむかうことになる。

尾崎翠の短いエッセーによまれる驚異的な一行とともに、この問いに答えた後、二人の書き手のその後へと移る論述は、最後に、横光の「純粋小説論」のうちに、冒頭章に縷説した『小説神髄』の一種の回帰を見出しながら、馬琴「稗史七則」から数えるなら「一八三五年―一九三五年」、『小説神髄』からなら「一八八五年―一九三五年」、いずれにせよ、そうした年号的な副題を持つことも可能となる本書全体の結語にいたるだろう。

3

右の走り書きからも察せられるとおり、本書全体には、次元を異にする多くのポイントが随時に主景化されている。むろん、書物に繰りかえされる基本的な観点というものはある。作品を〈叙述／虚構〉の相関関係のうちに捉えること、焦点化技術にたえず意を払うこと、描かれたものや、描き方における近さと長さといった量が質に転ずる局面に着目することなどが、それにあたろうが、これらとてすべてを主導するわけではない。第一章の原論部にみる逍遥の用語にしたがうなら、本書全体にはつまり、「脈絡通徹」といった趣が稀薄である。個々の章は、それぞれ応分のまとまりのうちに「脈絡」を通してはいるものの、いくつもの章を一定の方向へむけて導くような太い筋は存在しない。遠望して強いてそれを求めるなら、人々が「明治文学」と呼ぶ射程に重なる第四章までが、辛うじて一応の連絡をなしているくらいである。馬琴「稗史七則」への連続的な参照がそのかなめとなり、主に長編作品に顕著な変化として、小説の長さを講ずるにあたり、「自然主義文学」にいたってようやく「馬琴の死霊」が鎮まるといった展望が、そこにひとつ得られようが、本書はしかし、この種の展望をいくつも開き重ね相互にしかと繋ぎあわせることに、さほど固執していない。たとえば、とある小説技術が時代とともに変化するさまを、それとして丁寧にたどってゆくわけではないのだ。そうした変化は、別々の章に取り上げられる同じ技術に着目しさえすれば、おのずと看取されうるからである。その意味では、通史の名にいっそうつきづきしい「日本小説技術史」の書き手は、本書の読み手であるといってよい。

これは、半年に一本のペースで雑誌に掲げるにあたり、各章を、そのつど独立した文芸批評文として綴るという当初からの選択に由来している。批評であるからには、対象作品を（良くも悪しくも）光らせねばならず、発光点はとうぜん、作品によって異なってくる。その多様なアクセントに応じて、論ずべき諸技術も――馬琴「稗史七則」にいう「主客」さながら――ある章では主役となり、別の章では脇役にまわり、他の場所では置き棄てられたりする。同じ理由で、分析手法もいくぶんか多岐にわたる。全体としては「ナラトロジー」分析に主導されながらも、ある場所では「テマティスム」、他の場所では「フォルマリズム」、別のくだりでは「草稿研究」的な視界に多くを託し、あるいは、物語の「構造分析」も用いる本書は、さらに、時あって「考証学」的な煩わしさも、「印象批評」的な断言さえ厭わない。「比較文学」的なアプローチも、「修辞学」の応用も試みられている。要するに、あの手この手。文芸批評が用いてきたいくつもの手段で作品を光らせながら、その光彩のうちに、技術的なものの力を（今日の小説風土にむけて）呼び覚ますこと。本書の試みはこの一点につきている。それゆえ、試みはかえって強く、好みの作家や作品を中心として順不同に本書をひもとくような読者のうちに効を奏するかもしれぬのだが……前置きはしかし、もうこれくらいで十分だろう。

ともあれ、面積は狭小ながら、これもまたひとつの「ロードス島」である。ここで跳ぶか跳ばぬか？　跳べるか、否か？

第一章　「偸聞《たちきゝ》」小説の群れ
――馬琴「稗史七則」と逍遥・紅葉

つまり、そのくらいに非力であったので、
彼は幽霊を押しとどめることができず（…）
――ゴーゴリ『外套』

人生と小説　あるいは「真物幷びに或物《リヤリチー・プラス・サムシング》」

いくぶんか唐突な話ではあるが、たとえば、路上前方で待ちかまえる味方に、最後の力を振り絞って胸のたすきを手渡す一瞬、これではまるで駅伝ではないかと心に呟く長距離ランナーというものは、いかにも考えにくい。警察手帳をかざして制止ロープをくぐり、あたりをつぶさに観察する自分の仕草が、現場捜査に似ていると感じる刑事もありえまいし、患者の身体にメスを当てながら、その行為と外科手術との類同に改めて深い感慨をいだく執刀医などというものも存在せぬはずだ。以下同様、それが人生というものであるとすれば、これに反し、小説の世界では、ふとしたはずみに、自分の棲まう世界に小説もどきの感触をおぼえ、それを口にだす作中人物はときおり存在する。たぶん間違いなく、これからも存在しつづけるだろう。このあからさまな相違をどうみるか？　事ほどさように人生と小説とは異なるのだと、人はむろん、たやすく断言できよう。だが、一方では逆に、断言の容易さはそのじつ、両者の類似にまつわる歴史的な確信に由来してもいるのだ。実際、そこで何事かが「小説めいた」表情をおびるとすれば、そのふるまいなり出来事なりを問題としてしまう場所じたいは、「小説」とは別のものに似ていなければなるまい。このとき、類似のその宛先としてほかならぬ「人生」を呼びこむ点に、「写実」の観念が生じ、厚く成熟し、その厚みにたいする一種安閑たる（あるいは計算ずくの）従順さを示しながら、作家たちは今日なお、まるで小説のようだといった感慨や科白を、しかじかの人物のもとに真しやかに書きこんでみせもするのだが、現在のことはこのさい措く。これからしばらく「近代文学」なるものの発生期に眼を凝らそうとする本章におき、多分に一驚を禁じえないのは、この真めかしがいまだに跡を絶たぬ点ではなく、それが次のごとく、いわば事の始めからあっけなく一場に刻みこまれてある事実のほうにある。

守「オイ〱。一個《ひとり》で承知して居る計《ばかり》ぢゃア、我輩へは秋毫《すこし》もわからん。全体如何《どう》いふ訳ですか。」ト友芳が不審がりて、倉瀬の面《かほ》をうちまもれば、倉瀬は覚えず小膝を進め、倉「すこし小説《ノベル》めいた説話《はなし》ですが。」トこれより第五回第六回の経歴をかたり、角海老の娼妓顔鳥が身の上の事に及ぶ。

（坪内逍遥『当世書生気質』一八八五年〜八六年・以下『書生気質』）

右は、正岡子規が後年、「明治文学の曙光」と呼び、「かやうな面白いものがよくも世の中にあつた事よ」と回顧[1]する作品の後半部（「十六回」）、守山友芳なる人物と、戊辰上野戦争のおりに生き別れた妹との邂逅譚たる一方の主筋にからむくだりである。これが他方の主筋、守山の親友・小町田粲爾と芸者・田の次との恋愛譚にまつわって錯綜をきわめる顚末に、かたがた祝着をみる結末部にもまた、右と同じ二人の会話中に同じ一語が繰りかえされている。「イヤ兎に角に小説めいた話さ。ハヽヽヽ」（「二十回」）と、陽気な笑い声につつまれるその「話」の特徴がどのようなものかはむろん、いくつか長めの補助線を引き入れたうえで後に検討する。右にいう「小説」の一語が具体的にテクストのいかなる様態を指すかについての観察も、補助線の大切な一本となるのだが、ここではまず、その一語を書きこむ者の真めかしが、同じ言葉を口にする者におけるひとつの忘却と連動する点を押えておきたいとおもう。すなわち、自分が当の「小説」中の人物である事実についての徹底した忘却。その忘却の完璧さこそが小説の「写実性」を支える一義的な条件であるかのごとく振るまう人物たちが、斯界第一走者の実作にはやくも要請されている点が注目にあたいするわけだが、このとき、逍遥の精通していた江戸戯作の世界では、作中人物が逆に、おのれの棲まう世界やこれを操る作者につき言及する趣向が、いわゆる「楽屋落ち」の一種として、恋川春町の黄表紙から為永春水の人情本にかけて定着していた事実を想起すればよい。現に、逍遥の愛読書のエピローグは、端役の幇間に次のような科白を与えている。

「それさへお聞《きゝ》申せば、直《ぢき》に方《かた》をつけますが、モシわたくしやア此本《このほん》の作者に憎まれてでも居りますかしらん、野暮な所といふと引出してつかはれます。しかしマア〳〵善悪の差別《わかち》がわかつておめでたい（…）」

（為永春水『春色梅児誉美』一八三二年～三三年[2]）

この面では、一九八〇年代の筒井康隆がハイデッガーにちなんで強調した「虚構―内―存在」このかた、今日のメタ・フィクショナルな作中人物の多くは、「実験的」「前衛的」であるより、良くも悪しくもむしろ端的な江戸がえりとも称すべき性格を有しているのだが、この点もやはり遠く措く。要は、事の始めにその種の人物がまず、この世界から一掃された事実にある。それが、「小説」そのものが文字どおり前衛的な実験であろうとした時期の――つまり、「小説」なる近代的概念の本邦発生期における――いわば暗黙の第一原理として、逍遥実作中に刻みこまれてくるわけだが、この忘却の原理が同時に、より明示的な指針として、作者の痕跡の消去を要求することは理路の至当に類するだろう。作中人物から、作者の存在（したがって、おのれの作中人物性）にかんする意識、何ものかに操られているというその表情をきっぱりと奪いつくす以上、操る者もまたその手の動きを一場から消しさらねば、事の均衡は保ちがたいからだ。均衡を逸すれば、どうなるか？　読者はたちまち白けてしまうというのが、同じ逍遥による断案であることは、誰もが知っていよう。――「稗史小説」の価値を新時代の「美術」（＝「芸術」）の域まで高めんとするその画期的な理論書『小説神髄』上巻の中心部、「小説の主眼」と小題された章にみる名高い行文がそれである。

物にたとへて之れをいはゞ、機関人形《あやつりにんぎやう》といふ者に似たり。匆卒にして之れを観れば、さながら夥《あまた》のまことの人が活動なせるが如くなれども、再三熟視なすにいたれば、偶人師《にんぎやうつかひ》の姿も見え、機関《しかけ》の工合もいとよく知られて、興味索然たらざるを得ず。小説もまた之れにひとしく、作者が人物の背後《うしろ》にありて、屢々糸を牽《ひ》く様子のあらはに人物の挙動に見えなば、たちまち興味を失ふべし。

（坪内逍遥『小説神髄』一八八五年〜八六年）

一節は、「稗官者流は心理学者のごとし。宜しく心理学の道理に基づき、其人物をば仮作《つく》るべきなり」という指令と、『南総里見八犬伝』（以下『八犬伝』）の主役たちは「仁義八行の化物にて、決して人間とはいひ難かり」という名句とに挟まれながら、「現世の人間の写真」たる小説の枢機を説いているわけだが、これがさらに、「傍観」と「摸写」の二語を呼びこんでくることも、周知のとおりである。

されば小説の作者たる者は専ら其意を心理に注ぎて、我が仮作《つくり》たる人物なりとも、一度篇中にいでたる以上は、之れを活世界の人と見做して、其感情を写しいだすに、敢ておのれの意匠をもて善悪邪正の情感を作り設くることをばなさず、只傍観してありのまゝに摸写する心得にてあるべきなり。

ところが、事態はそうたやすく落着するわけではない。右に求められるとおりに、人物造型における作者の操作的な「意匠」が消えたところで、逆にいえば、それが見事に「心理学の道理」に基づきえたとしても、彼や彼女がまさにそうした人物として、作中に操られてあることじたいには寸分の相違もなく、その痕跡を払拭することはさほど容易ではないからだ。

作中人物の「虚構―内―存在」性は如上すみやかに消去されていた。これにたいし、操り手については、右のみではいかにも不徹底のまま、「傍観」「摸写」なる用語に、かえって抜きがたい胡乱さをまといつかせずにはいない。結果、事態はむしろ紛糾するのだが、ただし逍遥とて、「只傍観してありのまゝに摸写する」だけで話が済むなどと考えていたわけではない。〈形（フォーム）／意（アイデア）〉の二分法のもとでその不徹底を即座に衝いてみせた二葉亭四迷ほどの理論的骨格（「小説総論」一八八六年）を保持しえなかったとはいえ、小説の虚構性にたいする応分の自覚は逍遥もまた有していた。だからこそ、原理論にあたる上巻に、「小説法則」の具体的分析を中心とした下巻が続くことにもなる。上巻の「小説の変遷」の項下にもすでに、演劇にありうべき「摸擬」に寄せて、それはたんに「真に逼る」だけではなく、「寧ろ真に越えつべきもの」たらねばならぬという印象的な文言がみえている。

語を換へて之れをいへば、真物《まもの》それみづからを摸擬することを其主脳とはなすにあらで、真物《リヤリチ》幷びに或物《ー・プラス・サムシング》を擬するを主眼となすものなり。

このくだりには、「情事《つやごと》」にせよ「闘戦《たちまはり》」にせよ、その演技が現実生活のしかじかの仕草に類似せぬことは論外だが、これに「異ならざるもまた興なし」といった文言が継がれてくる。そうした観点は、下巻の「小説脚色の法則」中にそのまま、たとえば首尾の平仄を逸し、出来事や人物間の因果関係も前後関係も定かならぬ散文は、「実録、紀行等」であればともかく、断じてこれを「小説」とは呼べぬという行文に踏襲されてくる。同事はまた、「世態の真像」に「伝奇中の趣き」を加味調合して「摸写」の実を高めうる一法への注記を生むことにもなる。つまりは、

「脚色」が「摸写」を活かすこと。この点は『小説神髄』中に確かにほぼ一貫してはいるのだが、問題はまさにその一貫性、言い換えれば、右の「幷びに或物《プラス・サムシング》」の一筋縄ではゆかぬ性格じたいが、他方の「傍観」原則に避けがたく抵触してしまう点にある。理論書ばかりか、実作の随所にも（とうぜんより顕著に）露頭するその紛糾にまつわる様態が、本章の関心事のひとつとなるわけだが、果たして、ありようにほとほと辟易した当人は、『細君』（一八八九年）を最後にはやばやと小説の筆を断つ。のみならず、十編ほどの小説作品すべてを、『小説神髄』とともに「旧悪全書」と自称慚愧する者は、謙遜をこえた後年の感慨をしばしば口にすることにもなるだろう。

「旧悪全書」!?　ならば一体、何が悪かったのか？――『浮雲』中断後二十年近くの沈黙と、これに付随して文学への懐疑表明をなす二葉亭ほどには取り沙汰されぬものの、逍遥におけるこの途絶の光景にもまた、小さからぬ問題が潜んでいるのだが、ともあれ、通例どおり『小説神髄』の著者を呼びだす以上、こちらもまた改めて、逍遥の視界に即して多少とも入念に原理的な確認から始めておかねばなるまい。そもそも、小説が現世の「写真」たりうるという「近代」的な幻想は、具体的には、一場を形づくる諸要素の何処から、どんなふうに生ずるのか？

日本小説一八八五年段階

スタンダールの「鏡」を彷彿とさせる「写真」の一語（同書別箇所にはまさに「時世の写真鏡」とある）が、人生との、いわばありうべき相関性のもとに小説を据えなおす点にあったことは断るにもおよぶまい。『赤と黒』の作者には無縁な錯誤として、その着想のうちには、シェークスピアの戯曲と「摸写」小説とがあっさり等置されかねぬ傾斜がふくまれもするのだが、それはともあれ、ここではさしあたり、逍遥のその要請を最大限に尊重してみよう。

　すると、一事はそのじつ、両者の親和的な関係のみならず、同時に以下三種の相関領分を視界に浮上させずにはいない。すなわち、小説には親しいが人生には疎遠なものの領分、その逆、ならびに、小説にも人生にも疎遠なものの領分。「写真」の領分をふくめ、小説と人生とのこの都合四種の交渉領域内には、さらに、親疎のそれぞれの度合が考慮されねばならぬのだが、ありようを便宜的な図示に託して並べなおすなら、この四領域性は、たとえば、小説を縦軸、人生を横軸とし、それぞれのプラス方向に頻度（f）、マイナス方向に稀少度（r→0、0′）を与えた直交座標によって整理することができる。座標の第一象限（A）には、小説中にも人生にもしばしば場所を持つ＝生起する（avoir lieu／take place）ものがくる。第二象限（B）には、小説では頻繁に現出するが人生では生じにくいもの、第三象限（C）には双方に稀少なもの、第四象限（D）には人生では生起しやすいが小説には疎遠なものが、それぞれの度合に応じて、各象限のしかるべき位置に居を占めるだろう（後掲図参照）。しかじかの要素はむろん、時代の変化に応じ同一象限内での位置を変え、ある場合、小説と人生とにたいする親疎の度数が閾を越えるかたちで別象限へ移行もし、四領域じたいの幅もやはり時とともに伸縮する。

　こうした視座のうちに、『小説神髄』当時におけるごく単純な事例を配するなら、「夢」や「会話」は、『日本霊異記』の往古から逍遥の目下にいたるまで、A領域の主要要素たりつづけている。同じく、「奇遇」や「狂気」といった要素はB領域に冠たるものといえようが、たとえばその「奇遇」にかぎらず、偶然性一般が同領域にいかに深くなじんでいるかについては、多言を要すまい。演劇と小説との結末におき、前者での「不慮偶然」の介入は不可だが、後者ではそれがかえって「佳境」に通ずることがあると、逍遥自身がそう注記するとき（上巻「小説の変遷」）、偶然性の肯定がそこで、人生におけるその稀少度を前提にしている点を銘記すればよい。逍遥の描いた「書生」は、明治維新の到来とともにC領域の極点に顔をのぞかせるやいなや――仮名垣魯文『西洋道中膝栗毛』（一八七〇年～七六年）の一齣に登場して以来――たちまちA領域の主要な素材と化したものである。須藤南翠の政治小説『新粧之佳人』（一八八七年）中、伯爵夫人と浮薄な若者との新奇な逢い引き場所となった「軽気球」などは逆に――矢野龍渓『浮城物語』（一八九〇年）にも一役買いはするものの――その後も長くCの片隅に甘んじた素材的一例といってよい。その南翠作を活気づけていた一群の人物たち（政府顕官、代議士、政論家、政商など）はほどなく、ジャンルの衰微とともにA領域からD領域へと移動してゆく。そうした人種の頂点としての「天皇」なる実在人物もやはり、はるかに長い時間的レンジをともなった同じ移動をなして、維新を機にAからD領域の極点付近に〝御動座〟するや、二十一世紀の今日にいたるまで、久しくそこに座を占めてきたことも見やすい事実に属していよう（小著『不敬文学論序説』一九九九年参照）。そして、このとき、『八犬伝』や、逍遥当人も未完の筆をつけた「未来記」（『内地雑居未来之夢』一八八六年所収）などの架空性が、定義上、人生にはいまだ場を持たぬ（持ちえぬ）もろもろの事象と、当該作品における主としてA領域内の他の諸要素との連携によって支えられ、逆もまた真（逍遥の言を再記すれば、「世態の真像」は「伝奇」的要素を拒まない）といった傾斜も考慮にあたいする。つまり、人生と小説との相違や類似といった印象は一体にそのじつ、ひとつの小説を形づくる諸要素が、こうした四領域のそれぞれに居を占めるその配分比率と比率効果にかかってくるのだが、繰りかえせばただし、上記はあくまで単純な例示にすぎない。

一口に諸要素といっても、その内実には複数の次元・類別があり、一要素の領域越境の経路ひとつをとっても、ありようは多岐にわたる。とりわけ、あらかじめ固定した線分としてではなく、したがってその既定の交点としてでもなく、まさにそれが場を持ちたがる一瞬に、各領域のリミットを縁どる極線（後掲図中、四囲の破線）と極点（a、b、c、d）の性格。すなわち、潜在的なものの資格であれ、まったき非在物としてであれ、何ものかが極線を越えて（あるいは極線上、就中b—0—c上に）顕在化するその極性＝開口部の様相は、複雑な性格をはらんでいるのだが、その点については深く立ち入らずにおく。この場のかなめは、『小説神髄』の主張をその用語とともにこの視座に引きよせてみることにあるからだ。

たとえばまず、小説の「主意」、つまり創作目的として対置される「勧懲」（＝「勧善懲悪」）と「摸写」（「小説を其主意より見て区分すれば二種あり。曰く勧懲、曰く摸写」）。「勧懲」は、「猥褻」志向を糊塗するための春水的な口実にせよ、不抜な持続力のもとで馬琴の人物たちの命運をつかさどるにせよ、いずれ作話上の方便にすぎぬという意味でBの極点近くに属する。他方、小説と人生との「真成の」相関たるA領域に庶幾されつつも、小説の領分にはいまだ場を持ちえていない「摸写」は、その生起こそが課題となる資格におき、逍遥目下の四領域の極線c—0′—d上にわだかまっているものとなろう（→後掲表①）。次いで、小説の「主眼」論として人口に膾炙した一句が、「人情」と「世態風俗」とをA領域の首座および副座に指定し（「小説の主脳は人情なり、世態風俗これに次ぐ」）、「伝奇」がBの極点付近に差しむけられるとき（→②）、逍遥の視界には、この分割に応ずる日本製小説ジャンルとして、江戸後期の「滑稽本」、「洒落本」、

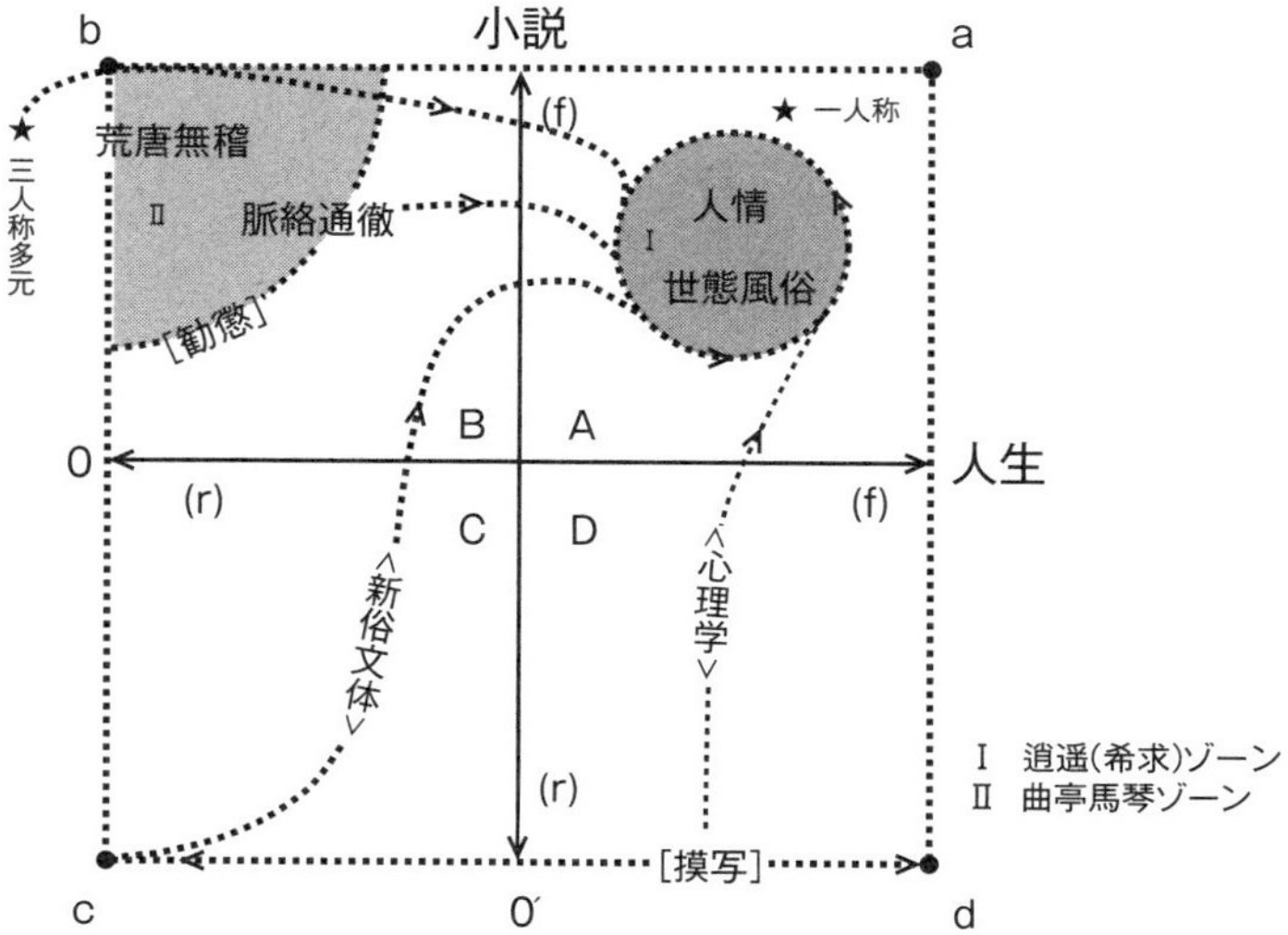

日本小説一八八五年段階

『小説神髄』＼相関領域		A	B	C	D
①	主意		勧懲	摸写	
②	主眼	人情 世態風俗	伝奇		
③	ジャンル	人情本 政治小説etc.	読本		
④	文体	俗文体	雅文体 雅俗折衷体	新俗文体	
⑤	脚色		荒唐無稽 脈絡通徹		
★⑥	人称 (視点)	一人称	三人称 (多元)		

「人情本」、当代のいわゆる「明治戯作」、「実録小説《つづきもの》」、「政治小説」などが、「小説全盛の未曾有の時代」を彩ってA領域にひしめき、その最大の敵対物たる馬琴「読本」がBの極域に君臨していまなお絶大な権威を博しているといったことになる（↓③）。「摸写」概念の導入によってその「読本」を退け、前記中とりわけ、人間の情動をことさら卑猥に描きつける「人情本」を、「心理学の道理」にしたがって「改良」することが、『小説神髄』最大のテーマであった点はいうまでもあるまいが、そのさい、文体論的現状として、口語（「俗文体」）と文語（「雅文体」「雅俗折衷体」）の実例、およびその長短を摘出・分析し、作中の地の文（「地」）と作中人物の科白（「詞」）との調合度を検討するくだりで、来るべき「摸写」小説にふさわしい「一機軸」として極点cに求められているものが、「新俗文」体、すなわち、二葉亭や山田美妙の手でほどなく顕在化する「言文一致」体であったことも、文学史の常識に類している（「おのれは今より頸を長うして新俗文の世にいづる日を待つものなり」↓④）。先にふれた「并びに或物《プラス・サムシング》」も、ここに改めて考慮されねばならない。固有の曖昧さを伴って書中「すぢ」とも「しくみ」ともルビ書きされる「脚色」の問題として、逍遥はそこで、「荒唐無稽」をB領域の悪しき特性に指定する一方、「脈絡通徹」なるキーポイントを強調するわけだが、これもそのじつ、B領域の左辺上方に属することになる（↓⑤）。その「脈絡」が、小説のようにはくっきりと通らぬがゆえの人生であるからだ。この「脈絡通徹」を第一原理として、下巻に列挙される小説の技術的「法則」の大半についても同断である。誰もが知るとおり、人生とはまた、しばしばその「法則」を見失う場の異称でもあろうからだし、そもそも、小説技術の大半が、極線b—0—c上もしくはBの極点近くに集中することも、落ち着いて考えさえすれば、およそ明白だろう。

このとき、逍遥による直接の言及はみぬものの、かかる相関領域を視野におく以上、彼自身の実作のみならず、小説一般にかかって逸しがたいポイントとして、たとえば人称性＝話者視点の問題が浮上する。『小説神髄』の時点まで日本小説をほぼ独占してきた三人称多元視点はむろん極点bに位置している。対して一人称は、小説にも人生にもごく自然に恒常的なものとして、逍遥の目下では、作中人物の「会話」部を介して極点a付近に座を占め（→⑥）、「地」の文章も担う視点としてのそれは、近世期に散見する「懺悔」譚から、次章にみる森鷗外『舞姫』（一八九〇年）にむけて純化されるわけだが、さしあたり上記の事柄を、『小説神髄』初出の日付にちなみ、日本小説の一八八五年段階といった様相として整理すると、前図・前表のようにもなろうか（★印は、逍遥言及外の要素）。

図示・表示の生硬さについては、もとより十二分に自覚している。先だってそれを見透しうる視座じたいをそのつど無効にしながら増殖するものが、小説の卓越した生命力にほかならぬからだ。が、一挙はここでむしろ、逍遥その人のぎこちなさ、言い換えれば、事の始まりならではの生硬さそれじたいの由来を照らして、多少とも有益な視界を与えてくれるはずで、実際こうして摘録整理してみるとき、敵役たる『八犬伝』の堅固な領域一貫性にくらべ、『書生気質』がまず、異領域要素のいかに不安定な配分のもとに形づくられているかは容易に察知しうるだろう。その作品は、極点bにあって端的に人離れした三人称多元の高みから、叶うことならすぐにも捨て去りたい雅俗折衷文体のもとに、新時代の「人情」「世態風俗」を「摸写」するにあたり、馬琴の作品風土にあっては、B領域の粋として鬱陶しいほど存分に発揮される「脈絡通徹」の補助を求めようとしているのだ。ここにおいて、紛糾の幅はいきおい広がらざるをえない。というのも、文体はともあれ、三人称多元視点と「脈絡通徹」とは、このとき、そのじつ不可分のものとしてあったからだ。正確には、両者を何にもまして不可分のものとして結びつける動力が、一種強靭な拘束力をともなってあたりに漲っており、その強固さが、「脚色」が「摸写」を活かしうる配分比率を狂わせつづけてしまうのだが、『小説神髄』の理論家も『書生気質』の実作者も、この点にはほとんど無防備のままでいる。それが、事態をいよいよ抜きがたくするのだ。しかし、それもこれも、「馬琴の死霊」のなせるわざだったというのが、意外なことに、当人による後年の述懐である。

> すべて習慣ですることは行り易《や》い。流れに順つて降るやうなものだ。殊に、作者に取つては、多年の作意や筆癖を封じ込めて、全く新規な着想や文体で書くといふことほど困難なことはない。『書生かたぎ《ママ》』一流の作を書いてゐた頃の私は、全くの戯作者的態度であつたればこそ(…)、仮令《たとへ》ぶツつけ書きだとはいへ、あゝいふ甚だしい駄作であつたとは言へ、ともかくもあれだけの著作を為し得たのであつたが、一たび反省しはじめて、自分の不真面目を恥ぢ、自分の不見識を愧ぢ出してからは、多年筆癖になつてゐた文章で書いてさへも、もう書けないのが当然であつたのに、其筆癖をさへ自分で封じ込めようとしたのだから、もう迚《とて》も二進も三進も行かなくなつてしまつた。
>
> 私が明治二十一二年の交《みぎり》に断然小説の筆を抛つたのは、他にも理由があつたが、此《この》馬琴の死霊に取附かれてゐた為といふことも其一理由であつた。
>
> （「曲亭馬琴」推定一九二〇年）[3]

先にふれた「旧悪全書」の一語もこの文章内に記されている。つまり、好個の否定的媒介として『小説神髄』『書生気質』などを書かしめたものこそが、当人にはやばやと断筆を強いること。「仁義八行の化物」なる名句によって、同時代の視界から完膚無きまでに葬りさったその「死霊」が、ひとり葬送者のみを窮地に追いやるというその逆説の由来を、逍遥自身は主に、何を書いても「まるで鳥黐か何か」のようにへばりつく馬琴的「七五調」に求めてはいる。右の「筆癖」とはこれを指す。絓秀実であれば、まさにここから、そのユニークな視界を明治文学全体にむけて押し拡げるだろう（『日本近代文学の〈誕生〉』一九九五年）。だが、本章におきより深刻なのはむしろ「作意」のほうであり、逆説の最たるものは果然、『小説神髄』下巻における「小説脚色の法則」にいっそう顕著にあらわれてくるのだ。

馬琴「稗史七則」

他の芸術とひとしく小説にも必須とはいえ、「法則」とはそもそも従属的な要素なのだから、要は「脈絡通徹」、つまり「編中の事物巨細となく互ひに脈絡を相通じて、相隔離せざる」ことさえ忘れなければ、あとは「臨機応変」。——積極的な主張としてはほとんどこの一点につきるといってよいそのくだりで、「小説脚色の法則」をめぐる逍遥の独創はほぼ皆無に近い。「摸写」の名において「勧懲」を、「心理学の道理」に基づいた作中人物の必要性によって「仁義八行の化物」を、両々あざやかに一蹴してみせた上巻と同様、この場でもやはり馬琴が標的に据えられてはいる。が、上巻における批判と対案の鋭利さとは逆に、小説技法論としてあるはずのここに露頭するのは、一転、対案を欠いた消去法の連続であり、それは、馬琴のいわゆる「稗史七則」への対応として集約的に現じてくる（後論に資して、以下には、逍遥の引用箇所にあたる馬琴の原文を掲げておく）。

唐山《からくに》元明の才子等が作れる稗史には、おのづから法則あり。所謂法則は、一に主客、二に伏線、三に襯染《しんせん》、四に照応、五に反対、六に省筆、七に隠微即是《すなはちこれ》のみ。主客は、此間《このあひだ》の能楽にいふシテ・ワキの如し。その書に一部の（全編を通じての——引用者註）主客あり、又一回毎に主客ありて、主も亦《また》客になることあり、客も亦主にならざることを得ず。（…）又伏線と襯染は、その事相似て同じからず。所云《いはゆる》伏線は、後に必出《かならずいだ》すべき趣向あるを、数回以前に、些《ちよと》墨打をして置く事なり。又襯染は下染《したぞめ》にて、此間にいふしこみの事なり。こは後に大関目の、妙趣向を出さんとて、数回前より、その事の、起本来歴をしこみ措《おく》なり。（…）又照応は、照対ともいふ。譬《たとへ》ば律詩に対句ある如く、彼と此と相照らして、趣向に対を取るをいふ。（…）譬ば本伝第九十回に、船虫・媼内《おばない》が、牛の角をもて戮《りく》せらるゝは、第七十四回、北越二十村なる、闘牛《うしあはせ》の照対なり。又八十四回なる、犬飼現八が、千住河にて、繋舟《つなぎふね》の組撃《くみうち》は、第三十一回に、信乃が芳流閣上なる、組撃の反対なり。這《この》反対は、照対と相似て同じからず。照対は、牛をもて牛に対《つい》するが如し。その物は同じけれども、その事は同じからず。又反対は、その人は同じけれども、その事は同じからず。（…）又省筆は、事の長きを、後に重《かさね》ていはざらん為に、必《かならず》聞かで称《かなは》ぬ人に、偸聞《たちきゝ》させて筆を省き、或《あるひ》は地の詞《ことば》をもてせずして、その人の口中より、説出《ときいだ》すをもて脩《なが》からず。作者の筆を省くが為に、看官《みるひと》も亦倦《たいくつせ》ざるなり、又隠微は、作者の文外に深意あり。百年《もゝとせ》の後《のち》知音を俟《まち》て、是を悟らしめんとす。

(『八犬伝』「第九輯中帙附言」一八三五年)[4]

この「七則」は、金聖嘆の『水滸伝』注釈中の用語などを参考に、馬琴が提案したユニークな「小説作法」といってよいものである。亀井秀雄によれば「夏目漱石の『文学論』以前では最もシステマティックな小説構成論」[5](『「小説」論』一九九九年)とされるこの「七則」を、本書もまた以下にしばしば参照することになるのだが、これを掲げたうえで、逍遥はまず、ともに現在の作品にも用いられている「伏線」と「襯染」=「下染」とを退ける。これらは、自分のいう「脈絡通徹」をたんに解剖しただけの、「いふにしも足らぬ原則」にすぎぬというのが、その理由である。馬琴が自作中の名場面をあげて説く「照応」と「反対」は、さしあたり、作中に隔てられたふたつの場面、人物、行為、出来事、細部などが互いに対をなすさいの二様態として理解しておけばよいが、テクストにおける対偶原理と約言しうるこの二態もまた、いずれ「巧みを求むるに過ぎたる物」であり、文章それじたいの錬磨彫琢を主眼となす「支那の作者」なら知らず、本邦今日の小説家の遵守するにたらぬ「くだ〱しき奇」として否定される。さらに、「隠微」をあっさり「寓意」と読み換えながら、作者の「身勝手の楽しみ」にすぎぬこの一条は「法則」の範疇を越えるといった(それとして正当な)指摘とともに、その有無は作品価値を何ら左右しないと一蹴される。

ちなみに、逍遥は後続箇所で、先にふれた「荒唐無稽」以下十一項目にわたり、旧来の小説からいまに抹消すべきポイント(「荒唐無稽」「趣向一轍」「重複」「鄙野猥褻」「好憎偏頗」「特別保護」「矛盾撞着」「学識誇示」「永延長滞」「詩趣欠乏」「人物をして屢〻長き履歴を語らしむる事」）を掲げており、純然たる技法と作中人物論と作家心得が混在して列挙の整然を欠くその大半がまた、馬琴の名とともに消去され、一部は逆に、その名を援用して咎められてくるのだが、この禁令十一箇条の詳細については割愛してもよかろう。要は、「稗史七則」の場合と同様、かかる言及の執拗さがそのまま、馬琴にたいする依存度の高さを示す点にある。

大局的には、「稗史七則」のちょうど半世紀後に書かれた『小説神髄』全体がそもそも馬琴の反復なのだという背景がある。江戸「読本」じたいが、当時の外国文学、すなわち明末清初の俗語体「白話小説」の移入流行に端を発し、その和訳化と雁行して日本小説の一ジャンルを形成したのだが、馬琴はその和訳者のひとりでもあった。そのうえで「読本」界に雄飛した彼はしかも、「稗史小説」を、漢詩・和歌にも比肩しうる当代の第一文芸に高めることを宿願とした書き手であった。この意味で極言すれば、逍遥の試みは、馬琴における『水滸伝』を『ハムレット』に転じたにすぎぬともみえるのだが、ここではむろん、そうした大まかな対応関係に頼るわけにはゆかない。事が技術にかかわる以上、視線はあくまでも具体的なものに就かざるをえず、この点たとえば、「稗史七則」にたいする逍遥の「きわめて微妙な」スタンスを見逃さぬ前田愛の一文「戯作文学と『当世書生気質』」が参考になるだろう。[6]

「七則」中の「主客」と「省筆」はそれぞれ、「脈絡通徹」の要、ならびに叙事の効率的な一法として消去をのがれて、「特別」に積極的な検討を加えられているが、「主人公の設置」「叙事法」の条下に読まれる検討はそのじつ、馬琴の敷衍にすぎない。そう断ずる前田愛は至当にもさらに、逍遥により一蹴されたはずの法則の延命ぶりも、当人の実作『書生気質』に徴しながら、「隠微」

をのぞく六則の適用事例を逐一指摘してみせるのだ。そのようにして「語るに落ちる按配」を強調する論法は卓抜ではあるが、その前田文をここに想起するのは、これが、馬琴にたいする逍遥の依存症状の最深度を測って十分な説得力をもつからではない。一点、測りたらぬからだ。

その盲点は、いわば「省筆」をめぐる省筆とも称すべき不可解な事実として露頭する。

前掲引用箇所に読まれるとおり、馬琴によれば、「省筆」は（今日の用語とは異なる）二種の技法を指していた。馬琴実作を参考に嚙み砕いて祖述すれば、甲と乙とのあいだで交わされる会話の内容を、事後に「必《かならず》」知らねばならぬ丙があった場合、やがてその甲なり乙なりの口から、あるいはしかるべき別人（または地の文）を介し改めて丙に伝達するという重複をさけるために、甲乙の会話内容をその場でじかに丙にも共有させる「偸聞《たちぎき》」の手法が、その一。地の文で記せば長きにわたる事柄、もしくはすでに読まれてある事柄（およびその後日譚）を、当事者か関係者の発話内で縮約する口述化の手法が、その二となる。だが、『書生気質』の「省筆」例として「間接的な叙法」と注記して前田愛が摘録する数例は、いずれも後者である。これは、逍遥自身についてもじつは同断で、『小説神髄』中にみずから引用したにもかかわらず、その「叙事法」のくだりに、馬琴の未完作品『近世説美少年録』の一齣から「実に好手段」「作者が一世の奇を弄せし新趣向」と絶賛しつつ例証しているのも後者である。さらに、前掲十一の禁令中「人物をして屢ゝ長き履歴を語らしむる事」の条下に、「こは省筆の一法なるのみか、また趣きあるものなるから」、長編小説の場合、二、三回までは可とすべきだが、あまり頻繁におよんではならぬと記して繰りかえし問題にしているのも、やはり後者、口述＝縮約化の利得なのだ。元凶はしたがって、逍遥その人にある。前田愛は不用意にこれを踏襲したにすぎぬともいってよいのだが、不可解なのはその踏襲の一般化で、他方の「偸聞」についてはなぜか頑に口を閉ざす傾向が――馬琴の着想を中国明代の小説評戯曲評と照合した必読文献として諸方に参照されている浜田啓介「馬琴の所謂稗史七法則について」（一九五九年）をはじめ――管見にむしろ如実なのだ（＊1）。のみならず、先に引いた亀井秀雄にいたっては、「語りの経済性《エコノミー》」として珍しく「偸聞」にふれたはよいが、その数頁後に、右の「人物をして屢〻長き履歴を語らしむる事」の口述＝縮約性を、「馬琴が『省筆』で挙げた『偸聞』の方法」と誤記[7]する始末である。その錯誤をふくむ亀井氏の『「小説」論』じたいは粗末な書物ではない。一方に十九世紀英語圏文学評論からの浩瀚な原典引用をふくみ、他方に、馬琴のみならず江戸文芸全般への並ならぬ造詣を携えた同書は、『小説神髄』の「摸写」理論の世界的同時代性を入念に検討した一級の労作である。「稗史七則」の解釈にかぎっても、傾聴すべき所見が少なくはない。その著者のもとにさえかかる不用意を導き、逍遥その人をふくむ他からは一貫した黙殺を受ける「偸聞」の手法。これにかんしては、遡って馬琴もみずからまた、かつては確かにその効用を「語りの経済性《エコノミー》」にのみ限定してはいる（「七則」より十七年前の自作評答集『犬夷評判記』では、口述＝縮約化のみが「縮地の文法」、すなわち「地」の文を短縮する書法として語られている）。正確には一事はそこから発してもいるのだが、これはしかし、けっして些細な指摘ではない。

　些細であるどころか、逍遥のいう「馬琴の死霊」の最大の脅威はまぎれもなくこの「偸聞」に由来するのだ。ひいては、きわめて具体的なこの小説技術が、先の図表のもとに名指した日本小説一八八五年段階の中枢にわだかまってもいるのだが、この事実につき、旧来の「文学史」はなぜか恬として何も語ろうとはしない。その緘黙のかなめに「省筆」をめぐる省筆的な事態が生じてくるのだとすれば、このとき、逍遥も、別に「隠微」探求系の卓論（後述）をもつ前田愛も、亀井秀雄も、他の多くの論者と同様みな、その「稗史七則」が当の『八犬伝』本文中に挿入されている事実をあっさり忘れ果てているのだ、と断じてもよい。なぜなら、ひとたびそれを繙く者を捉えつづけ、正否をこえた力で長く粘りつくのは、「語りの経済性《エコノミー》」といった無色の効率などではなく、その仕草にまつわる色濃い欲望の原理にほかならぬからだ。そこでは少なくとも、甲と乙の会話をたんに丙が「偸聞」しているのではない。その丙が、やがていかなる思いをいだき、前途を開き、秘策をめぐらすのか？　どんな事情をかかえて、障子や襖、板塀、木立、葦辺、廃寺などの陰から、あるいは臨終の暗がりのなかからさえ、彼や彼女らは、その場にじっと耳をそばだてているのか？――定石どおり逍遥から始めたわりには異数ながら、この場ではやはり『八犬伝』を実際に読んでみなければなるまい（馬琴作中には、ほぼ一貫して「窃聞《たちきゝ》」の文字が当てられてあるが、ここでは以下も、「七則」中に用いられた「偸聞」を踏襲する）。

「偸聞」小説としての『八犬伝』

一八一四年（文化十一年）から四二年（天保十三年）まで。三十年近くの歳月をかけ大小三百余の登場人物を描きこんで、全九輯百八十回。岩波文庫版にして十冊におよぶ途方もない長さを誇示する巨編、一説によれば完成当時におき「世界最長」といわれる作品の内容は、四つの部分に大別される。

室町中期、下総結城の敗城から辛くも落ち延びた里見義実が安房一国を制覇する経緯に継いで、その愛娘・伏姫と愛犬・八房とのあいだに名高い「富山」の顚末までが、序段にして全編のかなめを担う、その一。伏姫の手ずから切り裂いた腹中より、白気とともに八方へ飛散した八顆の霊玉の化身たる八犬士が次々と登場し、離合集散を繰りかえしつつ、艱難辛苦のすえに打ち揃って里見家帰参（いわゆる「八犬士具足」）にいたるまでの物語が、その二。犬江親兵衛を単独の主役とした京師譚が、その三。山内・扇谷の関東両管領家と、八犬士を擁した里見家との大合戦が、その四。通常、一、二が前半部、三、四が後半部と称される。物語としては前半部が圧倒的に優れており、このため、各種ダイジェスト版はもとより、馬琴論者の興味も多くこちらに傾いでいる。ここでもその前半部の二に就いてありようを閲しておくが、最初の犬士たる犬塚信乃の登場場面（第十六回）より、乳飲み子のころに神隠しにあった親兵衛が、他の七犬士が出揃い幾多の出来事が描きこまれた後に、颯爽と再登場して里見義実の危急を救うまで（第百三回、百四回）の範囲から、問題の「偸聞」場面を拾いあげてみると二十五度の多数にのぼる（先の「七則」は、作者自注のひとつとして、この第百三回と百四回の間に挿入されている）。数え違いがあったとして、増えこそすれ断じて減りはしない場景には、とうぜん多く「闚窺《かいまみ》」を伴っているのだが（＊2）、この異様な頻度につき特筆にあたいするのは以下の四点である。

①「偸聞」が一つながりの出来事の山場に集中あるいは収斂すること。②複数の「偸聞」がその場に重なるか、もしくは連続すること。③前後の状況から応分の蓋然性が察知される事例は稀で、読みたどる者の目にはあくまでも純然たる偶然としてのそれが多数を占めること。④にそして、「偸聞」の偶然を介して、「仁・義・礼・智・信・忠・孝・悌」の八顆の霊玉と、同じ牡丹形の痣とを分かちもつ八犬士をはじめ、主要人物たちの各々が初めて接触し（＝偶接）、あるいは、

互いに見知りの者たちがゆくりなくも邂逅（＝偶会）すること。

実際、右の範囲にみる名場面中で「偸聞」を欠くのは、先の「七則」にも引かれていた「芳流閣」上の「組撃」（第三十一回）のみだといって過言でない。『八犬伝』とはまさに、日本のみならず、十九世紀前半の世界文学に冠たる「偸聞小説」と称しうるのだが、右の①を中心にありようを略記しておけば、まず、武蔵国大塚に住む第一の犬士、悪辣な伯母夫婦の家に不遇をかこつ犬塚信乃が、前途の光明を期して、亡父の旧主にあたる足利家の許我《こが》（古河）城主のもとに旅立つ前夜に、いわゆる「浜路くどき」の場（第二十五回）がある。伯母夫婦の養女で信乃の許嫁でもある浜路が、彼の寝間に忍び寄り、二度とは会えぬを承知で出てゆくならいっそ殺してくれと哀訴やるせなきその一場を、当家の下僕にしてそのじつ第二の犬士・犬川荘助（このいわば単純な偶接はすでに信乃・荘助両人によって確認済み）が「偸聞」している。その「偸聞」を知らぬまま、信乃は荘助とともに出立するのだが、事態はここではまだ軽微なものにとどまっている。が、次いで、残された浜路の遭難に費やされる箇所では、右の①②③④のすべてが輻輳してくるのだ。すなわち、浜路の傍らにはかねて横恋慕する若者があり、この男が、信乃の出立後に（別の災いも重なり）自死寸前の浜路を拉致し、意に任せぬ彼女に憤激の刃を立てる本郷円塚山の場（第二十八回、二十九回）がそれで、死にぎわに、信乃への愛着をみずからの出自来歴にからめて語り残す浜路に、「あな、なが〳〵しき諄言《くりごと》かな」と「欠伸」まじりの冷罵を浴びせる悪漢が止めを刺さんとする一瞬、この光景を物陰から見聞きしていた第三の犬士・犬山道節が、悪漢を射殺す手裏剣の妙技とともに登場する（①）。はからずもその「なが〳〵しき諄言」から、浜路が異母妹であると知った道節（③）は、瀕死の肉親にむけて、扇谷管領によって滅ぼされた君父の復讐の機を求めて行者に身をやつす現状を（「隠形五法」にまつわる蘊蓄、自己の出生来歴とも）また長々と語り聞かせるのだが、このとき、「松の樹陰に躱《かくら》ひて、その為体《ていたらく》を窺《うかゞ》ひ」つづけているのが、ひそかに浜路の身を案ずるゆえ中途で信乃と別れて帰路を急ぐ荘助で（②）、くだんの悪漢が信乃のもとから盗み取った宝刀「村雨丸」をめぐり、荘助・道節はそこで、偶接の華としてのいわゆる「二犬相撃」（④）の最初の光景を演ずることになるのである。

さらに、四番目の犬士・犬飼現八と信乃とが許我城で敵対＝偶接（それが、「芳流閣」上の次なる「二犬相撃」）したすえに、「うち累《かさな》りつゝ」まろび落ちた川舟のなかで蘇生する利根川べりの光景につづく行徳「古那屋」の段（第三十三回～三十八回）。彼らはそこで、第五、第六の犬士たる犬田小文吾、犬江親兵衛との偶接もはたすのだが、互いの「過世《すくせ》」の因縁に驚嘆しあう二犬士の話を葦辺の陰から盗み聴いた後に、「里老《さとをさ》」の息子・小文吾が姿をみせるといった場景から始まるこの連続場面において、ありようはいっそう入念かつ複雑をきわめる。その場では、犬士のみならず、同じ葦辺の別所から覗き聞き知ったがゆえに、妻の沼藺《ぬい》もろとも、一子・親兵衛を残して、凄惨義烈な死にいたる山林房八、序段「富山」の場で誤って伏姫をも撃ち抜いた贖罪に八犬士を各地に求め歩く金碗《かなまり》孝徳（ヽ大《ちゆだい》法師）ほか、大小の脇役数名を巻きこんで輻輳する「偸聞」の濃密さが、巨編中の最たる迫力を誇示するのだが、複雑きわまりないその詳細は割愛する。

濃淡こそ違え、同事はまた、第七の犬士・犬坂毛野と小文吾、第八の犬士・犬村大角と現八との、それぞれ「対牛楼の仇討」、「庚申山の化猫退治」の名場面にからむ偶接箇所（第五十七回、六十一回）にも反復されると同時に、すでに見知りあったうえで別途に就いた犬士たち相互の、爾後いくつもの偶会場面に浸透しつづける。善悪それぞれの脇役たちの演ずる「偸聞」についても同断であるが、着目すべきは、そうしたあまたの場景において、善悪大小の如何を問わず、人物たちはひとしく、いわば間諜的な仄暗さを身におびて出没することにある。この場所に初めて、あるいは再び、三たび四たび、姿を現す者はそのつど、まずそこに隠れていなければならない。「偸聞」「窃聞」の用字じたいがその陰険さを証しもするのだが、この点をはるか後世の、たとえば中上健次の未完小説『異族』とくらべてみるとよい。

『八犬伝』のあからさまなパロディ小説としての一面をもつ長編には実際、馬琴作さながら「青アザ」を身におびた八人の人物が——東京の空手道場から、フジナミ、沖縄、台湾、フィリッピンへと、舞台が拡大するたびに——次々と登場する（うち一人は親兵衛よろしき幼児の「Bボー」、最後の老婆は、信乃と毛野の女装に応じたとみえる）のだが、作品冒頭の「義兄弟」三人がそうであったように、「青アザ」たちの出会いはすべて、馬琴的「偸聞」の綾を欠いたたんなる偶然として書きこまれている。遡ってあるいは、『八犬伝』のみならず、読本作家・曲亭馬琴その人の生みの親ともいうべき『水滸伝』を想起してもよい。宋代中国の諸方に生い育った百八人の豪傑（じつは、道教大本山の「伏魔之殿」から天空に飛び散った星々の化身）たちのうち、主たる人物同士の遭遇を導くのは、広大な舞台を空気のように包みひろがる「噂」であり、その令名を一方もしくは双方がかねて聞き知ったうえで、当の「好漢」らが偶然に出会いたちまち意気投合というのが、そこに反復される偶接の基本パターンとなる。ほんの一例だが、梁山泊に結集する豪傑の一人・石勇は、彼に比せば「大宋皇帝」も目ではないとまで聞き慕う主役・宋江と、たとえば次のように邂逅するのだ。

「それではあんたは、黒三郎に会いたいのですな」

「今ちょうど、さがしに行くところなのだ」(…)

宋江はそれを聞くと大いによろこび、身をのり出して男をひきとめ、

「縁があれば万里へだてていてもめぐりあい、縁がなければ目のまえにいても会えない、というが、このわたくしが黒三郎の宋江です」

(駒田信二訳『水滸伝』第三十五回)[8]

それを講じていかにも磊落な『水滸伝』や『異族』に比するとき、同様の「縁」に執拗にまといつく馬琴の「偸聞」の異様さはいたく測られようが、この仕草じたいはむろん、馬琴の独創ではない。

しかし、たとえば並木千柳らの『仮名手本忠臣蔵』にも、鶴屋南北『盟三五大切』にも、近松門左衛門の『曾根崎心中』や『冥途の飛脚』においても、「偸聞」と偶接・偶会の右のごとき執拗な重合性は認めがたい。あるいはまた、都合二十四編を数える近松世話浄瑠璃に一事を徴し、その半数近く、いずれも出来事の要所に仕込まれている「立聞きの趣向」を逐一確認しながら、『女殺油地獄』の切所を論ずる井口洋の要約にしたがえば、この仕草はすべて「なんらかの屈託の種を抱えているもの」に共有されることになるのだが[9](『近松世話浄瑠璃論』・傍点原文)、馬琴の場合、「屈託」といった心理的要素も問題にならない。繰りかえすなら、こちらの要は、「いとはやくよりかへり来て、これ彼のおん晤譚《ものかたり》を、遺《おち》なく聞《きゝ》とり侍りしかど、おん辞《ことば》の衷《こし》を折らじとて、今まで彼処《かしこ》に侍りにき」と口にしながら「小柴垣の蔭より」登場する善良無垢な老女(第四十七回)の表情をさえ濁さずにはいない一事の特性であり、現れるためにはまず隠れていなければな

らぬというその間諜的な陰険さは実際、当人らの心情をこえてほとんど機械的な反復の域に達してくるのだ。

その反復こそが、自分たちの棲まう世界に固有のアクセントを刻みつづけていることを、さながら事前に察知するかのような慎重さで双方あたりに目を配り、「戸隠」なるその名も頼もしげな場所を選んでせっかく密談におよぶ者たちとて、事態の執拗さをまぬかれえぬだろう。

且《しばらく》して戸隠の、小社《ほこら》の背《うしろ》の樹間《このま》より、顕《あらは》れ出《いづ》る已前《いぜん》の武士、何《いつ》の程にかかへり来て、言《こと》皆窃聞《たちきゝ》したりけん、独頷《ひとりうなづ》く編笠の、深き思念《しあん》も荒磯海《ありそうみ》の、遥《はるか》に見ゆる湯嶋坂、飛《とぶ》が似《ごと》くに下立《をりたち》て、往方《ゆくへ》も知ずなりにけり。畢竟《ひつきやう》毛野が復讐《あたうち》の、縡《こと》の光景甚麼《ありさまいかに》ぞや。其《そ》は次の巻の下《しも》に、解分《ときわく》るを聴《きゝ》ねかし。（第八十九回）

「対牛楼の仇討」場面で小文吾との偶接をなした後、単行してまた、討ち残した親の敵を求め歩く毛野と、たまたま利害を共有するひとりの義士。彼らの密談を盗み聴く「已前《いぜん》の武士」すなわち道節が、ここで初めて、かねてその存在を聞き知っていた毛野と（犬士偶接の最後の事例として）遭遇している点を指摘することは、すでに贅言に類しよう。また、その道節からの報告を受け、この段階では相互の連絡を保ちあっている犬士たちが、毛野の本懐成就の場（「鈴森《すゞのもり》の仇討」第九十一、九十二回）に駆け参じてくることも、たやすく予期されるとすれば、上記にかんして確認すべき第一のポイントは、「偸聞」の多くがまず、「語りの経済性《エコノミー》」をこえた特異な動力として、作品の構成にかかわりつづける点にある。

もっとも、作品組成の全体的な表情に徴すれば、巨編をつかさどる二大構成因としての「前世の因縁」と「倚伏」（「禍は福の倚る所、福は禍の伏する所」）を挙げておく必要がある。『八犬伝』前半部の登場人物たちは、どれほどの小物といえど善人であるかぎり、そのほぼ全員がきまって、相互関係の網の目に結びつけられてくる。彼や彼女はそこで、たえずゆくりなくも、八犬士を中心とする「宿縁」の連鎖上に登記されつづけるのだが、人物布置法として、そうした夥しい偶然を巨細となく反復的に正当化するものが「前世の因縁」である。これにたいし、「倚伏」は出来事の配列法として巨編を支配する。

（…）そのはじめ義実は、犬の大功を賞するあまり、伏姫をさへ許せしは、口より出たる禍にて、この禍なきときは、安西を滅して、安房一国の主になる福は来しがたし、犬に愛女を娶せんといひし禍、又一転して八犬士出現し、竟に里見の佐となること、彼塞翁が馬に似たり、是を名づけて倚伏と云ふ、

（馬琴「犬夷評判記」一八一八年[10]）

禍福の二転、三転を軸として配される出来事はむろん、善人においては福に、悪人の場合は禍へと帰着する。帰着のその明白な相違に与えられた別名たる「勧善懲悪」もゆえにまた、「前世の因縁」「倚伏」とひとしく、作者の（当時にあってさえすでに十分頑迷かつ陳腐な）世界観であるよりは、むしろ端的な構成技法に類するといってよいのだが、「偸聞」はこのとき、作品全体をつかさどる二大構成因それぞれの中枢に、あるいは両因の交錯点にきわだってくるのだ、と換言することができる。実際、その仕草はここで、奇遇奇縁の数々にそれぞれに相応しい不意の深み

を付与せずにはいないし、「倚伏」の転所に寄り添って、事後の展開を、屢々しかも（右にもその一端が窺われるごとく）サスペンシヴに導きつづけるだろう。

ありようのさらなる詳細は、読者個々の原文参覧に委ねるよりほかにないのだが、ひとたび繙くや、その不意討ちめいた深みやサスペンスに、いわば強迫神経症的な呪縛力が立ちこめてくる点を、第二のポイントとして銘記しなければならない。

隠れている姿も目にみえる舞台劇とは異なり、この場ではより多くの場合、「偸聞」および「闚窺《かいまみ》」の事実は、一拍、二拍、数拍、ときに十数拍も遅れて事後にそれと明かされるのだが、その仄暗い場所で間諜的なのはじつは作中人物ばかりではないのだ。彼や彼女とともにそこにじっと身を潜めているのは、読者自身でもあり、「偸聞」は、その共犯的な近さにむけわれわれを否応なく引き寄せてしまう。別言すれば、読む者とはここで潜在的な作中人物なのだ。もとより、あらゆる小説にたいして、読者はたえず、しかるべき距離をおいて、その作品世界を覗き見、立ち聞く立場におかれている。が、読者を執拗に作中人物化し、作中人物を読者の位置に同置してやまないこの場では、まさにその距離が、不意かつ頻繁に、つまりは、書き手のほしいままに奪われつづける。その恣意への隷属。結果、いま耳にし目撃しているこの会話この場景を、別の誰かも「偸聞」し「闚窺」ているかもしれぬという強迫意識が、巻を追って抜きがたく読み手を拘束し、やがて、大小の驚きとともに作中人物の誰彼に送付されるその意識は、事態の新展開を追いながらひとしきり鎮まるも束の間、次なる切所で再び浮上することになるのだ。好悪はともあれ、『八犬伝』を読むとは、そうした反復を強いる呪縛力になまなまと身を晒す体験にほかならない。各巻の挿絵中にときおり「偸聞」の図柄を示す自作につき、馬琴が次のような注記を残すのもこれゆえである。

誠に好みて善読者《よくよむひと》は、必《かならず》文を先にして、後に出像《さしゑ》を観るといふ、画《ゑ》に縁《よ》りて事の趣を、夙《はや》く悟れば読見《よみみ》る時に、興薄からむを斁《いと》へばなり。[11]

このとき、『八犬伝』を「善読者《よくよむひと》」とは、馬琴の呪縛的な恣意に進んで隷属する者の別称と化す。そして、この点にこそ、逍遥を「鳥黐」のように捉えつづけたものの正体がわだかまっていた。前もってなお二、三の事柄にふれたうえで、本章はほどなくこの事実の意義に説きおよぶことになるのだが、その前言の第一として、当の『八犬伝』じたいは、問題の呪縛力をみずから解除するかたちでその後半部へと転じてゆく点を、まずは押えておきたい。

先述のごとく、「八犬士具足」（第百二十七回）を得た『八犬伝』の後半部は主に、親兵衛を主役とした京師単行譚と対管領戦争とに費やされるのだが、実質的には、親兵衛の再登場（第百三、百四回）が巨編を二分する。これにかんしては、「親兵衛の登場を契機として、夜の闇に包まれていた人獣混淆のアニミズム的世界は白昼の光に曝らされ、そのしらじらしい残骸をとどめるにすぎなくなるだろう」[12]と書いた前田愛（「『八犬伝』の世界――『夜』のアレゴリイ――」）から、親兵衛再登場の直前箇所で、遊行民的な「両性具有」者・犬坂毛野の体現する「流動性、多義性、混沌といった〈異質物〉は、ことごとく掃射し去られるのである」[13]と記す小谷野敦（『八犬伝綺想』）、ならびに、稀代の悪女・船虫を中心に〈善／悪〉の二分法を〈原理／原理の不在〉と読み替える野口武彦[14]（『江戸と悪』）まで、多くの論者の一致するところである。同様にして、「傖聞」小説としての『八犬伝』もまた、わずか九歳にして心身ともに他を圧し、「八行」中最高位の「仁」の霊玉を携えた少年の再登場を境に、その様相を一変しはじめるのだ。

すなわち、死んだ両親の「二七日《ふたなのか》」に神隠しにあって以来、「富山」の洞穴で神女・伏姫に育まれて童子神めいたこの少年の周囲で、「偸聞」も「闕窺」もいっさんに影をひそめてゆくこと。なぜなら、七犬士たちの艱難辛苦を陰ながら庇護しつづける「過世の母」伏姫の「示教」により、信乃ら「義兄弟」の幾多の顚末はおろか、そこに連なるほんの脇役にいたるまで、親兵衛はすでにすべてを聞き知っているからだ。

然《され》ば神女の示教により、我《わが》七犬士の上はさらなり、叟《おぢ》の事すら粗《ほゞ》聞知りて、逆《かねて》こゝろを得ざる事なし。（第百十八回）

かつて越後小千谷で小文吾・荘助の二犬士とかかわった次団太なる端役を前に、親兵衛がたとえばそう口にするとき、この人物の他の七犬士にたいする優越性は、動きようもない。「現世の義父」たる丶大《ちゆだい》法師、やがて主君となる里見義実ともども、おのれを囲繞する謎めいた世界の表情への刻々の解読者として一場に身を処す七犬士にたいし、まったき既読者たる童子は、その優位においてこそ、「八犬士の随一」と自称しうるのだと換言してもよい。ちなみに、七犬士、丶大、義実の面々は、「名詮自性」、すなわち名は体をあらわすという確信を、その特異な解読手段として作中こちたく共有している。たとえば、「古那屋」の段の山林房八と沼藺《ぬい》。「房八」を逆に読めば「八房」、同じく「ぬい」も「いぬ」に転ずる。してみれば、信乃の身代わりとなって夫婦がかくも見事な最後を遂げつつあるのも「名詮自性にして八房の犬」のゆかりにほかならぬ、と、そうした具合に感嘆し納得することが、一事の比較的単純な典型である。目眩のするほど複雑な事例にして物語の起伏にもからむものとしては、その「八房」をめぐる里見義実の（解読ならぬ）誤読があり（＊3）、最低級の（しかも作者の異性嫌悪をまざまざと窺わせもする）「名詮自性」は、巨編大団円、八犬士嫁取りの場にみることができるが、親兵衛にとって、この解読手段もさしたる意味をもちえない。伏姫に授けられた霊薬によって、あまたの死者すら蘇生させながら、前田愛流にいえばあたり一面を無垢の白さに浄めまわる者において、世界にはすでに、解読すべきいかなる謎もありえぬからだ、とみればよいか。

ともあれ、そうした神童の八面六臂の活躍に委ねられ、総じて伏姫霊験記の趣をもつ後半部において、問題の仕草が消去されるのはとうぜんの成りゆきに類するだろう。ごく稀にあらわれても、その「偸聞」も「闚窺」もかつての煽情的な隠微さを失って、ありようのまさに「しらじらしい残骸」（前田愛）をとどめるにすぎない。馬琴の「省筆」技法において、「偸聞」は、その事を必ずや「聞かで称《かなは》ぬ人に」伝える手段とされていた。だが、作品舞台が遠く京都まで拡大され、主要人物たち相互の関連も、江戸湾をかかえた関東海陸戦に参集する敵味方無数の群れのなかで焦点を欠く場所にあって、伝達はもはやくだんの仕草ではなく、伝令や船便に託され、「風聞」「仄聞」のたぐいへと転じ、たまさか（それじたいは巧みな細部として）餅のなかに潜められた書面（第百三十八回）などが、これに代わる。右にいう「偸聞」の隠微さそのものもまた、大合戦の敵陣に文字どおり「間諜」として送りこまれた者たちの、明白な行状のうちに消散しつくすのだ。

馬琴存命当時から今日にいたるまで、巨編後半部の評価が著しく低く、陪臣にすぎぬ八犬士の改名勅許を得るための親兵衛京師譚は「全く省いても少しも差支ない贅疣《ぜいゆう》」であり、対管領合戦記にいたっては「最も拙陋を極めている」とまで酷評[15]されることになるのだが（内田魯庵「八犬伝談余」一九二八年）、事の過半は疑いもなく、親兵衛＝伏姫の霊威による「偸聞」の解除に由来するといってよい。実際ごく単純にいって、一転嘘のような平板さにつつまれる後半部は（ほんのわずかな例外をのぞき）興趣に乏しく、書き手の脱力感ばかりが終始伝わりやまぬのだ。同様にして、親兵衛の再登場とともに、われわれもまた通常の読者の位置へと転位＝脱力するのだといえばよいか。

だが、問題はそこではない。肝要なのは逆に、『八犬伝』前半部の呪縛力がそれほどまで強く読む者を捉える点にあり、その証拠に、逍遥のみならず、この馬琴から『書生気質』にいたるまで、「偸聞」はそのじつ、日本小説の要所要所に踏襲されつづけるのである。

「馬琴の死霊」

たとえば、本章冒頭に引いた為永春水『春色梅児誉美』（以下『梅児誉美』）。

深川唐琴屋の養子・丹次郎と、彼に惚れこむ三人の女性（芸妓の米八と仇吉、唐琴屋の娘・お長）。稀代の色男の成りゆきまかせの痴情を軸となす三組三様の情話は、丹次郎とお長（お蝶）を、それぞれ由緒ある武家の落胤となすところから結末にむかう転機を得ている。その過程に米八をくどく通人・藤兵衛、ふとした機縁からお長の庇護者となった女髪結い・お由などを絡める作品に、あけすけにご都合主義的な祝着を導くものが、先述した馬琴的特性の②と④、すなわち――以下では当該諸作品中の用字にしたがうが――「彳聞《たちぎゝ》」の重合と、これを介した人物の偶会・偶接にほかならない。それまで相互に無縁とおもわれていたお由と米八は、二十年も生き別れていた実の姉妹であったことが、何処からともなくだしぬけに登場した母・おそのによって明かされる場面（巻之十一）がそれである。この少し前に、丹次郎の実父筋の依頼を受け米八の「操」を確証すべく言い寄っていた藤兵衛と、彼と契りあったまま互いの消息を逸していたお由とが七年ぶりの再会を果たしているのだが、二人の仲を聞きつけ、かつ藤兵衛の真意を知らぬおそのは、彼を諦めてくれと娘・お由に哀訴する。妹の米八にもそういって、遊び人の藤兵衛を、側室をつとめた千葉家に戻さねば自分の「義理」が立たぬというその傍へ、障子が開いてひとりの尼が（これも唐突に）登場、それには及ばぬと口にする。近頃お由の家の隣に住む尼は、じつは藤兵衛の実母。側室のおそのが「姉」と慕ったこの千葉家正妻は、かねてよりお由を見込んでいたという。よって、「今日は直〻《ぢき〱》、千葉の宅《うち》へ這入《はいつ》てもらふ相談をと、来かゝる爰《こゝ》への庭伝《にはづた》ひ、願ふてもない縁つゞき、おそのさんの実の子と、始《はじめ》て聞《きい》て嬉しさに、罪深いといふ彳聞も、われをわすれた此《この》よろこび」[16]をまた、当の藤兵衛が家の何処かで忍び聞いたうえで姿をみせ、そうと決まれば、あとは自分が米八と丹次郎の仲を「証人媒人《なかだち》」と請けあう言葉を、一家に同居するお長がさらに「彳聞して、案じ煩ふそのあげく」、次の「巻之十二」にあっさり、そのお長を丹次郎の正妻、米八は側室として据え置くのが、春水代表作の「満尾の段」となる。

　この結末をふくむ同書後編部の上本をみた一八三三年（天保四年）は、『八犬伝』第八輯下帙全四巻（これは、信乃らによる――むろん「偸聞」「闕窺」の重合を介した――悪女・船虫の処刑と、毛野の本願成就を結びとする）の刊行年でもある。一事はつまり、「読本」第一人者のライバルを自任した「人情本」作家にたいする、馬琴の同時代的な影響を如実に証するものであるといってよいのだが、ありようはまた、『小説神髄』の著者が「小説全盛の未曾有の時代」と呼ぶ明治十年代の書き手たちについても同断である。

そこでは、久保田彦作『鳥追阿松海上新話』（一八七八年）、仮名垣魯文『高橋阿伝夜刃譚』（一八七九年）などの「毒婦物」にも、娯楽中心の新聞（「小新聞」）紙上に「実録」されたいわゆる「つづき物」、たとえば『浅尾よし江の履歴』（伝・古川魁蕾作「東京絵入新聞」一八八二年四月～八月）にも、矢野龍渓『経国美談』（一八八三年）をはじめとする「政治小説」にも、さながらそれが、「看客《みるひと》に倦《うま》ざらしめん」[17]（仮名垣魯文）ための金科玉条とでもいわんばかりに、問題の仕草は大小ひきもきらない。作品ジャンルの如何を問わず、その要所要所は結局みな二流・三流の馬琴が書いている（＊4）。そういって過言ではないこの傾向は、たとえばまた、いわゆる「才子佳人」の恋愛譚として好評を博した菊亭香水『世路日記』（一八八四年）にも顕著だが、同じ明治十年代の右諸作とは異なり、この一編は〈立聞き＝偶会→大団円〉の構図において注目にあたいする。主人公がたまたま足をむけた「一小亭」に、他人に嫁したと聞くかつての恋人が再登場。次いで、二人の会話を立聞いた彼女の継母が（前半部の悪役ぶりとは打ち変わった面持ちで）あらわれ、さらには、「此時又一室ヨリ出デ来タルノ婦人」[18]が相互に無縁とみえた幾筋かの話線をあっけなく結びあわせて終わるというその構図は、『梅児誉美』と軌を一にする。親兵衛の再登場を転機となす『八犬伝』は、いわば「偸聞」を終わらせる小説としてその後半部を形成していた。対して、『梅児誉美』と『世路日記』は逆に、「偸聞」によって終わる小説なのだと換言することができるわけだが、ほかならぬ『書生気質』もやはり、この〈立聞き＝偶会→大団円〉の系譜に連なってくるのである。

　そう書いてようやく、逍遥の実作に就きなおすことができる。迂回の長きに失して？　だが、馬琴への迂回は、二、三の理由からこの場に不可欠なのだ。

　何よりまず、この国の「近代文学史」なるものが、その発端に逍遥を呼びだすとき、旧来あまりにも安閑として馬琴との切断を自明化しつづけてきたこと。しかし、ひとたび小説技術の問題に眼をこらすや、馬琴的な組成力の延命ぶりには、これへの抵抗をもふくめ、とうてい無視できぬものがあるというのが、その主な理由である。さらに、日本の作家たちが、ある時期から漠然と「通俗小説」と呼び慣わしてきたものの内実も、馬琴から眺めなおさねばしかとは見定めがたいという点があり、一事は加えて、「小説」という欲望の性格にもかかってくる。これらの点への考慮は、本章の後続部、および本書のいくつかのくだりにも引きつがれることになろうが、いまは、一般には逍遥実作にみる「戯作性」としてあっさり看過されがちな様相に、いくぶんか深く踏みこんでおきたいとおもう。

　正岡子規が「明治文学の曙光」と呼んでいた『書生気質』は、確かに、明治十四、五年、時しも「国会開設の詔」に沸き立つ東京の活気を呼吸する新青年たちの息づかいを（個々に類型の域を脱せぬとはいえ）いまに伝えるものだが、そうした書生たちの舞台に、作品は三筋の話線を断片的に交錯させている。書生・小町田粲爾と芸者・田の次との恋愛譚、小町田の親友・守山友芳と上野戦争のおりに生き別れた妹との邂逅譚、および、守山の妹に擬して富家に入りこまんとする芸者・顔鳥とその悪しき実母・お秀による「女天一坊」めいた奸計がそれであるが、これらを一気に結びつける末段において、「立聞」の媒介する奇縁奇遇が三重、四重に輻輳してくるのだ。田の次がじつは守山の妹・おそでであったこと。上野戦争の混乱の最中、夜明け前の暗闇を逃げまどうお秀が、幼女のお新（後の顔鳥）とおそでを取り違えたこと。そのさい（守山、おそでの実母と同様）流れ弾に当たって死んだお秀の情夫・全次郎が、お秀に見捨てられたおそでを「妹分」として後見したお常（小町田の父のかつての「権妻」）の実兄であったこと。さらには、全次郎との不義を重ねていた当時のお秀の囲い主が、現在のお常の旦那の上司に当たること。大略そうした糸筋を、二方、三方から、上記の春水作、香水作と同工異曲の「立聞」の連鎖および重合を介し、小町田をのぞく関係者八名が顔を揃える湯島梅園町の（春水作ではお由にあたる）お常の家の一室へと強引に結びあわせて存分に大時代な作品につき、自然主義文学勃興期の一評家は果たして、これも依然として馬琴が書いていると記すことになるだろう。

> （…）全体の結構到底事件の変化に重きを置くを免れず。而も其の変化や、概ね偶然の機会に出で、人物の性格より来る必然の結果ならず。奇禍奇遇等、旧時代伝奇の面影を存すること多く、特に大団円に近づくや、急転直下、奇機続発、偶然は偶然を生みてめでたし／＼となる所、宛然夢幻劇の型なり。
>
> （岩城準太郎『明治文学史』一九〇六年[19]）

冒頭に引いた作中人物の科白を想起されたい。「イヤ兎に角に小説めいた話さ」という守山のその言葉は、ここにおいて端的に、馬琴「小説」的な「奇機続発」を指すのだと、確かにそう読み替えることができ、この確かさはそして、次作『妹と背かゞみ』（一八八六年）においていっそう抜きがたくなる。〝誤った結婚〟を主題となす一編は、齟齬の発端も展開部も結末も、すべて「立聴《たちぎき》」に託しているからである（＊5）。

　前途有望な青年官吏・水澤達三と、彼が思いを寄せる令嬢・お雪、彼を慕う肴屋の娘・お辻。この三者を主軸に据える作品においては、まず、「新年の骨牌《かるた》あそび」の場で、お辻に水をむけられ本心とは裏腹な答えを口にするお雪の言葉を「立聴」した達三が、お雪を諦め、折から手にした『花柳春話』の原典（『マルトラバアス』）にみる恋愛＝教育の主題に背を押されるようにして、「下等社会」に属するお辻と結婚することが誤りの発端をなす。やがて、亡父ゆかりの芸妓一家と偶接し父親の遺借を報いんとする達三の行状を誤解するお辻が、迂闊にも実家の姉に嘆きくどくや、これもじつはかつて亡父の囲い物だった（！）伝法なその姉と芸妓との口論が、「隣の座敷」で漏れ聞いた新聞記者の好餌と化し、この醜聞をめぐる達三と芸妓の母親との会話を「立聴」して半狂乱にいたるお辻は、離縁の追い打ちをうけて自殺する。作者の挿評にしたがうなら、「水澤の誤《あやまり》も立聴に始まり、お辻の不幸《ふしあはせ》も立聴より加はりぬ」（第十七回）というこの結婚譚では、まさに、問題の仕草そのものが「序、破、急」のテンポを刻んで作品の帰趨を（右には割愛した「立聴」場面の二、三を携えつつ）つかさどっている。このとき、逍遥において一作の新味はたぶん、『書生気質』に踏襲した馬琴的〈偸聞＝偶接・偶会〉の二要素の重合を切り離すことにあったとおもわれる。偶接・偶会には別の節目を担わせ（その最大のポイントは、大阪に出張した達三が芸妓一家との奇縁を結びあうくだり・第六回〜十回）、いわば純粋な「立聴」に比較的高い蓋然度を与えたうえで、〈立聴→誤解〉に一編の主動力を託すこと。だが、新味はここで、先の春水・香水の場合にもまして、かえって旧套の、繰りかえすなら『八犬伝』前半的な、あるいは、同じ馬琴の旧作としてつとに〈立聞き＝偶会→大団円〉の構図を示していた『三七全伝南柯夢』（一八〇八年）にも似た拘束力を感じさせずにはいない。多少の新味は、「立聴」なしには物語を全うしえぬ者の限界をこそきわだてるかにみえるのだが、『妹と背かゞみ』に次ぐ「長物語」として、「絵入朝野新聞」に連載しはじめた『此処やかしこ』（一八八七年三月～四月）などは、その限界の最悪の事例ともなろうか。「元来《もとより》目安もなし趣向もなし末は如何するか腹稿もなし其日其日の出来心で筆に任せて書いてゆく」姿勢（「口上」）のなせるわざか、文体の新生面をのぞけばいかにも無残な一編は、数人の人物たちを（その相貌も、相互関係もさして定かならぬまま）しまりなく置き惑ったすえ、ともかく物語を動かそうとする段に、またしても「立聴き」場面を介入させかけて、「第七回」で次のようにぷつりと途絶してしまうのだ。

立聴きするも気の毒なト賛平は急いで二足三足また彼方へと行かける機会《はずみ》に表に声高く「お帰りツ」馬のいなゝく声ヒヽンく（苦しい幕切《きれ》だ）[20]

確かに「苦しい幕切」なのだ。このとき、この苦衷に同調してはじめて、構成法としての「省筆」＝「偸聞」が『小説神髄』の著者によって等閑に付された理由が、まず判然たらねばならない。つまり、かかる逍遥にとって、それはあまりに自明の要素であったのだ。小説の長さを支えて「看客《みるひと》に倦《うま》ざらしめん」（仮名垣魯文）とすれば、同時代のあまたの書き手と同様、この技法以上に有効な方途を他に思いつきようもないほど、「偸聞」は逍遥の身にしみついてあり、そして、この自明さにこそ、後年みずから「馬琴の死霊」と呼んだ呪縛力の最たるものが看取されるのだ。

魯文、龍渓、香水らとの相違があるとすれば、彼らがみなその亜流に唯々諾々と甘んじていたのにたいし、ひとり逍遥のみが、同時代に突出してあざやかに馬琴に逆らいながら、馬琴のようにしか書けなかった点に、『書生気質』の作家の早すぎる挫折の元凶が存するのだと、そう要約することが可能になるのだが、しかし、それがなぜ、断筆を強いるほどにまで苦しいことだったのか？

強欲と廉恥

先に掲げた相関四領域図を、ここに絡めなおしておこう。

一八八五年段階の逍遥にとって、『八犬伝』の作者はそのB領域、すなわち、人生には容易に場を持ちがたい反面、小説中にはしばしば生起するものが形成する領分の覇王と目されていた。これまで眺めてきた巨編の「偸聞小説」性は、物語の伝奇性とともに、その覇権のかなめとなるわけだが、もとより、偶接・偶会の「奇遇」も、「偸聞」も、個々には極点bに存在するわけではない。一生に幾度かは、人は誰かとゆくりなくも遭遇し、いわくありげな会話にふと聞き耳を立てもするからだ。が、ことあるごとにそれが現出し、あまつさえ、その多くの場合に当の二つの要素が同時に、しかも二重、三重に輻輳するといった連携性は、人生にはその場を持ちえまい。その意味で、『八犬伝』前半部に顕著な連携は極線b—0上に引き寄せられることになるわけだが、ここに改めて注目を要するのは、そうした誘引力をほしいままに貪って、極点bに君臨する三人称多元の話者の、あられもなき全知全能感にある。

それぞれの論点こそ異なれ、『八犬伝』を語る人々は時に「ユートピア」の一語を口にする。が、H・アーレントふうにいえば、「ユートピア」を作りだす者は、多くその世界の独裁者になるのだ。その独裁性のもと、「人間万事往《ゆく》として、塞翁が馬ならぬはなし。そは福《さいはひ》の倚る所、将《はた》禍《わざはひ》の伏する所、彼にあれば此にあり、とは思へども予《かね》てより、誰かよくその極《きはみ》を知らん」（第三十一回）と記しながら、ひとりその「極《きはみ》」を占有し、「奇中の奇」に出会う作中人物たちに、「寔《まこと》に物の因縁あること、蓮根《はちす》の糸を引く如く、断《き》れども尽ぬ者になん」（第七十二回）と感嘆せしめながら、その「糸」を縦横一手に操って作品の途方もない長さを貪りつづける者。「糸」の結び目に反復される〈偸聞＝偶接・偶会〉技法が、この「極」点にむけ読者を近々《なまなま》と縛りつける方途にほかならぬことは既述のとおりだが、ありようはそこに尽きるわけではない。他方、大小の「糸」を結びあわせるそのたびに、読者と作中人物の双方にたいし、「因果応報」の理法を諭し、「名詮自性」の秘儀を解明し、「天の配剤」に感じ入りながら、要するにそれこそが（汎宇宙的な理気につつまれた）人生なのだと、作者みずから言葉を挿し挟み、あるいは傍らの誰彼に、延々とそう強弁せしめてやむことを知らぬ点にも、同様の拘束性は顕著となるだろう。つまり、極点bにあってみずから手繰り寄せた出来事を、A領域へと無理矢理送りつけること。世にいう馬琴の説教癖、しばしば牽強付会のきわみを隠さぬ論弁性の性格がそこにある。

　ちなみに、『書生気質』については往時の感嘆を隠さない正岡子規は、同じ死病の床にあって、『八犬伝』の偏狭さと『水滸伝』の大らかさとを読みくらべつつ、自分で設えた「理屈がらみ」を「用意周到」と混同して悦に入る馬琴の筆致に辟易してもいた[21]（「水滸伝と八犬伝」一九〇〇年）。はじめこそ「大変ひいき」であったが追々その「ねツつり」ぶりが厭になったという泉鏡花も、馬琴は「意地の悪いネヂケた爺さんのやうだ」と語り残している[22]（「いろ扱ひ」一九〇一年）。問題はしかし、「因縁」の操作性はもとより、その「理屈」にせよ、「意地」の悪さにせよ、これらを可能にする位置への執着にある。馬琴にとって、この覇権的位置がいかに「ねッつり」と、書くことの喜悦と結びついていたことか!?『八犬伝』後半部にいたり、「平話《たゞごと》」筆記の苦しみを二度、三度と訴えるのはその如実な反証である。

抑《そも〱》和漢、稗説《さうしものがたり》に遊ぶ諸才子、新を出し奇を呈して、看官《みるひと》の愛憘《めでよろこ》ぶ条《くだり》は、作者もおのづから に筆找《すゝ》み、又話説《ものがたり》平和にて、看官のすさめぬ〔不欲〕条は、作者難義の文場《ぶんじやう》なり。遮莫《さばれ》是等の平話《たゞごと》なければ、新奇も倒《なか〱》に綴るに由なし。

（第百三十回）

一節が、八犬士具足につづく里見家「追善」大法会の場、巨編前後半の転回点にまず挿入されている事実は、先にいう「偸聞」小説の終わりの始まりを証していかにも徴候的である。後の箇所では、「かゝる花もなき、平話を載せて、丁寧反復」するその労苦は、「作者の苦界」とまで記されている（第百五十六回）。後半部を浸しつくす根深い脱力感とともに、苦々しくそう繰りかえさずにはいられぬ者におき、より良く書くこととは、逆につまり、おのれの圧倒的な技倆（＝「花」）のただなかに、読者をより強く拘束することの別称なのだとそう再言するよりも、ここではいっそ端的に、これはもう、ほとんど陰気な気狂いなのだと断ずるべきかもしれない。芭蕉の「風狂」など（こと形態の発情においては）たかが知れている。あれはそのつど僅々十七音にすぎぬのにたいし、こちらは無慮二百八十万文字を律して、「くどき」場も「起本来歴」も風景描写も戦闘場面も、心内語すら頑な七五調で貫き通すのだが、そのさまにつき、右の子規は「趣味」の淡妙さを知らないと書いている。が、『八犬伝』の作者は、その覇権的な強欲をひけらかしてたんに無趣味もしくは悪趣味というよりは、そうとよりほかに処しようのないかたちで、書く者の狂気すれすれの欲望と小説技術とを結びつけた日本で最初の作家なのだ。サドの主役たちが、陵辱に先立ち、犠牲者を前にしてきまって披瀝する瀆神大演説を思いあわせてもよい。たえず鋭利に累積的な加速度を伴う直截克明な論理性。それじたいが、言葉そのもののうちに聞く者を縛りつけてすでに十分サディスティックな欲望の発露と化すというのは、ドゥルーズの卓見だが（『マゾッホとサド』一九六七年）、馬琴の説教癖も一面これに準ずる。

就中、浜路をはじめ、行徳「古那屋」の段で、信乃の窮地を救うべく複雑きわまりない犠牲死をとげる夫・山林房八の巻き添えとなる沼藺（＝小文吾の妹）、犬村大角の父親になりすました下野庚申山の「化猫」とその後妻・船虫との奸計に強いられて自害する大角の妻・雛衣。いずれも臨終の苦悶にある善女らの前で、その兄や夫らがともに長々と事の因果を語り聞かせ、彼女らの死の意義を説くくだりに露頭するのは、まぎれもなくサド的な言葉＝発情であり、そこでは、説教したうえで殺しはじめることと、説諭が終わるまでは死なせぬこととが、奇怪な一致をしめすのである。サドにあっては、犠牲者らが演説に最後まで抵抗し、その姿勢が放蕩者《リベルタン》たちの加虐欲をいっそう高ぶらしめるのにたいし、馬琴の善女らは大旨あっさり納得するという相違はある（大角と現八の「長物がたりを、現とも夢ともわかで聞侍り」、「非命に終る幸《さち》なさも、何憾《うら》むべき良人《をっと》の為に、功《いさをし》ありといはるゝ事、妻たるものゝ面目なり、歓《よろこば》しや」・第六十六回）。違いはまた、サドの言語＝陵辱におき、明晰な論理を支える鋭い分析力それじたいが、いわば高度な必然として、やがて犠牲者の身体を切り刻む力の前駆をなす肝要点に徴してもよい。これに比すなら、「断《き》れども尽ぬ」その「蓮根《はちす》の糸」にかんして、馬琴にきわだつのは、後に繋ぎあわすために前もって断ち切るといった恣意の安易さにほかならない。得意の「名詮自性」の解釈にしたところで、既存の名詞についてはともかく、その大半はあらかじめ計算された命名に施されるにすぎぬのだ。知性じたいも強弱を違える。驚異的な博覧強記を示しはするものの、サドの頭脳の破滅的な明度と強度にくらべれば、馬琴の知性は鈍く大時代に澱んでいる。現実にたいする批判力ひとつをとっても、その日記随筆類の証するところ、たとえば前代の読本作家・上田秋成の『胆大小心録』(一八〇八年)に遠く及ばない。そこに残されてあるものの大半が、武士の家に生まれながらついに士籍を回復しえぬまま終生これに屈託をかかえる者の、尊大にして卑屈、傲慢かつ小心きわまりない愚痴と怨恨であることは良く知られていよう。事実、馬琴日記を読みふける真山青果などは、いかなる些事についても「窮屈なる名教心に囚われて、絶えず苦しんでいる」その「臆病なる心」にただならぬ同情を寄せる一方で、「性格的萎黄病者」とまで呼ぶ宿痾の由来を「時の勢力に圧倒せられて時代常識に動かされやすく、常に大者に事《つか》えて身を憩わんとする」性根の弱々しさに求めることになる[23](『随筆滝沢馬琴』一九三五年)。同じことは、作中に挿入される自注の数々が、稗史小説は「鄙事《いやしきわざ》なり」、「毫《ちと》も世に裨益なし」などと繰りかえす一方、おのれの学殖を吹聴してやまぬ点にも著しい。ニーチェふうにあえて極言すれば、『八犬伝』とはつまり、この世でもっとも「下等な人間」と小説エクリチュールとの、もっとも深く有力な紐帯をとどめる巨編ともなり、この点また、明らかに「上出来の人間」サド侯爵の手になるあの途方もない猥書の数々との違いが測られてよいはずだが、この場ではしかし、相違が逆にきわだてる両者の類縁性に着目すべきである。

すなわち、書くことそのものが肯う強欲。

馬琴の場合、これが如上あられもなく覇権的な作話＝専制として貪られ、被支配階級に甘んじた彼の人生において、ついに場を持ちえなかったものが、そこで、たんなる補償の域をはるかにこえた喜悦へと転ずる。一九八〇年代における馬琴再評価の主翼を担った松田修の一文「幕末のアンドロギュヌスたち」は、「たしかに馬琴は、勧善懲悪を唱導した。しかしその悪とは、体制の悪であった。したがってその善とは、体制そのものをゆさぶる行為でさえあった」と記す。[24]だが、馬琴の運筆はここで、「体制そのもの」ではないか。読者が数々の「偸聞」場面で強いられる強迫神経症的な感触とは、まさに、この僭主的な喜悦の執拗さにたいする不可避の応諾にほかならない。とすればさらに、その「偸聞」をみずから消しさって白々と脱力する巨編後半部の性格と、欲望の形態それじたいに根ざすサドの「意気阻喪《アパシー》」との異同を測りたくもなるのだが、それは割愛する。はからずもその肇輯の刊行年（一八一四年）、パリ郊外シャラントンの精神病院で没した『悪徳の栄え』の作家と、『八犬伝』の作家との比較に多言を費やすことが、ここでの本意ではないからだ。要は、馬琴のように書くとはその僭主的な強欲を共有することを意味し、そして、それに逆らいながらも、馬琴のようにしか書けぬ者の苦しみとは、一場に不可避な強欲の処理に煩うことを意味する点にある。「馬琴の死霊」をめぐる回顧文に繰りかえされる言葉（「恥ぢ」「愧ぢ」）の深さをいま一度銘記しよう。「傍観」を標榜し、その一法として、たとえば、主人公・小町田初登場の場に、「とにかく女親のなき人とは、袴の裾から推測した、作者が傍観《をかめ》の独断なり」と書き（『書生気質』第一回）、あるいは、すでに何度か顔を出している脇役書生の湯上がり姿につき、「此時一個《ひとり》の男あり。（…）車夫《くるまや》だか職師《しごとし》だか、はた官員だか、すこしもわからず」、「扨《さて》は書生にや」と記そうが（第十四回）、つまり、いかに謙遜を衒い無知を装ったところで、話者がそこで、馬琴と同じ「極」点にあることに毛ほどの相違はない。それは、馬琴的な作話＝専制の不器用な一変奏にすぎない。不器用なというのは、極点bと作中人物に即した視点とのあいだにきわだつ、いわば露骨に直線的な往還ぶりにかかわるのだが、そうした変奏はかえって、時としてかかる偽装をもふくみこむ覇権の、いっそうの幅と強靭さを追認せずにはいないのだ。そこから逃れえぬことの、恥ずかしさ！

『妹と背かゞみ』の末段近く、おのれの多用する「立聴」につき、作者が奇怪な弁明を挿しはさむのはその廉恥のなせるわざである。恥じ入る者はやむなく、それはひとえに日本の家屋構造のせいなのだと記すことになる。

夫《か》の堅牢なる石屋に住ひて、戸締厳重にもてなしたる、異国の人の上は例外にしあれど、我々御国人《みくにうど》の住む家の如きは、壁薄く家居《いへゐ》たてこみ、襖、戸、障子はいふに及ばず、総《すべ》ての戸締が厳重ならねば、仮にも立聴《たちぎか》むと思ふときには、容易に他の内事を知ることを得べし。（…）斯《か》様《やう》に取越して苦労をすれば、家屋も人権に関係あるに似たり。（第十七回）

みずから操る「天の配剤」を、人生と親しげな領分に無理強いする馬琴の厚顔さに比せばいかにも慎ましいとはいえ、この弁明もまた、同じBの極点からA領域のなかほどへと、「立聴」を運び移さんと欲している。だが、それが、「人権」などではなく露骨に人離れした位置に、「家屋」ではなく小説にかかわることは明らかである。その明白さを、こうして自他に糊塗せずにはいられぬ廉恥の存在を、強く指摘しておきたいとおもう。

この点、『書生気質』における「稗史七則」の踏襲例を指摘しながら「省筆」＝「偸聞」を逸した前田愛が、『妹と背かゞみ』については一転その「立聞きの手法」に着目、それは「物語《ロマン》が小説《ノベル》に切りかえられる転換点を指し示していることになるだろう」と記し、「立聞きする水沢やお辻は、いわば、小説の言葉を立聞きとしてうけとめる読者の立場を代行している」[25]と断ずるところ（「ノベルへの模索」）は、馬琴愛読者の言葉とは信じがたい瑕瑾を二重、三重にとどめていよう。その「代行」性こそ、『八犬伝』のあまたの人物に強いられていたものであったからだ。また、馬琴の別作『俠客伝』の一人物に、先の善女たちと同じような死に目をあたえるくだりを引いて、その説教癖になぜか「作者のやさしさ」を読み取る亀井秀雄が、『書生気質』からは右の「作者が傍観《をかめ》の独断なり」の一節を引きながら、「このように全知全能性を廃し、単なる傍観者に資格を限定した『作者《さくしや》』をテクスト内に現出させることが、逍遥における作者の現世化であった」[26]（前掲『「小説」論』）とする点も、多分に胡乱である。かりにそうであったのなら、逍遥は何ひとつ恥じ入る必要もなかったからだ。小説家・坪内逍遥は、神のごとき「全知全能」の話者たることを廃棄したのではない。どうやっても、せいぜい俗な神でしかありえぬことに廉恥を覚えつづけていたのである。

驕慢であろうが俗にやつそうが、その「神」にもひとしい僭主的な位置にたつことの廉恥、ならびにこれが導く挫折。このとき、いま一歩踏みこむなら、その挫折のうちにはさらに、「四民平等」第一世代にふさわしい「現世化」、言い換えるなら、小説の作者たる者をも同時に貫く本格的な「平民化」志向の最初の痕跡が看取される必要がある。痕跡はそこで、その謦咳にふれた誰もが異口同音に書き残す逍遥の、柔和な性格と穏健かつ篤実な倫理観とともに、あるいは、それをこえて見出されねばならない。要するに、『書生気質』の小説家が同時に（または皮肉にも）、改進党系の自由民権論者であった事実は、さほど軽いものではないのだ。一方には、「仁義八行の化物」の一声によって、当の逍遥をのぞく若い書き手、読み手たちが一様にみな、あっさり馬琴を葬ることができたという事態がある。正しくは、馬琴の技術が読者に強制しつづけた高圧的な支配力そのものに、ひとしく夢中に縛られると同時に、前代身分社会の腐臭を我知らずそこに嗅ぎあてていた若者たちがおり、『小説神髄』の出現が、その嗅覚を一気に顕在化せしめたという側面がある。他方に、そうした機縁を一身に担いながら、馬琴のようにしか書けぬことの廉恥にひとり苦しむ者がいる。その作品の無残さと挫折の光景が貴重なのは、ひとつにはつまり、その場をこそなまなまと横断する歴史的な社会性にかかっているのだ。小説が繋ぎとめる歴史性も社会性も、むろん作者の個性も、そこに描かれる物語の色彩にのみ測られてよいものではない。それらはむしろ、何かが小説たらんとする一瞬、その組成様態じたい、とりわけ、様態がこうむる齟齬や誤作動のうちにより鮮明な痕跡を留めるのだ。さらに、この齟齬や誤作動こそが――結果的な奏巧の如何を問わず――創造力の真の同義語と化しうるのだが、この点のいくつもの様相については本書の全体に託すべきだろう。ここでの要は、逍遥が如上いま、すなわち、通例にしたがって「近代小説」と呼び換えてもよい事の始まりにおき、「言文一致」とならぶその困難のひとつとして話者＝視点の課題が顕在化しかけたまさにそのとき、人の世の「摸写」を目指しながらも、依然あられもなく人離れした視点に縛りつけられていたことにある。

その個人的、歴史的、社会的、そして、創造的なぎこちなさ。
これを確認できたのなら、小説断筆の寸前、いってみればすべての元凶であった長さそのものを棄て、その唯一の秀作たる短編小説『細君』を残した逍遥が、そこでも二度ほど用いる「立聴」に、一転ごく慎ましい表情を付与するさまは割愛してよいとおもう。また、ほとんど破れかぶれといった趣きが珍妙な「メタ・フィクション」に大きく傾いた『種拾ひ』（一八八七年）の存在などについても立ち入らずにおく（第二章註5参照）。この場にはもう一例、同じく馬琴のもとから語りなおすべき作家の大作が控えているからだ。――尾崎紅葉の『金色夜叉』（一八九七年～一九〇三年）がそれである。

紅葉山人の『八犬伝』

小説的かも知れんけれど、八犬伝の浜路だ、信乃が明朝《あした》は立つて了《しま》ふと云ふので、親の目を忍んで夜更に逢ひに来る、あの情合《じやうあひ》でなければならない。いや、妙だ！　自分の身の上も信乃に似てゐる。幼少から親に別れて此《こ》の鴫沢の世話になつてゐて、其処《そこ》の娘と許婚《いひなづけ》……似てゐる、似てゐる。

（尾崎紅葉『金色夜叉』前篇「六」）

坪内逍遥『書生気質』の作中人物よろしく、おのれの環境にやはり「小説」の一語を思いよせている人物はしかも、まるで本章の文脈を肯んずるかのように、一語を端的に『八犬伝』へと差しむけているのだが、この青年・間貫一《はざま》と、浜路にくらべれば「冷淡」で娘らしさを欠く許嫁・鴫沢宮とのあいだに、ほどなくどのような決別が待っているかは、誰もが知っていよう。その〃熱海の海岸〃を「前篇」のクライマックスにすえ、岩波版全集の表記にしたがえば「中篇」「後編《（ママ）》」「続篇」「続続」「新続」と断続的な稿を継ぎながら、つまるところ金よりも愛といった通俗的な主題を――弟子・小栗風葉の伝える作者言によれば――「壮士芝居」ふうに隈取る作中、失恋の反動で金の亡者と化す青年の世界を主導するのは、彼自身がはやくも右のごとく確認する類同性、および、これに基づく対偶化の原理である。「財《かね》に見換へられて棄てられた」一件そのかた、青年は養家とともに入学寸前の大学も捨て、「地獄の獄卒のやうに」憎み賤しまれる高利貸の手代に徹する。他方、大銀行家の息子・富山唯継に嫁した娘はすぐさま前非を悔い、かつ、旧に倍する恋慕を「氷の窖《あなぐら》」につのらせながら鬱々と日を送る。そうした大筋を示す作品後段、旧友・荒尾が、先だってたまたま語り聞かされた宮（「彼」）の心を汲みながら、次のように畳みかけるとき、そこで確かめられているのも、同じ原理の貫徹ぶりである。

「間《（はざま）》、君は彼が畜生であるのに激して猶且《やはり》畜生になつたのじやな。若《も》し彼が畜生であつたのを改心して人間に成つたと為《し》たら、同時に君も畜生を罷《や》めにやならんじやな。」

（続篇「四の二」）

六年ぶりに再会した旧友の言葉に、「宮の如き畜生が何で再び人間に成り得るものか」と応ずる貫一の、その異様なまでの頑さは、彼をして別途、赤樫満枝なる美人高利貸の執拗な求愛をも無慈悲に峻拒せしめる。「仁義八行」ならぬ冷徹非情の、とはいえやはり十分「化物」じみてくる絶世の美男子。そうした主人公をもつ作品を端的に「紅葉山人の『八犬伝』」[27]と記す正宗白鳥（「尾崎紅葉」一九二六年）にしたがって、これを馬琴のもとに引き寄せるなら、作品にきわだつのは今度はつまり、「稗史七則」にいう「照応」「反対」の二則なのだと換言することができる。

「却説《かへりてとく》」――馬琴文では、小文吾が暴れ牛を取り押さえる場面と、犬士らに捕らえられた船虫が（最後の情夫・媼内とともに）牛の角で突き殺される場面との一対が、「照応（照対）」と呼ばれる一方、「芳流閣」上で信乃を捕縛しようとした現八が、「千住河」の繋舟のなかでは逆に、信乃（および道節）に取り押さえられようとする関係が「反対」と定義されていた。前者においては「その物は同じけれども、その事は同じからず」、後者では「その人は同じけれども、その事は同じからず」。それが、例示に添えられた一般規定となっていたわけだが、この規定は、〈共通の人・物を介して異なった出来事が対になる〉と一本化できる。よって、二則はその逆、〈共通の出来事を介して、異なった人・物が対になる〉ことも含みうるし、この「共通」項を、同一性から類似性へと緩めれば、「照応」「反対」の組織力はいっそう幅広いものとなる。上記に類同性による対偶化というのはこの幅に応ずるものだが、ありようは実際、『八犬伝』（就中、やはりその前半部）に隈なくゆきわたってもいるのだ。だが、「偸聞」とは異なり、事はむしろ、「小説」なる場にもっとも親しく広範な一般法則に類する。応分の距離と時間を隔てて、何かと何かが、同じこと、似ていること、対をなすこと。「小説」が、人生とは異なったアクセントでこれを問題化する場の異称であることを、たとえ無意識のうちにでも感得せぬような書き手、読み手というものは、およそありえまい。この点、馬琴はたぶん、日本において誰よりも早く明確に、これを自覚し活用した作家であったことになる。とすれば、このとき、当の二則を難ずる『小説神髄』の著者が、「巧みを求むるに過ぎたる物」、「文章をもて主脳とせる支那の作者の規律にして、我が小説家の守るべき法度にはあらず」と記していたのは、多分に早計である一方、文学史的には予言的でもあったのだ。というのも、逍遥の一著に刺激されて筆を執るや、たちまち「我が小説家」中随一の地位を占めながら、何にもまして「文章」の錬磨を求めつづけた人物がこの紅葉であり、彼は果たして、その初期作品から随所に、二則の支配を好んで受け入れたからである。

とある山中でめぐりあう二人の尼が、かつての敵味方として、はからずも同じ青年武将を愛していたという『二人比丘尼色懺悔』（一八八九年）が、すでにその露骨な典型である。日々の路上で顔をあわせる名も知らぬ相手に惹かれあっていた男女が——一方は母親と妹を連れた兄として、他方は母親と兄に伴う妹として——谷中の墓地で偶会するや、互いの妹と兄とをそれぞれの伴侶と誤解して、あえなく素志を捨てる『拈華微笑』（一八九〇年）もしかり。アンデルセン作品の翻案として、飼馬の死皮、母親の死骸、麻袋という三つの同じ物をめぐり、「善人なりとも愚鈍は亡び、悪人ながら智者は栄ゆる世の」寓話[28]となす『二人むく助』（一八九一年）もしかり。同じく、奏任官の家に嫁した美貌の姉が離縁の憂き目にあうまでの顚末に、幼なじみの職工の妻となった不器量な妹の楽しげな日々を描き添える『二人女房』（同年）にも、ありようは顕著だろう。

爾来なお幾多の作中に歴々と看取しうる法則が、作者最晩年の長編小説『金色夜叉』の中枢にも反復されるというわけだが、たとえば、同じ金融資本の担い手でありながら、銀行家の息子は貴顕人士と「美しき」友誼をむすび、高利貸の手代は、昔の学友たちから悪罵と殴打を浴びるばかりか、誰とも知れぬ者の闇討ちにあい頭部に重傷を被る。その治療入院中、雇主である鰐淵夫婦が、逆恨み狂気に嵩じた一老女により家屋ごと焼き殺され、かねて家業の廃絶を切望していた息子から資産を譲り受けた貫一は、旧にもましていわば清廉潔白な蓄財生活をおくる。そうした日々の一齣として、荒尾との先の場面はあらわれるのだが、そのとき、かつて富山の財産に惹かれ（かつ、両親の要請も否みがたく）許婚を捨てた宮は、旧愛のためにいまは婚家を捨てようとさえ身悶えている。赤樫満枝も、宮と同様、金のために六十歳の高利貸の「妾同様になつた」過去をもつのだが、彼女が、どれほど冷たく拒まれても貫一のもとに足繁く通い寄るように、宮は宮で、そのつど「封のまゝ火中」に投じられる幾通もの手紙を送りつけてやまない。六年ぶりに偶会した荒尾に、貫一宅への同道を請う宮が、そこでは『八犬伝』の浜路よろしく「私は貫一さんに殺してもらひたいので御座います」と口にすれば、後日、宮の存在を知った満枝は、貫一にむかい「私もう貴方を殺して了《しま》ひたい！」とまなじりを決する。そうした鮮明すぎるほどの構図のもと、依然どちらの女性にたいしても酷薄きわまりない主人公の、高利取り立ての非情さにもまして確かに「夜叉」めく一念。

　その酷薄さの周囲で、同じもの、似たものがしきりと並びあい、「照応」「反対」の法則が（上記の幅を示しながら）いくつもの対をなす作中には、さらに二つの出来事が事態に加担する。

　千葉行きの列車をまつ休憩所の場面（続篇「五」）と、「続続」全体を形づくる那須塩原温泉の出来事がそれだが、貫一の「夜叉」には稀な同情心を披露して、物語の表情に別種のアクセントを与えるかにみえるそこでもまた、二組の男女の似通いあった窮地が、あざとい対をなす。すなわち、前者において、休憩所の「障子越《しやうじごし》なる隣室」から洩れきこえる男女の「細語《さゝめごと》」が伝えるのは、高利貸の「悪手段」にかかって一年の投獄を強いられた男の不在中、婚約を破棄せよと迫る両親に逆らいつづけた娘の心意気であり、後者、同宿の「二間許《ふたまばかり》」隔てた部屋の「男女の細語《ひそめき》」からただならぬ気配を察した貫一が、すんでのところで心中を止まらせるというくだりでもやはり、金よりも愛を選ぶ者たちの姿が、貫一の心をいたく打つのである。この一対にはしかも、それぞれ深い因縁がまといついている。前者の男を窮地に追いこんだ高利貸は貫一の主人・鰐淵であり、くだんの火付け狂女は男の老母であった。同じく、使いこんだ大金を帳消しにするかわりに姪を娶れという主人の命に背く狭山と、強欲な養母の強いる身請け話をきっぱり袖にする芸妓・愛子（お静）とが担う後者において、金に物をいわせるその横面へ皿を「叩付《たゝき》けて遣つた」という相手は、お宮の夫・富山唯継なのだ。そして、これらの偶然を二つながらまた、立聞きが媒介すること。そこには、馬琴にも逍遥にもみられぬ事例として、同じ仕草が主人公の心を洗うという新味が加味されてはいる。前者では、「恰も妙なる楽の音の計らず洩聞《もれきこ》えけんやうに、憂かる己をも忘れ」ながら、貫一は男女の前途をよそながら祝している。後者の場面中、とうてい「人事《ひとごと》」とはおもえぬ二人の心意気が「涙が出るほど嬉しい」のだという貫一は、感激のあまり、狭山の弁償金とお静の身請金とを肩代わりするのみならず、両人を自家に雇い入れるだろう。だが、新味はこの場合もやはり奇縁と立聞きとの紐帯をかえって強めるのであり、しかも、作者「腹案」によれば、そのお静たちの献身により、「漸く本善の性」を回復した貫一が結末にむかうとあるのだから、旧套はいよいよ健在とみる必要がある。その「天分と蘊蓄とを傾注した」代表作として一編を推奨する先の正宗白鳥も、したがってさすがに、こう記さざるをえないのだ。

それにしても、貫一が千葉行きの際に、両国駅前の休憩所で仲のいゝ男女の秘密話を立聞きして自分の身に引きくらべて感慨にふけり、塩原の宿で、また仲のいゝ男女の情死の相談を立聞きして飛込んだりするのは、智慧のない趣向である。しかも女の方が富山の思ひをかけてゐた女であつたなど、故事つけの苦しさが思はれる。（「尾崎紅葉」[29]）

その「苦しさ」のなせるわざか、この塩原の段から「新続」の末尾までの八十頁、全編の六分の一にすぎぬ分量に四年もの歳月を費やす作者は、その死によって、作品を未完のまま残すことになるのだが、興味深いのは、必ずしも病苦にのみ帰すわけではないその難渋ぶりにある。

話はしかし、たんに右のごとく、『金色夜叉』にも顕著な馬琴の骨格を指摘するだけで済むわけではない。『書生気質』の作家を暗礁に追いこんだのは、いわば、「摸写」を操ってあらわにすぎる手の動きと、「傍観」なる理想的な眼の働きとのあいだの和解しがたい齟齬と、どう取り繕おうが権柄ずくなみずからの位置にたいする廉恥にあった。紅葉はしかし、二つながらこれを逃れている。「写実」を標榜しながらも、そのじつ世界の表面とほどよく折り合いをつけるその眼の一種の軽薄さが、手の動きをはるかに滑らかにするといった方向に紅葉の筆は洗練されてゆくのである。この場にふれる余裕はないが、明治中期の三人称多元小説として出色の名作『多情多恨』（一八九七年）において、作者はすでに（次章にみる二葉亭『浮雲』にはさすがに及ばぬとはいえ）焦点移動の妙を披露してもいるのだが（＊6）、みずから「壮士芝居」と呼ぶ外連味をふんだんに留めるこの『金色夜叉』とて、操作技術の練度は、逍遥とはおよそ同日の比ではない。一事はたとえば、「男女の細語《ひそめき》」にたいする主人公の位置とその痕跡とにかんし、遠近を自在に操り、かつ、痕跡の有無をなめらかに転ずる塩原の連続場面と、『妹と背かゞみ』の律儀な「立聴」との比較に就くだけで判然とするはずだ。その洗練度に、持ちまえの洒脱さを搦めとらせる作者は、したがって、逍遥を苛んだ廉恥とも遠く無縁である。紅葉は、馬琴のごとく居丈高でもなければ、後年、早稲田中等部の子弟の「修身」教育に腐心し、『文芸と教育』（一九〇二年）以下、数々の著作を通じて芸術と邪悪なものとの密通を警戒した逍遥のようには、生真面目でもない。従来、何事にも浅く、それゆえ巧妙に戯れながら、語りが同時に騙りでもあるような江戸戯作的な趣向にも進んでなじんできた書き手である。たとえ、馬琴のように書いてしまったとしても、それじたいが、四年間もその筆を渋らせるわけではないのである。

とすれば、この場合、何が悪かったのか？——逍遥の場合とこそ異なれ、同じく多分に歴史的な痕跡を留める齟齬の主因は、愛と金というその主題にほかならない。

たとえば、財力にあかして三人の美女を手に入れ、物わかりのよい妻もまじえた女色に、「粋」と「俠」の美意識をからめた『三人妻』（一八九二年）の大富豪において、「金」はあくまでも、『梅児誉美』的な愉楽の糧であった。その「金」に一転、日清戦後の新時代にかなう暗色を注ぎこみながら、これを「愛」に対置しなおすこと。このとき、馬琴に逆らいつつもあからさまに馬琴的な「偸聞」を踏襲した逍遥と同様、紅葉はその「照応」「反対」、すなわち類同性による対偶化の組成力を（先述のごとく、やはり「立聞き」を介して）遵守しようとしている。だが、新たなかたちで一編に積極的に導入された「金」＝資本とは、そもそもまず、類同ではなく、異なったものへの不断の転化と変貌を導き、その遠心性のただなかで、固定した対偶関係をそのつど解き放つ力の別称として、執筆当時の世上にくっきりと漲りはじめたものではなかったのか。

高利貸の憂鬱

この点にかんしては、川村湊に示唆的な一文がある。そこで、「〈戯作〉を貫くもの」としての「金」の働きを、河竹黙阿弥のもとから紅葉へと辿ってみせる論者は、『金色夜叉』における愛と金との対立構図を退け、両者をひとしく貫く「交換関係」に着目する。論述の重点はその恋愛の内実に傾けられるのだが、ある角度からは「二」ともみえ別角度からは「三」とも映るかたちで、作中に輻輳する男女間の大小四、五におよぶ「三角関係」を、「貨幣」構造（「商品―貨幣―商品」）の「暗示」とみる川村氏は、同時に、それが「交換」であるかぎり不可避な〈すれ違い〉を、つまり「等価交換そのものの幻想性」を、作品発端に示される貫一と宮それぞれの自己評価のずれに見出している。自分の美貌を「寡《すくな》くとも奏任以上の地位」はおろか、「究極的には無限大のもの」と「等価」であると信じている女と、「自分ほどの『愛情』があれば、宮は『幸福』なはずだ」と思いこむ男。「貨幣」のもたらす「幻想」に似つかわしいその〈すれ違い〉の「悲劇性」をまず読まねばならぬのだ、と川村氏はいう。

> つまり、この小説は「富」と「愛情」（社会的経済生活と個人的精神生活）というその両面において、貨幣という交換価値がすべての価値の規準となり、人間の精神の内側にまで〝悪魔的〟なものとして喰い込んでくることを主題としているといえるのである。
>
> （川村湊『異様の領域』一九八三年[30]・傍点原文）

と同時に、その「悪魔的」な力は、「貨幣が貨幣を生むという〈金融資本〉」（「貨幣―（貨幣という）商品―貨幣」）として作品を支配する。その点に、『学問のすゝめ』の説いた「貧富の差」＝「学問の有無」なる楽観を打ち砕いて押し寄せる日清戦後の波動を（当時の貨幣制度とともに）見出す一文につき、用語の多少の緩みはこのさい不問に付すべきだろう。たとえどれほど「強烈」であろうと束の間の力でしかない「黄金」は、「永久不変に人生を支配」する「愛」の力の敵ではない。それを主題化したのだという紅葉その人の言葉[31]（「金色夜叉上中下合評」一九〇二年）に抗し、まさにその「愛」じたいが「金」なのだとする川村文は――ヒロイン一個にかんしてはつとに、「其色を資本として」栄華の無尽に換えようとする志向じたいが「高利貸的だ」と喝破した森鷗外の所見[32]をみるとはいえ――確かに傾聴にあたいするからだ。

ただ、その「交換関係」については二点ほど、借問および追記の必要が生じてくる。

第一には、川村氏の文脈では、発端はともあれ、その後の貫一・宮の関係を十分に説明できぬ面がある。というのも、宮は即座に自分の非を悟り、貫一にとっての当初の「交換関係」への復帰を哀訴しつづけるからだ。他方、荒尾との再会場面にみるごとく、貫一がその後「畜生」に徹するのは、何よりも、相手が「畜生」になったからである。たとえば、人に蔑まれる「財《かね》」になぜ執着するのかという息子の詰問に、蓄財そのものが「面白い」のだという応答に添えて、「慾に限《きり》の無いのが国民の生命なんじや」と口にする鰐淵のような理路は、貫一には毛ほどもない。そこにはひたすら、金になびいた相手にあわせて、こちらも金の「畜生」に転じてみせるといった牢固な平仄のみがある。よって、〈すれ違い〉も「等価交換そのものの幻想性」もありえない。ここにあるのは如上むしろ、類同による対偶の固着であり、固着の異様な頑さのなかで、二人のその後を（他の「三角関係」をもそこに収斂するかたちで）一貫して支配するのは、「交換」の端的な不成立にほかならない。川村氏の説くごとく、『金色夜叉』の真の主題が「資本」にあるとすれば、このいかにも図式的な固着が、作品がかかえこむ齟齬の第一ポイントになるのだ、と、そう記して前節末尾を引き継げばよいのだが、それにしても、貫一はなぜこうまで、ほとんど無垢なまでに頑固なのか？　その理由につき、主人公自身は最後まで、次のような不得要領な応答しか口にしない。前掲「畜生」問答のつづきである。


「彼が人間に成る？　能《あた》はざる事だ！（…）宮の如き畜生が何で再び人間に成り得るものか。」

「何為《なぜ》成り得んのか。」

「何為成り得るのか。」

「然《さう》なら君は彼の人間に成り得んのを望むのか。」

「望むも望まんも、那麼者《あんなもの》に用は無い！」

（続篇「四の二」）


用があるのは、ひたすら「熱海」以前の宮であり、そこに、問題の第二点がかかってくる。


返す〲恋しいのは宮だ。恬《から》して居る間も宮の事は忘れかねる、けれど、それは富山の妻になつて居る今の宮ではない、噫《あゝ》、鴫沢の宮！

（中篇「七」）

だからこそ、あの切所でありえたかもしれない自分たちの良きその後を目下に演ずる先の二組の男女にたいし、貫一は例外的な反応を示すのであり、同様にして、「今の宮」が「再び人間に成り得る」ことを積極的に拒むのだ。

というより、何ものかの変化を許す「今」じたいを峻拒し、過去の一点にのみ固執すること。記憶はそこで、彼の生の唯一の根拠であると同時に、不断の致命傷と化している。その両義性の切実さは、赤樫満枝の必死の求愛にたいする返答にもじつは浸透している。貫一宅で宮と鉢合わせた直後、満枝は、貴方もあの女も殺して自分も死ぬとまで嵩ずるのだが、そうした相手にもたらされる「忘れません」という(作中三度目の)その一語もやはり、場しのぎの遁辞ではないと同時に、貫一なりの最後通牒としてきわだつだろう。

「貴方の思召は実に難有《ありがた》いと思つて居ます。私は永く記憶して是は忘れません。」(続篇「七」)

「其の証拠」を今すぐみせてくれと迫る彼女の望みは、むろん叶わない。「記憶」はまさにその「今」を消去するためにいまも働きつづけるからだ。

あるいはまた、川村文にもその一斑が指摘されてある「三」の呪縛。——「三百円の金剛石《ダイアモンド》」の指輪と、「三月三日」の結婚式。富山と宮の結びつきに発し、その過去の暗点から作中それぞれの「今」に飛び憑くかのように、かつての学友の借財は「三百円」、その日の駄賃がわりに貫一が要求し友人らの殴打を招く金は「三円」、愛知県参事官・荒尾を諭旨免職に追いこんだ借財と、狭山が横領した金はともに「三千円」、情死寸前のその狭山とお静の仲は「丸三年」、生後

「三月ばかり」で子供を亡くした宮が、肌身に離さぬ貫一の写真は「三枚」、満枝が「頻繁《しげく》」貫一の病室を訪れては「三月に亘る久しき」を数える。そして、「天引三割の三月縛《しばり》」の高利貸！だが、そのように過去に縛られ「今」を認めぬのは、「高利貸」にこそあってはならぬ致命的な資質ではないか。いうまでもなく、金融資本（G—G'）の、それも無担保の稼業におき、時間の経過こそが利殖の唯一の糧であるからだ。「資本」小説としての一編がかかえこむ最大の逆説がそこにある。

ただし、逆説はここで見事なまでに一貫している。「続篇」冒頭、歳末の市中を叙す話者の細評を待つまでもなく、「時」が「金」であるとすれば、一方において、その時間を「愛」の天敵となす者が、時貸し稼業の権化に徹すること。この捻転的な矛盾の傍らで、他方では、その稼業が金融資本の純粋形態であることと、過去への「復讐」以外の何ものにも目をむけぬ主人公の純然たる一途さの矛盾とが、ぴたりと順接する。その順接が捻転の不抜さを高めつづける一場の最深部に、「二」が同時に「三」である結びつきとして看取されるべきは、したがってむしろ、「金」と「時」と「愛」との「三角関係」なのだ。あるいは、「金」と「愛」とに役割を違えて両属する「時」。このとき川村湊が、「金銭」と「恋愛」の〝間《はざま》〟に一貫して立ちすくむ男という「名詮自性」を「通俗的な解釈」として排すのは、いくぶん勇み足に類しよう。問題はまさに、その「時間」にほかならぬからだ。

その証拠に、狭山・お静を身近にして、「死んで居るやうな」以前にくらべ「余程元気」になった貫一は、今度は鬱ぎの虫に取り憑かれるではないか。

「奈何《どう》あそばしたので御座いますね。」

「やはり病気さ。」

「何云《どうい》ふ御病気なので。」

「鬱《ふさ》ぐのが病気で困るよ。」

「何為《どうし》て然《さ》うお鬱《ふさ》ぎあそばすので御座います。」

貫一は自ら嘲《あざけ》りて苦しげに哂《わら》へり。

「究竟《つまり》病気の所為《せゐ》なのだね。」

「ですから何云ふ御病気なのですよ。」

「どうも鬱ぐのだ。」


(新続「(弐)の二」)

例の「畜生」問答を彷彿させる同語反復。相違は、そのおりの貫一がいわば、「生きながら」日々熱心に「死んで」いたのにたいし、お静に夕酒の相伴をさせるいまは「余程元気」に鬱いでいる点にあるわけだが、あの一途さとこの憂鬱とが、ここで鮮明な対照をなすのはむろん、主人公の棲まう世界の成り立ちが依然同一であるからだ。作にあたって当然念頭に置いたはずのシェークスピア戯曲さながら、尾羽打ちからした荒尾に、「世間に最も喜ぶべき者は友《フレンド》、最も悪むべき者は高利貸ぢや」と語らせた書き手が、その高利貸をかかる憂鬱に導くとき、ありようはちょうど、当の戯曲のうちに岩井克人が見出した死蔵金それじたいの病気を彷彿させずにはいない(『ヴェニスの商人の資本論』一九八五年)。だが、岩井氏の卓論を改めて参照するより、ここでは、先にふれた作者「腹案」どおりに、この長編小説が完成されていた場合を想像しておくほうがよいかもしれない。

間接資料をもとに大方の推定が一致するところによれば、一編はその後、狭山・お静の献身ぶりに接し「漸く本善の性」を回復した貫一が、「憂悶して遂に」狂を発し富山家を逐われた宮を引き取り、高利貸を廃業するところで結ばれるとある。[33] また、作品タイトルを「如是畜生」とした執筆当初の文言として、「二万余円の富を累ねて一朝忽ち大悟し」、「金の為に死に逼る情死を救ひ、発心して情死救済の広告をなして、五十余人の命を助け、一文無しになる」という「覚書」も、作者の筆に残されている。[34] だが、いずれの結末にせよ、かりにそのように運び結ばれていたとすれば、作品じたいは救われまい。『金色夜叉』は文字どおり、たんなる通俗小説に堕するに違いなく、その場合、如上いかにも反＝資本的な「高利貸」小説としての逆説の、その貴重な生彩は半減してしまうからだ。

たとえば、満枝の鬼気迫る求愛場面と、「続続」塩原温泉の段とのあいだには、名高い修羅場が書きこまれている（続篇「八」）。満枝と宮が鉢合わせたその夜、貫一の寝間で、互いに髪振り乱して揉みあううちに、相手の小刀を奪い取った宮は、はずみで満枝を殺し、自分の喉を突き、貫一から万感あふれる「赦《ゆる》し」と接吻を受けながら、ふと身を翻して、屋外に走り出して深山の幽谷にもまがう「堀」に身を投げる。彼女の亡骸を腕に、貫一もまた自死を決したその一瞬、「覚むれば暁の夢なり」。そう結ばれるこの場景を作品の実質的なクライマックスとみなす論者もいるが、それよりむしろ、弟子の泉鏡花であれば——いわば書くことそれじたいの幻想性の全域を踏破して——必ずや「現実」化しえたはずの場景を、紅葉はなぜ、旧態然たる〈夢落ち〉（＊7）に託さねばならなかったのかと考えてみればよい。先にみたように、同じ「畜生」として、貫一と宮は深く結びつけられている。他方、かつて親の借金のかたに老高利貸に身体を奪われそのまま同棲するも、いまは老衰した相手を歯牙にも掛けず、美男の同業者に言い寄る満枝もまた、「金」に蹂躙された過去への「復讐」＝「高利貸」という「因果」を介して、貫一との強い紐帯を示している（「貴方も因果なれば、私も……私は猶因果なのでございますよ」・後編「五」）。組成《テクスト》の構造的要素として、この二態の重みは同等である。である以上、どちらか一方を採ることは不可能なのだ。ちょうど、二人の女の刃傷沙汰を茫然とみつめるよりほかに術をもたぬ夢中の主人公のごとく、作者もまたこうして、テクストを支配するこの〈類同→対偶化〉の組織力のただなかで、金縛りにあいながら、組成のかなめとは対蹠的な力を波及する「金」貸しの物語を綴っている。その誤算にみちた自縄自縛のなまなましさ。

この場面を境に、残された八十頁分ほどの行文に四年間もの歳月を強いた最大の原因は、明らかにこの誤算に求められるのだ。作品はそこで、死蔵資本それじたいの病気にも似た憂鬱のうちに貫一を繋ぎとめたまま、作者の死とともに途絶するわけだが、しかし――先の逍遥における馬琴の呪縛と同様――この場合もやはり、誤算を誤算のままきわだてつくすその途絶ぶりにこそ、紅葉の「天分」（正宗白鳥）が認められねばならぬのだ。

ちなみに、紅葉がその親炙の跡を『伽羅枕』（一八九一年）などに留める井原西鶴の『好色一代女』（一六八六年）。この作品は通常、十一歳の夏のはじめ「わけもなく取乱して」以来、色欲の赴くまま何人もの男たちと交わりながら、宮中女官の下働きから、舞子、大名の艶妾、島原遊郭の太夫、寺の大黒、歌比丘尼、髪結い、女筆指南、腰元、御物師、茶屋女、妾奉公、風呂屋女、糸繰り女などとつづいて、果ては「惣嫁」（路傍淫売）にいたる三十近くの、主として性的な

「世態風俗」のなかを転々と渡り歩く女の一代記として知られている。だが、そこにあるのは、一人の主人公が、幾様もの場所を遍歴する光景ではなく、逆に、「一代女」がそこを横断するたびに、さまざまなトポスそれじたいが「生気」をおびて「主人公化」するありさまである。作品における特異な一人称機能に着目しながらそう指摘する西田耕三は、そこに、旧来の遊女評判記や各種案内記をそのつど立体化する中心として待ち受けられている（ゆえに場面に応じいかにも可変的な）「主体」性を見出しているのだが[35]（『主人公の誕生』二〇〇七年）、その「生気」が、元禄期の町人資本の波動を紙幅にきびきびと受けとめてあることはいうまでもあるまい。対して、『金色夜叉』は、同じ波動の二世紀後のさらなる沸騰を厳密に受けとめそこねているのだ、と、そう要約すればよいか。

時代に煩悶あり、詩人先づ之に触れて苦悩す。紅葉山人が金色夜叉に難《な》やんで居るは此故である。（…）

余輩をして遠慮なく言はしむれば、紅葉山人にして能く自家立脚の地を悟り、今後と雖も其華麗巧妙なる文を生命とし、洋装文学の実質を維持するに於ては、未だ容易に今日の位置を失はないだらうと思ふ。若し然らずして新時代の要求に応じ強て今日の煩悶を続けんか、恐らく彼をして第二の春の屋（坪内逍遥――引用者註）たるに終らしめん、思は悩み筆は窘束《きんそく》して遂に彼をして文壇一個の元老たるに終らしめん。

（国木田独歩「紅葉山人」[36]）

一九〇二年四月、すなわち「新続金色夜叉」三章が『新小説』誌上に掲げられる九ヶ月前の日付をもち、「洋装せる元禄文学」なる名高い評語をふくむ国木田独歩の文章である。人を「社会の一員」としてのみならず「天地間の生命」として感得することこそが「新時代の要求」なのだという観点をのぞけば、本章はまさに、紅葉の逍遥化を予言する右一文を長々と敷衍してきたに近いのだが、敷衍のすえ、この『忘れえぬ人々』の作家に発する文学潮流の「爽然《さつぱり》」とした有り難みを説く柳田国男の、さらに次のような所見に接する者は、最後にまた、『小説神髄』『書生気質』から数えて僅々二十年ほどの時間に、隔世の感をいたく禁じえぬことになる。

から言ふといかにも冷酷なやうに思はれるが、実際顔も知らず名も知らず、将来も亦永久に知らずして終るべき、全く無関係没交渉な人々が、躍起になつて喧嘩してるのを、その隣りか何かの旅宿へ泊り合せて、庭を隔て障子でも閉め切つて、独り室内で凝《じつ》と聴いてゐれば、実際自分の近くにある事ではなくて、何か恁う遠くの方で起つた事象を観てゐるやうな心地がする。(…)その別境に立つて見てゐることの出来る、爽然《さつぱり》と心持のよいところが自然派小説の有りがたい処《ところ》である。

（柳田国男「読者より見たる自然派小説」一九〇八年[37]）

柳田はついで——さながら『小説神髄』に夢見られていた「傍観」の純度を目下に肯うかのように——ピエール・ロティの一作にみる同時異景配列を挙げながら、「宛《あだか》も神様といつてはいけないかも知らぬが、ともかくも作者は普通人より一段高い処に立つてゐて、同時に起つた三箇処の事実を一列に見てゐるやうな」その距離感が「面白く思はれる」とも記している。[38]このとき、他人の諍いを庭ごしに「凝と聴いて」いるかのような「自然派小説」の作中じたいには逆に、立聞きや覗き見の仕草がいっさんに影をひそめること、またそこでは、「普通人より一段高い」視点が書き手の強欲や廉恥といった要素ではなく、「客観」なる語彙と結びついてくる事実を銘記すればよい。隔世の感とはそのことである。ただし、右を引用する大塚英志（『怪談前後』二〇〇七年）も指摘するとおり、柳田はここに、前年に話題をさらった『蒲団』の作者、ならびに日本「自然主義」小説全般への批判を託しているのだが、その批判の由来として大塚の強調する柳田の「内面嫌い」の当否についてはしかし、いまは判断を控えたい。馬琴から辿りなおしたこの場には、民俗学の創始者によって嫌われたり好かれたりする「内面」なるものじたいが、いまだ到来していないからだ。

　ならばそれは、何処にどんなふうに場所を持つ（＝生起する）のか？　その点は次章以降に委ねておく。

第二章　二種の官吏小説

――二葉亭四迷『浮雲』と森鷗外「ドイツ三部作」

どのように言ってみる？　どのように失敗してみる？
ためさなければ失敗しない。
――ベケット『いざ最悪の方へ』

「つまらぬ世話小説」

二葉亭四迷の『浮雲』が一年ごとに発表された当時（「第一篇」第一回〜六回・一八八七年／「第二篇」第七回〜十二回・八八年／「第三篇」第十三回〜十九回・八九年）、人々の耳目を惹いたのは、何よりも、そこに描かれた主人公や出来事の平凡さにあったといえる。「仁義八行」の化身たちはもとより、嘘のようなあっけなさで、女性たちを惹きつけ男らを籠絡する稀代の「色男」なり「毒婦」なり、悲憤慷慨の熱情に身を焦がす「壮士」や、「佳人」の助力を得て素志を遂げる「才子」。あるいは、西欧化の息吹をたっぷりと吸いこみながらもひどく歌舞伎めいた出来事を生きてしまう「書生」たちでもよいのだが、馬琴から逍遥にいたる日本小説の風土に登場するそうした主人公らにくらべるなら、作品の主役・内海文三は表面上もっとも地味な人物である。神田猿楽町あたりとおぼしき園田家を舞台として、お政・お勢の母娘と同居する文三に、彼の親友から恋のライバルに転ずる本田昇を加えた四人を軸に綴られる物語の内容もまた、職とともに恋も失うという日常ありふれた話にすぎぬ。だが、まさにその点にこそ「真小説の躰裁」があるのだという石橋忍月が、「著者は小説を知る故に故意に平凡なる不完全の人物を以て主人公となし強いて廉潔優美の人物を作らざるなり」[1]（「浮雲の褒貶」一八八七年）と評しながらその第一篇に即応すれば、第二篇に接した徳富蘇峰もやはり、次のように記すことになるだろう。

元来此の小説たるや、面白くもなく、可笑くもなく雄大なる事もなく、美妙なる事もなく、言はゞつまらぬ世話小説なれども、斯《（そ）》のつまらぬ題に依つて、人をして愁殺、恨殺、驚殺、悩殺せしむるは、天晴れなる著者の伎倆と謂はざる可からず、

（「浮雲（二篇）の漫評」一八八九年[2]）

その「伎倆」到りて「人情の解剖学」の稀有を導くのだというこの評を念頭に置いたのか、二葉亭自身も、第三篇のはしがきに「固《も》と此小説はつまらぬ事を種に作ツたものゆゑ、人物も事実も皆つまらぬもののみでせうが、それは作者も承知の事です」といった自註を書きこんでいるのだが、では逆に、当時の読者にとって面白い小説とは――登場人物の派手な色調とは別途また――作品組成上のいかなる特質を指していたのか？

偶然の頻繁かつあからさまな介入と立聞きの反復、および両者の輻輳。何よりこれが、「看客《みるひと》に倦《うま》ざらしめん」（仮名垣魯文）ための技法的な金科玉条として、作品ジャンルの如何も問わず、馬琴から逍遥にいたる日本小説にあまねく踏襲されてきた点は前章に縷説したとおりである。その「実録」性を謳った作中においてさえ、宮崎と神戸に遠く引き離されていた男女の奇跡的な再会は、とある波止場の宿で、いかにも芝居がかった立聞きに導かれねばならぬといった始末なのだが（『浅尾よし江の履歴』一八八二年）、この点、『浮雲』は別格である。そこにおいてはまず、奇縁奇遇のあざとさは厳に慎まれてあり、偶然性の介入は「団子坂の観菊《きくみ》」場面で二度、文三の外出場面において一度、いずれも、作中に二、三の脇役を呼びこむ蓋然度の高い偶会として、都合三度講じられるにとどまっている。立聞きにかんしても同断である。というより、作品はむしろ、旧態然たるその仕草を――しかも、いつそれが演じられても不思議でない空間設計と状況設定のなかで――作中人物たちから積極的に奪いつづける小説としてある、といって過言ではないのだ。

たとえば、第二篇における昇との「絶交」場面の前後。周知の名作ゆえ荒筋などについて多言は無用かとおもうが、お勢の面前で、昇から「痩我慢なら大抵にして置く方が宜からうぜ」という言葉を浴びた文三は、「血相を変へ」て家外に飛び出してゆく。数刻を経て帰宅すると、「奥坐《おくざ》舗《しき》」にはまだ当の昇が居つづけ、お勢や女中のお鍋とふざけ散しながら誰も文三の帰宅に気づかないというそのくだり（第十回）では、開け放たれた室内の「淫哇《みだら》」なさわぎに思わず立ちどまり奥の様子に気をとられる文三の背に、薄暗い家内の何処からか戻ってきたお政が「トンと」突き当たる。免職以来むざむざと不甲斐ない甥を見限りかけている叔母は、そのまま無言で障子を「ピッシヤリ」閉めたて、文三を二階の自室に追いやるのだが、その場面に次いで、水を飲みに台所へと降りしな、「奥坐舗」から洩れてくるささやき声に、「全身の注意を耳一ッに集めて見たが、どうも聞取れない」でいるうちに、「障子がサッと」開き、今度はお勢が、その後背に昇とのじゃれあいの余勢をとどめた振りむきざま、文三と突き当たりかける。「ヲヤ誰……文さん……何時《（いつ）》帰ツたの」という一言に「ツンとして」また二階へ戻る彼の後に、お勢が続き、やがて昇もやってくる。そのおり、『春色梅児誉美』の丹次郎になぞらえてお勢との仲をからかう昇に憤激した文三が「絶交」を申し渡すといった具合に出来事は進むのだが、この運びに特徴的なのは、女たちの登場の仕方にある。この家では立聞きも覗き見も禁ずる。まるでそんな禁令を告げ知らすかのように、お政もお勢も不意に、文三の前にあらわれるかにみえるのだが、興味深いことにはこの後、そのお勢の部屋の「障子」を、今度は男たちが（ならば立聞き無用といわんばかりのあっけなさで）再三声も掛けずに開けるという、些細だが印象的な照応が生じてくるのだ。

　現れるためには、まず、その場に隠れていなければならない。馬琴から逍遥・紅葉のもとへ引き継がれた作中人物たちの、その間諜的な仕草に資して、障子や襖は小説組成上に重要な機能をおびていた。その機能が、ここではあっさり解除されるわけだが、一事はまず、第二篇末段、免職と昇の介入によって園田家での価値を失っている自分に気づこうともせぬ文三と、日を逐って旧に異なるお勢とのあいだに、決定的な諍いが生ずる場景の発端にあらわれている。すなわち、昇に「絶交」を申し渡したもののさすがに進退に窮した文三が、すべての「病原」たるお勢の心底をじかに問い質さんとする一場は、次のように始まるのだ。

文三が二階を降りて、ソットお勢の部屋の障子を開けるその途端に、今迄机に頬杖をついて何事か物思ひをしてゐたお勢が、吃驚《びつくり》した面相《かほつき》をして些《すこ》し飛上ツて居住居《ゐずまひ》を直ほした。

（第十二回）

この場面は、ライバルへの好意を口にする女の態度に嵩じた男の捨て科白（「モウ是れが口のき〻納め」だから「沢山……浮気をなさい」）で終わるのだが、その後日譚として綴られる第三篇でも、三日ほど煩悶かつ翻意して「Explanation《エキスプラネーション》（示談《はなしあひ》）」を試みんとする文三はやはり、「わな〻く手頭《てさき》を引手へ懸けて、胸と共に障子を躍らし乍ら開《あ》けて」（第十五回）、藪蛇の憂き目にあうだろう。同じく、この間、文三からの絶縁宣告が逆に幸便と化した昇の手によっても、物思いにふけっているお勢の部屋の障子はまた「すらりと」開け放たれているのだ。

表紙が大方真青になツたころ、ふと縁側に足音……耳を聳て〻、お勢ははツと狼狽《うろた》へた……手ばしこく文典を開けて、倒《さか》しまになツてゐるとも心附かで、ぴツたり眼で喰込んだ、とんと先刻から書見してゐたやうな面相《かほつき》をして。

すらりと障子が開《あ》く。文典を凝視《みつ》めたま〻で、お勢は少し震へた。遠慮気もなく無造作に入ツて来た者は云はでと知れた昇。華美《はで》な、軽い調子で、「遁《に》げたね、好男子《いろをとこ》が来たと思ツて。」

（第十四回）

ちなみに、火に油を注ぐ結果となった「示談《はなしあひ》」の日の昼食時、ふとしたきっかけから、お勢は文三の朝のふるまいを母親の前で面詰するのだが、そのとき初めて、「人の部屋へつか〳〵入ツて来て」といった言葉が発せられている。この点に徴すれば、それまでは、家族もしくは近い将来の婿として、断りもなく「つか〳〵」とその「障子」を開ける権利を母娘は文三に黙許していたかにみえる。現に、若い二人の「心得違ひ」を（横浜の店に別居して滅多に姿をみせぬまま）懸念している家長・孫兵衛の忠告もよそに、お政は、「ズット粋《すゐ》を通し顔で」いた（第三回）。とすれば、同じ権利がいまや昇のもとに移り去ったことを示して、右の「すらりと」開く障子は秀逸な細部でもあるのだが、問題はそこではない。繰りかえすなら、こうした「障子」が、立聞きとは容易になじみにくい点が肝心なのだ（＊1）。そこに誰かが近づくや、自動仕掛けめいたあっけなさで、「サツと」開き「すらりと」滑る仕切りをもつ家。そうした空間に棲まう主人公にとり、他人たちの言葉は、身を潜めて盗み聞くものではなく、それは逆に、しばしば彼の意に反してさえ、あからさまに浴びせかけられ、あるいは「聞えよがしの独語《ひとりごと》」（第五回）として伝えられる。趨勢のきわまるところ、母娘の心をすでに摑みきった昇は、わざわざ「天井を仰向いて」発する哄笑のうちにさえ、階下で進行する事態の何たるかを、二階のライバルに響き届けようとするだろう（第十七回）。この意味では、水泡に帰した〈結末プラン〉として、お勢の跡をつける文三が彼女と昇の「あひゝき」現場を目撃するという一条が、手記中に再三書き残されてあること（「くち葉集　ひとかごめ」）は——後述する別次元との関連もふくめ——いかにも象徴的である。完成していれば、その最大の山場を導いたはずの立聞き（覗き）の仕草を、作品じたいが拒んだかのように『浮雲』は途絶するからだ。

　対して、逍遥に小説そのものを断念させた主因は、馬琴的な「偸聞」の呪縛であった。この点は改めて想起して無駄ではなく、たとえば、『浮雲』第一篇の前年に、同じ「世話小説」の体裁のもと、〝誤った結婚〟を主題とした『妹と背かゞみ』の書き手は、その発端も転所も結末もすべて「立聴《たちぎき》」に託し、これに奇遇奇縁をからめつづけていたわけだが、加えて、たとえばその『妹と背かゞみ』は、作品冒頭にいわゆる夢落ちを仕掛けてもいた。いっけん「現実」的な場景を描くかに連なる言葉たちに、連ねるにつれ歪曲の度を加えたあげく、場景全体を「夢」に回収すること。原理的にはきわめて安易な操作とともに相応の効果が得られるこの語り＝騙りの技法がさらに、奇縁奇遇や立聞きとつよい親和性を示しながら諸作に酷使されているさまも、逍遥にかぎらずおよそ枚挙に暇ないのだが（＊2）、理由は明白だろう。〈馬琴→逍遥〉的な奇縁奇遇や立聞き、わけても両者の重合と同様、唐代の『枕中記』あたりに端を発する夢落ちもまた、読者にたいする作者のあからさまな優越性、出来事の推移への既知が未知を（一種プリミティヴに）翻弄するその僭主的な施策に由来するからだ。

　反して、『浮雲』にあってはまた、夢落ちはおろか、文三は作中一度たりともまともには「夢」をみないのだ。のみならず、二十年近くの小説放棄を経た後年の『小按摩』『はきちがへ』『出産』『閑人』といった小品類はもとより、『其面影』『平凡』の二長編においても、あるいは遺稿『茶筅髪』（未完）にも、「夢」の場面はまったく書きこまれていない。二葉亭四迷とはつまり、「夢」じたいを一貫して禁欲した小説家として記憶されてよい存在でもあるのだが、かかる書き手のデビュー作中、辛うじてそれに近いものとて、次のようにあらわれるのだ。

（…）余儀なく寐返りを打ち溜息を吻《つ》きながら眠らずして夢を見てゐる内に、一番鶏《どり》が唱《うた》ひ二番鶏が唱ひ、漸く暁《あけがた》近くなる。「寧《いつ》そ今夜《こよひ》は此儘で」トおもふ頃に漸く眼がしよぼついて来て額《あたま》が乱れだして、今まで眼前に隠見《ちらつい》てゐた母親の白髪首《しらがくび》に斑な黒髯が生えて……課長の首になる、そのまた恐《こは》らしい髯首が暫らくの間《あひだ》眼まぐろしく水車《みづぐるま》の如くに廻転《まはつ》てゐる内に次第〳〵に小ひさく成ツて……軈《やが》て相恰が変ツて……何時の間にか薔薇の花搔頭《はなかんざし》を挿して……お勢の……首……に……な……

（『浮雲』第四回）

免職の事実を家内に伝えそびれた当夜、折りしも故郷の母親からの手紙に接して悶々たる主人公をとらえた名高い一節である。この「首」変幻じたいを「夢」中の光景とみなすか否かは、しかし問題ではない。人によっては二葉亭全小説中の唯一の例外とみなすかもしれぬこの入眠寸前のくだりにおいて着目すべきは、一節が、その入りをぼかすか隠しさえすればどんな書き手にも可能な夢落ちの数々とは、まったく逆の動きを呈している点にある。その逆行性が、ここでもやはり旧套の安易にたいする――とりわけ、自作第一篇に添削のみならず著者名義をも借り受けた逍遥その人への――小説的殺意とでもいった、鋭い批判としてきわだつ点が見逃せぬのだ。逍遥とて鈍感ではありえない。実際、『浮雲』第二篇の一年後にあたる『細君』を最後に小説の筆を断った彼の明敏さは、手ずから世に出した新人によるこの種の殺意に進んで身を晒した点に求められてよいのかもしれぬのだ。

いずれにせよ、大略このようにして、立聞きからも奇遇奇縁からも夢からもきっぱり絶縁した場所に、「平凡」な人物を息づかせること。『浮雲』の断新さはまずこの切断性にある。先の蘇峰は、まさしくこの切断性を「つまらぬ世話小説」と呼んでいたわけだが、この場ではしかし、蘇峰の賛辞を単純になぞりながら、そこに「人情の解剖学」が結実するのだといった理筋に就くつもりはない。要はむしろ、小説そのものの解剖学にも似た鋭利なメスさばきとともに、三人称多元という伝統的な視界を受け継いだ『浮雲』が、日本小説の技術風土にまったく新しい局面を一気に導き入れると同時に、その鋭利さのあまり、みずからの組織をも傷つけてしまう様態にある。

密着と置き去り

改めて断るにもおよぶまいが、三人称多元視界の最大の利点は、一般に、話者と作中人物とのあいだに生ずる二種類の移動の効果的な活用（可能）性にある。すなわち、原理上すべてを見渡しうる話者＝全能の高みから、任意の一人物の視点へと随意に下降する上下移動が一方にあり、一人物に固定されていた視界を別人物のうちに転じ換える水平移動が他方に許されている。この場にはさらに、特定の作中人物を介することのない、いわゆる匿名の視界が自由に出入りし、これらの配分や交錯あるいは複合が、良くも悪しくも小説に固有の空間性を作りだす。日本「近代文学」の発端に突出して、誰よりも鋭く馬琴に逆らいながらも馬琴のようにしか書けなかった逍遥作品のぎこちなさが、その未熟な実例としてあったとすれば、『浮雲』の三人称多元性に看取されるのは、文字どおり画期的な達成である。少なく見積もって当時におき抜群無類の、ことによると現代にあってなお参照にあたいしうるその技術的水準にくらべるなら、作品冒頭の語り口をはじめ、とりわけ第一篇に集中する特徴として巷間しきりと指呼される「戯作調」など、ほとんど取るにもたらない。如上すでにその大本は切断されている。何しろ、夢落ちはおろか、「夢」じたいを禁欲する書き手なのだ。しかも、みずから訳出したツルゲーネフなどを介して熟知していたはずの（それじたいが覗き見、立聞き的な）一人称小説の利点をも顧みることなく、その作品にあえて三人称多元を用いる作者は実際、この伝統的な視点技術の近代化をとおして、日本の小説風土に鋭く抜きんでたいくつもの可能性を切り開く。そのさいまず、当人の回顧談話によれば「文壇の覇権手に唾して取るべし」[3]といった野心に鼓舞された試みが、この場に許された二種類の移動の前者、作中人物への一元的な密着にむかうとき、野心がそこで、次のような二途二極におよぶことは、諸家のしばしば指摘するとおりである。

（A）俄にパッと西の方《かた》が明るくなッた。見懸けた夢を其儘に、文三が振返ッて視遣る向ふは隣家の二階、戸を繰り忘れたものか、まだ障子の儘で人影が射してゐる……スルト其人影が見る間にムク／＼と膨《ふく》れ出して、好加減《よいかげん》の怪物となる……パッと消失せて仕舞ッた跡はまた常闇《とこやみ》。文三はホッと吐息を吻《つい》て、顧みて我家《わがいへ》の中庭を瞰下《みお》ろせば、所狭《ところせ》きまで植駢《うゑなら》べた艸花立樹《くさばなたちき》なぞが、訝し気に啼く蟲の音を包んで、黯黒《くらやみ》の中《うち》からヌッと半身を捉出《ぬきだ》して、硝子張の障子を漏れる火影《ほかげ》を受けてゐる所は、家内《やうち》を覘《うかゞ》ふ曲者かと怪まれる……　（第四回）

（B）しかし、始終空想ばかりに耽ッてゐるでも無い、多く考へるうちには少しは稍々《やゝ》行はれさうな工夫を付ける、そのうちでまづ上策といふは此頃の家内の動静《やうす》を詳《くはし》く叔父の耳へ入れて父親の口から篤《とく》とお勢に云ひ聞かせる、といふ一策で有る。さうしたら、或はお勢も眼が覚めようかと思はれる。が、また思ひ返せば、他人の身の上なれば兎も角も、我と入組んだ関繫《くわんけい》の有るお勢の身の上を彼此《かれこれ》心配して其親の叔父に告げると何《なに》となく後《うしろ》めだくてさうも出来ん。

仮使《たとひ》思ひ切ッて然うしたところで（…）　（第十九回）

諭旨免職を受けた日の夕暮れ、二階の自室に悄然たる者にまつわるAは、一般にはときおり、作中人物の視線の動きにそって外界をなぞる「視点描写」と呼ばれ、作品末段に読まれるBのごとき心理描写は、別してしばしば「内的独白」と称されている。他の人物とは比較にならぬ頻度と深度で、この二種の密着を受け入れるがゆえに、文三はまさに『浮雲』の主人公となるわけだが、このとき、第三篇にいたって堰を切ったように色濃く浸透する「独白」性が、主人公にたいして第二篇までは維持されていた話者の批評的な距離に致命的な変質を強いて、作品全体を「中絶」に追いこむのだというのが、中村光夫『二葉亭四迷伝』（一九五八年）以来の定説となるわけだが、この点については後にふれる。二種の密着にかんして、問われるべきはまず、その原理的な側面にある。すなわち、ともに文三の「内面」にかかわるこの「視点描写」と「独白」とでは、内部的なものの感触を一場に作りだしてどちらが効果的であるか？

他の素材による芸術＝産出と同様に、小説の場においても、良かれ悪しかれすべてが創造的（ニーチェふうに極言すれば、たえず偽装的）であることを理解せず、「表現」や「表出」といった観念を盲信しながら、たとえば「意識の流れ」といった批評用語をいまも素朴に受け入れているような者であれば、たぶん後者に就くだろう。また、「今一魔鏡を取《とり》いだして、お雪の肺肝を写しいださん。／（お雪肚《はら》の裏《うち》に思ふやう）いつそ思ひきつてお母さまへ、妾《わたし》の肚《はら》の中《うち》をお知らせ申して、此《この》縁談を断らうか。イヤ〳〵田沼さんを断ればとて、別に是ぞといふ目的《めあて》もなし。生《なま》中《なか》田沼さんと破談になつたら、いつかの縁談がまた……」[4]（『妹と背かゞみ』）といったくだりに、応分の目新しさを覚えていた当時の読者であれば、やはり後者を採るはずだ。外から内へのあらわな越境指標（「一魔境」＊3）に頼ることなく、地の文になめらかに接続する『浮雲』の「独白」体は確かに新鮮であり、第一篇から如実なあざやかさは、同時期の広津柳浪『残菊』（一八八九年）などとともに、日本の小説風土にひとつの橋頭堡を与えるだろう。だが、真実そうなのか？

たんに自分の内側に問うてみれば済む話でもある。「意識」は断じて右のように順序だって明白に「流れ」てなどいない。これがたとえ、はるかに錯綜し混濁したかたちで連なるようになったとしても（V・ウルフ、J・ジョイス、W・フォークナー等々）、その言葉たちとて、内部的なものとじかに合致するわけでは毛頭なく、一面ではやはり、「合致」の斬新な印象を産出せんと畝っているのだが、いずれにせよ、それが「独白」体におかれさえすればより「内的」なものとなる保証なぞどこにもないことは、留意にあたいする。

むしろ逆である。その外にあるものこそが、より効果的に、内の感触を創出しうるのだ。

前掲文Aに即すなら、隣の二階の障子に射す「人影」、階下の「火影」を浴びて中庭に浮かび上がる「艸花立樹」、「蟲の音」などが反照する内なるもの。『浮雲』の示す二種の密着性のうち、日本小説の技術史上——管見のかぎりでは、上田秋成『雨月物語』中の「菊花の約」にみる一場景（＊4）を唯一の先蹤として——まぎれもなく斬新な鮮度を誇るのは、「独白」の直接性である以上に、この「視点描写」における間接性の奏功にあり、「見えがたきものを見えしむるを其本分」とする「摸写」小説[5]（『小説神髄』）に、二葉亭がここで、いかにも小説的な逆説を導入している事実を看過するわけにはゆくまい。むろん、「怪物」「曲者」といった大仰な語彙が、いくぶんか性急にその反照性を指呼してしまう一節は、彼が訳出したツルゲーネフ一流のしみじみとした効果にはさすがに達しておらず、たとえばその『あひゞき』を自家薬籠中のものとなした事例は、ほぼ十年後、『忘れえぬ人々』の作者に待たねばならぬだろう。その意味では、「見えがたきもの」の本格的「発見」現場を逍遥でも二葉亭でもなく、後述する森鷗外でもなく、国木田独歩の明治三十年代に指定した柄谷行人（『日本近代文学の起源』一九八〇年）は正鵠を射てもいるのだが、この点は――『浮雲』につき誰もが真っ先に口にする「言文一致」の問題とあわせて――本書第四章の冒頭部に委ねる。いま意を払うべきは、上記があくまでも、旧来の三人称多元視界における焦点化技術の、一方の新味として開拓されている点にある。そればかりではない。相互に異質な二種の密着が使い分けられているのみならず、ここではまた、右「視点描写」が、手元の白湯を飲み干す仕草をめぐる数行を経て、「それはさうと如何《どう》しよう知らん」以下、主人公の内言をまたつくづくと呼びこんでいるように、両者の接続までが効果的に講じられてもいるのだが、これもしかし、作者の「伎倆」のまだほんの一端にすぎないのだ。作品においてはるかに独創的な側面は、むしろ他方の新味たる横向きの視点移動のほうにあるといってよい。

すなわち、より多くの場合、匿名の視界を経由したその水平的な移動にしたがって、作品が主人公・文三をしばしば置き去りにすること。

第二篇冒頭に名高い「団子坂の観菊《きくみ》」の場面（第七回）が、いっけん三人称多元視界の常套を踏みながら、ありようの典型となる。常套というのは、作品の空間的時間的な広がりに資して、主人公の与り知らぬ場景を導入しながら物語の推移に幅と奥行きを賦活する焦点移動の一般的側面、といったほどの意味だが、来訪時の昇の誘いに母娘が浮き立つ前段（第六回）を継ぐこの箇所もまた、その一般的な利点を求めてごく妥当な場面転換をなすかにみえる。だが、ときおりお勢の視点と重なりあう匿名の視界のなかに、役所の課長一家と、園田家の弟・勇を登場させ、上野公園の秋景色を点描し、文三の前では「親より大切な」「アノ真理」などと口にしていたお勢の虚栄的な性格と、彼女にたいする昇の下心とをかたがた如実に窺わせて遺漏のない場面におき、真の卓抜さは別の側面にかかっている。馬琴から逍遥にいたるまで、この種の移動がたえず、読者にたいするひとつの命令を孕んでいた点を銘記すればよい。「話分両頭《ものがたりふたつにわかる》」。馬琴の紋切型は、これまでの場景は爾後しばらく忘れよというその命令一下、別の出来事が繰り広げられゆく合図をなすのであり、爾後の（場合により、さらに二方向、三方向への）展開に十分な時間を与えた後のしかるべき場所で、話者は改めて、先に置き去りにした場景なり人物関係なりの想起を読者に促すことになる。それが、〈馬琴→逍遥〉的な奇縁奇遇の演出法の一要諦であった。のみならず、現在においても依然としてこれが、三人称多元による「大作」に多く踏襲されてあることは、周囲に一瞥をくれるだけで誰もが気づく事実に類していようが、事例の新旧を問わず、このとき、その偶然性なり、意外な関係なり、数奇な宿命なりに、より良く驚くためには、読者は、そこから数十頁（ときに、百頁二百頁）も前の箇所で読んだ場面をほど良く（あるいは、完璧に）忘れていなければならない。場面転換の数々は、作品の長さに応じた頻度で、この〈忘却―想起〉の起点と化す。それが、当時よりいまに変わらぬ常態をなしているわけだ。ところが、『浮雲』にあっては逆に、テクストの〈いま・ここ〉をなす場景が、同時に、そこから切り離されてあるものを想起させてしまう。つまり、「観菊」の伸びやかな行文を読む者は、すねて独り家に残った文三のことがかえって強く気にかかるのだ。

一場が、日本小説史上の記念碑的な白眉として名指される理由の過半は、明らかにこの転倒にかかわっている。絶妙なことに、場面はしかも、前段における別様の置き去りと巧みな連結ぶりを示しているのだ。

この「観菊」の前段では、作品冒頭に文三と連れだって姿をみせていた昇が再登場している（第六回）。その箇所でさかんに指摘されているのは、彼が二階の文三の部屋に上がりこんでいる間に綴られるその来歴の出だしと末尾にみる語り口である。「帰ツて来ぬ間にチヨツピリ此男の小伝を」……「シツ跫音《あしおと》がする、昇ではないか……当ツた」。おそらく、ツルゲーネフ『父と子』（一八六二年）の冒頭章を踏襲したらしきこの語り口は、みずからの話者性をあざとく露呈して確かに――作品冒頭の官員の群れのなかから主人公を取り出したうえで、「角から三軒目の格子戸作りの二階家へ這入る。一所に這入ツて見よう」（第一回）というくだりと同様――ひどく生硬なものではある。が、同時に、そうした拙さとはまったく異質な鮮度を湛えて眼を惹かれるのは、二階から降りてきたその昇が奥座敷でお政お勢と話しこむ次なる場景が、『浮雲』における最初の本格的焦点移動として現じていた点にある。甥への不満を口にするお政に調子をあわせながら自分の昇給を告げる昇が、母娘を「観菊」に誘うこの数頁ほどの場面において、文三がすでに（いわば、居ながらにして）置き棄てられてある点に着目すればよい。「団子坂の観菊」はつまり、この叙述上の置き去りを虚構次元に引き継ぐかたちで綴られているのだ。ゆえにいっそう、団子坂の〈いま・ここ〉にはいない主人公への気がかりが読者のうちにつよく創出されるわけだが、このとき、作品におけるこの本格的な焦点移動が、昇の再登場とともに講じられることの意義は重要である。昇はここで、虚構上のみならず叙述上においても、一場に変動を導き入れる介入者として、はじめは、ひとつ家の二階と一階とのあいだで、次いで、家の内と外との隔たりのうちに、文三を連続的に置き去りにさせているからだ。技術的な新水準と物語内容との卓抜な共振性において、ここが作品の最初の切所となる。

　ありようはむろん、たとえば恋人との未来に陶然たる妻の心内描写の傍らに、同じ床のなかで眠りこける夫をそっと置き去りにする『ボヴァリー夫人』（一八五六年）の練達からは程遠くはある。だが、この切所の卓抜さは少なくとも、『浮雲』への影響関係を喧伝されるゴンチャロフの長編小説『断崖』（一八六九年）が、その第三編第四編を通じて、ヴェーラとマルクとの密会現場から主人公ライスキーを再三置き去りにする、そのあけすけに間延びした構成法は優に凌いでいよう。第三編末尾で、ヴェーラの秘密の恋人の正体（「それは誰あろうマルク・ヴォーロホフであった」）[6]を端的に告げ知らされている読者は、第四編末尾にいたるまでこれを知らぬまま愛する従妹の「謎の散歩」について延々と気にかける主人公の姿には、たんに鼻白むにすぎぬからだ。二葉亭の潑剌とした手腕はその手本のひとつを越え、翻ってまた、『小説神髄』のたとえば次のような断案をはるか後景に追いやるものである点も——先の「視点描写」と同様、真に小説的な間接性の効果として——ここに十分銘記する必要がある。

　人物の性質を叙するに二個の法あり。かりに命《なづ》けて陰手段、陽手段とす。所謂陰手段とは、あらはに人物の性質を叙せずして、暗に言行と挙動とをもて其性質を知らする法なり。我が国の小説者流はおほむね此法を用ふるものなり。陽手段は之れに反して、まづ人物の性質をばあらはに地の文もて叙しいだして、之れを読者にしらせおくなり。西洋の作者は概して此法を用ふるものなり。（…）想ふに後者を用ふるは、前者を用ふるより難かるべし。蓋し後者（陽手段をいふ）を用ひむとすれば、まづあらかじめ心理学の綱領を知り、人相骨相の学理をしも会得せざれば叶はぬことなり。

（坪内逍遥『小説神髄』「叙事法」[7]）

二葉亭はつまり、逍遥の遠く与り知らぬ「陰手段」をこの切所に導き入れているのだと換言してもよいのだが、さらに巧みなことには続く第八回、話者が改めて独り家に残った主人公に密着するとき、団子坂の場景を読んでいた者の気がかりが、文三の「性質」じたいをきわだてることになる。たとえばそこで、昇の冗談めかした口説き文句に「サッと顔を赧《あか》らめ」、消え入るような小声に満更でもない響きを託していたお勢の姿を目の当たりにしていた者が、ここでは「凡《およ》そ相愛する二ツの心は、一体分身で孤立する者でもなく、又仕《し》ようとて出来るものでもない」のに、「観菊」どころではない自分の「痛痒」もよそに昇などと楽しげに外出するそのお勢にたいし、不満と不審をいだく文三の「内面」に立ち会うことになるのだが、この運びのうちでおのずと文三の独善性がきわだち、この男女間のズレはいきおい覆いがたいものとなるわけだ。もとより、話者はつとに、お勢の性情を説明したうえで（「お勢は根生《ねおひ》の軽躁者《おいそれもの》」・第二回）、彼女を美化する主人公の姿を揶揄まじりに描いてはいる。文三にたいする話者の「批評的距離」と諸方で口にされるのは、たとえばそうした構図にかかっている。だが、たんにその程度のことであれば、男たちを籠絡する各種「毒婦物」をはじめ、先蹤に事欠きはしない。逍遥との「没理想論争」中で鷗外の用いた語彙を借りるなら、そうした「挿評」的な距離こそが、前代小説のかなめをなしていたからだ。『浮雲』において画期的なのは、たとえばこの男女間のズレが焦点移動という形式性それじたいによって（つまり「挿評」的な説明の安易を越えて）生きいきと一場に創出される点にある。

　そのうえで、昇の再登場とともに導入された変動の熱量を、作品はまた、別種の共振性のもとに転送する。すなわち、「観菊」後はほぼ一貫して文三の視界に即した第二篇は、その代わり、先にいう密着の叙述的な上下移動と、家の階段をさかんに上り下りする人物たちの空間移動とのあいだに、テクスチュアルな連携を産出するのだ。〈「観菊」→昇との「絶交」→お勢との口論〉と連なる第二篇の生彩が、この連携のもとに遺憾なく発揮される様相の一端は、先述した「絶交」場面（第九回、十回）にもすでに看取されようが、実際、文三はそこで二回、お勢は三回、昇と勇は一回ずつ、階段を往復している。続く場景でも、階下でお政にいたぶられ、お勢からも拒絶され、文三はすごすごと二階へ追いやられ、こうした上下運動が繰りかえされるにつれ、文三はますます窮地に陥り、話者はそのつど彼の「内面」へと降りてゆく。従来、『浮雲』では第二篇がもっとも優れていると評されるのは、技術論的にはまさに、語られるものと語り方とのあいだに連続的に産出され転送される上下動の、新鮮な共振性に由来するのである。

　ところが、第三篇にいたり、お勢との「示談」にしくじった文三が二階の部屋に引き籠もるや、事態は決定的に変質する。そこでは、「用事が無ければ下へも降りて来ず、只一間《ひとま》にのみ垂れ籠めて」（第十六回）不動の姿勢を決めこむ主人公の周囲で、再び、数次にわたる焦点移動があらわれるのだが、これがしかし、今度は一種異様な不均衡を――作中人物ではなく、いわば話者の「挙動」として――作中に増幅させながら、逍遥のいう「人物の性質」を作りなおして、別途やはり不思議な「陰手段」と化してしまうのである。

『浮雲』第三篇問題

「実相を仮りて虚相を写し出す」。――十九世紀後半の西洋小説においては一般的な命題とはいえ、『小説神髄』の「摸写」説には根本的な修正を迫る文学理念(「小説総論」一八八六年)から出発した作家自身の言によれば、『浮雲』は当初、お政に旧思想を、昇・文三・お勢に新思想を「代表」させ、両者の衝突の具体的様相(=「実相」)を通じて、「日本文明の裏面」(=「虚相」)を描きだすはずだった。[8] 当時の親友・矢崎鎮四郎(嵯峨の屋おむろ)も、一作の真の主人公は「他働的」なお勢であり、相手次第で「何うにでも動く」その軽佻浮薄な姿に「日本人を代表」させた点に、作品の「思想」があったのだと書き残している(「『浮雲』の苦心と思想」一九〇九年)。[9] 主要人物に孫兵衛を加え、〈新/旧〉に〈善/悪〉を交叉させながらその「思想」を敷衍したものが、関良一のいわゆる「四辺形の構想」(「『浮雲』考」一九五四年)であり、これを受け入れた中村光夫の『二葉亭四迷伝』は、第三篇における作品変質の内実として、作者も予期せぬ文三の「成長」ぶりを強調する。お政・昇・孫兵衛たちとともに形成する当初のアレゴリックな「四辺形」の一頂点として、そのただなかを浮遊する軽薄なお勢=当代日本への「文明批評」を託されていたはずの一人物の変貌。その「成長」ぶりにたいする作者自身の全面的な感情移入(=同一化)が、第三篇における「独白」の全面的な浸透を生みながら、当初の主題を見失わせたのだというわけだ。が、いまや常識に類する中村説は、ここではしかし、軽々に首肯するわけにはゆくまい。「独白」が、より直接に作中人物の「内面」をあらわすといった視点がたんに素朴であったように、その「独白」を介して作者の感情が一人物に移入されると考えることは（散文《フイクシヨン》の擁護という至当な眼目を一方にもつ論者当人においても）いくぶん安易にすぎるからだ。安易さは、前章にいう「人生と小説」との相関性にみる牢固な反映論を引きずってあり、ゆえに、この中村説によりかかったまま、「示談」不成立を経てようやく相手の本性についての「識認」（「お勢は実に軽躁《かるはずみ》で有る」）を得て「稍々《やゝ》変生《うまれかは》ツた」という第十六回を節目として、文三の「自意識」そのものの変化を跡づけることや、それがどの程度まで、作者の分身めいた色調をおびるのかを見定めることとは、多分に退屈な仕儀とならざるをえまい。

他方、右のごとき感情移入説に抗する論者たちにあっては、その「識認」が当の主人公には差しむけられぬこと、つまり、免職後のおのれの立場を正視しようとはせぬ独善的な自尊心や、これにたいする批判者としてのお政・昇の世知といった点が、しばしば口にされる。文三の「自意識の劇」における「状況認識の時差《タイムラグ》」を指摘する前田愛（「二階の下宿」一九七八年）や、これを踏襲して、「識認」そのものが「妄想」を産み出す「自己意識の構造」を縷説する小森陽一（『文体としての物語』一九八八年）の所見などが、その代表的なものである。結果、双方の折衷的な観察もふくめ、いわば第三篇問題とでも称すべき議論が、あまたの『浮雲』論の中心と化すことになるのだが、彼此いずれにせよ、この場に肝要なのは、内面的なものが棲みつき、棲みまどう場所じたいの様態にあり、この点まず、ありようの即物的な確認が不可欠となる。

心理の上から観れば、智愚の別なく人咸《こと〴〵》く面白味は有る。内海文三の心状を観れば、それは解らう。　（第十三回）

こうした起句に導かれる第三篇におき、話者は一方では確かに、逍遥のいう「陽手段」、主人公の心理描写に本格的に踏みこんでゆきはする。だが、上述のごとくここには他方、数次にわたる焦点移動も改めて導入されてあり、いまかりに、文三に即した視界をB、お勢に即したそれをS、人物らと一定の距離を保った話者による匿名視界をNとし、前二者にたいする密着度を（その心内下降の有無強弱による＋記号を添えつつ）略記すれば、第三篇全体の流れはおよそ左のように整理することができる。

十三回・B（＋＋）▼十四回・B（＋）↓S↓B（＋）▼十五回・B（＋）▼十六回・B（＋＋）▼十七回・N▼十八回・N▼十九回・B（＋＋）↓（N）↓B（＋＋＋）

昇の手によってお勢の部屋の障子が「すらりと」開かれる場面（第十四回・S）は、先に引用したとおりである。第十七回において、母娘と昇との座興場面を三者からほぼ等距離に隔たって描きだす話者は、第十八回でも、その後「一週間と経ち、二週間と経つ」うちに、さらに足繁く訪れる昇と母娘の様子を同様の距離からとらえたうえで、ひとり自室に戻ったお勢を追ってその姿に焦点を合わせてゆく。つまり、第三篇のすべてが文三の「独白」に終始するわけではないのだが、この間、再就職に奔走するでもなく、気晴らしに外出するわけでもなく、その昇らのすぐ上の部屋で文三がひたすらじっと萎れているという構図が、第二篇にはみられぬ不均衡をもたらしつつ、事態を一挙に錯綜させるのだ。

常套的には多様な空間と時間の統御にむいている三人称多元を、場所は一つ、時間は一、二ヶ月、主要人物は四人といった狭小な舞台に適用することじたいが、十二分に変則的な点はいうまでもない。第二篇においては、その変則じたいが、読者の知覚と人物たちの運動とに接続しながら、小説の名にふさわしい潑剌たる動力を賦活していた。ところが、ここでは、家屋内における上下の水平移動とでもいうべき奇態に終始する焦点移動が、話者の分裂を招き寄せてくるのだ。

　部屋へ戻ツても、尚ほ気が確かにならず、何心なく寐衣《ねまき》に着代へて、力無ささうにベツたり、床の上へ坐ツたまゝ、身動もしない。何を思ツてゐるのか？　母の端《はし》なく云ツた一言《ひとこと》の答を求めて求め得んのか？　夢のやうに、過ぎこした昔へ心を引戻してこれまで文三如き者に拘《かゝづら》ツて、良縁をも求めず、徒に歳月《としつき》を送ツたを惜しい事に思ツてゐるのか？　（…）何を思ツてゐることかすこしも解らないが、兎に角良久《やゝしば》らくの間は身動をもしなかツた、其儘で十分ばかり経つたころ、忽然として眼が嬉しさうに光り出すかと思ふ間に、見る〳〵耐《こら》へようにも耐へ切れなささうな微笑が口頭《くちもと》に浮び出て、頰さへいつしか紅《べに》を潮《さ》す。閉ぢた胸の一時に開けた為め、天成の美も一段の光を添へて、艶なうちにも、何処か豁然《からり》と晴やかに快ささうな所も有りて、宛《さな》然《がら》蓮の花の開くを観るやうに、見る眼も覚める計りで有ツた。突然お勢は跳ね起きて、嬉しさがこみあげて、徒《たゞ》は坐ツてゐられぬやうに、そして柱に懸けた薄暗い姿見に対《むか》ひ、糢糊《ぼんやり》写る己《おの》が笑顔を覗き込んで、あやすやうな真似をして、片足浮かせて床の上でぐるりと回り、舞踏でもするやうな運歩《あしどり》で部屋の中《うち》を跳ね廻ツて、また床の上へ来ると其儘、其処へ臥《ね》倒《たふ》れる拍子に手ばしこく、枕を取ツて頭《かしら》に宛がひ、渾身《みうち》を揺りながら、締殺ろしたやうな声を漏らして笑ひ

出して。（第十八回）

「母の端なく云ツた一言」とは、直前場面における、昇との結婚を進めよがしな問いかけを指すものだが、この一節で特筆すべきはむろん、お勢の心情にかんして、くどいほど不可知を装いつづける話者の姿勢である（「何を思ツてゐるのか？」）。文三の場合にくらべればごく軽微な深度ではあれ、話者はすでに、くだんの第十四回においても、また、右一節の前段においても、お勢の「内面」へなめらかに下降している。同じ場景ではお政についても、当時にあってはすぐれて柔軟な自由間接話法をも動員してその心内を描いている。その話者がここでは、不意の無知をきめこみながら外面描写に徹すること。「此狂気《きちがひ》じみた事」があってから、昇や母親にたいするお勢の様子がなぜか変わり（前者には「余所《よそ》々々しく」、後者には「大層やさしく」）、やがて「編物の稽古」と称して、以前は「学問」なき女の品下った証として嫌っていた「本化粧」で「隔晩」、彼女は美服をまとって外出するようになる。これにあわせ、昇は昇で、園田家への来訪をぷっつりやめるのだが、この変化についても、話者はやはり「どうしたのか解らない」。

要するに、〈馬琴→逍遥〉的な旧弊に復するかのような唐突な変化。その変化を携えて、右のごとき「謎」を演出する同じ話者は、同時に他方、こうした場景の傍らに置き去りにされながら、階下の様子をしきりと気にかける文三にかんしては――「独白」例として先にも一斑を掲げておいたごとく――その「人情の解剖」にむけ、どんな細部も見逃さぬといった近しさで密着の度合いを最高度に強めてゆく。

（…）種々《さま〴〵》の取留《とりとめ》も無い事が続々胸に浮んで、遂には総て此頃の事は皆文三の疑心から出た暗鬼で、実際はさして心配する程の事でも無かつたかとまで思ひ込んだ。が、また心を取直して考へてみれば、故無くして文三を辱《はづかし》めたといひ、母親に忤《さから》ひながら、何時しか其いふなりに成つたといひ、それほどまで親《したし》かつた昇と俄に疏々敷《うと〳〵しく》なつたといひ、――どうも常事《たゞごと》でなくも思はれる。　（第十九回）

だが、先のお勢の狂態とその後の変化の示す事態がすでに「常事《たゞごと》」ならぬことは、ある程度明敏な読者には明白なのだ。あえて〈結末プラン〉に頼るまでもない。この段階で、お勢と昇とのあいだに本格的な交渉が生じていることに気づかぬ読者は（当時にあっても）よほど素朴である（あった）はずだが、文三は独りこの明白さから取り残されてしまう。この点に、「観菊」のくだりと似たズレの創出が変奏されていると、まず考えることができる。前田愛の先の用語をここに借りるなら、その「状況認識の時差《タイムラグ》」は、くだんの「識認」段階（第十六回）でいったんは解消されていた。その時点で文三はようやく、読者がとうに知っていたお勢の「軽躁《かるはずみ》」を認識したことになるからだ。それが、ここでまた遅れをとってしまう。言い換えるなら、文三は、お勢と昇の仲についてのこの「識認」の次元でも置き去りにされるのだが、何とも複雑なのはしかし、先の第十八回の話者は、ほかならぬその遅れを示しながら隠すという挙に出ている点にある。そこで繰りかえし装われる不可知は、その点に資して、〈馬琴→逍遥〉的なあざとさを越えた作用を発揮するのだ。この一瞬、話者はつまり、二重、三重に鋳割れる。ここにはまず、不可知を装ってさえ場景から距離を保たんとする話者と、可知のかぎりに就いて主人公に同化する話者とのあからさまな乖離がある。この分裂のなかでさらに、読者にたいする前者のいわば教育的な邪悪さと、主人公にたいする後者の「代弁」の善意とがひそかに鋭く対立するのだ。不可知を装う話者が、明敏な読者にむけては「識認」の「時差」を作りだすと同時に、素朴な読み手の気がかりはそのまま文三のもとに送りつけながら「時差」を隠すといった二途を講ずるのに反し、可知のかぎりに就く話者は一途に、主人公の「内面」に密着するからだ。付けてこのとき、明敏な読者との関係において、前者は、文三から離れれば離れるほど作者に近づき、後者は逆に、文三に近づけば近づくほど作者から離れるといった、複線的な罅割れが走ること。

　ちなみに、『文体としての物語』の小森陽一は、右にみる「不可知の立場」が話者と文三に共有されること、および、話者による「地」の文と、文三の「独白」との間に第二篇までは維持されていた「文体的差異」が消失すること、その二点を頼りに、第三篇全体が、文三の「自己意識」＝「妄想」にまきこまれてゆく話者に託された結果、「客観的な事実や現実は姿を消し、唯文三の意識の対象になったものだけが、彼の評価と解釈を附されて読者に伝達される。文三の自己意識の世界が、ここに自立する」のだとみなしている。[11]だが、この話者は、右のごとく邪に無知を装い、文三はたんに無知なのであり、二葉亭にかぎらずあらゆる作家には逆に、同一の「文体」で別個の「事実や現実」を書き分ける自由はいくらでも与えられているだろう。小森氏のいささか強引な観察は、第十九回の「独白」に挟まれて（N）と前記した箇所にならあるいは妥当するかもしれぬが、繰りかえせばしかし、事ははるかに、しかも一気に複雑《テクスチュアル》な様相にかかっているのだ。のみならず、ここにはさらに二方向からの負荷が加わってくる。

　叙述の特異さと主人公の「心理」との関係が、そのひとつである。

そもそも、文三はなぜ、たとえば『金色夜叉』の間貫一とは異なり、依然としてこの場を離れぬのか？　叔母からは手ひどく邪険にされ、従妹には拒絶され、かつ、母娘の醜い本性を痛感して家を離れる決意を一度ならず固めるものの、彼は一方で、不在の家長たる叔父に代わり、昇の介入このかた私利私欲にかられて「さま〴〵に不徳を尽す」「軽く、浮いた、汚《けが》はしい家内」からお勢を救うという「義理」に目覚めているからである。それが「義理」という名のたんなる未練であることに気づかぬ彼の脳裏には、新たな「妄想」（「お勢を救ひ得た後の楽しい光景《ありさま》」）が空転することになるのだが、要は、そのようにして「笑ふ事も出来ず、泣く事も出来ず、快と不快との間に心を迷《まよ》はせ」つづける主人公の内部的な動揺と、先にいう叙述上のあからさまな分裂とがここでまた接続している点にある。ただし、この接続は、第二篇にみたそれとは異なっている。家の階段を上り下りする者たちの動きと、焦点移動とのあいだに呼びこまれる新鮮な通気を欠いて、接続はここで、ひたすら主人公一個の「妄想」との共振性としてきわだつことになるからだ。そしてこのとき、「文三によりそい彼の意識を代弁するだけ」（小森陽一）のこの一方の話者のもとに、同じ作品内に形づくられる別次元の連携が輻輳してくることが、第二の負荷を導きよせる。この場では同時に、各種の代理＝代行関係が次々と消失・失効することに意を払えばよい。

　とりわけ第一篇に顕著な傾向として、たとえばまず、大仰な比喩の濫用がある。「神田見附の内より、塗渡《とわた》る蟻、散る蜘蛛の子とうよ〳〵ぞよ〳〵沸出でゝ来る」官員たちの群れ。そのうち一人の穿くズボンは「泥に尾を曳く亀甲《かめのこ》」、一人は「火をくれた木頭《もくづ》」のような反り身、後続者たちの頭はどれも「胡麻塩」。そうした場景から浮上する主人公の家では、頬に「日の丸の紋を染抜いた」下女が出迎え、自室にはマッチ棒の「死体《しがい》」が横たわり、「『添度《そひたい》の蛇《じゃ》』といふ蛇に成ツて」這い回る想いの先で、恋人は「細根大根に白魚を五本並べたやうな手」にもつ団扇で、「螺《さざい》の壺々口《つぼくぐち》」に浮かぶ微笑を隠している。以下、枚挙にいとまなく「他物を仮りて一物を品評」する修辞癖を「謎躰の形容詞」と呼ぶ石橋忍月は、突飛に傾ぐその濫用ぶりを名作の微疵のひとつに数えあげているのだが（「浮雲の褒貶」）、この代理関係《レトリック》のあざとさは、第二篇に入るとにわかに軽減し、第三篇では消失する。同じ第一篇に抜群の効果を示していた「視点描写」についても同様である。「外」にあるものこそが、より強く「内」なるものの感触を担うというその代理性が、文三の「独白」が大勢を占める第三篇ではもはや場を持ちえぬ（＝生起しえぬ）ことは、とうぜんの成りゆきと化すだろう。第一篇でなら、「視点描写」の独立したパッセージを形成しえたかもしれぬ「天井の木目」の模様が、「おぷちかる、いるりゆうじよん」の一語を介してたちどころに「独白」に呑みこまれてしまうことが、一事の典型となる（第十九回）。内容面に就いても、階下の騒ぎに気を取られいっこうに捗らぬその翻訳物が、イギリス議会の現状を伝える時事文であるといった些事（第十回）はともかく、『浮雲』とはまさに、ひとりの若者が家長代理としての価値と立場を失いつくす物語としてある。代理者の「義務」の一策として、叔父にすべてを報告したところで、お政に「いひくるめられるも知れん」ことは、文三とてさすがに予知せざるをえぬのだ。

　そして、こうした連携をまるごと抱えこむかのような熱烈さで、この文三の心を親身に「代弁」する一方の話者。その傍らで、「代弁」されている心理の分裂的なアクセントを横取りするかのように、如上しらじらと無知をきめこんでいる他方の話者。これが、『浮雲』第三篇がみずから招きよせた構図であり、日本小説史上まぎれもなく未聞の達成として、叙述と虚構の両面をまきこんだこの複雑な構図がかえって事態を硬直させる一場は、そこでひたすら、停滞の異様な白熱に火照りつづけてしまうのだ。

では、この先どうすればよいのか？

作家の手記（「くち葉集　ひとかごめ」）に残された五種類ほどの〈結末プラン〉には、先に一言したように、ほぼ一致して〈尾行→密会現場目撃→発狂〉という顚末が記されている。その「本田お勢とあひゝきのさま」が、文三に立聞きもしくは覗きの仕草を強いることは、手記の数頁前に、ゴンチャロフ『断崖』の第四編第十三章の冒頭パラグラフ、すなわち、主人公ライスキーが、同じ「とても汚い」所作のすえに、恋するヴェーラの「謎の散歩」の正体を漸くつきとめて絶望する直前のくだりが訳出されてある点からして確かに推測しうるし、『浮雲』第二篇と第三篇のあいだで訳出されたツルゲーネフ『あひゞき』が一人称の話者による立聞き＝覗き小説の体をなしていたことも、むろん一事に無縁ではあるまい。が、そうした傍証をこえて、この目撃場面の導入には確たる根拠がある。前章中『八犬伝』の分析箇所に示したとおり、立聞き（覗き）は、良くも悪しくも、作中人物の知覚と読者のそれを同致せしめる仕草としてあるからだ。文三はそこで、都市論的な背景から浮かび上がる「生きられた家としての園田家の構造」[12]（前田愛「二階の下宿」）の内ではなく、より端的に、読まれつつある作品内での読者との「時差」を改めて回復するだろう。その回復が逆に、彼を致命的な場所（「瘋癲病院」）に送りこむという運びは、きわめて妥当な逆説であったといってよい。にもかかわらず、文三を園田家の二階に縛りつけたまま作品が「中絶」するのは、ここまで複雑に乖離した二人の話者を改めて和解させる方途を技術的に見失ったゆえである。しかも、すぐれた小説だけがごく稀に体現しうるテクストと現実との生々しい交錯を彷彿とさせる皮肉な事実として、作品を出発させた代理＝代行的な文学理念（「実相を仮りて虚相を写し出す」）それじたいの、不実な消失をきわだてながら……。

ただし、ある時期から後藤明生が繰りかえし主張したごとく、ここには他方、主人公がすでに常軌を逸しているように、話者もまたあえて狂ってみせているのだとみなすことも不可能ではない。ないどころか、むしろそう読まれねばならぬという後藤明生によれば、「共同体」から切り離された「根無し草」たちが、てんでに結びつき混じりあい離反しあいながら、たえず「自分とは何か」と問いたてねばならぬ時空が「近代」であるのなら、その産物たる「小説」は、問いじたいに根ざしている「分裂」や「混血」性に共振しないはずはない、ということになる。この関係は不可避なのだと言葉を継ぐ者は、事態の不抜さを遺著にいたるまで指摘してやまない。

> したがって、「私」の分裂は作中人物にだけ当てはまるような小手先のものでは済まされない。語りという形式、物語という構造そのものも分裂的に表わされていなければならない。近代小説というジャンルはその分裂のなかから誕生して来るけれども、そのためには作中人物だけではなくて語り手自身も分裂した状態になっていなければならない（…）。
>
> （後藤明生『日本近代文学との戦い』二〇〇四年[13]）

それが、たとえばゴーゴリの『狂人日記』であり、これを三人称多元のうちに引き継いだドストエフスキーの『分身』であり、さらには、その「『分身』から出てきた」この『浮雲』にほかならない。この「分裂＝混血」を——中村光夫の主張する「悲劇」ではなく——まさに「喜劇」

として生き抜く主人公が、ゴリャードキンの血を引く内海文三なのだという後藤明生は、別にまた、「〈語り手〉という登場人物」なる卓言をふくむ『ドストエフスキーのペテルブルグ』（一九八七年）も残しているのだが、これらを頼りに、『浮雲』におけるその「模倣と稽古」の跡をたどることは控えておく。文三と話者とがともに体現するという「喜劇」性の内実を改めて検討することも、また、この魅力的な観点を、その後の（あるいは、まさに『浮雲』放棄寸前の）作者に引き寄せながら、「文学」じたいへの二葉亭の「懐疑」の深さを測りなおすこともせずにおく。いま、『挟み撃ち』の作家の観察をこの場に想起するのは、ほかでもない。それは、後藤明生の指呼する文学的血族たちが（むろん鼻祖たる『外套』の九等官もふくめ）すべて破綻した官吏であるという事実が——『浮雲』執筆動機として「官尊民卑」への嫌悪を語る二葉亭の談話（「作家苦心談」）ともども——ここでにわかに重きをなす点にある。では、まともな官吏とはどういった人種なのか？　ひとつの領分内に与えられた目的にむけ、そこに「分裂＝混血」的に犇めく雑多な動きやもろもろの細部を、大なり小なり円滑に統御する者たちの異称である。これにたいし、その不器用さゆえに職を逐われた若者と同様、『浮雲』の作者もまた、みずから切り開いた小説技法上の多様な側面を二方、三方から抱えこんだあげく、如上あたかも、三人称多元なる視界の統御の任にこれ以上は耐えぬといった趣で、作品から解雇されるかにみえること。

　おそらく、この意味においてのみ、作者と主人公の同一化という説は正しい。そして、その解職の半年後、まさにこの正しさを逆照するかのように、森鷗外によるもう一つの官吏小説たる『舞姫』（一八九〇年一月）の「余」が、いかにも颯爽と出現するのである。

用意周到なる「余」

三人称多元小説から一人称小説へ。――実際、鷗外はそこでさながら、『舞姫』作中の脇役・相澤の勧告にしたがって「慣習といふ一種の惰性より生じたる」障害じたいを「意を決して断」つかのような風情で筆を進めてゆくのだが、ただし、事はそうあっけなく成就したわけではない。一八八八年九月にドイツから帰国した鷗外は、短期間とはいえ、多分に周到な準備を経たうえで『舞姫』の作家となったからだ。帰国直後の一年間に発表された小説・戯曲あわせて十本の翻訳作業がそれで、一部に弟・篤次郎（三木竹二）との共訳もふくみ、過半はドイツ語訳からの転訳としてあるこの試みを通し、鷗外は、原典のさまざまな特徴に寄せて複数の文体を使い分けている。

最初に選ばれたカルデロンの戯曲『調高矣洋絃一曲《しらべはたかしギタルラのひとふし》』の訳文は、表題からも知られるごとき旧套を色濃くとどめ、フェリペ一世の将官と土地の豪農一家との確執を要約するはしがきは七五調（「谷を隔てゝ親と子が、いふに言はれぬ歎《なげき》の狭霧」）、ヒロイン役の娘も花魁ふうの科白回しに徹する（「その様な事は知らぬわいなあ」）。対して、次のドーデの短編、末尾一行の切れ味を利かす『緑葉歎』は一転、「た」止めの言文一致体で訳され、ホフマンの犯罪小説『玉を懐いて罪あり』も同様だが、前者では「」で括っていた会話部を後者では地の文に開いている。「王国」僧侶の酷薄きわまりない銃弾が、「共和国」少年兵の凛然たる最後を彩る掌編『戦僧』（ドーデ）は、地の文も会話も文語で訳され、伝承奇譚『新浦島』（アーヴィング『リップ・ヴァン・ウィンクル』）は「です・ます」体。ブレット・ハートの短篇『洪水』は「た」止め。トルストイの「嘲世罵俗の短篇」たる『瑞西館』でまた文語に戻り、「」つきの会話部分も漢文調で、たとえば館の「童僕」は「豈渠《かれ》を侮辱せんと欲せんや」などと口にし、ハックレンデルの戦争哀話『ふた夜』も同様だが、こちらの会話部は指標抜きで地の文に接続する。ほかに、レッシングとキョルネルの戯曲が、カルデロンのものに比せばかなりこなれた口語体で訳されているといった具合だが、このうち、ともに随筆ふうの趣をもつハートとトルストイの二作は、一人称の話者に託されている。ハート作の「私」は、カリフォルニア海岸近くの沼地で「洪水」にあった母子の一夜を「読者」に――現在形語尾との併用で、鷗外目下においては多分に客観的な効果を伴って――聞き伝える位置にある。これとは対照的に、スイスの豪華な館に集う者たちの俗臭のなかで、落魄にも臆さぬチロル大道歌人の「真なる人生」に共感するトルストイ作の「余」は、作者当人をおもわせる人道的な主観を吐露してやまない。

これらの訳業を介して、その人称性と文体とを慎重に選び抜いたかのような落ち着きを示しながら、『舞姫』の一人称が、当時の賛辞にいう清新な「新雅文」体とともに――表面的には右のトルストイ作にもっとも近いかたちで――登場することになるのだ。

石炭をば早や積み果てつ。中等室の卓のほとりはいと静にて、熾熱燈の光の晴れがましきも徒なり。今宵は夜毎にこゝに集ひ来る骨牌仲間も「ホテル」に宿りて、舟に残れるは余一人のみなれば。

『浮雲』冒頭の「戯作調」としばしば比較される名高い起句のなかで、はやくも端然と居を占めはじめるこの一人称と、みずから切り開いた多様な可能性じたいの負荷に耐えかねたかのように途絶する先の三人称多元視界との相違。興味はむろんそこにかかってくるのだが、先だって、この「余」の周囲にいま少し目を配っておく必要がある。というのも、当時の日本小説の風土においては、一人称じたいがきわめて新奇なものであったという事実が存するからだ。現に、「己れを以て書中の一人物となし己れの遭逢見聞」を中心とした作品を「自叙の躰」と名づけながら、その臨場感の演出効果を、「尋常の記述躰」（＝三人称多元）には容易に求めがたい利点として吹聴する森田思軒は、『舞姫』の二年半ほど前に次のように書いている（文中に句読点・濁点を補って引用する）。

西洋の小説世界にては自叙の躰を用ふる者甚だ多く（…）枚挙に遑《いと》まあらず。去乍《さりなが》ら日本支那の小説世界にては之れを観ること幾《ほとん》ど希れなり。（…）余は、今の小説家が記述躰を以て唯一の世界となさず、更らに進で自叙躰の地を拓き以て其領分を拡めんことを欲するなり。

（「小説の自叙躰記述躰」一八八七年九月）[14]

この文章は、たとえばディケンズ『大いなる遺産』の一節を掲げて、この「一人称」を「三人称に改ため」てみよといった実践的指示もふくんで賞味にあたいするのだが、右にいう「自叙躰」の利点として、思軒は「読む者恍然神馳せて現に之を目睹する如き想あらしむるの妙」を強調する。同じことは後年、俳句・短歌につづいて散文革新に就いた正岡子規の「写生文」作法に反復され（「叙事文」一九〇〇年）、夏目漱石『文学論』（一九〇七年）における「間隔論」の章にも、

「同情的作物」の一要諦として確認されることになるのだが、その利点はむろん、今日の目からは常識以前に類するだろう。だが、これが思軒から漱石まで、前後二十年ものあいだ歴然たる技術的課題としてありつづけた事実をみるに、『舞姫』当時におき、一人称小説なるものがさほど容易ではなかったことは想像に難くあるまいし、一事はたとえば、依田学海の『俠美人』(一八八七年七月、十一月)が証するところでもある。

「第二編」で途絶したこの作品は、思軒によれば本邦初の「自叙躰」小説である。右一文はまさに、当時の漢学界・演劇界の重鎮の手になるその「第一編」への賛辞を枕に綴られていたのだが、西洋小説通として「翻訳王」の盛名をもつのみならず、小説(技術)一般につきしばしば卓言を残してもいる思軒が、果たして、続く「第二編」にも眼を通したうえでなおこれを「欣賞」しえたかどうかは、はなはだ心許ない。なぜなら、「余」の視界を介して、同塾の「奇士」と、彼が見染めた「天性賢き」美女の行状を描く「第一編」が——幕末版「才子佳人」ものといってよい内容の貧弱さはともあれ——それなりに一人称小説の体を保っているのにたいし、安政大地震を挟んだ「第二編」においては、〈馬琴→逍遥〉的な視界とともに、「余」(「依田生」)には知りえようもない複数の出来事の細部や人物の内言までが、再三長々と混入してくるからだ。その種のくだりを、「余」はそのつど辛うじて「伝聞」へと回収してはいる。だが、たとえば「実に天理自然の妙契。この才子佳人に幸《さいはい》せしにや」[15]と感じ入る者の「自叙躰」と、その「妙契」を促した大地震で半壊した家屋を叙す四行ほどの描写に継ぎ、「此は是れいづれの地。何人《いかなるひと》の宅《いへ》なるぞ。深川安宅町に久しく住める。医師高倉周斎の寓居《やどり》にぞありける」[16]以下、被災後の主役男女の動静を延々と綴って「記述躰」めく行文とのあいだの、たんに杜撰としかいいようのない不均衡は覆いがたい。

同じ思軒の弟子筋にあたる原抱一庵の『闇中政治家』（一八九〇年〜九一年）が露呈するのも、よく似た不手際のさらに原理的＝戯画的な様態である。自由民権運動沸騰期の福島事件を背景とした「政治小説」としても読まれうる作品は、「愛らしく尊《たつ》とき人より授けられたる『大使命』」を担う主人公「余」が、北海道・東北の各地を経巡りつつ、ことあるごとに「貴《たう》とく重き」拝命の切なるを口にする一方、その「大使命」の何たるかは結末まで明かさぬという執拗かつ露骨な默説法に支配されているのだが、左は、そうした作品後半部に描かれた一齣である（この文中にも、句読点・濁点を補っておく）。


此日は朝より快《よ》く晴れたり。余は盲人の寓を訪はんとて正午《まひる》の頃ほひ宿を立出《たちい》て、松林も既に過ぎて広々とせる野原の前に出《いで》たり。コヽよりは僅か十四五丁ばかり山の麓、竹藪を後に背《おほ》ひ喬《たか》き榎に柴の戸を蔽はれ居るは、即ち渠《かれ》の住居《すまひ》にてあり。

松林と渠の住居との間にクネリ曲れるアゼ路の上に、今三個の人あり。

一個は余が宿の子息にして齢のほど十九ばかり、何等か深く考ふるところあるものゝ如く、塚石の倒れたるに腰打掛け、頭《かうべ》を垂れて身動きだにせず。若者と隔たる一丁ばかりの彼方に、未《まだ》うら若き少女の歩むともなく止まるともなく（…）其の姿を現はせり。他の一個は即ち余なり。

余は長き松林を過ぎ将さに歩を進めんとして此の光景《やうす》に射られ、何と云ふ意思のあるにあらねど五六歩後退《あとすざ》りしつ、其所に矗然《しよくぜん》として立てる銀杏樹《いてう》の幹に身を潜めり。身を潜めて、其場の有様《やうす》をナガメ居れるなり。

（『闇中政治家』第十二回[17]）

この「盲人」「若者」「少女」の役柄や、「余」との関係などについては、依田作に勝るとも劣らぬほど「読本」的な物語の概要ともども割愛してよかろう。「耳新らしき」話を好む老父へのたんなる土産噺を求めて、いわくありげな人物（＝「獲物」）に近づいてはその挙動を窺い取ることが、主人公に課された「大使命」であったという、啞然たるオチについても多言は控えたい。要は、二葉亭訳『あひゞき』の（男女の位置を転じた）あからさまな模倣場面としてある右においては、一人称に不可避な乖離（〈語る私／語られる私〉）の調整にかんして、無防備なまでの拙劣さが認められる点にある。この乖離を、「三個」ではなく二個の人を覗きみる視点のうちで隠蔽もしくは緩和することが、一人称小説の基本的な心得であるからだ。依田学海の『俠美人』は、それをほかならぬ「余」（つまり、身体的に厳しく限定された一視点）が語っていることじたいを、しばしば失念していた。対して、原抱一庵の一人称は、「余」そのものの戯画的な分裂を一場に刻みつけてしまうという相違はある。が、結局は同じことである。両者はここで、小説の一人称が当時、「読本」的な長物語の起伏を差配してそうそう容易でなかった事実の証左となるはずだが（＊5）、このとき他方、嵯峨の屋おむろの『無味気《あぢきなき》』（一八八八年）、『初恋』（八九年）、広津柳浪『残菊』（同年）、宮崎湖処子『帰省』（九〇年）、饗庭篁村『良夜』（同年）といったいずれも回想記ふうの体裁をとった諸作においては、それぞれ比較的安定した「自叙躰」の達成をみるという対照性は、注意されてよい（このうち、依然として色濃い前代色をとどめるのは『良夜』で、『無味気』がこれに次ぐ）。「余」が同伴的あるいは探訪的な脇役となる『俠美人』『闇中政治家』にたいし、右諸作の表白的な主役たちは、自分の行状と、これを語るもう一人の自分とのあいだには、乖離などはなから存在しないとでもいった面持ちで、それぞれの出来事を生きるかにみえるのだ。

大略こうした状況のなかで、むろん表白的な一人称として『舞姫』の主人公は登場する。現に、先の森田思軒は一編に即応してとうぜん絶賛のきわみに就きもするのだが（「舞姫」一八九〇年）、太田豊太郎という名をもつこの「余」が群を抜く表情を示すのは、たんにそれが、他を圧するほど安定した視界を司っていたことにのみ由来するわけではない。いっけん安定した「自叙躰」の枠と目しうる鷗外の一人称は、そのじつ同時に、右にいう小説的な乖離と、存在論的な隔たり——すなわち、自意識それじたいの構造的な分離（三浦雅士ふうにいえば「私に関係する私」、後藤明生にしたがえば「分裂＝混血」、カントを指呼するM・フーコーによれば「経験的―超越論的二重体」等々）——とを重ねあわせてもいるのだ。ドイツでの過去と、これを「手記」に綴る現在。このとき、一人称にまつわる小説的な乖離が、さらに、語ることと書くこととのあいだで増幅し、存在論的な自己相対化を強化するといった点も別して注目にあたいしよう。また、そうした告白的「手記」を介して、互いに次元を異にする二種の乖離を出会わせながら、表面上きわめて安定した作品世界の内で、西洋という他なるものと遭遇した「自我」の変動、もしくは「まことの我」じたいの定命の薄さを主題化しえた点に、一編がときに『浮雲』以上の「近代」的な名作として遇される所以もあるはずだが、問題はしかし、そこでもない。前節末尾に一言したごとく、『浮雲』の傍らで目を凝らすべきは、むしろその主題にむけて言葉たちを組織する鷗外の、いわば官僚的な周到さにある。実際、小説の一人称を、これにもっとも相応しい機能と価値にむけて純化する鷗外は、書くことにまつわる不純物の除去と統御にかんして、見事なまでの能吏として日本の小説界に出現したのであり、たとえば、言葉の長さが惹起する不実な事態に明敏に反応しながら、次のように記すところなどに、その一端が遺憾なく披露されてくる。

> 衣服容貌を精く書く必要は、洵に東西詩家の認めたる所なり。されど余りに詳に書く弊害も亦東西詩家の認めたる所なり。（…）詩は固より画に非ず。一目して悉《（つく）》すべきことも、之を文に筆して帽より襟に及び、襟より帯に及び、帯より襪《（たび）》に及ぶうちには、遂に帽のいかなりしかを忘るゝが如きことなきにあらず。
> （「今の批評家の詩眼」一八九〇年[18]）

造形芸術と言語芸術のあいだの本質的な「相違」、それぞれの「限界」、および、両者間にありうべき「調和」の可能性を縷説したレッシングの『ラオコオン』（一七六六年）を熟知する者による右一節が、挿絵に委ねて作中人物の外形描写を怠る前代作家の非を咎めて、「形容を記するはなるべく詳細なるを要す」とのみ記す逍遥（『小説神髄』「叙事法」）の素朴さを優に凌いでいる点を銘記すればよい。もっとも、一事のやや別面にかんしては、二葉亭を揶揄して「台がオロシヤゆゑ緻密々々と滅法緻密がるをよしとす『煙管《きせる》を持《もつ》た煙草を丸めた雁首へ入れた火をつけた吸つた煙を吹いた』と斯く言ふべし吸附《すひつけ》煙草の形容に五六分位費《ついへ》ること雑作もなし其間《そのま》に煙草は大概燃切《もえき》る者なり」[19]と書く斎藤緑雨（「小説八宗」一八八九年）が、わずかに先んじてはいるのだが、この先後は些事にすぎない。ここでの要は、右のような警戒心のもと、描写の目的は対象の「カラクテル」にあるのだから、「こゝに一態かしこに一状と軽々に写して却りて妙なることあり」と言葉を補う鷗外が、現にそのようにして、主人公がはじめて眼にしたベルリンの夜の目抜き通りを、その「大道」からはずれた「薄暗き巷」で出会った少女の姿を、彼女の住む屋根裏部屋を、そのつど整然と描いている事実にある。そればかりではない。『浮雲』にくらべれば、はるかに端正な短文を軸に形づくられる一人称の短編小説を選んだ『舞姫』の作家はそこで、さらに下記のごとき側面にわたり、その見事な手腕を発揮するのだ。

「屋上の禽」と「お勢の……首」

たとえば、次のような一節（文中の傍線省略、以下同）。

大臣は既に我に厚し。（…）先に友の勧めしときは、大臣の信用は屋上の禽の如くなりしが、今は稍〻これを得たるかと思はるゝに、相澤がこの頃の言葉の端に、本国に帰りて後も倶にかくてあらば云々といひしは、大臣のかく宣ひしを、友ながらも公事なれば明には告げざりし歟。今更おもへば、余が軽卒にも彼に向ひてエリスとの関係を絶たんといひしを、早く大臣に告げやしけん。

嗚呼、独逸に来し初に、自ら我本領を悟りきと思ひて、また器械的人物とはならじと誓ひしが、こは足を縛して放たれし鳥の暫し羽を動かして自由を得たりと誇りしにはあらずや。足の絲は解くに由なし。曩《さき》にこれを繰つりしは、我某省の官長にて、今はこの絲、あなあはれ、天方伯の手中に在り。

右は、その物語内容において、『浮雲』とのあいだに――かたがた鮮明な共通点と背馳点のもと――いくつもの親密な関係を示す作品に、ひとつのポイントを刻みこむくだりである。

すなわち、「余」豊太郎は文三と同様、早くに父を失い、故郷の母親の期待を背負って官吏となったものの、人事のもつれから不本意な免職に甘んずる身を、同じく、母娘二人住まいの家内に置き据えているのだが、その人物には「今」、復官の前途が「大臣」天方伯爵によりじかに差しだされんとしている。すでに、免職が恋人の喪失に繋がった文三とは逆に、ここではそれが得恋の機縁と化すといった関係がある（エリスと「遂に離れ難き中となりしは此折なりき」）。これを継ぎ受ける右一節は、同じ「瘋狂院」の末路を男ではなく女のもとへ送りつける結尾ともども、『浮雲』との親しさをきわだてずにはいない。彼此にはまた、出来事の切所が友人（本田昇／相澤謙吉）に支配されることや、エリスがかりに、免官時の文三の期待どおりの救いとなるお勢であるとすれば、この豊太郎は、お勢を弄んだすえに捨て去る昇（〈結末プラン〉）のように帰国の途に就くのだといった平仄が認められもしようが、事はしかし、この次元の比較にあるわけではない。特筆すべきは、右一節に連続する「禽」（「鳥」）の比喩の機能にあり、このとき、石橋忍月との名高い論争中のほんの付けたりのごとき応酬が、いかにも示唆的なものとなる。

「恋愛と功名と両立せざる人生の境遇」を主題となす作中に「恩愛の情に切なる」主人公をあてがいながら、作者はなぜ、彼をして「無辜の舞姫」を無慈悲に棄てさせ、「功名」を採らしめたのか？　また、その男の性質につき、一方では、物がふれるやたちまち縮む「合歓《ねむ》」の葉にも似た「臆病」と書き、一方では、他人にたいするその「果断」や「抗抵」心を明記するのは、「前後矛盾の筆」ではないか？　忍月によるこれらの批判にたいし、鷗外が峻烈・鋭利な反論を掲げることは、誰もが知るとおりである。作中の「相澤謙吉」名で書かれたその一文（「舞姫に就きて気取半之丞に与ふる書」一八九〇年四月）にいう、主人公の移ろいやすい「心」の四段階の変化（「四変」）や、豊太郎はつまり「真の愛を知らぬものなり」といった弁明は、『舞姫』読解の鍵として人口に膾炙することになるのだが、ここに肝心なのは、作者からかかる反論を引きだしていまに重用される作品評の末尾近くに、忍月（気取半之丞）が「些細を責むる」ところにある。

ソモ此《この》屋上の禽《とり》とは如何なる意味を有するや予は之を解するに苦む、独乙の諺に曰く「屋上の鳩は手中の雀に如かず」と著者の屋上の禽とは此諺の屋上の鳩を意味するもの歟、果して然らば少しく無理の熟語と謂はざる可からず、何となれば独乙の諺は日本人に不案内なればなり、況んや「屋上の鳩」の語は「手中の雀」と云へる語を俟ツて意味あるものに於てをや、
（石橋忍月「舞姫」一八九〇年二月）[20]

この点については、「屋上の禽は造語なること足下の言の如し。之を無理の熟語といはれむも不可なることなし」と、鷗外は珍しく穏やかに応じているのだが、では、作者はなぜ、「造語」の「無理」を圧してまで、天方伯なる人物を「禽」に喩える必要があったのか？

免官後の豊太郎に現地での民間職を斡旋したうえで、天方の秘書官としてやがてベルリンへやってきた相澤は、エリスとの仲を「意を決して」断つことと引き替えに、豊太郎を天方に近づけ、使節団通訳としてロシアへと同道する。問題の喩はそのさいの一齣に書きこまれているわけだが、これが漢語的な厳めしさから卑近な用字への変化をともなって、「大臣」から「余」へと移動し

ている点（「禽」→「鳥」）は容易に看取されよう。ロシア行き以前は「屋上の禽」、つまり、手を伸ばしても容易には得がたいものであった相手の「信用」が、いまは足を縛られた「鳥」のごとき状態に自分を捉えきっている。おもえば、かつての上司からも似たような拘束を受けていたのだと、主人公はそう痛感しているわけだが、ならば、ドイツの諺を持ちだす忍月のいうとおり、ここにはさらに「手中の雀」が対となる必要があり、作品は現にその対句を作りだしているのだ。エリスがそれである。このことは、ベルリン到着の一報が相澤から届くまさにその日が、豊太郎の住む陋街の朝の描写から始まる点に、すでに如実なのだ。

明治廿一年の冬は来にけり。表街の人道にてこそ沙《すな》をも蒔け、鍤《すき》をも揮《ふる》へ、クロステル街のあたりは凸凹坎坷《とつおうかんか》の処は見ゆめれど、表のみは一面に氷りて、朝に戸を開けば飢ゑ凍えし雀の落ちて死にたるも哀れなり。

この「雀」が、折しも妊娠の兆しをみるエリスの末路を指して予告的な細部と化すことは、「表街」と対比される陋街の険しい凹凸（「坎坷」には不幸の含意あり——為念）の描出とともに明瞭だろう。この「クロステル街」を新興都市ベルリンの下層＝暗部＝異界とみなしながら、豊太郎の恋に、通過儀礼や貴種流離譚の変奏を読み取る視線が、前田愛の「BERLIN 1888」（一九八〇年）以降、『舞姫』論の一部に定着している。が、そこに強調されるいくぶんか退屈な〈中心／周縁〉の構図を、ここではむしろ純粋に対句的な関係のうちに読みなおしておくべきなのだ。

すなわち、「鳩」であってもかまわないその「屋上の禽」と、餓え死んで冬の貧しい路上に

「落ちて」いるこの「雀」との中間で、いま、足を縛られながら羽ばたいている「鳥」＝「余」。
すると、忍月によって「前後矛盾の筆」として問題にされた行文もまた、この整然とした喩法に加担して、そのじつ忠実なイメージを刻印していたことになる。実際、「わが心」に似ているその「合歓といふ木」は羽状の葉ぶりで知られるからだ。付けて何とも興味深いことに、「屋上の禽」に不審を呈する忍月は、みずから持ちだした諺にふと促されたかのように、ほかならぬ右の路上の「雀」に筆を移し、読者にありうべき誤解を先取りしながら、その鳥の死はしかし厳寒じたいのせいではなく、餌不足にあると「著者の為めに弁護する」。これにたいし、筆者「相澤謙吉」に、「凍死の雀」は「上林の盧橘」あたりに擬えたか「僕も亦知らざるなり」と――『文選』に収められた司馬相如「上林賦」に就けば明らかに――的外れに語らせる鷗外は、翻ってまた、「屋上の禽」についても、無理な熟語とはいえ「必ず悪しともいひ難からむ」と付言させている。その作家の（おそらくは計算ずくの）底意地の悪さと、無意識のうちにではあれ、ちょっとした不審や老婆心までが作品組成の根幹にふれてしまう忍月の、文芸批評家としての得がたい才能。それらを併せ示して、この「些細」な応酬はじつに貴重なのだが、このとき、『浮雲』に即応した同じ批評家が、二葉亭の喩法に顕著な「謎躰の形容詞」につき、以下のように書いていた点を想起しなければならない。

（…）或る一物の模様斯くの如しと直接に言《いは》ずして何んでも構わず固形躰で有うが流動躰で有うが気躰で有うが又生物だらうが死物だらうが月だらうがスッポンだらうが何んの遠慮もなく一点でも半点でも類似の部分を有する物は抜け目なく持ち込んで其形容詞を代理者となすこと

是なり。

（「浮雲の褒貶」）[21]

官員＝「塗渡る蟻」・「散る蜘蛛の子」と始まる作品冒頭部、そこに蝟集するさまざまな比喩については、すでにその一部を掲げておいた。このうち、たとえばお勢一個にかんしては、「螺の壺々口」や「細根大根に白魚を五本並べたやうな手」があったわけだが、これに加え、「親の前でこそ蛤貝と反身《そつくりかへ》れ、他人の前では蜆貝と縮まる」その態度や、「何かモヂ〳〵して交野の鶉」をきめこむ仕草などがそこに重ねられてくる。そのように改めて指を折るまでもなく、『浮雲』のことに第一篇には、「謎躰の形容詞」が夥しいのだが、頻出がそのつど、喩えられるものの輪郭を曇らせて不純な作用をもたらすことは、いうまでもない。現に、「蛤」や「蜆」もどきの身体をもったこのお勢は、さらに「螺」のような口元と、「細根大根」にも「白魚」にも似た手を文三にみせながら、時にふと「交野の鶉」のように俯かなければならないのだ。対して、『舞姫』における「鳥」たちは、出来事の起伏や人物間の関係に資して、如上きわめて有機的にこれを統御してみせるのだ。さらに、先述のごとく、『浮雲』においては比喩＝代理関係じたいがやがて消失してしまう。反して、この「鳥」たちのあざやかな刻印は最後まで作品の中枢に逸せられない。物語の主題に寄り添う細部のイメージは、この場では「何んでも構わず」放恣に拡散などしてはならぬという、その厳命のきわだちが肝心なのだ。

『舞姫』に次ぐ『うたかたの記』（一八九〇年八月）に看取されるのも同じ厳しさである。ただし、日本人画家の巨勢と美術学校の「雛形」マリイとの「うたかた」の恋情に、バイエルンの狂王ルードヴィヒ二世をからめたこの作品ではさらに、主題とじかにかかわる組成の骨格が、ありようをいっそう水際だったものにしている。類似＝対偶化の徹底がそれである。

　マリイ十二歳のおり、宮廷の宴に招かれた美貌の母が、狂王に陵辱されかけ辛くも逃れるという出来事が起こる。一件は高名な宮廷画家の父を窮死に追いやり、母親もほどなく貧苦のうちに病死するのだが、母親と同じ名をもち顔立ちもよく似た十三歳の孤児もやはり、湖に浮かべた小舟のなかで見知らぬ四十男に犯されかけて、水に落ちる。そこに最初の結び目を記す類似＝対偶化の組織力は、窮地を逃れていま十七、八歳の娘となったマリイの仕事（＝モデル）そのものを経由して、結末部をも形成する。同じ湖に巨勢と舟を浮かべる彼女の姿が、湖畔に幽閉されていたルードヴィヒの目にとまるのだが、彼女を母親マリイと錯視しながら汀に足を踏み入れ近づく王の狂態に恐れて失神し再び水に落ちた娘マリイは、巨勢の目の前で、狂王と同じく溺死するのだ。似たものが対になるといったこの動勢は、他方の巨勢においては、五、六年前に一瞥した可憐な「花売りの子」の顔立ちを「無窮に伝へむと思ひたち」ながらも容易に完成しない「ロオレライ」の画題のうちに息づき、作品の発端は、母親の死を数日後に控えたその「花売りの子」マリイと、少女にかつて行きずりの温情を注いだ画学生とのミュンヘンでの偶然の再会から開かれている。叙述順序に沿えば、この偶会以下、〈巨勢の打ち明け話→マリイによる回顧譚→巨勢のアトリエから湖への遊行→マリイの死〉と連なる短編は、男女双方による一人称の語りを、三人称多元視界（過半は巨勢の視点に即し、ときおり比較的浅くその心内に下降する）が包みこむといった体裁のもと、類似＝対偶化の組織力に主導的な場を与えているわけだが、これじたいに格別の新味があるわけではない。組成はむしろ端的に「読本」的である。この骨格は実際、馬琴「稗史七則」中にみた「照応」「反対」そのものであり（〈母親／娘〉、〈狂王／四十男〉、〈小舟→

陵辱／小舟→恋情〉、〈狂王／マリイ〉〉、この点にかぎるなら、作品は、尾崎紅葉『金色夜叉』にも踏襲された古格を少しも脱してはいないのだが（前章参照）、紅葉にあっては「金」の作用と著しく抵触してみせたその古色は、ここではしかし、そこへ大小となく連続的にまといつく〈水〉のイメージによって、確かに清新な潤いをおびてくるのだ。

一事は上記になかば明らかでもあるはずだが、たとえば、画学生で賑わう酒場で、宿願の「ロオレライ」の由来を語る巨勢が、あのとき束の間こちらを仰ぎみた少女の面差しが、爾来なぜかさまざまな女神画に接するにつけ「霧の如く」に自分と画布とのあいだに割りこんでくるのだ、と口にすれば、名乗りをあげ（「われはその菫花うりなり」）、テーブル越しにいきなり彼に接吻するマリイはマリイで、この様子を囃したて戯れかかるあたりの画学生の頭上に、口にふくんだ水を「唯一噀《ひとふき》」、その「噴掛けし霧の下」で、顧客筋の彼らを「えり屑」と面罵する。その直前には、接吻のはずみで卓上に覆った酒が「蛇の如く這ひて、人々の前へ流れよらむと」するのだが、そのように再会した「二人」の一場には、果然また、篠つく「雨」と湖上にたちこめる「霧」が寄り添うだろう。

雨猶をやみなくふりて、神おどろ〳〵しく鳴りはじめぬ。路は林の間に入りて、この国の夏の日はまだ高かるべき頃なるに、木下道ほの暗うなりぬ。夏の日に蒸されたりし草木の、雨に湿ひたるかをり車の中に吹入るを、渇したる人の水飲むやうに、二人は吸ひたり。（…）この時マリイは諸手を巨勢が項に組合せて、身のおもりを持たせかけたりしが、木蔭を洩る稲妻に照らされたる顔、見合せて笑を含みつ。あはれ二人は我を忘れ、わが乗れる車を忘れ、車の外なる世界をも忘れたりけむ。

〈水〉の官能的な誘惑＝死をホメロスの往古よりひきつぐ「ロオレライ」。その画題さながらに、この「二人」が小舟を浮かべた（二重、三重に鏡面的な）湖水で、恋と芸術に惑溺した狂王と、「をり〳〵は我身、みづからも狂人にはあらずやと疑ふ」娘との水死が待ち受けていることになるわけだ。このようにして、偶会にはじまる「照応」「反対」の組織力にテマティックな潤いを与える作品につき、作者は後年、同じく画家とモデルの水辺の恋を描いたドイツ語作家の一作とくらべながら、自作は「ほんのスケッチに過ぎない」と謙遜してみせる。[22] だが、この「スケッチ」にもまた、無駄な描線や色づかいのないことを銘記すればよい。汀に狂い入る王と制止する侍医との揉みあいを捨て目に、巨勢は、水から引き上げたマリイを乗せた小舟を漕ぎ急ぐのだが、その彼の目前を「高く飛びゆく蛍」でさえ、むろん一事に加担せずにはいないのだ。

あはれ、こは少女が魂のぬけ出でたるにはあらずや。

この「蛍」の点描を「清新の筆法」と指摘するのは、またしても石橋忍月である。レッシング、ハルトマンなどを共通の基盤とした数次にわたる論争におき、論敵・鷗外とともに、日本小説の技術面についても多分に啓蒙的な足跡を残すこの文芸批評家は、その一文では、この作品を「三種の狂を書き別けしもの」と断じている[23]（「うたかたの記」一八九〇年）。幾多の艱難を経たゆえか、画学生らに気高い奇矯をもって交わるマリイは「偽狂」、ルードヴィヒ二世は「真狂」、理想の画題に取り憑かれた巨勢は「学問狂」であり、「狂を写したる小説」に接したことなき身におき、「この狂主眼の小説」に出会えたことは欣喜にたえない、と。しかし、先のエリスの末路も、この「三種の狂」も、これらがいかに整然と管理《うつ》されていることか。

その点を、書くことじたいに根ざす錯綜のはてに途絶した『浮雲』の近傍で確認できさえすれば、いわゆる「ドイツ三部作」の掉尾をなす『文づかひ』（一八九一年一月）について、多言は無用かとおもう。作品を出発させた主題（「日本文明の裏面」）そのものの不実な消失としてあらわれたあの途絶と、「まことの我」の脆さにせよ美と狂気との親和性にせよ、その主題にあやまたず統御される言葉たちのこの忠実さ。彼此の鮮明な対比になお付言を要するのなら、ここでは一点、文三の入眠場面と、『文づかひ』の語り手となる青年将校のみた夢の光景とを読みあわせておけばたるはずだ。二葉亭のくだりが、作品冒頭に夢落ちを仕掛けた『妹と背かゞみ』の逍遥にたいする小説的批判を漲らせていたとすれば、一人称による「側写」の手法（＊6）を駆使した作中、小林なる人物に次のような場景を与えるとき、後年の追悼文に「浮雲には私も驚かされた」[24]（「長谷川辰之助」一九〇九年）という新進作家・森鷗外はいま、あの「お勢の……首」を念頭に置きながら、まさにその『浮雲』に挑みかかっているかにみえる。

聞き畢りて眠に就くころは、ひがし窓の硝子はやゝほの暗うなりて、笛の音も断えたりしが、この夜イヽダ姫おも影に見えぬ。その騎りたる馬のみる〳〵黒くなるを、怪しとおもひて善く視れば、人の面にて欠脣《（いぐち）》なり。されど夢ごゝろには、姫がこれに騎りたるを、よのつねの事のやうに覚えて、しばしまた眺めたるに、姫とおもひしは「スフインクス」の首にて、瞳なき目なかば開きたり。馬と見しは前足おとなしく並べたる獅子なり。さてこの「スフインクス」の頭の上には、鸚鵡止まりて、わが面を見て笑ふさまいと憎し。

（『文づかひ』）

この女性はまず、ザクセン軍団の大演習に参加する小林の望遠鏡に、「白き駒控へたる」気高い姿を留め、次いで、当日の宿、その出入り口の両側に「スフインクス」を据えた城郭の娘として、晩餐の席に全身「黒き衣」をまとってあらわれ、その席で、「鸚鵡」は、二言目には「われ一個人にとりては」と口にする大隊長を真似て「一個人、一個人」と繰りかえしていた。夢の中核となる「欠脣」は、少女時代のイ、ダ姫から受けた情けを忘れず、「いかなる故にか」遠ざけられた十年後のいまも、見え隠れに彼女を守り慕う十六、七歳の牧童の仇名である。付近の水辺に小舟を繋いで「夜も枯草の裡に」眠る牧童は、時折あくして、かつてイ、ダ姫から与えられた「笛」を吹き寄せるのだという因縁を、彼女の「いひなづけ」から小林が聞き終えたところで、右の場景となる。作品の主眼は、親の決めた婚姻を厭うあまり、やがて宮中という名の「冢穴《つかあな》」に若い身を沈める女性「一個人」の決断にあり（「貴族の子に生れたりとて、われも人なり」）、彼女に惹かれる小林は、「文づかひ」として宮中への橋渡しの役を演じ、彼女の去った後に、「一枝の笛」を岸辺に残して牧童は自殺するのだが、こう略記するだけで、右の夢がそうした作中の中心紋と化す点は疑いようもあるまい。現に、一編に「伏姫」（≒イ、ダ姫）と「八房」（≒牧童）の変奏を見出す森田思軒は、この夢の「材料」につき、「皆な其の由来あり軽々叙し去るに似たれとも却て亦た自然の致を極む」[25]と絶賛している。この森田文を引き継ぎながら、その「材料」の背後をさらに、民俗学・神話学・精神分析などの視界に深める小森陽一は、「この夢の記述は、きわめて合理的である」[26]と記すことにもなるのだ。
「合理的」!?……念のため、二葉亭による一節をここに再記しておく。

（…）今まで眼前に隠見《ちらつい》てゐた母親の白髪首《しらがくび》に斑な黒髯が生えて……課長の首になる、そのまた恐《こは》らしい髯首が暫らくの間《あひだ》眼まぐろしく水車《みづぐるま》の如くに廻転《まはつ》てゐる内に次第〳〵に小ひさく成ツて……軈《やが》て相恰が変ツて……何時の間にか薔薇の花搔頭《はなかんざし》を挿して……お勢の……首……にな……

（『浮雲』第四回）

この「首」はむろん「免官」に通じてはいる。だが、一語がこうして、母親と上司と恋人を次々と呼び寄せる動きには、いかなる厚みもない。何らかの象徴性も寓意もなければ、予告性もなく、たとえば『竹取と浮雲』（一九八一年）の篠田浩一郎が、多分に胡乱な前提とともに図示するような喩の〈構造〉化も認めがたい（＊7）。ここにあるのは、テクストの表面にせり上がってくるイメージの純粋に切断的な変化＝運動であり、その純度こそが逆に、書くことにまつわる多様な混濁を招致しながら『浮雲』を形づくるのだと、そう換言してもよい。反して、『文づかひ』の夢の「合理的」な記述は、小森氏の説くように作品最深部に隈なくゆきわたってくるのだが、このとき、その一編をふくむ鷗外「ドイツ三部作」と、『浮雲』と、どちらが小説として優れているかにつき、この場で軽々に問いつめることは控えねばなるまい。さしあたり「日本近代の」と冠しておく小説じたいがまだ始まったばかりだという理由が、その一。長編と短編の相違、すなわち、そこに費やされる言葉の量じたいが、その質におよぼす作用については、さらに十分な検討を要することが、その二。三にしかも、今日の作家も依然なお、書くことのただなかで、二葉亭四迷の遭遇した不実さと、森鷗外の統御する忠実さとの両極に引き裂かれてもいようからだ。本章の要は、その両極にかかわる技術的な対立点を確認することに尽きている。少なくとも、この点を抜きにして、一方の「写実」が自然主義文学の二十年前の先蹤としてあり、他方の「理想」がロマン主義文学の同時代的な発火点を担う、といった相違をいかに強調したところで、そこにさしたる意味もないとおもう。

第三章　「突然《だしぬけ》」な女たち
――樋口一葉の裁縫用具

文章は男性がつくったものである、
女性が使うには散漫すぎ、大げさすぎる。
――V・ウルフ「女性と小説」

「襯染」の近代化？

人はときおり、あるいは頻繁に、過去の出来事や心もちを思い出しながら生きている。現在とはそれじたいが刻々と現勢化される過去なのだというベルグソンの理論は措くとしても、いま生きてあることが、ある程度まで、思い出すことと同義であるといった様相は、およそ「想起説」のプラトンの昔から人々の常態に近いのかもしれぬのだが、文芸はむろん、人生にさほど忠実であるわけではない。少なくとも日本の散文フィクションの領野で、出来事の〈いま・ここ〉の連なりのなかに〈過去〉が作用し、作用の形式、規模、効用などにかんする調整意識が、作品組成上の一要諦として自覚されるようになったのは、それほど古い話ではないのだ。事が散見しはじめるのは江戸「読本」の時期。たとえばやはり曲亭馬琴の「稗史七則」が、その一則「襯染《しんせん》」の名においてはじめて明文化したものが、その調整意識にほかならない。

（…）襯染《しんせん》は下染《したぞめ》にて、此間《このあひだ》にいふしこみの事なり。こは後に大関目の、妙趣向を出《いだ》さんとて、数回前より、その事の、起本来歴をしこみ措《おく》なり。

（『南総里見八犬伝』「第九輯中帙附言」一八三五年）

要するに、作品の読ませどころに先だって、その事件なり人物の言動なりの背景や由来などを効率的に書きこんでおく技法。

明治初期のきわめて単純な事例に就くなら、矢野龍渓『経国美談』（一八八三年）の三人の英雄たちの活躍場面にたいする、彼らの少年期の挿話などがそれにあたり、馬琴のいう「妙趣向」にかかわる別例を現代小説の名作から拾うなら、たとえば阿部和重の『シンセミア』（二〇〇三年）。その目も彩なクライマックスに連続する「粉塵爆発」と、「若木山」の「馬鹿でかく霊妙な赤光」に資して、一九五〇年代アメリカの小麦の「過剰生産」にかんする記述と、土地の小山にまつわる「説話」類とが、それぞれ絶妙な「襯染」機能をおびているだろう。そのようにして、作家たちは現にいまも、そうすることが何より自然なのだといった面持ちで、登場人物らの〈いま・ここ〉を描くに、彼や彼女の、あるいは出来事や作品舞台などの「起本来歴」を随時、随意に「しこみ」つづけているのだが、「技術史」としてのこの場におき注意を要するのは、第一にまず、その慣習のいかにも未熟な発生期にあって、一事が多分に生硬な筆つきを書き手らに強いていた事実にある。

当の馬琴にしてからが、関東両管領と里見家の大合戦における、とある山場（＝「関目」）に先立って、そこにやがて輻輳するいくつかの場景を書き渋りながら、「本輯前前回より、もてこゝに至るまで、密議商量《だんかふ》の段 甚《はなはだ》 多かり。皆是後回《これのちのめぐり》の襯染《したぞめ》なれば、いはざることを得ざりけり」（『八犬伝』第百五十六回）とぎこちなく弁解する始末である。「稗史七則」を忠実に明治戯作期に引き継いだ仮名垣魯文もやはり、ヒロインの母親のふしだらな半生から書き起こしたうえで、これは「毒婦おでんが因果応報の起原《おこり》を説く緒口《いとぐち》にして彼《かの》小説作り物語に比せば趣向の儭染《したぞめ》に略《ほゞ》類せり」[1]（『高橋阿伝夜刃譚』一八七九年）と自注することになる。この種の断り書きなしには納得しない小説読者がかつて大勢を占めていたという事情を、後述のためにも念頭に銘じておきたいが、第二としてさらに、右の馬琴がそうした読者（＝「看官《みるひと》」）にむかって、「いはざることを」得ぬとはいえ、これがしかし、なんとも苦の種なのだと歎いている点も見逃せまい。

大凡《おほよそ》其趣ありて、看官なべて歓ぶべき段は、誰も綴《つゞら》まく欲《ほり》すべし。しかるにかゝる花もなき、平話を載《のせ》て、丁寧反覆して、もて綴做《つゞりな》せるを、則《すなはち》作者の苦界とす。（『八犬伝』第百五十六回）

この「苦界」から滑らかに脱すること。――そこに、日本小説における技術的展開のひとつとして、いわば「襯染」＝「下染」の近代化と称すべき洗練が講じられてくることになり、作家たちはつまり、馬琴のいう「平話」にも相応の「花」を添えながら、出来事や人物たちの「起本来歴」に、たんなる従属関係をこえた重みを出来るだけ円滑に与える方向へ筆を揮いはじめるのだ。

技術論的にはそのさいまず、『物語のディスクール』（一九七二年）のG・ジュネットがホメロス以来の叙法的伝統として指摘する「後説法」（前に起こっていたことを後から語る倒叙形式）の本格的な導入が、『竹取』『源氏』の昔から直線的な時間配列を事とした日本の小説風土にもたらされる。さらには、その導入にあたり、当初は避けがたかった話者挿評による露骨な有標化（「却説《かへりてとく》」、「是より話すこし前に戻る」等々・『当世書生気質』）につき、その消去が目指される。同時に、同じジュネットの用語を借りるなら、読者をいち早く「出来事の渦中へ《イン・メディアス・レス》」[2]と連れこむ作品開始法がこれに連動しはじめてくる。ホメロスが『イリアス』の八行目から、早くも物語の核をなすアキレスとアガメムノンの不和を前景化していたように、『源氏』であれば、むしろ、悲嘆に暮れて食事も朝務もなおざりにする桐壺帝の姿から始めるほうが、より小説的である。「不和」なり「悲嘆」なりの由来は、その後から語り継げばよい。そうした構成意識は、前章で一人称小説発生期の戯画的な失態例として掲げた原抱一庵『闇中政治家』（一八九〇年～九一年）においてさえ生じてあり、作品世界は果然、主人公の背後から浴びせかけられる人声からいきなり開かれてくるのである。

「少し待たまへ、共に行くべし」
と背後に声あり余は慄然として顧《かへりみ》れり顧るに及んで更に驚《おどろ》けり[3]

作品冒頭にかぎらず、各回、各章において、「出来事の渦中へ」読者を素早く導く手法は、とうぜん、いっそう強く「後説法」の一般化を促す。その相補関係が、明治二十年代の日本小説に定着しはじめることは容易に察知されよう。

かくて、馬琴のいう「襯染」＝「下染」は、直線的な前後性から解放され、挿評の消去という他方の趨勢とあわせて、その本格的な洗練へとむかうことになるわけだが、このとき、『小説神髄』の第一声（「小説の主脳は人情なり」）が、趨勢に新領土をもたらした点はいうまでもあるまい。つまり、幾刷毛もの「下染」を、進んで受け入れる布地として「人情」が新たに指呼されてくるわけで、実際、心理的な因果関係は、土地の由来や、事件の遠因・近因にもまして、重ね染めの多様な手腕を歓待しはじめて、一場に不可欠な「主脳」と化す。事態は大略こうした歩みを呈するのだ。とすれば、その第一篇第一回を文三の免職当日に据え、第二回第三回を（いわば無標の）「襯染」として、文三・お勢の「恋の初峯入」にあて、第三篇において、本格的な心理描写に（むろん「後説法」も携えて）踏みこんでゆく二葉亭四迷『浮雲』はまた、上記のすべての条件をほぼ満たしているという意味からも、「近代」小説技術の一側面に確かな達成を刻んでいることになるだろう。

だが、その二葉亭の場合とて、馬琴と同じ「襯染」の本質、すなわち〈過去〉が〈現在〉の発色をきわだてるという関係には、いささかの変動もない。森鷗外『舞姫』も同断である。前章にみた周知の論争におき、石橋忍月は、主人公の少年期からベルリン行きまでの時点に費やされた六十行ほどのくだりを「無用の文字」と指弾し、「何となれば本篇の主眼は太田其人の履歴に在らずして恋愛と功名との相関に在ればなり」と批判していた。[4] これに異を唱え、そこには「一として太田生が在欧中の命運に関係せざるものなし」と弁明する鷗外は、その複数の意義を逐一解説したうえで、そもそも「太田の履歴なくば誰か彼が遭遇を追尋することを楽まむ」と反撃する[5]

のだが、これがかりに、馬琴崇拝者の依田学海あたりであれば、忍月、お前は「稗史七則」を知らぬのかと一蹴したに相違なく、実際それで足りてしまうところに、この場に改めて一考を要するポイントがかかってくる。

たとえば泉鏡花の『外科室』(一八九五年)が、ある種の驚きを惹起して好評を博した理由も、右と無縁ではないのだ。

傍観的な一人称による「側写」小説の体裁をもつこの短編は、「上」「下」の二章構成をなし、その「上」が、胸の切開手術のための麻酔を頑なに拒む美麗な伯爵夫人と、懇願を容れて夫人の「玉の如き胸部」に「刀《メス》」を抉りこむ執刀医との、鮮烈ながら不可思議な場景にあてられ、「下」にはその九年前、小石川植物園ですれ違っただけの両者が描かれている。かつてほんの束の間、視線を交わしあったにすぎぬ男女が、その後もまったく無縁のまま互いに想いを潜めつづけてきたいま、女が、立ち会いの夫の手前、麻酔による「意中の秘密」の露呈(「譫言《うはごと》」)を恐れて法外な施術を望めば、男は男で、相手の顔を認めた一瞬「少しく」平生を逸しはしたものの、あくまで「自若」として執刀に及ぶ。結果、激痛にふるえる手を「刀《メス》」をもつ男の手に結び添える伯爵夫人は、そのままおのが胸を刺し貫き、執刀医はその日のうちに後を追う。そうした時系列を復元しうる作品にあっては、末尾数行を除く「下」の全体が「上」の「襯染」をなすわけだが、馬琴の規定はここで、ほとんど逆転しているといってよい。作者とこの男女にとって、作品の中枢はかえってダンテ的なその刹那、たとえ一瞥なりとも「真の美の人を動かすこと」の激しさのほうにあったからだ。その転倒性に加えて、原因(「下」)と結果(「上」)とのあいだの極度の短絡(話者「予」は、「其後九年を経て病院の彼《か》のことありしまで」男は妻帯もせず「品行一層謹厳にてありしなり」と語るにすぎない）[6]を誇示する作品が、日清戦争直後の文壇に台頭した新傾向の一翼を担うわけだが、その目新しさに与えられた「観念小説」なる呼称は、したがって、物語の現実離れした特異さにのみかかわるものではない。

この場合、観念とは、きわめて異様な結果と、どちらかといえば尋常な原因（つまりは「一目惚れ」）とのあいだに穿たれたまま放置される、極端な距離の別称でもあるだろう。「職掌」に忠実なあまり、我が身には殺しても飽きたらぬ「悪魔」のごとき老人を救わんと、泳ぎも知らぬに厳冬の堀割の水に飛び込んで死に失せる警官（『夜行巡査』一八九五年）が示すのも同様の距離であり、かかる鏡花ほどではないにせよ、たとえば川上眉山の『うらおもて』（同年）もこれに準ずる。深夜の盗賊に気づいてみれば、慈善活動で鳴る徳行家にして、恋人の父親であったという場景から始まる作品に看取されるのも、十数年の積悪とその動機（世の「権力」者らの「公然盗をなすものを見ずや」）[7]とのあいだの、たやすくは納得しかねる飛躍にほかならない。だが、短絡がここでもやはり、連絡の変種であることに変わりはないのだ。いかに相互の比重を変え、飛躍し、奇矯なかたちをなすとはいえ、その〈過去〉が〈現在〉を説明し、結果はたえずその原因とともに描かれてあるからだ。鏡花や眉山の作風が異彩を放ちえたのも、ひとつには、その定則化における領土の拡大や技術の洗練が新たな課題として浮上した結果、前代にもまして「襯染」が重きを置きなしはじめた時期の逆説的な賜であったといってもよいのだが、繰りかえせばしかし、小説はそうまでして人生に似なければならぬものなのか？

ところで、『外科室』の出現を歓待する田岡嶺雲は、作品の惜しむべき瑕瑾として、「筆を着くる淡きに過ぎて、作者の理想の凄惋に似ず」と記しながら、作者がこの後、「単稗的の筆をすてゝ、長篇大作に更に複雑乱糾せる人情の秘密を闡明し、併せて十分に其抱懐の理想を発揮」すれば、紅葉・露伴の顔色をも寒からしめようと督励している[8]（『青年文』一八九五年七月）。要するに、『外科室』の場合なら、空白の「九年間」における男女の動静を、双方の心のありようとともに綿々と描きこんで、「病室」の光景を読者に納得させねばならぬというわけだ。ところが、鏡花のテクストが実地に「長篇大作」に及ぶや、その長さがどれほど面妖な事態を招致せずにはいないか、その一斑は後論に付言するが、右の嶺雲評が、「人情の秘密を闡明」するために作家には「心理学」の素養が不可欠であるとした『小説神髄』に沿っていることは見やすかろう。だが、心理的な因果関係をこまめに書きこみさえすれば作品世界が確実に豊になるという保証も、そのじつ何処にもないのだ。

たとえば『今昔物語集』に、「本ノ妻」を疎み遠ざけて寵愛した新妻を失った三河守・大江定基の「発心」譚が記されている。

而ルニ、女遂《つひ》ニ病重ク成テ死ヌ。其後、定基悲《かなし》ビ心ニ不堪《たへず》シテ、久ク葬送スル事無クシテ、抱《いだき》テ臥《ふし》タリケルニ、日来《ひごろ》ヲ経ルニ、口ヲ吸《すひ》ケルニ、女ノ口ヨリ奇異《あさまし》キ臭キ香ノ出来タリケルニ、疎《うと》ム心出来《いでき》テ、泣々ク葬シテケリ。其後《そののち》定基、「世ハ疎《う》キ物也ケリ」ト思ヒ取テ、忽《たちまち》ニ道心ヲ発《おこ》シテケリ。

（『今昔物語集』巻第十九・第二）[9]

この説話はやがて、上田秋成『雨月物語』（一七六八年）中の「青頭巾」と、晩年の幸田露伴による『連環記』（一九四〇年）を産み出すのだが、二作はきわめて対蹠的な表情をおびている。すなわち、原話にみる〈溺愛→屍愛→不浄観→発心〉の運びを切断する「青頭巾」の作者は、夜な夜な山を下りて里人の墓を暴き死肉を喰らうその真言僧のもとに、相互に異質な二種の欲動（愛欲・食欲）を繫ぎあわせながら、愛妻ならぬ寵童の死がもたらした僧の変容ぶりを、作中一人物の言葉を借りてこう書き記すのだ。

　ふところの璧《たま》をうばはれ、挿頭《かざし》の花を嵐にさそはれしおもひ、泣くに涙なく、叫ぶに声なく、あまりに歎かせたまふままに、火に焼《やき》、土に葬る事をもせで、臉《かほ》に臉をもたせ、手に手をとりくみて日を経《へ》給ふが、終《つひ》に心神《こころ》みだれ、生《いき》てありし日に違はず戯れつつも、其の肉《にく》の腐り爛《ただる》るを吝みて、肉を吸《すひ》骨を嘗《なめ》て、はた喫《くら》ひつくしぬ。

（上田秋成『雨月物語』[10]）

爾来、人肉の味にとらわれて屍食の鬼と化したこの真言阿闍梨を、行きずりの禅僧が得度（？）せしめる。そう略記しうる作品において特記すべきは、「吝《をし》みて」のたった一語が導く飛躍、特定の対象への偏愛から偏食一般へのその冴えやかな変化＝速度にあるのだが、他方、露伴晩年の筆力は、原話における因果の距離を、逆に綿々と埋め尽くしてゆく方向に発揮されるのである。ほんの一斑を引いておく。

　生きては人たり、死しては物たり、定基はもとより人に愛着を感じたのである、物に愛着を感じたのでは無かつた。しかし物猶人の如くであつたから、いつまでも傍《かたへ》に居たのであらう。そして或時思ひも寄らず、吾が口を死人の口に近づけたのであらう。（…）定基はあさましい其香に畏れ戦いて後へ退《すさ》つたのである。人間といふものは変なもので、縁もゆかりも無い遠い海の鰹や鮪の死骸などは、嘗めて味はつて噛んで嚥《の》んで了ふのであるから、可愛いゝ女の口を吸ふくらゐ、当りまへ過ぎるほど当りまへであるべきだが、然様は出来ないのである。ダーキーニなら、これは御馳走と死屍《しかばね》を食べも仕ようが、ダーキーニでは無かつた定基は人間だつたから後へ退つて了つたのであつた。

(幸田露伴『連環記』[11])

原話における屍愛(「抱《いだき》テ臥《ふし》タリケルニ」)の光景を避けながら記された一節の直前箇所には、最初の妻を離縁してこの「可愛いゝ女」と睦みあう定基の日々が——見捨てられた女の嫉妬や、縁者たち(大江匡衡、赤染右衛門)の容喙ぶりなどを絡めて——描かれてある。その前には、定基の師筋にあたる二人の僧侶(増賀、寂心)の事績が配され、右につづく箇所には、「発心」後の定基の姿があてられる。全編を通じて考証体ふうの行文は、蘊蓄の豊かさと運筆の融通無碍とを示し、その自在さを、作者はみずから説いてフィクションの功徳となすのだが、要は、彼のいうその「全く出たらめ」の目指すところにある。いうなら、人離れした所行を人並みに描き説かんとすること。露伴作にあらわなこの志向の傍らに、『雨月物語』の一節、不意の一躍(「吝《をし》みて」)が、人をさらに人ならざるものへと切断=接続するさまを引き寄せてみるとよい。実際、秋成の簡潔さにおののきを禁じえぬような者にとって、露伴の練達は、いかにも悪達者にくどいのだ(*1)。ことほどさように、心理的な因果への過信が(出来事の前後関係への固執と同様)ときに作品を傷つけかねないことは、前章にみた『浮雲』がまた——そこには、露伴の老熟とは比較を絶する生産的な複雑さがはらまれていたとはいえ——つとに証していたのだった。

とすれば、そうした連絡じたいをきっぱり裁ち切ってしまえば、どうなるのか？それが、「褫染」＝「下染」の近代化に腐心する男性作家たちを横目にした樋口一葉が、その夭折にいたる十数ヶ月間に連続的に試みた冴えやかな果断にほかならない。

裁断と狂気

（…）夫《そ》れでも吉ちやん私は洗ひ張《はり》に倦《あ》きが来て、最《も》うお妾でも何でも宜《よ》い、何《ど》うで此様《こん》な詰らないづくめだから、寧《いつ》その腐れ縮緬着物で世を過ぐさうと思ふのさ。

（『わかれ道』一八九六年一月）

つゆほどの前触れもなしに、そんな別れの言葉を口にして、「弟」のように可愛がっていた少年・吉三の日頃の願いを袖にしてしまう「年頃二十余りの意気な女」。何処からともなく裏長屋に独り棲みついて、周囲の気受けもよく、町内の持てあます「暴れ者」の吉三とも睦みあいながら暮らしていた女性の、いかにも不意の変心に強いアクセントを与える作者は、お京という名のその美人の裁縫師（「仕事屋」）の心内に一度たりとも踏みこまず、「以前《もと》が立派な人」とのみ語られる彼女の来歴にも（少年の惨めな過去への「後説法」の委曲とは対照的に）恬として筆を寄せようともしない。これが逆に、女性の生彩をひときわ引き立てる事実を銘記すればよいのだが、この切断の手際はむろん、『大つごもり』（一八九四年十二月）に端を発する。

恩をうけた伯父一家の窮地を救うべく、富家ながら吝嗇な内儀の仕切る奉公先に願い出た前借を反故にされた「下女」お峯は、切羽詰まって、硯箱のなかの札束から一円札を「二枚」引き抜いてしまう。ところが、窃盗の罪を（その忠勤ぶりが近所の評判に立つほどの）一身に背負う覚悟で年越しの「大勘定」の座に臨むや、硯箱の札束は丸ごと消えていて、代わりに、「若旦那」石之助の書き置き（「引出しの分も拝借致し候」）が残されていたおかげで、お峯は詮議をまぬかれる。そうした顚末にかかって、一編の話者は、盗みのくだりに「束のうちを唯《たゞ》二枚、つかみし後は夢とも現とも知らず、三之助に渡して帰したる始終を、見し人なしと思へるは愚かや」という挿評を刻んで場面を転じ、掉尾には逆に無知を装いながら、伯父にたいするお峯の「孝の余徳」は「我れ知らず石之助の罪に成りしか、いや〱知りて序《ついで》に冠《かぶ》りし罪かも知れず、さらば石之助はお峯が守り本尊なるべし、後の事しりたや」と結ぶのだが、これらの行文に残存する旧弊にかんして、いまは不問に付してよい。肝要なのは、昼間の盗みの場面から、次なる夕刻の場面への転換に先立ち、草稿段階では、そのおり炬燵で眠っていたはずの石之助への焦点移動が試みられていた点にある。

馬鹿〱頼みし金の出来ずして、同じ数ほど此金に不足のたゝば、何処に向かん目角とも知らで、さりとはおさなき事もする物也、見しが我れなればこそよけれ、此家に忠義の犬どもが目にかゝらば、唯二枚にてつながれものぞかし、折柄我れにも入用あり、罪はお序に背負てやるべし、親のものは子のもの、少し不足なれど、手ぢかなればと石の助、残りの束をふところにして、猶も空いびきにふとんかぶりて日を暮しぬ。

（「大つごもり（未定稿B）」）

右一節は、完成稿においては跡かたもなく切り取られている。結果、放蕩息子の残し文が、お峯との直接のかかわりは何も書かれていない作中に大きな空隙を作り出すこと。この作品が一葉の作品風土にもたらしためざましい新生面はここにある。実際、右に歴然たるその反「襯染」的な手際は一編を機にすみやかに先鋭化し、多様化し、これに伴って、爾来二年にもみたぬ短期間に連なる諸作の切所で、先の『わかれ道』の少年と同様、読む者はしきりと不意を衝かれることになるのだ。

なぜ急にそんな思いに駆られ、どうしてそんな事になるのか!?

作品の中枢にかかわる問いをそのつど冴えざえと宙に吊るようにして、『たけくらべ』（一八九五年一月〜九六年一月）の美登利は急に鬱ぎこみ、『軒もる月』（一八九五年四月）の「女」は、不可解な笑い声とともにやにわに嵩じつのり、『にごりえ』（同年九月）のお力も、「一散に」横町の闇なかに迷い出て錯乱したあげくに思いもよらぬ死を遂げ、『うつせみ』（同年八月）の雪子は初手から気が触れている。『十三夜』（同年十二月）の車夫がぴたりと梶を止め「最《も》う引くのが厭《い》やに成つた」と「突然《だしぬけ》に」口にすれば、『われから』（一八九六年五月）の町子もまた、ある日ふと、我知らず「乱るゝ怪しき心」にとらわれるだろう。このとき、出来事や心理の前後関係なり因果関係なりを真らしくきわだてるべく「襯染」の近代化にいそしむ男性作家たちが、一方では同時に、立ち聞きや偶会といったいかにも作為的な偶然性を拒むどころか、好んでこれを多用する事実を思いあわせるとよい（第一章参照）。彼らの多くはつまり、互いに相容れぬ二種の契機に頼ることに、さしたる疑義もいだかぬまま安穏にことを運ぼうとするかにみえる。対して、一葉の反

「襯染」的な手際はこのとき、偶然ではなく突然の強度とともに、男性作家たちの安穏を脅かすのだといってもよいはずだが、ともあれ、この場所では、その動機や背景めいたものがほとんど明示されぬか、辛うじてそれらしき筋がみえても容易には腑に落ちぬまま、出来事だけが突如としてすばやく進展してしまうのだ。それが、『大つごもり』以来、樋口一葉の作品風土にきわだつ特徴であることは誰もが知るとおりである。これゆえ逆に、その迅速さを押し留め、そこに穿たれる空隙を埋め立てるべく、作家の同時代から今日にかけて無数の言葉が蝟集するわけだが、各人各様に回復したがる因果関係は、より多くの場合、先の『連環記』にも似た表情をおびてくる。敢然と裁断されたものにことさら「襯染」的な連絡を求めるその志向は、同時にまた、後にみる一葉独自の縫合性をも看取しえぬことになるのだが、さしあたり確認を要するのは、この裁断と不意討ちの呼吸こそが、『大つごもり』起筆直前、読み耽っていた井原西鶴から作家が摂取した最たるものであった事実にほかならない。

　彼女が手にしたものは、尾崎紅葉校訂の『西鶴全集』であったと推定されている。が、摂取のあざやかさは、『おぼろ舟』『伽羅枕』などに西鶴の影響を確かにとどめはするその紅葉とは明らかに次元を異にしており、それはまた、「王朝風」の物語や修辞に彩られたロマンティスムから即物的な「写実性」へといった、通説のかなめとも一線を画している。そもそも、たんなる物語や文体の急変というだけの事態なら、どんな作家にも生じうるだろう。この場に問うべきは、急変を導いた技術論的な選択の、一種無類の鋭さにあるのだが、これにかんしては、第一章末にも参照した西田耕三の所見が参考になる。「微塵にや大文字屋の釜のわれ／乱気になつた其身空しき／なにがしのゐん果は爰《ここ》にめぐりきて」とつづく西鶴「独吟」の一部を掲げながら、西田氏は別途たとえばこう書いているからだ（「なにがしのゐん果」は、『源氏』の夕顔がもののけに憑かれて狂死した「なにがしの院」を「因果」に掛けている――為念）。

> その連関において、「乱気」も「微塵」も同等で、「乱気」を描くために「微塵」があるのでも、その逆でもない。それらの言葉はまったくの断片として、ただ震動するだけだ。震動してたまたま他の言葉と結びつくだけだ。だからそれを、意外で自在な結びつき方、とさえ言うことはできない。少なくとも俳諧表現のできあがりはそう見える。そして、言葉に震動を与えて出来事を形成する場こそ、俳諧表現の形式にほかならない。（…）
> 　鍋釜が割れる原因も結果もさまざまであり得る。しかし、俳諧表現の形式によって切り取られるかぎり、原因や結果が問題なのではなく、原因や結果がものごとに並置されることだけが重要なのだ。並置された原因や結果を、ものごとはすばやく移動する。
> （西田耕三『人は万物の霊』二〇〇七年[12]・傍点原文）

この「俳諧表現の形式」のうながす切断と飛躍がそのまま、後の小説作品における「転合書《てんがふがき》」に引き継がれる点は諸家の一致して指摘するところだが、右にいう「並置」の性格には相応の斟酌を要するとはいえ、ほぼ同じことが急変後の一葉の作品風土にもあてはまる。どころか、たとえば雪子の「乱気」の描写に徹した『うつせみ』などはまさに、「言葉に震動を与えて出来事を形成する場」として――『舞姫』のエリスや『うたかたの記』のマリイの「狂気」を整然と描出=管理する森鷗外（前章参照）とはおよそ異なったかたちで――無二の生彩をおびてくるのだ。

小石川植物園近辺の値の張る借家を一瞥、あたりの閑静さを喜ぶのみで家内をろくに検分もせず、その日の夕刻に越してきたのは、当の「そゝくさ」男と、女中たちにかしずかれた十八、九歳の「病美人」。夜分には六十がらみの父母が、翌朝には、番町の本宅から「兄」と呼ばれる「三十位のでつぷりと太《ふとり》て身だてよき人」がやってきて、いずれも何やら悩ましげに顔を揃える。そのように始まる一編のなかで、近頃は「飛出し」まで加わり手に負えぬという娘は、不意に「今日は私の年季《ねん》が明《あき》まするか」と問いかけて二親を嘆かせるかとおもえば、彼らのためにも早く治らねばならぬと諭す「兄」を指して「お前の抱かれて居るは誰君《どなた》、知れるかへと母親の問へば、言下に兄様《にいさん》で御座りませうと言ふ、左様《さう》わかれば最《も》う子細はなし、今話して下された事覚えてかと言へば、知つて居《ゐ》まする、花は盛りにと又あらぬ事を」口にする。雪子のそうした「断続の言葉」と挙措の周囲に、両親や「兄」正雄の片言隻語、奉公人たちの噂、および、植村録郎なる男の「遺書」に残されていたという言葉を点綴しながら、そのどれもが切れ切れに、たやすくは前後の脈絡を得さしめぬ作品を読む者は、末尾にいたっておよそ以下の事情をヒロインの「乱気」の背景に想定しうることになる。すなわち、家の「養子」たる正雄は、じつは雪子の婚約者（夫？）としてすでに家督を委ねられてありながら、外向きには彼女の「兄」で通していたゆえに、女学生時分の雪子に思いを寄せたらしい青年が事情を知って自殺、まぎわまで「兄」の正体を伏せていた雪子は、自責の念に苛まれて発狂し（「私が悪う御座りました、堪忍して堪忍して」）、いまや「うつせみ」の身に迫る死をまつのだ、と。ただし、確証はない。

その不確かさを維持することに作家がいかに自覚的であったかは、ここでもまた、完成稿より無慮千字以上の分量をもつ草稿に就けば明白で、そこには、雪子の通う学校の教師であったとおぼしき青年のスケッチ、「兄」の心理描写、安田なる医者とのやりとり、奉公人たちの口にのぼる雪子と青年との交渉ぶりなどが残されてある。これらをきっぱりと刈り取り、あまつさえ、下女の口吻に託されていた眼目（「ほんにつく〴〵いひなづけは罪なものだ」）さえをも裁断する一葉の手際が、当時にあってはきわめて斬新な選択として、作品全体を、たえず断片化された言葉や身振りそれじたいの齟齬にみちた「震動」の場たらしめてくるのだが、切断はそこで左のような次元にも達するのだ。

枕に近く一脚の机を据ゑたるは、折ふし硯々《すゞり〱》と呼び、書物よむとて有《あり》し学校のまねびをなせば、心にまかせて紙いたづらせよとなり、兄といへるは何心《なにごゝろ》なく積重ねたる反故紙を手に取りて見れば、怪しき書風に正体得《え》しれぬ文字を書《かき》ちらして、是れが雪子の手跡かと情《なさけ》なきやうなる中に、鮮かに読まれたるは村といふ字、郎といふ字、あゝ植村録郎、植村録郎、よむに得堪《えた》へずして無言にさし置きぬ。

（『うつせみ』「二」）

この絶妙な細部において、相手の名前をも裁断（「村」／「郎」）せずにはいない娘の、文字どおり切々たる「乱気」と、それを本来の連なりに二度も復しながら（「あゝ植村録郎、植村録郎」）憮然として黙りこむ男との「俗気」とがきわどく対立している点に着目すればよい。世間体をはばかるゆえ、自分の経営する病院にも容れずに奉公人名義の病宅に娘を転々と隠しおく父親も、その父親や母親のために早く治癒せよとしか雪子に語りかけぬ「兄」も、彼らにとって何より重要なものは、表札をみれば誰もが「むゝ彼《あ》の人の家かと合点のゆくほどの」家名の持続である。正雄はむろん、それゆえの婿養子にほかなるまい。反して、雪子の世界は――植村の「遺書」の文言がまた、いまは正雄の口から断片的にしか伝えられぬ点もふくめ――如上ひたすら切片化の生動にしたがっているのだ。気分の良好なときには「白紙を切つて」姉様人形づくりに余念もないという細部が、後文との撞着（「井戸には蓋を置き、きれ物とては鋏刀《はさみ》一挺目にかゝらぬやうとの心配《こゝろくば》り」）もよそに書きこまれているのも、これゆえである。

そうした「乱気」を抱えこんで狼狽える「俗気」。

四百字詰原稿用紙にして二十枚ほどの作中に見事に凝縮されてあるのは、この対立にほかならない。このとき、対立の性差に着目しながら、狂気の表象にまつわる同時代の視線を復元し、男たちによるその「近代のコードによる狂気の一義化」にたいする女性作家の「抵抗」を看取する関礼子の『うつせみ』論は、あくまでも作品の現在時に聞ぎあう関係を見逃がさぬ点において共感にあたいするのだが、惜しまれるのは、そうした論者にしてなお、右一節にかんして次のような文言が読まれてしまうことにある。

（…）「有し学校のまねび」にしつらえられた雪子の机辺＝書の空間は、単に彼女の女学生生活の名残りというだけではなく、遠く「宇治十帖」の「手習」巻の悲劇のヒロイン浮舟の面影を忍ばせることもできないわけではない。「怪しき文字」のなかに混じった解読可能な「村」や「郎」という書体の崩れの少ない文字からは、恋に悩むひととしての雪子のこころの片鱗がほとばしりでてもいるのである。

（関礼子『語る女たちの時代』一九九七年[13]）

逆なのだ。ここでは、その「片鱗」こそが雪子の「こころ」を作り出しているのであり、同様にして、「片鱗」の断続的な震動が、「有し」日の出来事そのものを〈いま・ここ〉に形成してゆくこと。〈過去〉が〈現在〉を説明するどころか、逆に、〈現在〉によって刻々と（かつ、それじたい可変的な「起本来歴」として）創出されてゆくこの点において、一葉の反「襯染」的な手際はその一極を示しているのだと、そう約言してよければ、初出順とは逆に一編の直前に擱筆されたとおぼしき『にごりえ』は、その主人公の同じ「乱気」を介して、他方の極にかかわるのだと継ぐことが出来る。

ちなみに、『樋口一葉』（一九四一年）、『一葉の日記』（一九四七年）など、積年の愛好・研究者としても知られる作家・和田芳恵は、右の雪子と植村を「小学校のおさななじみ」と推測し、雪子の文字を憮然としてみつめる正雄の内言（「あゝ植村録郎、植村録郎」）につき、そこに「あゝという詠嘆詞があるのは」、青年が正雄の容易ならぬ「恋がたき」であったからだといった揣摩憶測を逞しくする（角川書店『日本近代文学大系 8』一七二〜三頁頭注）。のみならず、彼はさらに、作品前段、不意に「一昨年のお花見の時ねと言ひ出す」雪子の不得要領な継句「私が悪いに相違ござんせぬけれど、夫《そ》れは兄様が、兄が、あゝ誰れにも済《すみ》ませぬ、私が悪う御座りました免《ゆる》して免して」に注して、この片言の意味が定かならぬゆえ「悲劇感」が迫ってこぬのは、「雪子が発狂しているからではなく、一葉の態度があいまいのせいである。少なくとも、いいなずけということを、ここでほのめかすべきであった」と、ほとんど無理強いめいた文言を記している（同右一七〇頁頭注・＊2）。だが、晩年の『接木の台』や『雀いろの空』などに就くかぎり、書き手としては凡愚とはいえぬ作家の、読み手としては最悪に近い「注釈」を引くのは、一葉の手際に堪えきれぬあまたの感性のうち、とりわけ現実の男女間の凹凸関係にも似た白熱をおびる一例をここに確認したいからではない。そうではなく、この和田芳恵のような存在が、ほかならぬ作中人物として、この裁断と不意討ちの風土に紛れこんだとすれば……一体どうなるのか!? 他方の極としての『にごりえ』に看取すべきは、まずこの点にある。

困つた人だな種々《いろ〳〵》秘密があると見える、お父《とつ》さんはと聞けば言はれませぬといふ、お母《つか》さんはと問へば夫《そ》れも同じく、これまでの履歴はといふに貴君《あなた》には言はれぬといふ、まあ嘘でも宜《い》いさよしんば作り言《ごと》にしろ、かういふ身の不幸《ふしあはせ》だとか大底《たいてい》の女《ひと》はいはねばならぬ、しかも一度や二度あふのではなし其位《そのくらゐ》の事を発表しても子細はなからう（…）

（『にごりえ』「二」）

こうした「穿索《せんさく》」を、道楽者にありがちな戯れとして軽くあしらっていた「菊の井」の酌婦・お力が、結城朝之助と名乗るその男になじむにつれ、やがて、陽気で気ままな日々の裏に包みこんでいた「秘密」を語り出す。とある「新開」地の銘酒屋の一枚看板と、鷹揚で金離れのよい上客とのそんな関係をふくむ作品の梗概につき、多言は無用だろう。もちろん、出来事の主筋として、このお力に入れあげたすえ布団屋の身代を失い、いまは裏長屋の片隅に妻子をかかえて逼塞する男・源七が、彼女を殺して自分も死ぬという顚末は無視できないのだが、本章文脈に重きをなすのはまさに右一節である。「座興」めかしながら執拗なその問いかけはここで、一葉の反「襯染」的な作品風土それじたいへの、あからさまな挑発としてきわだつかにみえるからだ。文中の「女《ひと》」を「小説」に置き換えてみればよい。「大底《たいてい》の」小説は、それを「いはねばならぬ」

のだ、と。このとき、例外的にこの要求をまともに受け入れるところに、「襯染」をめぐる『にごりえ』の別種の極性があらわれるのだ、と、そう読むことは出来はしないか？
出来るというのが、「恩寵の時間と歴史の時間」と題された文章における蓮實重彦の答えである。――ただ「新開」地とのみ名指されてあるだけで、具体的な地名ともども歴史の厚みを欠き、吉原遊郭街のごとき公認の一画に固有の儀式や慣習とも無縁なその「抽象的な」場所で（草稿のひとつには「小石川の柳町」とある――為念）、天来の美貌と才覚を頼りに気ままに息づきながら、永遠の現在とも呼ぶべき「恩寵の時間」を享受する私娼の姿から説き起こす蓮實氏は、お前の来歴を語れと「強要」する男の介入が一場に「動揺」を与え、ひいては「破滅」をもたらすのだと指摘したうえで、次のように断じている。

二つの時間が交錯するとき、強要された「歴史の時間」の再帰によって、お力はほとんど自分自身を失わなければならなくなる。この新開の土地の抽象的な時間とみごとに同調していたかに見える一人の酌婦が、一人の男の刃にかかって殺されなければならなかったのは、その結論にほかならない。その殺害に手を下したのは、元布団屋の源七という男かもしれない。だが、それ以前に、彼女はここを訪れた結城朝之助というなじみの客によって「恩寵の時間」の保護が奪われ、「歴史の時間」へとつれ戻されることで、すでに殺されていたのである。
（蓮實重彦『魅せられて』二〇〇五年所収[14]）

同じ朝之助に「フランス古典劇にいう聞き役《コンフィダン》の役割」を指摘するだけで恬淡たる前田愛（『樋

口一葉の世界』一九九三年）をはじめ、数々の『にごりえ』論者を想起するまでもなく、この所見が他を圧して有益なのはほかでもない。それが「新開」「抽象」「恩寵」といった語彙のもとに、主として作品舞台にきわだつ一葉的な裁断性を適確に見抜いているからだが、念のために付言しておけば、一場に介入する「歴史の時間」とは、酌婦一個の「起本来歴」ではない。卑賤の身の一念に備ええた漢学の素養が禍して「お上」に処断され憤死したという祖父→確かな腕をもちながら偏屈がたたって極貧に甘んじた飾職人の父親→極貧生活の痛みをいまに引きずっている娘。注意を要するのは、お力がこれらを、我身に流れこむ血の繋がりとして語り出してしまう点にある。祖父も父も「つまりは私のやうな気違ひで」、だから自分は「三代伝はつての出来そこね」、「気違ひは親ゆづりで折ふし起るのでござります」。そう畳みかけながら引き寄せられる連続性において、〈過去〉はしかし、ここでもまた、〈現在〉を説明してはいない。それを狂わせるのだ。たとえば、「殊更にお力が父祖伝系を叙し、生れて以来の経歴及び現在の境界をも説きしにも関らず」、主人公の造型も、出来事の相貌もいまひとつ判然としないと内田魯庵が難ずる[15]（「一葉女史の『にごり江』」一八九五年十月）のは、つまり、この来歴が「襯染」として正しく機能していない点にかかわっていた。だが、機能せぬのが当然なのだといった視点に立つことが、ここでは肝心なのだ。少なくともそう考えてはじめて、先の『うつせみ』とこの『にごりえ』とが時もおかずに書き継がれた事情が、ひとつ判然となるはずだ。

前者においては、おのが「身分」にありうべき連続を求める男たちの「俗気」をたじろがせる娘の「乱気」が、その切断のたえまない現在形において、「有し」日を刻々と生みだしていた。対して後者では、男の強要を受け入れながらみずから口にしてしまった過去の連なりが、「新開」

の裁断性が許していた「恩寵」にみちたいまを殺すこと。二作はこうして、裁断と狂気をめぐる鮮明な一対を樋口一葉の作品風土に刻みこんでくるのだが、話はしかし、この程度で済むわけではない。狂女の現在に徹した『うつせみ』の純粋な、いわば題名どおりの薄さにくらべるなら、『にごりえ』は、『大つごもり』以降の作品風土を集約するにたる多層的な厚みを示しているからだ。

私娼の「力」

その複雑な厚みはまず、切断性それじたいの「動揺」として生じてくる。すなわち、なまじ連続の介入を受け容れてしまったために、その前後で、裁ち切ることの価値が転ずること。「新開」なる場所の特性に加え、そこに流れこんだ私娼として、天性の移り気をほしいままに、お力は源七のみならず、些細な「紛雑《いざ》」ひとつで馴染みを何人も「縁切れ」にして顧みない。「お前は思ひ切りが宜《よ》すぎるからいけない」と忠告する年嵩の同僚は、けれど「其我《その》まゝが通るから豪勢さ」と羨みもするのだが、お力の息づくその切断＝恩寵の風土が、朝之助に源七との事情をあかし、先の「穿索」を受け流しながらも、今夜は嫌だがいずれ「貴君には聞いて頂かう」とは思っているとロに出す一瞬から、揺らぎはじめるのだ。具体的には、八つの節によって形づくられる中編作品の「三」節にあたる箇所でそう予告された来歴が「六」節で語られることになるのだが、そこではすでに切断の主題は禍福を鮮明に転じてあり、たとえばその告白の伝える祖父の憤死は「断食」によるものなのだ。父親もまた、三歳の年に縁側から落ちて「片足あやしき風に」なったゆえ居職の極貧に甘んじていた。寒中の一夜、「欠けた一つ竈《べっつい》に破《わ》れ鍋かけて」母が命じた使いの帰路、氷に足を取られた娘の手にした袋から、米粒が「一枚はづれし溝板のひまよりざら／＼と翻《こぼ》れ入れば」、父親は、溜息混じりに「今日は一日断食にせう」とその場を収める。七歳のおりの「身を切られるより」辛いその出来事がいまも脳裏を離れぬのだというお力は、「私は其頃から気が狂つたのでござんす」と言い添えて朝之助の要求をみたすのだが、これらはしかし、裁断の連続という奇態な「履歴」をなしている。つまり、そこにおいては、父祖三代の〈過去〉そのものの焦点が、ひとしく切断や空隙の禍々しさにあてられていると同時に、他方では、それらをまさにひとつの連続として口にすること（「三代伝はっての出来そこね」）が「恩寵」の場を裁ち切るといった複雑な事態が生じているのだ。この点が、『うつせみ』にはない特徴のひとつを一場にもたらすのだが、このとき、かかる複雑さを導く直接の動機がまた、ある途絶の仕草に発する事実も見逃せまい。

「盆の十六日」。五、六人の「お店者《たなもの》」たちの喝采を浴びて華やいでいるお力が、「何をか思ひ出したやうに」都々逸をふと唄いさし、そのまま「一散に」銘酒屋を飛び出して横町の闇のなかへとさまよい出るや、いかにも一葉的なその仕草は、彼女に不意の放心を導き、放心が主体を流体化させるといったすぐれて印象的な連続場面を生み出すのだ。

（…）行《ゆ》かれる物なら此まゝに唐天竺の果までも行つて仕舞《しまい》たい、あゝ嫌だ嫌だ嫌だ、何《ど》うしたなら人の声も聞えない物の音もしない、静かな、静かな、自分の心も何もぼうつとして物思ひのない処へ行かれるであらう、

（『にごりえ』「五」）

路上のお力からそうした内言を呼び出す一節が、さらに、我身の「気違じみた」振る舞いに気づいて心するも束の間、夜店の並ぶ賑やかな道づたいの帰路にはまた、「持病」の発作として、彼女の身心に次のような数行を添えながらその場を結ぶことになる。

（…）行かよふ人の顔小さく〳〵擦れ違ふ人の顔さへも遥《はるか》とほくに見るやう思はれて、我が踏む土のみ一丈も上にあがり居《ゐ》る如く、がや〳〵といふ声は聞ゆれど井の底に物を落したる如き響きに聞《きゝ》なされて、人の声、我が考へは考へと別々に成りて、更に何事にも気のまぎれる物なく、人立《ひとだち》おびたゞしき夫婦《めをと》あらそひの軒先などを過ぐるとも、唯《たゞ》我れのみは広野《ひろの》の原の冬枯れを行くやうに、心に止まる物もなく、気にかゝる景色にも覚えぬは、我れながら酷《ひど》く逆上《のぼせ》て人心のないのにと覚束なく、気が狂ひはせぬかと立どまる途端、お力何処《どこ》へ行くとて肩を打つ人あり。　（同右）

ここしかないという見事な間合いで「肩を打つ」朝之助とともに店に戻るお力が、その夜、右の「逆上《のぼせ》」に煽られるようにしてくだんの告白におよび、かつ、はじめて同衾するといった具合に物語は進む。この前後で、源七一家の酸鼻を描いて焦点が二度切り替えられて（「四」、「七」）、人口に膾炙した大胆な断裂を挿んで読む者を不意討ちする短い結末部（「八」）があらわれる。「新開の町」から運び出される「二つ」の柩からいきなり始まるその結末は、一葉贔屓の森鷗外にさえ「権衡宜きを得ず」と難じられているのだが（『めさまし草』一八九七年三月）、批難はむろん採るにたらない。注目すべきは、その断裂の鋭さと、実情定かならぬ殺人現場のうちからそれだけは鮮明に書き記されたものが、お力の身体に刻み残された幾筋もの刀傷であり、源七の意外なまでに「美事な切腹」ぶりであるという連動性にある。すなわち、切断の主題が、虚構と叙述の両面をまきこんで暗色へと結び転じてゆく事態のめざましさ。この事態は、『浮雲』第二篇の見事な連続場面を想起させずにはいないのだが、その文三にも、むろん同時代のいかなる作中人物にもみられぬ特徴として、ここにはさらに、上記してきたようなテクスチュアルなアクセントが、頭痛もちで「逆上《のぼせ》」症のこの私娼の身体的な厚みを経由し、あるいはそれに使嗾されるという側面がある。

身体的な変動はそこで、事態の急変を受け止める徴候となり、不意討ちへの合図と化す。実際、右のごとく不意の放心のなかで流体化するその主体＝「逆上」は、中座という些細な途絶の仕草に導かれ、「恩寵の時間」の致命的な裁断＝告白を呼びこむという流れの中間にあらわれてくるのであり、それが「新開」地の路上、つまり作品を二分する舞台（「菊の井」／「源七」の家）のいずれにも属さぬ場所に書きこまれるのも、したがって至当なのだ。結果、作中いくども点描される「持病」のうち、この「逆上」場面が無二の（一足飛びにM・デュラスの数節に比すことも不可能でないほどの）生彩をおびてくるのだ。樋口一葉の言葉はここで、日本小説がかつて（いまだ十分には？）体験したことのないかたちで、確かに震えている。

このようにして、作家の最盛期に傑出する一編は動揺にみちた複雑な様相を呈してくるのだが、このとき、お力が、吉原遊郭のような場に囲いこまれた公娼ではなく、何処とも知れぬ「新開」地に流れこんだ私娼であるという設定が、改めて示唆的なものとなるはずだ。逆にみればつまり、

『大つごもり』以降の作品風土全体は、この私娼から放射される幾筋もの「力」線を、大なり小なり、また、そこに応分の異同をはらみながらも、共有あるいは分有される場なのだと換言しうるからだ。

作品冒頭から、いわばお力の別の末路を生きながら、ついには食も睡眠も断ちつくした雪子に、路上の私娼と同一の内感（「家の中をば広き野原と見て行く方なき歎き」）を与えている『うつせみ』については、すでに繰りかえすまでもないとすれば、一事の典型の位置に『たけくらべ』を据えなおしてみてもよい。物語も終局まぎわのある朝とつぜん、「物を言はれると頭痛がする、口を利くと目がまわる、誰《た》れも〳〵私の処へ来ては厭《い》やなれば、お前も何卒《どうぞ》帰つてと例に似合《にあは》ぬ愛想づかし」を口にする美登利が、遊び仲間の正太を困惑させるとき、少女の身体に何が生じていたか？ これにかんしても、すでに数々の論者たちが憶測を逞しくしている。だが、初潮であれ、初店であれ、肝心なのはそれがここでもやはり、少女を「子供中間の女王様」として息づかせていた「恩寵の時間」の断絶とかかわる点にある。「ゑゝ厭や〳〵、大人に成るは厭やな事、何故このやうに年をば取る」。名高い内言を伴ったこの不意の変貌（「十五」）はつまり、その断絶性にたいする鋭い抵抗として生ずるわけだが、きわめて興味深いことには、この少女は当初、一刻も早く「大人」に成りたがっていたのだ。どの作にかんしても、照らしあわせるごとに種々の感銘を禁じえない草稿類のなかで、左はたぶんもっとも印象的な行文となろう。

ヱヽ年のゆかぬが無念な、姉さんに孝行を先へ取られた、我れとても心は誰れにおとるべき、楼の旦那も美どりの方がさかしいと褒めてくれた事もある物を、店へ出なば二枚とは下らじ

（…）、あゝ年が取たい、孝行がしたいと夢のまもわすれぬはこれ、

（「たけくらべ（未定稿B）」）

ここから成稿にむけ、「孝行」心だけが残され、「年のゆかぬ」ことが冴えやかに逆転している。その逆転をまってはじめて、少女の棲まう世界が、「恩寵」の輝きで包みこまれてくる。と同時に、一種無慈悲な力としての「年」が、いわば失寵の証として、少女の身体を貫くことになる。通説はしきりと、やがてお力となる美登利の姿をここに見出そうとしているのだが、右の意味で、つまり、ともに身体の不意の変貌に即して恩寵から失寵への道を歩むという点におき、それぞれの作品冒頭から、「大黒屋」の美登利はすでに「菊の井」のお力なのだ。

　この紐帯に寄り添うかのように、『たけくらべ』の世界も、信如の勉強机の引出しから、生真面目な秀才にも似あわぬ「小刀」を取り出させ（「二」）、彼の切れた「鼻緒」と美登利の手にした「裂《き》れ」布とを雨に濡れそぼった格子門ごしに出会わせはする（「十三」）。だが、お力の場合とは異なり、そうした細部の連携がいまだ熟さぬこと、つまり、京都土産だというその「小刀」が実際に血を呼ぶでもなく、途切れた鼻緒と友禅織りの端布との近さとて、信如と美登利の間柄に不意の変化を呼びさましはせぬことが、一編をしてまさに子供の世界たらしめているのだ。

　これにたいし、大人の世界では果然また、『軒もる月』の貧しい職工の妻が、不可解な笑いとともに、それまで三様の思いを傾け移していた三者にたいし唐突な激語（「殿、我良人、我子、これや何者」）を発するその前後には、題名どおりルナティックな放心のさまと、かつての奉公先で情けを受けたとおぼしき「殿」からの来信十二通を「残りなく寸断」して手元の炭火に投ず

る光景が寄り添ってある。すぐに確認するように、『われから』の町子の顚末にも同様の連携が熟してくるのだが、ありようの如実な反証としてなら、『ゆく雲』（一八九五年五月）を引いておけばよい。実家の事情で、東京での気ままな遊学生活を切り上げて故郷山梨に帰り意に染まぬ結婚を余儀なくされた青年が、ひとりの女性にたいする別れしなの熱情も次第に忘れ、いつしか俗な地方名士になってゆく。そうした物語を担う主人公も、お力とよく似た「のぼせ」症で、ときおり「いろいろの事が畳《たゝ》まつて頭脳《あたま》の中がもつれて仕舞ふ」のだという自称「気ちがひ」なのだが、山梨からの来信数の変化という即物的な細部に託された「男心」と、木石めいた冷静さの裏にひそむ「女心」との対照性を主眼とした一場ではしかし、男の「のぼせ」症は人物造型のたんなる彩色にとどまっている。この作品が——唯一の口語体小説『この子』（一八九六年一月・＊3）とともに——作家の最盛期にあってめずらしく凡作の域を出ぬのは、おそらく、その病質が上記のごとき一葉的《テクスチュアル》な生動と密にはかかわらぬ（あるいは、あえてその連動が許されぬ）ことと無縁であろうはずもない。だが、『にごりえ』の作家でさえ男を書くとかかる事態が生ずる点にかんしては、昨今の「ジェンダー」論者たちに委ねておく。逆にまた、男が『にごりえ』を書くとどうなるか？　この点につき、たとえば広津柳浪の評判作『今戸心中』（一八九六年・＊4）を引き寄せておくことも無駄ではあるまいが、その詳細にも深く立ち入らずにおく。羽振りの違う二人の客のうち袖にしていたほうの男と相対死を遂げるという大筋といい、冷遇される側の類似といい、吉原で「二枚目を張ツて居る」稼ぎ盛りの遊女の表情などもふくめ、表面的には一葉作の剽窃めいたその作品は、それでいて、ヒロインの「心の変動」にかんしては熱心に——ちょうど、先にみた『連環記』の幸田露伴のごとく——ごく凡庸な心理＝因果関係のうちにこれを囲いこむにすぎぬからだ。この広津作をもって一葉の鋭利な切り口を改めて確認するよりは、むしろ、最後にいまひとつ、ありようの残された半面へと視界を転じておくほうがよい。『わかれ道』のお京の「仕事」がそうであったように、裁断にはとうぜん、縫合が伴うからだ。

以下には、作家にとって最後の発表作品となった『われから』に就いて、その縫合例のひとつを眺めておきたいが、ただし、事態はそこで、先にふれた『たけくらべ』の名場面で、信如の切れた鼻緒がかれがれな美登利の心をふと結びつけていたような、あるいは、「突然《だしぬけ》に」梶を措く車夫の仕草が遠く懸け離れていた『十三夜』の男女を引きあわせていたような次元をも大きく踏み出してしまう。『われから』が（上述への例証的側面に加えて）新たに示しているのは、別種の裁断の鋭利さに伴う、ひときわ特異な縫合の働きにほかならない。

新たな縫針

富家の「奥様」町子の〈現在〉と彼女の母・美尾の〈過去〉とが並置される『われから』は、一葉におきもっとも「謎」めいた中編作品として知られている。というのも、一組の母娘を彩りながらも、互いに遠く掛け離れた二つの物語の中核には、それぞれ容易には定めがたい不明が刻まれてあるからで、全十三節からなる作中、「三」節の中途から「七」節にかけて挿入される美尾の不意の失踪と、町子を破局に至らしめる書生・千葉との「風説《うはさ》」の真偽とがそれである。乳飲み子を残して出奔した美尾と残された町子とのあいだには、その後、直接の繋がりはない。「八」節以降、美尾は作中から姿を完全に消してしまうからだ。この場合も、その繋がりに資して書きこまれていた草稿中の数々のくだりが成稿にむけ截然と削除されているのだが、結果、作品の表面に辛うじて残された連絡は、妻・美尾の仕打ちに激怒、一念発起して「赤鬼の與四郎」の異名をとるほど「人の生血をしぼりたる」元下級官吏の莫大な資産が、高名な政治家の入婿と気随な生活とを娘・町子に与えたこと、および、二十六歳で「いまだに娘の心」が失せぬ町子が母親と瓜二つの美人であることにすぎない。馬琴「稗史七則」の「照応」「反対」を知る者であれば、そこに、富と名誉に憧れたすえに家を捨てた母親の願望をはじめから手にしている娘が、逆に家から捨てられるというコントラストを加えもしようが、これだけではさすがに物たりぬのか、一評家が即座に面白い言葉を口にしている。

（…）古風の小説ならば、お町の棄てられて後お美尾に会ふ一段ありて、大に因果の理を読者にお美尾の口より云ひ聞かせ、母子の愛情を悲しき情景に搦めて、充分に涙を絞らするところある筈なり。

右は、『たけくらべ』には異例の絶賛に終始した『めさまし草』の匿名合評「三人冗語」（一八九六年五月）の、打ち変わって悪評頻々たる席上、[16]「話の筋は先づ作者の手よりこんがらかりはじめて、何を主とも定かならぬやうになり了りたり」、「美尾が一件の長々しき割には、其子なればといふやうなる処も、作者にはある事ならんが、読者には見えず」、「此作者ほどの力ありて、美尾與四郎が事歴を今一段きりゝと結び得ざりしは、訝かしき事なり」といった評を受け継いだ発言である。だが、草稿の存在はともかく、悪評家たち（露伴・鷗外）はここで、一葉の旧作にしてまさに「古風の小説」たる『暁月夜』（一八九三年）を忘れているか未読であったか、いささか迂闊だといわねばなるまい。その旧作でも、母の〈過去〉が娘の〈現在〉に、『われから』と同じく不意に（ただし結末部として）介入するのだが、そこではしかし、恋々たる付文を寄せる家僕の青年の心を多としつつも、生涯独身に甘んずべき身の「由来《もと》」が——本章冒頭にふれた仮名垣魯文の『高橋阿伝夜刃譚』よろしく——華族家の娘自身の口から明瞭に語られてあったのだ。娘の母親もかつて家僕と恋に落ち、「皇室の藩屏」たる家名の強いた別離後、彼女は娘を残して産褥で死に、これを伝え聞いた家僕＝父親も自殺したというのがその内容である。この「包むに洩《もれ》ぬ身の素性」をかねて聞き悩んでいるゆえあなたの意を汲むことは出来ない、と、そう泣きつくすヒロインの姿で結ばれるその旧作を前にすれば、少なくともまず、その種の「由来」を積極的に拒むところに、『われから』における一葉ならではの創意が看取されねばならぬはずだが、創意の成否に先の二つの「謎」が絡んでくることが、この作品に異数な性格を与えてくるのだ。

美尾の失踪の背後に別の男があり、その関係の傍らに、貧乏役人たる婿の不甲斐なさを嘆く母親の仲介があったらしきことは、右合評の席上でも推測されているが、それにくらべると、町子の場合はいまひとつ判然としない。千葉との「実事」はあったのか？　有無をめぐり、幸田露伴と斎藤緑雨とのあいだで激論が交わされたことを、一葉日記の有名なくだりが伝えている[17]（「ミつの上日記」一八九六年五月二十九日）。日記によれば、鷗外、露伴を相手に、合評の席上ひとり「ひいき」にまわった緑雨が、後日、作家宅を訪れ作品にかんして二つの質問を呈しているのだが、そのひとつが、「天下の輿論」に反して自分は「実事」なしと読んだが如何に、というものである。作者としてはありという設定だったというのが一葉の実質的な答えとなるのだが、問題は、その設定のもたらす効果がいかなる条件下でしかと成就するかにある。「三人冗語」の悪評家たちのいうごとく、表面的には確かにこれだけでは心許ないのだが、この点にかかって示唆的なのはむしろ、緑雨のいまひとつの質問のほうであり、彼はそこで、先に一、二度指呼しておいたくだりを持ちだしてくるのである。作品の流れとしては、町子の〈現在〉を置き去りにして美尾の物語に転じた話者の視界が再び町子に戻り、その「機嫌かひ」な「奥様」ぶりを点描する箇所につづく場景、広い築山じたての庭に設えられた「稲荷」前で、町子が不意の惑乱にとらわれる一齣である。

此家《こゝ》は町子が十二の歳、父の與四郎抵当ながれに取りて、夫《そ》れより修繕は加へたれども、水の流れ、山のたゝずまい、松の木がらし小高き声も唯《たゞ》その昔のまゝ成《なり》けり、町子は酔《よい》ごゝち夢のごとく頭をかへして背後を見るに、雲間の月のほの明るく、社前の鈴のふりたるさま、紅白の綱ながく垂れて古鏡の光り神さびたるもみゆ、夜あらしさつと喜《き》連格子《つれがうし》に音づるれば、人なきに鈴の音からんとして、幣束の紙ゆらぐも淋し。

町子は俄《には》かに物のおそろしく、立あがつて二足三足、母屋の方へ帰らんと為《し》たりしが、引止《ひきと》められるやうに立止まつて、此度《このたび》は狛犬の台石に寄《より》かゝり、木の間もれ来る坐敷の騒ぎを遥かに聞いて、あゝあの声は旦那様、三味線は小梅さうな、いつの間に彼《あ》のやうな意気な洒落ものに成り給ひし、由断のならぬと思ふと共に、心細き事堪えがたう成りて、締《しめ》つけられるやうな苦るしさは、胸の中の何処とも無く湧き出《いで》ぬ。

（『われから』「九」）

物語はその後、この「万《よろづ》におのが乱るゝ怪しき心」の晴れぬまま、家僕たちの内輪話から、妾宅に十一歳の子まであるという夫の不実を知り（＊5）、日頃の「血の道」に加え「癪」の発作を繰りかえすようになった町子が、「夜といはず夜中と言はず」千葉に介抱させて周囲の「風説」を呼び、世間体を重んずる夫によってついに別居を強いられるといった具合に進んでゆくのだが、右一節を、かかる成りゆきに添えられた「偶然」の場景とみる露伴に反し、ここがひとつの切所ではないかと緑雨は問うている。このとき、町子はすでに「我れもいつしか母と同じき運命に廻り逢ふ事なからずや」という念に貫かれているのではないか、と。『めさまし草』の席でも呈示されていたこの観点はつまり、「頭をかへして」町子の眼にしたその「古鏡」に何が映っているかと質しているわけだ。これにたいし、一葉の答は、両論の「中間」に就く。「偶然の出来事」ではあるが、あの「心細き感」は「常々おのれも知らぬ心のそこに怪しうひそむ物」のなせるわざでもあるというのがその返答だが、要点のひとつは、上記になかば明らかだろう。先のお力と同様、町子もここで、夫の誕生日に集う賓客たちとの場を中座して、何かにふと「引止《ひきと》められるやうに立止まつて」いるのだ。途絶、放心、婦人病、変事といった要素のテマティックな連携ぶりは、濃淡の差こそあれ、同じく母親・美尾の出来事の切所にもあらわれている。貧しいながら與四郎との生活に自足していたある日、美尾もやはり花見に連れ立つ華族たちの姿を「茫然《ぼんやり》と」目にして不意に気鬱になっていた。以来「はかなき夢に心の狂ひて」、「大空に物の思はれ」たる風情の彼女は、さらに、実家の母親の「癪気」にこと寄せて無断外泊した日を境に、しげしげと実家に足を運ぶようになり、やがてふと失踪したわけだが、その美尾の物語じたいもまた——『軒もる月』の末尾さながら——妻の置き残した手紙と紙幣を「寸断《ずた》〳〵に裂いて捨てゝ、直然《すつく》と立し」與四郎の姿を最後に、跡形もなく途切れてしまうのである。つまり、先述したコントラストに加え、いかにも一葉的な連絡が母娘に共有されてくるがゆえに、作品は右の町子が目にした「古鏡」のごとき鏡面性をはらみこみながら、『にごりえ』とは別種の厚みをおびてくる。この点にまず注意を払っておかねばなるまい。

もっとも、馬琴的な「照応」「反対」の古色は優に凌いでいるとはいえ、この種の厚みが、一葉を真に一葉たらしめた西鶴的な迅速さを奪ってしまうことは、一方の事実である。類同性にもとづく対偶化の組織力にしたがって、ここでは娘が母を妊みこんでいるからだ。一般には「入れ子」形式と呼ばれるその懐妊ゆえに、お力やお京にくらべ、あるいは美尾に比しても、この町子はいくぶんか重く生彩を欠くのだが、肝心なのはそこではない。あの母と同じくこの娘にも「実事」があったとすれば、重要なのは以下の三点である。

すなわち、一にまず、この鏡面的な関係においてはじめて、母親の〈過去〉が娘の〈現在〉にたいするいわば未聞の「襯染」として作用すること。二にしかし、その働きはあくまでも、『うつせみ』の場合と同様、テクストの〈いま・ここ〉から、母娘二様の物語のはらむ空隙にむけて産みだされ、そこに創出された二種の「襯染」じたいが横ざまに縫いつけられること。そして、何より斬新な第三点は、その縫合にさいし、つまり、この鏡面的な環境において、母娘双方を突き動かしていたとみえる無意識（「常々おのれも知らぬ心のそこに怪しうひそむ物」）を縫いあわすには、上記の条件だけですでに十分だと、作家が確然とそう意識していた事実にある。では、何がその確信を支えているのか？

「現実」的には前後に二十年近くの断裂を刻むとはいえ、美尾の顚末が、町子の物語のすぐ近くで読まれていること。それだけで、すなわち並置それじたいのもたらす即物的な作用だけで、じつは十分なのだというのが、その貴重な確信となる。町子の放心にいたる連続場面（「八」「九」）のすぐ前に縫いつけられてあるのは、彼女の朝湯の習慣（「三」）ではなく、その母の謎めいた振るまいに激怒した父親の姿（「七」）なのだ。この近さが町子のその後に無縁であろうはずもない。言い換えるなら、かかる有縁化＝縫針の働きを託されているのは、ここにまったく新たなかたちで招致されている〈読者〉にほかならず、現に、右の緑雨がそうした読み手のひとりなのだ。

　先の合評で、「其子なればといふやうなる処も、作者にはある事ならんが、読者には見えず」という指摘に、くっきりと見えるではないかと応じていた緑雨は、なるほどその席でも、一葉への質問にさいしても、作中に穿たれた空隙のなかに「現実」的な因果を推定してはいる。町子は（『暁月夜』の娘のように）父母の顚末を聞き知っていて「明くれ物をおもひ居り」（「ミつの上日記」）たるがゆえ、「稲荷」前で急に不安になったのではないかというわけだ。が、緑雨はそのとき、すでに読者がそれを読み知っている以上、その知覚を町子が共有していて何の不思議もなく、上記のコントラストは、その知覚の即物的な一義性を刺激するものにすぎないと断ずれば済んだのだ。そもそも、読まれなければどんな小説もありえぬ以上、それが形成する「現実」的な表情とは、逆にむしろ、読むという、いくつもの意味で歪んだ体験に固有な効果そのものにたいする懐柔性にかかっている一方、この場合はその歪みこそが物をいうのだ、と。むろん、そんな断言が当時におき一般の理解を得られるわけはない。並置それじたいのテクスチュアルな力能として、それが何であれ、作中で並びあったものは似通いはじめ、似たものは近づきあうといった定式とともに、近さがうながす有縁化に反応する読者の分身としての作中人物という観点をＪ・リカルドゥーが活用するのは、一葉作品からほぼ七十年後のことである（『言葉と小説』『小説のテクスト』参照）。これを受けたか、『迷路の小説論』の平岡篤頼が、「物語を生産する装置として」の読者に言及する[18]のは、さらにその七、八年後なのだ。だが、無自覚とはいえ右一節を嗅ぎ当てている緑雨はおそらく――今日においてなおさほど一般化されぬ――このいわば別次元の因果関係に反応しているかにみえる。その因果にかかって、右の「稲荷」前は、確かに作品のかなめであるからだ。

　その反応を多とするかのように、一夜の問答を克明に綴りながら「逢へるはたゞの二度なれど親しみは千年の馴染にも似たり」と一葉は日記に書き添えてもいるのだが、彼女自身もまた、この緑雨とリカルドゥーとのまさに「中間」にあって、結果的にはしかしきわめて明瞭に、その新次元にむけ二種の物語を並べているのだといって過言ではない。このとき、「実事」をめぐる「風説」を口にする周囲の者たちとは、並置の力能をあからさまに読み取る存在として作中に引き寄せられた読者の分身である。かつ、「怪しき心」に貫かれる一瞬、「頭をかへして背後《うしろ》を見る」町子当人のその仕草は、新たな資格で頁を繰る者たちのそれとじかに結びつくのだ。主人公のその先には、たったいま裁ち切られた前が（「現実」的な遠近法をいとも容易に踏みこえながら）取り憑いてくるからだ。逆にいえば、大胆な裁断を介して、かかる新種の読者を書くことと読むことの〈いま・ここ〉に作り出すこと。あるいは、第一章に掲げた人生と小説との四種の相関領域に戻るなら、小説にしか場を持たぬ＝生起せぬという意味で十二分に畸型な存在との共謀性。樋口一葉の最後の小説に別して看取されるべきは、この挑発的な裁縫技術にほかならない。馬琴もまた、その「偸聞《たちぎき》」場面の頻発を介して、読者をしきりと作中人物化してはいた。が、それは、作者という名のその僭主的な強欲をむさぼって、読み手をそこに縛りつけるための方途であった。対して、一葉の挑発的な手際はここで、作品にたいするいわば共産的な位置に、新たな読者を求めているのだといえばよいか。

そう考えることが必ずしも不当でない証拠に、泉鏡花の、たとえば『春昼』『春昼後刻』（一九〇六年）がある。一葉の死に接したおりの「当時ひとり、みづから目したる、好敵手を惜む思ひ」[19]。それを旧作自解の一節に書き添えている作家の名作は、実際、『われから』と同一の裁縫性を示してくるのだ。

図らずも（？）、「多額納税議員」で「大財産家《おほがねもち》」の妻としては町子に、その名の親しさにおいては美尾に通ずる玉脇みをという女性を主軸とした作品は、久能谷の一坊に立ち寄った「散策子」を前に語られる恋の奇瑞を中心に、その前半部（『春昼』）が形づくられている。一年前、「丁《ちやう》ど貴下《あなた》のやうな方」がこの寺の宿坊にいたのだが、ほんの二、三度、玉脇みをの姿を目にしただけで、あまりの美しさに魅入られた幻惑のなせるわざか、不思議な体験をした彼はそのまま自殺した、と口を開く和尚によれば、その「客人」はある夜、裏山の中腹の窪んだ横穴のなかに、みをと自分とのしどけない場景を、向かいの丘から目の当たりにしたという。自分が彼女の背中に、指先で「△」「□」「○」を描いている。描き終えると、胸元もあらわに彼女が自分にしなだれかかってくる。その異様な光景を和尚に「懺悔」した二、三日後、「客人」の死骸が海でみつかったというのだ。かかる顛末を受けた後半部（『春昼後刻』）には、耳にした奇譚の夢見心地を引きずる「散策子」の前に当の女性があらわれ、見も知らぬ彼を前に、私には死んでも逢いたい人がいるのだと、いきなりそう語りはじめる。その「恍惚《うつとり》」とした口ぶりにたじろぐ男が「ぢあ、然う云ふ方がおあんなさるんですね」と受け流そうとするや、「御存知のくせに」と切り返し、さらに嫋々と心内を語り聞かせる女の手にしていたスケッチブックには、「○と□△」ばかりが書き散らされていて、男を蒼然たらしめるのだが、この後、彼女がどのような死に方をするかについては割愛してよかろう。作品全体への詳述も小著の参覧に委ねておく（『幻影の杼機』一九八三年）。この小説の枢機が意外な作家に形をかえて引き継がれてゆくさまも、後の章に譲りたい（第五章参照）。ここでの要は、この鏡花作の前編と後編とのあいだの——作中に読まれる「夢の契《ちぎり》」などといった言葉ではとうてい覆いがたい——断裂の確認につきるからだ。

極端な短絡とはいえかつての『外科室』には保たれていた連絡が、きっぱり裁たれたこの場では、玉脇みをと「客人」とのあいだにはむろん、直接の交渉はありもしなかった。その「客人」とこの「散策子」も無縁であり、和尚の話をみをが聞き知っていたわけでもない。ではなぜ、彼女は「御存知のくせに」と応じ、そこに「△」「□」「○」の縫い目が生ずるのか？　そう「頭をかへして背後《うしろ》を見る」者は、たとえばまた、暖かなくせに「しんとして寂しい」春の陽射しのなかで「蕩ける」ように息づくこの女性の「気疾《きやみ》」のうちに、町子の「稲荷」前をもこえて、あの『にごりえ』の路上にきわやかなパッセージを思い寄せながら、深い感銘を禁じえぬことになるのだ。

私はずた／＼に切られるやうで、胸を掻きむしられるやうで、そしてそれが痛くも痒くもなく、日当りへ桃の花が、はら／＼とこぼれるやうで、長閑《のどか》で、麗《うらゝか》で、美しくつて、其れで居て寂しくつて、雲のない空が頼りのないやうで、緑の野が砂原のやうで、前生の事のやうで、目の前の事のやうで、心の内が言ひたくツて、言はれなくツて、焦《じれ》ツたくツて、口惜くツて、いら〳〵して、じり〳〵して、其くせぼツとして、うつとり地の底へ引込まれると申しますより、空へ抱き上げられる塩梅の、何んとも言へない心持がして、それで寝ましたんですが、貴下《あなた》、

（泉鏡花『春昼後刻』[20]）

こう語りかけられている「貴下《あなた》」とは、つまり読者《われわれ》のことなのだ。みをもまた、読者《われわれ》とともに、あるいは町子と同様に、その場に作用する〈過去〉をいま読みかえしている。

ところで、かつて鏡花のこの女性を指して、「離人症」といった言葉を口にする評家がいた（吉村博任『泉鏡花――芸術と病理』一九七〇年）。翻ってまた、一葉当人の「異常心理的な体験」の痕跡をその「日記」のうちに細ごまと探りあてては、それを『にごりえ』のお力の「持病」と結びつけながら、「破瓜症の分裂病者」なる一語を呈する読み手がいた（前田愛『樋口一葉の世界』）。幸い一葉や鏡花への言及はみぬものの、手当たり次第に同様の観察を誇示する者は、いまもいる（斎藤環『文学の徴候』二〇〇四年）。遺憾ながらたぶん、これからもいるだろう。だが、ここで人離れしているのは、まさに読者《われわれ》のほうであり、そうした者を要求し現に産出する場所に読み取るべきは、テクストそれじたいを如上まざまざと震動させている分裂的な「力」ではなかったのか。

と、そう書いてようやく、一葉作品の前では誰もがつい結城朝之助めいてしまうことの非を鳴らし終えると同時に、それが必ずしも的外れではないとはおもう一方で、あの通有語だけは決して口にすまいとしてきた積年の忸怩たる念も晴らすことが出来たようだ。「樋口一葉の朧化表現」!? だが、そのように形容される模様や色彩はあっても、この世には断じて、朧気な鋏も、

曖昧な針もありえまい。

もっとも、作中人物への「同情」なるいかにも人並みな語彙を合言葉として、この截然たる切れ味と斬新な縫い目とを遠く置き棄ててゆくところに、日本小説のその後の大勢が生じてはくるのだけれど……。

第四章　「自然」を見る・嗅ぐ・触る作家たち
――独歩・藤村・花袋・泡鳴

風景は教育する。
――蓮實重彦『表層批評宣言』

「叙景」と「嘘」

「自然を写す文体はどんなのがよいか」、それは「今まで一度も考へた事はない」。何であれ各自の書きやすいものを用いればよいと、そうは切りだしながらも、国木田独歩が次のように言葉を継ぐのは一九〇六年、同年の『破戒』、翌年に『蒲団』を生む新文学の先駆者として、にわかに脚光を浴びはじめた時期のことである。

けれども一ツ考へて見なければならぬ事は、あまりに文章に上手な人、つまり多くの紀行文を読み、大く《（ママ）》の漢字を使用し得る人の弊として、文章に役せられて、却て自然を傷《きずつ》けて了うやうな事があるかも知れぬといふ事だ。自然を見て自然を写すには、見たまゝ、見て感じたまゝを書かんければならぬ、見もし感じもしたその量だけを文字に顕はさんければならぬ、デクリーの問題である。この量を少しでも多くにかき、大きく書けば、それは嘘を書いたのであつて、真の叙景文でもなければ、詩としても価値はない。ところが余りに文章が上手な人、つまり文章を作る文字や形容詞などの沢山ある人は、遂にそのデクリーを超過して了つたものを書く、信濃の山水の事を書いても、名詞や所の名などを引つこぬいたら蜀の山道を書いたものやら、一向区別がつかなくなるといふやうな事が起つて来る。（「自然を写す文章」[1]）

だから自分は進んで「下手な文章」に就くのだという一節は、今日の眼からすればごく素朴なものである。見ることと書くことがまったく別の秩序に属していることを知らぬ者はいまや稀少であろうし、対象の如何を問わず、「見たまゝ」「感じたまゝ」には書けぬからこそ、人はいまも書きつづけていようからだ。問題はしたがって、「見たまゝ」「感じたまゝ」に「写す」ことができるという錯覚の所在にあるわけだが、その錯覚を導く技術論的な性格については、一般にさほど精密には注視されていない。

たとえば、独歩に先んじて同様の「写生」観を標榜・実践した正岡子規を指して、「ものに直面し、それをとらわれぬ眼で認識することの必要性」こそが、その俳句革新の動因であったと語る江藤淳（「リアリズムの源流」一九七一年・傍点原文）にあっても、「眼」と書字を繋ぐ技術の具体相はほぼ等閑に付されている。私見によれば、子規の「写生」的な「眼」はそのじつ、連歌時代から江戸末期までの発句を渉猟・整理した膨大な作業（「俳句分類」）と連動しつつ言葉を分類・比較・置換する、いわば一連の手仕事の成果としてあるのだが、「理屈」を斥け「実景」「実感」

を目指すこの「手」＝「眼」に相応の透明性を与えた最大の要因は、俳句というジャンルの絶対的な短さにあった。ゆえに、革新俳句の（一種きわめて無防備な）延長として創始された「叙事文」の予期せぬ幻想性が、肝心の「写生」理論をみずから裏切ってしまうという興味深い事態が生じてくるのだ（小著『リアリズムの構造』一九八八年参照）。対して、詩編「独歩吟」（『抒情詩』一八九七年所収）にみる端正な文語韻律からの離脱として、当人によれば「四《（ママ）》離滅裂な」散文の長さに就いた独歩である。就いてなお右のような所見を口にし、その確かな奏功が後続世代に浅からぬ影響を及ぼした書き手の場合、互いにいくつかの近しさを示すとはいえ（＊1）、ありようを子規の実践とそのまま同列にみなして済ますわけにはゆかない。

そこで、独歩における「眼」と「手」の紐帯を探ること。そこから、日本版「自然主義文学」勃興期の一側面に筆を伸してみることが本章の試みとなるわけだが、このとき、素朴にみえて、右はしかし多分に示唆的な一文となる。すなわち、「余りに文章が上手な人」が風景を逸するとすれば、独歩の流儀で「真の叙景文」に長ずる者は逆に、「嘘」を書くことが「下手」になるのだ、と。――この関係に眼を凝らすことから始めてみよう。

まず、「余りに文章が上手な人」がかえって叙景の「真」に背く要素は、独歩によれば漢文脈の文飾過多といったものになるが、事実、当代随一の「文章」家として自他ともに認める尾崎紅葉は、那須塩原の景観の一部をたとえばこう書いている。

輒《すなは》ち橋を渡りて僅《わづか》に行けば、日光冥《くら》く、山厚く畳み、嵐気冷《ひやゝか》に壑《たに》深く陥りて、幾廻《いくめぐり》せる葛折《つゞらをり》の、後には密樹に声々の鳥呼び、前には幽草歩々の花を発《ひら》き、逾《いよい》よ躋《のぼ》れば、遥に木隠《こがくれ》の音のみ聞えし流《ながれ》の水上は浅く露《あらは》れて、驚破《すは》や、斯《こゝ》に空山の雷《いかづち》白光を放ちて頽《くづ》れ落ちたる乎《か》と凄《すさま》じかり。道の右は山を劉《き》りて長壁と成し、石幽に蘚《こけ》碧うして、幾条《いくすぢ》とも白糸を乱し懸けたる細瀑小《ほそたきこ》瀑《たき》の珊々《さん〳〵》として濺《そゝ》げるは、嶺上の松の調《しらべ》も、定《さだめ》て此緒《このを》よりやと見捨て難し。

（『金色夜叉』「続続」一八九九年）[2]

この紅葉一門の全盛期、わずかに「紀行文」家としての地位を得たばかりの弱小作家もやはり、近隣地帯の「奇景」を次のように描いていた。

愈《（いよ〳〵）》近《ちかづ》けばその景愈《いよ〳〵》佳絶なり。此時《このとき》不意に我はわが前に横《よこたは》れる奇景を観て、殆んど自から絶叫せんとしぬ。一大奇岩水の中央に屹立し、紅葉青松その間に点綴し、深碧なる水は之に当つて激怒し、飛散し、轟然として巨人の嘯くがごとき響を為す。之に加ふるに、この奇岩を挟《さしはさ》んで、宛然虹の如き二大橋を架せるさま、天工人工相合《あひがつ》して、更に一大自然を形造りたる者の如し。

（田山花袋「日光山の奥」一八九六年[3]）

要するに漢詩の散文化。独歩による先の一文が、「名詞や所の名などを引っこぬいたら」、それが日本（「信濃」）なのか中国（「蜀」）なのか「一向区別がつかなくなる」と記すゆえんだが、ただし、当人とて、同様の文調と当初から無縁であったわけではない。

十一月四日——『天高く気澄む、夕暮に独り風吹く野に立てば、天外の富士近く、国境をめぐる連山地平線上に黒し。星光一点、暮色漸く到り、林影漸く遠し。』
同十八日――『月を蹈で散歩す、青煙地を這ひ月光林に砕く。』
同十九日――『天晴れ、風清く、露冷やかなり。満目黄葉の中緑樹を雑《まじ》ゆ。小鳥梢に囀ず。一路人影なし。独り歩み黙思口吟し、足にまかせて近郊をめぐる。』

独歩の日記（『欺かざるの記』[4]・右当該年一八九六年）の行文である。こうした古い文言を二十条ほどみずから引用・列挙したうえで、彼はその『武蔵野』（一八九八年）において、同じ場所にあらためて別種の色調を与えることになるのだ。

足元から少しだら〳〵下りに成り萱が一面に生え、尾花の末が日に光つて居る、萱原の先きが畑で、畑の先に背の低い林が一叢《むら》繁り、其林の上に遠い杉の小杜が見え、地平線の上に淡々《あは〳〵》しい雲が集て居て雲の色にまがひさうな連山が其間に少しづゝ見える。十月小春の日の光のどかに照り、小気味よい風がそよ〳〵と吹く。若し萱原の方へ下りてゆくと、今まで見えた広い景色が悉く隠れてしまつて、小さな谷の底に出るだらう。思ひがけなく細長い池が萱原と林との間に隠れて居たのを発見する。水は清く澄で、大空を横ぎる白雲の断片を鮮かに映してゐる。水の潯《ほとり》には枯蘆が少しばかり生えてゐる。

（国木田独歩『武蔵野』[5]）

かかる「風景の発見」（柄谷行人）とそこに産出される「内面」の性格にかんしては後述全体に託すとして、ここにいま少し立ち止まって着目しておきたいのは、漢詩の散文化を咎めて独歩のいう「デクリー」(degree) の内実にある。

実際、その内実こそが叙景の「真」を裏切るのであって、基本的にはまず、漢語を中心とした区切れの、いわば鋭角的な硬質さそれじたいが、「自然」の連続的な広がりにたいし根深い不和をきたす点を指摘することができる。さらには、そうした伝統的な「文体」に酷愛される対句、あざとい比喩や擬人法の踏襲が、行文をますます「自然」から遠ざけること。『金色夜叉』の主人公の目前に映ずる「幽草」の数々は、現実には、その後方で幾多の鳥の囀りを誘う「密樹」と整然たる対をなすためにさまざまな花をつけているわけではない。奥鬼怒の奇観にすんでのところで「絶叫」をこらえる者が招致する「巨人」の咆哮も、「虹の如き」二大橋のイメージも、〈いま・ここ〉にしかない対象の純度をいたずらに曇らせよう。比喩の本質は、〈他所〉にあるものを時制を欠いて随意に〈ここ〉へ呼び重ねることにある。極言すればしたがって、そこに求められるものが鏡のごとき「真」であると仮定した場合、どれほどさりげなく処理されていようとも、喩の誘惑そのものが、「叙景文」一般においてはそのじつ、両刃の剣と化すのだとみなしうる。別の何かに似ているなら、その風景が切にそれである必要はないからであり、これゆえ逆に、限りなく陳腐《クリシェ》とはいえ、「喩えようもなく美しい」という言葉が――「筆舌に尽くしがたい」という、いっそう根源的な隔靴掻痒に次いで――原理的には、嘱目の感銘に冠しうる正統な形容となるだろう。

これらの弊害に反し、『武蔵野』の奏功が、そのなめらかな「言文一致」体にかかっている点は容易に察知されよう。当時なお強く残存した文章観において、その柔弱さや弛緩性がしきりに危ぶまれていた文体が、ここでは恰好の対象と結びついてくるわけだが、ことはしかし、漢詩的な鋭角や硬質性に比して、右のごとき行文の柔和な口語調が、「自然を傷けて了う」度合いをはるかに軽減するといった側面にのみかかわりはしない。対句の鮮明さや大仰空疎な類似に頼らぬことが、それじたいとして「見たまゝ」「感じたまゝ」に近づくというだけの話でもない。ポイントは、その柔らかさや緩やかさが、描かれる対象と描く筆致とのあいだに擬似的な親密さを仮構する点にある。

一義的なのはこのとき、「見もし感じも」するその時間をゆったりと引き延ばす配慮にかかっている。右の場合なら、穏やかな歩行のリズムにそって、萱原に、その尾花の末に、畑に、林ごしの杉の小杜に、淡々しい雲や連山に、細長い池や枯蘆にむけ、瞳を「少しづゝ」移し託すこと。『忘れえぬ人々』（一八九八年）の名高い一節であれば、同じく、瀬戸内の小島の磯をあさる島人は、長閑な春の海面を「船の船首《へさき》が心地よい音をさせて水を切《きつ》て進行するにつれて」おもむろに見出されねばならない。つまり、視点の動きに、叙述じたいの時間性をなじませること。紅葉文にみる「行けば」、花袋文の「近《ちかづ》けば」といった紋切型をそのように緩めほぐしながら、移動と描写のリズムに親和的な紐帯を講ずるというこの配慮は、右とは逆に、視点を何かにじっと固定する場合にはとうぜん、時間の同様に持続的な推移とともに「少しづゝ」変化する対象を選ぶことになる。そのさい、山海の日の出や入日、刻々と形を変える雲や波、風になぶられる草木などが絶好の景物と化すことは、独歩のみならず、いわゆる「自然美」に目覚めた明治三十年代の若い書き手たちに広く顕著となる。彼らはそのとき、独歩の日記にみる「暮色漸く到り、林影漸く遠し」という簡潔な言葉を、五行、十行と引き延ばしながら、さかんに「自然を写す」ことになるだろう（＊2）。

たとえば、『武蔵野』と同時期、兄・蘇峰の主宰する「国民新聞」紙上に連載し「自然詩人」の声望を勝ちえた文章（「写生帖」）をふくむベストセラーで、徳富蘆花は、「利根の秋暁」をこう描いている。

暫くすると、小見川の方の空がぼうつと薔薇色になつて来た。と見ると、川面《かはづら》も薄紅を流して、ほやり〳〵水蒸気が見へて来た。実に迅《はや》い、瞬《まばた》きをする間もないのである。夜は川下の方へ流れて、曙の光は四辺《あたり》に満ち満ちて居る。鶏は猶鳴きつゞける。空と水の薔薇色が少し褪《うつろ》ふ。忽ち晃々《きら〳〵》と眼《(ま)》ばゆき光が水に流れる。ふり顧《(かへ)》り見れば、朝日は杲々《かう〳〵》として今息栖の宮の森の梢を離れたのである。

（『自然と人生』一九〇〇年）[6]

同じ頃、『落梅集』に収められた「雲」（一九〇〇年）から『千曲川のスケッチ』（一九一一年）にむかう島崎藤村もやはり、はじめは文語脈を残し、やがてこなれの良い口語調のもと、時刻や季節とともに移り変わる周囲の風光に、しきりと目を向けることになる。田山花袋の叙景性にも同様の変化が刻まれてくるのだが、他方ではしかし、独歩の文脈から意図的に転用した先の一語を（もっとも単純な次元で）復誦するなら、そのようにして「真の叙景文」になじまんとする者には、「嘘」（＝「物語」）が書きにくくなるのだ。

なぜなら、まず、馬琴から硯友社全盛期にいたる日本小説の「趣向」を鼓舞しつづけた最たる要素は、風景の漢詩化の場合と同様、作中におき何かと何かが対をなすことであり、何かと何かが類似することにほかならぬからだ。馬琴「稗史七則」の用語にしたがうなら、「自然美」からもっとも疎遠なのは、現代小説においてもなお無視しがたい誘発力を維持してあるその「照応」「反対」の組成力であるわけだが、一般的にはさらに、加速性を基本とする「物語」時制における、時間単位の連接や転倒・輻輳といった「人工」の複雑さが、「天工」に背いてしまう。そこに配分される人物相互の幾多の関係性についても同断である。とすればなおのこと、明治三十年代初頭の「自然美」への志向は、何にもまして「物語」(＝「嘘」)と出会いそびれる傾斜をふくまざるをえぬのだが、一事がしかし成りゆきの大本、すなわち、その一章に「あひゞき」をふくむ『猟人日記』の作家当人についても同様であったことは、急いで注記しておく必要がある。

或はまた四辺《あたり》一面俄かに薄暗くなりだして、瞬く間に物のあいろも見えなくなり、樺の木立ちも、降り積ツた儘でまだ日の眼に逢はぬ雲のやうに、白くおぼろに霞む――と小雨が忍びやかに、怪し気に、私語するやうにパラ〳〵と降ツて通ツた。樺の木の葉は著しく光沢《つや》は褪めてゐても流石に尚ほ青かツた、が只そちこちに立つ稚木のみは総て赤くも黄ろくも色づいて、をり〳〵日の光りが今《(い)》ま雨に濡れた計りの細枝の繁味を漏れて滑りながらに脱《ぬ》けて来るのをあびては、キラ〳〵ときらめいてゐた。

(二葉亭四迷訳「あひゞき」一八八八年)[7]

ベリンスキーがいち早くその非凡さを讃えて以来、ゴンチャロフが、従来の自然描写にはみられぬ「柔らかいビロードのようなタッチ」と記し[8]、同時代のフランスにおいて、メリメが「啓示」にみちた「独創的な」スケッチと呼べば、ドーデがまた、諸感覚の「交響楽」と称賛する作家である。その筆致が、右の独歩や蘆花、藤村や花袋らの若き日に決定的な影響を与えた点は日本近代文学史の常識に類しようが、たとえば花袋は、「明治文壇に於ける天然の新しい見方は、実にこの『あひびき』の飜訳に負ふところが多い」と回顧している。[9] 独歩にいたっては現に、その「微妙な叙景の筆の力」こそが、いまこうして自分に「かゝる落葉林の趣き」を教えたのだと断りながら、右をふくむツルゲーネフの数節を『武蔵野』中に引用してみせることになるわけだが、他方、あまり取り沙汰されぬ事柄として、短編集『猟人日記』（一八五二年）の成功から、本格的長編作家へと転じたツルゲーネフにきわだつのは、出来事の展開を講じてむしろ拙劣な組成技術なのだ。『ルージン』（一八五六年）、『貴族の巣』（五九年）、『その前夜』（六〇年）、『父と子』（六二年）、『けむり』（六七年）と連なる各種長物語の一編なりとも、実際に読んでみるがよい。少なくとも、ほぼ同世代のゴーゴリやドストエフスキーなどに親しんでいる者の大半は、そこでほとんど鼻白むに相違ない。もちろん、情熱じたいの空疎さを生きるルージンや、「父」の世代への鋭い反感を導くバザーロフの「ニヒリズム」をはじめ、みずから前途を切り開き、あるいは、相手の現在を翻弄する女性たち（『その前夜』のエレーナ、『けむり』のイリーナ）にせよ、作中人物の造型にはみるべきものはある。それが、「あひゞき」の叙景性とは別途また、二十世紀初頭の日本作家たちに与えた影響（田山花袋『春潮』一九〇三年、小栗風葉『青春』〇六年、等）を無視してよいものではないのだが、ここでの要は、そうした人物の生きる「物語」と、彼らが眼にする「風景」や「事物」とのあいだの極端な齟齬にある。

　この点は、友人でもある作家にたいし総じて点の甘いメリメでさえ、「やや緩慢すぎる筋の運びと細部描写の過剰」の不均衡に苦言を禁じえず（「イヴァン・ツルゲーネフ」一八六八年）[10]、はるか後年、たとえば『ロシア文学講義』のナボコフは、その「筋の運び」につき、さらに踏みこんだ指摘を呈することになるのだ。

亡命先の北米イサカの大学生を前に故国の大作家たちを語った名著において、右記の人々と同様、その繊細で柔らかな描写力（わけても、「光と影の特殊な結びつき」）への賛辞を惜しまぬ一方、「物語作者」としてのツルゲーネフの「わざとらしく、不器用ですらある」筆つきにふれるナボコフは、そこで以下の数点を掲げている。一に、この作家は「行動を避ける」（持続的な叙述のかたちでは人物の「行動」を描かぬ）こと。二に、頻繁に挿入される人物個々の「故事来歴」が、悪いことにはしばしば「物語の筋の展開部分にまで拡がって」しまうため、一場にそのつど奇妙な「小休止」をもたらすこと。三として、場面転換が「率直に言って古くさい」こと。四に、作品の大半を占める「会話」の多くが「機能本位」、つまり、人々の口を借りて「事件をまとめ、結果を知らせ、最終的な状況を叙述する」ために用いられること。このとき、総じて「痛々しいほど人工的」だと難ぜられるツルゲーネフ作品の特徴は、ほぼそのまま、いわば「馬琴の死霊」として、これまで幾度も指摘してきた近代日本小説の停滞部と重なってくる。たとえば二は、「稗史七則」にいう「襯染」（＝「起本来歴」）偏重の弊にほかならぬし、四は、同じ「七則」中の「省筆」における口述＝縮約化の機能に類する。三の実例も、三人称多元視界につきまとう生硬さとして注意を促してきたはずだが（今日の眼からも例外的な佳品たりえている『猟人日記』や『初恋』、後にふれる『ファースト』などは一人称視界に委ねられている――為念）、ナボコフはまた、「退屈な手法」としての（しかも、前代のレールモントフより下手だという）「立聞きの趣向」も見逃さぬのである。一の「行動」の問題は、それが作りだす種々の「関係」と「叙景」とのかかわりにおき、この場の主眼として以下に変奏してゆくが、大略このように翻るなら、半世紀ほどの時間を隔てて、日本の小説家はいま、ツルゲーネフ当人の抱えこんだ不和に直面しつつあるのだと、改めてそう要約することができる。

文学的想像力という点では、つまり、彼の描写技術の独創性に匹敵するような筋の展開を自然に発見するということに関しては、ツルゲーネフの文学的才能は不足なのである。
（『ロシア文学講義』一九八一年[11]）

では、どのようにして、この「不足」に対処すればよいのか？

「運命」の圧縮

このとき、『自然と人生』の蘆花はごく明白な方途に就く。「叙景」と「物語」を露骨に書き分けるという選択がそれで、事実、先のごとき風景スケッチの数々とともに、同書には「灰燼」「雨後の月」「断崖」といった小説類が収められているが、こちらは、別人が書いたかとおもわれるほどの古色を発しているのだ。ことはまた、『不如帰』（一九〇〇年）をはじめ、『思出の記』（一九〇一年）や『黒潮』（「第一篇」一九〇三年）などについても同断である。個々の詳細は割愛するが、その明治期随一のメロドラマも、ディケンズに擬した教養小説的な半自伝小説も、未完に終わった政治小説においても、あられもない「趣向」が随所に講じられ、作中人物たちはそこで、〈善／悪〉の端的な対をなし、馬琴的な偶会・偶接を繰りかえし、立聞きと覗きの仕草を忘れず、話者もまた目立って古風な挿評を厭わない。前掲のごとき鮮度を示しえた「叙景」の行文も、これらにおいては一転、「墨堤は青葉に埋《うづも》れ、花屋敷の梅子《ばいし》已に酸を帯ぶる今日此頃、牡丹老ひ、藤散りて菖蒲には猶早きを」[12]（『黒潮』第七章）といった類型になじんでしまうのだ。例外が皆無ではない。『不如帰』冒頭に記される伊香保の景観は、文語脈をとどめながらも相応のなめらかさに近づいているし、口語体の『思出の記』にも、『自然と人生』中の「自然に対する五分時」や「写生帖」の一節に挿入されてさほどの違和をきたさぬくだりが散見しはする。が、問題は、その例外性がかえって、これをふくむ長物語のあざとい起伏とのあいだで、抜きがたい不和をいっそう悪くきわだててしまう点にある。そもそも、離婚を強いられ久しく引き裂かれていた相愛男女の最後の出会いが、日清戦争さなかの東海道線上、軍務のため西へ向かう男と、近づきつつある死の床に臥すべく東へ帰る女との、列車の窓越し一瞬の呼びあい（「ま、良人《あなた》！」／「おゝ浪さん！」）を最大の山場とするような作品（『不如帰』「下篇（八）」）において、自然描写が「真」に寄り添ってしまうほうが、むしろ不自然なのだ。それくらいなら、先の紅葉文が直前の鮮烈な「夢」の場景とのあいだに示していたごとく、「叙景」はいっそ、嘱目とではなく、「物語」と進んで似てしまうほうがよい。

彼《か》の逆巻く波に分け入りし宮が、息絶えて浮び出でたりし其処の景色に、似たりとも酷《はなは》だ似たる岸の布置《たゝずまひ》、茂の状況《ありさま》（…）

（『金色夜叉』同前）[13]

こうした行文のほうが一場の均衡は保ちやすく、現に、この時期にいたるまで（また、その後も久しく)、巧拙を問わず同種の引例は枚挙に暇ないのだが、かかる大勢に傑出し、国木田独歩はすぐれて別途に就く。

すなわち、「物語」のほうを圧縮し、これを、『武蔵野』『忘れえぬ人々』において獲得した「自然」描写のなかに溶けこませること。言い換えるなら、風景にかんしては漢詩漢文脈の緊密な硬質さを緩めほぐすその度合いに伴って、「筋の運び」を逆に縮約するといった独特のバランスがそこに生ずること。典型として、『河霧』(一八九八年)、『鹿狩』(同年)、『画の悲み』(一九〇二年)、『少年の悲哀』(同年)、『春の鳥』(一九〇四年)、『波の音』(一九〇七年)、『渚』(同年)などを挙げることができよう。中村光夫が、「秋声をはじめ、自然主義の小説が劇の否定であるのにたいして、独歩の短編がそれぞれの形で劇を孕んでいる」ことに注意を促している[14]のもこの点にかかわるのだが、見逃しがたいのはむしろ、「風景」依存症とも称しうる偏向のなかに招致された「劇」の点描化の効果であり、かつ、圧縮された「劇」がそこで、好んで頓死や狂気の主題に絡みつづけている事実にある。

たとえば、秀作の評をいまに逸せぬ『春の鳥』の「白痴」の少年。「暖国」の豊かな風光につつまれた城跡の石垣の上から、その唐突さが「天使」めいた感銘を与えて、彼がどのように「劇」的な死に方をするか、知らぬ者はあるまい。少年時代の山猟場景に費やされる『鹿狩』の伸びやかな行文を結ぶのも、「不幸にも四五年前から気が狂つて」いる親戚の青年が「突然」鉄砲で自殺したという知らせであり、一報に「吃驚《びつくり》」するその「僕」と同様、久しぶりに帰郷した『画の悲み』の「自分」もまた、「驚くまいことか」、かつて写生画の腕を競いあった「朋友」の死報に虚を衝かれる。海辺の寒村に赴任した『波の音』の小学教師が、北風吹きつのる浜で目にした「異形のもの」は、夫が漁で溺死してより常軌を逸した「狂女」であり、命は取りとめたものの、生徒の少女は、何の前触れもなく「死にかけて」しまう。『渚』における転地療養先の夕暮れ、「心にしんみりと潜やかに流れこんだ心持」（傍点原文）をかみしめる「僕」の耳にはまた、「年頃五十計《ばかり》の狂婦《きちがひ》」の罵声が「突然」聞こえてくる。東京での生活に敗れ、「精根の泉を涸《か》らして」二十年ぶりに、岩国とおぼしき「岩――」なる地へと帰郷した『河霧』の主人公・豊吉も、懐かしい自然と人々の好意に迎えられ、生地での再起をはからんとするまさにその前夜、唐突に自死を遂げるだろう。

> 月は冴《さえ》に冴えてゐる。城山《じやうざん》は真黒な影を河に映してゐる。澱むで流るゝ辺りは鏡の如く、瀬をなして流るゝ処は月光砕けてぎら／＼輝《ひか》つてゐる。豊吉は夢心地になつて頻《しきり》に流《ながれ》を下つた。河舟の小さなのが岸に繫《つな》であつた。豊吉はこれに飛乗るや、纜《ともづな》を解《とい》て、棹《みざほ》を立《たて》た。昔の河遊びの手練が未だのこつて居て、船はする／＼と河心に出た。
>
> 遠く河すそを眺むれば、月の色の隈なきにつれて、河霧夢の如く淡く水面に浮《うかん》でゐる。豊吉はこれを望んで棹を振《ふる》つた。船いよ／＼下れば河霧次第に遠《とほざ》かつて行く。流の末は間もなく海である。
>
> 豊吉は遂に再び岩――に帰《かへつ》て来なかつた。尤も悲《かなしむ》だものはお花と源造であつた。（『河霧』[15]）

こうした不意討ちの呼吸は、いっけん、前章に詳述した樋口一葉の裁断性をおもわせはする。だが、『大つごもり』以来の作品風土におき、出来事の真めかした前後・因果関係への峻拒としてあった一葉の鋭利な手際は、同時に、彼女自身の旧作に顕著な題詠和歌的な自然描写にたいする大胆な切断をふくんでいたのだし、森鷗外の称賛する吉原界隈の「ロカアル、コロリット」をきわだてるために、『たけくらべ』の美登利は急に鬱ぎこんでみせたわけではないのだ。反して、豊吉はまさにこの「河霧」の印象をひきたてるためにこそ、あっけなく死に失せてゆくかにみえる。その死は翻ってまた、帰郷の日の次のような場景にも反照するだろう。

　川柳は日の光に其《(その)》長い青葉をきらめかして、風のそよぐ毎に黒い影と入り乱れてゐる。其冷《ひや》やかな蔭の水際に一人の丸く肥《ふと》ツた少年《こども》が釣を垂れて深い清い淵の水面を余念なく見てゐる。其少年を少し隔《はな》れて柳の株に腰かけて、一人の旅人、零落と疲労を其衣服《きもの》と容貌《かほ》に示し、夢みる如きまなざしをして少年を眺めてゐる。小川の水上の柳の上を遠く城山の石垣の頽《くづ》れたのが見える。秋の初で、空気は十分に澄むでゐる、日の光は十分に鮮かである。画《ゑ》だ！　意味の深い画である。（同右[16]）

中村光夫のいう「劇」はここで、かく意味深い「自然美」への触媒として作用するのであって、その逆ではない点に注意する必要がある。数の観念すらもたぬ「白痴」の少年が、ある日、城跡の石垣の上から「春の鳥」のように身を躍らせるのも、同じ理由による。作者の言によれば、「禽獣」にも「天使」にもまがうその少年には、豊後佐伯での教師時代に出会った実在のモデルが存在し、その「身の上話は皆な事実」だが、彼の「悲惨な最後」だけは自分の「想」に発するという[17]（「予が作品と事実」一九〇七年）。その「想」もやはり、あたりの風光をひときわあざやかかに紙幅に染みわたらせる方向に働くのであり、程度の差こそあれ、上記他作における不意のアクセントも、同じ傾斜にあやまたず加担するのだ。頓死と狂気の主題をもたぬものの、『少年の悲哀』の「僕」もやはり同じようにして、家の下男にこっそり連れだされた小さな港の「青楼」で、ひとりの遊女と出会わねばならない。十二歳の少年にとってはいかにも不得要領な彼女の「涙」もまた、川縁から入り江を滑りゆく小舟をつつむ夏の月夜を描いて、独歩におきもっとも秀逸な叙景文に数えうる四十行ほどのくだりへの絶妙の触媒となるわけだが、「死んだはうが何程《なんぼ》増しだか知れない」とさえ口にするその女性を、書き手はむろん、場合によっては他作のごとく、あっさり死なせても狂気に陥らせてもよいのだ。

そうした具合に熟してゆく作品風土にもたらされる不意のアクセントの数々を、ワーズワースに倣う独歩は、大自然のなかの「人情の幽音悲調」(The still, sad music of humanity) と呼び、汎神論的な哀感のもとに「文学」を志した当初から、これをまた終始「運命」と名指しつづける。『河霧』の村の予言者も逸した豊吉の末路は、「幾百年の間、人間の運命を眺めてゐた『杉の杜』」のみが知っていたことになるのだ。この作家を指して「運命の詩人」なる呼称が流布するゆえんだが、呼称はむしろ、美しい風景のなかに招じ入れられるや、人物たちは逆にそこで、頓死や狂気の「運命」的なアクセントを強いられるといった方向に理解されねばならない。そして、かかる「運命」の圧縮がさらにきわまるとき、柄谷行人の『日本近代文学の起源』(一九八〇年) が指摘するごとく、その一極では、人間そのものが端的に「風景」と化すことになるのだ。

そのうち船が或る小さな島を右舷に見て其《その》磯から十町とは離れない処を通るので僕は欄に寄り

何心《なにげ》なく其島を眺めてゐた。山の根がたの彼処此処に背の低い松が小杜を作つてゐるばかりで、見たところ畑もなく家らしいものも見えない。寂《しん》として淋びしい磯の退潮《ひきしほ》の痕が日に輝《ひか》つて、小さな波が水際を弄んでゐるらしく長い線《すぢ》が白刃のやうに光つては消えて居る。（…）と見るうち退潮の痕の日に輝つてゐる処に一人の人がゐるのが目についた。たしかに男である、又た小供でもない。何か頻りに拾つては籠か桶かに入れてゐるらしい。二三歩《ふたあしみあし》あるいてはしやがみ、そして何か拾つてゐる。自分は此《この》淋しい島かげの小さな磯を漁《あさ》つてゐる此人をぢつと眺めてゐた。船が進むにつれて人影が黒い点のやうになつて了つた、そのうち磯も山も島全体が霞の彼方に消えて了つた。その後今日が日まで殆ど十年の間、僕は何度此島かげの顔も知らない此人を憶ひ起したらう。これが僕の『忘れ得ぬ人々』の一人である。

（『忘れえぬ人々』[18]・傍点原文）

柄谷氏の名とともに人口に膾炙した一節をここに再記するのには、二つの理由がある。ひとつは、「近代文学」に到来したとされる「内面」なるものを扱って、言葉と言葉ならざるものとの間のたんなる反映関係ではなく、それが、ほかならぬ言葉のただなかで、いかなるものとの関係において場を持つ＝生起する（avoir lieu／take place）かという観点をふくむ氏の書物は、本章にも貴重なものであるからで、ここでは実際、「風景」をまさに右のように受けとめる場所そのものとして「内面」が出現してくるのだ。外にあるものが、こうしてしみじみと内の感触を創りだす。その転倒性こそが、先の「あひゞき」が日本の小説風土にもたらした新鮮な衝撃であった。十年の歳月を経て、その衝撃をかく自家薬籠中のものとなすところに、柄谷氏のいう独歩の真骨頂があるわけだが、当面の関心事に資する第二点は、依然むしろ、「叙景」と「嘘」（＝「劇」＝「運命」）との関係にある。後者の圧縮が前者をきわだて、圧縮の極点において人そのものがこうして風景と化す。とすればさらに、この関係にはとうぜん逆方向の傾斜があらわれるわけで、現に、「嘘」＝「劇」の肥大化に就くや、独歩もまたその他方の極に、蘆花の小説群に類した痕跡をまぬかれえぬことになるのだ。最初の小説作品たる『源おぢ』（一八九七年）の読本的「趣向」（ともに身寄りを失った老爺と乞食少年との対偶化、「正夢」の導く結末）はもとより、『酒中日記』（一九〇二年）、『運命論者』（同年）、『第三者』（〇三年）といった著名作品に看過できぬのは、この点にほかならない。

たとえば、作者の死の直後、『新潮』誌の編んだ追悼号（「国木田独歩」一九〇八年七月）で、独歩を「天才」と呼ぶ小山内薫が、「第一人称小説の開祖」の「傑れた」作品と名指す『運命論者』の中核をなしているのは、妻がじつは妹であったという（それじたい存分に読本的な）「運命の怪しき力」である。作中、その怪しさを知るにいたる経緯と、知ったあとの苦悶にまみれる男の「物語」に絡んで、冒頭部にたんなる背景画の役を与えられていた数行の「自然」が末尾一行に呼び戻されるとき、その一行はすでに、鎌倉滑川の日没ではなく、重度のアルコール中毒に冒された男の末路のほうに積極的にかかわろうとするのだ。

（…）日は既《すで》に落ちて余光華《はなや》かに夕《ゆふべ》の雲を染め、顧れば我《わが》運命論者は淋しき砂山の頂《いたゞき》に立って沖を遥《はるか》に眺《ながめ》て居た。
其後自分は此《この》男に遇《あは》ないのである。

（『運命論者』[19]）

今日の用語では、こうした場景は「心象風景」と呼ばれるわけだが、続く『第三者』にあっては、その種の「風景」すら行き場を失ってくる。この作品については、同じ追悼号で、徳田秋声が、人物が「潑溂として」活きている「性格小説《キャラクターノベル》」と称し、後に平野謙が、同じ素材を扱いながら前年の『鎌倉夫人』とは比較を絶した成功作とみなしている。[20]作品は確かに、別居中の一夫婦につき、妻の義兄と夫の友人とのあいだで交換される書簡体小説として、当時におき斬新かつ効果的な組成の冴えを示してはいる。一編はそこで、視線の外側にあるものこそが、かえって諄々とその内側の感触を作りだすという独歩的「風景描写」の間接性の効果を「劇」の側へと変奏しながら、「第三者」を介するがゆえに、当事者たちの動静が逆にきわだつといった効果をあげてはいるのだが、その効果にはしかし、「正夢」が絡み、頓死の主題が呼びこまれてくるのだ。この「薄運」の夫婦は、妻のみた「夢」のとおり、「第三者」の予期を裏切っていきなり心中する。そうした「余りに小説じみて、余りに事が突飛」なこの場所に、風景は果然その場所を持ちえぬことになるわけだ。この二作にくらべ当時からひとつ評価の下がる『酒中日記』においても、「物語」を鼓舞するのは、職にかかわる火急の金策叶わぬ小学教師が、路上で「全然《まるで》注文したやう」な札束入りの鞄を拾うという露骨な偶然や、置き引きの後ろめたさにかかわる「夢落ち」といった要素なのだ。そこにも反復されている頓死の光景（夫の所行を知ったゆえか、妻は、子供もろとも井戸に身を投げ、夫もまた酔って水死する）がきわだてるのは、自然美ではなく、「物語」の馬琴以来の色調である。

要するに、独歩もここで彼なりの書き分けを演じているわけだが、もとより、そのことじたいに非があるわけでない。注目すべきは、もっぱら「自然と人生」の関係にある。『運命論者』以下の三作は、この関係に独創的なアクセントを刻んだ作家自身による通俗的な反証として付記にあたいするというわけだが、後述に資して念を押すなら、個々の作品じたいが短いがゆえに、独歩の一群の作中において「運命」がしげしげと圧縮されるのだとみては、ことの本質を逸しよう。問題は、「叙景」と「物語」との混合比率にあり、その比率効果に作品全体の短さがきわだった印象を賦活することが肝心なのだ。ちなみに、数種文末詞の使用頻度の推移を軸に、「言文一致運動」にかかわる膨大な資料を渉猟した研究者に、山本正秀がいる（『近代文体発生の史的研究』『言文一致の歴史論考』等）。この山本氏のような浩瀚な根気の持ち主が、試みて同じく、明治二、三十年代の小説すべてについて、作中における叙景比率を精査してみれば一事はより判然となるはずだが、即席の試算によれば、二葉亭四迷『浮雲』においては1％にすぎぬその数値が、右の『春の鳥』では10％、『河霧』16％、『鹿狩』『少年の悲哀』『渚』はともに約25％、『忘れえぬ人々』では32％に達している。では、そうした高比率におき如上あざやかに和解しあっていた「自然と人生」が、独歩ほどではないにせよ、たとえば6％をこえる叙景比率を保ちつづけ、かつ、その風景描写にも主人公の生きる物語にもかたがた傑出した鮮度を示す長編小説においては、いかなる関係を示すことになるのか？――信州の風光のなかに、出自のもたらす「悲惨な運命」を導き入れた島崎藤村『破戒』に一瞥を要する事由は、そこにかかっている。

『破戒』あるいは「内面」機能

文体と内容の両面におき、『浮雲』から発する明治文学二十年間の記念碑的達成とされる『破戒』は、同時に、爾後の日本小説の岐路を占うものとして、その内実を後世にしばしば問われてきた。「告白小説」か、「社会小説」か？　だが、この種の問いは往々にして、皮相かつ胡乱である。その「社会」性が、虚構のたんなる色彩のみに測りえぬものであるように、小説作品における「内面」も、筆記に先だってあるものがやがてそこに表出されるといった単純な次元に見出されて済むものではないからだ。表出ではなく、それは、筆記とともに産出されるものであり、産出はしばしば、これに種々の機能を与えずにはいない。たとえば『ドン・キホーテ』を語るシクロフスキーは、性格や知能はおろか、「小説の流れとともに、その風貌までも変えてしまう」主人公のうちに、相互に離散的な数々の挿話を「統一」するための機能を看取していた[21]（『散文の理論』一九二五年）。これを受けて、F・ジェームソンは、『ハムレット』の主役が狂っているのも、シェークスピア他作品中からプロットのいくつもの小片をこの場の一身に呼びこまねばならぬからだと指摘する[22]（『言語の牢獄』一九七二年）。とすればさらに、デンマークの王子の、太って息切れのするあの身体（"He's fat, and, scant of breath"）とて——たんに、初演俳優の体軀や当時の身体観とのかかわり（河合祥一郎『ハムレットは太っていた！』参照）のみならず——むしろ、そのブキッシュな過食のなせるわざだと考えてみたくもなる。現に、第一章でふれた西鶴『好色一代女』の主人公が、大名の愛妾から夜鷹まで、三十近くの職＝場を遍歴する過程で示していたのは同種の心身であったのだが、同じことはいま、『破戒』にかんして一考されてもよい。かりにこの作品において、「告白」にあたいする「内面」が切に描かれているとするなら、問われるべきは、それが、組成《テクスト》のいかなる場所に位置を持ち、他のどのようなものとのあいだに、どんな関係を促すかという点にあるのだ、と。

たとえば、北信濃の風景のなかに長くしみじみと位置づけられるとき、瀬川丑松なる人物の「内面」には、奇妙な多幸感がもたらされる。

（…）山を愛するのは丑松の性分で、斯うして斯の大傾斜大谿谷の光景《ありさま》を眺めたり、又は斯の山間に住む信州人の素朴な風俗と生活とを考へたりして、岩石の多い凸凹《でこぼこ》した道を踏んで行つた時は、若々しい総身の血潮が胸を衝いて湧上るやうに感じた。今は飯山の空も遠く隔つた。どんなに丑松は山の吐く空気を呼吸して、暫時《しばらく》自分を忘れるといふ其楽しい心地に帰つたであらう。

山上の日没も美しく丑松の眼に映つた。次第に薄れて行く夕雲の反射を受けて、山々の色も幾度《いくたび》か変つたのである。赤は紫に。紫は灰色に。終《しまひ》には野も岡も暮れ、影は暗く谷から谷へ拡《（ひろが）》つて、最後の日の光は山の巓《いたゞき》にばかり輝くやうになつた。丁度天空の一角にあたつて、黄ばんで燃える灰色の雲のやうなは、浅間の煙の靡《なび》いたのであらう。　（島崎藤村『破戒』七章）

勤め先の飯山の町から「光の海を望むやうな可懐《なつか》しい故郷の空をさして」、根津村へと赴く帰村場面（七章〜十二章）には、かかるくだりが綿々と書きこまれ、一編における「叙景」の過半が——冒頭に引いた独歩文に寄せるなら、「蜀の山道」ではなくまさに「信濃の山水」として新鮮な印象をもたらしつつ——集中するわけだが、右の「楽しい心地」を奇妙なというのはほかでもない。この人物はいま、父親の急死の報を受け、しかも、日頃から「鋼鉄のやうに」壮健きわまりない慈父の、その死因も分からぬままに北国街道を急いでいるのだ。そうした火急の旅人の目に、あたりの風光がかくも「美しく」映えること。同様の不均衡は、途上ゆくりなくも行きあわせた猪子蓮太郎と、葬式の後に改めて連れだち、故郷の風光を眺めわたして過ごしたその「温《あた》暖《か》な小春の半日」のような「楽しい経験」は、丑松の身におき「さう幾度もあらうとは思はれなかつた」といったくだり（八章）のほか、三、四を数える。他方、この帰村場面の冒頭には、こちらはむろん納得のゆく要約があらかじめ記されているのだ。「それは忘れることの出来ないほど寂しい旅であつた」（七章）、と。

　では、父親の唐突で無残な死が六章分もの長きにしきりと招き寄せる「風景」のただなかで、丑松はいったい「楽しい」のか「寂しい」のか？

　なるほど、この人物は、「胸の中に戦ふ懊悩を感ずれば感ずる程、余計に他界《そと》の自然は活々として、身に染みるやうに」できてはいるらしい（四章）。「天長節」の日、かねて私淑する蓮太郎の病報が新聞紙上にもたらされ「突然新しい悲痛《かなしみ》」を覚えたおりも、校庭の一隅で、丑松は同時に、ツルゲーネフふうに「時々私語《さゝや》くやうに枝を渡る微風の音にも胸を踴《をど》らせ」ることを忘れぬし、その場景はさらに、次のように締めくくられるのだ。

> 動揺する地上の影は幾度か丑松を驚かした。日の光は秋風に送られて、かれ〴〵な桜の霜葉をうつくしくして見せる。蕭条とした草木の凋落は一層先輩の薄命を冥想させる種となつた。
> （五章）

つまり、独歩的な触媒としての「懊悩」？　だが、問題はここでも「デクリー」にあり、自分の出自や先輩の「薄命」にまつわる悲嘆が「他界《そと》の自然」をいっそうひきたてるという関係が、ここでそれとして妥当な印象を生み出すのは、叙景全体の節度にかかっているのだ。対して、帰村場面では、「他界《そと》の自然」がほしいままに引き延ばされつづけるがゆえに、美しい風景のなかに位置する「楽しさ」が、当人や父親の人生にかかわる悲嘆の切実さに、むしろ場違いな感触を余儀なくさせてしまう。この意味で、一編を手にした柳田国男が、その「天然の描写」には多大な感興をおぼえたが、「併しそれは寧ろ紀行文の面白味で、小説の面白味ではない」と記す[23]のは適確である（「『破戒』を評す」一九〇六年）。実際、丑松の故郷はそれほど顕著にあてどなく、作品全体から浮き上がってくるわけで、柳田評は、「近来の新発現」として「叙景に人事を想はせ、人事に運命を想はせる筆法」[24]を歓待する島村抱月（「『破戒』評」同年）を優に凌いでいるのだが、ありようにさらに目を凝らすためには、同じ主人公が他方の「人事」の場ではいかなる表情を示すかを確認しておかねばなるまい。

　こちらでは果たして、人と人、出来事と出来事とがさかんに似通い、あるいは、相互のあからさまな相違をきわだてながら、いくつもの対をなす。ともに雄勁な「男性《をとこ》の霊魂《たましひ》」を漲らせつつも、牧夫として自然のなかに身を沈めながら「隠せ」と厳命する父親と、同じ出自を公言（「我は穢多なり」）して社会に勇躍する先輩の存在が、作品の主題を形成する一対をなすことはいうまでもあるまい。古色のあざとさも辞せず、その父を殺した「種牛」の屠殺場面にわざわざ蓮太郎を立ち会わせるのも（十章）、同じ対偶の持続強化にかかわり、彼もやがて、牛ならぬ壮士の凶行に斃れるのだ。父の急死にまつわる「前兆」と同様に、蓮太郎のその受難も妻の「夢見」の悪さに導かれていた（二十章）。この蓮太郎の死こそが作品の山場を促すわけだが、このとき、悪名高いその土下座場面（二十一章）が、丑松の主体的な選択というよりは、テクスト内に成熟する組成力への応答、あるいは一種の点睛としてあらわれることに着目すればよい。

すなわち、一方には、類似の連鎖として、蓮華寺の「破戒」僧の二度にわたる同じ仕草（十七章、二十一章）がある。先だってまた、選挙のために蓮太郎を「道具に使用《つか》ふ」ライバルと、「新平民」六左衛門の金力に頼る自分とにさしたる違いもないと匂わせながら、互いの秘密についての黙契を求める高柳も、丑松の前で「畳の上へ手を突い」て、犬のように「平身低頭」していた（十三章）。他方には、蓮太郎と父親との一対間に差しわたされる可動的な交錯関係がある。出自を顕して生きることと、隠して生きること。この顕隠二極の中間に位置することに丑松の「懊悩」は発するのだが、たとえば、帰村中に僚友・銀之助の栄転の知らせを受けた小学教師は、「功名を慕ふ情熱」を抑えながらこう考えている。

（…）たとへ高等師範を卒業して、中学か師範校かの教員に成つたとしたところで、もしも蓮太郎のやうな目に逢つたら奈何する。何処まで行つても安心が出来ない。それよりは飯山あたりの田舎に隠れて、じつと辛抱して、義務年限の終りを待たう。其間に勉強して他の方面へ出る下地を作らう。（十一章）

ここで彼が、志願さえすれば選抜されたはずだという「高等師範を卒業して」逆になお隠しおおせる可能性も、同じくまた、「他の方面」へ出て身元を知られる可能性も、ふたつながらまったく考慮せぬ点に意を払えばよい。「功名」は必ず、出自を知られて師範学校の職を追われた蓮太郎と同じ命運に導き、父親のように「田舎に隠れて、じつと辛抱して」さえいれば、何をなそうと隠蔽の無事を全しうる。そうとしか考えられぬ者の前で、やがて父親が牛の角に刺されて死ぬと、丑松を引き裂く二極はそこで、顕して生きることと、隠しても刺されて死ぬことの対立に変ずる。次いで、他人（高柳）の秘密を暴露《さ》したために蓮太郎も殺《さ》される。すると、両々すでにその具現者の生身を欠いた対立は、顕すことも隠すことも、ともに死を招くといった致命的な緊張へと転じ、現に、露顕の危機は間近に押し寄せてきているのだ。このとき、先輩のように「放逐」されたら進んで「死」を選ぶという覚悟（十九章）を翻し、なお生きてありたいと思うなら、〈生〉を軸にした当初の対偶から、蓮太郎にも父にもない仕草を選ばねばならない。蓮太郎のごとく社会の非を高らかに攻撃するためではなく、周囲にむけおのれの非を卑屈に詫びるために、出自を（父親とは逆に、かつ、刺される前に）顕示するという選択がそれであり、蓮華寺から発する類似の組成力（土下座の連鎖）は、その選択を助勢するのだ。蓮太郎の死がもたらしたのは、それゆえ、みずから「思ひもよらなかつた」苛烈な決意というよりは、作品内の「人事」を主導してあらわに張り巡らされる組織力にたいする、丑松の一貫した忠実さである。作品後半部には「酷烈《はげ》しい、犯し難い社会《よのなか》の威力《ちから》」といった言葉が読まれる（十五章）。だが、一場に苛烈なのはむしろ「社会《テクスト》」の拘束力なのだ。

その「威力」に殉ずる点睛としての土下座場面《クライマックス》を生み出した後、対偶化の緊張を失いながら一気に脱力してゆく作品にかんしては、少なくともそうみるほうがよいのだが、この丑松の「運命」に添えられる「恋」についても——上記にくらべれば淡彩ながらも——ことは同断である。

蓮華寺のお志保と、花盛りの「林檎畠」で「互に初恋の私語《さゝやき》を取交した」幼なじみのお妻。二十四歳の青年の恋心とは、そこでもやはり、両者のあいだで揺れ動くことじたいの異称と化している（お志保の造型に生彩を欠くのはこれゆえである）。現に、故郷にあっては「不思議」と「一方のことを思出すと、きつと又た一方のことをも考へて居る」（十一章）彼は、蓮華寺に戻ればば戻ったで、折から不在のお志保の顔立ちを「顕然《はつきり》」とは思い浮かべられぬまま、「どうかすると、お妻と混同《ごつちや》になつて」しまうのだが（十二章）、ありようの詳細については割愛する。要は、この主人公の「近代的自我」なるものが、「功名」についても「恋」にかんしても、上記のごとき対偶のあいだに終始揺れ動きながら棲みつく点にある。棲みつきながら、物語の長さを支え、もろもろの対偶じたいをそのつど煽情化する機能として、その「内面」が生ずること。先の島村抱月がさすがに、「知巧上の分解、作為に陥つた所もある」と難ずるのも一事と無縁ではあるまい。二十年前の『浮雲』に比しても「はるかに見劣りのする人間造形力の希薄さ」を難じながら、中村光夫が次のように記すところも、同じ側面を確かに衝いてはいるのだ。

丑松は部落民の青年としてはっきりした客観性を持つには、あまりに作者の「主観的感慨」の傀儡でありすぎ、逆に作者の孤独な魂を托すべき人間としては社会の背景からの浮きだしかたが足りず、観察で組みあげられた淡すぎる影でしかありませんでした。

（中村光夫『風俗小説論』一九五〇年[25]）

だが、ここではむしろ、組成《テクスト》そのものの「傀儡」たる主人公のもとで、右のような「人事」の世界から、「風景」があてどなく「浮きだし」てしまう点が肝心なのだと復誦しておかねばならない。柳田国男のみならず、発表当時多くの耳目を惹いたその清新な「風景」そのものには——独歩のいう「真の叙景文」にふさわしく——いかなる対偶も生じぬからである。だからこそ、「人事」の場では、銀之助がしきりと気遣うその憂鬱な表情にたがわず、多分に神経症的な律儀さとともに定められた位置に立ちつづけ、その限りでは相応の「リアリティー」を保ちうる同じ人物の「内面」性が、故郷の風光にしみじみとまみれるや、とたんに機能不全に陥るのだ。結果、蓮太郎や高柳やお妻との遭遇をふくむその渦中、「四五日の間、丑松はうんと考へた積りであった。しかし、後になつて見ると、唯もう茫然《ぼんやり》するやうなことばかり」(十一章)なのだ。「叙景」と「嘘」との不和はつまり、ここにおいてひとつの飽和点に達しているのである。さながら、『武蔵野』の雑木林を満喫している人物が、「一種の生活と一種の自然とを配合して一種の光景を呈して居る」がゆえにかくも心に沁みるというその「場所」を信州の地に移して、いくらか分裂症めいて「一種」茫然自失しているような……。

……ならばいっそ、別の「自然」にまみれてしまえばよいというのが、『蒲団』における田山花袋の、日本小説の命運にかかって確かに斬新な選択となる。

「女の匂ひ」

蓮實重彥の大著になぞらえて、その生涯を(正確な対応関係も、文学史的な意義の相違も度外視してまで)フローベールのいない国のマクシム・デュ・カンとつい総括してみたくなる作家が

『蒲団』にいたるまでの経緯は、簡単に済ませておく。

花袋にあってもやはり、その「紀行文」の生硬さが――相互に遅速や色調のわずかな差こそあれ、『武蔵野』の独歩や『千曲川のスケッチ』の藤村と同様――なめらかな口語に開かれてゆくことは先に一言したが、小説作品にかんしては、緩やかなテンポを携えて叙景比率の高い短編中編におき、いずれも「才子佳人」ふうな恋愛譚のなかで、女はあっけなく死に、男はそのつど、いかにも他愛ない涙と感傷に耽りながら、しきりと「運命」を嘆くといった常態を押さえておけばたりよう。たとえば、『野の花』（一九〇一年）。硯友社一統の隆盛を横目にしたその「序」には、小説はしかし、いまや「人性の秘密でも、悪魔の私語でも、勝手次第に描く[26]」べきだという挑発的な言葉がみえながら、当の一編が描いているのも、依然として「千篇一律」（大町桂月）な舞台と人物と物語にすぎない。三年越しの「初恋」の相手に意中を告げられぬまま、隣家の娘の情にほだされる帰省中の大学生が、利根川べりの風光のなかで思い悩んだあげく、「二人から恋せられた為に自分は二人のどちらの恋をも得る事が出来なかつた。悲しいのは運命！」と結ばれるような作品である。この一編などが辛うじて注目されるといった程度の作歴に、『重右衛門の最後』（一九〇二年）がひとつの転機を刻むわけだが、ゾライズムの浅薄ながら応分の影響を同時期の藤村や小杉天外らと共有するこの作品においてようやく、「nature」＝「自然」が、あたりの「風景」と、じねんと熄みがたい「人性」（＝「獣性」）とへ明白に分離してくることは、文学史の語るとおりである（＊3）。ただし、分離はここで一種の平衡関係のもとにあり、側写的な一人称の担い手たる話者の眼に、両者は同等の比重で映ずることになる。甲州塩山の山村をつつむ夕日や星々や川音にしみじみと心を開く者は、同様にして、「その体の先天的不備」に助長された凶暴を恣行する無頼漢と、情夫でもある彼に命じられ村中に火をつけまわったあげくみずから焼死する娘の「獣の如き自然児」ぶりとをみつめ、さらには、「心底から露骨にあらはれた自然の発展」として、無頼漢を集団処刑したとおぼしき村人らを目のあたりにするのだ。「山中の平和」と「人生の巴渦《うづまき》」。同じ「自然《ネーチャー》」の一語のうちに分離する二態をそのように出会わせながら、この話者は、ことの顚末に「無限の悲感に打れて、殆ど涙も零《お》つるばかりに同情を濺がずには居られなかつた」というわけだが、こうした比重そのものが、『蒲団』においては綺麗に抹消されるといった方向に事態は進行するのである。作品の主人公・竹中時雄にとって、一方の「自然」はもはや、おのが身の味気なさを「更に」悪くひきたてるばかりなのだ。

> 家を引越歩いても面白くない、友人と語り合つても面白くない、外国小説を読み渉猟《あさ》つても満足が出来ぬ。いや、庭樹の繁り、雨の点滴、花の開落などといふ自然の状態さへ、平凡なる生活をして更に平凡ならしめるやうな気がして、身を置くに処は無いほど淋しかつた。道を歩いて常に見る若い美しい女、出来るならば新しい恋を為《し》たいと痛切に思つた。
>
> （田山花袋『蒲団』27）

「新しい恋」のためには、折から三人目の子を妊んでいる妻の産褥死を願うことすら辞さぬような三十六歳の主人公の前に、「ハイカラな新式な美しい女門下生」が登場する。その幸便の刺激が、「丁度自然の力が此身を圧迫するかのやうに」、中年男の枯れかかった色情を掻き立てつづけること。この「圧迫」が作品を主導する点は、出来事の概要ともども改めて断るにもおよぶまいが、注意したいのは、おのがじし逃れがたいその新たな「自然」＝「性慾」にまみれる男の感覚じたいに、ひとつの分離が生ずる事実にある。従来の「自然」を生きる者にとって、田園や山や雲に瞳を奪われ、草木の香りにひたり、光や風を素肌に浴びることは、とうぜん相互に浸透しあう体験としてあった。それゆえ、花袋をふくめ、この場に列挙してきた作家たちにとり、ツルゲーネフがひとしく（庶幾してたやすくは到りえぬ）新鮮な範たりえたわけだが、先のゴンチャロフのいう「柔らかいビロード」のごときタッチの内実を、ドーデのオマージュは実際こう書いていたのだ。

一般に、叙景といふことは、視覚だけを持つて、描写することに甘んじてゐるけれど、ツルゲーネフにあつては、嗅覚と聴覚とを持つてゐる。そしてそれらの彼の凡ゆる感覚は、相互に開かれた扉を持つてゐる。彼は、田野の香気、水の響、蒼穹の清澄さなどに陶酔してゐるので、その感覚の交響楽によつて虚心坦懐に何の偏りもなく、静かに揺り動かされるまゝになつてゐる。（ドーデ『巴里の三十年』一八八八年[28]）

ところが、『蒲団』の「自然」のなかで、主人公は逆に、見ることと触れることの両極に端的に引き裂かれながら、終始そのあいだで、激しく「揺り動かされるまゝになつてゐる」のだ。

一方には、愛弟子・芳子の姿に見惚れると同時に――丑松の邪な同僚・文平さながら、「絶えず物を穿鑿する」ような「眼付」（『破戒』二章）で――彼女の挙措を窺いつづける時雄がいる。

岡山への二度目の帰省からの復路、京都で同宿したという青年・田中とのあいだには、本当に

「汚れた行為」はなかったのか？　芳子の後を追うように上京、そのまま彼女の下宿に出入りし、みかねて再び引き取った自宅にまでしらじらと顔をみせる田中とは、その後も「神聖なる恋」のまま、来るべき他日にむけ互いに修行専一の日々を送っているのかどうか？「何をしたか解らん」、「何を為て居るか解らぬ」。執拗な猜疑にかられ、自分宛の手紙にある些細な文言にも気を立て（「私共とは何だ」）、あげくは、「芳子の不在を窺つて、監督といふ口実の下に其良心を押へて、こつそり机の抽出やら文箱やらを」あさり、田中からの来信のなかに「接吻の痕、性慾の痕」を探らんともするこの穿鑿者は、他方ではもちろん、彼女との情交をひそかに切望している。これまでに二度あったという折りには「躊躇したが」、「三度来る機会、四度来る機会を待つて」遂げようという欲望は、「堕落女学生」としての相手の正体がいよいよ顕わになりかけるや、挫けるどころか、いつまでも脳裏を離れぬその「嬌態」ともども、翻ってさらに励起するのである（「其位なら、――あの男に身を任せて居た位なら、何も其の処女の節操を尊ぶには当らなかつた。自分も大胆に手を出して、性慾の満足を買へば好かつた」）。にもかかわらず、表むきは、愛弟子にたいする文学および人生の師たる姿勢を崩さず、彼女の「恋」の「温情なる保護者」に徹する主人公。その穿鑿のサスペンスと、「満足」の宙吊りそれじたいの愉悦《マゾヒズム》を滲ませ、わずかだが後年の谷崎潤一郎の作中人物をおもわせぬでもないこの時雄を指して、島村抱月が即座に、醜い出来事に好んで筆をつけながら「心」を描こうとはせぬ「近時の」傾向にあって、『蒲団』の作者は逆に「醜なる心を書いて事を書かなかつた」（「『蒲団』評」一九〇七年）と記す[29]ことになるのだが、このとき、特筆すべきはほかでもない。要はつまり、主人公の「醜なる心」が、右のような「眼」と「肌」の中間地帯、つまり嗅覚の領分に最後までその棲みかを見出している点にある

（「言ふに言はれぬ香水のかをり、肉のかをり、女のかをり」）。――果然、証拠を嗅ぎまわる穿鑿者のもとでは比喩の域にとどまっていた同じ感覚は、当時におきいかにも衝撃的な直叙として、一編の結末を飾ることになるのだ。


（…）別れた日のやうに東の窓の雨戸を一枚明《あけ》ると、光線は流るゝやうに射し込んだ。机、書《ほん》箱《ばこ》、罎、紅皿、依然として元の儘《まゝ》で、恋しい人は何時《いつ》もの様に学校に行つて居るのではないかと思はれる。時雄は机の抽手《ひきだし》を明けて見た。古い油の染みたリボンが其中に捨てゝあつた。時雄はそれを取つて匂を嗅いだ。暫くして立上つて襖《ふすま》を明けて見た。大きな柳行李が三個細引《ほそびき》で送るばかりに絡《から》げてあつて、其向ふに、芳子が常に用ゐて居た蒲団――萌黄唐草の敷蒲団と、綿の厚く入つた同し模様の夜着《よぎ》とが重ねられてあつた。時雄はそれを引出した。女のなつかしい油の匂ひと汗のにほひとが言ひも知らず時雄の胸をときめかした。夜着の襟の天鵞絨《びろうど》の際立つて汚れて居るのに顔を押付けて、心のゆくばかりなつかしい女の匂ひを嗅いだ。

性慾と悲哀と絶望とが忽《たちま》ち時雄の胸を襲つた。時雄は其蒲団を敷き、夜着をかけ、冷めたい汚れた天鵞絨の襟に顔を埋めて泣いた。

薄暗い一室、戸外《おもて》には風が吹暴《ふきあ》れて居た。（『蒲団』[30]）

この場面が、芳子の「恋人」の存在を知って自棄酒を浴び、「妻君の被けた蒲団を着たまゝ」便所のなかで目を剝いて横臥するという前半部の光景と絶妙な平仄をなしている点も、むろん逸しがたい。また、射しこんだ「光線」が失せるまで、この男が「何を為て居るか解らぬ」ようでは、『物語のディスクール』の「頻度」の章で、ジュネットのいう「括復法《レシ・イテラティフ》」、すなわち、作中で「n度生起したことをただ一度だけで物語る（あるいはむしろ、ただの一度で物語る）」叙述技法[31]への反応にもとることとも、併せて指摘しておく必要はあろう。だが、何より肝心なのは、丑松のもとでは、収穫時の畑の「藁によ」や、街道の土や、香ばしい茶や川魚のもとにあった「匂ひ」を、時雄がこうして、なまなまと横奪してしまう点にある。しかも、ゴンチャロフの比喩（「柔らかいビロード」）をゆくりなくもそのまま、芳子の肌の汚れをじかに滲ませた布地の襟もとに。

　ところで、かかる痴態にいたる男の顚末を描いて、この作品もまた、「運命」の一語を手放そうとはしない。「三度来る機会、四度来る機会」がもたらしうるのは「新なる運命」であり、最終的な処置を講ずるため、みずから呼び寄せた芳子の父親とともに、岡山から「運命の力は一刻毎に迫つて」くるのだ。芳子を見送る駅頭で、なお未練げに期待を寄せるのも、「運命」の「奇しき力」が、この後ひょっとして自分を利すかもしれぬわずかな可能性なのである。だが、盟友の独歩がつとに強調していたごとく――あるいは『野の花』の青年を嘆かせた恋人の不慮の病死（「肺病」）が他愛なくも正確に示していたように――人間の力ではいかんともしがたい定めをそう呼ぶとすれば、時雄の「運命」は逆に相手次第でどうにでもなるものにすぎず、現にここでは、「うかれ勝《がち》」で「虚栄心の高い」十九歳の文学少女の滲ませるその可動性こそが、最後まで時雄を誘惑しつづけているではないか。「嬌態」や「嘘」や、師たる男の欲望をどこかで嘗めきって「保護」を手に入れる奸計などに、『痴人の愛』の「ナオミ」性を（『卍』の綿貫めいた青年ともども）淡く忍ばせながら、可視と可触のあわいにたゆたうその「女の匂ひ」。

そうした曖昧浮薄なものに絡みやまぬ以上、いっけん厳めしく真面目くさった「運命」の一語もまた、「自然」→「性欲」の転義にしたがって別様の色調を妊みもつことになる。つまるところ、笑止千万！　この意味で、『自然主義盛衰史』（一九四八年）の正宗白鳥が伝聞として書き残す有名な挿話[32]は確かに貴重であり、遠くアメリカの地で、初出誌『新小説』を手に「二階から笑ひころげて下りて来て、『オイ見ろ、田山がこんな馬鹿なことを書いてる』と云つて、雑誌を突きつけた」という一人物は――この芳子に（本章と文脈を異にはすれ）「娼婦」性[33]を嗅ぎあてている『「帝国」の文学』の絓秀実と同様――『蒲団』の適確な読者だったといってよい。滑稽な風景がないように、賢い色欲もありえない。ひとたび発するや、如上やすやすと痴愚のきわみにいたらしめるその第二の「自然」に、それにふさわしい馬鹿げた「運命」をもたらして、一編はまさに――愛妻を失って泣いてばかりいる教授が、「泣き虫」転じて、「虫」そのものの蠢きで親友の妻に慕い寄るさまを描いた尾崎紅葉『多情多恨』（一八九七年）と並び――明治期異数の傑作と呼ぶにたる出来映えに達しているのである。

にもかかわらず、この『蒲団』が、「笑ひ」とは対蹠的な影響を自他に深くもたらしてしまうことは周知のとおりである。だが、その「告白」性にかんしても、「肉の人、赤裸々の人間の大胆なる懺悔録」（島村抱月）といった同時代の定式を真に受けるわけにはゆかない。そもそも、時雄に宛てた手紙の中で、自分の「秘密」をあからさまに懺悔してみせるのは、芳子のほうなのだ。

このとき、職業や年齢および家族構成などにかんする記述によればなるほど作者と似てはいる主人公が、一方ではしかし、ハウプトマンの戯曲『寂しき人々』をはじめ、渦中しきりと、しかも出来事の起伏にあわせるかのように、西欧文学作品を引き寄せている点を忘れてはなるまい。

いまだ成らぬ有為の著作を夢見ながら、自分を理解できぬ妻や家族に強い不満と寂寥をおぼえるフォケラートが、たまたま自宅に止宿する女学生・アンナと恋に陥るという『寂しき人々』の近しさはいうまでもなく、「肉のかをり、女のかをり」を間近に吸いこみつつ、時雄が「戦《ふる》へ」ながら手ほどきするのは、ツルゲーネフの書簡体小説『ファースト』の一段、人妻として再会したかつての求婚相手に旧愛やみがたき三十七歳の主人公が、ゲーテの一節を読み聞かせるや、思いがけぬ愛の告白を彼女から受け取るという山場なのだ。そのヴェーラの夫にも似た田中の存在を知って時雄がおのがじし嚙みしめるのは、同じ作者の『ルージン』がプーシキンから引き継いだ「superfluous man」(余計者)の主題にほかならない。上京した田中との対面後、芳子の懇願を容れて二人の「保護者」たるか否か決しかねたまま「言ふに言はれぬ寂しさ」に襲われる時雄の机上には、果然また、不可能な「第二の恋」の苦しみに老境の悲哀と嫉妬をあしらったモーパッサンの『死の如く強し』(作中では『死よりも強し』)が「開かれて」ある、といった具合である。ズーデルマンのマグダや、イプセンのノラにも似た「新しい婦人」たることを教え諭されている芳子もやはり、ツルゲーネフの『その前夜』(作中では英訳題『オン、ゼ、イブ』)を繙いては、田中との「運命」的な出会いを——彼女の英語力のなせるわざか、まったく筋違いに——回顧しながら、「其身を小説の中に置い」てみせるだろう。『破戒』もドストエフスキーの名作を下敷きにはしていた。だが、丑松がそこで熱心に読んでいたのは、猪子蓮太郎の『懺悔録』であって、『罪と罰』ではない。対して、愛弟子ともども、時雄がここで作品の外にあるいくつもの物語を参照している事実を銘記すればよい。同様にして、田山花袋なる実在人物も、彼らの世界の外にある。

つまり、時雄はここでも、西欧作家らの手になる他の物語と、花袋その人とのあいだに、それぞれにたいする類似や相違（＊4）をことごとに身に刻みながら棲みついているのだ。作品の内側にはすでに、その「眼」と「肌」とのあわいに揺れ動く人物があり、同じ存在が、外側にむけてはまた、西欧文学の生んだ作中人物たちへの模倣とも、作者自身の実生活の暴露とも取れるような別種の二極性をきわだてること。作品における内面的なものが、何ものかにたいする位置の煽情化として機能する事態が、こうして多層化する場所に立つがゆえに、この時雄には、『破戒』の青年教師には求めがたい生彩が賦活されるのだといってよい。とすれば、少なくともこのとき、先の一文で『破戒』との相違を説く中村光夫のごとく、『蒲団』一編に後年の「私小説」の創始を求めてしまうことは――創始の「倒錯」性につき、そこに鋭く批判的な所見が記されているとはいえ（＊5）――いかにも味気ない仕儀となるだろう。貴重なのは、たんに西欧「自然主義」のなかに密送された「ロマン主義」小説の主人公ではない。性欲なる第二の「自然」の強いる多層的な浮遊性のただなかで、いわば生真面目な痴愚を生きる中年男の様態こそ着目にあたいするわけだが、ありようはしかし、『生』、『妻』、『縁』と連なる直後の三部作（一九〇八、〇九、一〇年）においていともあっけなく終熄してしまう。作者は一転そこで、それぞれ、原銑之助、中村勤、服部清と呼び換える作中人物と自分との単調な等号ばかりをきわだて、等号に反応しうる読者をしきりに当てこんでみせるからである。

母親の半生、妻の初産、『蒲団』の若い男女の後日譚。これらをそれぞれ前景化する三部作について、多くを語る必要はないとおもう。『蒲団』同様に、なお三人称多元視界を維持しながら、作者当人との紐帯を露呈しつづける一人物（たとえば『縁』の清は、『蒲団』が自他にもたらした意義を、友人らと真剣に語りあっている）と、同程度の指示指標をもつ他の人物たちとが、ある意味ではきわめて淡々と横並びになる場所。その平板さを自称して、かつて「露骨なる描写」（一九〇四年）を標榜した作者は、あらたに「平面描写」と呼ぶことになる。これは技術史的には、広津柳浪が手がけた「客観」化、すなわち、話者「挿評」の排除、多用される「会話」部を繋ぎわたして一定の距離を維持する状況「説明」文の冷静さ、というよりむしろ、その「である」体語感の他所よそしさの洗練としてあらわれるのだが、そうした技術をはらむ諸作につき、さしあたり留意を要するのは、一点、この種の「平面《テクスト》」が、それにふさわしい退屈な読者をにわかに量産したことにある。換言すれば、読者のほうがそこで一様に、田山花袋なる実在人および縁者らの「実生活」にたいする穿鑿者と化す。その穿鑿がなぜ退屈かといえば、すでに詳述した『浮雲』の二葉亭四迷や『大つごもり』以降の樋口一葉の場合とはまったく対蹠的に、花袋の「平面」に惹き寄せられる者たちには、テクストの動きや組成にたいし、真に生産的な共謀性が毛ほども許されぬからだ。作品への参入の方向は、『蒲団』が世上に澎湃と惹起した新傾向の旗手として、書きながら生きることの真剣さと慢心とをあっさり混同した作家自身によって、あらかじめ定められている。定路に多少の倦怠が生じたと感ずるや、花袋はまた、時雄にあたる男と芳子にあたる娘とのあいだに強姦めいた情交が生じたことを仄めかす『ある朝』（一九一三年）のごとき作品をも、あえて辞さぬのである。この意味では、中村光夫が、『破戒』と『蒲団』とのあいだに見出す深甚な「岐路」は、そのじつ、『蒲団』の痴愚の生動と、『生』以下三部作の取り澄ました傲慢さとのあいだに看取されるべきものとなるわけだが、付けてこの点、同じ書き手のたとえば『田舎教師』（一九〇九年）がいまになお読むにたるのも、そこでは逆に、読者の穿鑿趣味に資する紐帯が解除されてあるからだといってよい。

花袋の「平面描写」が、広津柳浪的な「客観」化にたいして示す技術論的な優位は、主として、三人称多元視界をもつ話者が場面や人物たちに近づき遠ざかる寄りと引きのなめらかさと、その配分のリズムにかかっている。だが、この話者が、作者の実生活との露骨な紐帯を一人物のもとに繋ぎとめねばならぬ場合、描くべき場面や人物との距離の操作それじたいが、はじめから二次的な所与たらざるをえない。それが、作者当人への興味を当てこんで書かれている以上、一場を主導するのは技巧をこえた単調な密着の原理であるからだ。そこに、少なくとも花袋における「無技巧」の意義が生じてくるわけだが、逆にいえば、この原理の周囲には、花袋の作家人生への興味をもたぬ者にとってはほとんど無味乾燥な言葉たちが蝟集することになる。対して、志むなしく夭逝する小学教師の半生を描く『田舎教師』の場合、作者の「技巧」が相応の効果を発揮するといってよいのだが、わけても興味深いのは、この場にまた、本来の「自然」が回帰してくる点にある。先にいう叙景比率が12%に達する作中、日露開戦をふくむ五年ほどの歳月のなかで、さしたる波乱も生きずに病死してゆく青年。成りゆきのごく緩やかな起伏にみあう綿々たる叙景のテンポのなかで、独歩においては圧縮されていた「運命」それじたいの「風景」化が（かたがた相応の長さに開かれつつ）もたらされてくることを、これまでの文脈に照らして特記しておく必要がある。そこにはむろん、時雄にまといつく「女の匂ひ」は跡形もなく消え失せている。たまたま手に入れた一青年の「日記」に忠実に作り上げたという作者の言（『東京の三十年』一九一七年）を信ずるなら、そこだけは潤色を施したという遊郭通いの場景を取り巻くのは、「性慾」ではなく、ひときわ丹念に書きこまれる上州利根川べりの風光なのだ。結果、当初の「感傷」ならぬ静謐な「観照」性が全編に横溢するというのが、この作品にまつわる世評のかなめとなるわけだが、『破戒』における風景と人事の不和とも無縁なその静謐さについては、たとえば、細い筒口にむけてなめらかに窄まる漏斗器を思い浮かべてみるとよい。そこに、同じ粒質で二色の(互いに近しい緑色系の)砂が12対88の比率で流しこまれてある。筒口を開くと砂の最上部の面積はゆっくりと減じてゆくわけだが、同様にして、主人公の生活に与えられる季節ごと年ごとの記述量が、紙幅を逐って漸減するといった基本形がそこにあらわれると同時に、筒口から下り落ちるものには、砂時計のような定速が生じる。『田舎教師』の「観照」性とは、比喩的にはつまり、この定速の印象に大きく由来するといってもよいのだが、この点、一編の「平静な展開」を歓迎する吉田精一が次のように記すところは、それとして当を得ているだろう。

一体に平面描写の成功するのは、平凡なる人間の平凡な生活が、あまり多くの事件がなく展開して行く種類であつて、事件そのものの堆積や錯綜よりは、背景の徐々たる変化と展開の上に、情緒がそれとなく織りこまれるやうな場合である。

(「花袋文学の本質」一九五五年)[34]

これゆえ逆に、みずからを秀吉にも伊藤博文にも擬する非凡な人物に、騒々しい出来事を与える別の書き手は、「平面描写」を激しく否定することになるのだ。——最後に、その岩野泡鳴の「五部作」(『発展』『毒薬女』『放浪』『断橋』『憑き物』/初出一九一〇年~一八年、改稿一九年~二〇年・*6)の世界へと視界を転じておかねばなるまい。

「半獣」の妄動

（…）作者が先づ仲間の一人の気ぶんになつてしまうのである。それを甲乃ち主人公とすれば、作者は甲の気ぶんから、そしてこれを通して、他の仲間を観察し、甲として聞かないこと、見ないこと、若しくは感じないことは、すべてその主人公には未発見の世界や孤島の如きものとして、作者は知つてゐてもこれを割愛してしまうのだ。そして若し割愛したくなければ、その部分をも主人公の見聞感知してゐるやうに書く。（…）此態度は作者が甲（若しくは乙その他のでもただ一人に限る）に第三人称を与へてゐても、実際には甲をして自伝的に第一人称で物を云はせてゐるのと同前《ママ》だと見れば分りよからう。

（岩野泡鳴「現代将来の小説的発想を一新すべき僕の描写論」一九一八年[35]）

花袋の「散漫な平面的描写論」を作配する「多元」視点（＊7）に抗してかく揚言された「一元描写」論は、サルトルのモーリアック批判に二十年ほど先んじている。のみならず、明治小説全般に浸透しつづけた焦点化技術を「一新」して、遠く今日の書き手たちにまで共有されているという意味でも、これは特筆にあたいするものである。

ちなみに、これまで本書が用い、この後も踏襲する〈多元／一元〉の対立は、泡鳴のこの「描写論」に由来する。「三人称多元」小説は、一般的には「三人称客観」小説と呼ばれがちであるが、この呼称は採らない。〈多元／一元〉は純粋に小説技術の問題であるのにたいし、〈客観／主観〉は認識論のタームであるからだ。かつ、小説作品における「客観」も「主観」も、言葉の組成じたいが事後的（また、可動的）に作りだす効果にほかならない。この点への配慮も用語の選択にかかわっているのだが、当面のポイントはむろん、右のごとく定義された三人称「一元」視界が、泡鳴自身の小説風土にいかなる特性を賦活するかにある。

　これにかんしては、その「五部作」が、第二の「自然」たる「人性＝獣性」の主題と出来事の大枠とにおいて、『蒲団』の後続作品たらんとする点を先だって注記しておかねばなるまい。実際、妻と三人の子供をもつ四十男の主人公・田村義雄は、「女優の養成」を兼ねてひとりの美女を家業の下宿館へ呼び寄せたものの、彼女にあっさり去られた後、「自分の書斎兼寝室に残して行つた女の赤い包みを見ながら、その夜も、次ぎの夜も、にがい寂しい顔をしてゐた」男として登場するのだが、詩壇・劇壇・論壇に相応の名をなしている彼のもとにまた、清水鳥という二十一歳の女性が、「勉強の為め止宿」することになる。中途に挿まれる北海道での「放浪」生活を除けば、紀州田辺から上京したこの女性との関係が「五部作」全体の主軸をなし、「渠《かれ》自身の好きな芸術の道の一端にたづさはらせて置きたい」という当初の思惑が時を逐ってあらぬ方へとくずれ落ちてゆく腐れ縁を最終的に断ち切るのも、やはり、主人公の知らぬ間にお鳥と関係を持っていた若い学生の介入であり、作品末尾に読まれるのも、「縁切り状」を送りつけて「蒲団」にもぐりこむ主人公の姿なのだ。だが、こうした大枠を踏襲しながら、後続作品の主人公が生きつづけるのは、『蒲団』とはおよそ懸け離れた風土である。

　一事はとうぜん、『蒲団』の場合とは異なり、義雄とお鳥が出会って早々に関係をもつ点に発するのだが、先述に寄せて着目したいのは、「眼」と「肌」のあわいに滞留しつづける時雄が具体的な疾病をもたぬのに反し、この義雄にはまず「殆ど年中病気の絶えたことがない」身体が与えられてくる点にある。持病の肺尖カタルと心臓の動悸息切れに、国府津の「見ず転芸者」から移された淋病（その経緯は、すでに一九〇九年の一人称小説、同じ田村義雄を主役となす『耽溺』に描かれている）。さらには、痔と鼻づまり、歯痛、執筆中にほじりすぎ糜爛して利かなくなった片方の耳に加え、各種の生傷（「横丁の荷車にぶつかつた生傷」、「人力車で引き落された腕の痛み」、「電車に飛び乗りかけてしくじつた足の傷」）。それでも日夜、思索や執筆や遊興に耽って徹夜も辞せず、「それでこそ」人生なのだとかえって「心熱」を燃やしつつのるこの人物はそして、一方では極度の「近眼」であり、他方では、「触覚が特別に発達してゐる」のだ。彼が、「ひさし髪」のハイカラを気取りながら野良じみて不器量なお鳥に引かれるのは、何にもまして、その柔肌の無類の感触である（＊8）。自らは完治した淋病を移した彼女とのその後も、「ただ手足の触感ばかりによつて満足してゐた」義雄が、相手の言動に幾度も辟易・憤慨・変心しつつも一貫して未練を残すのは、生暖かくまといつく「肌のすベッこさ」であり、仄暗い「閨中」では、お鳥のその白肌の幻術か、「昼間むき出しの、押しつぶしたやうな、田舎くさい顔立ち」までが「物凄いほど奇麗」にみえる。逆にいえば、義雄の身体をみまう数々の負荷は、あげてこの「特別」な器官をいっそう鋭敏にするために刻まれているかにおもわれ、実際、積極的にそうみるほうがこの場にはつきづきしいのだ。というのも、対象との一定の距離を介する点にかけて視覚が「高等」であるとすれば、触覚の「下等」性そのままに、この義雄の周囲で、世界はなんともあけすけに膚接的な活気を呈しつづけ、活気はたえず、主人公にいわば触視的な軽挙妄動を強いるからである。

『蒲団』の時雄はひそかに妻の死を願っていた。だが、この義雄は、「時代に後れた蛆むし」たる年上の妻・千代子に面とむかって「早くくたばってしまへ！」と嘲るだけでなく、赤ん坊の死にさいしてすら、「血の気のなくなつた顔などア、手めへのを見てゐりや充分だ——手めへマイナス気ちがひイクオル死だ。子供は目をつぶつて、口に締りがなく、土色をして固くなつてるだらうが、そんなものも、もう、何度も見飽きてらア」と吐き捨てて文士仲間の待つ宴席に急ぐのだ。妻も負けてはいない。ことごとに夫の非を鳴らしながら、「変梃《へんてこ》な陰陽学」まじりのヒステリーをつのらせ、お鳥の隠し宿が変わるたびに嗅ぎあて押しかけては、宿主や近隣に夫とお鳥の関係を吹聴してまわるかとおもえば、彼らが出かけた劇場へ闖入し、友人や警官を巻きこんだ悶着を引きおこす。義雄の誘いにあっけなく応じたお鳥もお鳥で、相手の懐具合や心底を見抜きはじめるや、「馬鹿おやぢ！　意久地なし！　泣き味噌！　助平！」と容赦なく面罵し、淋病を移された後は、「治せ」「治せ」の連呼に、「あたいを本妻にせい！」という強要が混じり、あげくは、早く治すか本妻にするか、「して呉れんと、殺すぞ」と口走り、現にそうしかけるのだ。左は、そうした三者が、最初の隠れ家たる知人宅で繰り広げる光景の一部である。


『お前はよく向ふ見ず、向ふ見ずといふが、ね、おれの向ふ見ずは、いつもいつて聴かせる通り、一般人のやうな無自覚ではない。』

『自覚したものが下らない女などに夢中になれますか？』

『だから、人のやうな夢中ぢやアないのだ——身づから許して自己の光輝ある力を暗黒界のどん底までも拡張するので——』

『それがあなたの発展とかいふのでしようが、ね――いいえ、そんなことを云ふやうになつたのは、あなたはここ四五年前からですよ。わたしを茅ケ崎の海岸などへおツぽり出して置いて、さ、僅か十五円や二十円のお金で子供の二人や三人もの世話までさせ、（…）悪友と交際して、隠し女を持つて見たり、浜町遊びを覚えたりしたんです。』

『そりやア、お前、観察が足りないので――おれが「デカダン論」を書いた所以は、人間の光明界と暗黒界、云ひ換へれば、霊と肉とは自我実現に由つて合致《がふち》されるものだと分つたのだ。さうしておれの行動と努力とが各方面に大胆勇猛になつて来ただけのことだ。』

『そんな六ケしいことア分りませんが、ね、待ち合へ行つたり、目かけを持つたりしてイるものが――』

『めかけぢやない！』聴き咎めたのはお鳥だ。

『何です』と、今にも飛びかかりさうにして、『めかけぢやアありませんか？』

『違ふ！』

『めかけです！』

『違ふ！　女房が女房らしうせなんだから、人にまでこんな迷惑や病気などをかけるやうになつたのだ！』お鳥のこらへてゐたらしい怒りが一時にその目にまで燃えて出ようとした。そして向ふが飛びかかつて来れば覚悟があるぞといはぬばかりに、かの女は親ゆびを中に他の四本の指で握り固めた両手を、義雄がそれとなく見てゐると、いつでも自由に動かせるやうに構へた。

（『発展』「十二」）

「五部作」全編に横溢する活気を伝えて典型的なこの場面もまた、知人と義雄の継母の目の前で演じられていることを銘記すればよい。出来事はこの後、一方では妻の態度に辟易し、他方では、種々の悶着のはてに服毒自殺をはかりもするお鳥に業を煮やした義雄が、彼女や妻子を東京に残して樺太での起死回生の大実業に赴くも、あっけなく失敗していたずらに日を送る札幌へ、淋病が慢性化したお鳥が到来、万策尽き果てたすえの心中も未遂に終わり、相前後して東京に戻った二人はついに絶縁するといった具合に進む。前後一年半ほどの時間を閲するそうした成りゆきの節々でもやはり、膝を交える誰彼の区別もなく、義雄はたえず右のごとくあけすけに自己の悶着を人目に曝し、「ありのままをぶちまけて」しまうのだ。そのつど、第三者たちは過度の接近を強いられ、同時に、たまたま第三者の位置にたつ義雄もまた、しかじかの会話や場景に——先にみた「一元描写」の鉄則にそって——必要以上に近づかねばならない。義雄はそのようにして近ぢかと周囲を巻きこみ、周囲（とりわけ、お鳥や、札幌で馴染んだ遊郭女郎の男関係）に気を走らせ、時にみずから走り寄りもするのだが、この過接触の更新がたんに、愛人や友人らの挙動にまつわる嫉妬や疑念や不信を使嗾するだけなら、さして採るにたらない。重要なのは、膚接のあけすけさが、いたるところで齟齬と誤作動の弾みばかりを掻き立ててしまう点にある。なぜなら、右のやりとりにも明らかなごとく、義雄の「霊と肉」の合致ぶりを誰一人として理解せず、また、理解しようもないからだ。十二分に誇大妄想めいた自負や難解な理屈を高言し、異様なまでに不遜な人物は、女たちとの（傍目には世上ありふれて卑雑な）関係においても、友人・知人らとの（かくべつ奇とするにたらぬ）交友にかんしても、したがってたえず場違いな存在たりつづけている。にもかかわらず、彼は、触覚そのものであるかのような近さばかりを周囲に求めつづける。

場違いであるためには、その場にこそ居合わせねばならぬかのように。ちょうど、義雄の好むビリヤード台の上で、奏功を逸しつつも「然し当たることは善く当たる」四つ玉のごとき接触の更新が、そのつど、『蒲団』とは異質なユーモアをもたらすことはいうまでもない。

ところで、先の『ロシア文学講義』の著者は、ツルゲーネフならぬゴーゴリの章に忘れがたい警句を書きこんでいた。「宇宙的《コスミック》な」ものから、主格（「S」）を引き抜くや、一場はたちまち「喜劇的《コミック》な」ものに変ずるのだ、と（cosmic→comic）[36]。対して、この場では逆に、あられもなく驕り高ぶった「S」の独善的《ファロサントリック》な肥大化が、当人によれば自己と同義であるばかりか、その「帝王」なのだという「宇宙」に脱臼的な表情をもたらすのだといえばよいか。

このとき、義雄の「自我」なるものもまた、作品風土の中枢にかかわる独自の機能をおびてくることになるわけだが、ただし、丑松や時雄の場合とは異なり、ここでは二極性は破棄されている。義雄にとって肝心なのは、何かと何かのあいだに位置することではなく、何であれそれに近づき、触れ、かつ、併呑することにあるからだ。正しくは、併呑という名の摩擦を痛感すること。その触視的な刺激と理知とのまさに一元的《ユーモラス》な紐帯を指しながら、札幌の友人らの迷惑顔に囲まれ窮余の筆をつける論文に題して、義雄はしかし、これを「悲痛の哲理」と呼ぶことになるのだが、右の痴話喧嘩にいう「デカダン論」にあたる文章には、同じ紐帯が「霊獣合致」の名のもとで、つとにこう書かれてもいた。

この神秘的霊獣の主義は生命である、またその生命は直ちに実行である。この霊獣は偽聖偽賢の解脱説をあざ笑ふ。然し、これが霊と獣との二元的生物に見えては行かないので、自体を食つて自体を養ふ悲痛の相を呈し、たゞ内容がない表象の流転的刹那に現じた物でなければならない。

（『神秘的半獣主義』一九〇六年[37]）

人面馬体の「半獣」ケンタウロスにおのれを擬えつつこう語る者は、同時に、ショーペンハウエル経由の「表象」を「象徴」とあっさり混同しながら、その流転にかんして、「僕の所謂表象――英語のシムボル（Symbol）――とは、一つの表象がまた他の表象であるとの意」だと記し、その「奥」にいかなる「教訓」もふくまず、また、どんな「到達点」ももたぬような連携のなかで、「表象が表象を案内して、丁度盲人が盲人を手引く様に、時空といふ仮空的暗処をめぐり廻つて居る」のだという。[38]そうした「無目的」な場所における自食の悲痛こそが生の根拠にほかならぬという泡鳴の主張を義雄もここで共有してみせるわけだが、その義雄にとり、「象徴」はただし一貫して超越性を欠き、ボードレール流の彼岸志向（“Anywhere out of the world”）とはいたって無縁である。人にせよ物にせよ風景にせよ、何ものかの意義は、此岸のまったき至近（Now here）で、その至近性じたいを煽動する点においてのみ喰らい、喰らわれるべきものである。札幌の一、二の知人のごとく、「却つて実際に接近した為めに」そこから遠ざかるような者どもは「義雄の主張する哲理上、やがて自分の宇宙その物からも消えてしまうのだ」。また、すべてがなまなまと可触的でなければならぬ以上、読みようによってはラカン理論にいう「表象代理」（Vorstellungsrepräsentanz）の連鎖をおもわせぬでもないその転換・流転は、無意識ともとうぜん疎遠である。そのうえで、この〈表象＝象徴〉理論は同時に、高山樗牛流の本能充足説と「前期自然主義」における「獣性」志向とにたいする独自のアレンジとして大正期の「生命主義」

に連なるといった通説の域からも大きくはみだしてゆくのだが、さしあたり確認を要するのは、以下の二点である。

　すなわち、「悲痛」の糧はつまり何でもよいという点が、その一。そして、それがほかならぬ糧であるからには、「悲痛」は次から次へと到来せねばならぬことが、その二となる。

　第一点にかんしては、「芸術」も「実行」も等価だという確信が主人公を遠く北辺の地にまで到らしめる事実に顕著であるはずだ。『放浪』劈頭、その樺太で「自分の力に余る不慣れな事業をして、その着手前に友人どもから危ぶまれた通り、まんまと失敗し、殆ど文なしの身になつて、逃げるが如くこそ〳〵と北海道まで帰つて来た田村義雄だ」と、何故かふんぞりかえって札幌に姿をあらわす人物はまた、東京に残したお鳥への疑念や愛憎をつのらせながら、「人生の実行的文学に対すると同様、『恋も一種の事業だ』」と痛感する。かとおもえば、帰京費用を待ちわびる彼は、「然し旅費の来るのを待つのも一種の事業だらう、若し自分がそれに心身全体を投じてゐれば」と「剛情張つて」みせるのだ。なじんだはずの薄野の女郎・敷島にくらった「まわし部屋」で、彼女の部屋から漏れ伝わってくるざわめきに「心身全体を投じて」、「孤独の自己として自己の悲痛を食はざるを」えぬとき、一場はたとえば次のようなものとなる。

　その糧が、今は、乃《すなは》ち、敷島に対して残つてゐる恋だ。三味、太鼓の音だ。身づから踊り出したい様な空気だ。かういふものがすべて自己という蛸の手足で、それを義雄は喰ふよりほかに道がない。面白い様な而も悲痛惨憺の自己を手足のさきまで感じて、渠《かれ》は涙にむせびかけた。
　そして、三味や太鼓の音が絶えて、今度は女のひそ〳〵話の声が聴えると、何を語つてゐるのかと、渠は身を起して耳を澄ます。そして、それに男の太い声がまじると、がツかりした様にまた身を仰向けに横たへる。

渠はこんなに鋭敏に全身の努力を出したことは稀れなのだ。

（『断橋』「三」）

音曲につられて、気がつけば「自分も浮れた唄を歌つて」いる義雄は、『あ、こりや〳〵』と、踊り出しさう」にさえなるのだが、このとき、「糧」の如何を選ばぬこうした「努力」のただなかで、「痛みは即ち自分の真摯な快楽」に化すのだともいう人物が、右のごとき待機の姿勢を余儀なくされる点に留意せねばならない。実際、この義雄は作中じつにさまざまなものを待ちつづけているのだ。お鳥の淋病の治癒を待ち、彼女の帰宅や手紙や電報を待つ彼は、さらに、樺太に置き棄てた事業の後始末の成否を待ち、何種類もの金を待ち、北海道での実業再起に資すべく問い合わせた各種事業の見込みや、送りつけた原稿についての朗報などを待ちつづける。その姿勢じたいが「一種の事業」と化しもするわけだが、問題の第二点に絡んで重要なのは、たとえばそうした待機の外で何が起こっているのか、主人公には触知しえぬことにある。

「一元描写」なる視点技術が、義雄の「悲痛の哲理」とじかに膚接する事由がそこにある。先の「描写論」にいう「主人公には未発見の世界や孤島の如きもの」たちは、その間、義雄の独りよがりな「気ぶん」に覆われた至近の外で、別途それぞれの事情と思惑と経緯をかかえて控えてあり、それらへの未知こそが、時を得て至近に接する（つまり、〈表象〉の資格を付与される）者たちや物事との齟齬や誤作動の生気をひときわ高めるといった具合に、事態は更新されつづけるのだ。ゆえに、それらはある場合、義雄にとっては思いがけぬ不実さや冷淡さを担い、ある場合には、疑念や不信の同じく予期せぬアクセントを刻んで、結果として次から次へと、この触視的な風土を掻き立てることになるのだ。ある程度は察したつもりでいながら、心底に何を隠しもち、何を考え、何をするか、したか、しているか、その（いわば原理的《テクスチュアル》な）不明を他の誰にもまして強く担うがゆえに、義雄にとってお鳥が大をなすことはいうまでもあるまい。「生にばかり執着する」人物に、文字どおり致命的な脅威をもたらすのも、床を並べた彼女の不意の叫び声なのだ。


『あ、あッ』と最後に叫んで、かの女はつッ立ちあがつた。

『どうした？』義雄もはね起きる。

『死の！　一緒に死の！』

全く血の気がなくなつて、消し忘れたうす暗いランプの光りにかの女の額の真ッ青な色が見える。こちらには、それが、実際、死の命令者たる権威でもあるやうだ。（『憑き物』「九」）


花袋の『蒲団』では、愛弟子の言動を嗅ぎまわる時雄に主たる視点を委ねながらも、当の芳子のもとに、二度ほど焦点移動が講じられていた。先に一言しておいた回想場景がそのひとつにあたるが、ツルゲーネフを読みながら田中との思い出に耽る彼女の心内にも踏みこみうる同じ筆が、まさにそれを穿鑿する者へと移り戻るとき、一場にはいたずらな失調感が伴う事実に想致すればよい。翻って『浮雲』の第三篇に生じていたのも（その内実にはるかに生産的な側面がふくまれるとはいえ）同じ不備であり、二葉亭が参考にしたゴンチャロフの『断崖』に（こちらは端的に鼻白む欠陥として）露頭していたのも同様の事態であった（第二章参照）。そもそも、相手の心の「謎」を問題化する作品に、三人称多元視界は原理的に不利なのだ。よほどの力量に恵まれぬかぎりこの不利を明転しえぬことは、現代作家たちもまた誰彼となくしばしば証するところなのだが、そうした事例にたいし泡鳴作がきわだてるのは、しかし、たんなる技術論的な優位ばかりではない。復誦するなら、要はむしろ、技術的選択そのものがじかに主人公の糧と化す点にあり、実際、あらかじめ強く限定された世界に棲みつき、かつ、認識それじたいがたえず触視的な人物の生動にとって、まさしくその限定性こそが不可欠となるわけだが、付けて看過しがたいのは、かかる場所を生きる人物が、作中一貫して「刹那主義者」を自称する点にある。「生命」の本質とは刹那の燃焼に存するのだ、と。

　だが、刹那はこの場で、如上ふかぶかと持続の同義語と化している。待機それじたいが「一種の事業」でありうるのは、まさに、いっけん逆接的なこの紐帯にかかってくるのだが、義雄にとって、ことはまったき順接にほかならぬのだ。それがいかなる「目的」をも目指さぬ以上、「悲痛」はここで、繰りかえし場を持ちつづけるよりほかにおのれを肯定できぬからだ。持続的な刹那というものは確かにありえない。が、同時に、持続を前提とせぬ刹那もありえぬのだ。夜郎自大に猛々しく不遜である人物が、お鳥はもとより、敷島にたいしても、あるいは各種の実業計画、交友生活にかんしても、一方では多分に未練気な表情を隠さぬのはこれゆえである。逆にまた、先の「まわし部屋」の場景が、痛苦のきわまるや「女のことなどは寧ろ忘れられた」と結ばれるように、義雄が同時に、先刻まで心熱を傾けていたものを次の瞬間にはあっさり忘れ果てるという独特の性格反応を併せもつのも、このためである。その未練も、この健忘の反義語ではない。

現にこの場では、傍目にも実り薄なものへ執着することと、しばらくしてやって来る別の何かのために何かを積極的に忘れ去ることとが、親しげに共存しつづけ、互いに協働的でさえあるのだ。未練が緩慢な上げ潮であれば、健忘は急速な引き潮なのだと換言してもよい。このとき、刹那は不意の大波として到来し、義雄の「生命」は、そうした動きと文字どおり「一元」的に接しあっている。だからこそ彼は、作中最大の節目で、当人としては勇躍、傍目には軽挙妄動のきわみとして北辺の海に賭け、その樺太での海洋事業のために、家を抵当に入れ、妻子も愛人も置き去りにして起死回生を図らんとしたのだが、話はしかしこれで済んだわけではない。

というのも、作品風土それじたいの擬人化といってもよいかかる生き物が、何よりも「死」を恐れることは自明すぎる成りゆきである一方、同じ世界には他方また、ほかならぬその「死」の〈表象〉がしげしげと到来してくるからだ。――そのことが、ここにもまた（一種感動的なかたちで）回帰する本来の「自然」と絡みあいながら、この長編小説をさらに読みさしがたいものとするばかりか、「自然と人生」なる主題のもとに綴られてきた本章じたいにも、一応の首尾を与えてくれることになるだろう。

「断橋」と「寝雪」

ありようは、この一元的な持続の場の入り口付近、雑誌社に撮らせた書斎写真に、義雄が最初に「死の影」を受け止めるくだりからすでに顕著である。「夢にも見なかつた初めての経験」として、彼はふと、写真に「如何にも暗い」影をもたらした庭木の刈り込みを――死んで二月にもならぬ父親の代わりに——思い立ち、梅やあんずの繁りに梯子を立てかけ「唐ばさみ」をふるうのだが、「それが、何だか、渠自身の身を切り縮めてゐるやうな気が」して、急に梯子を降りて傍らの弟に庭ばさみを押しつけてしまう。その場面（『発展』「四」）には、なるほど、「この薄ぐらい樹かげに、父は、見えないが、まだ立つてゐるらしい」といった感慨が添えられてはいる。が、何かと頼りにはしていた亡父の影などという人並みな心理関係に目を奪われていては、要事を逸する。肝心なのは、水生であれ陸生であれ、如上ともかく十二分に人離れしたこの「半獣」の天敵がここで早くも集約的にあらわれている点にある。彼が手にした〈刃物〉とはまさに、接触＝持続の怨敵にほかならず、この場を導いた〈写真〉もまた、モデルとなった義雄自身に写像への二元的な（渡来時の迷信が脅かしていたような）分離を強いる装置ではないか。同じ不吉さは、〈影〉そのものの性格にも刻印されていよう。これも、一なるものに二への離断を強いるからだが、次いで、お鳥が義雄の淋病に感染したことが知れる晩の緊張を導くのも、たとえばその〈影〉と〈刃物〉の接触なのだ。すなわち、いつのまにか床を抜け出し、外出着をまとっているお鳥の渋面に殺気を感じた義雄は、すぐさま「寝床のまわりに刃物が出てはゐないかと」見回すのだし、深夜の街なかを医者を求めて歩く「二人の無言で投げる影」は、「四つにも五つ六つにも黒い地上に」写って、彼を脅迫するのである。「二三歩あとから附いて来るお鳥が、突然飛びかかつて来て、ナイフか何かの鋭利な刃物で自分の背中をつき刺しはしないかと云ふ疑ひ」をいだく義雄の目には、そして、「街灯のあかりのさし加減で」、彼女そのものが〈刃物〉じみてくる。

真ツ青でもいい。また、真ツ黒でもいい。が、その度毎に、かの女の顔からふツくらした肉附きが殺《そ》げて行くやうだ。

　家を出た時も既に筋肉の働らきがとまつたかのやうなこわい顔であつたが、一歩一歩、闇を抜けるに従つて、筋肉のうちに蔵してゐた刃物のやうな骨が現はれて来たのだらうかと思はれた。そして、もツと行くうちに、かの女の骨ぐみが全く刃物その物になつて、こちらの身につき刺さるのではないかと云ふ心配まで起つた。（『発展』「十二」）

　別の仄あかりのもとでは、この「ふツくらした肉附き」が「物凄いほど奇麗」にみえていたことを想起しよう。その肌の感触までが、街のひかりに抉られて〈刃物〉めく。それゆえこの直後、「大きなどぶ」のある場所にさしかかるや、彼はふいに、「この中へこの附き物を突き落して、暫らく身を隠してしまはうかとも」考えるのだが、このとき、お鳥が、痩身で面やつれした妻・千代子とほとんど似通いかけている点に意を払えば、いまひとつの〈表象〉に思い当たるはずで、妻の容貌中、夫がとりわけ唾棄しているのは、彼女の反りかえった大きな〈歯〉なのだ。あたかもそれが、みずからの風土を侮って許しがたく目障りな代物でもあるかのように、義雄は幾度となく、妻の「出ツ歯」にむけて平手を喰らわせる。そのつど歯茎に血を滲ませながらもいっこうに怯まぬ妻を、右と類似した路上場面で、彼はやはり大溝のなかに「転がし込む気に」なるのだが（『毒薬女』「七」）、そのくだりの緊張も、溝の「黒い水たまり」が死んだ母親の「おはぐろ」を連想させる一瞬から、いっさんに高まってくるのだ。この千代子はしかも、義雄らが、「毎あさ鉋や手斧を持つて」出かける「大工」の二階に身を寄せたころから、お鳥を「五寸釘」で呪っているらしいのだ。彼が当初の言を左右にして、お鳥を「裁縫学校」へやりたがらぬことも、一事と無縁ではあるまい。——そのようにして、一元的なものを引き裂き刺し貫く〈表象〉たちが増殖し接しあう事態前半部の切所として、お鳥が実際に「出歯包丁」を手にし、その「ひイやりした物」が義雄の喉もとを掠める場景（『毒薬女』「十二」）があらわれる。次いで、彼女の服毒自殺未遂（同「十六」）が起こるのだが、事態に辟易して起死回生を求めあっさり瓦解した樺太での一大事業もやはり、〈蟹〉の缶詰工場なのである。「出歯包丁」がただの刃物ではないように、この甲殻類もたんなる海産物ではない点を銘記すればよい。

「風景」についても同断である。

舞台が札幌に移ると、同地での無益な活動のひとつに道内視察旅行がふくまれるせいもあり、作中にはしばしば叙景行文が挿入されることになるのだが、日頃から「人間を離れて自然も天然もないと云ふ様な考へを持つて」いる主人公におき、余力あるかぎり、この「自然」もとうぜん併呑・咀嚼の対象と化す。たとえば、札幌の博物館わきで、「自分と云ふ物の心熱までが自分の目前にあらはれて」きたかのように立っている「アカダモ」の木に親しみを覚える者（『放浪』「二十三」）が、十勝原野の長い騎馬行に臨むや、簡潔な短文の刻むトロットのリズムとともに、風景たちはそこで次々と彼の「自覚内に這入つて」きて、原野の「秋色」は「おほパノラマの様な幻影」と化し、「義雄はこの幻影によつて実際の北海道を内的に抱擁してしまつたと思ふ」のだ（『断橋』「十一」）。ところが、百策百敗の果てさしもの人物に疲労がきわまると、そうした風景のなかにも天敵が闖入してくる。たとえば、友人の招聘で中学校の演壇に登り、前日横死した伊藤博文や、かつての太閤秀吉に己を擬えて満座の嘲笑を買うや、「おれは宇宙の帝王だ！　否、宇宙その物だ！　笑ふとはなんだ？」（『憑き物』「二」）と口走った激憤さめやらぬ者の目にするのは、博物館わきの同じ「アカダモ」が、そこでは「根から切り倒されて」いる光景なのだ（同「六」）。その一瞬、「それが自分の形骸ではないか」と感ずる人物が、お鳥との心中場所に選ぶのも果然また、豊平川の上で「傾斜中断」した「断橋」なのだが、〈表象〉としての景物にまつわるこの不吉な連絡にむけ、作品は、あらかじめ卓抜な細部を寄り添えている。十勝からの帰途にみる神居古潭の「羅曼的《ろまんちく》な釣り橋」の場景がそれで、原野ではヒグマも恐れぬ蛮勇を誇示しえた同じ人物が、「五人以上同時に渡るべからず」という書き付けを目に「をののき」ながら辛うじて紅葉の谿谷を渡りきるさい、自分ひとりの重みでも、「針がね」吊りのこの橋が「断絶しやしないかと恐れる」理由は、次のようなものなのだ。

　たとへば、百ポンドの重みに堪へるだけの綱に百ポンド以上をかければ、その場にぷツつりと切れてしまうのは明らかに分つてるが、その百ポンド以下をでもたび／＼かけてゐれば、しまひにはその綱は矢ツ張り切れるものだ。そしてその最後の切れ時には、たツた一ポンドだけを以つても結着がついてしまうだらう。

（『断橋』「十一」）

ここではつまり、あろうことか、加重の持続そのものが義雄を震え上がらせているのだ。糧であったものまでがこうして天敵めいてくるこの時点で、主人公の生命力はまさに危殆に瀕しているわけだが、絶妙なことに、彼が豊平川の「断橋」をはじめて遠望するのも、同じこの「釣り橋」の上からなのである。彼方には、洪水によってすでに断ち切られた鉄橋があり、ここには、「自分の脚下にうづ巻く底も知れない深淵」に差しわたされつつも、歳月の持続じたいがいま

「切れ時」をもたらしかねぬ吊り橋がある。このすぐれてテマティックな緊張感！　同種の事態はそして、作品のクライマックス、精根尽き果てた男女の心中場面に、さらなる生彩を反転的に賦活することになる。

月はくろ雲に隠れてしまつた。そして、その雲からいよ〳〵雪がちら〳〵やつて来た。義雄の遅い歩みが橋の上に進むと、お鳥は一間ばかり離れてついて来る。いづれも無言だ。そして、その無言の影二つは、歩《ほ》一歩《ぽ》、川なかのうへへ近づくのである。雲の切れ目から、月がちよツと横ざまに照らした。その照らしにはツきりと映つたのは、数丈高い空間に鉄材の構造が壟断された鼻である。

（『憑き物』「九」）

この間、義雄は「肝心のお鳥をさし置いて」昔の女との別離の光景を思い出し、お鳥もまた別事に思いを馳せているらしく、その様子に義雄が憎しみを覚えるも束の間——

『要吉さん、渡して』とお鳥はさながらもとの男に実際にからだを托すやうにして、とツ鼻から手とからだとを延ばす。

『あぶない！』から叫んで、義雄はかの女に抱き附いた時は、然し、もう、どうせ死ぬんだと覚悟してゐた。

二人は、抱き合つて薄やみの中を落ちた。

義雄はこの場に、自分の一生涯にあつたことをすべて今一度、一度期に、一閃光と輝やかせて見た。然しそれは下に落ちるまでの間のことで、——落ちて見ると、溺れる水もなかつた。怪我する岩石もなかつた。この冬中の寝雪として川床に積み重なつた雪のうへだ。　（同右）

　ちなみに、右を作者の実体験とみる正宗白鳥は、この「五部作を通じてのどん詰り」に「人の世の悲惨なる滑稽」を称賛してやまぬのだが[39]（「岩野泡鳴」一九二八年）、この場ではるかに感動的なのはほかでもない。「積み重なつた」寝雪のなかに、肌を接してすっぽりと抱きかかえられる主役たち！　天敵たちの連携ぶりに屈したかのように、神居古潭の場ではみずから敵側に列しかけていた持続的なものが、いま、まさに天佑としての本来の役割を降り積もった雪のうちに蘇らせること。その事実が、凡百の小説作品からは望みようもない印象を刻むことが、ここでいかにも貴重なのだ。国木田独歩の『河霧』の主人公も、同じように精根尽き果てていた。『春の鳥』の少年も、石垣の高みからこうして身を躍らせていた。だが、彼らの死が、周囲の風光への恰好の触媒と化していたのに反し、ここでは「自然」が主人公を蘇生させるのである。『破戒』における帰村場面とも、より一般的には志賀直哉『暗夜行路』の「大山の曙」を典型となすような事態とも、まったく別種の生動にしたがって。事実、この反転的な天佑に棹さすようにして、直後、雪のなかから「別々に」起きあがり、旧に変わらぬ口論まじりに宿へ引きかえしたその夜、義雄もまた、久しく中断していた論文「悲痛の哲理」に猛然と筆を走らせるだろう。

　先の「半獣」宣言をいまいちど想起しよう。天敵であれ天佑であれ、たんなる「象徴」の域をこえて「表象が表象を案内」するとは、まさにこうした次元の活力にほかならぬのだが、このとき、「五部作」が初出時にはそのじつ、三人称多元視界を踏襲していた事実が、改めてここにすこぶる重きをなすのである。

その初出稿を「一元描写」理論にそって改稿するにあたり、作者はとうぜん（題名や、題下の包括範囲の改編をふくむ）大幅な修正を施すことになる。正確には、その修正過程のなかで理論が同時に定着してゆくのだが、たとえば、右のクライマックスは当初はこう描かれていた。


水を見て居るのでもない。石を見てゐるのでもない。まして、降つて来た雪を見てゐるのでもない。

かの女が追つてゐるのは、二間も下に喰ひ違つた部分の方へ飛び渡《かへ》つたもとの所天《（をつと）》である。義雄はかの女をたゞじッと見つめてゐたが、かの女がまた精神錯乱を起したのだと気がついた。

『要吉さん、渡して』と、お鳥はあせつて、とツ鼻から手とからだとを延ばす。

『あぶない！』から叫んで、義雄はかの女に抱きつく。

二人は、抱き合つた、暗《やみ》の中を落ちた。

＊　＊　＊　＊　＊

『しまつた！』

『死ぬ！』

別々にかう思つて、二人とも、一生涯にあつたことが、すべて一度期《いちどき》に、暗に見開いた肉眼に浮んだ。


（「終篇寝雪」）

このくだりの直前箇所では、昔の女との「吾妻橋」上での別れを想起する義雄に並んで、お鳥は、紀州紀ノ川の「よく似てゐる」断橋における昔の男との愁嘆場をまざまざと思い出し、『どうせ、死ぬなら、義雄ばかりを生かしては置かん』と決心してゐる」のだが、彼此の奏功の一般的相違については復誦にはおよぶまい。確認すべきは、「断橋」がお鳥の側からもこうして別人のもとにも送付されるとき、その〈表象〉性が著しく弱化する点にある。到来じたいの鮮度を漲らせながら、〈表象〉たちは、ひとり義雄の至近で、転換し、連携し、あるいは反目すべきものであるからだ。さらに決定的なことは、このお鳥をはじめ、千代子にせよ伊藤博文にせよ、自分以外の人物たちの言動もまた、義雄にとっては大なり小なり喰うべき刹那刹那の〈表象〉としてあり、かつ、それらはあくまでも「無内容」であるがゆえに、これと膚接する義雄のみが、その意義を「自覚」すべき到来物たらねばならない。である以上、その〈表象〉たちの心内描写などは、別途きわだって、作品風土そのものの最たる天敵と化すだろう。粗暴放胆にみえて、岩野泡鳴はそのじつ精緻に理知的な作家でもある。少なくとも自作にたいする明敏きわまりない批評性を備えた者によるこの判断において、彼の「一元描写」は、視点技術のたんなる「一新」をこえた活力をこの「五部作」にもたらすことになるのだ、と、そう確言することができる。

付けて、お鳥をはじめ別人への焦点移動箇所の削除を中心とするその修正過程で、くだんの「釣り橋」の場景には逆に、豊平川の「断橋」が加筆されている事実も逸しがたい。この場景は、心中場面でいまいちど想起されている。このとき、初出段階では、危殆に瀕した生にたいするたんなる〈象徴〉の域に止まっていた〈表象〉たちがなまなまと接しあってくることになるわけだが、この他、さまざまと興味深い修正の詳細は割愛するとすれば、「半獣」宣言に寄せて残るは一点のみとなる。すなわち、前史にあたる『耽溺』をふくめれば、同じ田村義雄を描いて、〈一人称→三人称多元→三人称一元〉と「転換」する泡鳴の作品風土そのものが「自体を食つて自体を養ふ」比類ない場所と化すのだ、と。

もとより、一方では、作中に引用される詩編や論文を介して、この義雄は作者その人との紐帯を、花袋の『蒲団』以上に色濃くとどめている。これゆえ、先の正宗白鳥をはじめ、『岩野泡鳴伝』（一九三八年）の舟橋聖一や、この作に「ひとつの偉大な私小説、あるいは私小説の原型」[40]を求める平野謙があらわれもするのだが、紐帯の一語はここではしかし、作者と主人公とのあいだではなく、書くことと読むこととの、如上はるかに至近で結ばれる関係にむけて口にされねばなるまい。——この点を確認できれば、正宗白鳥らの思いこみに反して、心中未遂のあった「天長節」当日まで、現実の札幌は降雪をみなかった事実を研究書を引いて紹介することも、あるいは、お鳥との最終的な縁切りをもたらした若者が、「写真学校」の学生であったことを書き添えたところで、次元こそ異なれ、かたがた贅言に類しよう。

女房はとくに死んで、あとには十三になる男の子が一人あつた。そこへどうした事情であつたか、同じ歳くらゐの小娘を貰つて来て、山の炭焼小屋で一緒に育てゝ居た。其子たちの名前はもう私も忘れてしまつた。何としても炭は売れず、何度里へ降りても、いつも一合の米も手に入らなかつた。最後の日にも空手で戻つて来て、餓ゑきつて居る小さい者の顔を見るのがつらさに、すつと小屋の奥へ入つて昼寝をしてしまつた。

眼がさめて見ると、小屋の口一ぱいに夕日がさして居た。秋の末の事であつたと謂ふ。二人の子供がその日当りの処にしやがんで、頻りに何かして居るので、傍へ行つて見たら、一生懸命に仕事に使ふ大きな斧を磨いで居た。阿爺《おとう》、此でわしたちを殺して呉れと謂つたさうである。さうして入口の材木を枕にして、二人ながら仰向けに寝たさうである。それを見るとくら〳〵として、前後の考も無く二人の首を打落してしまつた。それで自分は死ぬことが出来なくて、やがて捕へられて牢に入れられた。

（柳田国男『山の人生』[41]）

その起伏の差はともあれ、たとえばこの「人生」を引き延ばすとき、あるいは逆に、この「夕日」にさらに五行、十行、数十行、数十枚の長さを与えるとき、もしくは、ともに長引かせる場合、小説はいかなる相貌を呈するか？　本章はつまり、ある意味ではごく単純に即物的なこの問いにむけ言葉を費やしてきたことになるのだが、少なからぬ人々がかつて、右一文に並の小説にはない「リアリティー」を感じ、いまも感じていることは周知のとおりである。極言すればしかし、正岡子規の「写生」句の奏功がそうであったように、これが「リアル」なのは、文章がたんに短いからである。反してこのとき、小説とはまさに、かつてもいまも言葉の持続《ながさ》に開かれ、立ち煩い、歓待される場の異称たりつづけねばならぬのだ。

第五章　反りの合わぬ夫婦たち
——夏目漱石のフォルマリズム

「(…)一遍起つた事は何時《いつ》迄《まで》も続くのさ。たゞ色々な形に変るから他《ひと》にも自分にも解らなくなる丈の事さ」

——夏目漱石『道草』

猫の「読心術」?

夏目漱石のデビュー作『吾輩は猫である』(一九〇五年一月〜〇六年八月・以下『猫』)は当初、その第「一」回分のみ、すなわち、「吾輩は猫である。名前はまだ無い」に始まり「名前はまだつけて呉《く》れないが、欲をいつても際限がないから生涯此《この》教師の家で無名の猫で終る積りだ」と結ばれる小品として、『ホトトギス』誌に掲げられたものである。周囲の好評と慫慂が続編化を導く。結果、十一回分の長きに及ぶことになるわけだが、前世紀初頭の日本にあって多彩な小説作品を生みだした作家につき、これから数点、その技術の根深さを測ってゆこうとする者にまず興味深いのは、『猫』の長さに赴くにあたり、書き手がそこで、画然たるレヴェルの転換を連続的に講じている事実にある。第「二」回、水島寒月が第「一」回の読者として登場してくる点がそのひとつとなる。

「あゝ其《その》猫が例のですか、中々肥つてるぢやありませんか、夫《それ》なら車屋の黒にだつて負けさうもありませんね、立派なものだ」

あっさりそう口にする人物と踵を接して、当の猫もまた、その回の序盤には保たれていた敷居（「人間の心理程解し難いものはない。此主人の今の心は怒つて居るのだか、浮かれて居るのだか」、「ちつとも分らない」）を軽々と跨ぎ越して、同回終盤では早くも、迷亭からの賀状を手にした主人・苦沙弥の心中をさかんに読み取りはじめる。

いつになく出が真面目だと主人が思ふ。（…）成程あの男の事だから正月は遊び廻《まは》るのに忙がしいに違ひないと、主人は腹の中で迷亭君に同意する。

正確にはこのとき、読者＝寒月の参入は、後に「読心術」と名づけられる猫の主導的能力への先触れとして機能するとみるほうがよいのだが、両者の先後軽重はさしあたり問わずにおく。要は、一方は作中人物として、他方は一人称の話者として、両者がここで、「小説」に庶幾される真らしさを攪拌しあって連動している点にある。寒月に即して一般化すれば、ここにはつまり、とある作品の話者が、一人もしくは複数の作中人物の心を読む（描く）ように、作中人物の一部もまた話者の言葉を読む（知る）といった越境的な逆流が顕在化されており、常ならぬその流れに棹さしながら、話者＝猫もやはり、与えられた一人称の制約を踏み破りはじめるのだといえばよいか。ともかく、この第「二」回におき、こうして大胆に切り開かれた筆紙の振幅をまってはじめて、「趣向もなく、構造もなく、尾頭の心元なき海鼠の様な文章」[1]（『猫』上篇自序）の生気にみちた持続が（たんに太平楽な無駄話の飄逸味をこえて）導かれてくるのだが、作品を繙く誰もがこの要所に苦もなく応じてしまうのは、もちろん、人語を話す猫という法外な設定に依る。すでに猫が語り始めているのだから、そこにどんなことが起ころうが異とするにはたらぬといった了解が、すべてに優先するわけだ。

同じく、たとえば二年後の『夢十夜』（一九〇八年）でも、盲いた子供はよく似た呼吸で、その始末を案ずる者の心中に応じて「ふゝん」と笑う（「第三夜」）。目の前で酒を呑む老爺の「年」を自問する少年の傍らにすっと登場する「神《かみ》さん」も、即座にまた、「御爺さんは幾年《いくつ》かね」と口を開いてみせるのだが（「第四夜」）、この場合も、文字どおり「夢」の枠組みが事態をなめらかに不問に付すことになるだろう。――ならば、『草枕』（一九〇六年九月）の次のような遣り取りをどう考えればよいか？　とある山中の湯宿に逗留する画工が、謎めいた美女・那美を前に、G・メレディスの小説を読み聴かせながら「非人情」の一語を口に出す場面、その末尾のくだりである。

「その鏡の池へ、わたしも行きたいんだが……」

「行つて御覧なさい」

「画にかくに好《い》い所ですか」

「身を投げるに好い所です」

「身はまだ中々投げない積りです」

「私は近々投げるかも知れません」

余りに女としては思ひ切つた冗談だから、余は不図《ふと》顔を上げた。女は存外慥《たし》かである。

「私が身を投げて浮いて居る所を——苦しんで浮いてる所ぢやないんです——やす〳〵と往生して浮いて居る所を——奇麗な画にかいて下さい」

「え？」

「驚ろいた、驚ろいた、驚ろいたでせう」

女はすらりと立ち上る。三歩にして尽くる部屋の入口を出るとき、顧みてにこりと笑つた。

茫然たる事多時。


（『草枕』「九」）

先だって画工は、峠の茶屋で耳にした話から、まだ会いもせぬこの女性に「オフエリヤの合掌して水の上を流れて行く姿」をふと思い寄せ（「二」）、彼女が「苦しい様子もなく、笑ひながら、うたひながら、行末《ゆくへ》も知らず流れを下る」夢をみており（「三」）、その思念も夢も、彼の心内にのみ属するものとして記されていた。その事実を銘記すればよいのだが、この場合とて、那美が身におびる「気狂《きちがひ》」の色調が物をいうかもしれない。ある種の疾患にあっては、自他の心の「境」がこんなふうに消失するではないか、と。だが、何を書こうが、書くこととそれじたいが、時あってやすやすと「夢」や「狂気」に類する逸脱を使嗾してしまうとすれば……!?

……そう記して、この場に改めて前々章の末尾を繋ぎ寄せてみたいのだが、現に、その箇所で引いた泉鏡花の名作『春昼』『春昼後刻』(一九〇六年十一月〜十二月)の後半部にしどけない姿をみせる美貌の人妻も、右とまったく同様の「読心術」を披露して、久能谷を訪れた旅の「散策子」の虚を深々と衝いていたのだった。

一言もなく……しばらくして、

「ぢや、然う云ふ方がおあんなさるんですね、」と僅に一方へ切抜けようとした。

「御存じの癖に。」

と、伏兵大《おほ》いに起る。

「えゝ、」

「御存じの癖に。」

「今お目にかゝつたばかり、お名も何も存じませんのに、どうしてそんな事が分ります。」

(『春昼後刻』[2])


この「えゝ」はむろん、肯定辞ではなく、画工と同じ驚嘆語である。このとき、路上でたまたま行きあわせた相手に、悩ましい胸襟を「恍惚《うつとり》」と開きながら、自分には死んでも会いたい人がいるのだと切りだす女性と、言葉も交わさぬまま彼女に焦がれ死んだその青年とのあいだの「恋の奇瑞」を、「散策子」はそのじつ、宿坊の僧の口からすでに聞き知っていた(『春昼』)。ゆえに、彼が知っていることを知らぬはずの女性は、那美と同じ流儀で図星を刺してみせるわけだが、玉脇みをという名の彼女もやはり「気疾《きやみ》」を発していた。その照応といい、春蘭の舞台を彩る自然美といい、ともに遊民ふうの男たちといい、何よりも、すでに書かれているものにたいするこの既読的な反応といい、互いに親しげな二作品はしかも、同じ年の同じ雑誌『新小説』にわずか一号を隔てて並びあっているのだ。この近しさ（＊1）をどう考えるか？　それは少なくとも、「反自然主義文学」なる粗雑な用語の域に収まるものではない、という点から始めたいとおもう。

鏡花を読む漱石

そもそも、一種の異界参入譚としてある『草枕』が、鏡花一流の系譜に連なることは明白である。那美は、『龍潭譚』（一八九六年）、『高野聖』（一九〇〇年）、『薬草取』（〇三年）などにみる山姫めいた表情を隠さぬし、彼女の息づく温泉場じたいもまた、たとえば直近の鏡花作『銀短冊』（〇五年四月）とのあいだで、その意図的な変奏といってよい照応を示しているのだ。『草枕』の名場面に、画工のつかる湯煙のなかに裸身をさらす那美（「七」）と、真紅の深山椿がきりもなく落ちかかる「鏡が池」（「十」）がある。鋭い笑い声を残して身を翻す前者の妖しさも、かつて彼女の祖先にあたる美女を呑みこみ、いまも「血を塗つた、人魂の様」な椿の色に染めつくされる後者の不吉さをも、二つながらたんに「うつくしい画題」とみなすこと。その独自の距離感に、画工のいう「非人情」が発揮されるわけだが、これに先んじ、有情にみちた鏡花の一編は、「山の閑静な湯治場」で、画工と同様「仰向けに長くなつて」湯につかる主人公の目前に「白う、綿をふつくりと積んだ」ような「朦朧とした」女性の裸身を映してみせる。[3] その女性は、那美と同じく夫と離れて久しい。彼女とその子供を誘って小舟を浮かべた山腹の「人捕沼」にも、「椿」ならぬ「鰻鯰」が水面を圧して「百も、二百も」ぬめぬめと犇めいている。不慮の弾みで子供がその沼に溺死して以来、女は東京に戻り、男は、大学出の「学者」転じて、北陸の雪深い山中に念仏三昧の生活を送る。この男女の「悪縁」を主軸とし、そこに、土地の芸妓をめぐる主人公の兄と弟との血なまぐさい確執や、くだんの女性とともに山里にあらわれた陸軍将校の過去と前途をからめる中編小説は、鏡花としては二級以下の出来映えにとどまるのだが、この作品を手にする漱石は、果然いくつかの批判と留保を添えながらも、作者に呈してしかし、「日本一の文学者」なる評語を寄せているのだ。

　鏡花の銀短冊といふのを読んだ。不自然を極め、ヒネくレを尽し、執拗の天才をのこりなく発揮して居る。鏡花が解脱すれば日本一の文学者であるに惜しいものだ。文章も警句が非常に多いと同時に凝り過ぎた。変梃な一風のハイカラがつた所が非常に多い。玉だらけ疵だらけな文章だ。

（野村伝四宛書簡・一九〇五年四月二日）[4]

同作への言及は公の談話記事にも残されてある（「批評家の立場」・『新潮』一九〇五年六月号）。右にいう「疵」として「草双紙時代の思想と明治時代の思想とを綴ぎはぎした」点を指摘するその一文では、私信よりはさすがに点を甘め、「然し確かに天才だ」という賞賛に継いで、「古沼の飽くまで錆にふりたものだと見たものが、鯰の群で蠢動《うご》めいてゐるなどは余程の奇想だ。若しこの人が解脱したなら、恐らく天下一品だらう」と記されている。[5] 公私二様の文言に繰りかえされる「解脱」の一語については後にふれるが、管見のかぎりでは、あまたの漱石論者はもとより、鏡花の愛読者たちにとっても無きにひとしい一編におき、漱石の目にはしかし、この「古沼」とともに、湯煙のなかの裸女もまた、「玉」の優なるものとみなされたことは容易に察知されよう。彼女はしかも那美と同様、言葉ひとつ交わさぬ初手より、行きずりの主人公の意中を察していたというのだ（「はじめから私の生命は貴下に上げました気だものを」）。

この近しさにかんしては、右談話の採録者が、誌面に註して「夏目先生は小説『幻影の盾』の著者なり、ある点に於て『銀短冊』の著者と同一趣味を有す」[6]と即座に記すところでもあるのだが、別途たとえばその『幻影の盾』が、盾の中央部の鏡の表面を介して、騎士ウィリアムの苦難にみちた〈ここ〉を、はるか南方の至福の〈他所〉へと送りだしていたことを想起するとよい。同じ鏡は、『薤露行』のシャロットの女のもとでは逆に、楼外の「活ける世」のすべてを〈ここ〉へ映しだしてある。『倫敦塔』では、二十世紀の「塔」内を巡る者の「想像」や「空想」を介して、その目前に、血なまぐさい〈過去〉の光景が次々と到来する。これらとともに単行本『漾虚集』（一九〇六年）に収められた『琴のそら音』も、戦地の夫の手にした鏡に死にぎわの愛妻の姿を映し寄せ、『趣味の遺伝』が問うているのも、過去が現在に憑依する可能性にほかならない。『文鳥』（〇八年）の小鳥も「昔の女」をいくども「自分」の書斎へ呼び寄せるわけだが、〈他所〉と〈ここ〉とのかかる交接もやはり、当初の「観念小説」を脱皮したこの時期から終生にわたり、鏡花の酷愛した小説技法のひとつなのだ。「過去」であれ、「夢」や「空想」であれ、遠く隔たった「別所」の出来事であれ、「伝聞」や「伝承」の類であれ、ひとたびそれが書かれてしまった以上ただでは済まないといった成りゆきは、鏡花作品の常態に近い。現に、多分に見え透いた「趣向」ながら、旅の二人づれを前に、山小屋の老人が出来事を語り聴かせるという構図をもった『銀短冊』においても、東京にいるはずの話題の主がそのじつ、当の二人づれとしてこの場で話に耳を傾けているのだ。このとき、その一編にくらべるならはるかに洗練されたかたちで、『草枕』にもまた次のようなくだりが書きこまれてくる点に着目すればよい。手にしたメレディス作品の一句を「かの瞬時、熱き一滴の血に似たる瞬時、女の手を確《しか》と把りたる瞬時が大濤の如くに揺れる」と訳読するやいなや、轟音とともに「地震」が起きるという運びがそれである。

轟と音がして山の樹が悉く鳴る。思はず顔を見合はす途端に、机の上の一輪挿に活けた、椿がふら〳〵と揺れる。「地震！」と小声で叫んだ女は、膝を崩して余の机に靠《よ》りかゝる。御互の身軀がすれ〳〵に動く。キヽーと鋭どい羽搏《はばたき》をして一羽の雉子が藪の中から飛び出す。

（「九」）

厳密にいえば、この運びは、訳文について男女が口にする「動詞」の一語に中継されてもいるのだが、その精妙な配慮については割愛する。要は、この場合は書中の比喩として〈他所〉にあるもの（「大濤《おほなみ》」）が、座敷の〈ここ〉にこうして憑依する点にあり、やはり鏡花をおもわせるこの生動が、さらに、『銀短冊』と『春昼』の女性たちに酷似した那美の「読心術」へと隣接することが見逃しがたいのだ。

ある意味では、簡単な話である。しかじかの指標のもとに〈他所／ここ〉として隔てられていたところで、それらは共にいま・ここで踵を接して読まれている。その近さが縁取りの拘束を凌ぎうるといった傾斜は、いかなる小説にも潜在し、同様にして、その思念や夢想が、いかに一人物の心内に秘められてあろうが、それもまたすでに読まれている以上、原理的には無傷ではありえない。この事態は、たとえば大澤真幸が印象派の「筆触分割」と「見る者の視覚」とのあいだに見出した関係（＊2）に親しいものであるが、話柄を他領域へと押し広げることが、ここでの本意ではない。また、「小説」なる場に固有の傾斜を共有して、『草枕』や『漾虚集』の漱石が、鏡花とのあいだに示す「同一趣味」を指摘することのみが問題なのではない。さしあたり肝心なのは逆に、そうした両者間の鮮明な相違点にあり、ことはそこで以下の二点に集約されよう。

　すなわち、右にかぎらず、書く（読む）ことのはらむいくつもの原理的《ラディカル》な傾斜につき、鏡花はほとんど意にも介さず――旧小著の表題「幻影の杼機」をF・ガタリふうに換言すれば、その「機械状無意識」において――自家薬籠中のものとなすのにたいし、漱石は、ことの初めからありようをほぼ知悉していたという対比が、その一。さらに、その傾斜への処理にかかわる分岐性が、その二となる。

　第一点にかんしては、十八、九世紀の英文学を中心に比較的オーソドックスな作品を対象化した『文学論』（一九〇七年）の著者である以上に、漱石が、その文学的履歴をL・スターンの奇想天外な書物への卓抜な読解力と見識を示す評論（「トリストラム、シャンデー」一八九七年）から刻んだ事実が重きをなす。実際、ニーチェによれば「あらゆる時代を通じて最も自由な著作家」（＊3）の手になる未完小説『トリストラム・シャンディー』（一七六〇年～六七年）において、「自伝」の体裁を採りながら、主人公（？）の受胎から誕生までに全九巻中のほぼ三分の一が費やされるような脱線につぐ脱線の弾みのなかで、読者はいくども作中人物化され、一人称の輪郭を自由に跨ぎ越す話者は、父親、叔父、叔父の従卒、牧師といった主要人物はおろか、ほんの脇役の心中までも細ごまと読み取ってみせる。〈ここ〉と〈他所〉はいくつものレヴェルで交錯し、語られる過去の光景からすれば他所にあるはずの語り手の時空が、四十年前、八十年前、数世紀、十数世紀前の、あまたのエピソードを放恣に遮って一場に出入りするといった様相がその最たるものとなる。その他、『散文の理論』のシクロフスキーにいわせれば、この未完小説は、多様な側面におき「形式の自覚が小説の内容をも作りだしている」ような事態[7]、つまり、D・デフォーの『ロビンソン・クルーソー』(一七一九年)を皮切りに当時流行した各種「冒険譚」の向こうを張るかたちで、叙述そのものの大冒険とでも称すべき傾斜を駆り立てて異数のきわみに就くのだが、そうした作品にこの国の誰よりも早く親炙した漱石である。彼はしかも、「著明なる」いくつかの挿話や、白紙の頁、数本の曲線図、「出来得べからざる事を平気な顔色にて叙述する」こと、「無用の文字を遠慮無く臚列して憚らぬ事」など[8]、誰の目にもあらわなポイントにふれるのみならず、その「異様の書き振り」のうちから、たとえば、父親がおのれの作中人物性じたいに反応してみせる短章(第四巻五章)を指さし、右のシクロフスキーが「非日常化」された「ポーズ」として特記するのと同一の分解描写箇所(第三巻二十八章)を訳出し、就中「われ筆を使ふにあらず、筆われを使ふなり」といった名句を見逃さぬような読み手なのだ(「トリストラム、シヤンデー」)。この漱石が書き手と転じたさいに、脱線的進行や金田夫人の「鼻」はもとより、同じ一人称話者たるその猫によく似た越境性を与え、寒月を読者として登場させることは、これゆえむしろとうぜんの仕儀に近いだろう。

事実、冒頭に引いた『猫』上篇自序にみる「海鼠」の比喩は、八年前のスターン論に用いられてあったものだが、付けてたとえば、『猫』の名場面のひとつに、寒月が語る〝落ちない夕日〟のエピソードがある（「十一」）。周囲の目を憚り、夜を待ってヴァイオリンを買いに出るまでの時間の長さに、「六尺の障子を照らしてかん〳〵する」夕日の反復叙法を差しむけるそのくだりでは、同じ光景を同じ言葉で杓子定規に四度も繰りかえす叙法そのものが、いつまでも暮れぬ秋の日と、日暮れを待つ者の焦れったさをあらわに代替しようとし、その露骨さがかえって、叙述の時間と虚構上の時間とのあいだの、いわば本質的な不和をユーモラスにきわだてることになる。直接的には、その箇所は、スターンの愛読書でもあった『ドン・キホーテ』の一挿話（第三編二十章）の変奏としてあるのだが、この種のユーモアが、『トリストラム・シャンディー』の全域にわたって発揮されていることもまた、周知のとおりである。書くことについての自己言及的な捻転のとりわけて挑発的な一様態として、叙述と虚構それぞれの時間性をさかんに前景化しながら、両者間の不和それじたいのドラマを講ずること。「読んで一時間半はまずたっぷりかかった」はずの一脱線のあいだに、家の下僕が村の産科医を呼び出すために「八マイル」の距離を往復したのだと考えてくれと語るそばから、医師到来までの「本当の時間」が短すぎることを問題にするかもしれぬ「口うるさい批評家」に想致して時間論を展開した後、じつは下僕は「厩の前から六十ヤードとは行かないうちに」産科医に会ったのだと煙に巻くくだり[9]（第二巻八章・朱牟田夏雄訳）などが、そのほんの一例となるのだが、ここで見逃せぬのは、こうした呼吸もふくむスターン的な傾斜が、「太平の逸民」たちの諧謔に特異なアクセントを賦活すると同時に、他方では、同じアクセントが、『漾虚集』『草枕』の世界に浪漫的な色調をもたらす点にある。

通説によれば、この時期の作家は、互いにひどく懸け離れた二種類の小説を書き分けていたとされる。だが、漱石はここで、書く（読む）ことそれじたいに根ざす同じいくつかの傾斜を活用しながら、文明批評的な諧謔と、浪漫的な異界を同時に作りだしているのだ。技術的性格の根深さというのは、さしあたりまずこの点を指すのだが、このとき、漱石においてはしかし、就くと同時に、その原理的《ラディカル》な逸脱に一定の節度も保つといった独自の均衡が生ずることが、問題の第二点に連なってくる。

たとえば、第四巻のなかほどで、起筆から一年もかけてなお「誕生第一日目」を越えてもいない事実を告げながら、ということは、現時点で「書かねばならぬ伝記が三百六十四日分ふえている」のだと語るスターンの話者・トリストラムは、しかし、それを切りつめねばならぬ理由がどこにあるのかと嘯き（第四巻十三章）、アキレスと亀の逆説めいたこの関係は、現に、作者の死によってはじめて解消される。対して、顰みに倣って、漱石の猫も「二十四時間の出来事を洩れなく書いて、洩れなく読むには少なくも二十四時間か丶るだらう」と口には出すものの（「五」）、当初は「猫伝」という表題が与えられようとした作品に終結をもたらすのはむろん、作者ではなく話者=猫の死である。また、よく似た越境性を身におびながらも、同じ場所に時空を異にする三種類もの「私」を平然と混在させるトリストラム（第七巻二十八章＊4）にくらべるなら、この猫は他面、一人称の制約のいくつかにはむしろ忠実でもあるのだ（「其晩は寒月君が如何なる態度で、如何なる雄弁を振つたか遠方で起つた出来事の事だから吾輩には知れ様訳がない」・「三」）。那美の「読心術」についても同様である。そのくだりには、先だって他方、いわば緩和的な亜種が用意されていた。逗留初日、寝入りばなの画工の耳に「長良の乙女の歌」を流し寄せる那美

（「二」）が、数日後の夕暮れにまた「振袖姿」をちらつかせる（「六」）という二場景が、それにあたる。二人の男に愛され窮したあげく淵川に身を投げたという「乙女」のその和歌も、かつての那美のその「輿入《こしいれ》」衣装も、画工が同じ峠の茶屋で耳にし感じ入り、その感想を口にしていたものである。これが二つながら画工の耳目を驚かすという運びがそのまま進捗すれば、「オフエリヤ」の場合と同様、「余」はやはり「茫然たる事多時」に至らねばならぬはずだが、これらについてはしかし、後に当人の口から事情が明かされている。茶屋の老婆から宿の馬丁を経た伝聞として、那美は画工の感想を知っていたというわけだが、この種明かしのくだりはまさに、先の「地震」と「読心術」のあいだに挿入されてくるのだ。その真めかした説明は、二つの異数な生動を分断すると同時に、それらの連携の過剰な性格が、最後には「現実世界」へとなだらかに下山する一編全体の色調から不必要に浮きださぬように作用するのだといえばよいか。『倫敦塔』に看取されるのも同様の節度である。そこでは、「想像」の敷居をこえて「十六世紀の血」がこの場にじかに滴り落ちるといった一躍の支配を矯めるかたちで、〈他所〉と〈ここ〉との中間閾が介在し、その領分を担う「七つ許《ばか》りの男の子を連れた若い女」の妖しさを、作品末段がやはり一気に脱色してみせるのだ。

対して、さすがにその法外さには及ばぬものの、「書き初めてからは、一切向うまかせにする」といったまさにスターン的な科白を口にする鏡花の場合、ひとたび作動するや、作品は果然いっさんに事態を（しばしば、漱石には希薄な触穢《アブジェ》の刺戟を呼吸しながら）激化＝劇化してやまない。『春昼後刻』の玉脇みをは実際、同じ流儀で、「現実」には知りようはずもない符牒（「〇と□△」）ばかりを書き散らした画帳を示しながら、相手の「散策子」を蒼然たらしめたうえで、行きずりの角兵衛獅子の子供を道連れに水底に身を沈めてしまうだろう。『銀短冊』はさらに奇矯である。男は、相手を「一目見た時から」これほどの美女が「世界に三人あるだらう」か、と賛嘆していたのだが、先にふれたその湯殿のくだりでは、風呂の「大《おほき》な姿見」に映じた裸身そのものが、男の心内に応えるかのように、「一つは黒光りのする床板へ横に倒れ」、「一つは目の前の岩壁へ斜かけに」、あわせて「三つに見え」てくるのだ。[11] すると、鏡花の常に違わず、「人捕沼」の切所にも同様の幻視が引き継がれ、くだんの不気味な「鰻鯰」の群れがその予兆をなすかたちで、向こうの山腹に同じような「沼」が一つみえ、その奥にまた一つ、二つながら「真中あたりに船が浮いて、小さな人形が三つ」とみるや、此処と彼処が、虚空に「風を切つてすッと」出会う。「同じ顔を九つに見合つた」その弾み（3×3＝9）で、男の手にした猟銃が暴発して舟底を打ち抜き、子供の死を招くといったことになるのだが、[12] 要点はすでに明らかだろう。鏡花作の、たとえばこうした執拗さが（＊5）、漱石の目には「疵」となるのだ。テクスチュアルな一躍に一躍を重ねてひたすら、「非人情」ならぬ「有情」の異彩をなまなまと求めるような、その灰汁の強さ。T・ゴーティエの短編への漱石記入にも、次のような言葉がみえる。

平凡ナル者ハ美ナラザルヿ《コト》アリ、故ニ奇ヲ求ム、奇ヲ求メテ已マザレバ怪ニ陥ル、怪ニ陥レバ美ヲ失ス、詩人ハ此呼吸ヲ知ル、
鏡花ハ此呼吸ヲ知ラズ。
詩人ノ想ハ詩想デアル、鏡花ノ如キハ狂想デアル[13]

『草枕』は確かに、「美」が「奇」になじみつつも「怪」へは到らぬ抑制を示している。「非人情」とはそこで、カント的な主題であるにもまして、その微妙な距離を調整して端的に技術的な配慮の別称となるのだが、この書き手の目に、『銀短冊』は無防備に「怪」に陥って、あたら「鰻鯰」の「奇想」美を損じていると映るわけだ。もとより、漱石が公私にわたり二度も口にする「解脱」の一語は、直接にはそこを指してはいない。が、本章の観点からすれば、一語はまさに、同じ事態をめぐる処理応接のありかたにかかっている。このとき、私見においては逆に、永遠に「解脱」せず、せぬがゆえに、夥しい駄作とともに、鏡花は「日本一の文学者」の名に恥じぬいくつもの作品を残したのだとも付言しうるはずだが、こちらからはそろそろ離れるとして、では、当の漱石自身は、『猫』の諧謔と『漾虚集』『草枕』の浪漫性から、さらにどのように「解脱」してみせたのか？

エクリチュールの世俗化

何を書こうが、そこにはたえず、書字の場に固有の特異な傾斜や関係がはらみこまれる。特異さに棹さして、作品のユーモラスな弾みや、あるいは夢幻的な表情をきわだてる一方のありかたにたいし（＊6）、同じ特異さに開かれてありながらも、これをむしろ、真らしい世界の間尺に適合させる調整技術を、この場では、エクリチュールの世俗化と総称しておくことにしよう。

上記中、比較的分かりやすいポイントに就くなら、叙述と虚構それぞれにはらまれる時間的な相関性におき、スターンのテクストではしばしば、本線上に放置された人物たちは、同じ姿勢で延々たる脱線の時間をやり過ごすことを強いられてしまう（叔父↓第一巻二十一章〜第二巻六章、父↓第三巻三十章〜同巻三十八章〜第四巻二章、母↓第五巻五章〜同巻十二章、等々）。これにたいし、先の〝落ちない夕日〟にその相関の代替的側面を変奏した書き手の後年の作中では、事態は次のように調整されてくるのだ。引用は少し長くなるが、ことの性格上やむをえまい。スターン仕込みにしてスターンからの「解脱」ぶりを示す技術的典型のひとつである（文中のゴチックは引用者による）。


「まあ珍らしく能《よ》く来て呉れたこと。さあ御敷きなさい」

姉は健三に座蒲団を勧めて縁側へ**手を洗ひに行つた。**

健三は其《その》留守に座敷のなかを見廻《みま》はした。欄間には彼が子供の時から見覚えのある古ぼけた額が懸つてゐた。其落款《らくくわん》に書いてある筒井憲といふ名は、たしか旗本の書家か何かで、大変字が上手なんだと、十五六の昔此所《こゝ》の主人から教へられた事を思ひ出した。彼は其主人をその頃は兄さん兄さんと呼んで始終遊びに行つたものである。さうして年から云へば叔父甥程の相違があるのに、二人して能く座敷の中で相撲をとつては姉から怒られたり、屋根へ登つて無花果を捥《も》いで食つて、其皮を隣の庭へ投げたため、尻を持ち込まれたりした。主人が箱入りのコンパスを買つて遣ると云つて彼を騙したなり何時迄経つても買つてくれなかつたのを非常に恨めしく思つた事もあつた。姉と喧嘩をして、もう向ふから謝罪《あやま》つて来ても勘忍してやらないと覚悟を極めたが、いくら待つてゐても、姉が詫まらないので、仕方なしに此方からのこ〳〵出掛けて行つた癖に、手持無沙汰なので、向ふで御這入りといふ迄、黙つて門口に立つてゐた滑稽もあつた。……

古い額を眺めた健三は、子供の時の自分に明らかな記憶の探照燈を向けた。さうして夫程世話になつた姉夫婦に、今は大した好意を有《も》つ事が出来にくゝなつた自分を不快に感じた。

「近頃は身体の具合はどうです。あんまり非道《ひど》く起る事もありませんか」

彼は**自分の前に坐つた**姉の顔を見ながら斯《か》う訊ねた。

（『道草』「四」・傍点原文）

スターンであれば、この「記憶」の時間がいかに長びこうが、姉は手洗い場でじっとしていなければならない。対して、ここではその時間が、縁側を往復する姉の時間を比較的なめらかに代補している点を銘記すればよい。なめらかにというのは、二つの時間がぴたりと重なることではない。あくまでもテクスチュアルなその擬似的代補性じたいが（うっかり読み落しかねぬほど）控えめに講じられているといったほどの意味だが、実際、同様の関係が、先だって『門』（一九一〇年）の冒頭にも刻まれていたことに気づいた読者が、果たして何人いようか？　そこでも、縁側から茶の間にもどった宗助がいつのまにか「暗い便所から出て」くるまでの時間が、借家の庇に迫る「崖」にまつわる全集版で十五行ほどの対物描写によって、さりげなく代替されていたのだ。ただし、これらが、書字の場に固有の一条件（叙述に費やされる時間と虚構のふくむ時間との本質的な不和）を意図的な前提にしている点には毛ほどの相違もない。別向きの意図が勝てば、たとえば右の場合、健三の科白の直前に書きこまれるはずのしかるべき一行（「やがて、姉が戻つて来た」等々）が、その不和を真らしく解消することになる。その一行をあえて書き入れず、同時に、「形式の自覚が小説の内容をも作りだしている」ような事態（シクロフスキー）のささくれは鎮めること。この場合なら、その一行が省略されているといった了解の余地を許すことがそれにあたる。復誦すればつまり、エクリチュールの世俗化とはそうした両義的な均衡の調整ぶりを指すのだが、この観点から、改めて『草枕』の那美のその後を辿るなら、ここにたとえば、『行人』（一九一二年〜一三年）の嫂・直が連なることになる。彼女は、那美が鏡花の女たちとのあいだに示していた節度をさらに世俗化するかたちで、しかし、その那美と同質の誘惑者として、一編に息づいているのだ。

　無口で冷やかで、二言目には「何《ど》うでも好《い》いわ」と口にする投げやりな態度の奥に何を秘めているか、容易に正体のつかめぬ妻の直と、底の底まで相手の「所謂スピリットを攫《つか》まなければ満足が出来ない」夫の一郎。かかる夫婦間の齟齬にみちた関係を主軸に据えた作中、焦燥に駆られ、旅先の和歌の浦で「御前他《ひと》の心が解るかい」と唐突に切りだす一郎は、作品の話者でもある弟の二郎に異様な「依頼」をなす。これから和歌山市内へ妻を連れだし、一緒に泊まって彼女の「節操」を試してくれというその申し出に、弟はとうぜん二の足を踏み、兄もなかば撤回するのだが、折からの暴風雨が兄の「依頼」を叶えてしまう連続場面（「兄」・「二十六」〜「三十七」）を想起しよう。当日の昼、例によって恬淡と同伴する彼女が、兄の言葉への動揺を引きずる二郎にむかい、「貴方何だか今日は勇気がないやうね」と「調戯《からか》ひ半分に」図星を刺すという前段に導かれたその夜。風雨に帰路を断たれた宿のなかで、二郎は、「正体の解らない黒い空」の凄まじい轟きにも似た心内を次のように辿っている。彼はまず、「天災とは云へ」この成りゆきを兄にどう釈明し、その「機嫌」をいかに宥めるかと考えるのだが——

同時に今日嫂と一所に出て、滅多にない斯《こ》んな冒険を共にした嬉しさが何処からか湧いて出た。其嬉しさが出た時、自分は風も雨も海嘯《つなみ》も母も兄も悉く忘れた。すると其嬉しさが又俄然として一種の恐ろしさに変化した。恐ろしさと云ふよりも、寧ろ恐ろしさの前触であつた。何処かに潜伏してゐるやうに思はれる不安の徴候であつた。さうして其時は外面《そと》を狂ひ廻る暴風雨《あらし》が、木を根こぎにしたり、塀を倒したり、屋根瓦を捲《め》くつたりするのみならず、今薄暗い行燈の下で味のない煙草を吸つてゐる此自分を、粉微塵《こみじん》に破壊する予告の如く思はれた。

（「兄」・「三十七」）

すると、傍らの蚊帳のなかで「死人の如く」静まっていた嫂が「急に」寝返りをうつとみるや、彼女は、かく悶々とする義弟の「不安」を煽り立てると同時に、夫の狐疑にたいする不意の挑発でもあるかのような矯激な言葉を平然と口にする。もし死ぬのなら、紐や刃物の「細工」など用いず、粉微塵に「猛烈で一息な死に方がしたい」のだという言葉に継いで、「嘘だと思ふなら是から二人で」、その「海嘯」の海に「一所に飛び込んで御目に懸けませうか」とまで言い放ったうえで、彼女は、狼狽える相手にとどめを刺すのだ。

「（…）大抵の男は意気地なしね、いざとなると」

かかる一語の主のもとに、ここでもまた、兄弟双方の心事をめぐり、すでに読まれているものの浸透率がいっさんに高まってくることに着目すべきなのだが、この場合、二郎の「外面《そと》」にある風雨が内側を「破壊する」という修辞をそのまま反転するかたちで、その内側がまた外へ、嫂の挑発的な語彙へとじかに転送されるといった事態が――同じ状況下でよく似た科白を行きずりの女性が口にする『三四郎』（一九〇八年）の冒頭部とは異なり――場景の根深さをなまなまとくわだてている。結果、この嫂は二郎のうちに「何だか柔かい青大将に身体を絡まれるやうな心持」を揺曳させることになるわけだが、周到なことに、右場面は次のようなくだりにさりげなく先導されてもいたのである。帰路が断たれたことを知る直前の一節である。

「云はなくつても腑抜よ。能《よ》く知つてるわ、自分だつて。けど、是でも時々は他《ひと》から親切だつて賞《ほ》められる事もあつてよ。さう馬鹿にしたものでもないわ」

自分は曾て大きなクツシヨンに蜻蛉だの草花だのを色々の糸で、嫂に縫ひ付て貰つた御礼に、あなたは親切だと感謝した事があつた。

「あれ、まだ有るでせう綺麗ね」と彼女が云つた。

「えゝ。大事にして持つてゐます」と自分は答へた。

（同右「三十二」）

要点はすでに贅するにもおよぶまいが、肝心なのは、一方にこうした女性をもつ作品が、他方には、「他《ひと》の心」の測りがたさに悩んだあげく、「テレパシー」の研究などにのめりこんで狂人めく一郎を配する点にある。「死ぬか、気が違ふか、夫《それ》でなければ宗教に入るか」（「塵労」・「三十九」）とまで窮するこの道学者に、人はしばしば、強度の神経衰弱再発に見舞われた執筆時の「作者の分身」を見出している。であれば、直はここで「読者の分身」なのであり、その鮮明な非対称性のあいだに立つ二郎が夫婦間を（たえず持てあまし気味に）右往左往するといった構図が、作品の中枢をなしているのだといえばよいか。

二郎の目には、事態は終始こう映っている。

自分の見た彼女は決して温かい女ではなかつた。けれども相手から熱を与へると、温め得る女であつた。（…）

不幸にして兄は今自分が嫂について云つた様な気質を多量に具へてゐた。従つて同じ型に出来上つた此夫婦は、己れの要するものを、要する事の出来ないお互に対して、初手から求め合つてゐて、未だにしつくり反《そり》が合はずに居るのではあるまいか。（「兄」・「十四」）

「気質」が違うからではなく、同質であるがゆえに、互いに欠けたものを補いあえぬのだというわけだが、この解釈は正しくない。問題は逆に、両者間の原理的な不均衡に発しているからだ。「孤独」に苛まれたあげく妻に手を上げながら、抗弁なり悪罵なり、せめて何らかの「抵抗」を求めずにはいられぬ夫と、何度打擲されても、されればされるほど「レデー」然とした無反応をきめこむ妻（「塵労」・「三十七」）。その越えがたい溝の最深部に走っているのは、この不均衡な亀裂にほかならぬし、このとき、妻の本質的な冷淡さは、その特異な資質を夫との近しさへと結びつけようとはしない点にかかっている。対して、嵐の一夜では逆に、彼女は二郎の心内の「熱」に反応してみせていた。一郎が、妻と弟の仲を疑うのはまさにこの種の親しさゆえなのだと、上述に継いでそう換言してもよい。

もとより、ここにはなお、人生の間尺にあわせた了解の余地は残されてある。嵐の夜の場景が、以前からの知り合いだったという義弟と嫂の双方に秘められていた感情の、その不意の発露だともみなしうるように、前段の些細な遣り取りにかんしても、「あれ」の前に、しかるべき会話がたんに省略されているとみることも可能だろう。帰京後しばらくして、二郎は、自分の存在がこれ以上兄夫婦の仲を殺がぬよう、一家を離れて独立する。ある日、彼の下宿を訪れた直は、そこでも、言葉を濁す相手の意中を糺したうえで（「さう？　本当に？　左右《さう》ぢやないでせう」）、不意にまた、駆け落ちまがいの誘いを口に出すのだが（同右「三」）、この場合とて、無口ながら察しのよい女性の背後に何らかの事情を忖度することは不可能ではなく、作品は現にそれを許しもするだろう。

しかし、この場では引きつづき、すべてをむしろ逆向きに考えるほうがよいのだ。つまり、書字の場に固有ないくつかの条件を、作中の誰に、何処に、どんなふうに配分し、配分しないかという技術的な選択それじたいが、そこに現ずる人間関係や心理の諸相、出来事の起伏などを方向づけること。それが漱石の作品風土の一面に顕著なフォルマリズム、シクロフスキー流にいえばすなわち、「形式」の特性が作品の「内容」へと転ずる様相である。この点にかんして、いましばらく言葉を費やしてゆきたいのだが、すべての作品について語る余裕はない。以下にはしたがって、右の『行人』と同じく、反りの合わぬ夫婦を前景化した『道草』（一九一五年）と『明暗』（一六年）の世界に上記をからめながら、漱石的な世俗小説の行方を辿っておくことにする。

『道草』あるいは「護謨紐」の伸縮

当時の用語にしたがえば、『猫』から前年の『こゝろ』（一九一四年）まで、「拵《こしら》へもの」に終始した漱石にあっては例外的に、作家当人の実生活や心事を遠慮なく描出したかにみえる『道草』が、果然、彼を敵視した「自然派」作家たちにも好評を博したことはよく知られていよう。そこには確かに、東大講師時代の漱石自身をおもわせる暮らしぶりがあり、彼の幼年期にまつわる伝記的事実とその余波の色濃い反映が認められもする。だが、ここでの要はむろん、そうした素材論的要素が、私見によれば漱石の最高傑作に類する『道草』の世界をどう「拵へ」ているかにあり、この点、着目すべきはまず、一編を鼓吹する葛藤もやはり、『行人』の二郎のいう「同じ型に出来上つた」夫婦間に根ざすことにある。洋行帰りの学者で、陰気に権柄ずくな健三も、実家を基準に夫を測っては諸事につけ白々と愛嬌を欠く妻の御住《おすみ》も、二人ながらひどく「強情」だという設定がそれにあたる。「御互が御互に取つてあまりに陳腐過ぎ」、ともに「軽蔑」しあう一方で、互いの愛情を求め、求めて満たされぬ距離を積極的に狭める意欲も技量もないまま、彼らは頑なに寂然たる日々を送っている。ただし、『行人』の直の心底が、一郎はもとより、話者・二郎にとっても不明であったのにたいし、三人称多元視界のもとにあるこの作品においては、主役たる夫のみならず、妻の心内も頻繁に描きだされ、これらがしかも、即座に並置されつづけることになる。例外的なのは、むしろこの点である。

彼は親類から変人扱ひにされてゐた。然しそれは彼に取つて大した苦痛にもならなかつた。

「教育が違ふんだから仕方がない」

彼の腹の中には常に斯ういふ答弁があつた。

「矢つ張り手前味噌よ」

是は何時でも細君の解釈であつた。

気の毒な事に健三は斯うした細君の批評を超越する事が出来なかつた。さう云はれる度に気不味い顔をした。ある時は自分を理解しない細君を心《しん》から忌々しく思つた。ある時は叱り付けた。又ある時は頭ごなしに遣り込めた。すると彼の癇癪が細君の耳に空威張をする人の言葉のやうに響いた。細君は「手前味噌」の四字を「大風呂敷」の四字に訂正するに過ぎなかつた。

（「三」）


「背中合せ」の夫婦仲を集約するものとしてしばしば引用される一節だが、一般的な観点に立てば、作品内容に顕著なのは確かに、価値観を異にした二個の「人格」の衝突である。彼らの「衝突する大根」は、「あらゆる意味から見て、妻は夫に従属すべきものだ」という旧弊にとらわれる夫にたいし、「比較的自由な」家に育った妻がこれに抗いつづける点にある。「夫」なる名目の無理強いを拒む妻が、「もし尊敬を受けたければ、受けられる丈《だけ》の実質を有つた人間になつて自分の前に出て来るが好い」と心すれば、彼女の無教養を難ずる夫は夫で、「女だから馬鹿にするのではない。馬鹿だから馬鹿にするのだ、尊敬されたければ尊敬される丈の人格を拵《こしら》えるがいゝ」と考える。そのように、二人とも結局「円い輪の上をぐる〳〵廻《まは》つて」、そのことに「いくら疲れても気が付かなかつた」という仕儀に終始するわけだが（「七十一」）、肝心なのは、その廻りかたの形式性であり、この場に目を惹かれるのは、心理的に対等な夫婦関係である以上に、双方の心内にたいする叙述の配分比率が終始ほぼ互角に――しかも、より多くの場合、対句的な書法のもとに――維持されていることにある。たとえば、物語の一方の柱である養父の使いがあらわれる場面では、行文は次のようになる。

実をいふと彼は会ひたくなかつた。細君はなほの事夫を此変な男に会はせたくなかつた。

「御会ひにならない方が好いでせう」

「会つても好い。何も怖い事はないんだから」

細君には夫の言葉が、また例の我だと取れた。健三はそれを厭だけれども正しい方法だから仕方がないのだと考へた。（十一）

だが、この場で「厭だけれども正しい方法」に就いてみせるのは、むしろ話者のほうなのだ。実際、事あるごとに判で押したように黒白を違える夫婦の心理につき、右のごとき並列叙法が更新されてあるさまは一読誰の目にも明白なはずで、「器械のやうに又義務のやうに何時もの道を」往復する健三の俸給生活にも似て、いかにも律儀に杓子定規な、まさに「器械」仕掛けの振り子めいた焦点移動の反復は、同じ三人称多元小説たる『それから』（一九〇九年）や『門』の作者にしては、わざと下手に書こうとしているとさえみえてくるのだが、ちなみに、『ボヴァリー夫人』を読むJ・ルーセは、フローベールにおける焦点移動の卓抜さの一端を次のように説いている。

『形式《フォルム》と意味』（一九六二年）に収められた一文で、ヨンヴィルに到着したボヴァリー夫妻をめぐり、エンマに密着していた視点が新登場のレオンからオメー、さらにシャルルを経て再びエンマに戻ってくる一連のくだり（第二部第二章、三章）を「視線のロンド」と呼ぶルーセは、数次の焦点移動をまさにひと連なりの流動的な「自然な移行」として感じさせる「継ぎ目」に着目する。到着の翌朝にエンマの目にとまるレオン、町の書記である彼の「教養」に一目をおいている薬剤師オメー、新着の医師にたいするオメーの思惑、患者の少なさを嘆きながらも妻の妊娠を喜ぶ夫、そのシャルルの視線を受けながら大儀そうに肘掛け椅子に身を任せるエンマ。そこでは言及されていないが、この「ロンド」の間に数週間の時間がやはりごく「自然に」流れていることも逸しがたいのだが、示唆的なのは、このほか、「強固でしかも柔軟」ながら目立ってはならぬ「継ぎ目」のいくつかを指摘する論者が、ありようの例外として、たとえば、同じ床のなかで別々の思念に耽りあう夫婦の場景を指呼している点にある。それは、「彼らを隔てる無限の距離を、視点の突然の移行によって際立たせるため」の配慮なのだ、と。[14]

　すると、同床異夢ならぬ同時異心を並べ立てて振り子めく漱石の焦点移動もまた、夫婦間の「無限の距離」をそのつど強調していることになるのか？　大方には確かにそう読まれている。だが、量はここで質を変えてしまうのだ。つまり、それが例外ではなく常態と化すとき、読み手にたいする二人の「距離」は紙幅を逐って逆に狭まってくるわけで、夥しい並置を互角に担う彼らは、それじたいにおいて好伴侶と化してくるのだ。換言すれば、『行人』の夫婦における如上あからさまな不均衡にたいし、健三らがきわだてるのは、むしろ説話論的な睦まじさなのである。

二人は二人に特有な因果関係を有つてゐる事を冥々の裡に自覚してゐた。さうして其因果関係が一切の他人には全く通じないのだといふ事も能く呑み込んでゐた。

（「五十二」）

さらには、御住にも直と同型の反応が許されてくることが、この「因果関係」を深く助勢する。同型というのは、広範囲にわたってすでに読まれてあることの浸透率を体現すると同時に、先のクッションの刺繍にまつわるくだりと同様、直前の「地」の文にたいする文字どおり「地」続きの反応（＊7）も兼ね備えるといった意味だが、作中に五、六を数えるその事例もまた、ここでは、「二人」の仲の近しさへと転じてくるのだ。表面的には、「夫の過去に就いて、それ程知識のない」はずの妻が、それでいて、養家での日々にまつわる彼の「不幸な過去」に通じているのはこれゆえである。彼女はなるほど、その一部を「御兄《おあにい》さん」から聞かされてはいる。だが、そうした真らしい事由をこえて、妻が夫の「過去」に精通しているのは、夫がそれらをたえず妻の傍らで想起しているからなのだ。あるいは、夫が思い出に耽りはじめるや、いつのまにか、妻がその傍らに居を占めてしまうためである。「綺麗に切り棄てられべき筈の過去が、却つて自分を追掛けて来た」（「三十八」）と始まり、以下七章にわたる長い回想場面が、養母・御常《おつね》との別れでくぎりを迎えた直後にみる次のようなくだりが、同時同心ともいうべきその一典型となる。

健三の記憶に上《のぼ》せた事相は余りに今の彼と懸隔してゐた。それでも彼は他人の生活に似た自分の昔を思ひ浮べなければならなかつた。しかも或る不快な意味に於て思ひ浮べなければならなかつた。

「御常さんて人は其時にあの波多野とか云ふ宅《うち》へ又御嫁に行つたんでせうか」　（「四十四」）

右にかんしては、先にみた姉との対座場面なども引く金子明雄の文章がある。叙述と虚構の関係性にたいする応分の鋭敏さを示して一読にあたいする『道草』論だが、惜しいことには、その行文にも、こうした「場面を説明するには、夫婦の会話の一部が省略されていると考えるのが最も合理的であろう」といった解釈が介入してしまう。「健三の記憶の持続」が現在進行的な時間を代補するのと「並行して」、その記憶にかかわる「夫婦の会話が続けられ」、その間、後者が前者の「後景に退いた」のだ、と。[15] だが、合理的にではなく、原理的に考えるほうが、この場にははるかにつきづきしい。その原理的な親密さと心理的な反目。一編の新面目は次元を違える両者の不断の交錯にあり、これが一場に不抜の生彩を与え、さらにいえば、生彩はときに（『猫』のそれとは趣を異にする）ユーモラスな通気さえ招き寄せるのだ。ここには実際、心理的な反目が募れば募るほど、また、「腹」から「口」へ、互いの非を遠慮なく――その一部は、泡鳴「五部作」の夫婦まがいの活気を呈しながら――難じあえばあうほど、場違いな滑稽味が伴うといった妙趣が生じてくるのだ。当人たちにとってはいかに切実であるにせよ、そもそも、事あるごとにその「腹」や「口」があけすけに、かつ杓子定規に、何度も何度も描出されてしまうような人物が、どうして陰鬱でなどありえようか。白々しくありうるわけもない。しかも、「護謨紐《ごむひも》のやうに弾力性のある二人の間柄」は最後まで何ひとつ変わりもせぬまま、ひたすらその「伸縮《のびちゞみ》」のもとに、テクストの常同反復的な持続を支えているのだ。何かを束ねるでもなく、しかるべき的や獲物めがけて小石のひとつも弾き飛ばすわけでもなく、原理的な親密さと心理的な反目のあいだで、たんに伸縮を繰りかえすだけのユーモラスな「護謨紐」。

　おそらく、この可笑しさに動じぬ人々が、作品のうちに、作家当人の人生にかかわる暗色をことさら真剣に読み取って倦まぬのだろうし、それはそれで確かに一理はあろう。だが、たとえばその養父との悶着にせよ、この場ではむしろ、常同反復的な持続に資する同じく「器械」的な糧として備給されるとみなすべきなのだ。

　作品冒頭、小雨の朝の通勤路にその影を落としてより徐々に健三に近づき、家に上がり込むようになるや、とうの昔に縁を切ったはずの養父は、出世したかつての養子の懐から金をせびり取ること再三が再四を越え、ついには恐喝まがいの仕儀に及ぶ。そのうち、養父と離れて久しい養母までが姿をあらわす。「ちよい〳〵」顔を出すにつれ欲深い悪辣さをきわだてる養父にくらべれば、案に反してはるかに無害にみえるこの老婆へもいくばくかの金が手渡されるのだが、いずれにせよ、「綺麗に切り棄てられべき筈の」者たちの闖入を、健三はなぜ受け入れてしまうのかと考えてみるとよい。

　そのつど渋面をこらえて応接する健三自身は、それを自分の「義務」とみなしている。このとき、作品はなるほど、なかば無意識の優越感を交えたその受動性のうちで、同様に健三の懐を当てにする姉や岳父、世故長けた義兄などにたいし「みんな金が欲しいのだ。さうして金より外《ほか》には何にも欲しくないのだ」とみなす人物が、「金の力で支配出来ない真に偉大なもの」を求めあぐねて焦燥するさまを浮かびあがらせようとするだろう。だが、ここに見逃せぬのは、養父母の闖入が、そのつど、健三の脳裏に少年時の記憶を次々と呼び覚ます点にあり、遠く〈他所〉に置き棄てたはずの人と時間とが、二つながら夫婦の〈ここ〉へと、やはり「器械」的に取り憑いてくる点が肝心なのだ。夫婦の場所では、そして、同時異心をめぐる律儀な往復運動が、その格好の熱源としてこの憑依を待ち受けている。いうまでもなく、夫婦双方の心内も、建前上また、互いにとっての〈他所〉であり、自身にとっての〈ここ〉である。そのようにして、回想と焦点移動という二種類の叙述動作が親しげに連動しあい、前者が後者の糧となり、その糧を「義務」ではなく、如上さらに同時同心的な「権利」としても受け取るがゆえに、珍しく時あって、妻はふと「乾燥《はしや》いで」みせもするのだ。

「とう〳〵遣つて来たのね、御婆さんも。今迄は御爺さん丈だつたのが、御爺さんと御婆さんと二人になつたのね。是からは二人に祟られるんですよ、貴夫《あなた》は」

細君の言葉は珍らしく乾燥《はしや》いでゐた。笑談《ぜうだん》とも付かず、冷評《ひやかし》とも付かない其態度が、感想に沈んだ健三の気分を不快に刺戟した。彼は何とも答へなかつた。

「又あの事を云つたでせう」

細君は同じ調子で健三に訊いた。

「あの事た何だい」

「貴夫が小さいうち寐小便をして、あの御婆さんを困らしたつて事よ」

健三は苦笑さへしなかつた。

（「六十四」）

ところで、この遣り取りははるか後年の、たとえば島尾敏雄の描く夫婦を想起させるのだと付言してもよい。実際、夫婦間の「緩和剤としての歇斯的里《ヒステリー》」という緩衝要素もふくめ、原理的な親密さと心理的な反目のユーモラスな齟齬といい、常同反復の終わりのなさといい、人称性こそ異なれ、一編はここで、その『死の棘』（一九七七年）の遠い先蹤ともいうべき生彩を発しているのだ。事につけ「ひとつだけギモンがあるの」と切りだすあの妻と同じ唐突さで、この妻も「あの事」を口にするのだし、夫の想起としてずっと前に読まれていたその些事（「四十二」）がこうして引き出される呼吸もまた、外出中の夫の心内にのみ属していたはずの言葉（「二時」＊8）に反応して狂乱するあの妻の、人離れした過敏さを彷彿させてやまぬだろう。このとき、養家の日々にまつわる想起の数々は、島尾作にあっては次々と明るみに出る――という名目で、夫婦がその場で創出しあう――「女」との「隠しごと」とよく似た「刺戟」として、一場を育むのだと再言すればよいか。

もとより、養父母が〈ここ〉へもたらす〈他所〉のすべてが、説話論的な糧として夫婦に共有されるわけではない。作品の主人公にふさわしく、そこには健三のみが独占しうる断片的な記憶がある。それらは、健三にたいする養父母のかつての行状や、復籍をめぐる実家との確執といった脈絡から隔絶して、つまり、上記のようなテクスチュアルな連関とは無縁に前景化され、それゆえか、前後を圧して卓抜なパッセージが作中に紛れこむことになる。池の「緋鯉」釣りの場景（「三十八」）がその典型である。同じことは、夫婦の現在にかんしてもいえ、たとえば、「ぷりぷりした寒天のやうな」赤子の出産場面（「八十」）のあざやかな印象もやはり、場景のその隔絶性に由来する。テクストを主導する「器械」的な関係と、そこから孤立するがゆえにいっそう鮮明な描写力とのかかる（没）交渉ぶりには別して一考を誘われもするのだが、この点は割愛する。いまはむしろ、こうした一編が『こゝろ』の直後に書かれてくる事実に目をむけておくほうがよい。すなわち、すべてが終わった後から語りだされるという一点におきいかにも消極的なその小説の外連味と、何ひとつ片付かぬこの小説の、いわば積極的な不毛さ。


「まだ中々片付きやしないよ」

「何《ど》うして」

「片付いたのは上部丈《うはべ》ぢやないか。だから御前は形式張つた女だといふんだ」

細君の顔には不審と反抗の色が見えた。

「ぢや何うすれば本当に片付くんです」

「世の中に片付くなんてものは殆んどありやしない。一遍起つた事は何時迄《いつまで》も続くのさ。たゞ色々な形に変るから他《ひと》にも自分にも解らなくなる丈の事さ」

健三の口調は吐き出す様に苦々しかつた。細君は黙つて赤ん坊を抱き上げた。

「おゝ好い子だ〱。御《お》父《とう》さまの仰《おつし》やる事は何だかちつとも分りやしないわね」

細君は斯う云ひ云ひ、幾度《いくたび》か赤い頬に接吻した。


（「百二」）

復籍時の健三の書付を持ちだして因縁をつける養父に、「百円」の金を与えて絶縁した後の、人口に膾炙した末尾だが、漱石の作品風土の一斑を上記のように辿ってきた者にとり、健三の言葉の意味はすでに誤解しようもあるまい。――では、そこで「一遍起つた事」は、『明暗』においては、どんなふうに「変る」のか？

「『明暗』は長くなる許で困ります」

復誦しよう。『行人』の夫婦の反り合いの悪さは、テクスチュアルなその非対称性に由来していた。いっけん剣呑な『道草』の夫婦が逆にきわだてていたのは、同様に根深いその睦まじさであった。これらにたいし、作家の死とともに中断された未完小説に登場する津田とお延のカップルは、作中人物としてごく標準的な輪郭を互いに維持しあっている。大学出に相応の知力に恵まれ、なにくれと「気の能く廻る」夫も、利発な「千里眼」を誇る妻も、確かに「他《ひと》の心」をよく察知し、また、それを操る術に長けてはいるものの、その能力が過剰な域に達することを作品は堅く禁じている。夫婦を脅かす切実な外圧もなく、出来事の名にあたいする変事といえば、二人の贅沢な新婚生活に資する実家からの補助金が途絶えかけていることと、折から再発した痔の切開手術を受けるために、津田が一週間の入院を強いられるだけのことであり、それがしかも、全百八十八節をふくむ作中、百五十三節までの長さを占めているのだ。表面的には円満な夫婦間の問題はしたがって内圧、もっぱら心理的な次元に仕立てられてくることになるわけだが、このとき、作品冒頭、夫の心内にふと謎めいた言葉を投げ入れる書き手は、爾来、傍目には異とするにたらぬその小さな波紋を、一種きわめて異様な情熱とともに押し広げることに専心しはじめるのだ。

「何《ど》うして彼《あ》の女は彼所《あすこ》へ嫁に行つたのだらう。それは自分で行かうと思つたから行つたに違《ちがひ》ない。然し何うしても彼所へ嫁に行く筈ではなかつたのに。(…)」

(『明暗』「二」)

この疑問と未練が津田の脳裏を去らず、夫のその翳りにたいし徐々に妻も反応しはじめるといった成りゆきが、大作の核に据えられることになる。その意味では、『明暗』も前作『道草』同様、発端に影を落とす〈他所〉が夫婦の〈ここ〉へ取り憑く物語としてあるのだが、ただし、あの養父とは対蹠的に、「百三十七」節でようやく清子と名指される当の女性が登場するのはさらに後段「百七十六」節のことである。加えて、この大作に挿入される独立した回想場面は一度きり（「七十九」）、想起の断片的な行文も二、三を数えるにすぎない。一貫して現在時に費やされる作品において、繰りかえせばしかも、「彼《あ》の女」清子の存在は、客観的には夫婦間の微疵に類するのだ。夫は、誰にもありがちな失恋の過去を新妻には黙したまま、術後の「局部の収縮」などに悩みながら、ひたすら病院のベッドに横たわっているにすぎぬからだ。

だが、主観的には、理由も告げずあっさり自分を袖にした女の存在は、津田にとっていまも緘黙にあたいする痛事となる。「あの男は日本中の女がみんな自分に惚れなくつちやならないやうな顔付をしてゐるぢやないか」。妻の義理の叔父にそう揶揄される三十歳のハンサムな会社員の、その並はずれた自惚れが一方にある。そこへ、自分が愛したからには自分ひとりを是非「愛させなければ已まない」という決意を日々新たにする二十三歳の妻の心理が重々しく絡みあってくるのだが、そのお延も、美貌にはさして恵まれぬものの、夫に劣らず「気位」が高く見栄張りで、何にもまして、他人から「愚鈍」とみられることを「火のやうに恐れて」いる。そうした妻にとっては、夫の隠しごとに気づかぬという迂闊などあってはならず、あったとしても断じて他人に気づかれてはならぬことが、現に起こりつつあるわけだ。

要するに、かたがた虚栄にみちた二様の自己愛。しかも、他人たちの些細な科白や仕草を目敏く捉えてはその心底への批評眼を逞しくする反面、夫婦はともに、たんなるナルシストにすぎぬ自己の欠点は一顧だにせず、出来もしない。この極端なズレのなかに、作品は「彼《あ》の女」を投げ入れるわけだが、ただし、その波紋がただちに夫婦間に広がるわけではない。作品はむしろ、その広がりをみずから押しとどめるような迂回路を熱心に講ずるのだ。津田とお延によって別個に担われる長い連続場面が交互にあらわれ、うち二つまでが同時異景をなすといった構成法がそれにあたる。『道草』の場合とは異なり、焦点移動はそこで主に、物語の進捗を全体として大きく遅延させる方向に働くと同時に、出来事そのもののさらなる些末化に加担するといった奇怪な性格をおびてくる。それぞれの叔父一家、叔母一家と夫婦との交渉もふくむそうした迂回路のなかに、たとえば、日頃から兄夫婦の暮らしぶりに不満をいだくお秀が大きく登場する。「器量望み」の富家に嫁ぎ、世故長けて弁も立つその子持ちの女性を、津田夫婦とほぼ同等の資格で呼び寄せ、組み合わせる書き手はそこで、はるかに些細なことをめぐり、夫婦、兄妹、嫁と小姑、および三者間における心理的な小競りあいを描いては、そのつど、人物らの心内に細ごまと分け入ってやまない。念のため、一編を好む人々が異口同音にもてはやす、その精緻克明なありようのほんの一斑を掲げておこうか。

彼女がわざとらしくそれをお秀に見せるやうに取扱ひながら、津田の手に渡した時、彼女には夫に対する一種の注文があつた。前後の行掛りと自分の性格から割り出された其注文といふのは外でもなかつた。彼女は夫が自分としつくり呼吸を合はせて、それを受け取つて呉れゝば好いがと心の中で祈つたのである。会心の微笑を洩らしながら首肯《うな》づいて、それを鷹揚に枕元へ放り出すか、でなければ、ごく簡単な、然し細君に対して最も満足したらしい礼をたゞ一口述べて、再びそれをお延の手に戻すか、何《いつ》れにしても此《この》小切手の出所に就いて、夫婦の間に夫婦らしい気脈《きみやく》が通じてゐるといふ事実を、お秀に見せればそれで足りたのである。

不幸にして津田にはお延の所作も小切手もあまりに突然過ぎた。其上斯《こ》んな場合に遣る彼の戯曲的技巧が、細君とは少し趣を異にしてゐた。彼は不思議さうに小切手を眺めた。それから緩《ゆつ》くり訊いた。

「こりや一体何《ど》うしたんだい」

此冷やかな調子と、等しく冷やかな反問とが、登場の第一歩に於て既にお延の意気込を恨めしく摧《くじ》いた。彼女の予期は外れた。

「何うしもしないわ。たゞ要るから拵へた丈よ」

斯う云つた彼女は、腹の中でひや〳〵した。彼女は津田が真面目腐つて其後を訊く事を非常に恐れた。それは夫婦の間に何等の気脈が通じてゐない証拠を、お秀の前に暴露するに過ぎなかつた。

（「百八」）

この場面の直前では、兄妹間の「ねち〳〵」とした確執が綿々と描かれている。病室を訪れたお秀は、兄の当座を賄う見舞金を携えているのだが、右は、相手への日頃の思惑からその金を「淡泊《さつぱり》」とは出しもせず受け取りもせぬ両人の、口喧嘩じみた遣り取りのさなかに登場したお延が、義理の叔父からたまたま与えられた「小切手」を得意げに差しだす場面である。この後、三者間の同じく「ねち〳〵」とした応酬の果てに、不意に激高するお秀が兄夫婦のエゴイズム（＊9）を非難するといったその成りゆきは――いわゆる「全能の視点」から、三者との距離を適宜に伸縮させる話者の評するごとく――「遠くから冷静に彼等の身分と境遇を眺める事の出来る地位に立つ誰の眼にも、小さく映らなければならない程度のものに」すぎない（「百七」）。この他いくつもの些事をめぐり、一致してその針小棒大にこそ進んでなじもうとする人物たちの過敏な場に、「彼《あ》の女」が次第にその影を色濃く滲ませるといった具合に事態は進行するのだが、その浸透点じたいにもたえず抑止が施されることが、作品の印象をひときわ抜きさしならぬものにしてゆくのだ。

「正体の解らない黒い一点」を最初にお延にもたらすのは、夫の友人・小林である。「社会主義者」ふうの知的ルンペンで「人に厭がられるために生きてゐる」のだというその来訪者は、お延の勝ち気な体裁ずくをいたぶりつつ、ならば「能く気を付けて他《ひと》に笑はれないようにしないと不《い》可《け》ませんよ」と口を切りながらも（「八十七」）、一件をたんに匂わせるだけで立ち去るのだし、ほかならぬお延自身がまた、同じ宙吊りを担うかたちで右の兄妹喧嘩のあいだに割って入るかにみえる。すなわち、小林との応酬の余韻もさめやらぬまま病院に赴いた彼女は、ドア越しに漏れ聞いたお秀の一言に「心を震はせ」ながらも、「外《ほか》にもまだ大事にしてゐる人」についてのその先を聞かずに、険悪のきわみにあるらしい二人の「緩和剤として」ドアを開けるのだ（「百三」）。翌日、お延は小姑宅を訪れる。その折りも、始めは鎌を掛けついには真顔で問いただす嫂にたいし、お秀もやはり「軽蔑の色」を浮かべるだけで口を閉ざす（「百三十」）。たまりかねた妻の哀訴に虚を衝かれ、「いつその事思ひ切つて」すべてを白状してしまおうかとおもう夫は夫で、たんに疑われているだけでいまだ実証はないと「推断」し、宥めにかかって当座の功を収めては、日頃の確信を新たにするのだ（「畢竟女は慰撫し易いものである」・「百五十」）。『明暗』に逸しがたいのはまず、こうした遅延と宙吊りの執拗な更新ぶりにある。

　ところで、先の『道草』につき、正宗白鳥は「材料の平凡な点では、当時の自然主義作家の作物よりも平凡であるが、その材料をこれだけ長々と書きこなして、とに角、読者を終ひまで引つ張つて行くのは作者の才能の非凡なためなのであらう」と記していた[16]（「『道草』を読んで」一九二七年）。だが、こちらは、右の兄妹喧嘩をふくむ入院三日目と、四日目のわずか二日に費やされる分量が、半年以上の時間をはらむ『道草』全体にほぼ匹敵するような作品である。再言すればしかも、養父との悶着をはじめ、妻とのひと月ほどの別居、深夜の出産などの前作の起伏にくらべるなら、ここに連なるのは、無きにひとしい些事なのだ。『明暗』を敬遠し、あるいは嫌う人々が口々に難ずるのはこの点であり、現に白鳥自身も、「小うるさいくらゐに、心理の穿鑿に従事」する筆つきに辟易しながら、「そのために作の進行がのろく、且つ実感が水つぽくなる」ことを、大作の瑕瑾として指摘している[17]（「夏目漱石論」一九二八年）。的はずれの言ではない。だが、この場にもやはり的はそのじつ二つあり、上記のごとく、『草枕』の那美に発して、『行人』の直、『道草』の御住と連なる漱石的《テクスチュアル》な女性の極点として登場する吉川なる夫人が——たとえば、すぐそばにいる男たちの心事を終始何ひとつ知りえぬ『こゝろ』の女性（静）とは対蹠的なその極性にかけて——作品全体をやがて、なまなまと二層化することになるのだ。

　夫の部下である津田を贔屓にし、かつて清子との仲を取り持ち、お延との結婚のさいにも媒酌の労をとったこの中年有閑婦人が津田の病室を訪れるのは、入院四日目、ちょうど若妻と小姑が膝を交えている時刻である（「お延とお秀が対坐して戦つてゐる間に、病院では病院なりに、また独立した予定の事件が進行した」・「百三十一」）。彼女はすでに、入院のための根回しに訪れた津田の前に一度、入院日に病院から叔母一家と観劇に出向いたお延の前に一度、それぞれ、比較的短い連続場面（前者は三節分、後者は十節分）に姿をみせている。それ以来、あたかも事態の熟成をじっくりと見届けていたかのような間を置いて津田と対面する人物が、そこでどんな提案を口にするかは、作品に接した誰の記憶にも（いわば奇妙なささくれのごとき感触として）残っていよう。それほど清子が気になるなら、退院したらすぐ、いま山中の湯治場に独り逗留している彼女のもとに出向き「男らしく未練の片を付けて」くればいい、旅費も出してやるからというその提案は、例によって回りくどい会話の応酬と、津田にたいする刻々の心理描写の果てに明らかになるのだが、夫人との「特別な関係」のツボを心得ているはずの津田にとり、彼女の言葉は、要所要所で予期をはるかに越えた図星を刺し重ねる。彼女はしかも、媒酌以来、三日前に儀礼的な言葉を交わしただけのお延の性格や複雑な心底まで、あっさりと見抜いてしまうのだ（「でなければ、あゝ虚勢を張る訳がありませんもの」）。津田はそのつど、「今日迄斯ういふ種類の言葉をまだ夫人の口から聴いた事がなかつた」、「お延の態度を虚勢と評したのは、夫人が始めてゞあつた」などと狼狽するのだが、そのように虚を衝かれる者と、衝く者とのあいだに、たとえば次のような遣り取りがみえる。

「是でも未練があるやうに見えますか」
「そりや見えないわ、貴方《あなた》」

「ぢや何うしてさう鑑定なさるんです」

「だからよ。見えないからさう鑑定するのよ」

夫人の論議《ロジツク》は普通のそれと丸で反対であつた。と云つて、支離滅裂は何処にも含まれてゐなかつた。彼女は得意にそれを引き延ばした。（「百三十八」）


このとき、話者の注釈はこの場にとってきわめて正確である。「見えないから」、代わりにずっと読んでいたのだとまではむろん口にださぬものの、夫人はここで、津田、お延、お秀といった「普通」人が、互いの「腹」を読みあい読みそびれあうのとは明らかに次元を異にする漱石的系列を、一種忠実に引き継ぎながら介入しているからだ。その既読的な資質がそして、那美や直の誘惑でも、御住の睦みかたでもなく、邪まな使嗾性と結びつこうとする点に、一編の「非凡」さが看取されねばならない。邪手は同時に、他方のお延にも伸ばされ、お誂えむきに彼女は「判つたやうで又判らないやうなのが、丁度持つて来いといふ一番結構な頃合」にいるのだから、津田の留守中、手ずからその「慢気」を矯めてみせようと、吉川夫人はその奇態な提案を締めくくるのである。「貴方は知らん顔をしてゐれば可《い》いんですよ。後は私の方で遣るから」（「百四十二」）。

こうして、「鼠を弄《もてあ》そぶ猫」のように、暇と地位に任せて「他《ひと》の内輪に首を突ッ込んで」くる四十過ぎの夫人にとって、心理的にはむろん、かつての清子も、現在のお延も、津田にたいする愛情の代償的な対象としてあることは、比較的見やすい事実に属している。原理的にはしかし、彼女は翻ってまさに、作者のデビュー作を活気づけた話者の位置を捨て、「鼠」も好んで取るようになったきわめて邪悪な「猫」なのだ。この二層に跨りながら夫婦の仲を深々と翻弄するがゆえに、お延の従姉妹のいうとおり、彼女は「二人前位肥つて」いるのだと付言してもよい。

　この切所の後、作品はさらに、同じ次元にくだんの小林を送りこむことになる。初手からなにくれと察しのよい彼もまた、その最後の登場場面においては端的に――漱石作中の男性としては、ほぼ唯一の例外として――たんなる人知をこえ、すでに読まれてあることのみずからへの浸透率を高めてみせるのだ（「百五十七」「百六十」）。それがもっぱら、「多事な一週間の病院生活」を終え、お延の手前をつくろって清子のもとへ赴こうとする津田にのみ向けられるという意味では、彼はそこで、吉川夫人の脇役もしくは亜種といった趣を呈してはいる。だが、両者の軽重を問うより、ここではむしろ、作品の主要人物としてはこの二人だけが、一貫して心内描写を寄せつけぬ点に着目すべきである。この場合、「他《ひと》の心」を読み取る者たちの「心」を話者がさらに描き取ってしまうと、事態の妙を逸してしまうからだ。一方は「上流社会」の体現者、他方は「下層社会」の同情者として鮮明な対立を演ずるかにみえて、吉川夫人と小林はそのじつ、相違の鮮明さが逆にきわだてるその説話論的な同類性にかけて、津田夫婦の仲をいじりまわすのだ。四日目の病室を相前後して訪れる両人が、擦れ違ってじかには顔をあわさぬことも一事と無縁ではなく、巷間また、数々の『明暗』論が彼女らの異彩をしばしば俎上に載せるのも、人々がそこで、それと知らぬ間に二人の根深い仲に反応している証なのだといってよいのかもしれない。実際、この二人抜きの『明暗』など、とうてい考えられぬではないか。

　ともあれ、大略このようにして、次元を異にする二種の人物たちが同じ場所に入り交じるさまが、『明暗』の異様な長さを読みさしがたくしているのだが、吉川夫人と小林を、津田夫婦、お秀、その他の脇役たちとあくまでも同列に眺めるかぎり、大作最大の切所はもちろん、津田の温泉行きに求められねばならない。

　馬車はやがて黒い大きな岩のやうなものに突き当らうとして、其裾をぐるりと廻《まは》り込んだ。見ると反対の側にも同じ岩の破片とも云ふべきものが不行儀に路傍《みちばた》を塞いでゐた。台上から飛び下りた御者はすぐ馬の口を取つた。

　一方には空を凌ぐほどの高い樹が聳えてゐた。星月夜の光に映る物凄い影から判断すると古《こ》松《しょう》らしい其木と、突然一方に聞こえ出した奔湍《ほんたん》の音とが、久しく都会の中を出なかつた津田の心に不時の一転化を与へた。彼は忘れた記憶を思ひ出した時のやうな気分になつた。

「あゝ世の中には、斯んなものが存在してゐたのだつけ、何うして今迄それを忘れてゐたのだらう」

（「百七十二」）

中湯河原あたりとおぼしき湯治宿に到着まぎわの一節である。その夜、宿の風呂場近く、迷路のような一隅で清子と出くわした津田が、翌朝、彼女の部屋で対座するところで大作は断たれるのだが、汽車内の場面から指折ってもわずか二十節を数えるにすぎないこの末段にいたり、作品そのものが「不時の一転化」をなすがごとく趣を変えることは、誰もが口にするとおりである。事実、その急変は、ほとんど別個の小説に接する印象をきわだててやまない。これから一体どうなるのか？　物語の展開と帰結を考えずにはいられぬ人々にとって、予想の如何を問わず、その核心に、心理の密室劇的な重苦しさから一転、山中の通気に開かれるこの急変の感触がつきまとうことだけは疑いを容れず、たとえば、右を引用する大岡昇平の一文も、大作の結末に「人事と自然との融合」を思い描いている[18]（「『明暗』の結末について」一九八六年）。「小説文法」に照らしたいくつかの展開パターンを提示して、すぐれた実作者ならではの慧眼を随所にとどめる大岡昇平の文章は、数ある類例におき出色を誇るものだが、この大岡文をおおむね踏襲しながら、実際に――別にいえば本編にたいする良質の批評のひとつとして――その続編を書いてみせた水村美苗の『續明暗』（一九九〇年）もまた、あたりの「自然」のなかでお延を解放するだろう。このとき、水村作にあって示唆的なのは、その心内語とともに再登場する小林に夫婦双方にたいする善意の助言者の役を与え、津田がみずから吉川夫人と絶縁するという成りゆきを講じている点にある。すなわち、『明暗』を終わらせるには、何よりも、二人を津田たちと同じ次元に引き戻さねばならぬといった、ある意味では妥当な判断がそこに発揮されることになる。

だが、続編ではなく、ここではいましばらく本編に立ち止まり、もう一歩踏みこんでひとつの疑義を呈しておかねばならない。

「明暗」は長くなる許《ばかり》で困ります。まだ書いてゐます。来年迄つゞくでせう。

死の二十日ほど前の私信（成瀬正一宛・一九一六年十一月十六日）にみる有名な文言だが、「来年迄つゞく」その先はともかく、この長さにまみれながら、漱石はすでにしていま、取り返しのつかぬかたちで、何かひどく間違えているのではないか？　最後の要所がそこにある。

「快楽」と「苦痛」

そもそも、この作家に特有の節度は、この場にも十分働いているのかと考えてみればよい。

たとえば、描写における言葉の量の問題にかんして、漱石が早くから自覚的であったことは『文学論』がよく証するところで、その第三編第一章、レッシング『ラオコオン』の名高い非難に和しながら、一詩人の「精緻の叙述」にかんし、「かくの如く頭の頂より足の爪先迄残る隈なく写し出せる手際は整然として一糸乱れずとも賞すべきなれども、如何にせん、其目的たる美人全部の印象は頗る曖昧たるを免れず」と記す漱石は、「文学的Fと科学的Fとの比較一汎」と小題されたその場所でしきりと、「解剖」の累積が逆に肝心の「綜合」の実を逸することを警戒している。[19]別文にはまた、風景描写にかんしても、「或一つの風景について、テンからキリまで整然と写せてあって、それがいかにも目の前に浮動するやうな文章は恐らくあるまい」から、書き手はよろしく、その「中心点」をきわだてるべきなのだと説かれている[20](「自然を写す文章」一九〇六年)。現にそのようにして、お延の顔立ちは——ちょうど、『虞美人草』の藤尾と同様——よく動く「眉」と艶やかな「瞳子《ひとみ》」によって描かれ、温泉場の異境めいた色調も、「空を凌ぐほどの高い樹」によって印象づけられていた。これにたいして、心の領分だけがなぜかくも延々と、かつ、たえず整然と論理的に、さながら優秀な外科医の鋭利で素早いメス捌きにも似た動きとともに「解剖」されてしまうのか？　人の容貌や風景とは異なり、心が眼にみえぬものである以上、何よりまず可視化の要請が働きはする。それはとうぜんの成りゆきではあるものの、この場合にかぎって「解剖」の克明さこそが真らしい「綜合」に通ずる保証など、そのじつ何処にもないのだ。ごく一般的にいっても、かりに、曰く言いがたいものにその秘枢がかかっているとすれば、こうして理路整然と説明されうるところに、人の「内面」の感触を創出することには原理的な無理が伴うのだが、日常生活のごく微細な心の揺れにあえてその無理を強いる点に、漱石による一種の技法的実験があったとみることは、むろん不可能ではない。現に、このように異様な心理描写の更新を日本小説はかつて試みたこともなかったからだ。しかし、無理はここで、別途さらに抜きさしならぬ齟齬を抱えこんでしまうのだ。

試みに、先に掲げた「小切手」のくだりを次のようにごく短く書き換えてみればよい。


　彼女はわざとらしくそれをお秀に見せるやうに取扱ひながら、津田の手に渡した。

　「こりや一体何うしたんだい」

　此冷やかな調子と、等しく冷やかな反問とが、登場の第一歩に於て既にお延の意気込を恨めしく摧いた。彼女の予期は外れた。

　「何うしもしないわ。たゞ要るから拵へた丈よ」

　斯う云つた彼女は、腹の中でひや〳〵した。


「気脈」の通じあった夫婦仲の演出に腐心する若妻の「多大の努力」を、すでにいやというほど知らされている者には、これだけでも、その「腹の中」は察知しうるではないか。もとより、人によって多少の幅はあろう。だが、その幅、すなわち読む者に推量の余地を与えながら進むことが手慣れた作家の基本的心得であり、漱石が大小となくその種の配慮と技量に恵まれていたことは、たとえば『こゝろ』の話者「私」の黙説的な現在につき、小森陽一以来、人々がいまも憶測を逞しくする事実ひとつとっても明らかだろう。そうした書き手が、ここでは逆に、推量の余地をこそ奪うのだ。右を漱石の本文とじっくり読みあわせてみるとよい。一流の論理性のもと、解剖学的な手捌きでその余地を容赦なく奪い取って、望みの方向に読者を縛りつけること。それも、遠目には無きにひとしい些事をめぐり、人物たちの科白と仕草のあいだに、そのつど性急に割りこんでは、何度も何度も同じ直截さで。このとき、その意味づけの性急さ、克明さ、鋭利な直截性、一方的な拘束性の累積それじたいが、嗜虐的な欲望に通ずるのだと指摘したのは、『マゾッホとサド』のG・ドゥルーズだが、陵辱に先立って繰りかえされるあの明晰きわまりない瀆神演説が、すでにして嗜虐者たちの鞭や縄なのだというその卓見に結びつけるなら、だからこそ、吉川夫人は不可欠なのだと、そう再言しなければならない。

　実際、彼女の存在は一筋縄では済まぬのだ。その邪悪さは、一方ではしかるべき節度とともに世俗化されてはいる。が、それは同時に、他方でいっさんに節度を欠く心理描写とのあいだに、いっそう根深く「特別な関係」を発揮するわけで、彼女はこのとき、いわば話者と並の作中人物との中間に位置して、筆紙にたちこめる心理描写そのものの暴力を――その累積に縛りつけられる読者自身のいわば反転的なカタルシスを担うかたちで――津田ではなく、お延の一身に転送する触媒となるのだ。叔母一家と連れだった劇場で、遠くから自分に「双眼鏡」を向けるその夫人が、これから起こる「変化」の「総ての源因」であると、お延自身が早くも故知れぬ「断案」を抱いていた（「五十六」）のはこのためである。先の大岡昇平が、[21]「湯河原の場面が小説の真中の折れ目で、同じ量だけ続いたら、お延は緊張に堪えられない」と記すのもこの点にかかっているとみなしうる。とすれば、作品は総じて「お延の感情教育の観を呈している」という大岡説にもむしろ積極的な暗色を添えねばならず、ありようは文字どおり、お延にたいするテクスチュアル・ハラスメントとも称すべき根深い邪悪さを呈しながら、おそらくは漱石その人のミソジニックな傾斜を紙幅全域に染み渡らせるかにみえるのだ。だからこそ、すぐれて批評的な違和感とともに、「美文」じたいによって不当にもそのヒロインを殺す『虞美人草』の作家を論じた水村美苗は、[22]『續明暗』では、その藤尾の面影を曳くお延を救ってみせもするのだが、この意味にかぎるなら、大作は逆に相応の統一性を保持しているといえよう。

ところが、そうした事態を支えながら、一編全体におき、出来事の時間は遅々として進まず、場面はしきりと迂回し、「彼の女」の存在は如上しばしば宙に吊られてあるのだ。つまり、その遅延＝迂回＝宙吊りの姿勢が、心理描写における「解剖」性と、原理的な不和をきたすこと。右のドゥルーズが他方に看破するごとく、何かを執拗に遅らせ、迂回させ、宙に吊りつづける者がむさぼるのは、その曖昧さじたいに根ざすマゾヒスティックな官能性にほかならず、それぞれの形態論的な隔たりにおいて、サディズムとマゾヒズムとは、あくまでも非対称な二種の嗜欲と化さざるをえないのだ。ありようはちょうど、盲目のサディストが考えにくいように、外科医的なマゾヒストというものが想像しがたいといった関係を示してしまう。すなわち、「解剖」のその鋭利さと、いつまでも「綜合」に達せぬこのまだるっこさ。しかし、鋭利にまどろっこしいものに、人は一体どうなじめばよいのか!?　比喩的にいえば、『明暗』を読む者はそこで、不協和音どころか、正確に一度分ずれた同じ音列を同時に聴く者にも似た違和感を余儀なくされるわけで、このとき、午前中の執筆の苦しさを午後の漢詩や書画で紛らわせたというエピソードは、かかって示唆的なものとなる。いうまでもなく、書き手は同時に、自作にたいする最初の読み手であるからだ。それゆえ、彼は、「作者の分身」と同時に「読者の分身」をも作中に送りだすことにもなるわけだが、ありようはこの場合、一方に吉川夫人の生彩を導くとともに、他方ではより切実に、漱石その人を苛まずにはいないのである。

僕は不相変「明暗」を午前中書いてゐます。心持は苦痛、快楽、器械的、此三つをかねてゐます。存外涼しいのが何より仕合せです。夫でも毎日百回近くもあんな事を書いてゐると大いに俗了された心持になりますので三四日前から午後の日課として漢詩を作ります。

（久米正雄、芥川龍之介宛書簡・一九一六年八月二十一日）

いわば、その「快楽」じたいが日々「器械的」に抱えこむ「苦痛」。

そう考えてはじめて、この場にも大作の未完部分を忖度する資格が与えられるとすれば、『明暗』はそこで、さらに居心地の悪い事態を招き寄せることになるかもしれない。つまり、筆紙そのものに軋みをたてる官能的なこの齟齬の全体が、この後、何かしらひどく善良なものに差しむけられてしまうとすれば……!?

倫理的にして始めて芸術的なり。真に芸術的なるものは必ず倫理的なり。

『明暗』起筆時、一九一六年五月の「断片」に残された言葉である。遡って、一九〇七、八年頃と推定される「断片」にも、「道徳ハlifeノ根本義ヲ維持スル上ニ於テabsolutelyニ必要デアル」と記されている。すでに、別れしなの小林の口から、「事実其物に戒飭《かいちょく》される方が、遥かに覿面《てきめん》で切実で可いだらう」（「百六十七」）といった予言的な言葉が洩れてもいた。そして、津田の前にはいま、前夜、階段の上で蒼然と立ち尽くしたことを忘れたかのように、「心理作用なんて六《む》づかしいものは私にも解らないわ。たゞ昨夕《ゆうべ》はあゝで、今朝は斯《か》うなの」と「優悠《おつとり》」と口にする清子がいる（「百八十七」）。「則天去私」などという悪い冗談はともあれ、この清子を軸に大方が予期するごとく、「戒飭」を受けた津田の改心なり、何かに目覚めたお延の変心なり、大作の結末にもまた、漱石の常に違わず、何らかの倫理的な方向性が与えられることだろう。だが、それで本当に「解決」がつくのか？　そうなるとむしろ、『明暗』は二重に間違ってしまうという直感が、おそらく谷崎潤一郎の名高い酷評を呼ぶことになるのだ。

『明暗』は「ちよいと見ると組み立てが整然として居るやうに感ぜられるけれども」、じつは、その「論理的」な「トゲトゲしく堅苦しい理智」が一場を台無しにしているのだ、と、そう口を切る谷崎は、併せて、津田たちの振る舞いの「まどろつこしさ」を難じながら、そこに「たゞ徒らに事端をこんがらかして話を長く引つ張らうとする作者の都合」を見抜いたうえで（傍点原文）、次のように断罪する。

> 私をして忌憚なく云はせれば、あれは普通の通俗小説と何の択ぶ所もない、一種の惰力を以てズルズルベツタリに書き流された極めてダラシのない低級な作品である。
>
> （「芸術一家言」一九二〇年[23]）

この苛烈な批判は、表面的には、「一箇の有機体」たる作品におき、「一局部を壊せば全体が壊れてしまふほど密接な関係」を求める者の目に余る反証として綴られてはいる。だが、そこから十年もせぬうちに、筆致それじたいの「まどろっこしさ」とマゾヒスティックな官能性の紐帯を、邪なもののもとで深々と結びこみながら数々の名作を残したのは、ほかならぬ谷崎である。その相貌をいささか知る者にとり（小著『谷崎潤一郎』一九九二年、および本書第八章参照）、行文はおのずと別途に響いてくるのだ。書く（読む）ことの至近に発していかようにも人離れしてしまう条件にひとたび身を開いた者が、どうして倫理的でなどありえようか、と。

だが、もとより未完の小説である。一編につきこれ以上言葉を重ねることは控えねばなるまい。代わりに、たまたま目についた一例をこの場のメイン・トピックに寄せながら、当座の結語を得ておくことにする。——一人の女性（「青豆」）と一人の男性（「天吾」）との視界に交互に委ねられ、疎隔的な領域の交差配列を示すその話題作の切所においても、「現実」的には一貫して懸け離れた二領域双方に、「特別な能力」をふるって禍々しい作用をもたらす謎の黒幕が、次のように深々と、一方の主役の虚を衝いている。「リーダー」と呼ばれるその黒幕が、Leader であると同時に Reader でもあることは、いうまでもない。

男はもう一度深い息をついた。「なるほど。君の言い分はよくわかった。それではこうしようじゃないか。一種の取り引きだ。もしここでわたしの命を奪ってくれるなら、かわりに川奈天吾くんの命が助かるようにしてあげよう。わたしにもまだそれくらいの力は残されている」

「天吾」と青豆は言った。身体から力が抜けていった。「あなたはそのことも知っている」
「わたしは君についての何もかもを知っている。そう言っただろう。ほとんど何もかもということだが」
「でもそこまであなたに読みとれるわけはない。天吾くんの名前は私の心から一歩も外に出ていないのだから」
「青豆さん」と男は言った。そしてはかない溜息をついた。「心から一歩も外に出ないものごとなんて、この世界には存在しないんだ。(…)」

青豆は言葉を失っていた。

(村上春樹『1Q84』BOOK2第11章・傍点原文)

確かに、「心から一歩も外に出ないものごと」など、この場にはありえなかった。だが、それをいかにも意味ありげに「特別な」、空に月が二つ浮かぶような世界に囲いこまねばならぬ理由も、同じく原理的にまた、何処にもありはしないのだ。ありうるのは、書字の場に固有な何かを「特別な」ものとして縁取らねば納得できぬような惰力にすぎない。漱石において貴重なのは、今日にまで残存するその惰性的慣習がまさに覇を唱えようとした同じ時期に、しかも、それとは容易に見定めがたい技術的ラディカリズムとともに慣習の裏をかきながら、いっけんごく世俗的な小説を書いてみせた点にある。一部には漱石文学の「最高峰」とまで持てはやされる未完作品において、それが如上かなり痛々しい暗色を呈するとはいえ、その暗色さえ、右のごとき凡手の遠く及ばざる教訓にみちているだろう。

第六章　志賀直哉の「コムポジション」と徳田秋声の「前衛小説」

ところで身上話というものは、主観的なものだろうか。
——古井由吉『言葉の呪術』

「排技巧」＝「技法」？

『破戒』の藤村と『蒲団』の花袋とが、継いでそれぞれ『春』と『生』を発表し、正宗白鳥の『何処へ』や、硯友社流の旧態を脱した徳田秋声の『新世帯』などが脚光を浴び、新文学の先駆者たる栄光に包まれて国木田独歩の没した一九〇八年、当代有数の理論家と目されていた島村抱月は、この国の小説界に澎湃として沸き起こった事態の「価値」を説いた一文中に、次のような要約を書きこんでいる。

(…)其の新しいもの丶特徴を今一度概括して言ひ直すと、外形に於いて消極的には排技巧となり積極的には描写の自然となる。また内容に於いて消極的には排遊戯となり積極的には人生の意義の暗示となる。

（島村抱月「自然主義の価値」[1]）

尾崎紅葉『多情多恨』『金色夜叉』のふたつの場面の外連味と、右の『何処へ』と真山青果『家鴨飼』（同年）にみる二場面の素朴な滋味。これらを併せ引きながら記される右文をもちまえの美学理論に接木する抱月は、さらに、その「人生の意義」につきづきしい真実として「無理想無解決主義」の顕揚にいたると同時に、素材論的な「無条件主義」をもそこに要求する。つまり、より多くの人生がそうであるごとく、ことさらな「解決」も「理想」ももたぬ幾多のものを、何であれ、ありのままに描くこと。それこそが「自然主義の価値」であるといった一文が、さまざまな反撥・批判を惹起する一方で、「自然主義陣営の宝典」[2]とまで喧伝されたことは文学史の常識に類しよう。事実また、彼のこの規定が、やがて〈自然主義→私小説→心境小説〉という狭隘な純化志向が重きをなす大正期日本小説の大勢を予言して、多分に記念碑的なきわだちを示している点も改めて断るにおよぶまいが、それから四半世紀後、同じく時代の代表的批評家として、「わが国の近代私小説のはじまりである『蒲団』」以来の事態の推移につき、小林秀雄はこう記すことになる。

以来小説は、作者の実生活に膠着し、人物の配置に、性格のニュアンスに、驚くべき技法の発達をみせた。社会との烈しい対決なしで事をすませた文学者の、自足した藤村の「破戒」に於ける革命も、秋声の「あらくれ」に於ける爛熟も、主観的にはどの様なものだつたにせよ、技法上の革命であり爛熟であつたと形容するのが正しいのだ。

（「私小説論」一九三五年）[3]

同年の横光利一「純粋小説論」（第九章参照）にたいする批判として、フローベールやゾラのごとき「社会化された私」をもちえなかった本邦「私小説」の問題を扱い、抱月文を凌いで人口に膾炙した文章であるが、ここに着目を促したいのはほかでもない。それは、抱月のいう「排技巧」の位置に、小林があえて「技法」の一語を差しむける点にある。『破戒』はともかく、その転位はしかも、先の『新世帯』以降、抱月的な意味におき典型的な「自然主義」作家として衆目の一致する徳田秋声の代表作にたいして講じられているのである。では、そこで「爛熟」したとされるのは、具体的にどんな「技法」なのか？

ところが、それについては何も語られていない。それが小林秀雄の流儀である。実際、具体的なものにたいする一貫した消去が、華やかな修辞の生彩のもとに抽象の鋭さを導くという道筋は、「様々なる意匠」（一九二九年）の当初からこの批評家の常態に類するものであるのだが、同事はまた、たとえば彼の最初の作家論たる「志賀直哉」（同年）に、一種の用語矛盾として現じている。志賀の鋭敏きわまりない「神経」は「肉体」から遊離せんとするが、観念の飛躍を知らぬ旺盛な生活欲にまみれているその「肉体」は、「神経を捕へて離さない」。そんな言葉を携えた前半部を後半へと展ずるにあたり、論者はあらかじめ、かくも抽象を許さぬ作家を語る「困難」を強調したうえで、志賀の「制作の手法に関する問題」へと進んでゆくのだが、そこで断言されるのも次のような「手法」なのだ。

（…）氏の視点の自由度は、氏の資質といふ一自然によつてあやまつ事なく定められるのだ。氏にとつて対象は、表現される為に氏の意識によつて改変さる可きものとして現れるのではない。氏の眺める諸風景が表現そのものなのである。
（小林秀雄「志賀直哉」[4]）

つまりは、独自の「手法」としての「眼」!?――だが、これはそのじつ、新時代の作家に不可欠の「資質」として抱月がつとに強調していた紐帯、すなわち、「向ふからは物が来、我れからは情が往つて、ぴたりと行き逢つて一つになる」事態[5]（「自然主義の価値」）の変奏である。抱月の文脈では、そうした「物」の「中身から発して来る味を極めて素直に伝へてゐる」ことが「描写の自然」と呼ばれるのだが、小林はここで同じ「自然」の一語を、志賀の視線と表現とのあいだに固定（＝「資質」）しているにすぎぬからだ。

このとき、二十数年の時間を挟んで、ふたりの批評家におけるもっとも対蹠的な二語じたいが、むしろ「ぴたりと」重なる点に着目すればよい。もとより、ボードレールとランボーの詩から生まれたと自称する批評家である。言語の物質性や作品組成につき、抱月ほど鈍感ではない小林には、いわば知って無視するといった側面が確かにありはするのだが、抱月の「排技巧」と同様、小林のいう「技法」の一語がここで、具体的には何も示さぬ点に変わりはない。のみならず、志賀直哉にかんしては、「肉感」みなぎるその筆致のうちに「氏の細骨鏤刻の迹を辿らうとし、鑿々《さくさく》たる鏨《たがね》の音を聞かうとするのは恐らく誤りだ」（「志賀直哉」）とまで記されている。[6]となれば、先にいう徳田秋声の技法的「爛熟」の内実をこの批評家に問うことも、初手より空しい仕儀になるわけだが、批評が抱えこむこうした抽象性一般をたんに嘆くだけでは何も始まりはせぬ点は、独歩や藤村らを扱ったさい、風景描写と物語との関係に費やした文章の劈頭にも寸言するところであった（第四章参照）。その独歩らの後日譚として、大正期の小説風土にあって、いわゆる

「純文学」的描写の精髄を具現したと目されて久しい二大家を招致するこの場でも、問題はやはり、眼ではなく手にあったことを語らねばならぬのだが、試みにまず、小林秀雄の禁ずる「誤り」に進んで就くことから始めてみたいとおもう。

蠑螈と剃刀

右の小林が、「或る印象を表現するに如何なる言葉を選ばうとするかといふためらひ」を感じさせぬ「直接」的な「触感」にみちた好例として指呼しているのは、志賀直哉の次のような一節である。

(…)自分は何気なく傍《わき》の流れを見た。向う側の斜めに水から出てゐる半畳敷程の石に黒い小さいものがゐた。蠑螈《ゐもり》だ。未だ濡れてゐて、それはいい色をしてゐた。頭を下に傾斜から流れへ臨んで、凝然《ぎつ》としてゐた。体から滴《したた》れた水が黒く乾いた石へ一寸《すん》程流れてゐる。自分はそれを何気なく、踞《しやが》んで見てゐた。(…)石の音と同時に蠑螈は四寸程横へ跳んだやうに見えた。蠑螈は尻尾を反らし、高く上げた。自分はどうしたのかしら、と思つて見てゐた。最初石が当つたとは思はなかつた。蠑螈の反らした尾が自然に静かに下りて来た。すると肘を張つたやうにして傾斜に堪へて、前へついてゐた両の前足の指が内へまくれ込むと、蠑螈は力なく前へのめつて了つた。尾は全く石についた。もう動かない。蠑螈は死んで了つた。

(『城の崎にて』一九一七年)

山手線の電車に跳ね飛ばされた傷の後養生に逗留した温泉場。この場景は、土地の旅館の二階から玄関屋根のうえに視つめる「蜂」の死骸、町中の川にもがく「鼠」、風もないのになぜか一枚だけせわしく揺れる「桑」の葉の三場面を受けて、短編作品の結末部をなす。それぞれ印象的な細密描写を携えて作品の大半を占める都合四つのものが、小林にいわせれば、「表現そのもの」としての「諸風景」となるわけだが、国語教科書の定番たる一編がそこで、静謐な「淋しさ」のなかで生死のあやうい均衡を触知する者の心底を表現していることは、現在の高校生でも知っていよう。実際、その「蜂」も「鼠」も、狙ったつもりもなく投げこんだ石で殺してしまったこの「蠑螈」の場合と同様、「自分」はそのつど我身にしみじみと引きよせて、これらを凝視しているわけだ。が、右行文をふくんで全集版では二頁分の結末部は、「いのち」と題された三年ほど前の草稿段階ではしかし、ほんの四文で処理されているのだ。

　自分は又流れの向ふ側の半分水に洗はれてゐる岩の上に一疋のいもりがあがつてゐるのを見つけた。いもりは坂になつた岩の途中に尾を上に流れの方を向いて、ジツとしてゐた。水から出た所と見えて、末だからだは濡れてゐた。それが一層其《その》黒い色を濃くして見せた。[7]

（草稿「いのち」・傍点原文）

　この草稿全体は完成稿とほぼ同量の言葉から成るのだが、そこにはまた、「鼠」の場面もない。代わりに、草稿前半部を占めているのは、遭難事故の顛末と、これにまつわる偶然である。電車に轢かれかけた子供がさしたる怪我もなく救われる。その顛末を描いた短編を書きあげた当日、自分が同じような事故にあったというのがその偶然事であり、「子供の助かつた事を書いて置いたが故に自分も助かつたやうに思はれてならなかつた」[8]という感慨が、そこに添えられてある。短編とは『出来事』（一九一三年九月）に当たり草稿にもそう記されているが、完成稿では、これが『范の犯罪』（同年十月）に変わり、後論を先取りすれば、書くことと生きることにまつわる多分に志賀的な感慨もとうぜん抹消されてくる。草稿で自身の遭難事故を語っていた言葉も適宜に分断縮約されたかたちで、完成作品の数箇所にごく簡潔に挿入されながら、人口に膾炙した名作はそこで、「自分は偶然に死ななかつた。蠑螈は偶然に死んだ」という別種の感慨に収斂することになるのである。

もとより、「志賀直哉」の論者に草稿を読みうる条件は与えられてはいない。ゆえに、右のみでその立言の是非を問うことは、なかば公平を欠くかもしれない。だが、そもそも、完成稿じたいにことはすでに明瞭でもあって、小林秀雄のいう「視点の自由度」とは裏腹に、作品の大半を占める「諸風景」はそのじつ、互いに一種緊密な連繋をなしているのだ。

まず、「蜂」と「鼠」の場面を繋ぐ位置にあらわれる『范の犯罪』への七行ほどの言及の役割。同作では、妻を殺す男の不得要領な心に焦点があてられていたが、『城の崎にて』の「私」は、その男の代わりに、今度は女の側にそって「殺されて墓の下にゐる、その静かさ」を書くべく念じていたという。この行文は、表面的には、作品冒頭近くに記された心境、「一つ間違へば、今頃は」青山墓地の土に鎮まっていた身になじむ「死に対する親しみ」と対応している。「蜂」の死骸の静寂さは、この対応関係を中継強化するわけだが、「殺されたる范の妻」をめぐる数行の効果はじつは作品全体に波及しており、後続場景で、川のなかをもがき泳ぐ「鼠」には——曲芸師の夫が投じたナイフで「頸動脈を切断」された『范の犯罪』の妻と同様——「首の所に七寸ばかりの魚串が刺し貫して」いるのだ。のみならず、その旧作のかなめ、故意と過失の見定めがたさは、一転ここでは鮮明な対照をなすかのごとく、一方では、川縁からその「鼠」を狙ってしきりと石を投げつける子供らや車夫の仕草があり、他方に、「蠑螈」を殺した「自分」の過失がきわだつことになる。このとき、「桑」の葉もまた、草稿にはないこの対照を導くかたちで、「もう帰らうと思ひ」ながら歩む者を山中の渓流へとさらに手招きするかのように、「ヒラ〳〵ヒラ〳〵と忙《せは》しく動く」のだ。とすれば、「蠑螈」を殺したのはつまり、何気なく投じた「石」ではなく、そうした「自分」＝話者を改めて作りなおしている書き手の「鑿々たる鑿」の切れ味なのだといわねばなるまい。

　先の抱月に倣うなら、志賀直哉の一編はこのように、「向ふからは物が来、我れからは情が往つて、ぴたりと行き逢つて一つになる」ごとき印象を創出して、むしろ手のこんだ作品（＊1）となるわけだが、遡ってまた、ごく初期の『剃刀』（一九一〇年）が示しているのも同様の事態である。そこでは、右にもまして興味深い「細骨鏤刻の迹」が歴々と看取されてくるだろう。

「名人」ともてはやされる床屋の主人・芳三郎が、ある日、おりからの多忙と病熱ともちまえの癇性が災いして、一見客の喉をふと抉り殺してしまう。話としてはそれだけの、わずか十二頁ほどの短編『剃刀』を完成するまでに、作者は三種の草稿を手がけている。全集では順次「人間の行為〔A〕」、「人間の行為〔B〕」、「殺人」として採録されてあるものを、ここではそれぞれA稿、B稿、C稿と略記して主たる異同を眺めておけば、一人称伝聞体のごく短いA稿は、出来事の経過をなぞる三人称の完成作とは異なり、事件直後の近所の噂や新聞記事によって構成されている。そこでの焦点は犯行動機に絞られ、手元が狂ってほんの少し客の肌を傷つけたこと以外に心当たりがないという床屋の言葉に接した話者の感慨が、その中心に据えられることになる（「精神病者でなくてもかういふ行為はする、少なくも自分にはその素質があるやうに思つた」）。完成作の分量に近づき人称も転じられるB稿では、主眼が事件の動機から出来事じたいへと切り替えられ、凶行の直前までは完成作とほぼ同じかたちをとるが、殺害場景は描かれぬまま、やはり凶行直後の簡潔な数行が添えられることになる。細部を練り上げつつB稿を踏襲したC稿では、凶行後にあたる箇所が引き延ばされ、そこにA稿のポイントが再導入されるといったかたちになるのだが、これらの草稿にたいし、『剃刀』の要諦は、次第につのる芳三郎の苛立ちが不意の一躍を生むその過程にある。

床のなか、熱で「鋭くなつた神経には」、店内の物音が「ピリ〳〵触る」。常客の砥ぎ注文に応じた剃刀は、突き返されてくる。震える手元を強いて「キュン〳〵」砥ぎなおすうちに、即席の留め釘が抜け、「皮砥が飛んでクル〳〵と剃刀に巻き」つく。妻の心配もよそに薄ら寒い土間に出て辛うじて仕上げたところへ一見客がやってくるが、使用人は外出している。やむなく、柄にも似ず「イキがつた」その若者に剃刀をあてるうちに、主人公の疲労は極に達する。

……刃《は》がチョッとひつかかる。若者の咽がピクッと動いた。彼は頭の先から足の爪先まで何か早いものに通り抜けられたやうに感じた。で、其早いものは彼から総ての倦怠と疲労とを取つて行つて了つた。

傷は五厘程もない。彼は只それを見詰めて立つた。薄く削がれた跡は最初乳白色をして居たが、ヂッと淡い紅《くれなゐ》がにじむと、見る〳〵血が盛り上つて来た。彼は見詰めてゐた。血が黒ずんで球形に盛り上つて来た。それが頂点に達した時に球は崩れてスイと一ト筋に流れた。此時彼には一種の荒々しい感情が起つた。

嘗て客の顔を傷つけた事のなかつた芳三郎には、此感情が非常な強さで迫つて来た。呼吸は段々忙《せは》しくなる。彼の全身全心は全く傷に吸ひ込まれたやうに見えた。今はどうにもそれに打ち克つ事が出来なくなつた。……彼は剃刀を逆手《さかて》に持ちかへるといきなりぐいと咽をやつた。刃がすつかり隠れる程に。若者は身悶えも仕なかつた。

（『剃刀』）

このとき、主人公の身体を上から下へと走り抜ける「何か早いもの」と、その感触を——先の「蠑螈」にまつわる行文にも似た細密描写のうちに——緩め受けながら客の咽元から「スイと一ト筋に」流れ落ちる「血」との、鮮明な一対に留意すればよい。緩慢を違えたその上下動をみずから引き継ぐかのように、凶行の次の一瞬、「彼」もまた「殆ど失神して倒れるやうに傍《かたはら》の椅子に腰を落し」てみせるのだ。

これにつき、たとえば平岡篤頼は、いっけん作為的なこの出来事にむけ、読者ともども「有無を云わさず彼を破局に追い詰めて」ゆく動因を、作中に夥しい擬音語・擬態語の「音韻的」効果に求めていた[9]（『文学の動機』一九七九年）。実際それは、語彙論的には、三種の草稿から完成作へのきわだった変更面を担っている。その語彙論的な特性が、「異常神経の昂進という心的メカニズムをいわゆる写実的言語以上に直接的な言語で捉えようとした」作家自身の「神経のリズム」[10]

に通ずるのだと平岡篤頼は説くのだが、彼の観察を我田に引きなおせば、ポイントはむしろ、作品じたいの鼓動のごとくここに多用されている語彙が、より多くの場合〈1・1〉の語形をなす点にあり（「ウト〳〵」「ピリ〳〵」「キュン〳〵」「クル〳〵」等々）、同じ組形性が、右の山場における同語一対的な語句の近接にまで浸透していることが看過しがたいものになる（「見る〳〵」「全身全心」「見詰めて立つた・見詰めてゐた」「盛り上つて来た・盛り上つて来た」）。とうぜん、砥石や皮砥のうえを滑る剃刀のリズムにもかよう語群の生動が、ここで「段々」、客の咽元に滲み膨らむ「紅」さながら「頂点に達し」、その膨らみから凶事が裂け迸ること。結果、倒れこんで「死人の様に見えた」床屋は、彼に殺された若者の死体とともに、二脚の椅子に並び横たわり、その光景を店内の「鏡」が「冷やかに」映し出しながら、一編の結語ともなるだろう。三種の草稿《ためらい》における空白部を埋め尽くす右の殺害描写は、そのようにして——注文品を二度も三度も研ぎなおす主人公さながら——複数の次元にわたる一対化の動きと、動きそのものの停止たる鏡像とのあいだに、作品全体の「頂点」を創りあげてくるのだ。

　同時代に広く共有された素朴な二分法を踏襲する作者当人の言にしたがえば、この『剃刀』は「空想」の産物、先の『城の崎にて』は「事実」に基づく作品とされている。だが、ここで確認すべきはむろん、どちらについても、作中の主題や出来事にむけ、あるいはそれらをむしろ使嗾して、如上なまなまと絡みあう描写そのものの覇権的なきわだちにほかならない。言い換えるなら、そこに聴くべきもやはり、志賀直哉の冴えやかな砥音なのだが、一事は別様また、『城の崎にて』と同年の中編小説『和解』（一九一七年十月）にも顕著である。

『和解』の「コムポジション」

富裕な父子間の、傍目にはたんなる意地の張りあいにひとしい長年の確執が深々とした和解へといたるさまを描いた一編が、志賀直哉の前半生に大をなす「事実」に基づくことは良く知られていよう。しかし、「文学史的常識からいえばもっとも古い型に属する〈私小説〉作家」のこの著名作は、そのじつ、「きわめて現代的な〈小説の小説〉である」[11]。そう指摘するのもやはり右の平岡篤頼だが、『迷路の小説論』（一九七四年）と題されたその別著におき、安部公房『箱男』（一九七三年）に継いで『和解』に言及する論者は実際、作中のいくつかの「日付」に着目しながら、作品におけるプルースト的な「循環構造」を見出している。出来事の「現在」進行時としては、長女の一周忌の日から始まり父との和解にいたる四週間ほどの幅をもち、随所に過去五、六年間のいくつもの回想記述をふくむ作中に、〈語りの時間〉〈行動（ないし事実）の時間〉〈作者の時間〉の三種の次元を措定する論者のいうには、和解成立直後、作品末尾に「半月程」とのみ指呼されたその〈作者の時間〉こそ、「まさに読者がそれまで読んできた小説」、すなわちこの作品じたいを書く時間にほかならぬのだ[12]、と。

> 自分は仕事の日の一日々々少くなる不安を感じた。自分は矢張り今自分の頭を一番占めてゐる父との和解を書く事にした。
> 半月程経つた。京都から鎌倉へ帰つた叔父からの手紙が来た。それは自分が月初めに出した礼手紙の返事だつた。
> （志賀直哉『和解』「十六」）

作品はこの叔父の手紙数行で結ばれ、『和解』なる作品が現にその「半月程」後、『黒潮』誌上に発表されている。右にいう「仕事」とは、和解成立以前には「夢想家」と題されていた草稿、つまり、父との不和を主題化して何度も書き損じていた小説執筆にあたるのだから、一編は確かにメタ・フィクショナルな「循環構造」をくっきりと示しており、技術史的な観点からすれば、その先駆性は「驚くべき事実」に類するだろう。だが、すでに岩野泡鳴や夏目漱石、とりわけ樋口一葉の驚異的なテクストを眺めてきたこの場では、たんに、平岡篤頼の発見に屋上屋を架して済ますわけにはゆかない。着目すべきは、平岡文によれば「理由もなく冒頭から〈不和〉が存在していたように、ほとんど理由もなく突然〈和解〉が成立する」事態の、そのテクスチュアルな経緯のほうにあり、この点、要はむしろ、作中にしきりと呼びこまれる挫折作品「夢想家」の機能にある。

父親との反目に悩む主人公は、一方では、これまでに幾度かあった関係修復の機会をそのつどみずから損じ、他方では、当の反目を主題化した作品を六年前から何度も「計画」しながら実を結ばず、一念発起してまた着手しはじめたいまも書きあぐんでいる（「自分は一度書いて失敗した。又書いたがそれも気に入らなかった」・「二」）。締め切りが迫り、やむなく「空想」的な別物に切り替えて当座は凌いだものの、次回用にまた「書き直す」も、我孫子から麻布の実家に出むくたびに父親との「不愉快」を反芻せざるをえず、ますます筆は渋る。というのも、自分の実力では、経験を「正確」「公平」に書くことと、その結果、「自分の仕事の上で父に私怨を晴すやうな」仕儀に陥らぬこととを両立させえぬからだと、主人公はそう気づいているのだが、その自覚は副次的な要素にすぎまい。肝心なのは、和解と執筆の双方における数次の失敗を介して、この作中に、生きることと書くことにまつわる新たな対偶化が生じている点にあり、この関係の要所は、三年ほど前に試みたという「コムポジション」に端的にあらわれている。地方の一父子間の確執に仮託して、「父と自分との間に実際起り得る不愉快な」出来事を「露骨に書く事によつて、実際にそれの起る事を防ぎたい」。そうした願意をこめて「コムポジション」を練るうちに、次のような明転が不意に脳裏をよぎるという名高い一節がそれである。

（…）そして其最後に来るクライマックスで祖母の臨終の場に起る最も不愉快な悲劇を書かうと思つた。どんな防止もかまはず入つて行く亢奮しきつた其青年と父との間に起る争闘、多分腕力沙汰以上の乱暴な争闘、自分はコムポジションの上で其場を想像しながら、父が其青年を殺すか、其青年が父を殺すか、何方《どつち》かを書かうと思つた。所が不意に自分には其争闘の絶頂へ来て、急に二人が抱き合つて烈しく泣き出す場面が浮んで来た。此不意に飛出して来た場面は自分でも全く想ひがけなかつた。自分は涙ぐんだ。

（『和解』「七」）

この「コムポジション」もわずかに筆を付けただけで頓挫しているのだが、「作意なく自然に浮んだ其場面」につき、主人公がそのおり、自分たちにおける同じ明転も、「二人の関係が最も悲惨なものになつた時に不意に」訪れるやもしれぬと感じている点を見逃すわけにはゆかない。右場面はおりしも、父子反目の「不運」な犠牲者たる長女の死に費やされる連続場面（「五」「六」）と、初孫の死を憐れむどころか、亡骸を東京へ運んだことを難詰する父親の態度を伝え聞いて「腹から腹を立て」る場面（一八）とのあいだで、さらに遡って想起されているのだ。「争闘の絶頂」は、かかる想起に浸る我身にもすでに近ぢかと兆しつつある。このとき、一節はつまり、A・ジッドの推奨した「中心紋」の一機能たる予告性をおびようとしている。現に「二人」はやがて、互いに涙ぐみながらあっけなく和解するわけだが、志賀直哉において独特なのは、そうしたテクスチュアルな機能をいわば見せ消ちにする言葉たちの厚みが生ずる点にある。つまり、このきわだった予告性にたいし、逆に「作意なく自然に浮んだ」表情を賦活する要素がそこには同時に現じてくるのであり、「コムポジション」にまつわる「此事」は「妻にも、或る友達にも自分は話した」という「七」節末尾の一行の働きが、果然そのひとつとなろう。

　そのさい、いわゆる「私小説」の、とりわけ一人称作品における自己引用性が加担する。作中の他の場所には、たやすく『好人物の夫婦』（一九一七年八月）や『或る親子』（同年同月）と知れる作品への言及が、その同一内容とともに（後者は題名もろとも）記されているのだから、「順吉」という名をもつ話者＝主人公は作者その人であるという信憑が、そのまま、この「コムポジション」にも、また、それを周囲に語ったという次元にも波及するわけだ。ここに『好人物の夫婦』と同じことが確かに書かれているのと同じように、周囲にも吹聴したというその「コムポジション」はついに書かれなかったのだ、と。だが、これが異なった次元のたんなる混同にすぎぬことはいうまでもない。右場面はつまり、その錯視と、テクスチュアルな予告機能との「混合物《コムポジション》」としてあるわけだが、錯視をよりなめらかに導くには、自己引用だけでは十分ではない。信憑誘致はしたがって、テクストの内と外との関係に加え、その内部的な補完性を求めねばならず、事実そのようにして、父親との関係が強いた列車の往復による長女の死の場景が、直前に綿々と描かれるのだとみることができる。ちょうど、先の『城の崎にて』において、草稿段階から変更導入されてあった『范の犯罪』につき、あの「自分」が本当に「殺されたる范の妻」を書こうとしていたのかといった疑念の余地を、小林秀雄のいわゆる「諸風景」の克明さがたやすくは許さなかったように、ここでもやはり、作品の均衡を著しく欠いたかたちで、その夜半の光景が、文字どおり迫真の細密さを携えて書きこまれてくるのである。左はそのほんの一斑、「益々脹《ふく》れて」くる腹腔中に肛門から細管を差し入れながら、赤児に最後の処置を施す場景である。

　赤児の力は段々弱々しくなつて来た。それでも尚其僅かな力で出来るだけの抵抗をしようとした。

　東京の医者は手早く洗滌器の先から細いゴム管《くわん》を取りはづすと、深く差し込んだまま、口で其管《くだ》から腸の中の物を吸ひ出さうとした。医者は吸つては側《そば》の金だらひに吐いたが、殆ど何も出なかつた。そしてさうしてゐる内に赤児はもう息をしなくなつた。赤児の口と鼻から黒いどろ〳〵の液体が湧き出すやうに流れ出《と》した。それが青白くなつた両の頬を幅広く項《うなじ》の方へ流れ落ちた。医者は急いでそれを拭き去ると、人工呼吸を暫くやつてくれた。然しそれは自分達への気休めに過ぎなかつた。　（「六」）

　それから一年後、次女の（右ほどではないが、同じくかなり詳細な）出産場面にも次のような細部が刻みこまれている。

「赤さんがお勝だ〳〵」

水が少し噴水のやうに一尺程上がつた。同時に赤児の黒い頭が出た。直ぐ丁度塞《せ》かれた小さい流れの急に流れ出す時のやうにスル〳〵と小さい身体全体が開かれた母親の膝と膝との間に流れ出て来た。赤児は直ぐ大きい生声《うぶごゑ》を挙げた。自分は亢奮した。自分は涙が出さうな気がした。自分は看護婦の居る前もかまはず妻の青白い額に接吻した。（「十」）

この誕生場面も、この半年ほど前から「段々に調和的な気分になりつつ」あったという言葉（「九」）に、よく似た信憑効果をもたらすのだといえよう。が、翻って看過しえぬことには、ほかならぬこの二種の細部は同時にまた——これもやはり、『城の崎にて』に自己引用された『范の犯罪』が、作中の「諸風景」とのあいだにテクスチュアルな連繋を形づくっていたのと同じく——他方の側面にも大きく加担してくるのだ。

生死の鮮明な対比をきわだてながら、これらが互いに類似している点に着目すればよい（脹れる腹の上下から勢いよく「どろ〳〵」「スル〳〵」流れ出るもの！）。しかも、長女の死には「東京の医者」の遅参が災いし、かねて席を外すつもりでいた「自分」が次女の誕生を目の当たりにするのも、医者の到着前に分娩が始まったためである。父子を隔てる険悪な距離をそのまま、先の子は東京で生まれ、この子は我孫子で生まれる。このとき、生きること（「和解」）と書くこと（「夢想家」）をめぐる先の相同的な失態の一対にまつわる予告性が、右ふたつの細部が結びこむ反転交叉的な対偶を得て、その機能を全うすることになるのだといえばよいか。平岡篤頼は、彼のいう〈作者の時間〉における規定の「目標」（＝「和解」）にたいし、作者はここで「直接的関連の薄い長女の死の場面や次女出産の場面を必要以上に詳しく描写」[13]していると読んでいる。だが、その「描写」こそ不可欠なのだ。長女の死は、先述のごとく、父子反目の「犠牲」であったと考えられている。とすれば、次女の生はその逆を担わねばならない。ふたつの細部の鮮明な交叉性はその反転の余地を開くはずで、余地はしかも、あの「コムポジション」さながら、おりしも祖母が急患に陥るという出来事に縁取られている以上、その祖母への見舞いのために禁足解除を申し出る「自分」と父親とのあいだに、和解が成立せぬほうがむしろ不自然なのである。

　もとより、一日平均十枚で十五日という異例の筆勢で「一ッ気に書いて了つた」と回顧[14]（「続創作余談」一九三八年）する作家の身に寄り添えば、全体として「作意なく自然に浮んだ」表情をもつこの作品におき、一事はいわば「自然に浮んだ作意」に類するとみなすべきではある。実際そうみなしながら、精妙にテクスチュアルなものとごく自然なもの、その両者じたいの「混合物《コムポジション》」をこうして創りあげてしまうような作家の特異な「資質」（小林秀雄）に刮目しておくほうがよいのだが、その先を語り継ぐためにも、このあたりでいま一人の大家を呼び寄せておくべきだろう。というのも、このとき、その徳田秋声の筆致にかんしていかにも示唆的な言葉が、ほかならぬ『和解』の主人公の口から洩れてくるからだ。

　事実を書く場合自分にはよく散漫に色々な出来事を並べたくなる悪い誘惑があつた。色々な事が憶ひ出される。あれもこれもと云ふ風にそれが書きたくなる。実際それらは何《いづ》れも多少の因果関係を持つてゐた。然しそれを片端《かたつぱし》から書いて行く事は出来なかつた。書けば必ずそれらの合はせ目に不充分な所が出来て不愉快になる。自分は書きたくなる出来事を巧みに捨てて行く努力をしなければならなかつた。

父との不和を書かうとすると殊に此困難を余計に感じた。不和の出来事は余りに多かつた。

（『和解』「二」）


反して、『新世帯』に継ぐ『足迹』（一九一〇年）、『黴』（一一年）、『爛』（一三年）、『あらくれ』（一五年）といった一連の新聞小説におき、徳田秋声は、その「悪い誘惑」に進んでなじんでみせるのである。

無標の「後説法」

たとえば、『足袋の底』（一九一三年）と題された四十枚ほどの作品がある。根っから女好きな七十過ぎの楽隠居が、少し前に囲っていた小娘と切れ、老妻の気遣いも尻目にいまは吉原通いに明け暮れているという一話は、私見によれば、秋声の数ある短編中に一、二の出色を誇る作品だが、右『足迹』以下の諸作に先だってここに見逃せぬのは、その彦爺さんのユーモラスな老醜ぶりであると同時に、描き方における文字どおり目の眩むような異様さにある。冒頭、いつもの「一品料理」店で、遊女買いに景気づけの独酌をおえた爺さんは上機嫌で店を出るのだが、その先はしかし、次のように進む（？）のだ。

三十いくらかの勘定を払つて、女に少許《すこしばか》り祝儀をくれると、やがて日和下駄の音をたてながら、そこを出た。いつか周旋屋の手から、若い小綺麗な娘を一人世話してもらつて、手切をうんと取られて、婆さんに何時迄も小言を言はれたことなどが思出された。可愛い顔をしたその小娘の、男にかけては案外な摺《すれ》ツからしであるのに厭気がさして来た。

処女《をぼこ》だといふその娘を手に入れるまでには、爺さんはどのくらゐ口入屋のおこと婆さんに、勿体をつけられたか知れなかつた。

「おぢいさん、これならばと云ふ玉が見つかりましたよ。」

おこと婆さんは、途中で逢つたとき、往来なかでほく〳〵しながら、爺さんの肩を叩いた。

それ迄に、爺さんは幾度となく、おこと婆さんに催促した。

金の入歯などした、越後出のその婆さんは、其度に当惑さうな顔に愛相笑《あいそわらひ》を漂《たゞ》へた。

「私もね、工合のよささうなのをと、始終《しよツちう》心がけてるんですがね、お爺さんの前だけれど、お互に年を取つちや駄目ですよ。」


（徳田秋声『足袋の底』）

継いで、その小娘の姿や、冬日の射しこむ家のなかで「長いあひだの生涯の記憶の断片」を思い浮かべる主人公、その嫁の姿、小娘を囲ったらしき「路次」の光景などが、口入老婆の「金の入歯」にも似た細部をさかんに携えて描かれたうえでようやく、「夜濛靄《よもや》」に静まる吉原堤を歩む老爺の心内に「おれは此先き、幾度この門をくゞる」という言葉があらわれるのだが、一語はしかし、往路ではなく復路の感慨なのである。この心内語に直続する箇所でもまた、小娘の家か遊郭か、あるいは別所なのか容易に判読しがたいものの、ともかく、病後の床から町中へ繰りだす者の姿が、いわば、いずれも現在進行形的な細部にまみれて描かれたすえに、「どこへ行くんだね、お爺さん」という老妻の問い先がどうやら吉原と見定めうるも束の間、「低い島田に結つた頸のあたりが細《ほつ》そりして、横顔が刻んだやうに調つて」いる相方に眼を細めているのは、冒頭の続きではなく、初回客としての主人公なのだ。以上が、四節構成の「一」「二」に読まれる事態だが、「あの爺《ぢい》イ、世話がやけて為様《しやう》がないんだよ」だの、「この凸凹の禿頭」だのといった悪口飛び交う遊郭を舞台にする後半部も同断である。前後も因果関係も定かならぬかたちでそこに並列されるいくつかの場景もふくめ、試みに、十色ほどの蛍光ペンに時間順の番号でも付けて、連続場面とおもわれる行文を作品冒頭からそれぞれ塗り分けてみるとよい。前後錯綜してとりどりの配色を強いるその全編におき、結末にふさわしい印象的な表情を浮かべながら、近頃（？）の冷遇への面当てめいた趣で「足袋」の底から「十円札を二枚」抜き出してみせる老爺にさえ、果たして何色を施せばよいのか、判別しうる者の方が少ないだろう。

　この間、右引用箇所では、辛うじてその機能を果たしていた指示語（傍点部）が消えてゆくのみならず、たまさか書きこまれる同種の語群（「先刻」「午後の二時頃」「その晩」「三四回」「寂しい日影」「二三日前」等々）が、事態を逆にいっそう混乱させてしまう一編においては、『和解』の話者の言葉に違わず、「あれもこれも」「色々な事」の「合はせ目に不充分な所が」きわだってくるのだ。秋声はしかし、それを「不愉快」とは感じない。結果、先へ進むことが、如上たえず後ろへ、しかも、そのつど幾筋にも分岐しかねぬ後方への歩みと化す筆致と、この老爺の、まさに前後不覚な色呆けぶりとの共振性が紙幅全域に無類の生彩を与えることになる。時の隔たりも、人や場所の相違も、とうぜん事柄の焦点もない。呆けるとはつまりそういうことではないかとでも告げ顔な作者の、かかる異様な筆法をまずは銘記しておくべきだが、後述に資してもう一例、『あらくれ』から、比較的みやすいくだりを引いておくことにする。――作品序盤、まだ少女気の抜けぬ主人公・お島が、養母・おとらとその情夫・青柳に伴われて近隣の大師詣に赴く途上の光景である。


「ぢやね、小父さんと阿母《おつか》さんは、此処《ここ》で一服してゐるからね（…）。」

おとらは然う言つて、博多と琥珀の昼夜帯の間から紙入を取出すと、多分のお賽銭をお島の小さい蟇口《がまぐち》に入れてくれた。そこは大師から一里も手前にある、ある町の料理屋であつた。二人は其の奥の、母屋から橋がゝりになつてゐる新築の座敷の方へ落着いてから、お島を出してやつた。

それは丁度初夏頃の陽気で、肥つたお島は長い野道を歩いて、脊筋が汗ばんでゐた。顔にも汗がにじんで、白粉の剝げかゝつたのを、懐中から鏡を取出して、直したりした。山がゝりになつてゐる料理屋の庭には、躑躅が咲乱れて、泉水に大きな緋鯉が絵に描いたやうに浮いてゐた。始終働きづめでゐるお島は、こんなところへ来て、偶《たま》に遊ぶのはそんなに悪い気持もしなかつたが、落着《おちつき》のない青柳や養母の目色を候《うかゞ》ふと、何となく気がつまつて居辛かつた。そして小《ちひさ》いをりから母親に媚びることを学ばされて、そんな事にのみ敏い心から、自然《ひとりで》に故《ことさ》ら二人に甘へてみせたり、燥《はしや》いでみせたりした。

「えゝ、可《よ》ござんすとも。」

お島は大きく頷いて、威勢よくそこを出ると、急いで大師の方へと歩き出した。

（『あらくれ』「六」）

この場面を引く松本徹（『徳田秋聲』一九八八年）の適評を借りるなら、お島はこうして、「同じ料理屋から、二度出発する」[15]かのような印象を引き受けるのだが、同様にして、『足迹』のお庄も、夏の通り雨の音を耳に、昼寝から二度も目をさましてみせる（「三十四」）。作者の妻となる女性の半生記たるその作品の後日譚として、一組の夫婦の馴れそめから五、六年の歳月を描く『黴』ではたとえば、主人公・笹村の子を宿したお銀のもとへ、彼女の母親は「果物の罐詰など」を土産に、田舎から二度も三度も「帰京」してくる（「十」「十一」）。かとおもえば、夫婦の家に上がりこんでいた酒好きな「客」もまた、同じ夜に二度帰りなおすだろう（「十二」「十三」）。『足袋の底』の老爺のいくぶんか知的な壮年時代をおもわせる男と、遊女あがりの女との暮らしぶりを描いた『爛』においても、半狂乱になった妻を里に放逐した男と、晴れて正妻の座に着いた女は、一月ほどの休暇旅行から、やはり三度も帰京する（「三十」）。『あらくれ』の場合と同じく、右はどれも、諸作におけるほんの一例をなすにすぎぬのだが、こうした筆法が久しく、徳田秋声一流の「倒叙」と呼ばれることになる。だが、野口冨士男『徳田秋聲傳』（一九六五年）以来の慣用語は、ことにかかってじつは不適切である。その言葉じたいは、時間の前後関係を彩なして、馬琴読本の昔よりどんな小説にもたやすく生じうる転倒を指すにすぎぬ一方、秋声において真に独自なのは、右のごとく、それが無標の操作として、しかも、極端な場合、新聞連載一回分の紙幅に二度、三度と連続的に講じられる事態にあるのだ。となれば、いまはむしろ、以前にも借用したG・ジュネットの用語「後説法」に就いておくほうがよい（第三章参照）。というより、ここでこそ積極的に借用すべきである。なぜなら、その『物語のディスクール』中、小説の時間処理の分析に当てられた冒頭章の総論部分で、ロブ＝グリエのような「いくつかの限界作品」と、ホメロスからバルザックやゾラにいたる「古典的」作品群との比較において、ジュネットが、後者の「物語言説は出来事の継起の順序を逆転する時には必ずそのことを告げるのだ」と断じている[16]からだ。その箇所のみならず、この書物は小説のいくつものポイントにわたり、「限界作品」と「古典的作品」とのいわば中間点に『失われた時を求めて』を呼びこむことを主意としており、現に、ジュネットはここから、「必ず」しもそうはならぬプルーストの筆致を説いてみせるのだが、すると、はからずも同年生まれの秋声は、こと無標の後説法の頻度と気忙しさにかんするかぎり、プルーストを優に凌ぐかたちで一場に臨んでいることになろう。

たとえば、小説（家）の存在論と「散文」性との紐帯をはじめ、随所に秀逸な見解を披露する秋声論『小説家の起源』[17]（二〇〇〇年）で、大杉重男がいささか唐突に「『足迹』『黴』といった前衛小説」と書きつけるのも、おそらく右をふまえてのことである。また、私見によれば、『足迹』からすでに一世紀を閲する今日にいたるまで、徳田秋声の「前衛」性に親しむ正当な権利をもちえたほとんど唯一の小説家といってよい古井由吉を「感嘆」せしめるのも、同じ点にかかっている。

――無筆の好む状《さま》のあとさき　利牛

また大胆にも引き合いに出したものだと思われようが、事柄がのべつ前後しながら仔細になっていく無筆の語り口を、あれだけに書き留めた筆に、私などは感嘆する者である。

（『言葉の呪術』一九八〇年[18]）

このとき肝心なのは、『足袋の底』の場合とは異なり、この「状のあとさき」を開発した『足迹』も、そのきわめて興味深い変奏をふくむ『あらくれ』（後述）も、それぞれの主人公の年代記の形態をなし、『黴』と『爛』にも、数年間にわたるいくつもの出来事がふくまれる点にある。その事実にたいし、同時代の書き手はおろか、今日においてもきわめて異数な右のごとき筆致（＊2）が、果たしてどう作用するのか？

この場ではさらにその諸相を追ってみたいのだが、そのさいまず、右の二氏を除く数々の論者が、ありようを指して、判で押したように「立体感」なる言葉を無防備に共有していることが、多分に違和感を禁じえぬ事態となる。「『黴』に至ってはじめて後の『私小説』の原型的な作品があらはれた」という吉田精一の次のような観察が、いまに絶えぬ紋切型の典型である。

主人公笹村の性格、生活及び生活気分は、即ち秋声のものである。「黴」には花袋や藤村やに見える感傷性が少く、作者は客観的に自己を突放しながら、どうにもならぬ自分を眺めてゐる。小説は時間的に必ずしも進行せず、後もどりをしたり、回想が入つたり、時に迂曲したりして、読者をとまどひさせるやうな経路をとる。それだけにいくつかの結節と焦点があり、却つて平板な写生や、平面描写とはちがつた立体的な効果をあげてゐる。

（吉田精一『自然主義の研究』下巻一九五八年[19]）

だが、それほど単純な問題ではないのだ。

些末なものへの滞留

いま一度、先に掲げた『あらくれ』の一節を読みかえしてみよう。その無標の後説法の役割は、夏の野道で汗ばむお島の「白粉の剝げかゝつた」顔や、料理屋の「躑躅」「泉水」「緋鯉」などを改めて書き添えることにあったわけだが、たとえばそのようにして「事柄がのべつ前後しながら仔細になっていく」（古井由吉）とき、さらに見逃しがたいのは当の「事柄」にある。すなわち、①その多くが主役の人生にとってほんの挿話的なものか、取るにもたらぬ些事であること、②たまさか肝心なものであればあるほど、その「事柄」の核心はきっぱり省略されるか、ほんの二、三行で示されること。このふたつの傾斜が生じあう作中いずれの場合も、秋声の言葉たちは、「事柄」の周辺細部へと群れよりたがるのだ。『あらくれ』の料理屋をさしあたり①の典型に据えるとすれば、『足迹』のお庄が、一家して田舎から身を寄せた叔母の下宿館で、磯野なる若者といつ関係をもったか、迂闊な目にはおよそ定かならぬような事態が、②における早期の事例となる。あるいは『黴』の序盤、「六」節末尾から「七」節冒頭にみる二場景。田舎に急用ができた母親に代わり世話をする娘とされる男との肝心な「事柄」は、その両節のあいだ（左記中の一行空き箇所）で次のように生ずるのだ。

翌日笹村は独寝《ひとりね》の小さい蚊帳を通りで買つて、新聞紙に包《くる》んで抱へて帰つた。そして其《それ》をお銀に渡した。

「こんなに小い蚊帳ですか。」お銀は拡げて見てげら〳〵笑出した。そして鼠の暴れる台所の方を避《よ》けて、其をわざと玄関の方へ釣つた。土間から通しに障子を開けておくと、茶の間よりか其処の方が多少《いくらか》涼しくもあつた。

「こんなに狭くちや、ほんとに寝苦しくて……。」大柄な浴衣を着たお銀は、手足の支《つか》へる蚊帳のなかに起《おき》あがつて、唸るやうに呟いた。

笹村は、六畳の方で、窓を明払つて寝てゐた。窓からは、すや〳〵した夜風が流れ込んで、軽い綿蚊帳が、隣の廂間《ひさしあひ》から差す空の薄明《うすあかり》に戦《そよ》いでゐた。ばた〳〵と団扇を使ひながら、何時までも寝つかずにゐるお銀の淡白《うすしろ》い顔や手が、暗いなかに動いて見えた。

「……厭なもんですよ。終《しまひ》に別れられなくなりますから。」

お銀は或晩、六畳へ蚊帳を吊つてゐながら真面目に然《さ》う言つた。

（『黴』「六」〜「七」）


こうした場所には果然、山場もなければ、そこにいたる経緯も、長編小説ならではのサスペンスもクライマックスもない。何より、出来事の推移に伴う心理的な変化や展開がない。叔母の下宿館を振りだしに、東京の下町を転々としたすえ郊外の老舗に嫁すものの、そこを逃げだすお庄の世界も然り。右のごとく始まって二人の子をなしながら終始煮えきらぬ作家夫婦の生活も然り。正妻になったはよいが今度は他の女たちの存在に脅かされる女と、諸事に成りゆきまかせな男の世界の「爛《ただれ》」ぶりにおいても、そこにしきりと前景化されるのは、まさに抱月のいう「無理想無解決」を地でゆくごとき人物たちの、それをすでに頽廃とさえ感じぬような下降的な惰性の反復にすぎない。『黴』に戸惑う森田草平が、これがまあ彼の地とは異なり特殊日本的な「自然主義の標本」なのかもしれぬが、ともかく「こんな形式の小説は、西洋にはない」と口にするゆえんだが（『新潮』一九一二年二月号）、問題は、そうした「形式」がひたすら、いわば、些末なものへの滞留の場の創出を目指す点にある。

結果、通説に反して、そこには徹底して立体感を欠いた異様な「平面」性があらわれる。幾多の細部は、出来事にたいする潤滑油であるどころか逆にその進行を阻みたがり、人物の表情にむしろ浅薄な浮遊性を与え、志賀直哉にみたごときテクスチュアルな連繫も組織せずに、たんに夥しくそこにある。たとえば右の情事の場合、核心部の空白と克明な周辺細部との配合を伴った黙説法という一点にのみ限定するなら、村上春樹の世界を彷彿させながらも、秋声の言葉たちはしかし、春樹一流の思わせぶりな求心性とはまったく無縁に、そこに蝟集したがるのだ。黙説法的な空白それじたいが、この場ではいかなる遠近法も講じないからだ。R・バルトは、たんにそこにあるだけで、いくつもの項をふくむ「物語の構造」にたいし最後まで非関与な細部の錯覚誘導性を「現実効果」と名づけているが[20]（「現実効果」一九六八年）、その卓抜な一語とてここではやはり軽々に用いがたいものとなる。「物語」そのものが「構造」をもちたがらぬからだが、いずれにせよ、このように些末なものが犇めく膚浅な場所である以上、虚構の特徴のひとつとして、そこにたとえば、「秘密」の不能性とも称すべき傾斜が生ずることは、たやすく理解されよう。

実際、その不能性を体現することこそが、秋声的な作品風土に棲まう不可欠の資質であるかのごとく、女も男も、主役も脇役も、ほんの端役にいたるまで、人物たちは総じて口が軽いのだ。『足迹』の磯野は、お庄の目の前で昔の女へ「手紙」を書く。お庄から恋人を横取りする娘も、「磯野の前に何事をも包隠さぬ」。老舗料理屋の息子・芳太郎も「隠し立《だて》のない」性分で、その夫の口から家内の確執や昔の女のことを聴いて面白がるお庄はお庄で、磯野との過去を夫に「秘《かく》し遂《おほ》せないやうな気が」するのだし、現にそうなりかけるや、相手は刃物片手に狂人めいた愚昧さをつのらせる。さらには、芳太郎のその刃物沙汰をふくめ、右記のすべてを（他事ともども）新しい夫・笹村に聴かせることが、『黴』ではお銀と呼ばれる女性の役割となる。そうすることに、彼女は進んでなじむばかりか、こちらの過去を根掘り葉掘り聞きたがる夫にさしたる秘めごとのないことを惜しみさえするのだ（「笹村の側に、そんな事のないのが、お銀にとつて心淋しかつた」・「七十四」）。『爛』の世界でも、妻・お増の縁続きの娘・お今にたいする「後見人」浅井の「秘密の願《ねがひ》」は、さながら『和解』の結末のごとくあっけなく成就し、かつ露見するのだが、中年増の容色の衰えをかこつ当のお増がまた、出養生先の旅館で、留守宅の「白いベッド」に同衾する浅井とお今の顔を「ぽつかり」思い浮かべ、送り返された実家で狂死まぎわの前妻・お柳の姿を「まざ〳〵と」脳裏に描きうる資質に恵まれているのも、一事と無縁ではあるまい。口に出るものであれ、頭に浮かぶものであれ、すべては、この奥行きを欠いた「平面」に引き寄せられ、着物の柄や髪の毛にまといつく埃などといった些細な事物と、たんに無造作に同居せねばならぬからである。

　このとき、たとえば『黴』における笹村の、嫉妬と猜疑の入り交じったその「好奇心」も、通常とは別種の趣をおびてくるのであって、そもそも、とある友人との仲を疑うことが関係の端緒をなしていたこの人物にとって、ここでは磯谷と記される恋人（『足迹』の磯野）の存在は、当初からお銀との生活に不可欠な「心を唆《そゝ》る幻影の一ッ」となるのだ。文学の師に当たる「M先生」（＝尾崎紅葉）の没後、おのずと進む「地位」にも内心自信をもてぬ時期、笹村は二人目の子供を孕んだ妻を前に、いまも東京に住むという磯谷のことがまた「ふと閃めいて」根問いする。その夫にたいし、先述のごとく妻も進んで応ずるわけだが、三年ほどで切れたという二人の仲や男の性格が分明になればなるほど、「女に対する好奇心は薄らいで」くる聴き手は、「もう一度その余燼を掻廻《かきまは》して見たいやうな気がして」くる。子供も無事生まれ、長男の大病も癒えたころ、磯谷が他人宛てにお銀の所在を尋ねた「葉書」をきっかけに、またしても気を動かす相手の問いに、妻は「逢へば逢つたと然う言ひますよ」と下心なく答えるのだが、その遣り取りの以前か以後か例によって判然とはせぬものの、夫はなお穿鑿に固執するのだ。

　笹村はどんな片端《きれつぱし》でもいゝ、むかし磯谷からお銀に当てゝ寄越《よこ》した手紙があつたらばと、それを捜してみたこともあつた。読んで胸をどきつかすやうな或物を、その中から発見するのが、何よりも興味がありさうに思へた。笹村は独《ひと》りゐる時に、能《よ》く香水や白粉の匂ひのする鏡台、簞笥、針箱、袋の底などを捜してみるのが好きであつた。

（『黴』「七十四」）

この仕草はしかし、たとえば田山花袋『蒲団』において、女弟子の机や文箱をあさりながら、彼女の恋人からの来信に「接吻の痕、性慾の痕」を嗅ぎまわる中年男のそれとは似て非なるものである。お銀から磯谷の「葉書」をみせられた一瞬、笹村が「血のもづ痒いやうな可憐《なつかし》さを覚え」ている点に留意すればよい。関係づいた当初、とある寄席に連れだったおりにも、「お銀の話で此処へ磯谷と能く一緒に来たと云ふ事が、笹村の目にも甘い追憶のやうに浮ん」でいた（「九」）。つまり、誰にでも生じがちな感情とは異なり、笹村の猜疑や嫉妬はここでまず、『爛』のお増と同様（以上）の資質として妻の過去への憑依としてあり、憑依はさらに、〈かつて・他所〉にあったものをも〈いま・ここ〉へと付着させるための一種強力な吸引機能をおびてくるのだ。周知のとおり、『新世帯』以来一貫していかにも地味な秋声の作風に冠して「底光り」なる慣用語がいまに踏襲されている。だが、笹村のこの心性は、如上ただでさえ膚浅な作品風土にまだ残されているかもしれぬ「底」じたいを浚いつくす吸引性を担っているのである。お銀の先夫もむろん同様の「好奇心」の対象となる。『足迹』に描かれた老舗内のもめごとや先夫の醜態などを聴きだすだけでは飽きたらぬ笹村は、いつかそこを尋ねてみようなどと「揶揄《からかい》半分に」口にするだけでなく、ある日、その場所に「自然《ひとりで》に」足をむけるのだ。

若いをりの古いお銀の匂ひを、少しでも嗅出《かぎだ》さうとしてゐる笹村は鋭い目をして、それからそれへとお銀の昔ゐた家を捜してあるいた。笹村の前には、葱青《あさぎ》、朽葉、紺、白、色々の講中の旗の吊るされた休み茶屋、綺麗に掃除をした山がゝりの庭の見えすく門のある料理屋などが幾軒となくあつた。

（『黴』「六十二」）

これにかんしては、先の森田草平に付言がある。長編小説にあるべきものをいっさい欠いていながら「全体の上で纏つて居る」このありさまをみるに、蓋し『黴』プラス、サムシングが大いなる文学である」といった不得要領な言葉に付けて、評者は次のように書き添えるのだ。

◎序《ついで》に思ひ附いたことを云へば、印象描写と云ふのは何《ど》んなものか知らぬが、一つ〳〵の印象が飛び〳〵に書いてあるばかりだから、内部的にサイコロジイの発展が分らない。たとへば、笹村がお銀の情夫や先夫に対する嫉妬の心持なども好く分らない。お銀の先夫であつたと云ふ田舎の料理屋へ笹村が尋ねて行く——笹村の如《やう》な生真面目な男が、何故尋ねて行くか分らない。

（前掲『新潮』）

今日大方の見解にしたがえば、笹村の「心持」は、一方で、なし崩しの惰性に傾きつづける夫婦間の刺戟としてあり、他方では、小説家としての彼（≒秋声）の取材欲に根ざすとされている。確かに、堕胎や離別の話題が繰りかえされ、実際に一、二度別居する夫婦にとって、お銀の過去はそのつど、束の間の「ベッドの新しみ」をもたらすかにみえるし、前作『足迹』と同様、この『黴』もまた妻からのいわゆる「聞き書き」として綴られてはいよう。要はしかし、凡庸な性愛心理でも素材論的な次元でもない。「生真面目」かどうかはともかく、この男は「何故尋ねて行く」のか？　それを機に、道中の光景や、探しあてた老舗の細部をまた、たんに描写することができるからだ。このとき、秋声において痛く異様なのは、森田草平のいう「サムシング」を寄せつけぬ、描写の欲望それじたいの徹底した無償性にあり、繰りかえすなら、その無償の欲望を何より歓待するためにこそ、作品のあらゆるブロックが、ひたすら奥行きも前後も遠近も欠いた〈いま・ここ〉の並列としてあらわれるのだ。その異様な表面性にふさわしく、生まれたばかりの長男の「目には木の影が青く映つてゐた」（『黴』「二十八」）。同様にして、夫の愛人、愛人を別の若者に嫁がせようとする妻、「秘密」を知らされながら結婚をのぞむ若者、三者三様の底意をかかえた鳥料理屋でも、「湯に入つて汗を流して来た三人の顔には、青い庭木の影が映つて」くるのである（『爛』「五十」）。

　別途たとえば、右諸作においても、晩年の『仮装人物』『縮図』においても、秋声が三人称多元視界を手放さず、ほんの脇役の思念や想起をも、時あって主役たちのそれと同列に扱うのもこれゆえである。くだんの無標の後説法の一行目がしばしば、いつ誰の言葉か、何のことか即座には判明しがたい会話文ではじまり、そこにいわば、現在進行形におかれた「過去」が出来事の「現在」時に直結するといった事態が大小となく招致されるのも、笹村の「嫉妬」と同じ吸引的な契機を担うのだといってよい。その後説法と並んで、秋声におき独自かつ奇態な擬態語・擬音語の働きも、むろん一事に加担する。『黴』から拾うなら、「ぽき／＼した」顔、「くうくう」笑う、「すや／＼した夜風」、「水々した目」、「もだもだと」悩む、「ぞべ／＼」した様子などといった語群が、比較的穏当なそれと入り交じって一場に蝟集することは、作品に接する誰の目にも真っ先に顕著であろうが、穏当な使用法においてさえ、定義上すでに、言葉そのものの奥所をなす意味の重力や輪郭から逃れやすい特殊な語群に、さらなる変態を求めて倦まぬその筆癖が——細かく腑分けすれば、とうぜん擬音語より擬態語を好みつつ——紙幅にもぞめきながら、一場の無償の欲望を励ますだろう。そのような「平面」に、些細な事物ばかりが文字どおり「黴」のごとく長々と付着する。その長さのほかに何も求めぬような場所であればこそ、随所に書きこまれる湿り気も、お庄の叔母の「局部の爛れ」も、お銀やお増の煩う「婦人病」も、人物たちの棲まう仄暗く自堕落な下層舞台、古井由吉の卓言を借りるなら「頽れるにまかせて流されていく安易さ、その予感のうちにすでにある懈《けだる》さ」[21]（『東京物語考』一九八四年）にひたされた場所につきづきしいものである以上に、それらはむしろ、かかる付着に欠かせぬナラトロジックな腐蝕媒液なのだとみるほうがよい。

付けてそれゆえ、こうした場所に錯綜する記憶にむけてもまた、一部の評家に和してプルーストやベルグソンの名をもちだすことは、厳に慎んでおかねばなるまい。「プチ・マドレーヌ」も「敷石」もありえぬこの場所では、記憶の特異性、すなわち、存在の奥所を刺し貫いて潜在的なものが現勢化する強度、といったものが現出するわけもないからだ。たとえばまた、『ダロウェイ夫人』（一九二五年）、『灯台へ』（二七年）などのV・ウルフが、その場に居合わせた複数の人物たちに（いわばリレー形式で）適用するのも、同じ無標の後説法であり、作家の「日記」はこの手法を自賛して、彼らの「背後」に穿つ「美しい洞窟」、あるいは、それぞれの過去を自在に招き寄せる「トンネル掘りの作業」と呼んでいる。[22]だが、秋声の場合、同じ時間処理は逆に、その場にいかなる深みをも導かぬために講じられるのだ。人物たちの暮らしぶりさながら、彼や彼女らのもろもろの記憶もまた、たんにだらだらと（それでいて、容易には読みさしがたい息づかいを滲ませて）一場に吸い寄せられるにすぎぬのだが、それはともかく、このように眺めてはじめて、かかる作品風土にきわやかな異彩を放つ『あらくれ』を招致することができる。

何しろ、そこに登場するのは、お庄、お銀、お増といった受け身の女たちとは対蹠的に、「綺麗」だが気性が荒く、男勝りの働き者で、片時も「じつとしてゐられない」お島なのだ。その資質にかけて、彼女は、森田草平には思いも寄らぬ「プラス、サムシング」と、さらに鮮やかな

「マイナス、サムシング」を一場にもちこむことになるだろう。

『あらくれ』あるいは「水」と「自転車」

森田草平のいう「形式」的には、『あらくれ』は確かに、『足迹』『黴』『爛』の延長としてある。ごく一般的な眼からすれば、後三者と同様、このお島の半生記もやはり「短篇小説的人生の連続」[23]（吉田精一）として映ろう。先にさしあたりその「典型」として掲げておいたごとく、無標の後説法もさかんに踏襲される場所に、細部描写も特異な擬態語ともども従前の頻度を示し、人物たちは例によって口が軽い。出来事のいくつかの節目を担う「秘密」もあっさり、あるいは、多少の綾をふくんで露見するのだが、そうした特徴を共有しながらも、『あらくれ』は、一転とりわけその前半部において、お島の棲まう世界に興味深い奥行きをおびさせるのだ。

お島は爾時《そのとき》、ひろ〴〵した水のほとりへ出て来たやうに覚えてゐる。それは尾久の渡《わたし》あたりでもあつたらうか。のんどりした暗碧《あんぺき》なその水の面《おも》には、まだ真珠色の空の光がほのかに差してゐて、静かに漕いでゆく淋しい舟の影が一つ二つみえた。岸には波がだぶ〴〵と浸つて、怪獣のやうな暗い木の影が、そこに揺《ゆら》めいてゐた。お島の幼い心も、この静かな景色を眺めてゐるうちに、頭のうへから爪先まで、一種の畏怖と安易とにうたれて、黙つてじつと父親の痩せた手に縋つてゐるのであつた。

（『あらくれ』「一」）

我子をなぜか憎みきって残酷な折檻を繰りかえす母親の手から逃すつもりが、おのがじし途方に暮れる気弱な父親と、七歳のお島との名高い場面である。ここに捨てるか、水に沈めてしまうか？　父親のその心底は例によってほどなく明らかになるのだが、娘は幸い、この「渡場《わたしば》」で知り合った男の口利きで、紙漉業に小金貸しも兼ねる家の養女となる。養父母に気に入られることを「何よりの楽み」として働きながら娘盛りを迎えたお島は、彼らに強いられる男（「作太郎」）との婚儀の席から二度も逃げ出し、神田の缶詰屋（「鶴さん」）と結婚するが夫の色事に憤激して離別、しばらく植木屋（「植源」）に奉公した後、実家の兄の誘いに乗って「或山国」に赴き、借金の「質《かた》」に捨て置かれたその土地で奉公先の旅館の若主人（「浜屋」）と関係、これを知った実父の手で王子の生家に連れ戻される。そうした大筋を示す前半部には、この「水のほとり」から一場に流れこむ「波」のようなアクセントを刻んで、旅の「六部」が養家にもたらした「不思議な利得」（「二」）、「主人の兄にあたるやくざ者と、どこのものともしれぬ旅芸人の女との間《なか》にできた子供」（傍点原文・「四」）としてお島とともに養われている作太郎、大師道で物乞いする「汚い天刑病者」（「六」）、他人の子供ならぬ我子を喰らう「鬼子母神」めいた実母（「十四」）といった細部が重ねられてくる。

こうした重合の意義を仔細に検討しながら、「前近代の過去と地続きである」ようなトポスの表情を強調するのは、前掲『小説家の起源』の冒頭章における大杉重男だが、「捨子」をはじめ、「異類」＝「女」、「異人殺し」、「双系制的な世界」、「妹の力」といった一連の語彙とともに、この場につまり民俗学的な背景を読みこんでみせる論者が、「捨子」と同じ比重で特筆するのはむろん、エロス＝タナトスの振幅をもはらむ「共同体的強制力の象徴である水」の主題である。お島の「生の原型質」を象徴するという右の場景をはじめ、姉の家の「はね釣瓶」（「二十三」）、養母の情夫に迫られる夜道の「水藻のやうな蒼い濛靄《もや》」（「二十六」）、植源の庭の「大きな水甕」（「四十二」）、山里に置き捨てられ、妻ある浜屋との煮えきらぬ仲に溺れたお島の耳目を氾濫的に覆い尽くす細雨、雪解けの滴、水車の音、浴槽の湯、山中の渓流……等々。これらも丹念に拾いあげる論者の口からはとうぜんまた、「水の女」の一語が洩れるのだが、たんにそれだけのことなら、かくべつ異とするにはたるまい。類例は、かつての同門・泉鏡花を筆頭に、他の作家たちの諸作にも少なからず見受けられるからだ。だが、こうした奥行きが、ほかならぬ『黴』の作家の手に講じられること。大杉氏の書物はこの点への注視を導いてくれるのだが、さらに示唆的なことに、氏は継いで、この奥行きに作品後半部の変化を結びあわせてみせる。日露戦争を折り目とするその後半部には、小野田という裁縫師を（戸籍上）三度目の夫にもち、おりから殺伐とした都会の活気のなか、商売の浮沈とともに各所に移り住むお島の軌跡が描かれている。「奴隷のやうな是迄の境界に、盲動と屈従とを強ひられて来た」お島はそこではじめて、「自分の仕事に思ふさま働いてみたい」という「慾望」（「六十三」）を全開させてゆくわけだが、この転身ぶりの欠陥として、前半部とは打って変わった平板さを難ずる者たちにたいし、中上健次的な「共同体」＝「物語」と、マルト・ロベールの「小説」＝「捨子」とを念頭に置きながら、大杉氏は次のような所見を記すのだ。

（…）『あらくれ』の後半が平板に見えるとすれば、それは母胎から決定的に拒絶されたお島の「捨子」性に求めるべきだろう。彼女は「物語の中で捨られた捨子」から「物語自体によって捨られた捨子」となったのであり、そうした彼女を語る言葉が物語的な潤いを持たず、すぐれて散文=小説的であるのは自然である。

（大杉重男『小説家の起源』）[24]

したがって、冒頭の「水のほとり」で少女の身を貫く「畏怖」が「物語」の呪縛であるとすれば、前半部では〈水〉の誘惑としてあった「安易」は、一転ここで、その呪縛から逃れた「捨子」の「解放感」となる。そう要約してたぶん的外れでないはずの氏の文章は、あまたの『あらくれ』論に傑出していまも傾聴にあたいしよう。だが、その平板さの意義を後年の『仮装人物』や『縮図』のうちに求めてゆく大杉氏の書物とは逆に、ここで強調すべきは、氏の意味においても如上すでに十二分に「散文=小説的」であった作品風土とこの一編との関係である（＊3）。たとえば、後半部にみなぎるその「解放感」を待ち受けるものが、「形式」的には依然として、『黴』や『爛』と同一の舞台組成である事実をどう考えるか？　実際、秋声的「母胎」たる細部の蝟集ぶりは旧に変わらず、秋声の作品を標準的な速度で読む者の多くを陥らせがちなその錯綜ぶりも同断である（＊4）。そうした組成形式のなかで、たえず急きたてられている主人公。

「かうしては居られない。」
彼女《かのをんな》の心にはまた新らしい弾力が与へられた。

（『あらくれ』「七十」）

重要なのは、この「弾力」と秋声的滞留形態との例外的な格闘ぶりにある。

念のため、本章の文脈に改めて作品前半部を接木しておけば、大杉重男の指摘するポイントはここで、描写がその無償性を捨て、もろもろの細部が一定の奥行きに回収されるさまとなる。現に、筆致の「典型」として掲げておいた義母と情夫との一場景も、一方では大師詣の古層へ、他方では〈水〉の誘惑へと連なってくるわけだが、別にいえば、お島の耳目もそこで——いつ何処で何を眼にし何を思い出すかいたって散漫なお庄やお増の安易さとは異なり——特定の傾斜に縛りつけられてくるのである。

ただ、こればかりではない。同様の拘束性は、挿話や細部のやはり異例な数種の連繋としても現じているのであり、ともに影の薄い夫をもった実母と養母との一対がそのひとつとなる。そもそも、お島を「あらくれ」娘にし、「人に対する反抗と敵愾心のために絶えず弾力づけられてゐなければ居られないやうな」性分を植えつけたのは、幼い頃から一貫した実母の理不尽な暴力や悪罵であり、「男嫌ひといふ評判を立てられてゐた」娘がやがて色事に馴染むようになる遠因も、義母の男遊びにあったといえる。その義母はまた、養家を継ぐために懸命に仕えていた娘を裏切り、実母は実母で、鶴さんの子を身ごもった彼女を、些細な理由で「竈《へつゝひ》の角」へ突き転ばし流産に至らしめる。家も子供も、お前には似合わない。義母と実母は、まるで虚空で示しあわせてそう諭すかのように、この場に、いわば教育的《テクスチュアル》な対偶性を形づくるのだ。お島が養家の相続権を逸する直接の原因は、強いられた作太郎を嫌い抜いたためだが、その婚儀にも別の対偶原理が働いてあり、厭がるお島に養母が繰りかえし口に出すのも、やくざな親に見放された作太郎をたしなめるのと同様の科白なのだ（「あの時お前のお父さんは、お前の遺場《やりば》に困つて、阿母《おつか》さんへの面あてに川へでも棄てゝしまはうと思つたくらゐだつたと云ふ話だよ」・「十二」）。

このとき、秋声的な「秘密」の軽さが介在する点も逸しがたい。当初、あの「渡場」での父親の「心持は素より解らない」（「二」）とされていたものが、例によってこうしてあっさり浮上する半面、その膚浅さじたいを歓待する他作とは異なり、ここではそれが、対偶性を介して類似と対照の主題を各所に受け渡す組成原理に加担する。植源の場に反復されるのも同じ傾斜である。缶詰商との結婚を仲介したその植木屋には、病弱な息子を溺愛する女隠居とおゆふという嫁があり、夫の浮気相手に目星をつけたお島は、当のおゆふの目の前で、派手な立ち回りを演ずる（「夫婦はそこで、撲ったり、武者振ついたりした」・「三十七」）。この一場は、その後、同じ事実を知った女隠居が、息子と嫁の部屋に飛びこみ「剃刀を揮《ふり》まはし」、姑への「面当《つらあて》に」嫁が庭の井戸に身を投じかける場面（「四十四」「四十五」）と鮮明な一対をなすのだが、この対偶を導くのも、いまはその家に奉公しているお島が、「堅い口留をして」、同僚の下働きに先夫とおゆふの仲を洩らしてしまう口軽さにある。この他、「山国」でお島と関係した浜屋の妻も病弱であった点もふくむいくつかの事例は割愛するが、大略このようにして、お島がここで、その耳目も行動も、民俗学的な奥行きのみならず、テクスチュアルな連繋にも強く拘束されているとすれば、その例外的な「プラス、サムシング」は、では、何のためなのか？　言い換えるなら、何度も逃げ出しながら、そのつど連れ戻される場所の強いる「盲動と屈従」は、お島に何をもたらすのか、と、改めてそう問いなおさねばならない。

　それは、「形式」的には前半部と変わらぬ場所を、同じく例外的な走力で踏破するために不可欠の試練なのだというのが、『黴』や『爛』の世界に一驚してきた者の所見となる。そこでは、お島の「天性《もちまへ》の反抗心」が、作品の組成法それじたいに刃向かうかにみえてくるからだ。「事柄がのべつ前後しながら仔細になっていく」（古井由吉）。だが、そこでは、「事柄」はむしろ、仔細をなかば装いながら粉砕されようとするのだ。

このとき、〈移動〉の主題がはじめて、真にその名にふさわしい「マイナス」の生気をおびてくる。お庄（→お銀）やお増の場合、親や男たちに従属し幾度も居場所を変えることは、作品全体にたいする細部の粘着的覇権を導くための反復であった。その効果が、「立体感」なる胡乱な慣用語を招き、要するに何だかよく解らぬが「全体の上で纏つて居る」といった森田草平の奇妙な評文（前掲）を呼ぶことにもなるわけだ。反して、みずから目星をつけた三度目の夫を従えて（「これを自分の手で男にしてみよう」・「六十五」）、芝を皮切りに、月島、築地、愛宕、根津、本郷へと移り住むお島の移動性は、そのつど、もろもろの細部描写を置き棄てにしてゆく。芝で知りあった女性との応対ぶりも、二度ほど焦点移動を担う職人の前歴や体つきも、商売に行き詰まりしばらく身を寄せた夫の故郷の景物も、築地の住み込み先にいる年増女の「白粉の斑《まだら》にこびりついたやうな額」も、そうした細部の数々は、愛宕の又借り三畳間で耳にした前夫とおゆふの後日譚と同様、「普通の女の四倍も五倍もの」速さでこなす裁縫仕事より「註文取や得意まはりに、頭脳《あたま》を働かす」ことに興味を覚えはじめたお島の足をとめられない。本郷の通りに相応の店を構え、学生相手の新規開拓に白い「女唐服《めたうふく》」を着こむようになると、その走力を女乗りの「自転車」がさらに加速する。左は、「自転車で町を疾走するときの自分の姿に憧れて」一ヶ月にわたって励む練習場面の一齣である。

「少しくらゐ躰を傷《いた》めたつて、介意《かま》ふもんですか。私たちは何か異《かは》つたことをしなければ、とても女で売出せやしませんよ。」

お島はさう言つて、またハンドルに摑《つか》まつた。
朝はやく、彼女は独《ひとり》でそこへ乗出し行くほど、手があがつて来た。そして濛靄《もや》の顔にかゝるやうな木蔭を、そつちこつち乗《のり》まはした。秋らしい風が裾に孕んで、草の実が淡青《うすあを》く白い地《ぢ》についた。崖のうへの垣根から、書生や女たちの、不思議さうに覗いてゐる顔が見えたりした。土堤の小径から、子供たちの投げる小石が、草のなかに落ちたりした。（「百四」）

このくだりが無類の感銘を誘うのは、ここに、同時代のいかなる書き手も凌ぐかたちで、「働く女」の活気が――日露戦争後の社会資本の、文字どおり「自転車」操業的な「あらくれ」ぶりさながら――あざやかに描かれてある点にのみかかわりはしない。たとえばこの「濛靄」が、「黴」たちの培養液でも作品前半部の〈水〉でもなく、秋声的な表面《テクスト》に異例の湿り気を与えて、それを、よりなめらかな「疾走」の場たらしめるかのような感触が長く忘れがたいのだ。置き棄てられぬためには、細部はそこで、お島の走力に加担するよりほかにない。別途あるいは、夫の浮気現場にふみこむ次のような連続場面。

秘密な会合をお島に見出されたその女は、その時から頭脳《あたま》に変調を来して、幾夜かのあひだお島たちの店頭《みせさき》へ立つて、呶鳴《どな》つたり泣いたりした。
女はお島に踏込まれたとき、真蒼《まつさを》になつて裏の廊下へ飛出したのであつたが、その時段梯子《だんばしご》の上まで追《おつ》かけて来たお島の形相の凄さに、取殺されでもするやうな恐怖《おそれ》にわなゝきながら、一散に外へ駈出した。

「この義理しらずの畜生！」

お島は部屋へ入つて来ると、いきなり呶鳴つけた。野獣のやうな彼女の躰に抑へることが出来ない狂暴の血が焦《や》けたゞれたやうに渦をまいてゐた。

締切つたその二階の小室《こま》には、かつかと燃え照つてゐる強い瓦斯《がす》の下に、酒の匂ひなどが漂つて、耳に伝はる甘い私語《さゝやき》の声が、燃えつくやうな彼女の頭脳《あたま》を、劇しく刺戟した。白い女のゴム櫛などが、彼女の血走つた目に異常な衝動を与へた。（百八）

あたかもお島の勢いにつられたごとく、ほんらいなら細部描写への滞留的迂回を講ずるはずの無標の後説法それじたいが、剝き出しに連続加速するさまを銘記すればよい。結果、順序さえ逆転すれば、ごく正当な権利を主張しうる「酒の匂ひ」も「白い女のゴム櫛」も、辛うじてその末尾で、たんに場違いの途方にくれながら、お島の興奮をきわだてることになるのだ。

となると、この勢いを留めるには、叙法ではなく虚構次元の大きな要素に頼らねばならない。作品後半部でしきりと、「夫婦の交際《まじはり》」にかかわるお島の苦痛が——当時としてはほとんど発禁対象的な、かつ、従来の作家自身にとっても例外的にあけすけな語彙とともに——取り沙汰されるのは、おそらくこれゆえである。小野田との結婚以来、傍らの同性たちにも訴えつづけるその閨中の苦しみは、「男の或不自然な思ひつきの要求を満すため」に強いられるものだが、このとき、腕はあるが懶惰な夫はつまり、その妻の心身に自前仕事の「限《かぎり》ない歓喜と矜《ほこり》」と「何の意味も」ない不毛な痛苦とを、かたがた日常的に与えることになるわけだ。絶妙なことに、「自転車」はその苦楽の両輪をも兼ねており、小野田がお島の新たな試みを「虞《おそ》れて」いるのは、それが彼にとっての楽しみに支障の度を増すためであり、事実そうなるのだ（「毛が悉皆《すつかり》擦切れてしまつたところを見ると、余程毒なもんですね」・「百五」＊5）。医者によれば、お銀やお増たちにみる粘性の疾病ではなく、「位置が少し変つてゐるといはれた自分の躰」になお執着をもつらしい夫にたいし、お島はついに「別」の女をみずから勧めさえするのだが、現にそうなるや憤激をつのらせる結果が右の襲撃場面となるのだ。

　では、どうすればよいか？　だが、このときも、お島の速度は停滞を許さない。ならば「位置」じたいをまた変えてしまえばいい。そんな面持ちで、帰省中の夫の留守に、それまでも「秘密な経験」を復活させていた浜屋を目指し「山国」へ出掛けてみると、当の相手はあっけなく事故死しており、憂さ晴らしに逗留する旅館へ、かねて目をかけていた店の若い職人を、小僧の順吉とともに呼び寄せるところで、作品はその結末を記すことになる。

「医者に勧められて湯治に来たといへば、それで済むんだよ。事によつたら、上《かみ》さんあの店を出て、この人に裁《たち》をやつてもらつて、独立《ひとりだち》でやるかも知れないよ。」
お島は順吉にさう言つて、この頃考へてゐる自分の企画《もくろみ》をほのめかした。　（「百十二」）

『黴』の末尾でも、笹村が「何や彼やこだはりの多い家から逃れ」、とある旅先の一室に籠もっていた。だが、そこにあらわれるのはまた、東京でちょっとした関係をもち「色々の話」を聞いた女にまつわる細々とした記憶を呼び寄せる仕草である（「七十七」）。その男に確かに似ているのかもしれない作家自身にたいする、このお島の、異数の逃走＝闘争ぶりを改めて銘記しておきたいとおもう。

周知のとおり、晩年の二長編においても、「名品」「佳作」の名を負ういくつかの短編においても、お島のような活力をもった人物は二度と姿をみせない。そこには、再び積極的に選び取られた秋声的平板さといったものが回帰してくるのだが、『あらくれ』以後のその内実にかんしては、同様に示唆的な『仮装人物』論、『縮図』論をふくむ大杉重男の書物に委ねるとして、このあたりでそろそろ、本章の首尾を整えておかねばなるまい。

ふたつの「我儘」

たとえば、夏目漱石の遺作『明暗』(一九一六年)において、同じく些末なものにたいする描写性が如何なる変調を作中に導いていたかを想起されたい。その細密さが、結果として、作品全体に鋭利なまどろっこしさという奇怪な表情を与えてしまったのは、それがひたすら不可視の領分、すなわち、お延や津田の微細な心理に差しむけられていたためであった(第五章参照)。反して、志賀直哉も徳田秋声も、それぞれの作中人物の心内にさしたる幅を与えていない。一般的に換言すれば、『明暗』はおろか、『それから』でも『門』でも『行人』でも、あるいは、前世紀初頭の本邦作家たちのどんな「嘘らしくない」主人公にくらべても、彼らの作中人物たちほど心理的な陰影に乏しい存在はないといって過言ではない。志賀の作中に一貫する有名な二拍律(〈愉快/不快〉)と同様、秋声の庶民的な男女がきわだてるのも、その生活にふさわしいごく単純な四拍子(〈喜怒哀楽〉)にすぎない。いっけんドラマティックな心理劇にみえる『和解』にさえ、先にみたとおり「サイコロジイの発展」（森田草平）は窺いようもないのだ。そうしたふたりの作家がしかし、人生における「理想」や「解決」の有無はともあれ、誰よりも強くともに描くことの欲望に貫かれるとき、筆致はとうぜん、可視的なものの多様と細微を求める。そもそも、一口に「描写」といっても、心理描写と対物描写は互いに異質なものである。とりわけ、その欲望が細密を求めるとき、そこにはいわば反比例の関係が生じ、同じ作中に、心と物の二領分双方に夥しい細密描写が比例的にあらわれることは稀であり、その稀少性に挑むことは、書き手にとって難事の最たるもののひとつと化す。それゆえたとえば、心理的なものの饒舌な吐露に就く後年の高見順は、「描写のうしろに寝てゐられない」（一九三六年）と宣言することにもなるわけだ。本章はつまり、高見の警句にいう対物描写を逆に前面に据えるさいに、『和解』の書き手にとっての「悪い誘惑」こそが、かえって見事に、徳田秋声の作品風土を主導するさまを眺めてきたことになるわけだが、ところで、その秋声の傑作にむけ、『明暗』の作家は次のような言葉を残している。


『あらくれ』は何処をつかまへても嘘らしくない。（…）

尤も他の意味で「まこと」の書いてあるのとは違ふ。従つて読んで了ふと、「御尤もです」といふやうな言葉はすぐ出るが「お蔭様で」と云ふ言葉は出ない。（…）

つまり徳田氏の作物は現実其儘を書いて居るが、其裏にフイロソフイーがない。尤も現実其物がフイロソフイーなら、それまでであるが、眼の前に見せられた材料を圧搾する時は、かう云ふフイロソフイーになるといふ様な点は認める事が出来ぬ。フイロソフイーがあるとしても、それは極めて散漫である。(…) 初めから或るアイデアがあつて、それに当て嵌めて行くやうな書き方では、不自然の物とならうが、事実其の儘を書いて、それが或るアイデアに自然に帰着して行くと云ふやうなものが、所謂深さのある作物であると考へる。徳田氏にはこれがない。

(夏目漱石「文壇のこのごろ」一九一五年[25])

弟子の『黴』評を補足した一個の『あらくれ』評としてのみならず、徳田秋声について必ず引き合いに出される行文だが、これが、鷗外・逍遥による「没理想論争」の往時を想起させるといった反復性については割愛する。また、志賀の作品風土とて、これを「圧搾」すれば、〈愉快／不快〉がそのまま〈善／悪〉に繋がるといった直列性が顕著なのだから、そこにもやはり、素朴で力強い道徳はあっても、さしたる「フイロソフイー」はない。現に、最初期から『和解』へいたる作家の「底力」を説いて模範的な委曲をつくす広津和郎も、「氏は常に自己を語りながら、殆んど一度として、その思想を語つた事がない」(『志賀直哉論』一九一九年・*6)と記す[26]ことになるわけだが、そうした平仄を強調することが、引用の本意でもない。いかにも漱石らしい一節が(当人の文脈をこえて)示唆的なのは、『和解』の「混合物《コムポジシヨン》」が示していたものが、「事実其の儘を書いて、それが或るアイデアに自然に帰着して行く」ような動きをなしていた点にある。その動きのなかで覇をなす諸細部のテクスチュアルな連繫が、作品に「作意無く自然に浮んだ」表情をも許すところに志賀直哉の「深さ」があったとすれば、細部たちにいかなる連繫も許さぬまま異様な「平面」を創りあげると同時に、連繫をたまさか許したがゆえにいっそう異数な作品を生み出してしまう書き手が、徳田秋声であった。

ならば、表面上は「純文学」の王道を体現すると目されながら、深浅いずれも尋常ならざる事態を招致してしまう小説家としての彼らの「資質」＝「自然」は、一体どこから由来するのか？もとより、これを隈なく解明することなどできはしない。が、ここにひとつだけ指摘しうるのは、両者がともに、一種並ならぬ傲岸さをそれぞれのかたちで共有している点にある。

　自分が善きものであることは疑いようもないのだから、その自分の好む書き方が、書いたものが、自分の生に悪い結果をもたらすわけもなく、もたらすべきではない。そのようにしてたえず「自己を語り」、それがひいては他人（→「人類」）のためになるといった確信が、志賀直哉を「手のつけられない我儘者」[27]（広津和郎）にすることは、誰もが異口同音に指摘するとおりだが、問題はそこにとどまりはしない。その確信にかんしては、むしろ、この「我儘者」が、書くことと生きることのたんなる反映関係をこえ、そのあいだに生ずるものにたいする過敏な触覚を片時も手放さぬことに意を払うべきだろう。実際に起きた出来事を作品化する一方で、この作家の周囲では、書いたこと、書こうとすることが現に起こってしまうからだ。『城の崎にて』の草稿中にみた『出来事』にまつわる偶然がそのひとつであった。電車事故の話を書きあげた晩に自分も同じ事故に遭いながら、「子供の助かつた事を書いて置いたが故に自分も助かつたやうに思はれてならなかつた」。そう感じずにはいられぬ者にはまた、何度も書きあぐむ短編の主人公を促して「如何にして剃刀で若者を殺すべきかを考へてゐた」ちょうどその一時間後に、隣の家の三男が「剃刀で自殺」していたという偶然（「日記」一九一〇年四月二十八日）が訪れるのである。もとより、他の作家にも同様の事態が起こらぬわけではない。が、志賀直哉は、その偶然を小説家たる我身に備わった必然として確信するばかりか、これを創作原理の「自然」に同致してしまう。

そのようにして、『和解』の作者（＝話者）が、父親との不和の出来事だけを主題とした作品を何度も書きあぐみ、同じ確信に貫かれてあるがゆえに、これを予防へと逆転せしめるかたちで、父親とのあいだに「実際起り得る」かもしれぬ惨事をクライマックスとなす「コムポジション」を思いつき、その一瞬、ふいに脳裏をよぎる光景どおりの「和解」にいたることは、先述のとおりである。そこに呼び寄せられる『好人物の夫婦』にかんしても、彼はやはり、その一編で大病に見舞われる老婆の年齢を自分の祖母より「二つ年上」に設定したうえで、大病からも逃れさせるのである（「自分は何となく縁起を善くして置かないと気が済まなかつた」・『和解』「十一」）。したがって、右の等号のもと、これを「私小説」と呼びたいのなら、書くことと生きることのあいだのその「私」なる場所に、人は進んで、白樺派的な楽天性ではなく、むしろ泉鏡花的な畏怖を触知すべきなのだが、肝心なのはそこでもない。ここに特筆すべきは、そうした作家にとって、読者の存在など、そのじつ何者でもありえぬことにある。

　傲岸さとはそのことだが、この作家の場合、それは必ずしも、読者にたいする無視を意味しない。一面において彼はむしろ、その存在につき意識的な書き手であり、たとえば、芥川龍之介の『奉教人の死』（一九一八年）にかんする有名な挿話がこれをよく証していよう。その「奉教人」の「少年」がじつは女であったという結末をとらえて、それは読者に「背負投げを食はすやり方」だと、芥川当人にむかってそう難ずる志賀は、「読者を作者と同じ場所で見物させて置く方が私は好きだ」と口にしているのだ[28]（『沓掛にて』一九二七年）。だが、この言葉は逆に、「同じ場所」から逸脱しうる読者の存在性を歯牙にもかけぬ一点において、いかにも志賀的であり、彼はここで、作品にたいする読み手の多様に共謀的な介入の余地をやはり「我儘」に限定しているのだといってよい。『和解』を読んで以来どうも小説を書くのが嫌になつた」[29]と私信に記す芥川が脅威を抱きつづけてきたのも、むろん、志賀直哉のそうした不遜さにほかならない。読者との共謀的な余地が小説作品に導き入れるさまざまな技術を、芥川は（次章にみるごとく）よく知っていたからだ。現に、『奉教人の死』において芥川が講じているのは、いわば、多様で「信頼のおけぬ読者」に先手を打つ「信頼のおけぬ話者」（W・C・ブース）といったものだが、そうした関係はとうぜん、志賀直哉の関知せぬものとなる。自分を「信頼」できぬ読者なぞ「不愉快」だといった潔癖が頑としてそれを許さぬわけだが、このとき他方、標準的な速度では字義どおり読みがたい秋声の作品風土では、ありようは別途いっそう端的なものになる。世にいうその無頓着、彼自身の言葉によれば、下書きもせずに「いきなりに」筆をつけ（『光を追うて』）、「一切書き放しで、後で読んでみたものは殆んどない」（岩波文庫版『黴』「跋」）という投げ遣りな創作姿勢がそれにあたるのだが、わけても、あの無標の後説法の人もなげな放逸さ。念のため前章でとりあげた『行人』の一節を再記しておく。


「云はなくつても腑抜よ。能《よ》く知つてるわ、自分だつて。けど、是でも時々は他《ひと》から親切だつて賞《ほ》められる事もあつてよ。さう馬鹿にしたものでもないわ」

自分は甞て大きなクツシヨンに蜻蛉だの草花だのを色々の糸で、嫂に縫ひ付て貰つた御礼に、あなたは親切だと感謝した事があつた。

「あれ、まだ有るでせう綺麗ね」と彼女が云つた。

「えゝ。大事にして持つてゐます」と自分は答へた。


（夏目漱石『行人』）

「地」続きの会話の一例としてそこで指摘しておいたのは、読者の既読的知覚を前提に、これを無媒介に共有する作中人物の反応であった。ところが、秋声の後説法が酷使するのは、「地」の繋がりそのものを無造作に切断する科白なのだ。――左記冒頭の「そこ」は、妻・お柳の目をかわすためにお増を移り住ませた新居を指す。


そこへ浅井も、一日会社や自分の用を達《た》しに歩いてゐた其足で、寄つて来た。

「今日ちよツと家《うち》へ行つて見たよ。」

浅井は落著《おちつき》のない目色《めいろ》をしながら、火鉢の側《そば》へ寄つて来た。

「あの、奥さまが旦那がお帰《かへり》になりましたらば、些《ちよい》とでもいゝからおいで下さいましつて。」

さう言つて昨日《きのふ》の朝、お柳の方から使《つかひ》が来た、それを聞いて、浅井は、そこへ廻つて見たのであつた。


（徳田秋声『爛』「二十」）

漱石にかぎらず、すでに書かれてあるものにたいする読者の記憶は、これまで扱ってきた作家たちのいくつかの作品に絡んで共謀的な作用性をおびるものとしてあった。反して、秋声の場合、同じ記憶が邪魔になってくるのだ。実際、右冒頭の「そこ」と末尾の「そこ」とが別の家であることをすっきりと腑に落とすには、前者がお増との新居であることを読んだそばから即座に忘れなければならない。作者は現に、書いたそばからそうしているのにたいし、読み手にはそれが容易くは叶わないという意味では、秋声の読者はつまり、作者との「同じ場所」じたいを奪われてしまうのだと、志賀直哉の語彙にしたがってそう換言してもよい。吉田精一は『黴』の「私小説」性につき「作者は客観的に自己を突放しながら、どうにもならぬ自分を眺めてゐる」と書いていた。だが、秋声の諸作が、志賀直哉以上の過酷さで一貫して無頓着に「突放し」ているのは、「作者」ではなく、彼の読者なのだ。

にもかかわらず、彼らの作品をこうして読まされてしまうこと。

むろんのこと、そうした誘致的な「我儘」に誰もが恵まれているわけではない。そのためか、『家』『新生』の藤村にしろ、『生』三部作の花袋にせよ、また、徳田秋声と志賀直哉の「真実味」を重んずる後進作家たちにおいてさらに、彼らがそれぞれの手腕を傾ける細部描写の数々は、読み手にたいし、とかく丁寧に傾くのである。心理や出来事の起伏にほどよく馴染んで細心というよりは小心なそのありようを――たとえば、先の志賀論のほかに数編の名高い秋声論も掲げ、大正期を代表する文芸評論家であると同時に、「私小説」作家でもあった広津和郎の『やもり』（一九一九年）などに就きでもして――確認しておくことに応分の意義はあろうが、これはいまは割愛する。それよりは、右の「我儘者」たちとは趣をまったく異にするものの、その手腕には遜色のない書き手による、同時期としてはまさに画期的な細密描写を掲げておくほうが、はるかに有益だろう。

男はつと顔をよせて軽くその上に自分の唇を押つけた。女の頸《うなじ》を支へた片方の腕は既にぬける程の重さを覚えるまでも男はぢつと其のまゝにしてゐたが、やがて唇のみか乳房の先耳朶《みゝたぶ》のはし、ねむつた瞼の上、頤《あご》の裏なぞ凡そ軟い女の身中にも又一層軟く滑な処を選んで、かはる〴〵その唇を押つけた。

女の呼吸《いき》づかひはその度々に烈しく、開かれた口と鼻からは熱しきつた呼吸がほどばしり出て男の肩にかゝる。駒代は遂に苦しむやうな声と共に横にした片足をば我知らず踏伸して身を反すと共に今までは只畳の上に投出してゐた両手に男の身を此方からも抱きかけたが、熱い呼吸の烈しさいよ〳〵烈しく再び唸るやうな声を出すにつれて其の手には恐しい程な総身の力をこめて来た。

（永井荷風『腕くらべ』私家版一九一七年）[30]

あまりに異数ゆえ、公刊版には伏せられ「私家版」のなかにのみ書き残された性愛場景の中間部で、行文全体はこの倍の長さをもっている。描写細部じたいの稀少性といい、その細部をひとつずつなぞる文章の「滑な」繋がりといい、何より、叙述に費やされる時間と快楽の持続との、原理上擬似的ではあれごく自然な均衡といい、「いかなる夢や結ぶらん」といった人情本的紋切型を踏襲した坪内逍遥の往時より数えて三十年ほどのあいだに、描写「技巧」の確かな「爛熟」ぶりを示して刮目にあたいする一節ではある。だが、これがいま、ふたつの「我儘」な細部描写の、わけても秋声の無謀なまでに不均衡なありように目を凝らしてきた者に、かつて坂口安吾が叩きつけた「通俗」の一語をこえた印象をもたらすのは、束の間の錯覚として許されるかもしれない。この入念さはしかしいくぶん下品ではないか、と。

第七章　妄想のメカニズム
――芥川龍之介と競作者たち

人間においてもっとも深いもの、それは皮膚だ（…）。
――P・ヴァレリー『固定観念』

『黒猫』の誘い

昭和の敗戦後、芥川賞の銓衡委員に返り咲いた時期の佐藤春夫に、『近代日本文学の展望』（一九五〇年）と題されたユニークな一著がある。明治から大正にいたる日本文学の本質をもっぱら「ロマンティシズム」、すなわち、解放された「個性」ならではの「未知の世界に対する好奇心」、「異常な事物、見慣れない美」への憧憬（および、その具現化）の持続的推移において捉える論者は、ことの「紀元」を、『小説神髄』でも『浮雲』でもなく、森鷗外のドイツ留学年（一八八四年）に求めたうえで、『舞姫』の作家をそのまま、明治文学の首座にすえてみせる。爾来、西欧の詩や小説のたゆまぬ翻訳・紹介によって、同時代に「未知の」刺戟を備給しつづけた鷗外なしには、「新体詩」の発展はもとより、その「詩」から散文へと転じた藤村・花袋・泡鳴らの「自然主義」も考えにくいというのが、その主な理由である。さらにほぼ同様の理路のもと、次代・大正期文学の全体を、ひとり芥川龍之介に担わせる佐藤は、明治文学に「発芽し開花したもの」は、これを「一身に具現した」芥川の、小ぶりながら「精巧に俊敏で最新式な」作品風土のうちで「見事に結実を示し完成し」、彼の死とともに「地に墜ちた」と結ぶことになるのだが、そうした文脈のなかに、次のようなくだりが記されている。

> 大正期の新意慾はすべてのモウパッサン全集を高閣に束ねしめ（…）、芥川を駆つてポオを学ばしめ、谷崎をしてワイルドからバルザック全集に向はしめた時代であり、慧敏なジャーナリスト瀧田樗陰が新進作家に探偵小説を試みさせて特輯号を出した時代であつた。
> さうしてかういふ時代であつたればこそ、芥川の卓抜な鑑識力と豊富な学力が最も重んぜられ利用されて、それが詩的天分に優るとも劣らず重宝な文学者の天分の代用として役立つたのであつた。
> （佐藤春夫『近代日本文学の展望』[1]）

「社会情勢」の一変を背景に、外国文学（および自国古典文学の発見）のロマンティックな「刺戟影響」を自他に及ぼしつつ一国の文学を「指導」した点において同列ながら、鷗外との相違として、芥川における「ブッキッシュ」な「換骨奪胎の能才」を――ただし、それは近代作家の重要な資質であるとしたうえで――強調した後の、要約的行文である。後にふれる二人の評家が、賛否をいたく違えながらともに指摘するごとく、佐藤文はそのじつ、この「芥川」の位置に論者当人を密送する点においてもユニークなのだが、それはこのさい些事にすぎない。試みに、この

「展望」に倣って、前章とほぼ同時期のトピックとして、『和解』や『あらくれ』の作家たちとは別途あざやかに異なる小説技術を、芥川龍之介の「一身」に代表させてみるとどうなるか？

それが本章の主たる眼目となり、このときまず、芥川がE・A・ポーから何をどう学び取ったかが問題となる。ただし、一事は谷崎についても同様で、佐藤のいう「ワイルド」と「バルザック」とともに（むしろそれ以上に）ポーが重きをなしていたことは、小林秀雄の文章（「谷崎潤一郎」一九三一年）を待つまでもなく歴然たる事実に類する。別文で、「彼らとともに僕はポオを語ることを喜んだ」という佐藤自身もまた、「ポオの文体」を知るために、その一編『アモンティリャアドの酒樽』を苦心して翻訳したとさえ打ち明けている[2]（「幽玄の詩人ポオ」一九六三年）。実際、この三者はそこで、ポーをめぐる興味深い競作関係を示しており、正しくは、その関係の中心に芥川をすえてみようというのがこの場の目論見となるわけだが、遠回りながらここにひとつ、ありようへの格好の反証として、饗庭篁村訳『黒猫』（一八八八年十一月・『明治文学全集 7』所収）がある。

『浮雲』第二篇の九ヶ月後、『舞姫』の十四ヶ月前に「読売新聞」紙上に掲げられたこの翻訳は、その過半に当時としては斬新な「言文一致」体をふくむことに加え、日本小説界の新視点「私」の輸入史において刮目にあたいするものである。だが、江戸戯作の殿将・仮名垣魯文と新時代の二葉亭・鷗外との中間で令名を馳せていた篁村は、外国語には通じていなかった。この「珍篇」を発掘した木村毅はそこで、訳文の成立過程を、坪内逍遥、高田早苗周辺の人物に求めている。木村の推定によれば、一編は、親交のあった彼らの門下生による（語学的にかなり正確な）下訳を元に、篁村が潤色・変更を加えたものとなるわけだが（『明治文学全集 7』「解題」）、このとき、示唆的なのはそのアレンジにあり、「西洋怪談」と角書きされた本邦初訳『黒猫』（一八四三年）に接する者の多くは、たとえば、原作にあっては鮮明な中核をなす「片意地」（PERVERSENESS）の主題が、訳中いかにも曖昧に処理されてある点に眼を奪われようか。

出来事の連なりに多言は要すまい。みずから統御しがたい天邪鬼な所行の果てに処刑を明日にまつ殺人犯の独白中、その二つの要所を想起すればよい。生来の優しさを好伴侶と分かちあいながら愛玩していた黒猫プルートーの片眼を抉り木に吊して殺す行為、および、ものの弾みで殺した「愛妻」の死体の隠匿場所をおのずと告げ知らせてしまう結末。二つの仕儀はともに、「悪業のために悪業をなそう」とし、「してはならぬことが分かっているというただそれだけの理由で」まさにそれをしてしまうという「人間の心に巣食う原始的な衝動」に貫かれてある（訳文・河野一郎、以下同・傍点訳文）。その「片意地」な所行は、一編のみならず、『天邪鬼』（"The Imp of the Perverse"）の主人公をはじめ、ポーの複数の人物たちに——過度の飲酒や麻薬といった触媒を携えて——共有・変奏されているのだが、あえてラカン - ジジェクふうに解釈すれば「享楽」への危路を開くかかる「衝動」は、とうぜん、『当世商人気質』の作家の理解を遠く越えてしまう。これゆえ、プルートー絞殺のくだりにみる「片意地」の説明への下訳は採る一方、篁村は他方、結末の原文をほぼ丸ごと捨て、主人公自身にとっても不得要領なその「衝動」を、ごく平凡な因果に書き換えてみせるのだ。家宅捜索を終えて去ろうとする者たちにむかい、「ともかく何か無性に喋りまくりたい気持で」彼らを呼び止め、「自分でも何を口走っているのか分からなかった」というその箇所は、原作では次のようなものである。

「実に何ともすばらしい出来の家じゃありませんか。まずこの壁ですがね――おや、もう皆さんお帰りですか？――どうです、この壁の頑丈なこと」そう言ってわたしは、まったくの血迷った空威張りから、所もあろうに愛妻の死体を塗りこめてある部分の煉瓦を、手にした杖で強く叩いたのだ。

（河野一郎訳『黒猫』[3]）

この興奮の原因を、篁村は、「巡査」たちの態度に転ずる。原文には「一隊」(a party of the police) とある人数をわざわざ「四人」と指定したうえで（この数の由来は「愛妻」殺害後「四日目」の家宅捜索、かつ、「四」＝「死」）、訳者はその「四人」のうちのひとり、「小ざかしげに憎げな奴」が「絶《たえ》ず私の顔色と挙動に眼を配ッて少しでも異常あれば夫《それ》を詮議の種としやうといふ様子」などにまめまめしく筆をむけてみせる。つまり、原文では何ひとつ描写されていない彼らの仕儀への「憎さの余りに」、主人公は致命的な一挙に及んだという筋になるわけだ。同種の配慮は、第二の「黒猫」にまつわるくだりにも顕わである。なぜかまた、縊り殺した飼猫を惜しみ代わりを求めるようになった主人公の前に、プルートーとよく似た猫が酒場の樽の上に姿をみせるのだが、登場のあっけなさと同様、この猫を飼うまでの経緯についても短編ならではの簡潔さを示す原作（＊1）にたいし、篁村はやはり、角書きにふさわしい本邦「怪談」ふうの加筆を施すことになる。原文とは逆向きの潤色として、酒場の主人の科白を執拗に書きこみ、帰宅の途上、お宅の猫ではないのかというその言葉への悪寒や怯えにかられた主人公の邪険な仕草をあらかじめ印象づけるくだりがそれにあたる。この加筆がまた、原作に一貫する愛憎の変転のリズムを殺ぎ、その猫も懐くほどに忌まわしくなるという「片意地」の主題を大きく減ずることになるのだ。

　もっとも、これだけのことであれば、あえて遠回りの用もない。一事はたんに、芥川や谷崎の表看板（不安定な自我と根深い倦怠とにまつわる前者の「懐疑主義」や後者の「悪魔主義」）への――時代の隔たりを介しさえすれば他にいくらでもある――反証のひとつにとどまる。彼らにたいする「黒猫」の誘いははるかに深甚な次元にわたり、この点、後論の過半にかかって見逃せぬポイントは、一にまず、酒場の猫の細部にまつわる原作との異同である。

　すなわち、大きさも全身の毛の色も、片眼のないことまで、プルートーと酷似したその猫の唯一の特徴として、こちらは「胸のあたり一面、輪廓ははっきりしないが大きな白い斑点でおおわれていた」(this cat had a large, although indefinite splotch of white, covering nearly the whole region of the breast)。対して、篁村訳ではこの部分が「是は首の廻りに白い毛が領巻《えりまき》のやうに有つた」と改められている。下訳が「胸」と「首」を間違えるはずもないゆえ、これもやはり篁村による配慮であることは明白で、この変更が、前段の「或朝縄にてワナを拵らへ是を猫の首へ掛けて木の枝へ吊し」た所行 (One morning, in cold blood, I slipped a noose about its neck and hung it to the limb of a tree) との照応（下線渡部）にむけられてある点も明らかである（首の「縄」→「領巻」）。篁村訳はさらに、その「ボンヤリ」した「領巻のやうな白い毛」が「だん／＼細く分明《はっきり》となツて」くるさいの主人公の驚愕を、次のように翻案することになる。


「丁度縄を巻いたやうですネ」と妻に云《いは》れて気が付いてよく見れば今名ざすも身体が震へる、

憎み、恐れ、堪られない者の形となッたワナの跡と少しも違はない。[4]

このときもまた、原作でも徐々にあらわになってくるその「形」が、しかし、「ワナ」ではなく「絞首台」(GALLOWS)であったことに注目すればよい。この怪異に怯えるあまり、当の猫も手斧で殺そうとする弾みに、主人公は制止する妻を殺してしまう。次いで、くだんの捜索場面。我知らず叩きつけた杖に酬いるかのような不気味な声が壁中から洩れ響き周知の結末へといたる物語において、出来事の連なりは確かに(この作家のいくつもの名作と同様)類似の呪いともいうべき組成をきわだててはいる。プルートーを吊り殺した夜、折から不慮の火事で焼け落ちた壁に浮かぶ猫の影には、「首」に「縄」まで巻きついていた。とすれば、右の翻案は、短編小説の条件のひとつとして原作者自身の強調した「効果の統一性」にかなって、むしろ適切ではないかとみなす余地がなくもない。これはつまり、殺した猫と瓜二つの猫によって破滅する男の話ではあるのだ。が、一編を鼓吹するポーの組成技術は、そのじつさらに複雑なのだ。

そもそも、類似の「効果」を狙うなら、そこに適宜、相違の刺戟を介入させねばならない。互いに酷似した二匹の「黒猫」が嗾ける同じく無惨な二つの殺戮。これをめぐり、前者には「白い斑点」の有無を介在させ、後者には、故意と偶然の差をもちこむという配慮がそれであるが、本章にとり重要なのは、前者にみるいわば換喩的な移動が一場に雁行する点にある。二匹の猫をめぐる印象的な細部の相違は、プルートーの「首」から酒場の猫の「胸」へと移動する。プルートーにたいし手ずから犯し、やがてみずから被らねばならぬ同じ暴力のポイントも(やはり上から下へ)、「縄」から「絞首台」へと予告的に転じられる。同様にして、二度目の殺意もやはり、

「黒猫」ではなく傍らの「妻」へと不意にずれてくるのだ。類似の呪いは、ここで、それとは異質な契機によっていっそう効果的に発揮されているのだとみることができる。こうした機序を、篁村訳は『牡丹灯籠』や『四谷怪談』めいた連絡のうちに塗りつぶしてしまうわけだが、この点、たとえば夏目漱石は、「格別」親しんだわけでもないという作家につき、さすがに印象的な談話を残している。

> 以前に Poe の作物を読んだ時の感じが僅かに残つてゐるばかりで、格別研究しようともしなかつた。で、其の漠然たる感じと云ふのは、先づ何でも非常な想像家であつた。而かも其の想像たるや人情或は性格に関する想像でない、云はゞ事件構造の想像、即ち Constructive imagination である。而かも其の事件は、日常聞睹の区域を脱した supernatural もしくは superhuman な愕くべき別世界の消息である。此の愕くべき別世界と云ふのは、彼の詩の "The Raven" に歌つてあるやうな内面的の幽玄深秘で無い、極く外面的な主として読者の好奇心を釣つて行くと云つた風の、悪く云へば荒唐不稽な嘘話を作るに在る。併し嘘の想像譚と云つても、一種の scientific process を踏んだ想像でそれを精密に明晰に描写してゐる。
>
> （夏目漱石「ポーの想像」一九〇九年）[5]

ポー自身が克明に説いているように、詩編「大鴉」（"The Raven"）もやはり、精密に「Constructive」な「process」に従っていた事実（「構成の哲学」一八四六年）については、しばらく措く。要はいま、右にいう「想像」を「創造」へと導く出来事の「構造」として、類似の呪縛を強化するメカニズムを指摘しうる点にある。主体を不意に引き裂いて豹変、再転、再々転を強いる天邪鬼な「片意地」のリズムも、一面ではまた、同様に「構造」化されているとみることが可能なのだが、同時にこのとき、出来事の点睛として、妻を殺した直後から何処かへ姿を消していた猫が、壁に埋めた腐乱死体の頭上に出現するさまが、第二のポイントとなる。――「結末から書く」という作家自身の作法を重んじて、八十年ほどの隔たりをもつ訳文末尾を並べておこう。

其血だらけの頭の上に一眼の猫が乗ツて居て人々が驚くはづみに赤い口を開《あ》いて一《ひとつ》の眼を光らせた、死骸を塗り込む時に夢中で猫を一途《いッしょ》に塗り込んだので有らう、作ツた罪、心の鬼、終《つひ》に私は捕へられて明日死ぬ今宵の身となツた。
（篁村訳[6]）

そしてその頭の上には、真赤な口を大きくあけ、火のような片目を見開いたあの身の毛もよだつ猫が――わたしをまんまと殺人に誘いこみ、今はまたその鳴き声で、わたしを絞首人へと引き渡した猫が、坐っていた。わたしはこの怪物を、墓穴へ塗りこめていたのだった！
（河野訳[7]）

篁村のいかにも戯作調の蛇足が問題なのではない。銘記すべきは、地下室の壁のなかに「一途《いッしょ》に塗り込んだ」ことを語り手も忘れていたというその翻案と、冴えざえと読者の意表を衝く原作の大過去（I had walled the monster up within the tomb）とのきわだった相違にある。篁村の翻案は、妻の次に即座に殺すつもりでいた猫が知らぬ間に姿をくらましていたという前段

(「先刻のわたしの激しい怒りに怖れをなしたのか、そんな気持でいるわたしの前に姿を見せようとしなかった」)にたいする苦肉の辻褄あわせだが、ポーはまさに、作品結語に最大の「効果」を賦活するために、前段部の語り手に「一人称」の幻術を命じているのだ。それは確かに、ここでは多分にあざとく講じられている。が、手際に相応のなめらかさを与えながら、同じ書き手は、たとえば『お前が犯人だ』のなかで、探偵役を演ずる男が犯人だったという顚末に、いっけん傍観者的な話者が出来事の当事者(=真の探偵)でもあったという二重の捻転を創出する。同じく、読者にたいして小説の「一人称」が自在に導入しうる盲点や死角、錯誤や錯乱の実否留保性を、ポーは一方で、『使い切った男』や『眼鏡』などの笑話に差しむけ、他方では、『黒猫』にもまして戦慄的な『ベレニス』の結末を導くだろう。左は、芥川所蔵の手沢原書(宮永孝『ポーと日本』二〇〇〇年参照)に朱線が残されていたその結末部である。

召使は私の上衣を指さした。――それは泥にまみれ、血がついていた。私はなにも言わなかった。彼はやさしく私の手を取った。――そこには人間の爪の痕がついていた。召使は壁に立てかけてあるものに注意をうながした。私はしばらくそれを見詰めていた。――鋤《すき》だった。私は叫びながらテーブルに駈け寄り、その上の箱をつかんだ。しかしどうしても開かない。震える手からすべって、もろに床に落ちてくだけた。箱の中からは、なんか歯科医の道具が、がらがらと音を立てて、転がり出た。それにまじって、三十二の小さな、白い、象牙のようなものが、床のあちこちにちらばった。

(大岡昇平訳『ベレニス』[8])

埋葬した愛妻の墓を暴き、まだ息のある彼女から真っ白な歯をすべて抜き取り、篁村流にいえば、召使に促されて始めてその「夢中」の仕儀に気づく「私」。かかる「一人称」のスリルを知らなかったのは、もちろん篁村のみではない。時代はしかも、その使用者たちに戯画的な失態さえ余儀なくさせたこの新来の視点技術（第二章参照）を、もっぱら――『舞姫』の「余」の安定感を筆頭に――幻術ならぬ真実の担保として動き始め、爾来、明治期を一貫して久しくそうありつづけたうえで、芥川たちの「新意慾」を待つことになるのだといえばよいか。すなわち、篁村の苦肉の結末が反証する「信頼のおけぬ話者」（W・C・ブース）。――比較的明瞭な事実としては、こちらのほうから先に一瞥しておかねばなるまい。

「事件」としてのテクスト

この点にかんする三者の競作ぶりを列挙しておけば、酒、麻薬、神経症などのもたらす錯乱・妄想と一人称とのポー的な紐帯を示すものとして、芥川にはたとえば『二つの手紙』（一九一七年九月／以下、二十世紀の年代は下二桁のみ）の分身譚があり、谷崎には『柳湯の事件』（一八年十月）がある。ポーの『ランダーの別荘』の翻案ともいうべき『西班牙犬の家』（一七年一月）から小説家に転じた佐藤春夫には、詩編「アナベル・リー」をまぶしこんだ『青白い熱情』（一九年一月）がある。『お前が犯人だ』の、いわば信用詐欺的な枢機を模倣・変奏したかたちで、一人称のもとに、傍観的な報告者が当事者たる身を隠しつづける作品の先陣を切って、『奇妙な小話』（一九年十二月）の佐藤が、若者を嗾け憎む相手を自死においやった「X」なる悪漢の正体に結末の

「効果」を求めれば（「Xは、実は、私だつたのだ！」）[9]、これに挑むかのように、芥川が『妙な話』（二一年一月・後述参照）を書き、次いで谷崎が、一高寮内に頻発する盗難事件の話者を犯人となす文字どおり『私』（二一年三月）なる作品を発表して——かりに、これを純然たる推理小説の世界的系譜上に眺めるなら——A・クリスティー『アクロイド殺人事件』に五年ほど先んずることになる。同事をさらに複数の一人称に分有・錯綜させたものとしては、むろん『藪の中』（二二年一月）の斬新さを指呼しておかねばなるまいが、その芥川が翻ってまた、「信頼のおけぬ話者」性を三人称小説に転じながら、『奉教人の死』（一八年九月）を書き、谷崎の『ハッサン・カンの妖術』（一七年十一月）を——プーシキン『スペードの女王』の妙趣も加味して——『魔術』（二〇年一月）に引き継ぎ、『杜子春』（二〇年七月）の幻覚譚などを作りあげたことも、周知のとおりである。

彼らは同時に、顕著にメタ・フィクショナルな作品を（同じく競作的に）試みている。そこにもやはり、漱石に親しい『ドン・キホーテ』や『トリストラム・シャンディー』など（第五章参照）よりは、ポーの、たとえば『アッシャー家の崩壊』の直接的な「刺戟影響」を求めることができるはずで、こちらは、谷崎の『呪はれた戯曲』（一九年五月）がその先蹤となろう。別の女のために、妻を殺害したあげく狂死した「芸術家」。彼は、並ならぬ底意とともに、殺害実行までの経緯を書いた作品を妻に読ませるのだが、夫婦の生活を引き写したその「戯曲」（A）のなかでも、主役の男は妻に同名の「戯曲」（B）を読ませており、Bの犯行場面は、Bの妻がすでに読んでいた「戯曲」（C）と逐一同じかたちで遂行される。そうした二重、三重の「入れ子」構造を示す作品において、Cへの言及がBの現在時へと波及するその呼吸は、実際、ポーの作中、沈鬱な友人に「私」が読み聞かせる古文書の行文と同じことが、「アッシャー家」累代の邸内に次々と現出するという有名なくだりを彷彿させるのだが、ありようを当の「戯曲」作品に大胆に導入した佐藤春夫にも『薔薇と真珠』（二一年七月〜十一月）があり、その脚本でも、メタ・レヴェルとオブジェクト・レヴェルの相互浸透的な組成が積極的に講じられている。芥川の『葱』（二〇年四月）も同断である。前二作とは色調を異にし、作家当人においても異例にくだけた趣きで、「おれは締切日を明日に控へた今夜、一気呵成にこの小説を書かうと思ふ」と始まる作中、主人公にカフェの女給を選んだ話者は、「お君」という名の、その恋する娘の一夜の孤影にひとしきり筆をむける段の末尾に、次のような行文を添えてみせるのだ。

それから翌日の午後六時まで、お君さんが何をしてゐたか、その間の詳しい消息は、残念ながらおれも知つてゐない。何故作者たるおれが知つてゐないかと云ふと——正直に云つてしまへ。おれは今夜中にこの小説を書き上げなければならないからである。
（芥川龍之介『葱』）[10]

もとより、「信頼のおけぬ話者」も「メタ・フィクション」も一方では、たとえばボルヘスが遠く『千夜一夜物語』や『ラーマーヤナ』の往古に指呼するごとく（『異端審問』）、散文フィクションの発生とともにあった。日本においても、それが江戸戯作の「趣向」のひとつであり、その伝統は、たとえば坪内逍遥に『種拾ひ』なる珍品を書かせてもいた（第二章註5参照）。他方、それはまた、小説作品の真らしさをめぐり広く深く共有されてきた「近代」的な忘却にたいする、同じく「近代」的な挑発として戦略的に再組織される。作品がまさに作られたものであること。

これをなめらかに失念せしめる技術的な条件そのものを逆にすすんで前景化し虚構の原理的《ラディカル》な糧となす点に、近代化された「信頼のおけぬ話者」や「メタ・フィクション」の要がある。先の漱石の言葉を我田に換言すれば、ポーにみる「事件構造の想像」にせよ、テクストにおける至近の「事件」とはそもそも、それが、言葉として書かれ、読まれてあるという点に存するのだ。この点からじかに由来する「想像＝創造」力。世界文学史上にポーのもたらした画期的な側面は、ボードレールを驚喜させた戦慄的な貴腐の妖美にかかわるだけでなく、この場ではむしろ、その原理的《ラディカル》な「想像＝創造」力の可能性をきわめて意図的に開拓した事実に求めるべきであり、たとえば、ひとたび作中に書きこんだ以上、その「私」がつねに／すでに二人であること（〈語る私／語られる私〉）は、これまで幾度か指摘したとおりである。とすれば、大半を一人称に委ねるポーの諸作におき、その乖離のうちに「信頼のおけぬ話者」が作りだされて少しの不思議もない。と同時に、他方また、そこから「分身」の光景を導くこと（『ウィリアム・ウィルソン』等）も、ほとんど自然の趨勢に近いのだ。同じ書き手によって創始された「探偵小説」じたいもやはり、同様の「事実」に発する。書き出す前から、書き手はすでに出来事のすべてを知りうるのにたいし、読み手は、書かれつつあることとしか知りえない。いかなる色調の作品においても、読者にとって、その先はたえず「謎」なのだ。そうした原理的な優劣関係そのものに犯罪を結びつけること。その点にジャンルの本質が存するからこそ、その創始にあたり、『モルグ街の殺人』（一八四一年）の作者は、「名探偵」という名のもっとも鋭敏な読者を登場させることを忘れなかった事実を銘記すればよい。「メタ・フィクション」も然り。どちらも同じ場所で読まれている以上、作中の「現実」と、たとえば「作中作」とを相互に浸透させせぬことのほうが、じつは困難なのである。

総じてつまり、ポーが同時代の誰にもまして近々と発見したのはそうした読者の存在であり、その数々の作品の独創性は、読みつつある者たちの反応にたいする意図的かつ積極的な共謀技法としてきわだってくるのだ。実際、西欧「世紀末文学」の淵源となった頽廃美《デカダンス》とともに、芥川たちが好んで範としたのはまさに、近年の研究界ではポーの「雑誌文学《マガジニズム》」と呼ばれるその近さにほかならない。言い換えるなら、彼らはそこで、前章にいう「我儘」な作家、志賀直哉や徳田秋声とは徹底して対蹠的な書き手として――再び先の漱石にしたがうなら、良くも悪しくも「読者の好奇心を釣つて」――ことにあたっているわけだが、ひとこと注記を要するのは、その「雑誌文学《マガジニズム》」なる用語のほうにある。一事の即物的契機として不当ではないものの、「ニュー・ヒストリシズム」経由のこの慣用語は、事態をひどく矮小化するかにみえる。というのも、右にいう共謀とは、絵画にたとえるなら、セザンヌの完成作品における塗り残し（彩色に加担する画布の白色）に類するからだ。あるいは、スーラの額縁に塗られた絵の具。M・フーコーが、奥行きを抹消したマネのタブローに見出す「長方形」や「正方形」の増殖に想致してもよい（『マネの絵画』）。大澤真幸の説く印象派の「筆触分割」と「見る者の知覚」との関係もここにかかわる（第五章参照）。要は、みずからを成立させる支持体や縁そのものとの創造的な遭遇を糧とする生動につき、美術界が呼ぶのと同じ意味で、ここでもやはり、ポーと本邦におけるその後継・競作者たちの「モダニティ」に着目すべきなのだが、話をしかしいたずらに一般化するつもりはない。

　肝心なのは、そうしたモダンな小説における、形式的なものと、感覚的なものとのかかわりにあり、このとき、皮肉にも右の佐藤春夫が、ありようのいまひとつの反証と化すことになる。「僕は（…）小説といふものは何をどんな風に書いても好《い》いものだといふ断案を下す」[11]。――森鷗外の短編『追儺』（〇九年）のなかに読まれるこの一行を、小説家に転じた当初から久しく自身の金科玉条となすのだという佐藤春夫は、実際、文芸「形式」そのものへの幅広く敏捷な「好奇心」、実践の示す放胆さと小器用さといった側面にかぎるなら、芥川・谷崎を凌いでいる。のみならず、彼はおそらく、その点では明治・大正期のすべての作家中随一の存在であり、現に先の戯曲、「読む童話劇」と副題された『薔薇と真珠』は、表面的にはピランデッロのスキャンダラスな前衛劇『作者を探す六人の登場人物』との世界的同時性を誇るかのように、そのローマ初演（二一年）と同年に書かれている（東京公演は二四年＊2）。「緞帳の前」に登場する男（＝「作者」）が、観客にむけて、一座の「道化役者」かつ即席の「座附作者」をかねる自身を紹介したうえで、そのまま舞台のなかに出没し、進行（＝作成）中の劇の出来映えや次の展開などにつき、他の登場人物たちと語りあい、謀りあったあげく、成りゆき任せのその芝居を眺めつづけた観客たちへの捨て科白で終幕が下りる（「ふん！　何にでも満足する奴らだ！　幸福な星のもとに生れて来やがつたものさ」）[12]。こう書けば確かに、『大正作家論』（七七年）所収の佐藤論をはじめ、中村真一郎がおりにつけ熱心に吹聴するごとく、今日まで一度も上演されていないという戯曲は、日本における「反演劇」嚆矢の誉れを誇りうるかもしれない。その「驚嘆すべき新精神《エスプリ・ヌーヴォー》の産物」[13]。だが、科学者、学生、批評家、探偵、詩人などからメフィストフェレスまでが忙しげに寄り集うその場で、劇の中心となるのは、女神めく若い娘の「涙」と「真珠」をめぐる他愛もないイメージである（「や、やっぱり本当の真珠です。純真な涙は真珠になるのです」）。ピランデッロの反演劇における、想像されたものの「実在性」にたいする妄想のなまなましさや、「流動する生命の動きと形式との間に内在する葛藤」（白澤定雄訳『作者を探す六人の登場人物』「序文」）の演劇的迫力を想起すればよい。同工異曲のさらに歴然とした対比を求めるなら、同じピランデッロの『今宵は即興で演じます』（初演三〇年）を引き添えてもよい。あるいは、ポーの『アッシャー家の崩壊』中のレヴェルの混交におき、死文書めいた「古びた書物」の言葉が、話者と友人の生をじかに脅かす動きが、そのまま、死んだはずの娘の生き身を一場に呼びこみながら、作者ならではの凄惨なオブセッションを紙幅にみなぎらせていた事実に想致してもよい。それらに比すなら、『薔薇と真珠』は、副題どおり貧寒たる「童話」にすぎぬのだが、同じことは、中村真一郎がひとしく「反小説」の名のもとに（そのつど、海外の作家たちの名を麗々しく呼び添えながら）賞賛する一連の作品、さまざまにスタイルを異にする『丙午佳人伝』『田藕花』『小妖精伝』その他にもいえ、先にふれた『青白い熱情』も、あるいは、〈話者＝隠れた当事者〉の踏襲例としては他の二人に先立つ『奇妙な小話』も同断である。強弱に多少の差こそあれ、それらが示すのもまた――近年にたとえれば、丸谷才一『輝く日の宮』などに似た――「形式」の新奇さに反比例する内実の乏しさといった関係にほかならない。この点では、佐藤を自在きわまりない「永遠の前衛芸術家」とまで呼ぶ右評家と同姓別人の言のほうが、就いてはるかに貴重なものとなろう。

しかし一方において、あまり自由に振舞おうとしすぎているために、どのジャンルでも結局入口にとどまって、ほんとうにそれを自分のものになし得なかった印象をあたえられます。（…）

芸術のそれぞれのジャンルの約束と、芸術家の個性の問題がそこに現われるのですが、氏はこの大問題でも入口に止まったと僕には思われます。氏はこれを、約束の無視と個性の万能化で、強引に解決しています。

（中村光夫「佐藤春夫論」六一年）[14]

この論難はさらに、「一面において、あらゆる文学形式の破壊者であった」存在におき、その破壊によって示されるのは、そのじつ「単調な個性」（「芸術家」としての鼻持ちならぬ「選民意識」）なのだとつづくのだが、その先は――個々の作品の具体相、および、比較的良質な『指紋』（一八年）、『女誡扇綺譚』（二五年）、『F・O・U』（二六年）などの検討ともども――割愛するとして、これを谷崎に鑑みるに、そのモダンな「形式」は、妄想にこそ傾ぎたがる者の感覚や官能性に、当初からなまなまと結びついていると継ぐことができよう。

たとえば、一人称の言葉の真偽不定性を狂気の主題に絡めた『柳湯の事件』。一編は、我知らずあやめたのかもしれぬ妻の「生霊」を銭湯の湯の底に感じ、はずみで傍らの男を殺してしまう人物の告白を主軸となすのだが、作中、その青年画家の偏愛する「ヌラヌラした」ものへの触覚描写の執拗さは、谷崎に固有な資質と密に繋がっている。同じく、ポーの『黄金虫』における「暗号」解読を枕に、探り当てて覗きこむ家壁の「節穴」にも似た一人称の死角を活用した『白昼鬼語』（一八年）に歴々と脈打っているのも、他人の視線に晒されながら美女の手で締め殺されたいという、この時期の――つまり、やがてそれらが導く遅延＝迂回＝宙吊りの間接性を筆致の至近に呼吸する以前、いわば「謎」や「秘密」への発情期における――作家ならではのマゾヒスティックな嗜欲にほかならない。あるいは、書かれつつあることへの既知と未知との優劣関係を（作者と読者のあいだから一進させるかたちで）それぞれ「探偵」役と「犯人」役とに振り当てるという独創的なアイデアのもと、巷間「可能性の犯罪」の先蹤と目される『途上』（二〇年）。そこに絡むのも、『柳湯の事件』に共通する〝妻殺し〟の主題であり、当時としては斬新きわまりないメタ・フィクション『呪はれた戯曲』も同様であったことは先述のとおりだが、これが作家の実生活に切なる願望の妄想化に由来することは、彼の読者たちには当時からよく知られていた。これゆえ逆に、形式と結びつかぬ妄想の貧弱さが、たとえば『アヱ・マリア』（二三年）の観念性を悪くきわだて、妄想を失った形式の空転が『黒白』（二八年）における「作中作」の他愛なさを導くことにもなるのだが、この点の詳細については、小文「犯罪としての話法」（『谷崎潤一郎犯罪小説集』九一年「解説」）などに譲りたい。――では、芥川の場合はどうか？

「赤帽の顔」

右の競作者たちにあって、同じ短編小説家たる芥川がもっとも深くポーの技術に学んでいたことは、いうまでもない。実際、ホーソンの『トワイス・トールド・テールズ』へのポーの書評（一八四二年）に掲げられた名高い三原則（「効果の統一性」「発想の独創性」「表現の多様性」）に忠実であった彼はまた、ディケンズ『バーナビー・ラッジ』にたいする論評、対象作品の微に入り細を穿って説得的なその一文につき、「殆ド作法指南書ナリ」[15]といった感想を死の二ヶ月前に残してもいるのだが（「ポオの一面」二七年）、他方、谷崎的な妄想力とは縁遠かった芥川と「形式」との関係は、当初、ほどよい均衡を示していたといえる。三者三様の自尊心の齟齬にみちた交錯を、一人称じたいの不確かさのうちに共振させた『藪の中』などがその典型である。その共振ぶりが、作者自身のペシミスティックな生の色調を「効果」的に窺わせる一方、『奉教人の死』に託されていたものが、その色調にたいする明転の希望であったことは、誰もが知っていよう。『魔術』や『杜子春』の組成が搦めとる人間の欲や肉親の情にせよ、佐藤春夫と似た他愛なさは否定しがたいものの、そこにもしかし、『薔薇と真珠』的な空疎さは認められない。要するに、そのつど過不足なく斬新な「形式」をこなしつづける点に――作家につきまとう紋切型を借用すれば――小説家・芥川龍之介の「理知主義的《モダン》」な「個性」がかかっていた。だが、その技術がやがて、過度に感覚的なものとの遭遇を余儀なくされるとき、ほどよさとは対蹠的な緊迫をはらみながら、一場にはすぐれて興味深い事態があらわれてくる。

このとき、先に一言した『妙な話』がありようの先蹤をなして、『黒猫』にみた最初のポイント、類似と隣接の不吉な共謀関係をきわだててくるのだ。

第一次世界大戦のさなか、海軍将校の夫が地中海へ出征中、兄夫婦の家に新婚早々の身を寄せる千枝子という女性がいる。ある雨の日、鎌倉をめざして東京駅に着くと、「見慣れない赤帽」がいきなり夫の消息を問い、なぜか不審も感じぬまま、釣られて彼女も近頃の無音を口にすると、「では私が旦那様に御目にかゝつて参りませう」という相手は、そのまま人混みに姿を消す。あまりのことにその場で踵をかえし、ずぶ濡れで家に戻った日から「神経衰弱」に陥り、夫への詫びごとや恨みごとばかり「譫言《うはごと》」のように口にするようになった彼女は、別の日にも、出先への道すがら、看板の「赤帽の画」を目にしただけで引きかえす。夫の同僚の出迎えに強いて足を運ぶ路上にも、「赤帽をかぶつた男」が、何本もの「色紙の風車」を挿した荷車のそばで「後向き」にしゃがんでおり、その予兆に違わず、東京駅では果然また、夫の手の怪我（→それゆえの無音）や、帰国予定を告げる姿のない声が後ろから響き寄るや、目の前の「赤帽」のひとりがこちらを振りかえって「にやりと妙に笑つて見せ」る。姿なき声の告げたごとく、夫は翌月に帰国するのだが、彼にもひとつ「怪談」めいた体験があった。マルセイユに上陸中、とあるカフェで突然「日本人の赤帽」が近づいてきて「馴々しく近状を尋ねかけ」るので、「どう云ふ訳か」やはり釣られて応答したが、この男が、帰国後、妻とともに佐世保に赴任する日に東京駅でみかけた「赤帽」と「眉毛一つ違つてゐない」のだという。——旧友に当たる千枝子の兄が（大半は妹からの伝聞として）語るこうした「妙な話」に、銀座の一隅で「私」は終始じっと耳を傾けているのだが、先述のごとく、作品結末部には次のような言葉が読まれることになる。

私はカツフエの外へ出ると、思はず長い息を吐《つ》いた。それは恰度《ちやうど》三年以前、千枝子が二度までも私と、中央停車場に落ち合ふべき密会の約を破つた上、永久に貞淑な妻でありたいと云ふ、簡単な手紙をよこした訳が、今夜始めてわかつたからであつた。…………（『妙な話』[16]）

この短編は、作中にもさりげなく示唆されてあるとおり、直接的には、同じ人妻の不倫に名古屋駅の「赤帽」をあしらった泉鏡花『紅雪録』『続紅雪録』（〇四年）の巧みな変奏である。大雪に閉じこめられた深夜の駅舎で酒を酌み交わす「少《わか》き旅客」と、彼の話を聞くほどに上気して膝を乗り出す「赤帽」。正続あわせて百頁ほどの中編作品の末段でもやはり、話に耳を傾けていた当の相手が、じつは、若者を誘惑しかけたというその「姪婦」の義弟であり、彼女のために兄ばかりか両親も財産も失った過去が明かされていた。作品は、一場に輻輳する別筋へと切り替えられた視界外にいったん消え失せた彼が、くだんの女を刺し殺し、一面の雪を染める妖女の鮮血というかにも鏡花的な幕切れに彩られてくる。つまり、傍聴者が隠れた当事者であるというポイントを、芥川はここで、鏡花による三人称の作中人物から、ポー的な一人称の話者へと転じてみせる。と同時に、同じ「赤帽」に引き受けた「分身」の主題を、ポーのみならず、鏡花の『春昼』『春昼後刻』（第五章参照）などへのひそかなオマージュにも通わせつつ、ありようを、わずか八頁ほどの紙幅に圧縮してみせているわけだ。だが、肝心なのは、たんにそうした次元での「換骨奪胎の能才」（佐藤春夫）ぶりではない。一点いかにも印象的なのは、鏡花の人物とは異なり、芥川の「赤帽」には顔がないことにある。——二度も三度も出会いながら、妻の眼にも、夫にも、「赤帽」の下が「ぼんやりしてゐる」事実を銘記しよう。

> （…）今まで向ひ合つてゐた赤帽の顔が、不思議な程思ひ出せないのださうだ。
>
> では今笑つた赤帽の顔は、今度こそ見覚えが出来たかと云ふと、不相変《あひかはらず》記憶がぼんやりしてゐる。
>
> 「しかし妙ぢやないか？　眉毛一つ違はないとは云ふものゝ、おれはどうしてもその赤帽の顔が、はつきり思ひ出せないんだ。（…）」

ポーの『赤死病の仮面』の末尾にも、舞踏会に闖入した「妖怪」めいた男の「仮面」を剝ぎ取ると、その「裏」には、「手ごたえある人間の姿など、影も形もない」（訳文・松村達雄）といったくだりがある。芥川の講ずる細部はそれも思い出させるのだが、事が鏡花やポーの変奏にとどまるなら、作品はたんに小手の利いたコントの域を出まい。ポイントは、芥川のこの「赤帽」が――隠喩の憑依（＊3）を好んで作品の動力とした鏡花とは好対照をなして――いわば換喩それじたいの亡霊化とも称すべき傾斜を示している点にある。それがすでに人離れしている以上、この「赤帽」がそのままマルセイユに出没したところで不思議もない。そうした特異な傾斜にそって、芥川がこの分身譚を導いている点が貴重なのだ。

『坊ちゃん』の「赤シャツ」もやはり、典型的な換喩であった。が、漱石の場合にかぎらず、この種の喩法はおしなべて逆に、一人物の性格や言動を、つまり「赤シャツ」なる衣服以外の要素の効率的な全体化を志向する。現に、当の芥川自身が、「面皰《にきび》」の下人（『羅生門』）と「赤鼻の五位」（『芋粥』）の当初より、かかる換喩的なアクセントを酷愛してきたことは、諸作を眺め渡して歴然たる事実に類する。『偸盗』の主人公の「隻眼《かため》」と「痘痕」、『戯作三昧』の「眇《すがめ》」の悪評家、『地獄変』の「脣の目立つて赤い」絵師・良秀、『蜜柑』の少女の「皸《ひび》だらけの両頬」、『杜子春』の主人公を試す「片目眇《すがめ》」の仙人、等々。特定の細部が全体を代表するという修辞の同じ特性を、さらに、作品じたいの成立基盤にまで波及させたものが、『鼻』（一六年）であり、『奉教人の死』における「少年」の「清らかな二つの乳房」であったことも、いうまでもあるまい。もっとも、修辞学的には、これらはむしろ「提喩」的なアクセントと呼ぶべきだが、この場では、R・ヤコブソン以来、内外の思想および批評用語として定着した二項性（〈隣接／類似〉→〈換喩／隠喩〉）にそって従前どおり――つまり、近くにあることと含まれることの双方を、似ていることへの対比項として――これらも「換喩」の一語のうちに収めておくが、繰りかえすなら、要は、その「眇」も「鼻」もやはり、それ以外のものに資して強調されていた点にある。反して、『妙な話』の「赤帽」はいま、それ以外のものの積極的な消去に差しむけられているのだ。言い換えれば、いかにも独創的に字義どおりの効果として！　義姉への千枝子のさりげない科白が、原文にはない言葉を用いてまで、あえて鏡花の「赤帽」の下に及ぶのはこのためである。

「姉さん。何とか云ふ鏡花の小説に、猫のやうな顔をした赤帽の出るのがあつたでせう。私が妙な目に遇つたのは、あれを読んでゐたせゐかも知れないわね。」

本章とは大いに異なる視界のもと、吉本隆明が作家に指摘する「作品の質を常人の限度を超えてつきつめようとする衝迫力」[17]（『悲劇の解読』七九年）とは、ここでまさに、鏡花作とのかかる鮮明な対比に求められねばならぬのだが、実際、その「衝迫力」がやがて、感覚的なものの狂おしい肥大化に出会うとき、芥川龍之介の最高傑作『歯車』（二七年）に、稀にみる特性が生みだされることになる。読む者はそこで、この「赤帽」が「レエン・コオト」に転じ、二度目の「密会」にむかう途上、その「赤帽」に接して人妻を脅かしながら、「目まぐるしく廻つて」いたあの「風車」が「歯車」へと化けるさまに、固唾をのんで深々と眼を奪われることになるだろう。

『歯車』あるいは〈Worm〉と〈Mole〉

もとより、『歯車』が前景化するのも類似の脅迫である。要するに、見るもの聞くものが、憔悴しきった自分と、その末路にたいする禍々しくも執拗に隠喩的な連鎖として押し寄せてくるといった作品なのだ。作品冒頭節の小見出しに書きこまれるや、続いて何度も出現するひとつの衣類が先導かつ主導するのも、一面ではむろん、その生動にほかならない。

すなわち、とある冬の日、都心のホテルで開かれる知人の結婚式のために、避暑地にある自宅を出て最寄り駅へとむかう「僕」が、自動車に乗りあわせた者の口から、どこかの屋敷に出るという「レエン・コオトを着た幽霊」の噂を耳にするやいなや、駅の待合室のベンチには、冬だというのに「レエン・コオトを着た男が一人ぼんやり外を眺めて」いる。乗換駅にも同じ格好の男があらわれ、ホテルのロビーの長椅子の背にも、同じ衣類が脱ぎかけられてある。しばらく逗留して原稿を書くことにした室内に鳴り響く電話口からは、大事出来の報が告げられ、みずから轢死したというその義兄もやはり「季節に縁のないレエン・コオト」を身にまとっていたという。この義兄と冒頭の「レエン・コオトを着た幽霊」との類似が、おのれの身に予感する近い将来への「暗合」として作品の中核を形づくりはじめるわけだが、翌朝、駆けつけた姉の家からホテルに戻りかけると、入口では、「レエン・コオトを着た男が一人何か給仕と喧嘩をして」おり、その「不吉」さが、「僕」を来た道へ送りかえすという流れのただなかに、主人公自身の変調にかかわる周知の細部が二つ、踵を接して並べ立てられてくる。眼の中にいくつも浮かび廻る「半透明の歯車」と、宴席の料理皿のなかの「蛆」がそれである。

僕はそこを歩いてゐるうちにふと松林を思ひ出した。のみならず僕の視野のうちに妙なものを見つけ出した。妙なものを？——と云ふのは絶えずまはつてゐる半透明の歯車だつた。僕はかう云ふ経験を前にも何度か持ち合せてゐた。歯車は次第に数を殖やし、半ば僕の視野を塞いでしまふ（…）。僕は又はじまつたなと思ひ、左の目の視力をためす為に片手に右の目を塞いで見た。左の目は果して何ともなかつた。しかし右の目の瞼《まぶた》の裏には歯車が幾つもまはつてゐた。僕は右側のビルデイングの次第に消えてしまふのを見ながら、せつせと往来を歩いて行つた。

それから又皿の上の肉へナイフやフオクを加へようとした。すると小さい蛆が一匹静かに肉の縁《ふち》に蠢いてゐた。蛆は僕の頭の中にWormと云ふ英語を呼び起した。それは又麒麟や鳳凰のやうに或伝説的動物を意味してゐる言葉にも違ひなかつた。僕はナイフやフオクを置き、いつか僕の杯にシヤンパアニユのつがれるのを眺めてゐた。

（『歯車』「一」）

この「僕」はさらに、手にした幾冊もの書物にそのつど見出す片句や、いくつかの些事に過敏に反応しながら、短編を一本書き上げるのだが、間も置かず「新らしい小説」に取り掛かった晩にまた電話が鳴る。主の知れぬ曖昧なその言葉から、辛うじて「モオル」の一語を聴きとった主人公は、「鼹鼠《もぐらもち》」の意味をもつその英語「Mole」を即座に「la mort」（「死」）に綴りなおさずにはいられぬ。その連想の禍々しさは、かつて知人たちの目に二度もあらわれたと聞く「第二の僕、——独逸人の所謂Doppelgaenger」へと思い移して凌ぐものの（「死は或は僕よりも第二の僕に来るのかも知れなかつた」）、日をおってつのる「発狂」の兆しに怯えてホテルを引き上げれば、家に戻る自動車の運転手が、やはり「レエン・コオト」をまとっている。努めて彼から目を背ければ、窓外の松林には果たして、「葬式」の一隊が列をなしている。この間、ホテルの部屋では、「半透明の歯車」が片目にだけ浮かぶという重要な細部に応ずるかのように、なぜか片方のスリッパが消え失せていることや、街中で耳にした一語が、即座に、「イライラする、——Tantalizing——Tantalus——Inferno……」といった連想を生みながら、「僕」自身にたいする不穏な隠喩と化してくるさまなども逸しがたいが、こうして、似たものにまつわる連想地獄めいた動きのなかで、特記にあたいするのは、〈Worm〉と〈Mole〉である。

　前者はとうぜん、その虫の動きに似てじわじわと蝕む苦痛や悔恨の原因（作家の親炙した『聖書』では、端的に「地獄の業苦」）、および、蛆虫のような人間といった含意を押しひろげながら、やつれきった顔を鏡に映す主人公を強く脅かしている（「蛆はかう云ふ僕の記憶に忽ちはつきり浮かび出した」）。一方では「死」に連なる後者もやはり、他方では、苦しみながら「実際鼹鼠のやうに窓の前へカアテンをおろし、昼間も電燈をともしたまま、せつせと」新作にむかう〝第一の僕〟の姿に重なるわけだが、大方の目にはおそらく、後者〈Mole〉のはらむこの二種の紐帯のほうが重きをなすかもしれない。一語はここで、高揚時には「両親もなければ妻子もない、唯僕のペンから流れ出した命だけある」と感ずる「鼹鼠」めいた営みに、それとは逆向きの禍々しい音通を引き重ねてあるからだ。書くことへの愛の姿勢がそのまま死に通ずるというこの捻転に、前者〈Worm〉にもましていっそう強く目を奪われる者があったところで、少しも不思議ではない。そのように、〈蛆《ワーム》〉よりは〈鼹鼠《モオル》〉のほうに比重が傾くのと同様のたやすさで、人々はまた、作品名たる「歯車」にも、地獄めいた連鎖の象徴を看取するだろう。だが、その象徴性じたいがここで、思いがけぬ深度とともに〈Worm〉を呼びこみながら、その深さに賭けて、〈Mole〉のほうをむしろ劣位にさしむけてしまうのだ。かつての慎重さを無防備にかなぐり捨てたような隠喩的イメージのひしめく作品は、確かに、作者当人の重篤な譫妄状態を強く窺わせずにはいない。ところが、芥川の真の理知は、その「歯車」の一種が、英語ではまさに「蛆」と呼ばれる事実（＊4）を見逃していないのだ。

すなわち、縦回転と横回転を繋ぎあわせる〈Worm〉。正確には、縦回転を伝える上部がworm、その回転力を横ざまに受け移す下部がworm wheelと名指される、二つでひとつの「歯車」(Worm gear)。呼称はむろん、上部の形状とその虫との類似に由来してはいる。が、その隠喩じたいを導いているのは、上部と下部とをじかに隣接させる機械構造なのだ。そして、作品冒頭節でも、右のごとくまさにそのようにして、主人公の変調の端緒を担いながら、当の「歯車」と「蛆」とが踵を接しあっていたではないか！

このとき、先の「赤帽」に似た他方のポイントが大きく介入してくる。「レエン・コオトを着た幽霊」から始まる作品は、同時にまた、「レエン・コオト」じたいが「幽霊」化するドラマでもあり、その証拠に、義兄の「肖像画」をめぐり、次のような絶妙な細部がぬかりなく添えられているのである。

「次手《ついで》にNさん（姉の夫）の肖像画も売るか？　しかしあれは……」

僕はバラックの壁にかけた、額縁のない一枚のコンテ画を見ると、迂闊に常談も言はれないのを感じた。轢死した彼は汽車の為に顔もすつかり肉塊になり、僅かに唯《ただ》口髭だけ残つてゐたとか云ふことだつた。この話は勿論話自身も薄気味悪いのに違ひなかつた。しかし彼の肖像画はどこも完全に描いてあるものの、口髭だけはなぜかぼんやりしてゐた。僕は光線の加減かと思ひ、この一枚のコンテ画をいろいろの位置から眺めるやうにした。（二二）

それはむろん「光線の加減」ではなく、作家の鋭利な組成力が、あるいはポーをも凌ぐ一瞬のなせるわざである。偽証罪で執行猶予中の身にあったというこの義兄が、かりに、「Nさん」ではなく「口髭さん」と呼ばれるか、作中一貫して「口髭の男」とでも記されている場合を想定してみればよい。例の「赤帽」と同じく、その場合に字義どおりに生じうる事態を、この轢死体は身をもって証しているではないか。死体と肖像とに刻まれた鮮明な対照性が指呼するのはこの点であり、これに着目するや、だからこそ、作中に何度も出没する男たちにもまして、彼には「レエン・コオト」の着用が不可欠なのだ、と再記することができる。おそらくは、この点にこそ、「レエン・コオト」ならぬ「外套」をめぐるゴーゴリ作品にたいする芥川のもっとも深く、かつての『芋粥』に借用した人物造形などとは比較を絶する「換骨奪胎の能才」がかかっている。ヤコブソンの盟友・トゥイニャーノフが「仮面の技法」なる用語のもとにほぼ言い当てていたごとく、あの名作においても、念願の「外套」を強奪されて死んだ男が「幽霊」と化すというよりは、「外套」が「幽霊」であったとみてよいのだが（＊5）、ともあれ、義兄の自死と着衣がここで、一方で隠喩的な類似の呪いの中核を担いながら、他方では、換喩じたいの「幽霊」としてこの「僕」に取り憑く点が肝心なのだ。手当たり次第に開いたページから飛びこんでくる数々の片句や、先の「モオル」をはじめ、給仕溜まりから聞こえてくる「オオル・ライト」、とある建物の出口で入れ違う男の一言（「イラ々々してね」）、酒場の隣席者たちのフランス語、「Mrs. Townshead」など、どれもこれも、この「口髭」めいたきれぎれの言葉の数々が主人公を脅かすのも、付けてむろん一事と無縁ではない。

『黒猫』においては、換喩を基礎づける隣接の刺戟は、あくまでも、類似の呪縛にたいする補助的な「効果」を担っていた。対して、「半透明な歯車」と「蛆」の近さにおいても、この「口髭」においても、類似と隣接の二つの組成力が、ここではまさに、「歯車《ワーム》」のごとく同等にして密に嚙みあっているのだ。〈Worm〉と〈口髭〉の戦慄的な細部が証するのはその点にある。互いに異なりあった二つの動き。それらの結びつきじたいが作りだす動力こそが、芥川の言葉の最深部を鼓舞しているのだとみなければならない。

この点、「接続詞の破綻」と題された一文におき、作中のイメージを作者その人の「内面」との類似にむけひたすら隠喩的に読み取る大勢に抗して、『歯車』の動力の主軸を隣接性のうちに求めてみせるのは、蓮實重彥ならではの卓見である（『魅せられて』二〇〇五年参照）。「分身」はもとより、主人公の両の眼や部屋のスリッパから、酒の銘柄「Black and White」まで。大小となく見出される二項的な事物や状況をしきりとはらみこむ作品を「付加的」「並置的」「二者択一的」さらには「両価的」でもある「接続詞」的風土と呼ぶ蓮實氏によれば、一編は蓋し、「と」で結ばれる二つでひとつのものの均衡から破綻への過程となる。両の眼の片方に「歯車」が浮かび、片方のスリッパの消失に怯えるその姿が如実に示すがごとく、この「僕」はそこで「対になった者同士の変調を説話論的な運命として甘受せざるをえない存在なのだ」[18]、と。この一文が抜群に冴えていることはいうまでもない。が、この場では如上むしろ、その隣接と類似とを――ちょうど、同じ蓮實氏が、漱石の『道草』に見出す「換喩的なもの」と「隠喩的なもの」とのドラマのように（＊6）――二つでひとつの動力に求めておきたい。実際、その動力がいわば烈しく空回りするかたちで、作品は終わりにむかうのだ。左は、「レエン・コオト」の運転手と「葬式」の列とに挟まれながら、憔悴きわまって家に戻り二、三日の平静を得るも束の間、またしても、似たもの、同じものばかりが、目前や脳裏に蝟集し、いっさんに（かつ単純に）その「数」を増すくだり、散歩道に「鼹鼠の死骸」を認めた直後に読まれる行文である。

何ものかの僕を狙つてゐることは一足毎に僕を不安にし出した。そこへ半透明な歯車も一つづつ僕の視野を遮り出した。僕は愈最後の時の近づいたことを恐れながら、頸すぢをまつ直にして歩いて行つた。歯車は数の殖《ふ》ゑるのにつれ、だんだん急にまはりはじめた。（「六」）

こうした言葉を書きつけている作家自身に何が待っているかは、中学生でも知っている。だが、特筆すべきは、その「ぼんやりした不安」などでは毛頭ない。重要なのは、ひきもきらぬ妄想の中核にくっきりと噛みあう精緻きわまりない関係である。佐藤春夫は、この作家の「精巧に俊敏で最新式な感銘」に自分をふくむ一時代を代表させていたが、当の佐藤の代表作『田園の憂鬱』（一九年）が、「形式」意識を意図的に（当人によれば「武者小路実篤」式に）放棄することのうちに、一種濃密な放心の感覚性を繫ぎとめようとしていたことを思い出すとよい。『歯車』が伝えるのは、それとはまさに対蹠的な「感銘」なのだ。

ところで、本章のエピグラフに引いたP・ヴァレリーの対話編『固定観念』中の言葉には、次のような「補足」が加えられている（傍点部分の原文はイタリック）。

人間においてもっとも深いもの、それは皮膚だ、――その人間が自己を知っているかぎりは。[19]

この至言における「人間」を「作品」と等置すること。そうした視界に立つこの場所で、『歯車』の感銘の意義をさらに深めるためにも、立ち止まるつもりが「誰かに押されるやうに」蹌踉たる主人公に成り代わって、この道端の「鼹鼠の死骸」をきちんと葬ってやらねばならぬのだが、葬列にはむろん――形式的なものと感覚的なものをめぐる新たな反証の位置に――谷崎潤一郎を改めて招き寄せておかねばならない。彼もまた、図らずも〈Mole〉の別義たる「ほくろ」や「痣」の異様な同類を主役とする秀作を残しているからである。「人間の顔を持つた腫物《できもの》」という映画フィルムをめぐる皮膚小説『人面疽《じんめんそ》』（一八年）がこれにあたる。

「まさか幽霊ぢやないでせう」？

アメリカで名を馳せた女優・歌川百合枝が日本の映画会社と専属契約を結び帰国してみると、彼女を主役に彼の地で撮られた「非常に芸術的な、幽鬱にして怪奇を極めた逸品」が、近頃、都内各所の映画館に出回っているという噂を耳にする。彼女はしかし、原題「人間の顔を持つた腫物」、邦題「執念」なるその「五巻の長尺」に出演した覚えがない、と、そう始まる一編は、さっそく、映画の内容を語ってゆく。百合枝の扮する長崎あたりの「華魁《おいらん》」が恋仲の「白人」船員と謀り、彼女を慕う醜い乞食青年を騙し出奔・密航の手助けをさせるが、欺かれたと知って憤死する青年の怨念が女の運命を狂わせるといった顚末がその大筋であるが、問題は、乞食青年の「執念」がそこで、『歯車』と同様、類似と隣接の関係をめぐり、別途あざやかな形象化を示す点にある。

一事はとうぜんまず、人の顔に似た腫物が顔ではなく片膝に出現するという点にかかわるのだが、面白いことに、腫物は、ポーの「黒猫」のあの白い斑毛のように「だん／＼」と変化してくるのだ。すなわち、荷車に乗せた「大きなトランク」のなかに身を潜め妓楼から抜け出した女が、密航前に一度だけ抱かれてやるという約束を「邪慳に」裏切り、憤死まぎわの乞食青年の呪詛もよそに、船倉片隅の同じトランクの内にじっと隠れとおして太平洋を渡るさなか、空気穴から射しこむ幽かな光によって「闇」に浮かぶその異変は、次のように記されている。

彼女は、最初から貯へられてある水とパンとで命を繫ぎながら、窮屈な鞄の中に、両膝を抱へて、膝頭の上に項《うなじ》を伏せて身を縮めて居る。二日立ち三日立つうちに、右の方の膝頭に妙な腫物が噴き出して、恐ろしく膨れ上つて来る。さうして、如何にも柔かさうに、ふは／＼とふくれた表面には、更に細かい、四つの小さな腫物の頭が突起し始める。不思議な事に、その腫物は一向痛みを感じないらしく、彼女は脹れ上つて居る局部を、手で圧して見たり叩いて見たりする。あまり邪慳に圧し潰さうとしたせゐか、柔かであつた表面は、日を経るまゝにこち／＼に固まつて、其の代り四つの小さな腫物の頭が、だん／＼くつきりと、明瞭な輪郭を示すやうになる。

（谷崎潤一郎『人面疽』・傍点原文）

その四つの「輪郭」が、次第に両目と鼻と唇に似てくるにつれ、腫れ上がった「表面全体」が人の顔、しかもあの「乞食の顔」となり、爾後「その人面疽が彼女にさま〴〵な復讐をする」というのだから、この「フイルム」は端的に谷崎版『黒猫』としてある。実際、この女もやはり、上陸後のある日、腫物を目の当たりにして怖気だつ恋人を、ものの弾みで絞め殺してしまうのだ。のみならず、一件以来、「顔面筋肉」までそなえた腫物とともに多情で「大胆な毒婦」へと一変、幾多の男たちの生血を吸いとったあげく「某国の侯爵」夫人になりおおせた彼女の末路にも、やはり、『黒猫』さながらのラストシーンが待ちかまえている。あの「私」のように得意になって「舞踏室で夢中になつて踊り狂つて居る最中」、堅く隠し立てた純白の絹の「襪《くつした》」から鮮血が床に滴り落ちてくるのだ。

（…）平生から夫人が膝に繃帯するのを不思議がつて居た侯爵が、何げなく傍へ寄つて傷を検べて見ると、——人面疽が自ら襪を歯で喰ひ破つて、長い舌を出して、目から鼻から血を流しながら、げら〳〵と笑つて居る。

その場で「発狂」した女は、「胸」にナイフを突き立てて自殺する。こうして、乞食青年の呪詛（「私が死んだら、私の執拗な妄念は、私の醜い俤は、華魁の肉の中に食ひ入つて、一生お傍に附き纏つて居るでせう」）は報復の実を得るわけだが、見逃せぬのはしかし、恋人の殺害と女の自死とのあいだに生じて『黒猫』の世界を彷彿させる禍々しい隣接関係（「首」→「胸」）ではない。あの「歯車」とこの「人面疽」とが、ともに、それぞれの右目と右膝にあらわれるというたんなる照応でもない。肝心なのは、芥川にも劣らず厳密にテクスチュアルな理知のきわだちにあり、この女はそもそも「窮屈な鞄の中に、両膝を抱へて、膝頭の上に項《うなじ》を伏せて身を縮めて」いたのだ。とすれば、そう呼ばれる身体の一部がすでに「人面」的であることを告げる隠喩の力が、「だん〳〵くつきりと、明瞭な輪郭を示す」ことは、この場合むしろ至当な傾斜に類し、その傾斜を隣接の刺戟が高めるようにして、別の「顔」がそこへ近々と「項」を垂れつづけているのだ。

　これだけではない。たとえば、この密航期間中「最初から貯へられてある水とパンとで命を繋ぎながら」、彼女はその糞尿をどう処理していたか？　むろん、作中には一言もふれられてはいない。が、「種々雑多な貨物と一緒に、船艙の片隅へ放り込まれ」たその大型トランクには、「空気を通はせる為めに、予め作つて置いた僅かな隙間から」光がわずかに射しこむというのだから、どうやら、彼女の蹲る狭い空間は（妓楼からの脱出時と同様、念入りに）外から鍵がかけられているようなのだ。すると、「人面疽」はまた、彼女の汚物として日々にその「輪郭」を固めるのだとみなすことができる。彼女の右足の一部はそこで、頭であると同時に排泄器でもあるのだ。そして、これがまるごと「乞食の顔を生き写しにした、本物の人間の首になつて来る」。似ていることと近くにあることとの、この精妙な相乗関係をまず銘記しておかねばならない。

　映画は、彼女を葬り去ったその腫物の「表情」が「大映《おほうつ》し」になって終わるというのだが、そう聞かされても、百合枝にはそんな作品に出演した記憶がまったくない。アメリカからこのフィルムを買収した映画会社の知人「H」の話では、これはたぶん、「何者かゞ」、似よりの筋の既成作品に、百合枝の出た別のさまざまなフィルムの断片を繋ぎあわせ、「うまい工合に修正したり焼き込んだりして、一つの写真劇に」仕立てあげた海賊版らしいが、不思議なことに、「焼き込み」（二重焼き《ダブル・エクスポジヤー》）に使われた「恐ろしい醜男」俳優が誰なのか、製作元に問い合わせても判明しないという。ことによるとフィルムじたいの贋造者かもしれぬその俳優が、あなたへの何かの恨みでこんな「贋物」を作ったとは考えられないか、と、そう仄めかす相手の言葉は言下に否定するものの、肝心の男については、「H」の手元にある「フイルムの帯」を透かしみる百合枝当人にも、いっこうに見覚えがない。

「だけどHさん、此れは焼き込みに違ひないのだから、やつぱり何処かに、かう云ふ男が居ることは居るのね。まさか幽霊ぢやないでせう」

ところが、ここには一箇所だけ、最終巻の中ほどに「焼き込み」では済まぬシーンがあり、「人面疽」が、女主人公の指にきつく「噛み着いて」いるというのだ。「あなたは盛んに、五本の指をもがいて苦しがつて居ます。此れなんぞはどうしたつて、焼き込みでは出来ませんよ」。――このフィルムが製作元に近く買い戻され、そのうち世界中に出回るかもしれぬという「H」の言葉で作品は閉じられるのだが、このとき、併せてさらに示唆的なのは、このフィルムのせいで「気違ひ」になった映写技師の言葉である。一体に、「活動写真の映画」というものは、劇場で観てこそ「浮き立つやうな」代物だが、夜更けにたった独りで廻していると、内容の如何にかかわらず「薄気味の悪い心持になる」というその技師は、常々こう語っていたという。

（…）たとひ花々しい宴会とか格闘とかの光景であつても、多数の人間の影が賑やかに動いて居るだけに、どうしても死物のやうには思はれず、却つて見物して居る自分の方が、何だか消えてなくなりさうな心地がする。中でも一番無気味なのは、大映しの人間の顔が、にや〳〵笑つたりする光景で、――さう云ふ場面が現れると、思はずぞうつとして、歯車を廻して居る手を、急に休めてしまふと云ひます。（傍点原文）

そんな状況でこのフィルムのラストシーンを目の当たりにしたことが「発狂」の原因だったわけだが、ここにいう「大映し」じたいの「無気味」さが、芥川の「赤帽」や「レエン・コオト」と、同根のものである点を見逃すわけにはゆくまい。技師はこのときはからずも、瞳ごと画面に吸い取られておのずから幽体化する体験に添えて、先にみた〈換喩＝亡霊化〉を同時に語っているからだ。現に、「歯車」はここでも廻っているではないか。

ちなみに、一編を自家薬籠中の逸品となす野崎歓は、次のような所見を示している。すなわち、まず、切れ切れのフィルムを繫ぎあわせた「贋物」性は、そのいかがわしさにおいてかえって強く、映画技術の基本操作たる「モンタージュ」の本義をきわだて、さらに、いずれも「フェティッシュ」な欲望を刺戟する換喩的「メカニズム」として、「男の顔のみが独立して狂い咲いた人面疽」は、「人間の身体の一部のみを自在に切り離し拡大させて映し出すクロースアップという撮影技法」そのものであり、そして、問題の「二重焼き」についても同断なのだ、と。

〈谷崎の短篇が描き出すのは、そうした映画の誕生とともに芽生えていたフィルム操作による驚異への憧憬なのである。そもそもここで語られている人面疽とは、まさに女の脚と男の頭の「ダブル・エクスポジャー」そのものではないか。これは二重焼きへのオマージュとしても読まれるべき短篇なのである。

（野崎歓『谷崎潤一郎と異国の言語』二〇〇三年）[20]

シネフィルならではの卓抜な所見だとおもう。だが、ここでは、あの「赤帽」や「レエン・コオト」が、右の映写技師と同様に芥川の作中人物たちを「ぞうつと」させていたように、女の「膝頭」も如上すでに「ダブル」、さらには「トリプル・エクスポジャー」（「膝」＝「顔」＝「排泄器」）であり、書く（読む）ことの至近で作者が講じているのは、何よりまず、類似と隣接の独自の共謀性にまつわる言語操作による驚異なのだ。これがさらに、野崎氏の指摘するとおり、当時の谷崎が周囲の誰よりも深く理解し愛した「フィルム操作」への「オマージュ」へと「焼き込まれる」こと。『人面疽』二年後の作家の別文にいわく、「私は、自分が予ねてから憧れて居た活動写真の仕事に関係するやうになつたことを、その歓びを感謝せざるを得ない！」[21]。その喜悦のただなかに創出された、つまりは、小説技術と映画技術との二重焼き！　この形式が、作家の生涯に一貫する切片淫乱《フェティシズム》といかに生々しく結びついているかは、改めて断るにも及ぶまい。とすれば、「プラトニズム」にたいする谷崎ならではのスカトロジックな転倒譚のうちに、文字どおり映画フィルムの切片の数々が一人物を妄想のきわみにいたらしめる『青塚氏の話』（二六年）などをさらに引きよせるまでもなく、そろそろ、本章の結語が得られるだろう。

要はむろん、その妄想の産出技術に無類のメカニズムを講じて同等の理知を示す二人の作家における、明暗の極端な相違にある。それは、「『話』らしい話のない小説」をめぐる名高い論争の域を遠く越えたものであるが、このとき、「好奇心に充ちた瞳を輝やかして」手渡されたフィルムを透かしみて毛ほどの動揺も示さぬ人気女優にも増して、外来の「その歓び」を筆致の至近に嬉々として搦めとる『人面疽』の書き手にくらべ、『歯車』の作家が何とも痛ましいのは、そのテクスチュアルな理知が、同じくその間近に迫る死の脅威に晒されてはじめて、当人におき最高度の達成を生んだ点にある。あの「鼹鼠」に重なっていた二種の類似を想起しよう。「僕のペンから流れ出した命」の証に「鼹鼠」のように机にしがみつく人物にあって、それはまさに、書くことと死ぬこととの、いかにも顕著に遺書的な紐帯を示していた。だが、この場合、死者はあえて鞭打たねばならない。現実の他のさまざまな局面においてもそうであるごとく、どれほど驚嘆にあたいしようとも、それがかりにわれわれの生の「歓び」に背くとしたら、技術に一体いかなる意味があるのか、と。

第八章　「文」はどのように「人」めぐのか？

――鷗外の「史伝」と谷崎の「古典回帰」

美しい魂は掟と美徳について語り、身体については沈黙している。

――G・ドゥルーズ『意味の論理学』

シェンキエヴィチの「悪魔」

関東大震災後、関西に移り住んで間もない時期の谷崎潤一郎に、「饒舌録」と題されたエッセーがある。これは、前半部に「『話』らしい話のない小説」をめぐる芥川龍之介との応酬をふくんで名高いものだが、その後半部、当の論争相手の自死に接して綴られた箇所に、次のような文言が残されている。

今からもう十何年も前、嘗て芥川君はこんなことを云つたことがある。――

「あなたは創作をしてゐる途中で、いつたい己は何の為めに骨を折つてこんな仕事をするんだらう。これを書いたところで何になるんだらうと、そんな気が起ることはありませんか。シエンキウイッチは、もしもさう云ふ気が起つたら悪魔だと思へと云つてゐますね。」私はそれに対して何と答へたか覚えてゐないが、多分私にもさう云ふ経験がないことはない。さうしてそれは、創作熱の最も衰へてゐる際に起る気持で、云ふ迄もなく作家に取つては甚だ危険な時期であり、誰しも一度はさう云ふ経験があるであらう旨を述べたと記憶してゐる。芥川君は此の、シエンキウイッチの所謂「悪魔」に見込まれたのであらうか。

（「饒舌録」一九二七年[1]／以下、二十世紀の年代は下二桁のみ）

いかにも真らしいエピソードである。くだんの応酬で、小説作品の「構造的美観」を説く谷崎に異を唱える芥川は――同時に、『鼻』『芋粥』の最初期から『河童』の至近にまで一貫する自身の作風にも強いて背をむけるかたちで――小説に純粋な「詩的精神」を希求し、その具現者たる志賀直哉に比せば、希求しておのれは未だそこに達しえないのだと哀訴していた（「文芸的な、余りに文芸的な」同年）。これを知り、併せてまた、彼の遺書にいう「ぼんやりした不安」なる一語を、プロレタリア文学全盛期を迎えた当時の情勢のうちに読み取る者の眼に、右はごく自然に納得しうる挿話だろう。互いの「体質の相違」として論争を打ち切っていた書き手もやはり、そうした文脈を積極的になぞりながら、「それにつけても、故人の死に方は矢張筋のない小説であった」と書き添えるかにみえる。

ところが、それから七年後、谷崎は、同じエピソードを改めて以下のごとく変奏してみせるのである。

作家も年の若い時分には、会話のイキだとか、心理の解剖だとか、場面の描写だとかに巧緻を競ひ、さう云ふことに夢中になつてゐるけれども、それでも折々、「一体己はこんな事をしてゐていゝのか、これが何の足しになるのか、これが芸術と云ふものなのか」と云ふやうな疑念が、ふと執筆の最中に脳裡をかすめることがある。私は往年芥川龍之介に此れを語り、「君はさう云ふ経験がないか」と尋ねたことがあつたが、芥川は「いや、大いにある」と言下に答へた。そして、「シエンキウイッチも矢張それを云つてゐるが、さう云ふ疑念が萌した時は悪魔に取り憑かれたと思つて、匆々に払ひ除けるやうに警めてゐるね」と云ふのであつた。事実、大概の作家が、そんな場合には慌てゝ左様な忌むべき不安を追つ払ふやうに努め、ひたすらそれに眼を閉ぢてしまふのであるが、現在の私は、それを「悪魔と思へ」と云ふシエンキウイッチの説には賛成し難くなつてゐる。

（「春琴抄後語」三四年）[2]

読まれるとおり、同じ問答の主客があっさり逆転している。しかも、『クオ・ヴァディス』のノーベル賞作家・シェンキエヴィチの「悪魔」云々をめぐり、七年前の前文では是としていた言葉を、後文の谷崎は否としている。してみると、後文は、他人の言葉をぬけぬけと我有しながら講じられた「記憶」の捏造ともなるか？　だが、その正邪をこえて興味深いのは、その間に、『吉野葛』（三一年）、『盲目物語』（同年）、『武州公秘話』（同年）、『蘆刈』（三二年）、『春琴抄』（三三年）、谷崎の「古典回帰」もしくは「擬古典もの」と称される一連の実践が横たわっている事実にある。その実践が前文から後文への転換を導いたとみえるわけだが、ありようはむろん、いかにも谷崎的な、つまり成りゆきに応じて自在きわまりないその「人」柄を彷彿とさせてやまない。

と同時に、ここにはいまひとつ逸しがたい変化があらわれている。すなわち、「饒舌録」においては「創作」の実存的な意義として前景化されていた疑念が、「春琴抄後語」では「芸術」それじたいの、むしろ純粋に技術的な領分の問題へと転じられていること。これについては、後者の引用部分が、①「地の文と会話」の「つながり工合」の審美性をめぐる前段と、②「純客観の描写と会話とを以て押して行く所謂本格小説」の形式じたいの作為性を指摘する後段とのあいだに挿入されている点が重きをなす。

その①には、ジョージ・ムーアの小説や『源氏物語』などの利点を挙げて、これらのように「会話と地の文との区別」を朧化・融解するほうがかえって「日本文の美しさが出る」のだと記されている。②では、永井荷風の「本格小説」（『つゆのあとさき』三一年）と「筋書式」の一作（『榎物語』同年）を引きあわせながら「ほんたうらしさ」の優劣が説かれるのだが、このくだりは、「一体、読者に実感を起させる点から云へば、素朴な叙事的記載程その目的に添ふ訳で、小説の形式を用ひたのでは、巧ければ巧いほどウソらしくなる」といった約言に始まり、横光利一の『春琴抄』批判（＊1）を念頭に、君（たち）はそれでもやはり「性格や心理や場面を云々し、それらを描写する過程にこそ芸術があると主張されるであらうか」という反問で結ばれている。こうした文脈のなかで、「こんな事をしてゐてい丶のか」という一句がつまり、「こんな書き方をしてゐてい丶のか」という反問へと転じてくるわけだが、この問いには明らかに歴史的な性格が託されていよう。

というのも、「春琴抄後語」の言葉は、日本小説の「近代」化じたいへの一種の再審要請として読みうるからだ。言い換えれば、上記①②のポイントはまた、個体の体現する系統史ともみえ、実際、①はそのまま、図らずも谷崎の生年に刊行された『小説神髄』にいう「地」と「詞」（＝「会話」文）の問題を想起させる。その「文体論」の章で、たとえば春水一派の人情本にみる「地」の雅文と「詞」の俗文との「氷炭の相違」を引用・指摘する逍遥は、とはいえ、この「接続塩梅すこぶるたやすからぬわざ」であるに加え、いまだ「新俗文」体をみぬ現下においては、せめて「地」の雅の何割かを俗に近づけ、「詞」の俗にもいくぶんか雅味を交え、以て弥縫の奏効を期すほかはないとし、現に、彼の実作『当世書生気質』は、その方向で応分の均衡を得ようとしていた。小説における「言文一致」は、当初はかくてまず、〈詞＝地〉の一致として庶幾されていた。この意味にかぎるなら、二葉亭の『浮雲』も鷗外の『舞姫』も、俗文と雅文の差こそあれ、「詞」と「地」との「接続塩梅」にそれぞれ斬新な達成を示した「言文一致」小説と目されてもよいわけだが、相応の紆余曲折（あるいは、樋口一葉のような奇蹟的例外）を示しつつも、日本小説の大勢が『浮雲』の方向への洗練を選び進んだ半世紀後の作家におき、今度は、〈詞／地〉の分割指標（カギ括弧）と、分割じたいを強調する紋切型（「と、彼は云つた」「かう私は云つた」）とが、改めて再審に付されていることになる。

他方、②「本格小説」への疑義は、たとえば描写の効用にたいする創造的な不信として、ある意味で今日なお小説技術の先端部に重なるポイントであり、谷崎はすでに、漱石『明暗』の執拗な「心理の解剖」にたいしあらわな反感を書き記していた（「芸術一家言」二〇年・第五章参照）。当時の谷崎自身は、心理描写ではなく対物描写の克明さに就いて、『鮫人』（二〇年）のごとき未完作品を残しもするのだが、さすがに、一人物の容貌に七頁もの言葉を費やすその過多＝過飾《マニエリスム》の非を悟ったか、事態はやがて沈静化にむかい、『痴人の愛』（二五年）の「ナオミ」を叙するに、「メリー・ピクフオードに似てゐる」といった簡潔な形容に多くを委ねるような傾斜を示したうえで、右の反問に達するわけだ。

　ところで、上記二点は七年前の文章においても、芥川の論難にたいする最初の応答文の（いくぶんか散漫に論点をずらした）補説としてすでにあらわれてもいた。

> 小説の技巧上、譃のことをほんたうらしく書くのには、——或はほんたうのことをほんたうらしく書くのにも、——出来るだけ簡浄な、枯淡な筆を用ひるに限る。此れはスタンダールから得る痛切な教訓だ。　（「饒舌録」[4]）

　右は直接的には、先の「筋書式」と同じく②にかかわるものだが、この一行が示唆的なのは、そのスタンダールの作品として、『パルムの僧院』とともに『カストロの尼』が掲げられていた点にある。未完に終わったものの、谷崎はすぐさま後者の翻訳（二八年）を試みてさえいるのだが、このとき、その中編作品が十六世紀イタリアの「古文書」にたいする考証体小説の体裁をとっていた事実が逸しがたいものとなる。右にいう「痛切な教訓」がそのじつ、「簡浄な、枯淡な」文体と同様に、あるいはそれ以上に、むしろその構成法にあったことを『吉野葛』以下の諸作がやがて如実に証するわけで、「古典」「古文書」および「偽書」の頻繁な引用と、その文言に絡まる言葉の姿態はまた、①の問題にもとうぜん大きくかかわってくる。そこには、後に確認するごとく、『小説神髄』の往時には思いもよらぬ「接続塩梅」の妙があざやかに発揮されてくるだろう。この意味では、シェンキエヴィチの「悪魔」にまつわる上述の変化は、一連の実践を介して七年前の補説を正説の位置に転じたものと再言できるのだが、しかし、一事をすべて谷崎の占有に帰すことは、技術史的な公平を欠く。というのも、その考証体にかんしては、「史伝」なる「ほんたうらしさ」の一極を示して、別途たとえば、「饒舌録」に十年ほど先立つ森鷗外『渋江抽斎』(一六年)のつとに駆使するところであったからだ。

この指摘は、大方にはたぶん、ひどく奇異なものに映るかもしれない。

だが、「史実」を求める過程じたいの作品化という一面をもつ『吉野葛』も、すでに書かれた他人の言葉をめぐる言葉の場として拡がる『蘆刈』も、考証対象の真贋を問わぬならむろん『春琴抄』も、組成の骨格としては鷗外の後裔にあたるのだ。「簡浄」の一語も、誰より鷗外にふさわしい。加えて、フローベールをも凌ぐ大傑作として『渋江抽斎』を称賛してやまぬ永井荷風が、その美質のひとつに、「言文一致の体裁を採りて能く漢文古典の品致と余韻とを具備せしめ」るさまを数えあげることも[5](「隠居のこごと」二三年)、右①に無縁ではない。さらには、「私小説」の存在に抜きがたい屈託をかかえた芥川にむかい、「ぜんたい小説に限らずあらゆる芸術に『何でなければならぬ』と云ふ規則を設けるのは一番悪いことである。芸術は一箇の生きものである」[6](「饒舌録」)と言い放つ谷崎の言葉は、「自然派」の隆盛期に記された鷗外の次の一行と、大正期全体を挿んで、あきらかに呼応しあっているではないか。

此頃囚はれた、放たれたといふ語が流行するが、一体小説はかういふものをかういふ風に書くべきであるといふのは、ひどく囚はれた思想ではあるまいか。僕は僕の夜の思想を以て、小説といふものは何をどんな風に書いても好《い》いものだといふ断案を下す。（森鷗外『追儺』〇九年[7]）

いわゆる「小倉左遷」の沈黙期を経て、口語体小説『半日』を掲げ小説界に返り咲いた年の一作中にみるくだり、前章にふれたごとく佐藤春夫を欣然たらしめた行文である。爾来、いくつかの変転を示しつつ、この「断案」がついに「史伝」の世界に逢着することになる。その間にもまた、谷崎の先の両文間と同じ七年ほどの時間が横たわっていることはたんなる偶然としても、両者の新境地を画する作品の冒頭部に、同種の単語が刻まれてある事実のほうはやはり、軽々には見逃しがたいものとなろう。

わたくしの抽斎を知つたのは奇縁である。わたくしは医者になつて大学を出た。そして官吏になつた。然るに少《わか》い時から文を作ることを好んでゐたので、いつの間にやら文士の列に加へられることになつた。其文章の題材を、種々の周囲の状況のために、過去に求めるやうになつてから、わたくしは徳川時代の事蹟を捜《さぐ》つた。そこに武鑑を検する必要が生じた。

（『渋江抽斎』「その二」）

私が大和の吉野の奥に遊んだのは、既に二十年程まへ、明治の末か大正の初め頃のことであるが、今とは違つて交通の不便なあの時代に、あんな山奥、——近頃の言葉で云へば「大和アルプス」の地方なぞへ、何しに出かけて行く気になつたか。——此の話は先づその因縁から説く必要がある。

（『吉野葛』「その一」）

その「奇縁」とこの「因縁」とが、作者をそれぞれいかなる言葉と出会わせるか。この点を見定めることに本章の主意がかかってくるのだが、手順としてはまず、鷗外の作品風土を（その前史ともども）一瞥しておかねばなるまい。逍遥の言葉を再記するなら、谷崎にたいし、「人」も「文」もまさに氷炭の相違を示すこの作家にとって、では、小説とは一体いかなる「生きもの」であったのか？

「芸術」＝「自己弁護」

「半自伝的」と称される作中、確かに鷗外めく「人」の説明によれば、「生きもの」というより、それはむしろ、一個の生体が外敵から身を守る特殊な表皮のごときものなのだという。

僕はどんな芸術品でも、自己弁護でないものは無いやうに思ふ。それは人生が自己弁護であるからである。あらゆる生物の生活が自己弁護であるからである。木の葉に止まつてゐる雨蛙は青くて、壁に止まつてゐるのは土色をしてゐる。草むらを出没する蜥蜴は背に緑の筋を持つてゐる。沙漠の砂に住んでゐるのは砂の色をしてゐる。Mimicry は自己弁護である。文章の自己弁護であるのも、同じ道理である。

（『ヰタ・セクスアリス』〇九年）[8]

これゆえ、「何をどんな風に書いても好い」という先の「断案」に違わぬ爾後諸作のヴァリエーション（＊2）も、屢々その一面に、何をどう書こうが、外との関係によって趣を変ずる「自己弁護」の変奏としての発色面をもつわけだが、他方、動物の種類によっては、その発色が防禦と同時に挑発や威嚇の任をおびるように、鷗外の「文章」もやはり、たんなる防禦をこえ、おのれに迫る外圧にたいする即応的な攻撃性を携えてあることは、基本的に、文学や美学さらには医学界に令名をはせた若き日の論争家の面目に違わない。「鷗外は執つて下らない」[9]（石川淳『森鷗外』四一年）。つまり、ひとたび掲げるや、多少の（時として多大な）ほころびも意に介せず、自説を譲らず他説を貶めてやまぬこと。さすがに初老なりの屈折は介在する。往時の截然たる苛烈さに、「永遠なる不平家」（『妄想』一一年）の退行色がまといつきはするものの、常態は健在で、「諦念」「傍観」「あそび」といった言葉に装われながらも、外からの刺戟はここでもやはり、外にたいする（いずれも洋語・蘊蓄まじりの）揶揄・冷笑・容喙・啓蒙といった反作用を——そのつど冷ややかな熱気を呈しながら——実作に刻みこんでくる。現に、作者と同年代らしき「哲学者」の「性的」回顧録として読まれる右一編が如実に示すのも、文壇復帰時の鷗外に迫る外圧のひとつ、自然主義文学（「自然派」）の覇権にたいする露骨な防禦＝対抗性にほかならない。「金井君」と名づけられた主人公はそこで、おのれの「性欲」を、耽溺ではなく観察の対象として「告白」してみせるわけだが、幼少期から留学時代までの諸挿話によって形づくられる作中、みずから「frigiditas」（不感症）ではないかとあやしむ主人公は、一方で、ゾラ『ジェルミナール』の「覗き」場面（第二部第五章）などを指して、こんなことを描く作者は畢竟たんに「異常ではないか」といった感想を洩らす。かとおもえば、二十歳のおりの遊女相手の初体験についても、あれは、あくまでも生来の「負けじ魂」と「Neugierde」（好奇心）とのなせる技であったとしたうえで、その一場は、当時の評判作、『蒲団』（〇七年）の花袋や『耽溺』（〇九年）の泡鳴らへの面当てめいた行文で結ばれることになるのだ。

あれが性欲の満足であったか。恋愛の成就はあんな事に到達するに過ぎないのであるか。馬鹿々々しいと思ふ。[10]

かかる傾斜は、同時代の文学・思想界（＊3）にたいする「自己弁護」のみならず、一種きな臭い「時局弁護」としても、諸作に踏襲されずにはいない。たとえば、「大逆事件」と直後の「南北正閏論」の外圧は、五条秀麿を主役とする四連作（『かのやうに』『吃逆』『藤棚』『鎚一下』一二年〜一三年）や、『雁』（一一年〜一三年）の組成の中核に作用する。この点にかんしては小著にすでに詳述してあるので割愛するが（『不敬文学論序説』参照）、同じ事態は、つづく「歴史小説」のうちにも看取される。

わたくしは史料を調べて見て、其中に窺はれる「自然」を尊重する念を発した。そしてそれを猥《みだり》に変更するのが厭になつた。これが一つである。わたくしは又現存の人が自家の生活をありの儘に書くのを見て、現在がありの儘に書いて好いなら、過去も書いて好い筈だと思つた。これが二つである。

（「歴史其儘と歴史離れ」一五年）[11]

改稿編『興津弥五右衛門の遺書』（一三年）を皮切りに、『阿部一族』（同年）、『大塩平八郎』（一四年）、『堺事件』（同年）と連なる作風への転進にかんする名高い一節である。理由の第二に依然なお、同時代の文学にたいする固有の反応がみえることは贅するまでもあるまいが、見逃せぬのは第一点であり、このとき、「ありの儘」とはいいながらそのじつ「猥に変更」しているではないかというのが、大岡昇平による批判の骨子となる。

その「森鷗外」（六七年）において、『大塩平八郎』につき、「暴動」の社会的背景、首謀者の「不浄役人」としての立場、彼の学説や思想などが消去され、「原因は飢饉」、大塩は「覚醒せざる社会主義」者といった「通り一遍の考察」にしたがう作品の非をつとに指摘[12]していた大岡昇平の口調は、やがて『堺事件』を相手に舌鋒の苛烈に就く。すなわち、土佐藩士の攘夷事件（フランス海軍兵殺傷）に取材した作品にみる「切盛と捏造」ぶりを暴く「『堺事件』の構図」（七五年）などがこれにあたる。「皇室」への遠慮による削除改竄、日本武士の壮気やフランス人の横暴と怯懦にまつわる誇張と捏造、「切腹」賛美。そうした要素が鷗外作にあって大小さかんに「史実」に密送されてある点を指摘する論者は、さらに、折から明治初期の「開国和親」ならぬ「開国征夷」（＝海外膨張策）に転じようとしてままならぬ山県有朋らにたいする作品の擁護色を、手厳しく指摘することになる。一般的には、いわゆる「歴史其儘」の作調と目されるこの一作は、同じ陸軍軍医総監の手になる前作『大塩平八郎』に変わらず、つまるところ時局其儘ではないか、と。

体制イデオローグは蘇峰のように大言壮語するとは限らない。公平めかした擬似考証によって、真実の外観を作り出し、擬似真実性を愛好する輿論を誘導しようとすることがある。内については『大塩平八郎』で「自覚せぬ社会主義」の暴発者の感じる「枯寂の空」を捏造し、外については堺の攘夷主義者の献身を宣伝するのは、体制イデオローグの仕事としてバランスが取れている。

（大岡昇平「『堺事件』の構図」[13]）

ことの背景をそう剔抉する論者によれば、鷗外がほどなく、『山椒大夫』から『魚玄機』『最後の一句』『高瀬舟』など「歴史離れ」の作風（一五年〜一六年）に転ずることになったのも、第一次世界大戦のもたらした莫大な利益があっさり「山県プランを実現せしめた」からだという。そこにもまた時局との即応性が無視できぬというわけだが、発表当時から多くの意見が寄せられた大岡説の当否を密に検討することが、ここでの本意ではない。興味深いのは、疎に就くだに確かにあらわな「切盛と捏造」におき、その固有の保護（＝対抗）色に、表皮というよりはむしろ血肉に近いアクセントが看取される点にあり、たとえば、鷗外の「切腹好き」が指摘されるのは、左のような行文である。

隊長、小頭は配下一同の話を聞いて、喜び且悲《かなし》んだ。悲んだのは、四人が自分達の死を覚悟してゐながら、二十人の死をフランス公使に要求せられたと云ふことを聞せられずにゐたので、十六人の運命を始めて知つて悲んだのである。喜んだのは、十六人が切腹を許され、士分に取り立てられたのを喜んだのである。隊長、小頭の四人と配下の十六人とは、まだ夜の明けるに間があるから、一寐入して起きようと云ふので、快よく別れて寝床に這入つた。

（鷗外『堺事件』）

この一節にあたる原史料（佐々木甲象『泉州堺烈挙始末』一八九三年）では、「配下」たちに発砲を命じた「隊長」箕浦猪之吉らはしかし、上官の指令にたんに忠実であった者にまで死を授ける成立直後の新政府に憤慨しているだけで、「この対句の形に整理された美しい心理描写」[14]（大岡昇平）の一方を担う「切腹」云々は記されていない。この点への留意を後述にむけ、ひとつ求めておきたい。

あるいは、『大塩平八郎』に指摘されていた「不浄役人」の立場。別文にも繰りかえされるその「不浄役人の劣等感」（『日本の歴史小説』六四年）とは、鷗外が依拠した歴史家・幸田成友の一著『大塩平八郎』（一〇年）に記された挿話を指すとみえる。大阪東町奉行所与力当時、交友のあった大阪城代付与力・坂本鉉之助にむかい、万石取りの大名を主となすそちらとは異なり、たかだか二、三百石の「頭」に仕える自分には、非常時に動員できる人数が僅かゆえ、日頃から「渡辺村」の「穢多」たちを手なずけているのだと大塩が語り、聞き手を「閉口」させたというそのくだりには、露伴の実弟たる歴史家によって、暴動当日の一齣が次のように付記されている。——天満橋に火の手をみたら一統を引き連れ、町奉行所ではなく、「此方へ」すぐに駆けつけろと命じおいた「小頭」は葬式酒に酔いつぶれている。

（…）程経て彼は起上り、天満の火事と聞いて大に驚き、大塩様への御約束ありと人足を催促すれども、既に奉行所へ行きたる者多く、漸く三十人計を引連れ、大塩一党が難波橋を南へ渡り掛る時に駈付けた処、已《(ママ)》恩知らず奴《(め)》、何故かく遅参したるぞ、と平八郎から大声に罵られ、這々の体にて町奉行所へ逃《(にげ)》来つたと、跡部山城守の話を鉉之助が書いてゐる。

（幸田成友『大塩平八郎』[15]）

この一節が、鷗外文では、「兼て天満に火事があつたら駈け附けてくれと言ひ付けてあつた近郷の者が寄つて来たり」と簡略に脱色される。と同時に、作品主舞台を半日で潰えた暴動当日に絞りこみ、大塩を取り巻く人間関係やそれぞれの動向に主眼をむけた作中、わざわざ一章（「六」）を割いてその働きが特記された鎮圧者・坂本鉉之助と、反乱者・大塩とのあいだの右のごとき挿話も、まるごと捨てられている。むろん、構成上の配慮ではある。だが、ここにもまた、たんなる取捨選択の域を越えるものがある点を銘記しておく必要がある。

ちなみに、大事出来にうろたえ、はては落馬の醜態をさらす東西両町奉行らに反し、冷静沈着に立ちまわるこの坂本鉉之助や、『堺事件』における「隊長」箕浦猪之吉は、改稿編『興津弥五右衛門の遺書』の弥五右衛門、『阿部一族』の柄本又七郎、『護持院原の敵討』の九郎右衛門などの系譜に連なっている。殉死、切腹、仇討、献身。彼らはそこで、封建武士社会の掟と道徳の美しき体現者と化す。一般にはそうみなされ、かかる人物造形に配するに、掟や美徳に翻弄され、あるいはその形骸化を担うような諸人物を作りだす作品風土を指して、鷗外の「歴史小説」は、封建武士道における「Sitten」（慣習・風俗）と「Sittlichkeit」（道徳を道徳たらしめるもの）との「関係」を探ったのだとする吉田精一の所見[16]などが、評者間に重きをなしもする。が、この場に着目すべきは、「文」と「人」との至近にあらわれる別の関係であり、この点、「史伝」の世界もやはり、上述とさして無縁ではないのだ。

『渋江抽斎』あるいは「衛生学」的エクリチュール

大方の異口同音に認めるとおり、『渋江抽斎』において確かに、文壇復帰後の鷗外はその作風を画然と一新したかにみえる。

江戸末期津軽藩の一儒医の生涯を追って、世に埋もれたその人物への哀惜の念がさらに子孫たちのその後にまでおよぶ一編は、実際、いかなる場合にも距離の計算を忘れぬ面目をかなぐり捨てたかのように、対象にたいする盲従を随所にあられもなく披瀝して憚りもしない。その無防備な趣に接する誰もが、この作品にいたって、鷗外の「文」がはじめて、観察ではなく耽溺の対象を発見したこと、そして、その発見の悦びが全編に横溢しているさまを容易に看取しうるだろう。自分はこれまで、「辻に立つて冷澹に」あたりに目を配りながら古今の人々に「敬意」を表し脱帽したが、「辻を離れてどの人かの跡に附いて行かうとは思はなかつた。多くの師には逢つたが、一人の主《しゆ》には逢はなかつたのである」。かつて『妄想』に記されたこの言葉を借りるなら、鷗外はいま、その「主」にも似た存在に巡り逢ったのだともいえようが、邂逅のかなめとなるのは、互いの類似（および、それゆえの相違）にある。

抽斎は曾《かつ》てわたくしと同じ道を歩いた人である。しかし其健脚はわたくしの比《たぐひ》ではなかつた。迥《はるか》にわたくしに優つた済勝《せいしよう》の具を有してゐた。抽斎はわたくしのためには畏敬すべき人である。

（『渋江抽斎』「その六」・以下、必要に応じ章番数のみ付記）

一節の前後で数えあげられているのは、医者で官吏で哲学・歴史・文芸の徒であった抽斎の事跡である。さらに「奇とすべき」ことに、彼もまた、鷗外と同様、江戸の武鑑や古地図を漁った好事家であったことも、与って大をなす。先に掲げた一文で、「わたくしの抽斎を知ったのは奇縁である」（「三」）と記されていたのは、集めていた武鑑の蔵書印にしばしば「渋江」の名を見知っていたことを指す。「わたくし」は同時に、互いの相違点として、「哲学文芸」界において「雑駁なるヂレツタンチスム」の域を出ぬ自分にくらべ、抽斎は「考証家として樹立することを得るだけの地位に達してゐた」点も強調する。その「忸怩《ぢくぢ》」たる思いがいよいよ「畏敬」の念を募らせるのだというわけだが、この列挙につき注意すべきは、そこに作者自身の縮小化が伴う点にある。

たとえば、作者の請いに応じて数々の手製資料（『抽斎年譜』「渋江家乗」「抽斎親戚、並門人」「抽斎歿後」等）を提供した抽斎の嫡子・渋江保。鷗外より五歳ほど年長の同時代人にして、多数の著述をもつその人物の経歴や、若き「家長」としての似通いに徴して、彼を失敗した鷗外と見立てる評が一般的である。他方、抽斎にかんしては、作者がその理想的な「分身」を見出した点が強調されがちなのだが、冷静に眺めれば、むしろ抽斎その人こそ、より端的に、鷗外になれなかった文人官医なのだ。すなわち、小藩歴代藩医の出自は同様ながら、彼は晩年ようやく幕府に登用されたのに比して、此は、若くして国家エリートの道を進んで陸軍医官群の頂点に上りつめた人物である。政治活動についても、幕府が参勤交代の制を緩めたおり、藩主に多少の提言をして容れられずにいた程度の抽斎と、「大逆事件」当時から山県有朋の有力なブレーンとして重宝がられた鷗外とでは、同日の談ではない。学術にかんしてはさらに歴然たるものがある。その校勘業績として海保漁村による長文の墓誌銘に残されてあるトピックの些小さは、学問の性格によるとはいえいかにも明白で、長く父母の事跡を哀惜記憶した孝子によってさえ軽視される始末なのだし（＊4）、没後、明治期に公刊された共著『経籍訪古志』（古から日本に伝えられた漢籍の目録集）は、共著者が序文を仰いだ清国公使・徐承祖によって、考証が拙く十分な留意がない（「拙於考証、不甚留意」）とみなされている。後者につき、鷗外はむろん、清朝考証学の導入期の学究には酷評にすぎると弁じてはいるが（「五十四」）、それをいうなら、鷗外もまた西欧新学問の移入期の人物であり、時代にたいするその甚大な功績に抽斎の学が優るとは、とうてい考えにくい。抽斎の漢詩文については確言はできぬが、素人目にも凡庸なその詩文が菅茶山や頼山陽に遠くおよばぬこと、たとえば、山田美妙の『蝴蝶』と『舞姫』の隔たりに類するものがありはせぬか？　「健脚」の一語はつまり、二十世紀初頭の抽斎が、十九世紀前半を生きた鷗外にむけてこそ、正当な讃辞となるべきものなのだ。

だが、この転倒は、有名すぎる人物があえて「無名の人」（「五」）の伝をなすことに密送されがちな優越感とは裏腹な作用を作品全体に波及している。なぜなら、ある意味では倒錯的ともいえるこの自己縮小化と反比例するかのように、紙幅一面に対象への「愛情」が肥大するといったバランスが生じてくるからで、たとえば、抽斎の好劇仲間の他愛のない「文章」を絶賛する一節を読みながら、「唖然とし、茫然とし、そして心たのしかつた」という石川淳は、その「うつくしい逆上」ぶりにつき、つとにこう記していた。

たれにも判る平易なことを、鷗外ほどの文学者が判りえなかつたはずがない。このとき、鷗外の眼はただ愛情に濡れてゐたのであらう。

抽斎への「親愛」が氾濫したけしきで、鷗外は抽斎の周囲をことごとく、凡庸な学者も、市井の通人も、俗物も、蕩児も、婦女子も、愛撫してきはまらなかつた。「わたくし自身の判断」を支離滅裂の惨状におとしいれてしまふやうな、あぶない橋のうへに、おかげで書かれた人物が生動し、出来上つた世界が発光するといふ稀代の珍事を現出した。（石川淳『森鷗外』[17]）

右は、『渋江抽斎』評として永井荷風の数次の絶賛に次ぐものだが、鷗外作品全般にわたり点の甘い荷風とは違い、その劈頭に、『雁』などは児戯に類する。『山椒大夫』に至つては俗臭芬芬たる駄作である」といった言葉を記す石川淳の書物は、鷗外の作歴全体を、「古今一流の大文章」たる『渋江抽斎』以前と以後とに切断する視界を基軸となし、いまに貴重な卓見を数多くふくんでいる。その余徳は後述にもかかわるのだが、右にかんして特記にあたいするのは、この「愛情」の傾けかたが、対象への過度の感情移入のみならず、考証体という作品じたいの骨格をも導く点にある。ふとした「奇縁」に導かれて発見した一人物の墓に足を運び、その祖先、学師、学友、同僚、知人、親戚縁者らにまつわる資料を集め読み、四散した子孫たちを訪ねあて、彼らが語りかつ書き寄越す言葉を細大洩らさず我が身に引きよせ、その異同を吟味すること。その過程全体を作品化する鷗外は、ここでつまり、抽斎の従事した校勘仕事、旨として「用無用」の差を問わぬ「学問」の本質にも似た地道な方途をみずから演じようとするかにみえる。

こうした憑依的な同一化の徹底のすえ、対象の発見がそのまま方法の発見を呼びこむような幸運に鼓舞されるといった成りゆきは、実際、小説家・森鷗外にはじめて到来した悦ばしき「珍事」ではある。その幸運のなか、「久しく修養を積んで、内に恃む所」を抱き時節を待ちながらも、日々の暮らしや職責にたいし真心を傾けて不平を感じず、他人への労りがおのずと自身の徳望を呼ぶような「絜矩《けっく》の道」に長け、職にも学においても功利性とは恬として無縁な超俗的人物と、彼の周囲・後裔を描きあげながら、いささかの迷いもない筆つきはさすがに見事である。たとえば荷風は、鷗外への私淑のあまり、みずから外祖父の伝を立てもしたのだが（『下谷叢話』二六年、改訂版三九年）、鷗外作はこれを優に凌いでいるといってよい。また、通常の伝記とは異なり、主人公の「歿後」、残された家族や友人たちの事跡にも長く編年体の筆を伸ばし、以て、幕末から維新、明治期を経て大正の現在におよぶ歴史の感触を――「抽斎歿後の第五年は文久三年である」、「抽斎歿後の第十三年は明治四年である」といった同型起句の更新のリズムとともに――刻みこんだ点を称して、『渋江抽斎』の大いなる創意とする巷説も、無下に退けてよいものではあるまい。同時代にたいする「永遠なる不平家」の退行＝対抗性がいっさんに影をひそめ、「分身」たる主人公はおろか、その良妻、嫡子までもひたすら美しく理想化する一編において、作者ははじめて、「自己弁護」をこえた「自己救済」の実を得たのだという評価も、進んで首肯しうるだろう。この「文」によって、鷗外その「人」は確かに救われてはいるのだ。

だが、上述に継いでこの場に目を惹くのはその救われ方にある。このとき、渋江保による原資料と突きあわせれば明白な数々の操作のうち、私見に逸しがたい変更性は次の二点である（以下、保の資料については、『日本近代文学大系　12』の頭注・補注による）。

まず、いっけん過去の忠実な再現の体を示し、抽斎にかんしても、その「歿後」についても、まさに「簡浄な」編年記述に徹する作中、幾多の人物たちを描き捌くにあたり、作者がそこに、いくつもの対照性を誇張あるいは仮構すること。これは、『堺事件』から先に摘録した「切腹好き」のくだりと同根の措置であるわけだが、大岡評を再記するなら、この「史伝」にあって「対句の形に整理された」対照性を担うのは、大にしては、抽斎の理想的良妻として作中に重きをなす四人目の伴侶・五百《いほ》と、その実家の兄との明暗賢愚の差であり、わずか二歳で家督を継いだ成善（＝渋江保）と、二人の兄たち（わけても、「座敷牢」ものの優善）との対比である。中にしては、抽斎の二人の娘、江戸詰留守居役の二人の人物のあいだなどにも同様の作為が看取され、小を拾えばさらに枚挙に暇ない。この点、周囲の者たちまで「ことごとく」愛撫したという石川評には同じがたいのだが、絡んでさらに肝心なのは第二点、すなわち、右のような「対句」的造形をはじめ、諸人物や出来事に加えられる「切盛」を主導して、そこにいわば衛生学的な配慮が一貫する事実にある。つまり、美化はこのとき、より強く浄化の別称となるわけで、一編の話者「わたくし」は実際、抽斎はもとより、その目に好ましく映る者たちにかんする原資料から、雑菌を虱潰しに排除しようとするのだ。

　雑菌の最たるものは、性的な要素であり、一事はとうぜん、清廉かつ謹厳実直の士・抽斎その人の造形から慎重に除去されてくる。だが、そもそも、墓誌銘に顕彰されてあるその校勘対象は、古代中国の医書『素問』『霊枢』にみる性技閨術のくだりである。作品冒頭、その清貧ぶりを強調するためか、藩医特権として製法販売を許され、抽斎に「若干《そこばく》の利益」をもたらした（実際は月額「百両以上」）と記された秘薬「一粒金丹」も、知られた強精剤である。これじたいは、当時の皇漢医術に照らしさして訝しむにたらぬか、あるいは、かつての「金井君」のいう旺盛な知的好奇心の類であるとみることもできようが、ならば、次のような一節に就けばよい。二人目の妻・威能の祖父にまつわる天保元年の挿話である。

　比良野氏は武士気質《かたぎ》の家であつた。文蔵の父、威能の祖父であつた助太郎貞彦は文事と武備とを併せ有した豪傑の士である。外浜《ぐわいひん》又嶺雪と号し、安永五年に江戸藩邸の教授に挙げられた。画を善くして、外浜《そとがはま》画巻及善知鳥《うとう》画軸がある。剣術は群を抜いてゐた。壮年の頃村正作の刀《たう》を佩《お》びて、本所割下水から大川端辺《あたり》までの間を彷徨して辻斬をした。千人斬らうと思ひ立つたのださうである。抽斎は此事を聞くに及んで、歎息して已まなかつた。そして自分は医薬を以て千人を救はうと云ふ願を発《おこ》した。
（「二十六」）

外祖父の「武」の猛りを子孫の「医」が救うといった構図で、その「千人救済の発願」は、妻子の記憶に強く刻まれて抽斎像の中核をなしている。ところが、渋江保の一手稿にみる母・五百の話によれば、この数字はそのじつ、艶笑話めいた由来をもっているのだ（文中、保による挿入註は省略）。

　お父さんは『呂后千夫』といふ戯作をなさつて、その序文に、呂后ハ彼の人彘《（じんてい）》を拵らへるやうな外面如菩薩、内心如夜叉の女だ。それですら、しほらしくも千人の色餓鬼を助けた。私ハ地位も賤しく、資産も乏しけれど、男子と生まれたれバ、元日の屠蘇機嫌中に、自今以後、千人を助けることを決意した。かのへとらの春といふやうな意味の事が書いてあつた。妾ハ屢〻その書を読んだ。（「抽斎歿後」[18]）

その後、人手に渡り散失したという「戯作」の内容は語り残されてはいない。だが、『渋江抽斎』の注釈者たちの推定どおり、題名が『蒙求和歌』の記す呂后伝説、高祖の葬儀のさいに行きあわせた狩人九百九十九人に「ワレモ〳〵ト」弄ばれるたびごとに「ソノ身トケウセニケリ」という彼女の（夫を加えて都合）「千夫ノ相」に由来するとみなしうる以上、その内容も想像にさして難くはない。それがたとえば、夫の寵妃の四肢を切り取り、眼、耳、口を潰し「人彘」（＝人豚）と呼んで便所に飼わせた「夜叉」の色事に、熟知の性医学をまぶしたパロディであったとしても、さして不思議はないのだが、抽斎の高邁な発願がそうした軟本の序文に読まれることは、鷗外の「わたくし」のためには、断じてあってはならぬ事実となる。これゆえ右一節の〈武／医〉対照構図が創出されるわけだが、一方では、その「わたくしと同じ道を歩いた人」ゆえの伝である。「戯作」の存在じたいは逸しがたかったとみえ、作品は場所を変えてこれにふれるのだが、そこでも、「呂后千夫は抽斎の作つた小説である。庚寅《かのえとら》の元旦に書いたと云ふ自序があつたさうである」、これを「五百は数遍読過したさうである」（「五十六」）といった簡浄な筆致が、字義にふさわしい滅菌的な働きを示してくることは贅するまでもあるまい（五百の読書頻度にも「屢〻」→「数遍」の変更が加えられている）。

同様にして——あるいは、それらが性愛のはずみに通う以上とうぜんまた——過度のもの、奔放なもの、妖しげなもの、乱雑なもの、不実なものが一場より駆除されがちになる。母親・五百と並んで「抽斎歿後」の主役となる保自身の著作、すなわち心霊術や催眠術や「メスメリズム」（動物磁気）の研究書、および、冒険小説、怪奇小説の数々がまるごと削除されることが、その典型である。この点に着目する一評家は、二歳で藩医の家督を継ぎ、十四歳で藩学の助教に挙げられた彼の後半生にみる多分に「オカルト」的な嗜好を無視したのは、『魔睡』（〇九年）に記された出来事の後遺症か、あるいは、資料提供者にたいする鷗外の「情誼」であったかと記している[19]（長山靖生『鷗外のオカルト、漱石の科学』）。が、それだけではあるまい。かりに、おのれの美妻が有名な医師の催眠術に弄ばれたという事実がなかったとしても、また、「情誼」の欠片も感じなかったとしても、この人物が抽斎の嫡子であるからには、その夥しい書物に顕著ないかがわしさは、この場では、雑菌として積極的に排除されるべきものとなるのだ。同じく、五百の父たる富商からは、祖先の列した武士階級への憧憬は強調されても、これにたいする、実害にともなう度を越えた反撥心は除かれてくる。憧れはとうぜんとして、分際はわきまえられねばならぬからだ。留守居役に挙げられた親類の士道への純良さは顕彰される一方で、その「持て余し者」の遊蕩ぶりが隠されるのも、同じ傾斜にしたがっていよう。

　その価値基準は、翻って『大塩平八郎』の先の削除箇所にもすでに兆していたとみてよい。「大逆事件」に連座した新宮の医師・大石誠之助や僧侶・高木顕明は、土地の被差別部落民たちと親密なかかわりをもっていた。彼らを処断する側（山県有朋・桂太郎）と弁護する側（平出修）との双方に近しい立場にあってその事実を知らぬわけもない鷗外が、「大逆事件」の産物といってよい自作の種本で先の「渡辺村」に接したさい、あの挿話は、おそらく真っ先に消去されるべきものとされたに相違ない。それを容れたら一件はやはり、彼の眼には封建身分社会における「暴動」の度を越してしまうからだが、そうした判断が、この「史伝」にいっそう顕著に引きつがれてくるわけだ。

もちろん、隠しきれぬものはいくつもある。その場合は、先にみた「対句」的なバランスのもと、賛美の対象への反証の位置に差しむければよい。外祖父の「武」と抽斎の「医」の対比はもとより、たとえば、優善の手に負えぬ不良性が、成善（＝保）の健気な家長ぶりに配されるごとく、晩年の五百を冒したとおぼしき痴呆症は、これを労る嫡子の孝養と一対をなす。同じ好劇の徒であった友人の度外れの振る舞いは、逆に、好んでも決して節度を逸せぬ抽斎の美質をきわだてることにもなるのだが、このとき、鷗外「文」の旧にもました忠実さを銘記すればよい。

> もはやあらためて念を押すまでもないことだが、これらの病気（「胃病と肺結核」――引用者註）は、いわゆる近代的自我の「陰画」を形成するためにまたとない条件だつたといえる。したがつて、これがまた日本の近代文学の成立にとつて、結果的に重要な条件となつたのも当然だといえるだろう。不幸なのは、こうした精神風土のなかで皮肉にも「衛生学」の徒でもあり、生まれつき健康を美徳と信ずる習慣しか持たなかつた鷗外であつた。
>
> （山崎正和『鷗外　闘う家長』七二年[20]）

鷗外の核心部に、「自己の内部に手応えのない漠然とした不安感」を読み取る論者が、その「不幸」をいやましにする外的条件のひとつを指摘するくだりである。だが、それはいま、書くことの内部を如上ぬかりなく律する条件と化しているのであり、言い換えるなら、『渋江抽斎』

一編の幸福とはまさに、鷗外がほかならぬ「衛生学」の徒であったがゆえの賜なのだと繰りかえしてもよい。しかも、ドイツのコッホやホフマンのもとから学び帰って以来、彼の「衛生学」の枢機をなしたのは、最新学知としての細菌学なのだ。鷗外はつまり、医学者としてのその専門さながら、「史伝」という名の「健康」の「美徳」を損なう病原菌を一場から駆除していることになる。

『舞姫』当時の作家にかんする観察（第二章参照）を想起されたい。『浮雲』の混迷ぶりとの対比においてそこに見出されたのは、作品の主題＝目的の達成にむけ、諸細部をあざやかに管理・統御するという意味で、きわめて官僚的な手さばきであった。そこでは、「文」と「人」のあいだに、ロマンティックな気鋭能吏という得がたい振幅が、新時代ならではの瑞々しい紐帯を結んでいた。対して、本章前節にみたのは、すでに初老の域にさしかかったその「人」にたいし、一種抜きがたく防禦＝対抗的な外皮として「自己弁護」を担う「文」の、やがて血肉にまがう兆候である。とすれば、『渋江抽斎』が示しているのは、「文」の忠実さが別途ふたたび当初の生気を得てその兆候を本格的な発症＝幸福の域に至らしめるさまにほかならぬと、そう約言しておけば当座の用はたりる。最晩年の『北条霞亭』（一七年十月～二一年十一月）の問題については後述に譲り、ここに改めて谷崎潤一郎の名を継ぐことにするが、接続の主意のひとつはすでに明瞭だろう。『ヰタ・セクスアリス』の主人公と同様、擬態（Mimicry）としての「芸術」を生きながらも、こちらの作家にはしかし、何より排除の観念がたえて稀薄なのだ。

人形浄瑠璃の誘い

異質な何かをかたくなに退ける鷗外の減算的な仕草とは対蹠的に、人肌が眼もあやな画布と化す『刺青』の当初から、谷崎の作品風土にきわだつのは混合あるいは接合の加算的な生気である。男は女装し（『秘密』）、語学教師はスパイを兼ね（『独探』）、歯痛には色と音が添う（『病蓐の幻想』）。海を渡る花魁の膝頭は同時に顔と排泄器となり（『人面疽』・前章参照）、倦み果てた美食家たちの食卓では新たに美女の「てんぷら」が供されねばならず（『美食俱楽部』）、租界地の街路は仄暗くうねって腸管めいてくる（『秦淮の夜』）。大略そうした作歴を携えて大正期谷崎の一頂点となる作品が、浅草の銘酒屋の小娘がついに「若い西洋の婦人」の外皮を身にまとうまでの物語であったことは誰もが知っていようし、そのナオミが如実に体現するごとく、総じて何より、美には悪が混じらねばならず、あるいは、彼女の夫にダンスを教えた亡命ロシア婦人の腋臭の魅力のように、高貴なものはたえず穢賤の刺戟を受けねばならぬ。一事むろん、作家の「古典回帰」と呼ばれる時期にも引き継がれるのだが、たとえば、その動機が刻まれたという『蓼喰ふ虫』（二九年）に読まれる「人形のやうな女」＝「永遠女性」なる一節にかんし、大方に見逃されがちなのは、いっけんプラトン的な純化の主題に通ずるかにみえながら、人形浄瑠璃にたいするその親炙も、やはり右に深くかかわる点にある。現に、以前は「不気味でグロテスク」にみえたものが、「妙に実感があって、官能的で、エロチックでさへある」と感ずるようになったのだという「饒舌録」の書き手は、近松『心中天網島』の「小春」の「なまめかしい裾さばき」を操る名手・文五郎と二人の助手との動きに眼を遣りながら、次のように記していたのである。――さながら

『記号の帝国』（七〇年）のR・バルトのごとく。

云ひ換へれば一箇の人形は三人の生きた人間の肉体を借りて成り立つ。さうして主なる人形使ひは最も多く自分の肉体を人形のために提供してゐる人である。それ故文五郎が天網島の小春を使ふ時、小春が懐ろ手をして溜息をつかうとすれば、文五郎の肉体が溜息をし、文五郎の手が小春の懐ろに入らなければならない。人形の体は凡べて宙に浮いてゐるので、小春が据わる時は脚を使ふ助手が裾をつぼめて膝をふつくらとふくらませ、小春の腰であり臀であるべき部分は直ちに裃を着た文五郎の腕と胴とに接続する。かゝる場合には何処迄が人形の領分であり何処迄が文五郎自身であるとも云へない。[21]

だから、「人形の面白味は人形使ひと人形との一体になつたところに」ある。「此の関係が私には非常に面白い」と語っていた者による二年後の作中、主人公・斯波要は、なるほど、その「小春」の示す「『永遠女性』のおもかげ」を、岳父の愛妾・お久の「人形ならぬほのじろい顔」に引きあてようとはしている。だが、作品にあってははるかに谷崎的な一齣が、巡礼に身をやつした岳父らとともに阿波にある者の、「うつとりと」した酔眼に映ずる野良浄瑠璃のくだりであったことを忘れてはなるまい。弁当を開く鼻先で土地の子供が用をたすようなその場では、人形の操作法のみならず、さらに「いろ〳〵の」ものがしきりと混じりあいながら、主人公の「快感」を誘っているのだ。

（…）摩耶ケ嶽の段も済んでしまつたらしく、今やつてゐるのは浜松の小屋のやうだけれど、日はまだ容易にかげりさうなけはひもなく、天井を仰ぐと莚の隙間から今朝来た時と同じ青空が機嫌のよい色を覗かせてゐる。かう云ふ折には芝居の筋なぞさう気に留める必要はない。たゞうつとりと人形の動くのを視つめてゐれば沢山である。そして見物人たちのガヤガヤ云ふのが、一向邪魔にならないのみか、いろ〳〵の音、いろ〳〵の色彩が、万華鏡を見るやうに、花やかに、眼もあやに入り乱れながら、渾然とした調和を保つてゐるのである。

（『蓼喰ふ虫』）

同様にして、『吉野葛』にも、「いろ〳〵の」ものが入り乱れ、繋ぎあわされるのだが、この作品については別の機会に既述して再三におよぶ。ゆえに、いたずらな重複は控えるとして、この場に眼を惹かれるのはまず、『渋江抽斎』と同じ対句的なアクセント、すなわち、二つで一つのものにまつわる刺戟が大小となく組織されるさまにある。

そもそも、後の豪華版（三九年）では、二十五葉の現地写真を挿入してまで積極的に紀行文を装う小説である。世に埋もれた後南朝の〈秘史〉を探る「私」には、同じく失われた〈母〉を求める津村という友人が配されている。作中しきりと招致される「古典」作品や俗謡を支えるのも、「妹背山」の男女、『義経千本桜』の「狐」と「忠信」、『二人静』、「狐噲」における「狐」と「母」といった〈対〉の主題である。が、鷗外の場合とは異なり、このアクセントは、並びあった一方の暗色が、他方の明色をいっそう引き立てるといった調整にしたがうわけではない。一場を主導するのはむしろ、相互に浸透的な傾斜である。大台ケ原の源流地帯にむけ、ともに失われた〈秘史〉と〈母〉とを求めつつ吉野川を遡行する二人の男たちにあって、たとえば、「私」が津村に先んじて亡母の俤をまさぐっていたのと同様、津村もまた、いくつかの文書を頼りに「私」に先んじてかつて吉野川を遡っていた。その津村が母のふるさとで家々の軒下に眼にしたという「真つ白な色紙」のあざやかさは、いま「私」の眼を洗う上市の家並みの「障子の色のすが〳〵しさ」に重なる。あるいは、津村が「狐噲」の「葛の葉の芝居」に読み取るのも、「父と子とが同じ心になつて一人の母を慕ふ」姿なのだが、こうした重合は逆にとうぜん、一が二となる分離の光景を相即的に惹起せずにはいない。現に、作品の一方の主役たるこの「私」が「二十年程まへ」――奇しくも、「大逆事件」と「南北正閏」問題に揺れるその折り――余人に先駆けて「是非共」こなしてみたかったという題材は、ほんらい確固として「一」たらねばならぬものの二分化のドラマ（「南北朝」）の後日譚にほかならず、津村の憧憬もまた、同じ「くず」のうちに分かたれる二種の刺戟（「葛」の葉→子別れ／「國栖」→紙漉）として形づくられているのだ。

　ところで、『渋江抽斎』の場合と同様、この作品への実証研究も少なからず存在し、わけても、平山城児『考証「吉野葛」』（八三年）などは有益な一著となる。そこには、吉野川を遡行する谷崎自身は、南朝の後裔「自天王」の隠殿のある渓谷（「三の公」）まではそのじつ踏み入っていないといった興味深い事実が記されてある。また、奥吉野探査じたい、作者は徒歩ではなく「T型フォード」に頼ったと覚しき一方、その話者「私」には、作品冒頭にいう時期には未開通の「ガタガタの軽便鉄道」に乗せて吉野口駅から吉野駅に向かわせているといった点など[22]、「谷崎潤一郎の虚と実を求めて」と副題された同著にはさらにいくつかの貴重な事柄が実証されているのだが、就いてここに示唆的なのは、次のような「虚」である。――津村と連れだって吉野川を遡りはじめた「私」はいま、大谷という旧家の座敷で、「菜《な》摘《つみ》邨《むら》来《らい》由《ゆ》」なる一巻に眼を落としているところだ。

> 但し、巻物は紙が黒焦げに焦げた如く汚れてゐて、判読に骨が折れるため、別に写しが添へてある。原文の方はどうか分らぬが、写しの方は誤字誤文が夥しく、振り仮名等にも覚束ない所が多々あつて、到底正式の教養ある者の筆に成つたとは信ぜられない。
>
> （『吉野葛』「その三　初音の鼓」）

ところが、平山氏の現地調査によれば、その巻物には始めから「写し」など存在しないという。そこには確かに、義経と別れた静御前が当地「菜摘邨」で落命したことや、義経が詠んだという和歌、その後の奇譚など、作中きれぎれに引用されている文言がほぼ正確に読まれはするものの、「振り仮名」などみあたらない。しかも大谷家には昔からこの巻物しかないことを当主からじかに聞き知った平山氏は、もとより「フィクション」なのだから、作者が黒焦げの「原文」を書き添えたとしても異とするにあたらぬが、その主意がなんとも不明であると訝しむ。[23]だが、ことは逆に明白だろう。いっけん些細なこの事実が示すのは、作中に浸透する組成力の一端にほかならず、ありもしない「原文」の名に寄せて、この巻物もまた二つに分離せずにはいない書き手はそこで、同じ家に伝わる静御前の「初音の鼓」からは、あるはずの肝心の狐皮の不在を強調することになるのだ。同様にして、この地を舞台にした謡曲『二人静』の末段では、静御前の霊が、複式夢幻能の通例を破って、同時に二つの身体（同装の前ジテと後ジテ）に分かれ舞っているのだが、繰りかえせばしかし、分離はここですぐさま相互に浸透的な重合を誘いこみ、逆もまた真となり、現に——いわば、並ぶことの精妙にテクスチュアルな「因縁」にしたがって——右の「菜摘邨来由」と「初音の鼓」とは、同時に、真贋の主題を分かちあいながら互いに重なりあってもくるのである（『義経千本桜』の四段目第三場では、親狐の皮を張ったその「鼓」の音に誘い出された「狐忠信」が、本物の「忠信」の登場にあわてて姿を消す）。

　大谷家を訪ずれた二人の男にとって、唯一の賜が何であったかを思い出せばよい。彼らは「ずくし」（傍点原文）なる果物の甘露味を嬉々としてむさぼっていた。あたかも、その二人の脣のうごきにも似た開閉のリズムとして一場にきわだつのは、分離的なものと浸透的なものとが、互いに踵を接しあい、呼応し刺戟しあい、または、その場で落ちあい、譲り受けあうといった生動なのだが、この『吉野葛』においてさらに肝心なのは、同様の生動が、語りの次元にまで波及する点にある。

　この側面をさすがに見逃がさぬ花田清輝は、つとにこう記していた。

> （…）谷崎潤一郎のばあいは、流れとは逆の方向にむかって、一歩、一歩、あるき続けるので、その空間的な移動が、そのまま、時間的な移動として受けとられ、現在から出発して、一歩、一歩、過去にむかってさかのぼっていくような錯覚をおこさせる。そんなところにもまた、その小説の回想形式でかかれる必然性があったのであろう。
> （花田清輝「『吉野葛』注」七〇年）[24]

花田はここで、「回想」なるその叙述形態全体と、「私」の遡行譚とが互いに浸透するさまを過たず見抜いているわけだが、事態はただし、いま少し複雑な様相も呈しており、たとえば、津村の綿々たる〝母恋い〟が一編の主景の位置に浮かび上がるあの夕暮れの「岩の上」。「由来」書を読み、「初音の鼓」を眼にし、どちらについても胡乱な思いを残して大谷家を辞した二人は、対岸へ架かる柴橋のたもとの岩に腰を並べる。そこで津村が「突然語り出した」長話に不意の言葉が介入するさまには、誰もが虚を衝かれようが、「さて此れからは私が間接に津村の話を取り次ぐとしよう」というその一行を境に、津村の一人称が話者による三人称へと転換されるとき、いかにも唐突な事態がしかし、一場にはかえってふさわしいものとなるのはなぜか？そこに、由来書や鼓と同じ分離のアクセントが転じられてあるからだ。かつ、そうして男たちが同じ一つの話を二つに分かちうるのは、彼らが互いに重なっているからだと、そう併せみるなら、この箇所では、虚構次元にみる浸透的なものと、叙述次元の分離的なものとが密に落ちあっていると指摘することができる。『吉野葛』における谷崎の新生面は、少なくともこの次元にまで求められねばならない（＊5）。「古典回帰」とはつまり、題材の、翻って言い換えるなら「人形」だけの問題ではないのだが、この点にかんしては、むしろこの作品の続編的な趣を示す『蘆刈』にそって、いま少し丁寧に眺めておくほうがよいかとおもう。――そこで改めて、その「人形使ひ」と「人形」とのあいだに、語り方と語られたものとが「一体に」なって創りだす身体的《テクスチュアル》な「関係」を擬してみると、どうなるか？

「蘭《らう》たけた」本歌取

『蘆刈』は、『吉野葛』から多くのものを引き継いでいる。河川紀行ふうの同じ体裁といい、数々の「古典」を呼びこむさまといい、一人称の話者が別の男の口から伝え聞く物語が作品の主景をなすといった骨格も然り。男の物語にはしかも、多分に妖しげな委曲をふくみながらも、やはり「父と子とが同じ心になつて」一人の女を慕うさまがきわだってくる以上、これが『吉野葛』の続編、というより散文的な本歌取であることは明白なのだが、興味深いのはその取り方の示す異彩にあり、事態はまず、水辺そのものの表情にかかってくる。

　それは峨々たる峭壁《せうへき》があつたり岩を嚙む奔湍があつたりするいはゆる奇勝とか絶景とかの称にあたひする山水ではない。なだらかな丘と、おだやかな流れと、それらのものを一層やんはりぼやけさせてゐる夕もやと、つまり、いかにも大和絵にありさうな温雅で平和な眺望なのである。（『蘆刈』）

「あるとしの九月のこと」、ふと思い立って山崎の水無瀬離宮跡に足をむけた「わたし」は、その温雅さの「あたゝかい慈母のふところに抱かれたやうなやさしい情愛」にほだされる一方、いくつかの和歌や『増鏡』の数節を長々と暗誦しながら、後鳥羽院の「ありし日のえいぐわ」を偲び、ほどなく、桂川べりから対岸の橋本へむかう渡船で、「桂川が淀の本流に合してゐる剣先」とおもわれる中州に降りたつ。大台ケ原の源流付近、奥所を目指して支流のひとつを遡るあの「私」とは逆に、酒瓶を片手にしたこの「わたし」は、「露にしめつた雑草の中を蹈みしだきながら」、本流に狭まるその「洲の剣先の方へ」歩み、「蘆の生えてゐる汀のあたりに」うずくまる。

すると今度は、大江匡衡や匡房の文言とともに、川船の「遊女」たちの「まぼろし」がまなかいにしきりと浮かび消える。そうした運びのうちで、月卿雲客の「雅懐」が世俗の「婬風」に繋ぎあわされてくるのだが、その艶色は、地勢じたいの導くところでもあって、たとえば、蕪村の「澱河歌」や「春風馬堤曲」を読む安東次男に倣ってこの中州一帯を俯瞰すれば、そこには果然、「二本の脚」をやや開き気味に、「浪花を枕として、仰向に寝た一つのなまめく女体」の姿態が「彷彿として浮かび上ってこざるをえない」のだ[25]（『与謝蕪村』七〇年）。「わたし」はつまり、その「女体」の秘部にあたる蘆辺に——あたりが「慈母」のようであれば胎児のごとく、「遊女」めくなら蕩児のごとく——膝をまるめて月見酒に興じているわけだが、気がつくと「やはり葦のあひだに、ちやうどわたしの影法師のやうにうづくまつてゐる男」がいる。「同年輩」らしきその男の長話に耳を傾けるほどに、あたりの艶色は、はじめの雅致に翻って、「水の上の女ども」のゆかりに「お遊さま」と名づけられたともみえる女性の「蘭《らう》たけた」面影に再転してくる。

（…）父にいはせますと目鼻だちだけならこのくらゐの美人は少くないけれども、おいうさまの顔には何かかうぼうつと煙つてゐるやうなものがある、皃《かほ》の造作が、眼でも、鼻でも、口でも、うすものを一枚かぶつたやうにぼやけてゐて、どぎつい、はつきりした線がない、じいつとみてゐるとこつちの眼のまへがもや〳〵と翳《かげ》つて来るやうでその人の身のまはりにだけ霞がたなびいてゐるやうにおもへる、むかしのもの丶本に「蘭《らう》たけた」といふ言葉があるのはつまりかういふ顔のことだ、（…）。

この女性が、自分の父・慎之助の不可思議な「恋人」であったこと、四十年も前の子供の頃、「まいとし十五夜の晩に」手を引かれて、巨椋池の御殿に遊ぶ彼女の姿を垣間見にいった常を、とうに死んだ父に成りかわっていまに引き継いでいること。今夜もそこへゆく途中なのだ、と、男は先んじてそう語っていたのだが、このとき、『吉野葛』の津村にとり「母」でも「恋人」でもあった女性もまた、大阪の「色町」に売られた娘であった事実が想起されねばなるまい。すなわち、こうして〈慈母→遊女→恋人〉と移り、かつ、それらが「ぼうつと」重なりあうこの蘆辺の表情は、津村の憧憬（「母——狐——美女——恋人」）それじたいの、雅びで艶めいた地勢化へと、ごくなめらかに転じてゆくのだと注することができる。が、事態はたんにその次元にとどまらず、この点、彼此に徴して逸しがたいのはむしろ、次のような文姿のなめらかさのほうにある。

　でもそこまで伺つてあとを伺はないのでは心のこりです、そんな御遠慮にはおよびませぬといふとありがたうござりますそれならお言葉にあまえまして聞いていたゞきますがといつてさつきの瓢簞を取り出して心のこりと申せばこゝにまだこれだけござります、先づそのまへにこれをかたづけてしまひませうと盃をわたしに受けさせて又あの、とく、とく、といふ音をさせるのである。

右は、男の「追憶」譚の序段に読まれる一節だが、特に選りすぐったものではない。周知のとおり、『蘆刈』全編はこうした叙述に覆いつくされてあり、そこに、本章冒頭に掲げた一文で谷崎のいう日本文の「美しさ」が——前年の『盲目物語』から踏襲したひらがなの多用とともに

——実現されてくることについては、これを指摘せぬ論者のほうが少ない。その奏効を求めて、「専ら地の文と会話とのつながり工合に苦心を払つた」と作者自身も打ち明けているのだが（前掲「春琴抄後語」）、ちなみに、その「苦心」を修辞学の一細目は「接離法」（Disjunctive）と呼んでいる。

①切るべきところを繋げ、②繋ぐべきところを切る。そう定義される変則的な句読法や改行技法の呼称だが、右のごとき文姿がまさに、①の「蘭たけた」典型であるとすれば、ルイス・キャロルの『不思議の国のアリス』で「まがい海亀」のむせび歌う詩行が“pennyworth”の一語に強いる改行（／）などが、②の、目もあやに虚勢的な典型となるだろう（“who would not give all else for two p／ennyworth only of beautiful Soup?”・強調渡部＊6）。②は今日また、日本の現代詩人たちに自家薬籠中のものでもあるわけだが、用語の狭義にとらわれる必要はない。この場では、一語をむしろ広く用いるべきである。なぜなら、「わたし」の盃に手持ちの酒を盛りおえて男の語りつぐ顚末の要所、慎之助と彼の妻・お静がそこで、互いに奇態な「意地」ずくで保ちあっているものも、同じく、②のマゾヒスティックな典型として、繋がって当然しかるべき互いの体を切り離しつづける身振りにほかならぬからだ。

「わたしはむかしから姉さんしだいでござりますから」、姉の好むあなたと同衾するわけにはゆかない。あなたが「姉さん」のかわりにわたしを望まれ、「姉さん」もご自分のかわりにこの結婚を望まれた。そんなふうにして、「姉さんが亡くなつた兄さんに操をたてゝいくのなら私だつて姉さんのために操をたてゝみせませう」。婚礼の夜、いきなりそう口にするお静を前に、慎之助もまた、「此のをんながあの人のためにかうまで身を捨てゝかゝつてゐるものを男の己が負けてなるものか」と心する。この異様な決心を分かちあった彼らが、お静の姉にあたる「若後家」お遊とのあいだに演ずる痴態の数々については深く立ち入らずともよかろう。肝心なのは、こうして、切るべきところを繋ぎやまぬ叙述の形態が、虚構のかなめとして、繋がるべきをみずから引き離す「うはべだけの」夫婦の姿に重なりあう、その「つながり工合」にある。

　そればかりではない。ここにはさらに、「つながり」の強いる異和の煽情化とでもいったものがある。つまり、慎之助夫婦の痴態とそれを語る言葉たちにあって、接離法の同時には重なりえぬ二種の様態（②／①）が落ちあっているがゆえに、妻が茶碗に吸い取った姉の「乳」を夫が口にふくむ光景や、それぞれ「女中」と「執事」「芸人」を装って「お遊さま」にかしずく夫婦のさまが、いっそう倒錯的なものになってくるのだ。子供を亡くして離縁されたヒロインが伏見の富商・宮津のもとに再嫁し、くだんの巨椋池の御殿に移った後、夫婦が相応の家産を傾けあっけなく落魄、落命してゆくのも、おそらくこれと無縁ではない。この場では確かにそうみえる反証に、作品の中心となる女性のもとでは逆に、「どぎつい、はつきりした線がない、じいつとみてゐるとこつちの眼のまへがもや〳〵と翳つて来る」ような叙法が、如上そのまま、彼女に「蘭たけた」顔立ちを与えているのである（①／①）。語り方と語られたものとのその親和性において、お遊はつまり「しやうとく福運のそなはつた人」となる。これゆえ、「心中」話にまでおよぶ顚末のなかで、彼女は、最後まで「はんなりと」鷹揚な姿態を保ちうるとみるべきなのだ。

　絶妙なのはこうした「関係」にあるのだが、先にふれおいたように、ことはまた、『吉野葛』のあの「岩の上」にも現じていた。あちらでも、語りとして分断されたひと連なりの憧憬譚が、ほんらいなら切られてしかるべきもの（〈母／狐〉〈母／恋人〉）をなまなまと繋ぎあわせていたからだ。つまり、かたがた作品の中心を担いつつ、津村の〝母恋い〟においては、叙述上の②が虚構上の①と落ちあい、慎之助たちにあっては、逆の「関係」が生じているとみてよく、この面において、一編はまた『吉野葛』を変奏してもいるわけだが、「関係」の持続性と深度といった点にかぎるなら、本歌はすでに別歌に凌がれている。――そう目を凝らす者にとって、いまひとつ逸しがたいのはむろん、作品末尾、長くまめやかな語りを担っていた男そのものの消滅が、あまりにも不意の句点のごとく、文字どおり作品を断ち切ってしまう光景にほかならない。

それは偶然の「閃き」だったというのが、最晩年の作者当人の言葉である（「雪後庵夜話」六三年〜六四年）。通例に違わず「茫漠とした幻想のかたまりのやうなもの」に促されて筆をつけ、「わたしの影法師」のような男を中州に登場させたはよいものの、「この先これがどう云ふ風に発展するか」、その段階ではまだ判然としていなかった考えが、次第に「纏まつて」ゆき、男の話の終わるあたりまでは「すら〳〵と」動きつづけた筆先が、しかしまた、ぴたりと止まる。話者をふくめ、その男とヒロインとをいかに収めるか「最後まで巧い思案が浮かばず」戸惑っていたところ、結語が「突如として閃き」、「器用に終りを告げることが出来た」というわけだが[26]、果たしてそれだけのことか？

この証言が示唆的なのは、そのじつ前段にある。つまり、冒頭からいくつもの「古典」を呼びこんで作品全体の四分の一ほどの分量に達するくだりに、中州の男を継いだのち、何がその男の「追憶」譚を纏めあげたのか？　このときまず、本文の一行目ともエピグラフとも読める『大和物語』からの引用歌が、与ってそこに大をなす。

君なくてあしかりけりと思ふにもいとゝ難波のうらはすみうき

この一首をふくむ『大和物語』の一節（「百四十八　蘆刈」）に描かれているのは、ゆえあって富者に妻を奪われ「かたゐのやうなる」蘆売りに身を落とした男の嘆きである。となれば、ここから、富商・宮津のもとへ納得ずくでヒロインを送りだし、「路次《ろうじ》のおく」に落魄する慎之助らの姿への筋が生ずることは、明らかである（＊7）。「小さな大名などよりも貴族的な」船場商人の家で、周囲から「別物のやうに」甘やかされかしずかれ、「おくぶかい雲上の女房」のごとき日々を送るヒロインの暮らしぶりや、我が儘を我が儘ともおもわぬようなその性格も、水無瀬ならぬ巨椋離宮での遊興のさまもふくめ、これらは、作品冒頭部に引用される後鳥羽院の世界の変奏、「文化防衛論」の三島由紀夫ふうにいえば、その「雅のまねび」として生みだされてくるだろう。この「まねび」に「琴」をいっそう欠かせぬものにするのは、中州の男が謡う「小督」の（明暗を転じた）移りである。「お遊」なるその名前さえも、おそらくは、大江匡衡・匡房たちの書き残した女たちのゆかりである点は、すでに示唆しておいたとおりである。そのようにして、『蘆刈』がここで、『吉野葛』のみならず、一場にみずから呼び集めたものにたいする本歌取的な傾斜にそって「すら〳〵と」動きだすこと。動きつづけて末尾にいたり、また、ぴたりと止まる。だが、これを打開したのも、天来の「閃き」ではなく、従前の、いわば鏡花的な「向うまかせ」の賜なのだ（＊8）。「小督」に次いで男が吟じていた一句を思い出せばよい。——「わたし」がいましがた、川船の女たちの「まぼろし」を追って手帳に書き留めた「腰折」を、目深に被った「鳥打帽子」の陰で顔立ちも定かならぬ男が所望するくだりである。

（…）なんぞ、よい句がお出来になりましたらば拝聴させて下さりませといふ。いや〳〵、おはづかしい出来ばえで中々おきかせするやうなものではないのですとあわてゝ手帳をふところにしまひ込むと、ま、さう仰つしやらずにといひながらも強ひては争はず、もうそのことは忘れたやうに、江月照ラシ松風吹ク、永夜清宵何ノ所為ゾと悠々たる調子で吟じた。

冒頭歌と同様、例外的に出典の記されぬ「江月」の一句はむろん、男たちが中州で分かちあう月下の清興につきづきしいものではある。だが、たんにそうとのみ納得して済ませてしまうのは、おそらく上田秋成『雨月物語』を読んだことがなく、その作中、谷崎がことに「青頭巾」を好んだという事実[27]（さらには、それが大江匡衡の従兄弟・定基の名高い発心譚を典拠となすこと）を知らぬ人々に、いかにも惜しむべき遺漏である。――さる里の山院に真言僧がいる。病で失せた愛童の死体と交わるうちに、屍姦が屍食に一躍して以来、食人鬼と化したこの僧を、行きずりの禅師が右の証道句とおのれの「青頭巾」を授けて得度せしむるという秋成の短編の末尾では、一年の後の荒れ果てた山院のなか、「影のやうなる人」がかぼそい声で、その一句を唱えていたのだ。

（…）影のやうなる人の、僧俗ともわからぬまでに髭髪もみだれしに、葎《むぐら》むすぼほれ、尾花おしなみたるなかに、蚊の鳴《なく》ばかりのほそき音《こゑ》して、物とも聞えぬやうにまれまれ唱ふるを聞けば、

「江月照松風吹　永夜清宵何所為」
禅師見給ひて、やがて禅杖を拿《とり》なほし、「作麼生何所為《そもさんなんのしよゐ》ぞ」と、一喝して他《かれ》が頭《からべ》を撃《うち》給へば、忽ち氷の朝日にあふがごとくきえうせて、かの青頭巾と骨のみぞ草葉にとどまりける。
（上田秋成『雨月物語』「青頭巾」）[28]

同じようにして、この中州の「わたしの影法師」のような男もまた消え失せることを否定するほうが、むしろ難しかろう。男は、「いまでも十五夜の晩にその別荘のうらの方へまゐりまして生垣のあひだからのぞいてみますとお遊さんが琴をひいて」いるのだという。

わたしはをかしなことをいふとおもつてでもゝうお遊さんは八十ぢかいとしよりではないでせうかとたづねたのであるがたゞそよ〳〵と風が草の葉をわたるばかりで汀にいちめんに生えてゐたあしも見えずそのをとこの影もいつのまにか月のひかりに溶け入るやうにきえてしまつた。

詰問めいた禅師の言葉が「わたし」の柔らかな問いへと転ずるこちらでは、「青頭巾」ならぬ「鳥打帽子」も、さらには汀の草までが、「朝日」ならぬ「月のひかりに」溶け失せてしまう。当初は、「蘆」あるいは「葦」であり「男」であった表記の堅さもまた、ひらがなのなかへ溶け弛んでくる。そのようにして、「器用」というより、ほとんど奇瑞めいた「閃き」とともに、何十頁も前にすでに切り捨てられていたはずの片句が、ここへふと繋がること。その由来に冠する常套語を用いてもよい。よいが、ここにあるのはしかし、「しやうとく福運のそなはつた」書き手にのみ訪れうる無意識のテクスチュアリティーといったものなのだ。少なくとも、この奇瑞を視野に収めぬまま、男は父親の亡霊であるとか、その後「ちぎり」を結んだというお静の子ではなくじつは「お遊さま」の子ではないかといった揣摩憶測に、この場ではさしたる意味があろうとはおもわれない。と、そう付言することが許されるなら、継いでようやく、いくぶん遠くへ置き去りにした感もある発題の首尾を整えておくことができる。たとえば、鷗外の『渋江抽斎』の独創性につき、人々が異口同音に称えているのも、通常の伝記であれば主人公の死をもって切られてとうぜんの場所を、その後裔の世界にまで繋ぎ伸ばす仕草ではなかったか、と。

だが、その接離法的な異型がまねきよせるのは、テクスチュアルな変動ではなく、たんなる時勢の変化にすぎず、そこにあらわれるのは、主人公の妻や嫡子を同じ手つきで美化するさまであった。鷗外の手つきに顕著な分離の仕草は、かたくなに滅菌的な排除性にのみなじみ、その傾斜こそが、書き手と癒着したあの「わたくし」と、その理想的「分身」との重合を可能にしていた。排除しきれぬものが対句のもとに差しむけられるさまも、すでに述べたとおりである。あちらではそのようにして、対象にたいする愛にあふれた「感情移入」が截然として忠実に講じられていたわけだ。しかし、忠実な愛情とは、そもそも語義矛盾ではないのか？　少なくとも、こちらでは矛盾の最たるものとなるというのが、たとえば『吉野葛』の書き手の反問と化す。むしろ浸透＝分離のたえまない波動のなかで、「一」は「二」に、「二」は「一」に化さねばならぬような不実さにまみれてはじめて、人は何ものかを真に愛することができるのだとでもいいたげな書き手は、現にそのようにして、津村の憧憬を「母――狐――美女――恋人」という転態そのもののうちに息づかせるのだ。本章では正面から扱わなかったものの、併せてそこには、現実の母の面影や、写真や手跡、父に宛てた初々しい艶書にもまして、祖母が色里の母に与え寄越した「文反古」、つまり、肝心の母そのものからはもっとも遠い痕跡にこそより近々と魅入られるような、きわだって谷崎的な愛着の間接形態が繋ぎとめられるのだ。あるいは、問題は時を隔てた「感情」の移入ではなく、言葉そのものの移行なのだというのが、読む者の虚を衝いてあざやかにも不実な末尾にいたる『蘆刈』の書き手の答えであった。ひとりの女性への恋情ともども男が父から譲り受けた話を、「わたし」がさらに読み手に受け伝えるといった二重の伝聞構造をもつその作品をひたしているのもやはり、間接的《マゾヒスティック》なものの無類のなまなましさなのだ。ちょうど、慎之助の指先に、友禅縮緬の「ざんぐりしたしぼ」を距てるがゆえに「かへつて」、ヒロインのその肌の柔らかさが伝わるような。反して、考証の同じ間接性に身を開きながら、鷗外にとって、谷崎的な「しぼ」はあらでもな要素と化す。そもそも、おのれを低めて抽斎を高からしめたような拝跪の姿勢が、官能性とだけは遠く無縁であるがゆえの鷗外なのだが、かかる「氷炭の相違」をこうして確認することは、しかし、すでに贅言に類するだろう。

　とすれば、この場に手短に継ぐべきはあとひとつ、最後の「史伝」たる『北条霞亭』が呼びこんでしまった小説家・森鷗外の稀にみる悲運である。

「脚気」と「B足らん」

『渋江抽斎』は、その大半が嫡子・保による「二次資料」に基づいて書かれていた。抽斎の師の「史伝」たる次作『伊沢蘭軒』（一六年〜一七年）、これも「体例」にしたがい編年の筆をその後裔にまで伸ばすのだが、前作にくらべれば、主役や子孫、その師友・知人たちの詩文・書簡には恵まれている反面、編年記述に資すべきものは乏しく、勢いそこには「事実に欠陥あるが故に想像を藉《か》りて補塡し、客観の及ばざる所あるが故に主観を傭《やと》つて充足した」（「三百六十九」）くだりが少なからず散見する。対して、『北条霞亭』に赴く作者の手許には、二百余通におよぶ霞亭自身の（当時の習慣として元号不記の）書簡があり、彼や菅茶山・頼山陽たちの詩文があり、数種の系譜や墓誌などの写しがある。これらの「一次資料」の山を吟味し、ことに、書簡の年代を見極めつつこれを順次に配列する「考証」過程がすこぶる重きをなすという意味では、一編はいわば新種の「歴史（＝史料）其儘」の場となる。ゆえに、この場では、抽斎や保にたいして発揮されていたような露骨に滅菌的な「主観」の介在する余地はいっさんに狭められる。また、『伊沢蘭軒』の最大の誤記として後世に指摘される対句的「想像」力、篤実な蘭軒が不羈奔放な山陽をして「首を俯して筆耕を事とせしめた」という「運命のイロニイ」にみちた一齣（「十八」）のごとき場景も、遠く影をひそめることになる。他方、「史料」の豊富さは、一般の読書人にはとうてい耐えがたい些末の累積を呼び、たとえば、霞亭の下僕の名前を判じえたことを「喜ぶ」（「八十七」）書き手は、主人公の次女の目もとの「黒子」（「百三十一」）から、日々の酒肴の品目や衣類什器などにいたるまで、微々たるものをさかんに書き写して厭きる気配も示さない。

大略そうした「考証」の極みに就く作品劈頭、その執筆動機が次のように記されている。

霞亭は学成りて未だ仕へざる三十二歳の時、弟碧山《へきざん》一人を挈《けつ》して嵯峨に棲み、其状隠逸伝中の人に似てゐた。わたくしは嘗て少《わか》うして大学を出でた此《ころ》、此《かく》の如き夢の胸裡に往来したことがある。しかしわたくしは其事の理想として懐くべくして、行実に現すべからざるを謂《おも》つて、これを致す道を講ずるにだに及ばずして罷《や》んだ。彼霞亭は何者ぞ。敢てこれを為した。霞亭は奈《い》何《か》にしてこれを能くしたのであらうか。是がわたくしの曾て提起した問である。

（『北条霞亭』「一」）

抽斎の場合と同様、自己の「理想」の体現者とおぼしき霞亭を「大志ある人物」（「八」）と見定めたうえで、多大な意気込みとともに、作者はその足跡を（夥しい書簡の引用とともに）追いはじめる。「霞亭は何者ぞ」。ところが、問うて追うほどに徐々に当てが外れ、発表誌を変えた続稿にいたるや、彼が儒者としても詩人としても二流以下の人物であったことを鷗外自身が認めざるをえぬ始末となる（「霞亭生涯の末一年」・「一」）。のみならず、「史料」を読みこむにつれ、才能だけではなく、その人柄にも当初の思惑を裏切る側面が蔽いがたくなってゆく。作者はそこで、彼を「史伝」なる新生地へと導きえた方法じたいに裏切られるわけだが、悲運というのは、たんにこれのみにかかわるのではない。たとえば、霞亭を「俗情満満たる小人物」とする石川淳は、書きつづける作者はそこに自身の悪しき分身を発見し、「霞亭追究に於て、鷗外が究極につかみえたものは自分の心中の痛いところにほかならなかつた」と記し、満腔の同情をこめて、これを「悲劇」と呼ぶ[29]（前掲『森鷗外』）。だが、同情にあたいするのは、さらにそこだけでもないのだ。この場に見逃せぬ痛点は、いまひとつ別にある。

すなわち、近年の研究者であれば誰もが知りながら、文学の問題としてはほとんど無視されるためか一般にはさほど流布されていない事柄として、鷗外の「脚気問題」がある。これは一部に、軍医としての彼の最大の汚点と目されるものだが、日清・日露の両大戦の戦場、前者では戦死者の四倍、後者では二分の一が脚気で死に、戦死者にたいする戦地罹患者数では、前者で三十五倍、後者では五倍弱の兵士が脚気に冒されていた。この惨事にたいする一斑以上の過失として、両戦ともに現地要路にあって「脚気病原菌」説に固執する森林太郎の「白米」至上主義が、海軍兵食ではつとに著しい奏効をみた「洋食」切り替えを——海軍にたいする持ち前の「負けじ魂」と、論破の詐術を駆使したその医学論争なども介して——頑として拒みつづけたという話である。上官の命令に盲従した結果ともいえ、ビタミン未発見時代の不祥事でもある。とはいえ、その不祥に大きく加担した点は否めず、ドイツ仕込みの最新医学を武器に、海軍医官たちの英国経験主義を執拗に攻撃した非は、一件にかんして鷗外に好意的な論者も認めるところである（山下政三『鷗外森林太郎と脚気紛争』二〇〇八年参照）。少なくとも、これを知っていれば、いかなる鷗外びいきとて、「この研究にもとづいて、日本の兵食はいったん洋風に傾いたのち和風にもどされるのだが、もし鷗外がいなければ、ここにも『無批判な模倣』がまちがいなくなされていた」[30]（山崎正和）などと書くには、かなりの勇気を要するはずだが、ようやく江戸の福山藩邸に栄進後わずか二年足らずのうちに霞亭を急死させた病もまた、ほかならぬその「脚気」であったのだ。

むろん、これじたいはたんなる偶然ではある。が、痛く興味深いのは、その偶然をやみくもに避けたがる鷗外の筆致にあり、なかば主人公の病状記と化す続稿中には、たとえば次のような二節（「霞亭生涯の末一年」・「十一」「十二」）があらわれるのだ。

霞亭を「脚気」と診断したのは江戸の名医で鳴る恵美三白だが、その病状が故郷に伝わったおり、郷友たちが、青山文亮なる身近な医師に「医按」を請う。その「医按の伝はらぬのは、惜むべき事である」。彼なら「冷静な眼《まなこ》を以て」病状を「公平」に見抜いたろうと記す者にとり、幸いと、「密友」のひとりからの来簡中に「文亮被中候に付、御脚気にも無之候哉と覚候」という文言が目にとまる。これを「文亮の云ふのを聞けば、御病気は脚気でもないやうに思はれます」と珍しく口語化してまで読者の注意を促したはよいが、作者はしかし、当初そう読んでいたのは間違っていたとすぐ後に気づいてしまう。別人からの来簡では文亮も明らかに脚気と診断してあり、してみると、この「御脚気にも無之候哉と覚候」は「脚気ではないかと、思はれます」と読まねばならない。そのように「錯読の失」を公平卒直に認める一方、「萎縮腎」というみずからの診断を捨てきれぬ鷗外は、主人公が江戸で知りあった岡本花亭なる幕臣からの来簡を全文引用したうえで、今度は、恵美三白への白眼を読者に求めることになる（「わたくしは語調の間に花亭のあまり三白に心折してをらぬらしい意を聞き出すやうにおもふがいかがであらう」）。

この他いくつかのくだりを通して、鷗外は結局、「萎縮腎」による尿毒症という診断を固持するのだが、その当否はもとより問うまでもない。重要なのは、その「錯読」に、あるいは、あくまでも死因にこだわる執拗さに顕著な、あまりにも律儀にフロイト的な無意識の性格である。さらに、慄然たる思いを禁じえぬのは、わずか一年半で前二作を上げた勢いに打ち変わって四年余にわたる遅々たる筆が、主人公の病因におよんでほどなく、当の作者が同じ「萎縮腎」に冒され、そのまま死に至るという第二の偶然である。第三としてしかも、作中、主人公の父親は、息子に「後るること八月」で死去するのだが（同右「十六」）、これと同じ八ヶ月の隔たりを介して、一編擱筆後、『北条霞亭』の生みの親たる鷗外も死去するのだ。「文」と「人」とのあいだのこの究極の同一化！　すなわち、さまざまな傾斜にそって、自分に忠実な言葉を慎重に選びつづけてきた者が、「史伝」なる場に犇めく他人の言葉によって逆に、無慈悲にも、しかしやはり律儀に選び取られてしまうこと。前章にみた芥川とは別の意味で痛ましいこの「因縁」は確かに、少数の作家にごく稀に訪れる事件であり、「霞亭生涯の末一年」にいたって鷗外は初めて「流血の文字を成した」という石川淳は――文人軍医の不祥事は知らぬまま、「萎縮腎」なる鷗外の診断のみに着目して――この才能をさらに「宿命」とも名指していた。

> 考証のやうな著実な仕事でも、人間をあつかひながら文章を書いて行くと、いつどんな羽目にぶつかるか判らないといふことだ。鷗外自身死を踏まへての最後の作品が「霞亭」であつたとは、凄惨なる芸術家の宿命であらう。〇31

だが、一文はむしろ逆向きに読むべきである。たぶんそれが何であれ、「文章」を密に扱いながら「人間」を生きてゆくと、いつどんなことに出会うか判らぬのだ、と。そして、その「羽目」がつねに「凄惨」であるとはかぎらぬ証拠に、別の才能を自在に生きつづけ、別の無意識に恵まれながら、たとえば『春琴抄』のヒロインをまさに「脚気衝心」で死なせもする谷崎は、生涯その「病原菌」説を放棄しなかったという鷗外に読ませでもするかのように、「本格小説」に再転した傑作の劈頭、まるで愉しい遊びのごとく注射器をもちだす女たちの姿を描きだすのだ。

> 脚気は阪神地方の風土病であるとも云ふから、そんなせゐかも知れないけれども、此処の家では主人夫婦を始め、ことし小学校の一年生である悦子までが、毎年夏から秋へかけて脚気に罹

り〱するので、ヴィタミンBの注射をするのが癖になつてしまつて、近頃では医者へ行く迄もなく、強力ベタキシンの注射薬を備へて置いて、家族が互に、何でもないやうなことにも直ぐ注射し合つた。そして、少し体の調子が悪いと、ヴィタミンB欠乏のせゐにしたが、誰が云ひ出したのかそのことを「B足らん」と名づけてゐた。

（谷崎潤一郎『細雪』上巻「一」）

このくだりが『中央公論』誌にあらわれるのは一九四二年の末だが、敗戦を挟んでそれから五年ほど後、同じ作家がまた、友人・辰野隆の言葉に和して、義太夫、歌舞伎に人形浄瑠璃をふくむ「大阪の郷土芸術」を「痴呆の芸術」とあっけなく呼び捨てる。[32] その事実を、冒頭に掲げた不実な「人」がわりに添えなおしてさらに言葉を継ぐ必要もあるまい。そもそも、「人」の輪郭を放恣に弄んでこそ「芸術」であり、そのための技術である。そこに欠かせぬのは、より良い「文」のためには、いかなる豹変も辞さぬような大らかな意志にほかなるまい。――鷗外の「史伝」と谷崎の「古典回帰」。ともに画期的な二種の作品風土をこうして読みくらべ、前者の一人称に思いがけずなじんでしまったわたくしは、改めてそう確信する。

第九章　男たちの「格闘」に「女の子」の仕草を添えて
——横光利一・尾崎翠

言葉はつねに文学の強敵だと思ひます。
——尾崎翠

素材＋形式→内容

もちろん、人々がいまも時あって「世界的同時性」と呼ぶ受容の、その性急さに由来する瑕瑾は少なからず指摘できる。関東大震災（一九二三年）直後より、小説界にめざましく台頭した二大勢力（「新感覚派」／「プロレタリア文学」）の一方の旗頭として、他方にたいし強引なまでに折伏的な語り口の随所に、ためになす短絡や曲解が認められもする。この国の作家たちが初めて、今日とほぼ同じ意味でジャーナリスティックな存在となった時期ならではの壮気が、筆致にいたずらな粉飾を呼びこんでいる面も否めまい。……だが、少なくも当時としては抜群の勘《ヽ》に「フォルマリズム」の一語をあしらいながら、横光利一がいかにもポレミックな一文を掲げたのは、一九二八年のことである（以下、二十世紀の年代は下二桁のみ）。

その「文芸時評（二）」（『文藝春秋』二八年十一月）の主たる標的は蔵原惟人。十数年後の回顧文[1]によれば、「自然主義といふ間延びのした旧スタイル」にたいする反抗の渦中に襲来した「思はざる強敵」プロレタリア文学運動の代表的論客であった蔵原の筆は、自陣営内のいわゆる「芸術大衆化論争」に向けられていたものだが、一年ほど前より「強敵」たちへの牽制・挑発的な文章（「新感覚派とコンミニズム文学」、「唯物論的文学論について」、「愛嬌とマルキシズムについて」等）を記していた横光は、その蔵原の次のような行文にぴたりと照準をあてることになる。

芸術作品の形式は新しき内容に決定されたる過去の形式の発展としてのみ発生する。――これがマルクス主義的見地から見た唯一の正しい芸術発達の法則であるのだ。
（蔵原惟人「芸術運動当面の緊急問題」・『戦旗』二八年八月）[2]

それでは、「客観あつて主観が発動する」という君たちの金科玉条はどうなるのか!?　それが、同じ月に連載を開始した『上海』（後述）で、対日暴動と共産革命の光景にみずから筆を向けはじめてもいた小説家の攻撃点となる。文学における「客観物」とは、「文字の羅列」というまさに「形式」にほかならず、「主観」とはその「形式」が「読者に与へる幻想」＝「内容」である以上、蔵原のいう「内容」主導性は逆に「非マルキシズム的文学理論」ではないか、[3]と。たとえば、中村武羅夫の悲鳴まがいの素朴な反撥（「誰だ？　花園を荒す者は！」二八年六月）にくらべれば、さすがに一日の長を示すこの一石は無視しえなかったか、蔵原も即応して、「フォルマリストは『内容は形式から発生する』と主張するが、マルクス主義者は『形式は内容から発生する』

とはいはない。内容と形式とは、ヘーゲルの表現をかりていへば『相互に発生し合ふ』」のであり、その相互性の「最後の決定的要因はつねに内容――生活である」（「形式の問題」・「朝日新聞」二八年十一月二十日）と書く。[4] 対して、横光がまた、ヘーゲルの言葉は「真理」だが、「しかし、形式は絶えず内容を圧迫して進んでゐると云ふことの方が」いっそう正しいと、[5] いくぶん妥協的に切り返す（「文芸時評（四）」二九年一月）。この応酬が文学史にいう「形式主義文学論争」の主筋だが、そこに、犬養健、中河與一、勝本清一郎らが加わり、論争じたいの語彙論的不備やスコラ的性格を衝くかたちで、谷川徹三や小林秀雄の容喙をみるといった事態の詳細について、深くは立ち入らずにおく。本章の発題として留意にあたいするのは、横光によるむしろ「内容」の規定、および、規定にそった諸作品の評価ポイントにある。

　すなわち、論争の発端となった一文から、蔵原（たち）が口にする「内容」とはそのじつ「材料」にすぎず、作品の真の「内容」とは、その「材料」と「形式」との結びつきが読者の裡に形成する「幻想」なのだと――はるか後年の「読者論」の先蹤に近い主張として――横光は繰りかえしそう記すのだが、同文にあっては、併せて、「近頃のわが国の優れた作品の殆ど全部は、材料と形式との適合から来てゐる」点が強調[6]されることになる。その好例のひとつとして、敵陣営に属する平林たい子の『毆る』（二八年十月）が特筆大書されてあるのは、論争一般にしばしば見受けられる有効戦略であり、それはまた、敵対の当初から自陣への誘致的な姿勢を隠さぬ論者にあってとうぜんの仕儀にも近い。しかし横光は、その「芸術的表現が、フオルマリズムに浸入して来た」がゆえに、これは同時に「新しいプロレタリアのリアリズム」を示しているのだとさえ賞賛する作品の、その「強い力感」が具体的に、何処からどのように生ずるのかを語ろうとはしない。

ちなみに、「新感覚派」の一員として論争に参加した中河與一は、「形式の動的発展性の図式」なる独自の観点のうちに、横光の規定を「素材＋形式→内容」と提示しなおすのだが（「形式主義に関する諸問題」二九年四月、等）、これに絡み、同じ「文芸時評家」たる最初の一文で、小林秀雄はこう書いている。

素材＋形式→内容。だが素材とか形式とか内容とかいふものはこれを連結する＋或は→が点検されなければ意味をもつて来ない。（「アシルと亀の子　I」三〇年四月）[7]

ところが、こと作品じたいについては、いわば眼高手抜きの弊に傾きがちなその批評の常に違わず、小林もまたそれをなさぬ以上、「点検」はかえってこの場の責となる。というのも、時代的には福本和夫の「分離結合」論をおもわせる右の定式は、本書に用いてきた分析観点（虚構＋叙述→テクスト）とも無縁ではないからだが、このときまず、平林たい子の『殴る』に、「素材」と「形式」との「適合」を読み取った時評家の判断は正鵠を射ているとみることができる（以下には、横光自身も採用した等号にしたがって「材料」を「素材」と等置しておく）。

横光の記すごとく、平林作は、日露開戦前後から米騒動にいたる貧農の暮らしのなかで父が母を殴りつづけ、家を飛びだし都会へ出た十八歳の娘が、日も置かず同棲した「土方」の夫によってまた打擲されるという「無産派の人世」を「素材」にしている。話じたいとしてはすでに「古風な錆び」をおびた作品が横光を捉えたのは、おそらく、当時にあって多分に異数なかたちで、

「会話」抜きの「た」止めの連発で、四百字詰用紙で四十枚強の紙幅を押し切った点にあったとおもわれる。

米を積んだ馬は辷つた。高い金額の取引で気の荒くなつた馬方は馬を綱で殴つた。馬は積《つみ》慣れない米の重味で動けなかつた。なぐられる毎に悲しげに小便を出した。しゆつ〳〵と悲し気に落した。

すべてが以前どほりの軌道にはまり込んだ。そしてのろ〳〵動いた。畔ではほこべの蔓に米の様な花が咲いた。伸びて行つては根をおろした。母は濁つた唾を吐きながら父に殴られた。泥のついた蔦口の様な指を拳の中に握り込んで父は母をなぐつた。

（平林たい子『殴る』[8]）

こうした調子で、頻繁な暴力のみならず、時代の変化も季節の推移も、性に目覚めた少女の身体も、都会生活の細部や不当解雇された職場内の反応も、作品はほぼ一様のハイ・テンポで並列するのだが、その筆つきに実際に接しさえすれば誰もが触知しうる事実として、わずか二箇所をのぞき「会話」文を厳封した「た」止めの小刻みな連打が、文字どおり、読む者を殴りつづける点を銘記すればよい。一体に、直接話法による「会話」文はとうぜん、いかようにも変化しうる末尾が、そのつど、作品内の実質的な文末詞として機能する。これゆえ、ひとつの作品がどれほど「た」止めを多用しようとも、その頻度のもたらす印象が、同じ場所に挿入される「会話」文末詞の多様さによって、適宜に調整されるといった標準的なバランスが現ずるのだが、この均衡をあえて踏みにじった「た」止めの連打に終始するところから、一編の「強い力感」が（短文のテンポと共鳴して）生じているのだ。つまり、素材と形式の双方における剝きだしの切迫性が、その「適合」ぶりにかけて、作品の「内容」たる読者の「幻想」裡を打擲しつづけること。この意味で、『殴る』は横光の規定にそのまま当てはまる好例となる。それゆえ、論争の口火を切る時評家は、「内容が形式を決定する」という君たちの「理論」は、君たちの陣営内に属しながら「フオルマリズムの好箇の典型」ともいうべき「此の作で見事に顚覆されねばならぬ」と書きえたのだと、確かにそう考えることができる。ただし、そこに例示されたすべての作品が同様の祝着をみるわけではない。

実際、右一編はむしろ例外的なサンプルに類し、同じ場所で自他両陣営から指呼され平林作品と肩を並べている池谷信三郎の『橋』も立野信之の『豪雨』も、その「適合」性はほとんど論証不能である。他の数編についても、つまるところ、自分が気に入ったからには「適合」しているはずだといった気配が濃厚なのだが、このとき逆に、そうした論者の目に下作と映りながら、当人の規定によれば『殴る』にもまして「フオルマリズム」的な作品が存在する事実も、付けて逸しがたいものとなる。

内田百閒の『坂』がその一例だが、後に短編集『旅順入城式』（三四年）に収められるごく短い作品は、その大半を「同じ様な」光景の反復に費している。すなわち、「見覚えのない男」と連れだって何かの宴会に向かう道が坂となり、下りきるとまた坂があり、また坂があり、坂の下には決まって小男が二人「蹲踞《しやが》んでゐる」。

それから、私達はまたその坂を下りて行つた。両側の石垣が段段高くなつて来た。黄色い日が石垣の底のやうな坂道に射し込んで、踏めばふわふわ《（ママ）》とへこむ様な色をしてゐた。その上を私達の影が二つ長く縺れて、音もなく降りて行つた。さうしてその坂の下まで降りて見たら、さつき上から見た時にゐた小さな男が、また二人ともゐなくなつてしまつて、おまけに私達の歩いてゐる直ぐ前が、さつきの通りの、同じ様なだらだら坂になつてゐた。

それから、私達がその坂の下まで来て見ると、そこから先は平らな道だと思つた所が、又だらだらの下り坂になつてゐて、小さな男はその下に二人並んで蹲踞んでゐる。どこまで下りても同じ事だつた。

（『文藝春秋』二九年三月）

先とは別媒体でこの作品にふれる横光は、「以前の『冥途』よりは文章が下手《まづ》くなり、興味の対象の中心が、実感を盛り上げることばかりに動き出してゐるので貴品が下落して来た」[9]と書き記すことになる。確かに、右にもその一斑が認められるごとき同じ接続詞の連続（「それから」「それから」、「さうして」「さうして」）や、同型語句の執拗な反復（「坂を下り切つたところに」、「坂の下まで降り著いたら」、「坂の下まで来て見ると」）、および、擬態語・擬音語の多用（「べろべろ」「だらだら」「ふらふら」「ふわふわ」「ばさばさ」「ぶつぶつ」）などが、この時評家の目にいたずらに畳語的な弛みと映ったことは、まず容易に察せられる。また、わずか六枚ほどの紙幅に、右とほぼ同様の場景を都合三度も書きこむことにより、なお「いくつもいくつも」同じ様な坂の出現に怯える者の「実感を盛り上げる」筆つきが、名手にも似あわぬ瑕瑾とみえたことも、通り一遍の感想としてなら頷けぬでもない。だが、ここではまさにその二点が、つまり、同語同句のリフレインおよび〈1・1〉の形をとる擬態語・擬音語の頻出と、人物間の反射的一対（坂を下る「私達」二人と、坂の下で蹲踞んでいる二人の「小さな男」）が演ずる反復運動とが――百閒にしては多少あざとくも見事に――「適合」しているのである。やがて「また何番目かの新らしい坂を下りかけた時」、連れの男が嘔吐まみれに倒れかけるや、「坂の下にゐた一人の方が、あわてたやうに」こちらへ、獣じみた恰好で這い上ってくる。そのさまが、怯えきった「私」をその場に立ちすくませるという一編末尾には、したがって、テクストを駆動していた「適合」性じたいの破綻が、その「私」同様「前にも後にも動けなくなつた」作品そのものの途絶に重なってもくるのだから、平林作の「強い力感」を看取した者であれば、同じ定式にそって、百閒の主人公の姿を肯んじても、いっこうに不思議ではなかったのだ。この「私」もまた、「素材」と「形式」とのテクスチュアルな相関性のうちになまなまと捉えられて怯えているのだ、と。

　ただし、こう記すのは横光を貶めるためでは毛頭ない。百閒の作品風土についての小文（「杼機と傀儡」・『幻影の杼機』所収）への参照を求めるためでもない。そうではなく、一事はここで、横光自身の諸作の特性を占うにたるポイントを供じてくれるからで、たとえば、「素材」の範囲が作品の全体もしくはその主要部分にわたる上記の事例にたいし、問題の定式が、文単位にまで縮小しうる点に留意すればよい。すなわち――

　真昼である。特別急行列車は満員のまま全速力で馳けてゐた。沿線の小駅は石のやうに黙殺された。

（横光利一『頭ならびに腹』二四年十月）

自派のマニフェスト的作品のこの起句をめぐり熱烈な擁護文を掲げた片岡鉄兵（「若き読者に訴ふ」二四年十二月）や、「ダダ主義」「ドイツ表現派」「立体派」といった名とともに盟友の筆致を顕彰する川端康成（「新進作家の新傾向解説」二五年一月）の当初から今日にいたるまで、「新感覚派」時代の横光を語る人々の関心が集中しつづけているのは、そのじつむしろ、定式のこの縮小型のほうである。現に、「急行列車が小駅に止まらずに驀進して居る」というのが「新進作家の文章の素材である」と記す片岡は、その「素材」と「黙殺」なる擬人法（＝「形式」）との意表を衝く結びつきから生ずる潑剌とした力強い「感覚」が、読者に共有されずにはいないのだと書く[10]わけだが、この結びつきは、くだんの「文芸時評（二）」中に二度ほど援用されてもいたシクロフスキーにあってはむろん、「適合」ではなく異化と呼ばれてよいものとなる。「手法としての芸術」（一七年）に記されたその名高い定義[11]に倣うなら、特急列車の「驀進」をより「驀進」らしくするために、横光もまた、「事物の部分の一般に認められている名を用いずに、別の事物の対応部分の名を用いて、その事物を」描いているからである。このシクロフスキーによれば、描写の目的は「その意味をわれわれの理解に近づけることではなく、対象の特別な知覚を創造すること」にある。実際、そうした行文などを知っていれば、「新感覚論」（二五年二月）の横光のみならず、奇矯な擬人法をあられもなく酷使した「新感覚派」たちはこぞって、これを護符のように口にしたに相違ないのだ。そこまでは良い。

だが、本場ロシアのフォルマリストにおき、それは同時に「知覚をむずかしくし、長びかせる難渋な形式の手法」であらねばならない。すると、言葉の自動化にだけは確かに逆らって異化的といえぬでもない右のような擬人法は、その抵抗感において、たとえば、「新感覚派」一方の切り札たる文章の速度とそのつど著しく抵触してしまうことになる。だからこそ、横光の「特別急行列車」は――「とにかく、から云ふ現象の中で」といった間の抜けた継句とともに――「突然」止まってしまうのだともいえるのだが、一事はむろん、これにつきるわけではない。

奇怪な擬人化（および、その対となる擬物化）を誇示する喩法をはじめ、事物の矢継ぎ早な列挙、列挙における非連続な飛躍、描写対象にまといつく遠近感の歪みや交錯、心理の断片化と唐突な内言。横光自身によって「新感覚的な経営」（「内面と外面について」二七年二月）と呼ばれるそうした描き方が、そこに描かれたものとのあいだに、個々にいかなる関係を結び、あるいは結びあぐむのか？――ともかく、そろそろ実作に就いてみなければなるまい。

離心的《エキセントリック》な人＝物

行きがかり上、右の『頭ならびに腹』のその先から始めるなら、線路の故障により急停車した満員の車内のなかから、人もなげに俗謡を唄いつのる小僧の「鉢巻頭」と、金満家らしき男の「太つた腹」のコントラストを描きだす一編は、その「腹」につられた乗客たちが迂回線を選んでまもなく、彼らの予期を裏切った列車が小僧ひとりを乗せて、また「全速力で」動きだすといった――私見によれば、『日輪』（二三年五月）や『ナポレオンと田虫』（二六年一月）以上に他愛ない――不出来な寓話ふうのコントである。現に、その「階級対立」的寓意（「小僧」＝「無産者」／「紳士」＝「有産者」）に着目する菅野昭正も、作品起句の「突出」ぶりが「爾後の展開とそぐわなくなる不整合」[12]を正しく指摘しているが（『横光利一』九一年）、「不整合」にかんする同様の指摘は、じつは、ことの当初から散見してもいる。先の片岡鉄兵への批判文中、広津和郎が、「一つの描写」はこれをふくむ作品そのものとの「有機的関係」においてのみ意味を有すると書いていること[13]（「新感覚主義に就て」二四年十二月）がその典型である。横光の筆致との「共通」点をもつポール・モーラン『夜ひらく』（堀口大学訳二四年七月＊1）にことよせて、生田長江がやはり、「細部的表現と作品全体との関係」に「畸形児的な」不調和を説くこと[14]（「文壇の新時代に与ふ」二五年四月）などが間接的な一例ともなろうが、もとより、こうした論難が、横光のいわゆる「新感覚的な経営」全般にあてはまるわけではない。

村には小寺があつた。一羽の雛雀は、本堂の裏のひさしに掛かつた銅製の樋の縁にとまつた。まだ朝は早かつた。彼女は下の水溜りの上に枝を拡げてゐる栗の老木を睥《にら》まへて、時々尾を高く反らせては身体を前にのめらせてゐた。が、その度毎に翼を擦り合せて立ち直つた。樋の露は踏み砕かれて小雀の足を濡らした。

（『村の活動』二四年五月・傍点原文）

歩道の敷石が曲つて来た。寒い。建物の影の中へ踏み込んだのだ。馬車が通る。鞭の革が蔓のやうに閃いた。硝子の中でひとり娘が笑つてゐる。街路樹の葉が邪魔だ。空では建物の石線が斬り結んでゐた。

（『表現派の役者』二五年一月）

それぞれ作品冒頭のいかにも初期横光的な一節だが、三人称多元視界をもつ前者にあっては、小雀を「彼女」と呼び、その様子に、「栗の老木」にたいする気まぐれな媚態（「睥」は「流し目」〉を感ずる話者の「新感覚」は、作中で些細な盗みを重ねる老いた乞食にも、彼をめぐる村人たちにもまったく共有されていない。また、〈「村」→「小寺」→「雛雀」→「樋の露」〉と狭められてゆく視野の性急な動きは、小さな厄介がのどかに搔き立てる「村の活動」全体の大らかさとは少しもそぐわない。この意味で、一編は『頭ならびに腹』と同様の不調和を――『芋と指環』（二四年一月）、『馬に乗る馬』（二五年二月）など、やはり「村」の生活を描いた数編とともに――示しているのだが、対して、「都会」を舞台とした後者にあっては、起句は作品全体とのあいだに一種の整合性を保っているとみることができる。

　というのも、右のように始まり、「下水の吐け口が石垣の横腹でまん円い。橋の下では小舟の帆檣が歪んでゐる。あの舟は水が欲しいのだ。起重機が泥を咬んだ。／“Oh, my heart broken!”」といった同種の章句が頻出する作品においては、貧乏役者の主人公そのものが、章句の非連続な離散性や、脈絡を欠いた擬人法（「あの舟は水が欲しいのだ」）につきづきしい「内面」を抱えているからである。この青年には舞台の端役相手の恋人があり、どこかの「ブルジョアの親爺」と付きあっているらしい彼女との互いに不得要領な関係を生きる彼は、「悲しみの飛躍が馬のやうだ」と口にするかとおもえば、「俺は豪いぞ！」と奮い立つ。点景の羅列中にいかにも唐突な一句（「子供が欲しい」）を紛れこませたりする彼の胸は「ひしやげた箱のやうにからつぽだ」。そのほとんど支離滅裂な空虚さのなかで――つまり、「馬」の手綱を欠いてあてどなく、そのくせ、なぜか上機嫌にもみえる焦燥感のなかで――肥大した自尊心と自卑の鋭さとが交錯する青年の、その風変わり《エクセントリック》な生活感情と、描写の離心性《エクセントリシティ》との「有機的関係」がここには認められるのだが、右のルビ文字は、十年ほど後の三木清から借用するものである。

けれども人間はただそれ（「環境」の「中心」――引用者註）だけではない、人間は世界に対して距離をもつことができる。いな、人間は、実にそのやうな存在的中心たる自己を離れて、自己に対しても距離の関係に立つことができる。即ち人間は存在的に単に中心的であるのでなく、却つてエクセントリック（離心的）である。人間存在のかくの如きエクセントリシティは客体から主体への超越を意味するであらう。（三木清「シェストフ的不安について」三四年九月）[15]

「超越」云々についてはしばらく措く。要は、たとえばドストエフスキーの「地下室の人間」がきわめて風変わりなのは、実存の本質として、その存在の統一的な中心があらかじめ失われているからであるといった理路にある。同様にして、今日の日本英語を用いるなら、「外界」と「内面」とのエキセントリックな結びつき。この紐帯はいきおい人称的な担保を要求し、『表現派の役者』は果然、仕事にも恋にも金にも成算なきこの「俺」の語りに委ねられてくるのである。

　上作下作の差こそあれ、同じことは大なり小なり、『眼に見えた虱』（二八年一月）などの一人称についてもいえ、三人称一元的な視界のもとに描かれた『街の底』（二五年八月）、『七階の運動』（二七年九月）、『或る職工の手記』（二八年五月）もこれに列する。初期横光の「都会もの」と称される諸作は、そのようにして、一方にたとえば、働くことはおろか考えることもせぬ「無為の貴さ」に浸りきって街角を歩み戻り、あるいは、小高い丘から街々を俯瞰する人物を、奇矯な比喩や擬人化をともなった事物の矢継ぎ早な列挙の、その執拗な更新のなかに息づかせ（『街の底』）、同様に離心的な章句に支えられた他方の極に、人妻にたいする始末に負えぬ「性慾」にとらわれ幻覚・幻聴に襲われたあげく、文字どおり自分の分身に出会う男を作りだすだろう（『或る職工の手記』）。同系列の『朦朧とした風』（二七年七月）は、先の『村の活動』の多元視界に近づいているものの、三階建て「セメント製アパートメント」に住む者たちの生態羅列のなかから、一組の恋人を引き出してくる話者の「感覚」は、ここではしかし、壮士、女優、博士、相場師、春婦、勧誘員、弁護士、さまざまながら「どいつもこいつも、自棄糞なんだ。何が何だか分らないのさ」と語られる住人たちの都会生活に気ぜわしく共有されるかにみえる。

だが、素材と形式とのこの種の整合性は、逆にいえばとうぜん、作品風土の幅を狭めることになる。整合を得ようとすれば、この場はいきおい、右の意味でエキセントリックな人＝物たちに委ねられねばならぬからだ（＊2）。では、同様に「新感覚的な経営」を維持したまま、素材をさらに押し広げようとすれば、どうなるか？

たとえば、先にふれた若き日の川端康成は、擬人法の多用とともに「沢山の物を急調子に描破した個処」につき、そこでは、「作者の主観は、無数に分散して、あらゆる対象に躍り込み、対象を躍らせてゐる」と説いていた。[16] だが、その作者が、死に瀕した妻といった求心的な、いわば「私小説」的な主題を選んだ場合、川端のいう「分散」性は、そこにどう絡んでくるのか？ あるいは、非連続な飛躍にみちた事物の列挙や、遠近法的な統一を自在に逸する描写細部といった形式性は、広い舞台でさまざまな人物たちの織りなす持続的な出来事に参じて、いかなる役割を担い、どのような変化を示すのか？——すなわち、『花園の思想』（二七年二月）と『上海』（二八年十一月〜三〇年十一月）をどう読むか？

〈花〉から〈水〉へ

極度の苦しみと悲痛と疲労ゆえに、いまや「真空のやうな虚無」を抱えながら感情を押し殺して、治療の甲斐もなく死にゆく若い妻を冷静に看取る夫。横光自身の体験をその夫（「彼」）の三人称一元視界に託したとみえる『花園の思想』にあって、誰の目にも顕著なのはまず、旧来の「分散」性から一転、「肺病院」を「花園」と呼び換える操作を軸に、作中の喩法じたいが互いに親しく連携しあう点にあるのだが、連携はそこで、幾種類もの花壇を備えたサナトリウムのなかで、人々と花々との空間的な近さを、両者の類似へと差しむける擬物法に主導されてくる。

退院患者を見送った看護婦たちが「薔薇の花壇の中を旋回すると、門の広場で一輪の花のやうな輪を」作れば、芝生のうえでは「日光浴をしてゐる白い新鮮な患者達が坂に成つた果実のやうに累累として横たはつて」いる。しかし、この二群のあいだに恋愛は許されない。「もしも恋慕が花に交つて花開くなら、やがてそのものは花のやうに散る」のだから、病舎の夜には、「無数の肺臓が、花の中で腐りかかつた黒い菌のやうに転がつてゐる」か、窓に浮かぶ「動かぬ影」はじっと「萎れて」いるよりほかにないといった、かなり露骨な修辞風土の中心に横たわるヒロインである。夫が戸外から手あたりしだいに運びこむ花々に囲まれた彼女も、とうぜんまた、あるときは、その顔に「花弁に纏はりついた空気のやうに、哀れな朗かさをたたへて」静まり、あるときは、「急に水々しい水蜜のやうな爽かさを加へ」、臨終まぎわの床から夫の抱きあげる身体は果然「花束」のように軽い。

しかし、彼女はもう答へなかつた。彼女の呼吸は、ただ大きく吐き出す息ばかりになつて来た。彼女の把握力は、刻々落ちていく顎の動きと一緒に、彼の掌の中で木のやうに弛んで来た。彼女は動きとまつた。さうして、終に、死は、鮮麗な曙のやうに、忽然として彼女の面上に浮き上つた。

「木のやうに」弛む握力!?　だが、シュール・レアリスムの骨法を彷彿させて、それじたいとしてはエキセントリックな修辞もまた、ここでは、〈妻=花〉という中心的な紐帯のうちに連なってくる。喩えられるものに現ずる生から死への移行=硬直を先取りするかのように、喩えるものもやはり、同系列を保ちながら〈花→木〉と動くからだ。

同様にして作者一流の擬人化も、こうした〈妻〉のもとへ、その病状の悪化とともに引き寄せられてくる。「見る間に、太陽はぶるぶる慄へながら水平線に食はれていつた」という一行が、「血を流した俎」のような海面に静まる波音（「真赤な声」）を携え――これを「凶徴」と感ずる夫の予感に違わず――妻の危篤の知らせへと繋がるという運びがその典型だが、連句の世界では付けすぎと呼ばれるはずのかかる連関のあらわさをみずから矯めようとでもするのか、作品は一方で、きわだった対立構図をもちこむことになる。

丘の上の病院とその麓に位置する漁村の敵対関係がそれにあたり、結核菌の風評被害をかこつ漁民たちは、売れ残った魚類を病院付近に肥料として山積みにし、さらには、麦藁を燻べはじめる。そこに群がる蝿や「濛々と」吹き寄せる煙が、患者たちを「攻撃」するといった分明な構図のなかには、次のような一節がみえる。

　事実彼にとつて、眼前の魚は、煙で彼の妻の死を早めつつある無数の勇敢な敵であつた。と同時に、彼女にとつては、魚は彼女の苦痛な時期をより縮めんとしてゐる情ある医師でもあつた。彼には、その砲弾のやうな鮪の鈍重な羅列が、急に無気味な意味を含めながら、黒々と沈黙してゐるやうに見えてならなかつた。

　この「砲弾のやうな鮪」でも、同じ文脈に連なって漁師の「太股に跨られたまま薔薇色の女のやうに観念」した「鯛」なり、あるいは、「一挺のピストル」にまがう「一疋の蠅」にせよ、これらが単独で、たとえば先の『表現派の役者』などの行文に紛れこんだ場合を考えてみればよい。つまり、個々には奔放な喩法が、ここでもやはり少しも「分散」的ではなく、病院と漁村の対立構図に回収され、その対立じたいが、〈妻＝花〉という中心的な紐帯に密接に加担するのである。対立的な隣接関係（丘の上と下）はテクストの一般的な傾斜にしたがって、すぐさま互いの類似（「腐敗した肺臓」と「腐り出しただけの魚の山」）をきわだてずにはいないからだ。

　もとより、悲しみのあまり「一切の現象を仮象だと考へ」、ならば、この「肺病院」をまるごと美しい「花園」に見立て、心を浸す「真空のやうな虚無」を花々で埋め尽くさんと努める主人公の姿を、無下に退けるつもりはない。現代ふうに別言すれば、その人工性と相即する「デタッチメント」な筆致がかえって切実な効果をもたらすといった見解にも、耳を傾ける余地がありはする。だが、ここでの要は、いっけん奔放な喩法の数々が、あらかじめ定められた求心的な構図のもとで、如上むしろきわめて律儀に連なりあうさまにあり、この点、この人工的な「花園」からは逆に、肝心の花の香りがまったく伝わってこない事実は、付記にあたいしよう。マーガレット、雛罌粟、紫陽花、矢車草、野茨、芍薬、菊、シクラメン、百合、ヘリオトロープ……。一場を彩る花々すべての香りを、たとえば、同じ素材にもとづく『春は馬車に乗って』(二六年八月)に沁みわたるあの「スヰートピー」一束の哀切な芳香にくらべてみればよい。同時期にあって「新感覚的な経営」が稀薄であるゆえか、というより、そんな符牒じたいを忘れていまに味読しうるこの秀作について、ここではしかし割愛して先を急がねばならぬのだが、作者にとり最初の長編小説にして巷間「新感覚派」時代の「集大成」と目される『上海』にきわだつのも――その役割の広さや粘り強さを大きく異にするとはいえ――言葉たちの同じく多分に律儀なさまである。「肺病院」ならぬ「列国ブルジョアジーの掃溜」めいた場所に蝟集する言葉たちを主導するのは、今度は、〈花〉ならぬ〈水〉のイメージとなる。

満潮になると河は膨れて逆流した。火を消して蝟集してゐるモーターボートの首の波。舵の並列。抛り出された揚げ荷の山。鎖で縛られた桟橋の黒い足。測候所のシグナルが平和な風速を示して塔の上へ昇つていつた。海関の尖塔が夜霧の中で煙り出した。突堤に積み上げられた樽の上で、苦力《クリー》達が湿つて来た。鈍重な波のまにまに、破れた黒い帆が、傾いてぎしぎし動き出した。

(『上海』「一」)

作品劈頭のこの行文にふれて多くの論者たちが異口同音に指摘するごとく、一九二〇年代の国際海港都市を舞台とする作品は、その大半が、冒頭からこうして溢れはじめる〈水〉のさまざまな様態《イメージ》にくまなく浸されてくる。文字どおり数えきれぬほどの「流れ」と「波」を筆頭に、たとえば「奔流」「逆流」「潮」「渦」「泡」「霧」「湯気」「沸騰」「膨脹」あるいは「澱み」「泥溝《どぶ》」、「脂」「血」……。これらのイメージが、大にしては、暴動や市街戦に、綿相場や金相場の変動に、中にしては、街路や市場や阿片窟に群がり屈まる者たちに、紡績工場の女たちや機械の動きに、小にしては、店頭や食卓に並べられた品々や英国兵の天幕といった諸細部に執拗にまといつき、果ては、主人公・参木の心内に去来する女たちにまで波及する（「やがて、競子は一疋の鱒のやうに、産卵のために此の河を登つて来るにちがひない」等）。ありようは、一目瞭然どころの話ではない。実際、『上海』を読むとは、何よりまず、この〈水〉とこれに親しい数々のイメージが（より多くは）比喩として氾濫するその夥しさに、一種茫然と目を奪われる体験に近いのだが、念のため二例を掲げておく。

通りは朝の出勤時間で黄包車《ワンポーツ》の群れが、路いつぱいに、河のやうに流れてゐた。二人はその黄包車の上に浮きながら、人々と一緒に流れていつた。（…）建物と建物との間から、またひと流れの黄包車が流れて来た。その流れが辻毎に合すると、更に緊密して行く車に車夫達の姿は見えなくなり、人々は波の上に半身を浮べた無言の群集となつて、同じ速度で辷つていつた。（…）彼は煉瓦の建物の岸壁に沿つて、澎湃として浮き流れるその各国人の華やかな波を眺めながら、誰か知人の顔が浮いてゐないかと探してみた。すると、後に浮いてゐた筈の甲谷が、彼と並んで流れて来た。

（「六」）

彼は再び芳秋蘭を捜してみた。振り廻《まは》される劉髪の波の上で、刺さつた花が狂ふやうに逆巻いてゐた。焔を受けて輝めく耳環の群団が、腹を返して沸き上る魚のやうに、沸騰した。と、再び、揺り返しが、彼の周囲へ襲つて来た。彼は突然、急激な振幅を身に感じた。と、面前の渦の一角が、陥没した。人波がその凹んだ空間《あきま》へ、将棋倒しに、倒れ込んだ。新しい渦巻の暴雨《あらし》が、暴《あ》れ始めた。飛び上つた身体が、背中の中へ辷り込んだ。起き上つた背中の上へ、背中が落ちた。と、参木の前の陥没帯の波の端から、芳秋蘭の顔が、浮き上つた。参木は弛んだ背中の間をにじりながら、彼女の方へ延び出した。彼は彼女の肩へ顎をつけた。が、彼の無理な動揺は、彼の身体を、舟のやうに傾かせた。（…）二人は海底に沈んだ貝のやうに、人の底から浮き上る時間を待たねばならなかつた。　（「二三」）

前者は、上海「常緑銀行」員の参木と、彼の友人でシンガポールの材木会社外交員・甲谷の出勤場景。後者は、銀行を辞め甲谷の兄が管理する紡績工場に移った主人公が、そこで巻きこまれる暴動描写の一部であるが、それぞれの文中に、改めて傍点を施す必要もあるまい。同じ「流れ」に寄り添って、平時の朝の人波が、非常時にはこうして激しく逆巻き、渦巻き、暴れ狂う。語彙論的な観点に立つなら、世界規模の政治・経済から、日常のごく些末な物品にいたるまで、『上海』一編はおそらく、作家が書き残した全作品中もっとも多量かつ多様な事物の名が犇めく場所としてある。〈水〉のイメージはここで、その夥しさを統御することになるのだが、同系列の喩の（文字どおり）圧倒的な波及としてある統御はこのとき、前作『花園の思想』と同様、〈隣接→類似〉の傾斜を示している。海に開かれ、クリークが縦横に走る舞台ではしかも、参木や甲谷らが出入りする「トルコ風呂」が重要なトポスとなる。そうした水域に近ぢかと接するがゆえに、そこに息づく人物やあまたの事物に〈水〉の喩が執拗にまといつくという関係は、庭の「花壇」と「病舎」との近さが、看護婦や患者たちの〈花〉化を導いていた前作の大がかりな変奏である。

　同時に、〈水〉の統御は一方ではここにもやはり、先の〈「花園」／「漁村」〉を彷彿させる画然とした対立構図を作りだしている。丹念な実証性とともにこれを指摘した卓論としては、前田愛の一文（「SHANGHAI 1925」八一年）があるが、この〈水〉のイメージのうちに「流れ」と「淀み」の対立を見出す論者は、前者を「革命都市」の動きに、後者を「スラム都市」の糜爛にふりあてる。「五・三〇」のゼネストから上海全域を巻きこんだ中国革命の「流れ」のなかで街頭や工場に沸騰する群衆にたいし、さまざまな塵芥や汚物を浮かべて「淀む」クリークや、阿片の匂いがたちこめ豚や鳥の脂にぎとつく裏露地。ただし、前田愛はここへさらに、共同租界地内の公園やダンスホールに象徴される「植民地都市」の相貌を加え、都合その「三極構造」を作品の〈地〉としたうえで、主要人物たちの姿を、そこから浮かびあがる〈図〉として――つまり、この三極への彷徨性や、三極との関係の濃淡においてそれぞれの固有値をおびる存在として――捉えることになる。[17] そのようにして、たとえば、右の引用にみる共産党幹部・芳秋蘭は「革命都市」の、「トルコ風呂」の湯女から街娼に身を落とすお杉という女性は「スラム都市」の、また、各国商社マンたちに囲まれて華やぐ踊り子・宮子は「植民地都市」の〈図〉とみなされ、他所にある人妻・競子の面影を意中に抱きながらこの三人の女性（および、亡命ロシア人女性）すべてと密に接触する点において、参木は『上海』なる都市小説の主人公たりうるのだというのが、前田文の骨子となるのだが、分析の詳細は割愛しておく。

ここでの関心は依然、作品を律する中心的な方向性にしたがうとき、横光の「新感覚的な経営」に生じる変化を見定めることに集中するからだが、右に引いた出勤場景と暴動描写にすでに明らかなように、この『上海』にいたり、比喩の奇矯さがまずいっさんに影をひそめてくる。この点はたとえば、改造社の初版（三二年）から三年後の、いわゆる「決定版」（書物展望社版／現在の岩波文庫版はこちらを底本とする――為念）におき、先の劈頭部から、「火を消して蝟集してゐるモーターボートの首の波。舵の並列。抛り出された揚げ荷の山。鎖で縛られた桟橋の黒い足」の四文が作者自身の手で削除されている事実が如実に証してもいよう。同様にして、章句の不意の飛躍も稀薄化する。残されるのは主に、事物にまつわる短文の列挙性となるが、これは逆に、作者にとって最初の長さを支える不可欠の形式として、旧来にもまして酷使されることになる。

そのさい、列挙描写は、複数の人物間で受け渡される焦点移動にたいする仲介・経由的な機能をおびて場面転換の冒頭に連なるか、一人物の移動や佇立の時間を叙述軸上で擬似的に代替するか、主としてこの二種の役割を担う。担いながらそれは作中こちたく反復されるのだが、ここに見逃せぬのは、個々に取り出せば――たとえば、先にふれた『街の底』の列挙描写と主人公の「無為」との親しさと同様――その事物を眼にしている者の個性に反射することも可能な行文が、この場ではむしろ、そのつど視界を託された者たち相互の画一性をきわだててしまう点にある。その多くが、ほとんど同じ調子で数えあげられてしまうからである。

金色の寝台の金具、家鴨《かも》のぶつぶつした肌、切られた真赤な水慈姑、青々と連つた砂糖黍の光沢、女の沓や両替屋の鉄窓。玉菜、マンゴ、蠟燭、乞食、――それらのひつ詰つた街角で、彼はさてこれからどこへ行つたものやらと考へた。　（「四」）

右は、アジア主義者の建築師で「人骨製造会社」というグロテスクな仕事をもつ山口なる人物の眼に映ずる光景だが、この「彼」がそのじつ、「一日に一度、冗談にせよ、必ず死ぬ方法を考へた」（「一」）という主人公の参木であっても、宮子につきまとう楽天的な現実主義者・甲谷であっても、彼の兄で、芳秋蘭の潜入する紡績工場の責任者・高重だとしても、いっこうに構わぬ点を銘記すればよい。性別をこえ、これはまた落魄するお杉の嘱目であってもよく、現に彼女は同じ調子で、「泥溝」に浮かぶ塵埃を何度か眼にすることになるだろう。私見によれば、列挙描写の強いるこのテクスチュアルな画一性を身にまとうがゆえにこそ、主要人物たちの「個性」には、前田愛のいう「三極構造」との関係がむしろ不可欠になるのだといってもよいのだが、このとき逆に、こうして列挙される事物のほうにはとうぜん、同種の画一性を逃れうる契機はない。汚物や死体もまじるその「泥溝」におぞましく浮かび寄せるものにせよ、右のごとく大人しく並ぶものも、街路や裏露地に犇めくものも、むろん、暴動や市街戦の「渦」も、速いものも、遅いものも、淀んだものも、粘ついたものも、たえず同じ調子でたんに列挙されるよりほかにないからだが、この夥しい事物それじたいはしかも、如上しきりと液状の喩の支配下におかれねばならぬのだ（＊3）。

作品後半、右に引いた場景をその第一として、都合三度も延々と描かれる暴動・市街戦の光景が、その規模にも状況にも大きな相違をもつはずが、どれも似通ってしまう事実に留意すればよい。出勤時の街路の人波が激しく「暴《あ》れ」れば、そのまま、工場内の動乱に繋がる点も、すでに指摘しておいた。同様にして、作中に列挙される夥しい事物が、その個別性を奪われがちになる結果、頁を追って拭いがたい既視感の一種平板な厚みが生ずること。『上海』を読む者はここで、確かに無視しがたい熱気を漲らせたその厚みにまみれざるをえぬのだが、このとき、かかる印象とは逆に、たとえばその既視感を誘う言葉たちの「自律」性にこそ作品の真骨頂が生ずるのだというのが、小森陽一の所見となる。

> 横光利一の最初の長篇小説『上海』は、文字通り「象形文字」の象徴交換機能をテコにしながら、〈上海〉という架空の都市の異質な空間を相互に等価交換し、同時にまったく異質な「物自體の動き」を相互に等価交換し、その全体像を、もう一つの「現實」として読者に提示するという、わが国の長篇小説の歴史上希有な方法によって貫徹されていたのである。
> （「文字・身体・象徴交換」八四年[18]・傍点原文）

前田愛のいう〈地〉と〈図〉の双方をむしろまるごとのみこむ「〈革命〉状況」のダイナミズム。その「〈革命〉の波」のなかで、「国家」から「排泄物」にいたるまで、心も体も、ありとあらゆるものが、「差異を喪失した等価性の中に」巻きこまれる点を強調する小森氏は、その特権的な——つまり、くだんの「三極構造」をひとつに「融合（象徴交換）」した——一例として、先に掲げた行文をふくむ暴動場面を克明に分析してみせる。その場面を作りだす言葉たちが「多元的な喩」として、別の場面に参画する言葉とのあいだに、大小七つの次元にわたり「呼応」しながら、互いの「イメージ」を転送=交換しあっているというのが、その論証のポイントとなる。ことほどさように、この場では、そうした交換を媒介する「文字そのものが主体化」しているのだという主張に継いで、右の要約的な行文が記されることになるわけだが、示唆的なのは、小森氏の文章に頻出する「等価交換」の一語にある。

そこではとうぜん、「貨幣」と、『蠅』（一三年五月）の当初からこの作家に付きまとう「映画的」視線なる紋切型が重きをなす。「貨幣」があらゆるものの差異を平準化するように、すべてを等価に映しだす「カメラ・アイ」といった一対がそこに生じ、小森氏の文脈ではこれゆえ、「銀行」から別会社の「取引部」に移るその職種と、『物自體の動き』を見る眼として設定された」という資質の双方を具備するがゆえに、参木は一編の主人公となるわけだが、こうした観点は、上述となかば重なってはいる。作品の二、三の美質を割愛して本章が指摘しているのもやはり、その液状の比喩による統制と、列挙の同型性とにおいて、この光景とあの光景とがたやすく交換され、この人物とあの人物との視線とが、それじたいとして「差異を喪失」しているさまにほかならないからだ。違いがあるとすれば、桁はずれた頻度で比喩に（つまり、他のものに）付きまとわれる「物自體」とは、そもそも語義矛盾ではないかという単純な疑義がひとつ。さらに、「記号内容《シニフィエ》から切り離された記号表現《シニフィアン》」たる「文字そのもの」と繰りかえしながら、じつのところ、ほかならぬその「記号内容《シニフィエ》」に媒介された「イメージ」の特徴や連携ぶりを賞賛するあまり（＊4）、一編におけるエクリチュールじたいの性格を度外視する小森氏とは逆に、こちらはそれを是としかねるといったところか。すなわち、ゾラを読むC＝E・マニーの言葉[19]（「ゾラ」五三年）を変奏するなら、その「一種熟考された平板さ」のなかで「イメージがひしめきあうあまり」、「わざとらしさ」に席を譲るエクリチュールの単調さ。

このとき、かりにその単調な貧しさが「交換」のなせるわざであるなら、いっそ、「貨幣」を手にするたびに、嘘のようにあっけなくこれを「喪失」してしまうような人物を一場の中心に据えなおすと、どうなるのか!?――そう書いてようやく、たとえば、「フオルマリズム」なら漱石に就いて（第五章）、隣接と類似にまつわる比喩の戦慄的な生彩は芥川のうちに（第七章）、素材と形式との無類の関係であればすでに谷崎のもとに（第八章）論じてきた本書の末段を託すにたる二種の傑作の一方を、同じ横光利一の名のもとに呼び寄せることができる。むろん、『機械』（三〇年九月）がそれである。

「格闘ライター」の最高傑作

五歳児がそのまま四十男になったような無邪気な挙動が、ときどき「狂人」や「仙人」を思わせながらも、多大な「善良さ」と確かな腕をもつネームプレート工場の主人。金銭を持たせるとなぜか「殆ど必ず途中で落して了ふ」というその奇態な人物のもとへ「ふらりと」腰を入れた「私」が、古参の職人・軽部と新参の屋敷とのあいだで、主人の考案した特許ものの製法の「秘密」や開発中の新技術をめぐり、口論や疑心暗鬼をしきりに交わしあったあげく、目の前に転がりでたひとつの死体を前に、主人と同様「早や」業務用劇薬が頭にまわりでもしたか、自分で自分がもう「分らなくなつて」しまう。――大略そうした輪郭をもつ中編小説『機械』を上述に継ぎ寄せて特記にあたいするのは、類似の単調に修辞的な支配から逃れた隣接性そのものの生動にある。海港都市の人の群れが、規則的な「波」や逆巻く「渦」にあられもなく重なりつづけるといった事態が一変、この作品内では、近づきあったものは似るのではなく——いわば、近さの誘うもっとも端的な仕草のひとつとして——互いに「ぽかぽか」殴りあうのである。左は、作品のハイライト。主人の信頼を勝ちえた「私」に「負け始めた」軽部が、今度は、屋敷の「間者」めいた挙動を見咎めたらしく、もちまえの流儀でいきなり彼を捻じ伏せ、たまたまこれを目撃した「私」が止めに入るや、「急に」向きかえってこちらへ襲いかかってくるという前段をもつ連続場面の後半部だが、引用の長さはしばらく諒とされたい。

私は最早や軽部がどんなに私を殴らうとそんなことよりも今まで殴られてゐた屋敷の眼前で彼の罪を引き受けて殴られてやる方が屋敷にこれを見よと云ふかのやうで全く晴れ晴れとして気持ちが良いのだ。しかし私はさうして軽部に殴られてゐるうちに今度は不思議にも軽部と私とが示し合せて彼に殴らせてでもゐるやうでまるで反対に軽部と私とが共謀して打つた芝居みたいに思はれだすと、却つてこんなにも殴られて平然としてゐては屋敷に共謀だと思はれはすまいかと懸念され始め、ふと屋敷の方を見ると彼は殴られたものが二人であることに満足したものらしく急に元気になつて、君、殴れ、と云ふと同時に軽部の背後から彼の頭を続けさまに殴り出した。すると、私も別に腹は立ててはゐないのだが今迄殴られてゐた痛さのために殴り返す運動が愉快になつてぽかぽかと軽部の頭を殴つてみた。軽部は前後から殴り出されると主力を屋敷に向けて彼を蹴りつけようとしたので私は軽部を背後へ引いて邪魔をすると、その暇に屋敷は軽部を押し倒して馬乗りになつてまた殴り続けた。私は屋敷のそんなにも元気になつたのに驚いたが幾分私が理由もなく殴られたので私が腹を立てて彼と一緒に軽部に向つてかかつていくにちがひないと思つたからであらう。しかし、私はもうそれ以上は軽部に復讐する要もないのでまた黙つて殴られてゐる軽部を見てゐると軽部は直ぐ苦もなく屋敷をひつくり返して上になつて反対に彼を前より一層激しく殴り出した。さうなると屋敷は一番最初と同じことでどうすることも出来ないのだ。だが、軽部は暫く屋敷を殴つてゐてから私が背後から彼を襲ふだらうと思つたのか急に立上ると私に向つて突つかかつて来た。軽部と一人同志の殴り合ひなら私が負けるに決つてゐるのでまた私は黙つて屋敷の起き上つて来るまで殴らせてゐてやると、起き上つて来た屋敷は不意に軽部を殴らずに私を殴り出した。

（『機械』）

著者名を知らなければ、このくだりが『上海』をまだ連載中の同じ作者の手になることを判じうる者など、当時もいまも皆無に近かろう。以下は主に、かかる筆致の近代小説史上稀にみる生彩にたいする注釈となるのだが、もちろん、同種の暴力沙汰じたいが皆無だというわけではない。現に、冒頭にみた平林たい子の『殴る』の末尾にも、工事の現場監督が夫を打擲するのを目にした妻が、「いきなり人を分け入つて」、監督の胸元に「怒声」を吐きつけるや、殴られながら「卑屈に固つてゐた」夫が、やにわに、妻にむかって拳を振るうという印象的な光景が描かれていた。ことによると、この「格闘」場面を綴る横光利一の念頭には、二年ほど前にみずから顕彰した敵陣営の秀作が浮かんでいたのかもしれぬのだが、たとえばその平林作には、右のごとく、「心理」的なものが動作と動作とを一筆書きに繋ぎあわせるといった傾斜はまったく認められない。

稀有だというのは、ひとつにはまずそこにかかっているのだが、このとき、友人・北川冬彦には作風をまるで異にする『檸檬』（二五年）の小説家が、至当にも次のように書き伝えているからだ。

がきわめて示唆的なものとなる。北川の新作詩「汗」の分解描写の卓抜さを悦びながら、横光と

宛てた書簡で、「僕は格闘ライターとして横光氏を面白く思つてゐる」と語る梶井基次郎の見解

> 君の「汗」は　苦力が倒れ豆粕が落ちてゆく運動がみなスローモーションで　それがとても面白かつた。スローモーションと云へば　横光氏の最近の機械のなかの格闘はスローモーションだ、あれはしかし間へ心理が挟つて来てさうなる。しかし君のはさうではなくてさうだ（…）。
>
> （三〇年九月二十七日付[20]）

汽船へ豆粕の大袋を担ぎ上げる「苦力」が踏み板で躓き、反りかえった背中の後ろへ荷を落とし、落下物のはずみを喰らって後続の人夫らが二人、三人と手酷い目をみる。その一瞬の光景を、個々の動作や表情とともに、五百字ほどの長さに分解してみせた北川冬彦の詩行は掲げずにおく。肝要なのは、梶井がここで、『機械』における「心理」的なものの意義を、その内実ではなく、「殴る」という動作と動作との繋ぎ目、すなわち、言葉の「運動」様態じたいに関与する純粋にテクスチュアルな機能として捉えている点にある。この『機械』を境に、作家は「形式主義」から「心理主義」へと突如として大きく舵を切ったというのが、敗戦後の伊藤整（「横光利一　Ⅲ」五四年、等）このかた、いまに踏襲される定説である。平野謙の言葉にも、「ポオル・モーランふうの印象の飛躍をダイナミックに追及した手法が、突然高速度撮影のような心理主義的な方法に

変った『機械』の出現」[21]といった言葉がみえる（『昭和文学史』六三年）。だが、梶井の慧眼は、その「高速度撮影《スローモーション》」めいた動きじたいを逆に創出する、いわば「形式」としての「心理」に注がれているのだ。実際、右のような「意識の流れ」（伊藤整）の何処に、人間の心と呼ぶにたる陰影や襞が宿りうるのかと考えてみればよい。

　右文中、たとえば「共謀」の一語にまつわる「心理」。引用の直前箇所で、暴力沙汰を口頭で制止する「私」に、軽部は、「それでは」お前たちは「共謀かと云ふ」。そうでないことくらい「考へれば分る」ではないかと言いかえそうとして「ふと考へると、なるほどこれは共謀だと思はれないことはない」、軽部への屋敷の弁解が「出鱈目だ」とはさっきから知ってもいたのだから……などと思いはじめながら、ともかくもう殴るなと繰りかえして自分が殴られる番になるのだ。すると、右掲のごとく、「今度は不思議にも軽部と私とが示し合せて彼に殴らせてでもゐるやうで」、反対に「屋敷に共謀だと思はれはすまいかと懸念され」始める。かかる「心理」に看取すべきはつまり、作品舞台に相応しい複雑な化学反応というよりは、小学生でも知っている物理学の〈作用↔反作用〉めいた反応なのだ。

　雇い入れられた自分が軽部に「監視」されていると感ずるや、反射的に、軽部もまた「こつそり主人の仕事の秘密を盗み出して売るのではないか」と疑ってみる「私」は、同様にして、主人から「新しい研究」の助手に抜擢され感激し「心底から礼を述べ」るや、自分もいつか、他人に同じ気持ちを抱かせたいとおもう。新たに大量受注した仕事用に雇われた「腹に一物」ありげな屋敷とのあいだにも、同種の反応が生まれる。主人とともに開発中の製法をどうやら盗む気でいるらしい新参者にたいし、「私」は彼を「一途に賊のやうに疑つていつてみようと決心」するのだが、以前、軽部からうけた嫌疑への軽蔑心にみずから想致するや、屋敷への疑いを捨てるどころか、軽部の疑心を「馬鹿にしてゐた面白さ」を思いだす「私」は逆に、自分も「一度は人から馬鹿にされてもみなければばとも思ひ直したり」するのである。ただし、ありようには多少の綾はつき、こうした〈作用↔反作用〉の連鎖のなかで、作用点と反作用を受け止める地点とが「私」のなかでズレてゆくところに、この「自分への反射」の特性がかかってくる。一事は、そうした前段をうけてあらわれる右掲文中、「共謀」をめぐるせわしない右顧左眄にもすでに明らかだろう。だが、特筆にあたいするのは、たんに〈監視する↔監視される〉〈疑う↔疑われる〉〈忖度する↔忖度される〉といったまさに機械的な関係や、関係に伴う転心《ズレ》のみに留まりはしない。要は、冒頭から、「私」の心内をめざして作中いたるところに大小となく更新される反射性やズレのせわしなさの効果にある。つまり、そのつど同じ単語（「監視」「礼」「疑ふ」「共謀」等々）を反復しながらいつまでも読点を欠いた接続助詞や接続詞の前後で、「私」の思念やその根拠までもがあっけなく変転するその素早さが、逆に、行文全体の遅さを創りだすこと。そのいわば撮影技術的な逆説は、ここで十分注意されてよい。この意味で、「高速度撮影《スローモーション》」なる一語のきわやかな語義矛盾は、この作家にしばしば差しむけられる他の映画的比喩（「カメラ・アイ」、「モンタージュ」、「フレーム・ワーク」、「ライティング」、あるいは『カリガリ博士』『狂つた一頁』等々）にくらべ、はるかに貴重《メカニカル》なのだ。

ここにおいて、先の梶井基次郎の慧眼はひとしお示唆的なものとなる。「私」の「心理」は、動作と動作とのあいだをゆっくりと引き延ばす繋ぎであると同時に、それじたいとして「高速《スロー》度撮影《モーション》」的なものとなるからだが、こうした魅力的な逆説《うごき》に鼓舞される作品ハイライトの特性はさらに、以下の三点にかかってくる。
軽部や屋敷との実際のやりとりにせよ、内心の――多くの人々がしばしば、なぜか真剣な口ぶりで「自意識」と称する――独り相撲めいた右顧左眄にせよ、この〈作用↔反作用〉の反射性《ズレ》が、そのつど、相手との距離ではなく、接触の独自の密度にむけて作動し、主人公が専心、この密度じたいに興味を抱くことが、その一。

そこで私もそれらの疑ひを抱く視線に見られると不快は不快でも何となく面白くひとつどうすることか図図しくこちらも逆に監視を続けてやらうと云ふ気になつて来て困り出した。

困りはするものの「彼を見てゐると自然に自分を見てゐるやうでますます」「興味が湧いて来る」主人公は、この男にたいし一転無視を決めこむそばから、「軽部の奴いつたいいまにどんなことをし出すかとそんなことの方が却つて興味が出て来て」しまうのだ。この主人公が屋敷にたいし、やがて「一家のうちの誰よりも」「親しみを感じ」だすのも、軽部にくらべいまひとつ「腹」の読めぬ彼とのあいだに、同種の反射性をより濃やかに交わしあえるためであるからだが、これらの密度にはしかし、接触の名に真にあたいする力動は乏しい。それがあくまで「心理」的な領分にとどまるからだ。ゆえに、軽部の腕力が一場に不可欠なものとして肯定されることが、その二。
屋敷の登場以前にも、「私」がすでに一度、むしろ諸々として軽部に殴られていたのはこれゆえである。右の「格闘」場面の直前箇所で、軽部に殴られている屋敷の意外な表情に失望する

「私」が語っているのも、「実は」そのことにほかならない（「私が軽部の暴力を腹立たしく感じたのもつまりはわざわざ他人にそんな醜い顔をさせる無礼さに対してなので、実は軽部の腕力に対してではない」）のだが、第三として、「私」のいうその「馬鹿馬鹿しい格闘」場面がいかにも感銘深いのはほかでもない。それは、この「馬鹿馬鹿」しさのなかで、それまで一方的に殴られつづけていた主人公が、みずから、テクストを駆動する「機械」的な動きを不意にまるごと体現してみせる一瞬のあざやかさにかかっている。強調部を変えて、いま一度引用しておこう。

（屋敷は——引用者註）急に元気になつて、君、殴れ、と云ふと同時に軽部の背後から彼の頭を続けさまに殴り出した。すると、私も別に腹は立ててはゐないのだが今迄殴られてゐた痛さのために殴り返す運動が愉快になつてぽかぽかと軽部の頭を殴つてみた。

そのようにして、ここではじめて「まるで心は肉体と一緒にぴつたりとくつついたまま存在」すること。「殴り返す運動が愉快に」なるのは、「痛さ」のせいではない。そこへ向けてみずから一躍しえた近さの賜である。愉悦はここで、その「心」と「肉体」の合致を介して、テクストを主導する反射運動の新次元への一躍、すなわち、この作品にゴーゴリ・ドストエフスキー・カフカに連なる「喜劇」的血脈[22]を見出す後藤明生（「『機械』の方法」八一年）ふうに約言すれば、〈疑う↔疑われる〉から〈殴る↔殴られる〉への生動にみずから「ぴつたりと」接触する一瞬のはずみに由来する。「私たちの間」に作用して「一切が明瞭に分つてゐるかのごとき見えざる機械」。軽部への「復讐」では毛頭なく、その「機械《テクスト》」の「運動」にたいする「善良」きわまりない全面的な服従ぶりが、ここに演じられてくるのである。独特の「心理」関係と「格闘」場景とを分かち示す点において、それぞれ『機械』への先駆色をおびる『鳥』（三〇年二月）、『高架線』（同年同月）にはいまだ稀薄だった生彩が、この「私」を得て全面化するとみてもよいのだが、同様のことはむろん、これまで一方的に相手に腕力を振うだけだった軽部についてもいえる。しかし、この男の場合、ひたすら粗暴な能動性においてこの「機械《テクスト》」に加担するのみである。対して、いっけんきわめて例外的な能動性が、「私」にあっては逆に、そのなまと受動的《テクスチュアル》な資質の一極を示してくることが肝心なのだ。

　のみならず、「心」から「肉体」へのその不意の一躍を得て、この場には絶妙に規則的な推移が生じてくる。はじめは、軽部が一方的に屋敷を殴り、同じく「私」を殴り、次に、屋敷と「私」の二人がかりの攻撃に軽部は応戦のすべもなく、「私」が手を引くと今度は逆に軽部が屋敷をやすやすと組み敷き、継いで「私」に殴り寄せる。この間、攻撃力と防御力が、〈1→0〉〈1→0〉〈2→0〉〈1→0〉〈1→0〉と変化している以上、次は〈2→0〉でなければならない。ゆえに、起き上がった屋敷はその二人がかりを担わねばならぬのだが、それが、「私」ではなく軽部への加担となることは副次的な意味しかもたない。屋敷のその「不意」の仕草もまたここで、ちょうど、冒頭節にみた内田百閒『坂』の末尾、坂の途中で崩れかけた〈1・1〉の規則性を回復するかのごとく「あわてたやうに」こちらへ駆け上がってくる坂下の小男を彷彿させもするのだ。これゆえ、軽部への加担をすぐさま弁解する屋敷の言葉にたいし、「私」は「なるほどさう云はれれば」そうかもしれぬと、例によってあっさり納得してもみせるわけだが、そこまでの微細に就くまでもないとすれば、翻って大きく、たとえば、敵陣営中かなり深く横光の影響を受けたという武田麟太郎の行文を引きよせてみてもよい。

確かに氏の所謂「新感覚派」なるものは、視覚的要素による現実の再構成であつた。妙なことを云ふやうだが氏は初期の頃から、「すると」と云ふ接続詞に新しい用法を見せてゐる。一つの事相から、他質の事相への叙述を、内的連関をすて置いて、「すると」で見事に結びつけてゐるのである。それは外面と外面とをモンタアヂュとしようとする氏の理論が端的に現れたものでなければならぬ。

（武田麟太郎「横光利一」三五年三月）[23]

「すると」上述の問題はつまり、右にいう捨て置かれた「内的連関」の独創的な開発ぶりにかかっているともいえるのだが、作品には次いで、「いつ終つたとも分らずに終つた」この事件の後、集金に出た主人が「案の定」金を落としてしまうという出来事が生ずる。そもそも、大量受注の激務が「格闘」の遠因でもあったわけだが、その報酬を水の泡にした者たちが、深夜の自棄酒に酔って目覚めると屋敷が死んでいるといった椿事があらわれ、劇薬を酒に混ぜた犯人が、軽部ではなくことによると自分かもしれぬといった主人公の自問自答のはてに、作品は、後年来日時のサルトル（＊5）をも驚かせた名高い結語に達することになる。

いや、もう私の頭もいつの間にか主人の頭のやうに早や塩化鉄に侵されて了つてゐるのではなからうか。私はもう私が分らなくなつて来た。私はただ近づいて来る機械の鋭い先尖がじりじり私を狙つてゐるのを感じるだけだ。誰かもう私に代つて私を審いてくれ。私が何をして来たかそんなことを私に聞いたつて私の知つてゐよう筈がないのだから。

では、「私が何をして来たか」を確かに知っていたがゆえにこれまで語ってきた「私」は、いったい何処へ行ってしまうのか!?　すなわち、接触の風土を如上なまなまと担ってきた同じ一人称そのもののうちに、〈語る私〉と〈語られる私〉との致命的な隔たりが、あたかも、「私」の心内に親しいあの反作用のごとくごく自然に、かつ、これしかないという絶妙さで生ずること。この逆説に、『機械』のいまひとつ稀有な特性がかかってくる。別にいえば、またしても離《エキセ》心《ントリック》的な生動。

ちなみに、著者一流の文脈を携えて、その離心性を「表象＝表現」の危機と呼ぶ絓秀実は、そこに、プロレタリアートを「表象＝代行」すべき「前衛」日本共産党の瓦解から転向現象へといたる時代相を重ねあわせながら、次のように記している。

このように見てくれば「機械」の物語内容は、「書くこと」つまり表象＝表現の隠喩であると同時に、その不可能性の隠喩であることが明らかとなろう。　（「書く『機械』」八八年）[24]

右にいう「物語内容」とは、製造用の劇薬が工場主や主人公におのずと「痴呆化」を強いるごとく、労働そのものが労働力を「根底から」奪ってゆくような事態を指している。だが、同じG・ジュネットの用語に倣うなら、ここには同時に「物語言説」における危殆、つまり、私が私を語るという叙述の営為じたいが、その不実な構造にしたがって、叙述力をまるごと剝奪してしまうといった様態も看取されねばならない。〈語られる私〉が「塩化鉄」にやられてしまうように、〈語る私〉も、語りそのものに侵される。その危殆をあざやかな奇瑞に転じながら、ここにはまた、「隠喩」をこえて生なまと直叙的な「不可能性」が露頭している。稀有ながらこれしかないというのは、虚構と叙述とのその共振ぶりをもさすのだが、その絶妙さは、たとえば少し後の太宰治『ダス・ゲマイネ』（三五年）において、「私」が死に、残りの語りを作者と同名の人物が引き受けるという——当人によれば「前人未踏」（三浦正次宛書簡・三五年九月二十二日）の、私見にはたんにあざとい——「形式」性を優にこえるだろう。一事はまた、「私」の受動性を「無垢」と呼びながら、そこに作者の「悲劇」を読みこんだ小林秀雄の視界（「横光利一」三〇年十一月）にはとうてい回収しがたい生気を放ってもいるのだが、横光利一はしかし、この「私」をいともあっけなく放棄してしまう。

なるほど、一編と同年同月に発表された『鞭』も、翌年の『時間』（三一年四月）も、表面的には『機械』と良く似てはいる。前者は、先にいう「形式」としての「心理」機能において、後者は、「格闘ライター」のまたひとつきわだった達成において、それぞれの「私」は、ネームプレート工場の「私」の面影をとどめてはいる。が、自殺を目論むらしい船客とこれを制止するはずの事務長「私」とのやりとりを描く前者には、相手の思惑への反応にまつわり、「心理」的な右顧左眄の速さが仕草の遅さを創りだすという逆説は認められない。同じく、座長に見捨てられ無一文で旅宿を逃げ出す座員たちが、雨の山中、飢え死に寸前の身を互いに毆りあう（それとして見事ではある）光景を山場となす後者の一人称は、〈語る私／語られる私〉の通常の伸縮を最後までほどよく保っている。さらに、堕落教会のなかでひとりの外人娘に入れあげる『悪魔』（三一年四月）の「私」にいたっては、『機械』系列の形骸化として、長文のたんなるややこしさを担うにすぎず、そこにはすでに、小説の採用する人称性そのものの生産性のかけらもない。その間、長編小説作家へと転じた横光は『寝園』に筆をつけ、以来『花花』『紋章』『時計』『盛装』『天使』と続くにつれ隠しようもないその通俗性を、「四人称」なる奇怪な概念のもとみずから擁護する「純粋小説論」（三五年四月）の書き手ともなるのだが、この評論にかんしては後論でふれなおすことにする。この場には継いでもう一作、別途きわめて風変わり《エキセントリック》なテクストとして、尾崎翠の作品を招致しておかねばならぬからである。

　このとき、横光の評論における「四」と同じく、慣用をひとつ越えた数字を表題にもつその『第七官界彷徨』（三一年六月）を繙く者の目を奪うのはまず、先の武田文に説かれているものとは多分に異なった「外面」と「外面」の遭遇にほかならない。

「彷徨」あるいは「仕草の宝典」

「分裂心理病院」につとめる長兄・一助、植物肥料学の卒業論文に熱中する次兄・二助、音楽予備校に通う従兄・三五郎が同居する家。外目にはさして異とするにたらず、現にこれといって奇怪な出来事が起こるわけでもないものの、読みたどるほどに確かに「変な家庭」の炊事係として上京した妹の「私」。小野町子と名づけられたその娘の「秋から冬にかけての短い期間」を描く尾崎翠の一編は、いくつかの側面を『機械』と共有している。

　同時代の反響の強弱こそあれ、それぞれの作歴に突如として出現した二種の名作の一方は、町の小さなネームプレート工場、一方は、蜜柑の生け垣に近々と取り巻かれた古ぼけた平屋。少数の人物たちを閉じこめる作品舞台の同じ狭さのなかで、事柄がともに「短い期間」の時間軸にそって順に描かれるといった大枠に加え、開発中のメッキ新製法と二助による「蘚《こけ》」の新研究。作品のなかごろ、隣家に越してきた娘の存在が――『機械』で軽部と「私」のあいだに介入する屋敷さながら――こちらでは三五郎と「私」の仲に変化を導き入れながら後半部にやはり印象的な綾を結びこむといった照応も逸しがたいが、何より、あの「私」とこの「私」との、それぞれの流儀でいかにも従順な態度。実際、この「私」もまた、他人にたいし独特な受動性を示すあの「私」の姿勢のごとく、高圧的と呼べぬでもない兄たちの存在をごく自然に受けとめつづける。「あにさんたちのいふことをよくきいて、三五郎とも仲よくくらして」。痩せぎすな孫娘の「赤いちぢれ毛」を矯める特効薬を「バスケット」に詰めこみながら、吐息まじりに送りだす祖母の言いつけどおりに、「私」は兄たちの「いふこと」に文字どおり黙々と従い、彼らとなかば同様に一方的な三五郎とも確かに「仲よく」暮らすことになるのだ。

　が、こうした共通点はとうぜん逆に両者の相違をきわだてずにはおかない。すなわち、この場にはまず、先に強調したごとき「心理」的な繋ぎ目がいっさい存在しない。というより、ここでは、通常の意味での「心理描写」の余地さえひどく狭められてくるのだ（悲しみや喜びや辛さの内実を吐露するかわりに、「私」はたんに、ふと「泪」を流すか「コミックオペラ」を唄うか「口笛」を吹く）。さらには、互いをなぜかフルネームや尊称つき（「一助氏」「二助氏」）で呼びあい、妹を「町子」ではなく面と向かって「女の子」と呼ぶ兄たちは――まるでそれが、「うちの女の子」には自分たちの心への忖度を禁ずべしといった家訓でもあるかのように――狭い平屋の廊下や襖ごしに、聞こえよがしに奇妙な「独語」（＊6）や「会話」を繰りかえし、三五郎もしばしば格上の従兄たちに倣う。のみならず、いくつもの物や仕草や場面につき、それぞれの並び方、繋がり方にたいするごく一般的な「説明」そのものが、恬として拒まれてしまう。結果、作品内には、物と物、物と人、仕草と仕草、場面と場面とのいわば高純度に至近かつ多様な組み合わせが（『機械』における「格闘」の、それとしては単純な性格をこえて）更新されてゆくのだが、その接合の随所にあらわれる同じく恬然たる珍奇さがまず、読む者を魅了することになる。

　すなわち、「折目ただしい」隣家でやはり炊事係をつとめる娘の言葉を借りれば、その「だしぬけなふるまひや、かけ離れたものごと」の数々、あるいは、カフカを賞賛するベンヤミンの至言を変奏するなら、数々の珍奇さにこそなじむ「仕草の宝典」！

　たとえば、三歳年下の従妹を家まで案内した三五郎は、それが当たり前のような素振りで、玄関ではなく「わきの窓から家のなかにはいり」、玄関を開けて招じ入れた自室でしばらく対座したのち、外食に出ようといいだすや、「玄関をしめに行つた三五郎は、私の草履をとつてきて窓から放りだし、つづいて私を窓から放り」だすのだが、彼の「だしぬけなふるまひ」の事由はまったく語られない。この間、借家付きのピアノの鍵盤は、その上に、蜜柑の皮、つるし柿の種、吸いさしのマドロスパイプを無造作に並べられて卓袱台めく。一度受験に失敗した三五郎にいわせると、廃物同然のそのピアノで練習すればするほどこちらの音程が狂う。おかげで先日も教師に笑われ、このパイプはその腹いせにお前から借りた金でつい買ってしまったのだという彼に、返済はいいからこの「四円」をたして「合計十円のくびまき」を選んで欲しいと「私」が頼むと、後日その金は、順次「ボヘミアンネクタイ」と「たちもの鋏」と「ヘヤアイロン」などに換わる。

このうち、また嘲笑されたので背広もないのに買ったという「ボヘミアンネクタイ」は、「女の子の部屋」の壁飾りから（後述する断髪場面を経て）彼女の赤いちぢれ毛を覆う頭巾へ、さらには一助の肱蒲団へと転ずることになる。同様にして、大きな土鍋に人肥を煮詰めてまるごと「畠」にまがう二助の部屋では、「二十日大根」の幾本もの試験管の横で「蘚《こけ》」たちの「恋愛」が始まり、襖ひとつ距てた一助は、口をきかぬ入院患者に手を焼いてあれは「典型的な蘚の子孫にちがひない」が小野二助はどうおもうか、などと大まじめに問い詰めたりする。

あるいは、一方は、掃除の最中にひっくり返した肥やしまみれの「二十日大根」一束を食材にすべく、他方は女主人と自分の「靴下」を洗うべく、井戸端で交わしあう「隣人同志の交情」の、小ぶりながら二十年も先だってきわやかにベケットふうな一節。

> （…）隣人の洗ひ終つた靴下が石鹸の泡をおびた四つの黒いかたまりとして私の野菜のそばに並んだとき、私は二十日大根の一群を片よせ、隣人はその跡に彼女の雑巾バケツを受け、そして私はポンプを押した。これは丁度私がポンプの把手の近くにゐたためであつた。けれど私の押してゐるポンプは非常に乱調子で、そのために隣人の雑巾バケツには水が出たり出なかつたりした。私はもはや頭ぎれを巻いてゐなかつたので、私の頭髪はポンプの上下と共にたえず額に垂れかかり、そして私はたえず頭をふりながらポンプを押したのである。この状態をみた隣人は彼女の頭から小さいゴムの櫛を一枚とり、井戸の周囲を半廻りして私の頭髪をとめてくれた。（…）
>
> 隣人が四本の靴下を蜜柑の垣に干す運びになつたとき、私は三本の靴下をさげて垣根までつ

いて行つた。隣人は彼女の手にあつた一本を干し、二本目を私の手からとり、そして私の手に最後の一本がのこつたとき私は蜜柑のうへにそれを干した。そして私たちは無言のまましばらく靴下の雫をながめてゐたのである。

ともに「女中部屋」に寝起きするこの二人は、ほどなく、会話の代わりに、互いの窓から蜜柑の垣根越しに「物干用の三叉」を伸ばしあい、竿先に括りつけた手紙や品物をやりとりするのだが、大略このように、「折目」ただしさを欠いた風土のなかで寡黙に息づく「私」には、ひとつの望みがある。「人間の第七官にひびくやうな詩を書いてやりませう」。しかし、数からして人の「第六官」をもひとつ越えるらしきその「第七官」が「どんな形のもの」だか、「私」には少しも分からない。ゆえに、「私」はその「定義」を求めながら一場をあてどなく彷徨うことになり、これがむろん作品名の由来ともなるわけだが、その彷徨じたいがまた場所柄につきづきしいものとなるのだ。

すなわち、「私」はまず、一助の机上から「分裂心理」にまつわる書物を盗み読みながら、「こんな広々とした霧のかかつた心理界が第七官の世界といふものではないであらうか」と考えはじめてみるのだが、自室に戻り、三五郎のピアノの「影のうすい」音と二助の部屋から流れてくる「こやしの臭ひ」に不意の哀しみをそそられるや、「第七官といふのは、二つ以上の感覚がかさなつてよびおこすこの哀感ではないか」と思いなおす。次いで、右の井戸端にも劣らず秀逸な断髪場面。――「ボヘミアンネクタイ」と一緒に買ってきた「たちもの鋏」を取り出した三五郎が、いきなり「私」の頭を刈り始め（「赤いちぢれ毛はおかつぱに適したものだよ」）、「泪」ながらに自室から三五郎の部屋へと逃げまわる「私」は、最後に、煌々たる明かりのもと「蘚の恋愛」観察に余念のない二助の部屋に押し据えられ、観念して「虎刈り」部分に鋏を入れられるうちに眠気がさすのだが、土鍋から立ち上る肥やしの臭気と防臭用「香水」のかおりが入り混じった「霧のやうなひとつの世界」のなかで、今度は、「私の感官がばらばらにはたらいたり、一つに溶けあつたり、またほぐれたりして、とりとめのない機能をつづけた」。このように、「心理」→「感覚」→「感官」の変化に伴って、「第七官界」とおぼしきものが、分裂的なもの→複合的なもの→四散=融合的なものへと興味深く転じてゆくのだが、いまは引きつづき、これらの「定義」めいたものじたいが、順を追って、物や仕草とのやはり風変わりな接触度を高めてくる点に留意しておくほうがよい。たとえば、「蘚」たちの「恋情」度と肥料熱度との関係を発見しつつある右の二助は、「とりとめのない」感官にまみれている半睡状態の妹にふと近づくや、断髪用に貸し与えたタオルで手を拭くのだ。

(…)丁度二助がそばにやつてきたので、私はつとめて眼をあけた。二助は私の肩のタオルを彼の手ふきにも使ふために来たので、彼は熱心に手を拭いたのち、さつさと行つてしまつた。二助が机のそばに行つてしまふと、私の眼には机の上の蘚の湿地が森林の大きさにひろがつた。二助はふたたび綿棒をとつて森林の上を撫で、箒の大きさにひろがつた綿棒をノオトの上にはたいた。

やがて、三五郎の鋏さばきにひやりとし、立ち上がってその兄のもとへゆくと眠気が嵩じた

「私」はそのまま、「中腰になつて顕微鏡をのぞきながらノオトを書きつづけてゐる二助の背中に睡りかかつた」。そのさい、日本小説史上もっとも情愛深い言葉のひとつが「私」の耳に届くことになる。

二助は姿勢を崩さないで勉強をつづけた。
「どうしたんだ。我儘は困る」と三五郎が言つた。「すこしだけだんだらが残つてゐるんだ。あと五分だけ我慢しろ」
「睡いんだね。夢でもみたんだらう」二助はやはりペンの音をたてながら言つた。「すこしくらゐの虎刈りは、明後日になれば消えるよ。ともかくおれの背中からとつてくれなければ不便だ。伴れてつて寝かしてやつたらいいだらう」

「物」のように扱われる「うちの女の子」の仕草!?　復誦するならしかし、この場では何より雄弁に、物や仕草そのものが——たとえば、先のサルトルとともに来日したボーヴォワールにはおそらく不可解なかたちで——活きいきとものをいうのであり、次いで後日、「第七官界」にまつわる「偉きい知識」として「私のさがしてゐる私の詩の境地は、このやうな、こまかい粉の世界ではなかつたのか」と思わしめるのもやはり、新発見に到った同じ二助の、そのピンセットと歯の尖端から、それぞれこぼれ落ちた「蘚の花粉」と「うで栗の粉」との「ノオトの上」における不意の出会いにほかならぬのだ。

蘚の花と栗の中味とはおなじやうな黄色つぽい粉として、いま、ノオトの上にちらばつてゐる。そのそばにはピンセットの尖があり、細い蘚の脚があり、そして電気のあかりを受けた香水の罎のかげは、一本の黄ろい光芒となつて綿棒の柄の方に伸びてゐる。

しかし、こうして、分裂的でも複合的でもあり四散かつ融合的でもあり、「いま」また微細なものでもあるかもしれぬその七番目の「官界」には、ついに決定的な「定義」は与えられない。そのつど書きこむ「恋の詩」も意には添わぬのだが、これはとうぜんの成りゆきである。「私」が棲まうのは、遠く杳として摑みがたいものに伸ばしつづける手が、そのまま逆に、すぐ傍の物や人を――これ以上ない克明さで、あるいは、克明さじたいのまさに明るい齟齬の連続として――摑み、摑まれつづける場所なのだ。その触覚ばかりではない。肥やしの臭い、ピアノの音、青なりの蜜柑や浜納豆の味、「ボヘミアンネクタイ」に「蘚」や「二十日大根」の繁茂、さらには、ほとんど微視的な間近さで見出されるこの「黄色つぽい粉」……等々。つまり、「五官」のすべてを動員したその至近の感覚にまみれて、しかも、一助の専門にかかわる「第六官」をも飛び越えて希求する「第七官界」。

ちなみに、山田稔の一文（「歩行する蘚」七三年）このかた、この場所に、「五官」中の異なった感覚の「モンタージュ」[25]にも似た特性を強調することじたいは、いまや尾崎翠論の定石に類している。だが、肝心なのはむしろ、その映画的特性と希求されるものとの未聞の「モンタージュ」、すなわち、ともに著しいその近さと遠さとの不可思議な接触《すきま》にかかっている。『機械』の「私」がなまなまと招き寄せていたのも、接触=間隔の逆説ではあった。が、そこでは致命的であったものが、ここでは生気そのものと化しながら、「彷徨」とはつまり、この接触＝間隔が招き寄せる無類の通気にまみれることの別称へと変ずるのである。作中しばしば口にされる「哀感」の一語も、寄る辺ないものと即物的なものとのあいだに吹き寄せるこの通気への応答として読まれるべきものとなる。その通気はむろん、当時「第七芸術」と呼ばれたもののうち、作者が「神」とまで呼ぶチャップリン（「神々に捧ぐる詩」三三年十一月[26]）にも認めがたいものでもある。作品名が予想させがちな観念性と一場が徹底して無縁であるのもまた、これゆえである。観念じたいがそこで「五官」の具体とともに通気孔の役を果たさねばならぬからだが、ともあれ、こうした場所に通常の「恋」ほどなじみにくいものはないのだと、そう再記しておくことができる。

それゆえ、登場に先立って、二助は、「マコトニ泪多キ少女」への失恋を経験し、幼い頃から「空気を吸ふほどにあたりまへな」「接吻の習慣」をもつ「私」をよそに（一助のいう「分裂心理」めいた不得要領を抱えながら）三五郎の近づいた隣家の娘は、すぐにまた引っ越してゆくのである。一助もやはり、口をきかぬ美人患者への恋情に鬱ぎこむ。そして、肝心の「私」も、作品冒頭に予告されていた「ひとつの恋」を失い、その場景が作品末尾を彩ることになる。

作中唯一の例外として、主人公が外出する往復場面がそれにあたる。一助の同僚に柳浩六なる人物があり、口を開かぬ美人患者をめぐり一助と口論する彼の家へと使いに出た「私」を、兄に代わってこの人物が家まで送ってくれる。その晩秋の夜の道すがら、「僕の好きな詩人に似てゐる女の子に何か買つてやらう。いちばん欲しいものは何か言つてごらん」と（すでに、この作品の掟にまがう「だしぬけな」口調で）問いかける彼から、本来なら三五郎が選んで与えるはずの「くびまきを一つ」買ってもらう。以来、「私はひとつの恋をしたやう」なのだが、当の人物は

「遠い土地」へとあっけなく退場してしまう。そこで、「私」はまた「哀感のこもった恋の詩」を書くといったかたちで作品は閉じられるのだが、この結びは一方ではなるほど、終わるための理には叶っている。右にいう接触《すきま》の逆説の解消として、ここで一場に転調が生じているからだ。「私」はいま、「第七官界」ならぬ「柳浩六」という名の摑みがたいものを兄や従兄たちと同じ近さで摑みあぐねながら、従来とは異なり人並みな「哀感」につつまれてくることになる。「私」はそこで初めて兄たちと同列になると言い換えてもよい。つまり、「一助」「二助」「三五郎」「浩六」という男たちの順序に欠けていた同次元の数字たる「四」＝「詩」の娘として、主人公は不可思議な「彷徨」から解放されるわけだ。

他方ではしかし、終わりにむけてのその転調が、むしろ理に叶いすぎているのではないかといった問いは可能である。作品を駆動していた力をみずから解消してしまえば、それはもう終わるほかにないからだが、この駆動力については、いま少し立ち入った留意を要する。

というのも、旧来の作風を一変し突然『第七官界彷徨』に筆をつけながら、作者は、否応なくそれに気づいてしまったはずなのだ。人の五官も六官も越えたそれが、舌や鼻や肌や耳や眼や、胸騒ぎや直感からの隔たりにおいてこそ如上ちかぢかとこれらを誘いこみ、誘いながらけっして合致しないものであるとすれば、「第七官界」とはそのじつ、言葉そのものの異称ではないのか、と。言葉もまた、その不実な本性において、諸々の感覚をさかんに誘いこみながらも、誘致したものとの隔たりにおいてはじめて言葉たりうるからである。隔たりゆえの近さ、あるいはその逆。つまり、そこにもまた接触《すきま》の逆説がなまなまと生きられてくるのだが、当初より、「第七官」とは「どんな形のものか」分からないと語られていたことを、改めて強く想起すればよい。それじたいエクリチュールの姿態にも似て、こうして分裂的でも複合的でも四散＝融合的でも微細なのかもしれぬその「形」を、「私」はどうしても「定義」できぬのだという。とうぜんである。何ものかにたいする「定義」とは、この場合、言葉のいわば忠実な死骸にすぎない。あたりにはしかし、不抜の活力が駆けまわっている。そんなとき、同様に不実な本性《ちから》をおびた一方が他方をどうして「定義」などできようか？　あるいは、一方がそのまま他方であるようなとき、一方から他方への「定義」に何の奏効が期待できよう。それゆえ、言葉による「第七官界」の希求は、本質的に終わりようのないものとなる。逆にいえば、「第七官界」の摑みがたさにも似て、書くとは、まさに書きえぬことなのだ。主人公の奇妙な「彷徨」を綴りながら、作者はたぶん、このことに気づいたはずなのだ。だからこそ、この「私」は、他のいかなる類縁もこえて、まさに書きつつあるこの私なのだ、と。……でなければ、『第七官界彷徨』に添えて同じ小書籍（『新興芸術研究』）中に掲げられた短いエッセーに、次のようなあざやかな行文が記されるわけもない。

一読者として、「正常心理を取扱つた文学」には飽きがきた。そんな断り書きのかたわらに、フロイトにたいする控えめな寸言を書きとめつつ、これまで注目を促してきたいくつかの技術的ポイントを自解する書き手は、そこで、創作にあたり事前の「製図」を行ったと語っている。人物の心理や行動についての「説明」を「拒否」し、「場面場面の描写」を中心に進める。そう決めたうえで、場面の配列を定めたその「図」に、「丁度鉄道地図のやうな具合で、駅名に相当する」場面名（「祖母と小野町子」等々）をもったひとつひとつの「円」を記す。その「円のなかに」人物名や細部を略記したはよいが、これにしたがって書き始めるほどに、不備や無駄に気づきながらおのずと「配列地図」じたいへの書きこみがふえ、それはついには「真黒に」、本人以外にはとうてい判別のつかぬ代物になってしまったのだという。

しかしこの図で大体の構図は終つたわけで、ペンをとつてからは製図のとき一度頭に描いた場面をふたたび頭の中に描き、それを描写しつつ進めばよかつたわけです。ただペンをとつた後で困ることは、場面場面はすでに一つの絵画として頭の中に描かれてゐるのにそれを言葉で描かうとするとき言葉の洪水に出逢つたり、言葉の貧困に陥つたりすることです。言葉はつねに文学の強敵だと思ひます。

（尾崎翠「『第七官界彷徨』の構図その他」[27]）

「絵画」と「言葉」との、別言すればつまり、描くべきイメージと描きつつあるエクリチュールとの、いまなおヴィヴィッドにきわやかなこの対立関係を可能なかぎり十分に銘記すればよい。

このとき、先にいう転調とは、この「強敵」（ゆえの誘惑）にたいする一種の撤退性をおびてくるのだと換言することができる。希求の対象が、「第七官界」から「柳浩六」へと転じられたその箇所では、求められるものは——誘惑が拒絶そのものであるような逆説を導くことなく——たんに「私」から隔たってゆくにすぎぬからだが、この点にかんして逸しがたいのは、『第七官界彷徨』につづく三つの作品において、この「私」そのものが、書き手の筆先から順を追って静かに遠ざかってゆくさまである。

すなわち、前作末尾の往復場面を作品全体の首尾に変奏した『歩行』（三一年九月）においては、柳浩六にあたる幸田当八なる人物との同じあてどない恋の「哀愁」を生きていた「私」は、「名前をあかしても、私たちのものがたりの女主人を知つてゐる人は、さう多くないであろう」と始まる『こほろぎ嬢』（三二年七月）では、その幸田当八への「迂遠な恋」をいだく三人称の「儚い女詩人」へと後退する。さらに、「幸田当八各地遍歴のノオト」の断章に、同じく『歩行』に登場した二人の男（その一人は土田九作）の「詩稿」と「当用日記」の言葉がつづき、最後には、「何処かの地下室」内に打ち揃う上記三者の会話によって形づくられる『地下室アントンの一夜』（同年八月）において、肝心の娘は、不在の対象としてすでに遠くその影を薄めてしまう。この間、『第七官界彷徨』から数えてわずか十四ヶ月。事態はあたかも、精神疾患と失意を抱えながら東京を去り、やがて「狂死」の噂とともに人々の記憶から長く失われた尾崎翠自身のその後を予告するかのように進行するのだが、肝心なのは、この推移がブキッシュな模倣性に主導されてくる点にある。そもそも、『第七官界彷徨』における柳浩六への恋情は、「僕の好きな詩人に似てゐる女の子」という彼のひとことに発していた。『歩行』の「私」が恋するのも、精神科医・幸田当八の持ちこんだ戯曲全集を朗読しあいながら、二人して「恋のせりふの交換」にいそしんだがゆえである。『こほろぎ嬢』の薬物中毒に冒された「女主人」が「迂遠な恋」に陥るのも、男女の交感を一身に演じ分けたひとりの西洋詩人にまつわる「古風なものがたり」を読んでしまったためなのだ。その「ものがたり」にはしかも、前作の幸田当八の事跡とともに、当の「女主人」への言及がふくまれてある。模倣性はそこで、テクストのメタ・フィクショナルな自己再現性へと肥大するわけだが、この傾斜は、最後の『地下室アントンの一夜』において極点に達する。何処ともしれぬ「地下室」に顔を揃える三人の男は、それぞれに属するものとして作中に書かれた言葉のみならず、『歩行』の読者としても一場に寄りあうことになるのだ。

大略こうした推移のなかで、あの「私」が遠く消え失せてゆくこと。その過程を一種の撤退と呼んだのはほかでもない。「ゐりあむ・しやあぷ」なる実在のマイナー・ポエットのものにせよ、みずから綴ったものにせよ、すでに存在するその言葉たちはここで、あの「第七官界《ことば》」の誘惑とは異なり、拒むことなく運筆を誘うものへと転じているからだ。

私の生涯には、ひとつの模倣が偉きい力となつてはたらいてゐはしないであらうか。[28]

『第七官界彷徨』の前半部にあたる既出稿（『文学党員』三一年二月〜三月）の冒頭第一行、完成稿からは削除された文言だが、その処置はきわめて適確である。繰りかえすなら、言葉という「強敵」の不実きわまりない誘惑を呼吸しえたあの「私」の世界にあって、模倣の主題は、始まりではなく、終わりようのない「彷徨」に強いて終わりをもたらす転調的な任をおびていた。対して、『歩行』以下三作にみる自他への模倣性は、始めからその「強敵」との遭遇を回避する方途であったのだと要約してよいはずだが、しかし、このあたりで視界を転じなおしておく必要がある。

ならば、横光利一の場合はどうだったのか？

「国語との不逞極る血戦」と称して、あたかも先の尾崎文にいうひとつひとつの「駅」を颯爽と「黙殺」するごとき特急列車から始め、上海の「洪水」を描き、突如として『機械』に到りながら、尾崎翠の場合とほぼ等しい短期間の推移のうちに、あっけなくその「私」を失った横光利一はその後、「言葉」とどのような遭遇を演ずるのか？——最後にこの点を確認しておかねばなるまい。

「純粋小説論」または小説と人生

　先述のごとく、一人称小説が原理的にはらみこむ隔たりに、まさに致死的な亀裂を走らせることで終わっていた『機械』の後、横光利一は、その名作の書き手たりえた事実を真っ先に失念したかのように――あるいは、十年後の回顧文にしたがえば「別に望んでもゐない作を書いたこと」[29]じたいをすぐさま悔いたかのごとく――また突如として、通俗長編作家へと変貌する。そのようにして、彼は、昭和十年代を通じてなお第一線の小説家たりつづけるのだが、当時の彼が新たに「望んで」選び取った通俗性をみずから擁護する一文の起句は、良く知られていよう。

> もし文芸復興といふべきことがあるものなら、純文学にして通俗小説、このこと以外に、文芸復興は絶対に有り得ない、と今も私は思つてゐる。（「純粋小説論」）

「純文学にして通俗小説」すなわち「純粋小説」。この定義は、別の場所で本人も確認するとおり（「『純粋小説』を語る」三五年六月）、A・ジッド『贋金つくり』における規定とは大いに異なっている（＊7）。ジッドにおいて「純粋」の一語がまさに、話の筋や出来事および対物描写をもふくめ「とくに小説本来のものでないあらゆる要素」を排除した小説の純化を意味していたのにたいし、横光はここで、小説の俗化を主張せんとするからだ。「通俗小説」の二大要素たる「偶然」性と「感傷」性を「一般妥当とされる理智の批判」に耐えうる程度に高めつつ、「純文学」内に積極的に導入すること。そのようにして初めて、「現代」にふさわしい「新しいリアリズムの創造」が可能になるのだという横光が、その実現に不可欠な「新しい技術の問題」として掲げるものが「第七官界」ならぬ第「四人称」となるわけだが、このとき、本章のみならず本書全体の結語にむけ遠望していかにも興味深いのは、ジッドの小説論との比較であるよりは、むしろ、一九三五年の日付をもつこの「純粋小説」と、『小説神髄』（一八八五年〜八六年）との対応ぶりにある。両者はちょうど半世紀の時間を挿んで、よく似た問題をかかえ、同じようなポイントに固執しているからである。

「近代」にふさわしい「文学」の新興と、「現代」に不可欠な「文芸復興」。ともに「摸写」＝「リアリズム」を軸となす二種の文学理論は、その大きな背景として、接触の向背こそ異なれ、一方に自由民権運動の敗北があれば、一方にはプロレタリア革命運動の瓦解がある。急速な西洋化がもたらした影響として、あちらには、前田愛のいう「活版印刷のテクノロジー」と遠近法のもたらした各種の〈視覚の革命〉があり（『近代読者の成立』参照）、横光当人の回顧文によれば、こちらにはまた、大震災後、あたりの光景を席捲した「近代科学の具象物」の新奇さがある（「焼野原にかかる近代科学の先端が陸続と形となつて顕れた青年期の人間の感覚は、何らかの意味で変らざるを得ない」）[30]。このうち、数々の論者の指呼するところを改めて尊重するなら、たとえば無声映画の存在が『上海』までの作家に与えた影響は、逍遥における演劇の舞台（あるいは、子規の「写生」観における「絵画」――小著『リアリズムの構造』八八年参照）に比定することもできよう。そして、二つの文章の実際に即せば、その主意におき、『小説神髄』が、当時依然として比較にならぬほど広範囲な読者を獲得していた「人情本」の改良案としてあったのと同様、「純粋小説」もまた「通俗小説」の高級化案たる一面をかくそうとはしない（「私は純粋小説は、今までの純文学の作品を高めることではなく、今までの通俗小説を高めたものだと思ふ方が強い」）。その高級化をもって「現代の日本文学を、少くとも第一流の世界小説に近づける」のだという横光の希望も、そのまま、「稗史小説」の第一文芸化を呼びかけた半世紀前の論者に重なるだろう。

さらに、「通俗小説」の二大要素のうち、横光が、「日常生活に於ける感動」の別称としてことのほか強調する「偶然」も、逍遥のつとに着目する点にほかならず、作品の結末に限定された指摘ながら、演劇においてはこれを否定する論者は、小説については次のように記していた。

小説にては之れに反して、かゝる偶然の事変をもて主公の最後《をはり》を示すときは、其事の不可思議なるが為に、かへりて佳境を覚ゆることあり。蓋し人生の浮沈栄枯は因ありて成るも多けれども、また偶然の事に成れるも頗る小少ならざればなり。（『小説神髄』「小説の変遷」[31]）

ただし、『当世書生気質』や『妹と背かゞみ』などの「長物語」において、逍遥がみずからこの限定を著しく緩め、いたるところに馬琴的な「偶然」（＝「偸聞《たちきゝ》」）を講じていた事実は、第一章に縷説したとおりである。その「偸聞」の督励をふくむ馬琴「稗史七則」（一八三五年）から、やはりちょうど五十年後に『小説神髄』を発表した者に倣うかのように、それからまた五十年後の横光もやはり、その「佳境」＝「感動」を作品の随所にもちこむべきだと、時代柄さすがに応分の（とはいえ、かなり不得要領な）理論色にまぶしてそう説くことになるわけだが、その場所にかんする新時代ならではの考察はむろん語られようもない。それは、つまるところ書き手の都合にすぎぬからだ。実際、『上海』はともあれ、横光が「純粋小説」と呼んだ諸作（『寝園』『紋章』『時計』『花花』『盛装』『天使』、あるいは直後の『家族会議』）にきわだつのは、小説の長さを支えてまぎれもなく馬琴＝逍遥的な「御都合主義」の再帰にほかならない。そうしたものが、時代を導く最先端の作家として自他に許された書き手のもとに、あっけなく現出すること。その事実は――「純粋小説論」がさらに偶然にも坪内逍遥の没年に発表された符合ともども――一驚にあたいするのだが、横光当人はむろん、これを肯んずるはずはない。現代は、江戸の「八犬士」や明治の「書生」たちにはおろか、「自然主義」の作家たちも与り知らぬ「自意識という不安」に侵されてあるという痛覚が、その立論の大前提をなすからである。

横光の一文が、先に引いた三木清「シェストフ的不安について」の翌年に掲げられた事実も、むろんこの点と大きくかかわるのだが、このとき、時代の趨勢にたいしては最初期より一貫して過敏な横光の側に立って言い換えるなら、その「自意識」こそが、同じ「文芸」の一語をめぐり、半世紀の時間を距てて似かよいあう新興と復興とのあいだを引き裂く要素にほかならない。さらには、「只傍観してありのまゝに摸写」せよと指令するのみで何の具体案も示しえなかった逍遥とは異なり、「多くの人々がめいめい勝手に物事を考へてゐるといふ世間の事実」のなかでこの「自意識」を扱う小説技術が、横光における「四人称」の問題となるわけだ。

すなわち、ひとりの人間のもつ①「人としての眼」、②「個人としての眼」、③「その個人を見る眼」に加えられた④「作者としての眼」。この四種別を、たとえば菅野昭正は、「人」であれば誰もがそうみるという意味での客観「三人称」的な①、心理や感情にまつわる「一人称」的な②、当時における「魔力」的課題として浮上した「自意識」としての③、そして、かかる三様の

「眼」が勝手に交錯しあう現実を「多面的あるいは綜合的に見渡す広角度の観測器具」としての④、といったかたちで好意的に整理している[32]（前掲『横光利一』）。つまり、「自意識」の介入を受けた、三人称＋一人称＝四人称!?　なるほど、作家の親炙したというドストエフスキー『悪霊』にひとしく、一人称の語り手が三人称多元視界に移行するという焦点化技術を示す『紋章』に徴すれば、「純粋小説」における「四人称」とは、ひとつには、この単純な加算から着想されたかにみえる。「自意識の整理に向はなければ」何事もなしえないという横光にしてみれば、この加算が、『機械』の「私」に露呈した人称的亀裂にたいする彼なりに起死回生の解決案であったかもしれない。

だが、「純粋」に小説技術の原理的側面からすれば、ひとたび作中にそう名乗り出るやいなや、「私」はつねに／すでに二人であり、その両者間に、「自意識」にまがう乖離と分裂を余儀なくされていることは、逍遥の昔から、ありふれた事実である。『機械』の「私」が示していたのが、そのありふれた事態の導くきわめて離心《エキセントリック》的な奇瑞であったとすれば、横光の加算は、書くことが招き寄せる離心性《エキセントリシティ》そのものにたいする――趣こそ違え、尾崎翠における「メタ・フィクション」と同様に――解決ならぬ解消を志向するものであったといってよい。現に、菅野氏のいう「広角度の観測器具」がもたらすのは、たとえば「泰子と文七は、奇妙な親子であつた。文七は、高之のために傷を受けた娘の心を知らなかつた。泰子は、春子のために、痛手を負つた父の心には、気付かなかつた」[33]（『家族会議』三五年）といった古風な説明の域を出るものではないのだ。

あるいは、「四人称」の位置に「読者」の存在を差しむけるという別種の解釈もある（同時代の一例なら坂口安吾「文章の一形式」、今日的には中村三春『フィクションの機構』・＊8）。これは横光自身も、やはりA・ジッドを念頭に認めるところでもあり、事実、『盛装』（三五年）の予告文章には、今度の小説は「読者との共同製作」の試みであると記され、『家族会議』の予告にも同様の文言が記されてくるのだが、たとえば、その『盛装』の主役の謎めいた言動を作りだすのは、たんに思わせぶりな黙説法にすぎぬのだ。少なくとも、二葉亭、一葉、漱石などのもとに、作品組成の最深部にかかわる「読者」の、はるかに複雑かつ創造的な様相をながめてきた本書の観点からすれば、「四人称」のこの側面もまた、新たに獲得すべき読み手たちへの媚態をふくんだ多分に曖昧な遁辞に類しよう。

純粋小説はこの四人称を設定して、新しく人物を動かし進める可能の世界を実現していくことだ。まだ何人も企てぬ自由の天地にリアリティを与へることだ。新しい浪曼主義は、ここから出発しなければ、創造は不可能である。

（「純粋小説論」）

逆なのだ。「浪曼主義」であれ何であれ、小説の真に挑発的な魅力は逆に、たとえばその「不可能」性じたいの導く創造的な生彩にかかっている。

現に、その奏効はともあれ、横光利一に〈一＋三＝四〉という加算を熱心に要請させたのは、「作者が、おのれひとり物事を考へてゐると思つて生活してゐる」ごとき「純文学」への反撥である以上に、彼のいう「世間の事実」として人生に犇めく無数の視点と、小説を中心化する一視点とのあいだの、容易には和解しがたい齟齬の刺戟にほかなるまい。あるいは、尾崎翠における「第七官界《ことば》」の誘惑がそうであったように、『機械』の末尾が示していたのは、「私」が「私」を語ることのいかにも「不可能」な奇瑞ではなかったか。〈叙述／虚構〉という観点から本書が指呼してきたいくつもの技術を促したのもやはり、語りの形態と語られる内容との原理的な不和（および、不和にたいする調整）にある。逍遥この方、作中人物の「人情」にむけ、書き手たちがしきりとその「心内語」を筆に乗せつづけてきた事実にも、同様の性格を認めねばならない。無邪気な書き手にとってはむろん、それがきわめて安易な方途だからではある。が、ごく少数の作家がまたこれに固執するのは、ひとたび書かれ（読まれ）てしまった以上、人生とは異なり――つまり、小説にしか場を持たぬ（＝生起せぬ）畸態として――心ひそかに呟かれたその思いとて、この場では秘密たりえぬというあからさまな齟齬にたいする応接技術に、それぞれ独自の創意を示しうるからである。夏目漱石の『行人』や『道草』などその典型であったことは繰りかえすまでもあるまい。また、徳田秋声の「後説法」にその異様な一例をみたごとく、二十世紀の小説家たちが「記憶」の問題をさかんに扱うのも、同じ事由による。時間の逆流や錯綜といった主題が浮上するのは、今度は反対に、人生にしか場を持たぬ（＝生起せぬ）その多様な感触が、小説の宿命、すなわち文章は断じて逆にも同時にも順不同にも読めぬという厳然たる限界に、そのつど抵触してやまぬからである。

　ことほどさように、たとえ、今日の書き手たちがやすやすと使いこなす技術であるとしても、その多くは、散文が遭遇しつづけてきたかかる齟齬や不和の賜にほかならない。しかじかの賜の周囲にはむろん、要請に応じそこねたあまたの技術が、流産の痕跡としていまに夥しく憑きまとってもいる。甲乙いずれにせよ、小説技術とは、創造にまつわる暗礁の異称にほかならぬのだ。「小説といふものは何をどんな風に書いても好《い》いものだ」（森鷗外『追儺』）。しかし、「何をどんな風に」書こうが暗礁に遭遇するのが小説というものであり、そもそも、横光のいわゆる「書くやうに書く」にせよ、「話すやうに書く」にせよ、その至近の「素材」たる言葉じたいが、われわれの生にたいする「ずれ」の最たるものではないか。そうである以上、そのいわば過酷な僥倖は、しかるべき作家たちを捕捉さえすれば、かつてもいまも、何処にでもどんなふうにも現出することになるはずだが、これ以上の言葉はすでに贅言に類しよう。

ところで、誰もが知るように、われわれの生を真に豊かにするものもやはり、もろもろの暗礁にほかならない。ゆえに……とそう書いてようやく、これまでみずからに長く封じてきた一言をもって、本書を結ぶことができる。ゆえに、この一点にかけて、小説は人生と似ているのであり、したがって、小説はいまになお信ずべきものなのだ、と。

本文註

第一章

42頁（1） 正統派では、江戸文学の泰斗・中村幸彦の「滝沢馬琴の小説観」（『中村幸彦著述集』第一巻所収）が、「省筆」条下に取り出すのも口述＝縮約化の一方にかぎられ、ユニークな佳作として、比較文学の幅広い視野をもつ『八犬伝綺想』の小谷野敦も、「省筆とはたとえば演劇においてしばしば用いられる、ある事件の展開をある人物に語らせることである」とのみ記している（一〇三頁）。管見における例外に、「隠微」をのぞく六則の「すべてが構成にかかわる」点を指摘した水野稔「馬琴文学の形成」（『江戸小説論叢』所収）があり、一文の主旨は少なからず参考にあたいしたが、そこにも、「偸聞」についての個別言及はみない。

付けて、本文中にもその三、四にふれた書物をふくめ、「隠微」探求系の馬琴論がこぞって、「省筆」はもとより、他の六則を軽視あるいは完璧に無視する事実には、それじたい一考を誘われよう。「アレゴリイ」、「シンボル」、「イメジャリー」にせよ、「アニミズム」も「グレートマザー」も「白山信仰」も「曼荼羅」も、確かに興味深いそれぞれの論脈を展開するにあたり、何にもまして、小説技術の問題は邪魔になるとでもいいたげな大勢があり、そこでは、『完本八犬伝の世界』の碩学・高田衛でさえ、「倚伏」を誤って「七則」のうちにあっさり数え入れ、あたら名著に微疵を残すのだ（二六九頁）。馬琴のためにも惜むべき事態である。

44頁（2）「偸聞」「闚窺」は、すでに序段にも何度もみうけられる。たとえば、安房「富山」の山場、山谷の川霧を隔てた「鳥銃《てっぽう》」の「二ッだま」で、八房もろとも伏姫まで誤射してしまう金碗孝徳（↓「、大法師」）が自害せんとする一瞬、孝徳の刀を打ち落とす弓矢に次いで、「樹間隠《このま》れ」に声高く古歌を吟じながら、里見義実が登場する（第十三回）。

54頁（3）序段、八房が「狸」に育てられたと知った里見義実は、「狸」の偏《へん》「犭」は「犬」（の象形）であり、その旁《つくり》は「里」ゆえ、これこそ「里見」の家犬にあたると解く。よって城内に愛育したのだが、その「狸」がじつは彼に処刑された悪女・玉梓の化身だったがゆえ後難を招きつづけたことに、ようやく気づいて義実のいうには、「狸」の偏は、古くは「犭」ではなく「豸《ち》」（むじなへん）だった。これを失念して、「犬」を鍾愛したために、当の「狸」の嫉妬を買い、そこに取り憑いた「余怨」を、玉梓から、さらに（親兵衛の活躍でいまやっと成敗した）妖尼・妙椿へと引き継がせていたのだ、と（第百二十二回）。

57頁（4）たとえば『鳥追阿松海上新話』では、江戸での悪事の果てに大阪へ流れ着いた「非人」お松と、かつて彼女の色香に迷い「禁足」の憂目をみた官軍士族との偶会が、あからさまに意表を衝く立聞きを介して講じられ、そのくだりが作品後半部への転換点をなしている。『高橋阿伝夜刃譚』では、「第六回」と「第十七回」に、岡本勘造『夜嵐阿衣花廼仇夢』（一八七八年）にもその「初編下」と「三編下」に、同じ〈立聞き＝偶会〉の構図をみる。最終回にモデルとなった芸妓の写真を掲げ、『書生気質』の小町田が田の次との縁切りの場で口にもする「実録」評判作『浅尾よし江の履歴』に、同事はさらにこちたく看取される（就中、宮崎と神戸とに遠く離れていた恋人たちが、ゆくりなくも〈立聞き＝偶会→危機回避〉を演ずる日向細島の段）。古代ギリシア紀元前四世紀のテーベの政争史に、現下日本の政治情勢を仮託した『経国美談』においては、ことに、アテネ郊外の館に潜伏する主役二人の一方と館の娘とのあいだの情話に、たまたま敵対者の屋敷に出向いた娘の侍女を媒介とする〈立聞き→危機回避〉が絡みあう山場（第九回）があり、同書異数の特徴をなして各回の末尾に添えられる成島柳北、栗本鋤雲、依田学海らの短評に絶賛されることになる。末広鉄腸『雪中梅』（一八八六年）の末尾、主人公の変名使用が招く誤解と葛藤を主たる「趣向」となすこの政治小説に、「隔ての障子を押開きて」あっけない祝着を与えるのも、「才子佳人」たる主役男女の仲を引き裂きつづけた悪叔父の〈立聞き→真相解明→改心〉である。同系列を少し下るなら、広津柳浪のデビュー作『女子参政蜃中楼』（一八八九年）では、大阪遊説中の主役「女学士」が、とある洋館料亭の「隣室の窓を漏れ来る二三人の声」に聞き耳を立てるくだり（第九回）が、物語に転機を与えてくるだろう。

　この点、いずれも亡国の「才子佳人」が悲憤慷慨の熱情を共有しつつ、北半球規模で何とも無造作な偶会を繰りかえして、ついには「小説」の体を逸しながらも、「立聞き」を用いぬ東海散士『佳人之奇遇』（一八八五年〜九七年）は――さすがに、その「巻十六」までしか付き合いきれなかったものの――かえって不思議な通気を感じさせもする。

60頁（5）　この特徴はさすがに同時代の眼にも看過されがたかったのか、石橋忍月は、そのくどさを列挙したうえで、正しくも次のように記している。「立聞は一種の省略法にして誠に便利なる者なれども此の如く屢々用ゐられては忍《シノブ》の如き疵を見出すに拙なる者も亦た直《たゞち》に目に遮《さ》わり何んとなく残念の心地ぞする」（「妹と背鏡を読む」一八八七年・『明治文学全集　23』二五八頁）。「省筆」＝「偸聞」の失念にまつわる大勢をおもえば、この指摘は貴重である。

77頁（6） たとえば、急死した妻の代わりに家内の世話を焼く義妹・お島にたいし「無愛想」をきめこむ主人公・柳之助と、その態度に憤然と階段を下りるお島をめぐり、主人公の独語（「あ、慍《おこ》つた！」）を挿んで、お島から柳之助へとそのまま焦点を切り替えるくだり（『多情多恨』前篇「七」）。前章じたいを断つのに用いられた末文に読まれる一語（「竟に小袖の襟を弗《ふッ》と断《き》る」）を蝶番に、次章の冒頭を別人の視界（「お種はふと目を覚ました」）に委ね開く呼吸（前篇「九」→「十」）。あるいは、身を寄せた親友の留守宅における二夜の同様の場面を、一度目は、我知らず親友の妻に惹かれ夜這いもどきの仕儀におよぶ主人公の視点から、二度目は、妻の傍に添い寝する舅の側から書き分ける手法（後篇「九」→「十」）。

85頁（7） いっけん「現実」場面を描くかに連なる言葉が、連なるほどに面妖玄妙あるいは荒唐無稽な光景を引き寄せたうえで、そのくだり全体を「夢」に回収するというこの手法は、すでに、『水滸伝』の第四十二回、宋江が、玄女から「天書」を授かる場景にあらわれている。むろん馬琴も諸作に愛用し、そもそも『八犬伝』冒頭の「八犬士伝序」が〈夢落ち〉の体をなしている。現在の作家たちもまた、ときおりこの手法の誘惑に駆られている。

第二章

95頁（1）　この「障子」は、その「間隙《ひずみ》から」一度だけ、破局的な諍い後に、自室で泣き崩れるお勢の姿を覗きみることを文三に許しながら（第十四回）、藪蛇に終わる「示談」へと彼を促している。

96頁（2）　二葉亭の近傍にかぎるだけでも、三遊亭円朝による『怪談牡丹灯籠』（速記本一八八四年）では、主役級の美男子が、意中の女性の屋敷のほとりに漕ぎ寄せた川舟のくだりに、いくぶんか秀逸な細部をともなって、夢落ちが講じられている（第四回）。全二十回からなる饗庭篁村の『魂胆』（一八八八年）は、第三回の起句のなかに、中唐期の原話『枕中記』における夢入りの明示箇所を隠蔽溶解して第十九回まで、その全体に当代版「邯鄲の夢」の体を与えている。冒頭と結末にやや凝った枠を設けた「自叙躰」小説として読まれる嵯峨の屋おむろ『無味気』（同年）は、末段近く、破門され洋行の途に就かんとする「自伝」の主が、学師とその娘に別れを告げげんとして叶わぬくだりに、同手法を活用している。また、日本「近代文学」における最初期の文芸（技術）批評家として本章の影の主役となった石橋忍月その人の実作『露子姫』（一八八九年）。「眼高手低」としかいいようのない他愛なさで、「才子佳人」型を引きずった作品の発端近くにも、夢落ちが用いられているが、上記の作中に、奇遇・奇縁・立聞きがどのように寄り添っているかは、就いて個々に看取されたい。

101頁（3）　さながら歴史の「六十年周期説」を証するかのように、この「一魔鏡」的な越境指標は、敗戦直後の一九四七年から書き継がれた野間宏『青年の環』にこちたく回帰している。四半世紀をかけて完成され、巷間「戦後文学の記念碑」と称される大作にあって、たとえば恋人・陽子の所持する「細身の赤い万年筆」は、主役・矢花が、その脳裏に「つくりあげた机の右側の引出しのなかにただ一本だけ大事にしまわれて」いて、ふとした折りに、彼は脳裏から「それをとり出し、陽子の家の応接室をすぐ自分の前に再現して、その横の方におかれている円テーブルを眼の前に描きだし、その赤い細身の軸の万年筆をその上に置き」、近づいてこれに「手をのばし」ては、ひとしきり悩ましい想念に身を委ねたりするのである（第4部第4章「笑う太陽」）。主体の内と外、想像的なものと現実的なものといった、互いに異質な領分の接続や並置を処理して、逍遥以後の日本小説がどのような技術的展開を示すかについては本書全体のポイントのひとつとなるのだが、それが、二十世紀の前半を通じ相応の練達を示すことはいうまでもあるまい。戦争に負けるとは、つまり、このように無残な回帰を許すことでもあるのだろう。

なお、『青年の環』をふくむ「戦後文学」の一側面にかんしては、小著『日本近代文学と〈差別〉』（一九九四年）の参覧を請うておく。

101頁（4）その題名からも窺われるごとく、武士道的な同性愛を背景にした一編におき、「兄弟の盟《ちかひ》」をなした赤穴《あかな》宗右衛門との再会を約したその日、ひねもす加古の駅《うまや》に待ちつくす主人公・丈部《はせべ》左門の時間を、作者は、その街道筋を行き交うさまざまな者たちの点描に費やしている。『古今小説』中の原話「范巨卿雞黍死生交」では、この箇所に、左門にあたる人物が、畑から「荘門」までたんにいくども往復（「六七遭」）するさまが当てられていることをおもえば（鵜月洋『雨月物語評釈』一九六九年参照）、小説家・上田秋成の冴えざえとした手腕のほどは知られよう。

125頁（5）もう一例、坪内逍遥の珍品『種拾ひ』（一八八七年十月〜十一月）をここに添えておくこともできる。前章に引いた中断小説『此処やかしこ』の半年後に「読売新聞」紙上に連載され、依田学海の『侠美人』と踵を接するこの作品は、内容的には、いわゆる「色悪」の男に弄ばれた一女性のいかにも戯作ふうな半生記として取るにもたらぬものである。全二十七回にわたる作品の四分の三ほどは、取材旅行に出た小説家の「余」が、たまたま琵琶湖上の船中で盗み聞いたその女の懺悔話の続きを、上陸した長浜の宿で、さらには名古屋の旅館でも、いずれもやはり偶然にも忍び聞くといったかたちを示しているが、その「偸聞」小説性も、また、この部分全体を〈夢落ち〉に回収するという「趣向」も問わずにおく。特記にあたいするのは、結末までの残り四分の一弱（第二十二回〜二十七回）が、話の結末を聞きそびれたまま帰京した「余」の落手した「名古屋絵入新聞」紙上に、別人（「記者」）の手で書かれているという構図にある。作者の筆つきから推して、ほとんど破れかぶれの一策とみえるこの「メタ・フィクション」は、一面ではむろん、相互に峻別されるべき異次元をあっさり混在させ、一方から他方へとほしいままに転換する江戸戯作の伝統に連なっている（就中たとえば、当時流行の地口や洒落言葉の「化け物」たちが、草双紙の制作者らと一戦に及ぶ恋川春町『辞闘戦新根《ことばたたかひあたらしいのね》』や、同じくパロディックな物語の発端に、当の書物を繰る「娘」にむかい貸本屋が「もし、お嬢さん、そんなにつばきを付けて」などと口にする山東京伝『奇事中洲話《きじもなかずわ》』などをもつ黄表紙的な自在さ）。だが、一事の浮遊感はまた、黄表紙ならぬ「近代小説」の真めかした地を担う一人称が、メタ・レヴェルとオブジェクト・レヴェルの乖離（〈語る私／語られる私〉）をはらんで、逍遥の当時いかに不安定な新技術であったかを証していよう。

　それかあらぬか、逍遥はまた、『種拾ひ』の直後に同じ「読売新聞」紙上に連載した翻訳小説『贋貨つかひ』（一八八七年十一月〜十二月）においては、原作（A.K.Green "X Y Z"）では姓名も告げぬ一人称で語る「探偵」に「栗栖政道」なる名を与え、これを三人称化している。

137頁（6）二葉亭訳『めぐりあひ』の真価を、「本篇の主となるべき佳人客となり、却りて客となるべき著者主となる」点に求める石橋忍月の評（「二葉亭氏の『めぐりあひ』」一八八九年）を引きながら、「客を細写して人に主を推知せしむる」この手法を「側写」と呼ぶ鷗外は、これを「主」を中心とする「正写」と対比したうえで、「正写は常にして側写は変なり」と書いている（本文掲「今の批評家の詩眼」）。その選択は場合によるのだという当人の作品において、『舞姫』は「正写」、『文づかひ』は「側写」となり、本章に扱った一人称の機能としては、前者は表白的、後者は傍観的・同伴的・探訪的な幅をもつことになる。後に開拓される三人称一元視界において、たとえば岩野泡鳴の固執するのはその「正写」性であり、十九世紀末のイギリス小説を一変させたといわれるH・ジェームズの「視点人物」のかなめは「側写」性にあったと、そう略記しておくことができる。

139頁（7）官吏と恋愛、双方の「隠喩」となる〈虫〉のイメージと、作中の課長が体現するような官吏の「換喩」としての〈髭〉。作中に到来する雑多な喩のなかからこの二つのイメージを特記しながら、そこにヤコブソン流の対立を求める篠田浩一郎の視界は、それなりに興味深いものではある。しかし、この〈虫／髭〉の対立を機軸として作品の〈構造〉を読み解く要点には、不当前提に近い強弁が存在する。免官となる文三には髭がなく、昇にはあるという指摘がそれである。作中には明示されぬこの対立を、論者は、作品冒頭に読まれる記述（「口元が些《ち》と尋常でない」文三／「口元の尋常な」昇）から読み取っているのだが、筑摩書房の『明治文学全集 17』に収められている『浮雲』初版本の挿絵では、文三にも昇にも髭はない。この点につき一言も記さぬ篠田氏が、これを知ったうえであえて、髭の有無を一軸とした「〝四迷〟図」（『竹取と浮雲』一七九頁）なる〈構造〉を、「文三のみた夢」のうちに看取しているとは考えにくい。私見によれば、「口元」云々はおそらく、自作にたいする影響を二葉亭当人が一度ならず明言し、その「文章は殆んど暗唱する程に読んだ」（「余の思想史」一九〇八年）という饗庭篁村『人の噂』（一八八六年）の、「年は二十二三背は小作りお定まり色白で面長の口元尋常眼は細い方で」（第九回・『明治文学全集 26』三九頁）あたりを、たんに「真似」たものかとおもわれる。その人物はむろん官吏ではない。

第三章

150頁（1）　この種のくどさの発端のひとつに、近松門左衛門の因果律を指呼することができる。あまたの男女の悲劇が、そこでたえず「義理」と「人情」の板挟みに由来することは断るにもおよぶまいが、近松はたとえば、大江山伝説を翻案したその『酒呑童子枕言葉』の四段目に、退治にきた頼光らを前にした当の「酒呑童子」の口から、人肉鬼と化したおのが変貌ぶりにつき、ほとんどフロイト的な由来を語らせずにはいないのだ。一葉を称していまもときおり口にされる「近松の娘《ドーター》」（徳田秋声）なる評語は、したがって妥当ではない。彼女は明らかに西鶴の娘なのだ。なお、上田秋成「青頭巾」をめぐる別途詳述については、小文「『直くたくましき性《さが》』について――上田秋成と中上健次」（『私学的、あまりに私学的な』二〇一〇年所収）の参覧を請うておく。

159頁（2）　ところが、草稿段階（「うつせみ（未定稿）」）では、和田芳恵が書きこめと命ずるまさにその箇所に、「兄」の正体が明記されていたのだ（「あの時あなたは私の為に少《（ちい）》さい枝を折つて下すつた、花はいまだに本の間へ入れてありまする、嘘だと仰しやるの、夫ならばお目にかけませう、いつでもお目にかけませう、けれども、けれども、お目にはかける事が出来ませぬ、私は良人のある身で御座りまするから」・『一葉全集』第一巻五四七頁)。なんとも不可思議なことだ。察するに、筑摩書房版『一葉全集』の「責任編集者」のひとりとしてこの草稿を知らぬはずもない和田芳恵は、一葉への愛着の激しさのあまり、くだんの頭注の筆をとりながら、我知らず半井桃水にでも成りきってしまったのだろうか!?

169頁(3)『この子』は、唯一の口語体であると同時に、作家にとってやはりきわめて例外的な——初期短編『雪の日』(一八九三年)をのみ先蹤とする——一人称回想形式をとっている。本章では正面から扱わなかったが、一葉はまた、伝統的な三人称多元視界に、雅文体ならではの曲折を駆使しながら、人物と話者との距離の自在な伸縮を介して、独自の通気をもたらした書き手である。『十三夜』冒頭のまさに奇蹟的な行文、あたりに漂う誰とも知れぬ複数の声の中からすっと焦点を当てられる『にごりえ』のお力(「五」)、あるいは、『われから』の主語における「奥様」(または「奥さま」)と「町子」の使い分け、『軒もる月』の無主語の独白と「女」「女子」の主語との共存、等々。たとえば手動ポンプの上下動が、水や空気をここへ吸い上げ、かしこへ流すにも似たその伸縮性が、一人称および口語体の使用によって断たれてあることが、おそらく『この子』の凡作ぶりに作用しているかにおもわれる。

169頁(4)『にごりえ』の半年ほど後、わずか四日間で書き上げられた中編小説は、作家の身近で実際に起きた情死事件に取材したという。明治文壇人の回顧談集として名高い『唾玉集』(一九〇六年)に収められた柳浪自身のその証言(『明治文学全集 99』三四一、二頁)によれば、思う男と別れて思わぬ男と死ぬという異数の事件には、そのおり周囲の誰もが首をかしげたが、吉原遊女のその「心の変動」に自分なりの「解釈」を与えることに執筆動機があったのだ、と。惚れ抜いていた男との別離の愁嘆場から二ヶ月ほどのうちに、別客と心中してのけたのは、みずから「恋の絶望を経験して」、それまで冷遇してきた別客の苦しみを悟ったゆえではないか。「約《つゞ》めて云へば、絶望と絶望との間に成立てる同情の果てが、心中となツた」のだというその「解釈」に違わぬ作中、問題の「心の変動」には、たとえば次のような発端が書きこまれてくる。

《今日限りである、今朝が別れであると云ツた善吉の言葉は、吉里の心に妙に果敢なく情なく感じて、何だか胸を圧《おさ》へられる様だ。

(…)吉里も善吉を冷遇《ふツ》ては居た。併し、憎むべき所のない男である。善吉が吉里を慕ふ情の深かツたゞけ、平田と云ふ男のあツた為めに煩厭《うるさ》かツたのである。金に動く新造のお熊が、善吉の為めに多少吉里の意に逆《さから》ツたのは、吉里をして心よりも尚ほ強く善吉を冷遇《ふら》しめたのである。何だか知らぬけれども、可厭《いや》でならなかツたのである。別離《わかれ》と云ふ事について、吉里が深く人生の無常を感じた今、善吉の口から其言葉の繰返されたのは、妙に胸を刺される様な心持がした。》(『今戸心中』「八」・『明治文学全集19』一九頁)

このとき、「悲惨小説」の名のもとに一世を風靡した書き手によるこうした行文が、そのじついかに貧相な健全さを示しているかを銘記すればよい。同じ作家の得意とした「狂女物」(たとえば『八幡の狂女』一九〇一年)も同断である。

174頁(5) 町子はそのとき、夫の秘密にかかわる使用人たちの話を「二階の小間」から聞き取っている(「十一」)。そこではつまり、伝統的な立聞きの手法が用いられているのだが、その場景を導くものが「血の道」の発作であることに留意する必要がある。同じく、『十三夜』の男女の、絵に描いたような、それでいて切れ味抜群の偶会を導いていたのも、男の「突然《だしぬけ》」な仕草であった。一葉の手際は、そのようにして、存分に古風な仕草をも新生させずにはいないのだ。この点については、一葉自身の初期作品、たとえば『別れ霜』（一八九二年）や『うもれ木』（同年）などにおき、同じ仕草のとどめる馬琴臭と併せ読むことも、むろん無駄ではない。

第四章

184頁（1）『武蔵野』のなかで、文政年間の古地図に添えられた文言、『欺かざるの記』の行文、二葉亭訳「あひゞき」の数節と、順を追って円滑の度をます文章をあらかじめ並べてみせながら、みずからの叙景本文へ進むことじたい、『俳諧大要』的な手わざにほかならない。また、「風景」のなかに人間の「運命」を点描＝融合するその呼吸は、子規派の句法における「配合」の小説的変奏である。さらに、無造作にみえてそのじつ、言葉と対象との相関様態に子規的な鋭敏さを示す好例としては、『忘れえぬ人々』の阿蘇山のくだりを挙げることもできる。そこでは、「凄まじい」噴火口から、「懐かしい」人里へと降りてくるにつれ、噴火口にまつわって混入する厳めしい語彙（「天地寥廓」「白煙濛々」「明媚幽邃」等々）の山嶺的な、換言すれば『日本風景論』（一八九四年）の志賀重昂的な硬さが、人里へむけて緩やかにほぐれてゆくのである。

　付けて、両者最大の相違は、当人のいうごとく、独歩が「徳川文学の感化も受けず、紅露二氏の影響も受けず、従来の我文壇とは殆ど全く没関係の着想、取扱、作風」（「不可思議なる大自然」・『明治文学全集66』三一〇、一頁）をきわだてたのに反して、子規は、前代までの俳句と和歌につき、その敵対物すべてに精通していたことにある。この点、子規が実作において成功した逍遥であったとすれば、小説界における独歩の位置は、子規派にあって、いわば前代への無知を戦力化した河東碧梧桐に類しようか。

188頁（2）　固定した視点から景物の変化を追いながら、叙述と虚構の双方の時間性に擬似的な等速感を演出したのは、私見の範囲では、遅塚麗水「不二の高根」（『国民之友』一八九三年八月）を嚆矢とする。「初め東方昏黒のうち紫気あり揺曳し漸く変じて微紅となる、余眸を凝らす、俄にして炬の如きものあり色は渥丹の如し或は升り或は降る、（…）須臾にして溟中渾沌のところ依稀として五彩の龍文を作し次第に鮮明を加えて光芒陸離、遂に混じて猩血の色をなす」云々といった行文である（『明治文学全集94』二七四頁）。今日の目には古色蒼然たるこの漢文脈は、朝日の色彩の変化にからむその等速感の新鮮さにおいて評判をとり、顰みに倣った徳富蘆花が、同じ対象への同工異曲に、擬人化の新味を加えた一文（「此頃の富士の曙」・『自然と人生』所収）も、好評を博している。

211頁（3）　明治三十年代後半の小説界に導入されたゾライズムは、素材論的には、日清戦後文学たる柳浪らの「悲惨小説」における特異志向に連なり、技術論的な観点からすれば、第三章で扱った「襯染」（＝「起本来歴」）の、いわばきわめて簡便な省略法として機能している（その異数な言動は「遺伝」と「環境」のせいだ、と済ませばよい）。すなわち、いずれも一九〇二年の日付をもつ『重右衛門の最後』の花袋も、『藁草履』の藤村も、とりわけ、『沼の女』の小栗風葉や『はやり唄』の小杉天外などにおき、書く者はそこで、「物語」の激化に資する出来事や人物の極端な様相をひきつづき招致する一方で、招致の迂回路（「襯染」）を安んじて捨てることができたわけだが、問題は、捨象のその安易さが同時に、「科学的な」原因による結果として〈いま・ここ〉に息づく対象にたいする洞察力のむしろ低減を導くといった傾斜を伴ってくる事実にある。『居酒屋』『ナナ』『ジェルミナール』の作家が、ごく短期間の流行としてとどまったゆえんである。ゾラの多大な影響を公言した永井荷風の初期作品も、ほぼ同断。また、革命のための武器と規定されながらも、描写力それじたいの批判力を十分に活用しえなかった「プロレタリア文学」の弱点もここにかかわろう。ともあれ、日本小説がそのようにして、卓越した描写力をも伴ったゾラ正真の迫力を逸しつづけた点については、一般に、もう少し注意されてよいはずだ。

219頁（4）　最大の相違は、『寂しき人々』の男女の「恋」が、きわめて精神主義的な絆にもとづく点にある。すなわち、家や妻子より、「第一にも、第二にも、第三にも論文」のために生きているのだという二十八歳の主人公・フォケラートにとって、「哲学専攻」の大学生アンナ・マールのみが、その「精神生理学」的論究の唯一の理解者としてあり、周囲の「批評を超越している」二人のこの絆を全うしえぬがゆえに、主人公は最後に自殺するのだ（成瀬無極訳『寂しき人々』参照）。このとき、男女の悩みの底に仄みえる「性愛」の主題を全面に引き受けた観のある『蒲団』の世界は、フォケラートのいわば高尚なナルシズムを、時雄の愚かなオナニズムに転ずる点において、モデル作にたいする一種批評的なパロディをなしているといってもよい。この特長は、同じ戯曲に想を得た藤村『水彩画家』（一九〇四年）には求めがたいものである。

219頁（5）　教科書的な復習だが、花袋自身が後年、「フオケラアトの孤独は私の孤独のやうな気がしてゐた」（『東京の三十年』）と語るところを繰りかえし引用する中村光夫は、花袋の「独創」性を「欧洲文学を自己の所有とするより、むしろそれに所有されることが早道であるのを発見した点」に求め、そうした「倒錯が可能であったばかりでなく、むしろ必然であった点に、時代の流れの不思議さ」を強調しながら、一編に、西欧「自然主義」のなかに密送されたロマン派としての「私小説」の創始を指呼することになる（『風俗小説論』新潮文庫一九六九年版四五頁）。卓見ながら、その「倒錯」を可能にする順接的な等号（時雄＝花袋）を前提となす点におき、この中村説はしかし、多分に性急である。本章の観点からすれば、等号はむしろ、『生』以後のあとから起こったことを、ここに無理強いするかにみえるからだ。時雄以外の人物たちの「心理描写はこの小説には一言もない」と事実に反してまで断言し（同右四三頁）、あたら名著に瑕瑾を残してしまうのは、明らかにその無理のなせるわざである。本文にも記すとおり、『その前夜』を繙く場面には、芳子の「心理描写」が田中との日々の回想をともなって書きこまれてあり、その直前、「芳子は恋人に別れるのが辛かつた」以下数行も同様で、結末近くには、彼女の父親の「悔恨の情」までが披瀝されてくるのだ。

222頁（6）「五部作」の複雑な成立過程については、大久保典夫『岩野泡鳴の研究』（二〇〇二年）を参照されたい。なお、本章は同書より一、二の示唆を受けた。記して感謝する。

223頁（7）花袋・泡鳴の対立から百年近くの歳月を閲した今日、岡田利規、青木淳悟といった新しい書き手たちにおいて、一人称をも自在に取りこんだ「新・平面描写」とも呼ぶべき焦点移動技術が、不思議な鮮度を湛えて浮上してきた現状には別して一考を誘われよう。

225頁（8）　義雄はその柔肌の感触に、一方では、お鳥の出自への疑念を結びつけ（『発展』「十七」「十八」）、後には、本文にいう「健忘」性にかけて、疑いそのものを失念している。彼はそこで、「偶然」の賜としてある「恋愛」において「対手が貴族のお姫様であらうが、賤民の子であらうが、そんなことはかまはない」（『神秘的半獣主義』）といった作者自身の抱懐を共有しているわけだが、肌ざわりと被差別部落とを結びつける一瞬、その劣等感覚が、ここではむろん、文字どおり劣悪に「俗情との結託」（大西巨人）をなしている事実は（『放浪』中に読まれる「アイヌ」民族への露骨な差別観とともども）否めまい。

第五章

251頁（1）　本文では割愛したが、鏡花にたいする初期漱石の親和性はその筆致の次元にも窺われる。たとえば、ヒロイン・藤尾の死に顔に添えられる銀地屏風絵は――そのリズムじたいが死者へ生気を吹きこむか、あるいは、すでに「動く気配もない者」への面当てか――次のごとく描《か》きこまれるのである。《一面に冴へ返る月の色の方六尺のなかに、会釈もなく緑青を使つて、柔婉《なよやか》なる茎を乱るる許《ばかり》に描《かい》た。不規則にぎざ〳〵を畳む鋸葉《のこぎりば》を描いた。緑青の尽きる茎の頭には、薄い弁《はなびら》を掌《てのひら》程の大《おほき》さに描た。茎を弾けば、ひら〳〵と落つる許に軽く描た。吉野紙を縮まして幾重の襞を、絞りに畳み込んだ様に描いた。色は赤に描いた。紫に描いた。凡てが銀《しろかね》の中から生へる。銀の中に咲く。落つるも銀の中と思はせる程に描いた。――花は虞美人草である。落款は抱一である。》（『虞美人草』「十九」・一九〇七年）

全体（「虞美人草」）を宙に吊ったまま細部をなぞる言葉の動きは、ほとんど鏡花であるといってよく、現に、鏡花は、たとえば「命といふ字を記した」と書く代わりに「其の、一ッ撥ねて、ぐっと引いて、一をして、口を横にならべて、卩《ふしづくり》をつけたのは、命といふ字」（『続風流線』「七十」・一九〇四年）と描《か》かずにはいられぬ作家なのである。

255頁（2） 大澤真幸『美はなぜ乱調にあるのか』（青土社二〇〇五年）参照。同書中「〈精神＝身体〉のパースペクティヴ」と題されたスマートな章で、絵の具を混ぜずに色を小さな「筆触《タッチ》」で画布に並置する印象派の「筆触分割」技法に着目する論者は、並置の近さがもたらす効果として、たとえば「青の筆触」と「赤の筆触」の隣接が、画布から一定の距離をおいてこれを眺める者のうちに「紫」の色感を生み出す点を指しながら、「色彩の最終的な完成を見る者の知覚の活動に委ねた印象派」という定義を与えている。同章はさらに、「近代小説」における「読者の視点」を、右にいう「見る者の知覚」の位置になぞらえもするのだから、大澤氏の観点は、本章および本書全体の要所のひとつに重なってくるとはいえる。が、氏のいわゆる「第三者の審級」の一様態として、もっぱら社会学《おおまか》的に指呼されるそれとくらべるなら、本書の視界に映ずる「読者」の存在は、いま少し多様で複雑な機能をおびている。

255頁（3）『人間的、あまりに人間的』第二巻「さまざまな意見と箴言」一一三。ニーチェはそこでたとえば、「作者であると同時に、またたちまち読者にもなる」書き手の無類の「柔軟さ」のうちで、作品全体が「いわば劇中劇に、また他の観客を前にした観客に似て」くるさまを悦んでいる（中島義生訳）。ちなみに、『物語のディスクール』の「転説法」のくだりに『トリストラム・シャンディー』の同様のポイントを引くG・ジュネットは、「受け容れ難くはあるがなかなかに根強い」仮定として、「語り手とその聴き手たち——つまりわれわれ——は多分、やはり何らかの物語言説に属している」点を指摘しているが（二七六、七頁）、本章はむろん、その従属との共働性のうちに、小説における柔軟な創性を進んで「受け容れ」るものである。

258頁（4）「前の章」で、同じ土地への「別々の二度の旅行の分をいっしょに合わせて」語ってしまったために、自分は「今」、いかなる旅人もかつて遭遇したことのない「妙な羽目」に陥ったと称して、トリストラムは次のように続けている。

《私はこの今の瞬間、父や叔父トウビーとつれ立って、晩餐をとりにもどろうと、オーゼールの市場を横切りつつあります――と同時にやはりこの今の瞬間、馬車はバラバラにこわされてリヨンの町にまさに入ろうともしています――それに加えてもう一つ、やはりこの今の瞬間この私は、ガロンヌ川の（…）美しい別荘の中にいて、以上のような事どもを走馬燈のごとくに頭の中に考えめぐらしつつ、じっとすわってもいるのです。》

つまり、語られる二人の「私」とこれを語る三人目の「私」。

260頁（5）〈三〉の繁茂ともいうべきこの執拗さは、山小屋で対座する三人、雪のなかに逃げこむ三匹の「楚《ずはえ》」蟹、三人兄弟の次男たる主人公、三国港の芸妓といった細部にも及んで、良くも悪しくも、書き始めたら「一切向うまかせにする」生動の典型を示すのだが、よほど気にかかったのか、漱石は別にまた『猫』の迷亭に、『銀短冊』にあって〈ここ〉と〈他所〉との蝶番をなすその「楚」蟹を思い出させている。「鏡花の小説にゃ雪の中から蟹が出てくるぢやないか」（「六」）。その言葉は、ともども鏡花的な山中の美女と悪食（「蛇飯」）にまつわる迷亭一流の脱＝浪漫化の枕として口にされているのだが、こうした事態につき、越智治雄は次のように書いている。

《漱石は『漾虚集』で幻想を語りつづけ、その超現実、あるいは第二の現実によってわれわれの現実に亀裂を入れて行くのだが、そのように語られた幻想はまさに語られることによって頽落することを知ってもいたのである。かくて幻想の残骸の上に笑いが成立する》（「猫の笑い、猫の狂気」一九七〇年）
俗耳には馴染みやすい卓見である。だが、漱石が知っていたのは、ともに「語り」それじたいに根ざす「幻想」性と「笑い」であり、その調整法なのだ。

261頁（6） 書字の場に固有の傾斜は、ユーモアや夢幻性にのみ作用するわけではない。たとえば作中人物の既読的な資質は、世界文学史的な観点に立つなら、漱石と相前後してドストエフスキーやカフカが大いに活用したものだが、これが前者では、バフチンのいう自意識そのもののポリフォニックな分裂に、後者ではむろん世界の不条理な感触の産出にかかわってくるだろう。

273頁（7） 「地」続きの反応は、漱石作中、ときおり男たちにも許されている（『それから』「十二」、『こゝろ』上「二十七」、『行人』「友達」・「二十七」等）。ただし、これらはいわば語りのエコノミーの域を出ず、直や御住にみる根深さには達していない。なお、すでに読まれてあることの浸透率全般にかんしては、『行人』の三沢に『明暗』の小林に近い資質をみることができる。上方から帰って以来、何度も顔をあわせながらも「嫂に就いては、未だ曾つて一言も彼に告げた例《ためし》が」ないにもかかわらず、あっさりと「君がお直さん抔《など》の傍に長く喰付《くつつ》いてゐるから悪いんだ」（「帰つてから」・「二十三」）と図星を衝くこの人物はしかし、小林の不気味さとは異なり、ありようのたんなる観察者の位置で作品に処している。作品冒頭の「友達」の章に主役級の姿をみせたこの彼を置き捨て、さらに肝心の二郎も後景に退けるかたちで、一郎の友人からの長い「手紙」に末段を託すといった成りゆきに、『行人』全体の惜しむべき散漫さが生じるのだともいえようか。

277頁（８）『死の棘』第二章。久しぶりに外出した夫（「私」）が、寄り道に時間を費やして帰宅してみると、懸念に違わず、夫の些細な言動にも過剰な反応を示す妻は、すでに狂乱している。早くも数次におよぶノイローゼ「発作」の、このときの引き金は、「二時までにきっと帰ると言って」外出しながら、あなたがその時間に帰ってこなかったことにあると、彼女はそう言いつのる。「あたしは二時までは、少しの不安もなく待ちました。でも時計の針が二時を示したとたんに、おそろしい疑惑が渦になって湧きあがって、どうにもじっとしてはいられなくなったの」（新潮文庫二〇〇三年版『死の棘』七二頁）。だが、夫はそんな約束をしていない。では、なぜ「二時」なのか？　友人宅で不本意な時を過ごしながら、この人物が、「二時が過ぎ、もう帰ったほうがいいとじりじり」していたからである（四七頁）。――こうした夫婦の葛藤にみる一人称小説ならではのテクスチュアルな白熱ぶりの詳細については、小著『読者生成論』（一九八九年）に収めた一文「狂女の絲《くも》」の参覧を請うておく。

283頁（９）　しばしば指摘されるとおり、『明暗』の世界にG・メレディスの長編作品『エゴイスト』（一八七九年）が作用していることは明らかである。主人公の容貌、性格といい、舞台の狭さといい、わずか一、二週間の幅のなかで遅々として進まぬ出来事といい、むろん、その執拗な心理描写もふくめ、両作の近しさは疑いを容れない。「暗黒裡の状況」にたいし「驚異的洞察」力を発揮する脇役のド・クレイ中佐などには、さらに小林的な資質も備わっている（「第四十二章」訳文・朱牟田夏雄）。大岡昇平が、未完部分に「二人の女の心変りによって罰せられる『自惚れ屋』」としての津田の末路を予想するのも、この近しさによるだろう（「『明暗』の結末について」）。だが、メレディス作は、どちらかといえば、たんに冗長な結婚（失敗）譚の域を出てはいない。就いて彼我の相違を確認されたい。

第六章

305頁（1）この点にかんしては、江中直紀にも「構造のまぼろし」と題された一文がある（『早稲田文学』一九八六年八月号・遺稿集『ヌーヴォー・ロマンと日本文学』二〇一二年所収）。本章とは少なからず視界を異にはするものの、『城の崎にて』を形づくる叙述と虚構の両面に浸透する「対偶原理」に着目する論者は、その「二」から「三」への構造化の動きを捉えながら、いわば、その動きじたいによって殺される「蠑螈」の姿をたくみに説いている。本章と併せ読まれたい。

322頁（2）この異数さは、『足迹』以降にかぎっても、文字どおり数えきれぬ作品を残した秋声自身にも当てはまる。読者との関係上、「こゝで些《ちょっ》と貞之助のその頃のことを話さう」（『誘惑』一九一七年）とか、「漣子は牛乳を飲みながら、今その事をぼんやり憶出《おもひだ》してゐたが」（『闇の花』一九二一年）といった親切な指示語を余儀なくされるあまたの「通俗小説」においてはむろんのこと、やはり一女性の半生記としてある『奔流』（一九一六年）、『何処まで』（一九二二年）などの「純文学」長編作品においても、自伝小説『無駄道』（一九二三年）、『光を追うて』（一九三九年）でも、ごく一般的な後説法が支配的である。本文に扱った諸作に加え、『仮装人物』『縮図』においても、秋声にとっての無標の後説法の奏効が、そのまま、世にもてはやされる「名作」への割高な通行手形と化す感は否めない。

ただし、『あらくれ』執筆中の当人は、さながら、二十年後の横光利一「純粋小説論」を先取りするかのような言葉を残している。
《僕の考へに依ると通俗小説と純正な芸術上の作品との区別は早晩合一される時があると思ふ。そして、其の時が即ち普遍性のある大きな芸術の現はれる時であると思ふ》（「屋上屋語」・『新潮』一九一五年三月号）

なお、本章では扱わなかったものの、丁稚あがりの酒屋の店主に気弱で鈍な妻と伝法な女を配し、秋声の面目を画した一編として自他に許す『新世帯』では、無標の後説法は一箇所（「二十九」〜「三十」）だけあらわれている。

335頁（3） 徳田秋声と中上健次の紐帯を探るという興味深い底意を示す大杉氏の書物（「あとがき」）に敬意を払い、とうぜん複雑なものとなる論証を抜いた比喩として記すなら、『あらくれ』における前半部から後半部への変化は、『熊野集』における「私小説」的パートをすでに書き上げてしまった作家が、同じ一つの作中で、『千年の愉楽』と『日輪の翼』を書くにも似た感触を覚えさせる。

335頁（4） たとえば、上下両巻を通じ徳田秋声に三章を割く吉田精一の大著においても、『あらくれ』の「形式」は碩学を強いて、前半部の実家の職業についてと同様、後半部における小野田の浮気相手をも誤記させてしまうことになる（『自然主義の研究』下巻六七七、八頁）。

341頁（5） 「読売新聞」紙上の連載原稿を底本とする八木書店版『徳田秋声全集』では、この部分の「毛が悉皆」は「……が悉皆」と伏字的に記されてある。本章は同全集に依るが、この一行については、連載終了二ヶ月後の単行本初版に従った。

344頁（6）　志賀直哉のうちに、近代文明が生んだ「鋭い複雑な病的神経」と清廉強靱な「性格」との比類ない共存を指摘する広津和郎の一文は、本文に掲げた小林秀雄の志賀論に大きな示唆を与えているかにみえる。実際、極言すれば、前者が「性格」「古武士」と呼ぶところを、後者は「肉体」「古代人」と書き換えているにすぎぬとさえいえるのだが、小林にはしかし、「些細なものによつて全体を活躍させる驚くべき技巧」のなせる数々のくだりについて、これを細やかに指摘してみせる広津の例証性はほぼ無縁となる。

第七章

355頁（1）「やがて帰りかけると、猫は一緒について来たい様子を見せる。わたしはついてくるにまかせ、歩きながら時どきかがんでは軽く叩いてやった。家につくと猫はたちまち居ついてしまい、すっかり妻の気に入りになってしまった」。これだけの行文を三倍ほどの長さに引き延ばす篁村の訳中には、付いてくる猫に「いよ〳〵否《いや》な気持になり」、これを「捕《つかま》へて傍らの煉瓦塀の中へ」投げこむ主人公の振るまいなどが——馬琴「稗史七則」にいう結末への「伏線」として——書きこまれている。

366頁（2）『定本　佐藤春夫全集』の索引中（別巻2）には「ピランデッロ」の名は見えない。ただし、ピランデッロには、この戯曲以前に二つの短編小説『ある登場人物の悲劇』（一九一一年）、『登場人物との対話』（一五年）があり、二編は、戯曲と同質の発想を示している。前者は「日曜日の朝は将来わたしが書く小説の登場人物たちと会うのが昔からの習慣になっている」と始まり、後者にも「書斎のドアに次のようなはり紙をした。通告、本日以降すべての登場人物（…）との会見を中止する」といったくだりがみえる（白澤定雄訳『ピランデッロ戯曲集Ⅱ』「解説」参照）。同じく、佐藤の『薔薇と真珠』中の「道化の作者」による冒頭の口上にも、「今時の立派な作者ともあるべきものが、インスピレエションの訪問日を決めて置かないと言ふのがそもそもの間違ひでせう」という科白がある。これは偶然の一致か、佐藤春夫の並ならぬ取材力の賜か？　識者の教示を求めておく。

373頁（3）　比喩の直叙化としては、一般（とはいえ、書かれたものについての一種こだわりのない視界に恵まれた読者）には、換喩よりも、隠喩の憑依のほうがはるかに目に立ちやすい。今日にいたるまで数々の作家たちのいくつものくだりに看取されるごとく、それはまた、書き手たちにもまたなじみやすいものである。泉鏡花が、そうした作家の最たる者であることの個々の事例は小著『幻影の杼機——泉鏡花論』に委ねるが、かりに、『妙な話』の芥川がアレンジしたとおりに、『紅雪録』『続紅雪録』の作中に「猫のやうな顔をした赤帽」が登場した場合、その男はあっけなく「猫」の化身となるか、「猫」めいたいくつもの仕草をきわだてることになるだろう。

378頁（4）　一語の多義性に作中のひそかな中核を担わせることは、むろん、ポーの特技のひとつでもあった。たとえば、J・リカルドゥーは、その家系の消滅と累代の館の崩壊とを同時に孕みこむ題名（“The Fall of the House of Usher”・下線渡部）をもった一作中、前者を目の当たりにして、後者を予感するかのように慌てて館を逃れだす「私」が直感する両者の「交感関係」を指摘し、さらにまた、『鋸山奇談』における一語“Indian Summer”のもつ「転轍」機能（「小春日和」→迷いこんだ山中の

「インド風の」異界）を強調している（『言葉と小説』一九六七年）。D・ロッジは、『ウィリアム・ウィルソン』の発端、迷宮じみた古い寄宿舎にまつわる一行「ある瞬間、自分が二つの階のうちどちらにいるのか、自信をもって言うのは困難であった」のうちに、言葉それじたいの「分身」性（「階《ストーリー》」＝「物語」）を見出している（『小説の技巧』一九九二年・柴田元幸・斎藤兆史訳）。『黒猫』についても、冒頭文ほかいくつかの箇所で"Write"の代わりにあえて動詞"Pen"を用いる者の筆致に着目する巽孝之は、この代替の残響として、「小刀」(penknife) でプルートーの「目」(eye) を刳り抜く「私」(I) といったリテラルな連絡を指摘したうえで、その「私」(I) 自身の所行が「テクスト」そのものによって抉り出されるさまに注意を喚起している（『文学する若きアメリカ』一九八九年）。

これらの顰みに倣うなら、同じ『黒猫』中、たとえば"Relief"の一語にまつわる次のごとき文章も逸しがたいものとなる。すなわち、①プルートーを吊り殺した同じ晩、火事で焼け残った部屋の壁に「あたかも浅浮彫にされたように、巨大な猫の姿が焼きついている」光景（I approached and saw, as if graven in *bas-relief* upon the white surface, the figure of a gigantic *cat*・イタリック原文）と、②第二の飼猫が、妻を壁に塗り込めて以来、姿を消したことへの得もいわれぬ「安堵感」(It is impossible to describe or to imagine the deep, the blissful sense of relief which the absence of the detested creature occasioned in my bosom・下線渡部)。①における、第一の猫の呪いめいたその「浮彫」と、②にいう至福の安堵とが、同じ一語〈relief〉の吉凶を鮮明に違えた多義性に担われている事実の意義を、ここに併せて指摘しておく。

379頁（5） トゥイニャーノフ「ドストエフスキーとゴーゴリ――パロディの理論に寄せて」（一九二一年・水野忠夫編『ロシア・フォルマリズム文学論集2』一九八二年所収）参照。「外套」をゴーゴリ的

「仮面」とみなすその論考には、「仮面は現実的であり、かつ幻想的であり、アカーキー・アカーキエヴィチは、容易に、そして自然に亡霊と置き換えられ（…）」といった秀逸なくだりがみえる。

現に、そのトゥイニャーノフが脚本参加したG・コージンツェフ／L・トラウベルクの映画『外套』（一九二六年）の中ほどには、果たして、立派な外套だけが部屋のなかをゆっくりと歩き廻る幻想的なコマ撮り場面があり、それ以降、念願の外套は、その異様なキング・サイズのなかに小柄な主人公の顔や手足を（大ぶりの帽子とともに）すっぽりと包みこみ、雪の並木道の主人公を後ろから撮ったシーンなどでは殊に、先の幻視場面とほぼ同様、外套（だけ）が歩いているといった印象がきわだてられている。なお、原作とは異なり、このサイレント・フィルムは主人公の死の場面で終わり、アカーキーの「幽霊」にまつわる結末部はきれいに削除されているが、その理由につき贅言はすでに無用だろう（映画『外套』にかんしては、貴重なＤＶＤを借覧させて貰ったうえ、ロシア語字幕の大意を教示して戴いた貝澤哉氏に感謝する）。

381頁（6）「修辞と利廻り」と題された『道草』論（『魅せられて』所収）において、大学教師たる主人公の「職業」や日常生活にまつわる換喩的な語句（「首の回らない程高い襟」、「帽子を被らない男」、「赤い印気《インキ》を汚ない半紙へなすくり」つける仕草、等々）の頻度に着目する蓮實氏は、これを、はじめての小説執筆をめぐる隠喩の連鎖（「自分の血を啜つて」、「獣と同じやうな声」、筆先に「滴る」面白さ、等々）との対比のうちに捉えている。

第八章

393頁（1）『春琴抄』につき「立派な作品だと一応は感心した」という横光利一は、しかし、その「成功」には「誤魔化し」があると断じながら、次のように書いている。

《佐助の眼を突く心理を少しも書かずに、あの作を救はうといふ大望の前で、作者の顔はこの誤魔化しをどうすれば通り抜けられるかと一心に考へふけつてゐるところが見えてくるのである。》（「覚書七」一九三四年・『定本　横光利一全集』第一三巻二二三、四頁）

　これにたいし、谷崎は、なぜ「心理」を書く必要があるか「あれで分つてゐるではないか」と応じていたわけだが、谷崎の作品風土におけるエクリチュールの煽情的な性格を知る者にとり、作者の意図を越えて、一事は文字どおり痛いほどよく分かる。すなわち、佐助がおのが眼に針尖を立てるあのくだりは、「偽書」や「伝聞」にまつわる考証体の間接《マゾヒスティック》的な擬態に主導される場所そのものを、一瞬サディスティックに突き刺すごとき直叙体としてあらわれているからだ。ほんらい共存しがたい二種の欲望にまつわるこの異和感が、漱石の『明暗』においていかなる失態を呼びこんだかは、第五章に述べたとおりである。反して、谷崎のくだりは、同じ異和を無類の生動に転じている。本章ではじかに扱わなかったが、その技術的《テクスチュアル》な迫力をまえにするとき、作中人物の「心理」など犬にでもくれてやれとおもわずにはいられない。

399頁（2）巷間「スバル時代」と呼ばれる当初四、五年間を通じて、鷗外の諸作品は、内容の幅（寓意小説、風刺小説、恋愛小説、教養小説、半自伝小説、等々）と同時に、その形式面においても多彩な色調を示している。たとえば、本文に掲げた「断案」をふくむ当の『追儺』。これは、早着した料亭の一室でひとり待つほどに、部屋の襖が開き、「赤いちゃんちゃんこ」を着た「萎びた」老婆が節分の豆を撒き散らして去るというだけの話の前後を、スタンダールやストリンドベルグなどの名を引く芸術所感が包んで、彼此のあいだに何の連絡もないがゆえに、かえってその老婆に妙趣がたつといった不思議な構成を示す短編だが、この「肩すかし」（三島由紀夫・中央公論社『日本の文学 2』一九六六年「解説」）の趣向は、古風な遊興の席に大勢の客を招いた主が、一語も発せず中座して終わるという『百物語』（一九一一年）の要所にも踏襲されている。『桟橋』（一〇年）には、洋行する夫を見送る若妻の寄る辺なさを、積極的に主語を省いた短文の更新じたいが硬く静かに掻き立てるといった斬新な手法が用いられてある。同じく、曰くありげな男女と娘の三人の仕草の機械的な反復描写に終始する『牛鍋』（同年）も、末尾数行に添えられた寓意（「人」と「猿」の違い）を抜き取りさえすれば、短文ながらいまに珍重すべき形式の冴えをみせている。薄幸の一青年からの実際の来信を添削＝自作化した一編に『羽鳥千尋』（一二年）があることも、良く知られていよう。スタブローギンふうのニヒリストを描こうとして無惨に中断した『灰燼』（一一年〜一二年）にいたっては、主人公の書きつつある「新聞国」なる小説を挿入しながら――鷗外びいきの過褒に散見するA・ジッド『贋金つくり』の名をこの場に寄せるのはさすがに躊躇われるものの――時期的には確かに斬新な「作中作」の試みを留めている。

ただし、こうした多彩さが言葉の真の意味で多産な生動《よろこび》には通じぬ点に、この作家の自称する「ヂレッタンチスム」の、一種貪弱な性格があるともいえる。

400頁（3）　たとえば大杉栄流の「アナーキズム」への警戒心は、ショーペンハウエルやシュティルナーに遡って、『沈黙の塔』（一九一〇年）の寓意や、『青年』（一〇年〜一一年）、『妄想』などの一部に対抗色を導き、下ってさらに、平塚雷鳥ら「新しい女」の愛と性にかんしては、いくぶんか同情をこめた反措定として、『安井夫人』（一四年）と『魚玄機』（一五年）が書かれている。

407頁（4） 墓誌銘に顕彰されているその校勘業績は、『素問』にみる「陰陽結斜」は、正しくは「結斜」（男女のまぐわい）であるとし、『霊枢』における「不精則不正當人言亦人人異」は、「精ならざれば則ち正しからず、當に人の言も亦た人人異なるべし」ではなく、「精ならざれば則ち正當ならず、人の言も亦た人人異なり」と読むべきことを解明したといった類のもので（『日本近代文学大系 12』一四九頁頭注参照）、保の寸評には「此の類の小発明ハ頗る多けれど、大体の上に関係なきゆゑ今悉く省く」（「抽斎の学説」）とあるが、鷗外はこれをためらいもなく、「抽斎の説には発明極て多く、此《かく》の如き類は其一斑に過ぎない」（「五十五」）と書き換えている。

422頁（5） たとえば、『吉野葛』なる同じ一つの語りを託された者と託した者とのあいだにも、興味深い浸透＝分離の戯れが生じる。結果、後者・谷崎の執筆当時の「今」を前者・「私」の二十年前の「今」にぬけぬけと密送して顧みもしないような作品のその「厄介な」魅力については、すでに、同じ平山氏の考証を視野に収めた蓮實重彥の一文が寄せられている（「厄介な『因縁』について」・『魅せられて』所収）。また、同じポイントにつき、花田清輝が別途、「歳月のベールをかぶせてながめる」ことにより、「いま」眼にしている光景がかえって鮮度をますというすぐれて谷崎的な遠近法を、その「回想形式」のうちに指摘している点（「『吉野葛』注」）も留意にあたいする。

426頁（6） 《P/ennyworth→P/any worth?》。ちなみに、「海亀スープ」の歌（Chap. X）におき、この絶妙の接離法の周囲ではまた、《Beautiful Soup》の一語が、その「P」めいてさかんに伸縮し

(Beau-ootiful Soo-oop)、ついには、そこから少女の愛液にまがう「スープ」をたっぷりと滲み出させている（Beautiful, beauti-FUL SOUP!)。詳しくは、小文「視姦の国のアリス」（『読者生成論』一九八九年所収）を参照されたい。

429頁（7）福田和也は、富者に妻を寝取られた貧者のこの挿話のうちに、それぞれ、谷崎、根津松子、根津清太郎を当てはめ、併せて、作中の「男」＝「慎之助」を採りながら、〈「慎之助」＝根津清太郎、「お遊さま」＝根津松子、「宮津」＝谷崎〉という「等式」を提示し、一編はつまり、「失った愛人（或いは妻）への思慕を扱うコキュ小説」なのだと論じている（「水無瀬の宮から」・『国文学』一九九三年十二月号）。論旨全体には軽々に賛同しがたいものがあるが、この「等式」において、自分が寝取った相手の立場から筆をつけるという「邪悪」で「官能的」な倒錯性がたちこめてくるのだという指摘は、多分に貴重かもしれない。谷崎がそこでもまた、やすやすと他人に成りかわっているからだ。

429頁（8）「私は書く時にこれといふ用意は有りませんが、茲《こゝ》に、一つ私の態度ともいふべきことは、筆を執つていよ〳〵と書き初めてからは、一切向うまかせにするといふことです」（泉鏡花「むかうまかせ」一九〇八年）。

なお、「『吉野葛』注」の花田清輝は、ポーの「構成の哲学」を思い出しながら、今日の書き手の肝要事は、「あらゆる作品は終りから始まるという明瞭な自覚をもつことであろう」と断じ、『吉野葛』の「作者」（正しくは、後南朝の「小説」を目論む話者）が、初志に反した結果に終わったのは、せっかく川を遡りながら「あまりにも下流のほうで道草をくいすぎ、一気に流れにしたがって、水源地からながれ下ろうとしなかったためではなかろうか」と書いている。名言ながら、これがいささか胡乱な所見である点については、小文「不着の遡行」（『谷崎潤一郎――擬態の誘惑』一九九二年所収）の参覧を願っておく。

第九章

450頁（1）　念のため一言しておけば、訳者・堀口大学によって第一次大戦後のフランス文壇にあらわれた「最もシニフイカチイヴな作品」とされるモーランの『夜ひらく』は、そのじつ、一人称の主人公が所収各編ごとに出会う欧州各国の女性たちとの、いずれも大仰で他愛ない色恋話にすぎない。

なお、小林秀雄の「横光利一」中、絶妙の見立てのひとつとしていまに繰りかえし引用される一句「『日輪』の眼は玻璃の眼だ」は、モーラン作における一女性の科白「イゴオルの眼は玻璃で出来てゐるわ」（「羅馬の夜」）からの借用とおもわれる。

453頁（2）　この時期の「都会もの」に例外的な一編として『無礼な街』（一九二四年九月）がある。家に飛びこんできた見知らぬ女に応接するにわか寡男「私」のかなり魅力的な受動性をきわだてる一編は、実際、急に思い出したかのごとく書きこまれる末尾五行の「新感覚的な経営」を削除し、内容とそぐわぬ題名を変えさえすれば、立派な秀作といえるのだが、同じことは、プロレタリア作家たちのいくつかの作品にも散見する。たとえば、葉山嘉樹の『淫売婦』（二五年）、平林たい子『施療室にて』（二七年）、小林多喜二の『蟹工船』（二九年）などから、青野季吉「目的意識」論→蔵原惟人「プロレタリア・レアリズムへの道」と伸ばされた指導理論になじむ「説明」や「会話」を省いてみたら、今日の読者たちにとり、さらにどれほど印象的な作品となったことか。

462頁（3）『上海』のうちには、たとえば宮子の周囲に香りたつ「花」や、暴動場面に頻出する「焰」といった異質なイメージも介入してはいる。が、本章の視界におき、その異質性は、一場に氾濫する〈水〉の主導権をかえって刺戟する役を担っているとみることができる。ちょうど、村上春樹が最初期から多用しつづける軽いものが重いものの粘り気を効果的に高めるように（「そんなわけで、彼女の死を知らされた時、僕は6922本めの煙草を吸っていた」・『風の歌を聴け』）。ただし、作品末尾にかけて、参木らの暗転を彩る「空腹」の主題とともに〈水〉の喩がいっさんに影をひそめる成りゆきは——世界の「掃溜」に登場した主人公が、結末近く、暴徒に追われた橋の上から汚穢舟の「排泄物」の桶のなかに落ちるという比喩の直叙化ともども——それとして卓抜ではある。

464頁（4）小森陽一の一文は力作といってよいものだが、惜しむべきことに、「記号」にかんする基本的なポイントにつき、一、二の錯誤が見受けられる。たとえば、篠田浩一郎と前田愛の『上海』論を乗り越えようとした「多元的な喩」の分析への前提箇所で、「比喩」の本質につき、アリストテレス『詩学』ではなく、なぜか『広辞苑』を引用したうえで、小森氏はこう記している。

《つまり、説明されるべき「物事」としての記号内容《シニフィエ》と、それを説明する「相類似したもの」としての記号表現《シニフィアン》とが基本的に一対一で対応する静的《スタティック》な記号モデルでしかない。》（『構造としての語り』五〇八頁）

しかし、「それを説明する」のは「記号表現《シニフィアン》」では毛頭なく、別の「記号表現《シニフィアン》」と結びついた別の「記号内容《シニフィエ》」である。

474頁（5）　一九六六年の来日にさいし、日本小説の「選集」でたまたま『機械』を読んだサルトルはそこに、「空しい自己探求という観念」の「見事な」具象化を感じたと語っている（日高六郎・平井啓之『サルトルとの対話』人文書院一九六七年一一七頁）。

479頁（6）　数ある科白のうち、たとえば好物の「浜納豆」を口にする一助のこんな「独語」。「浜納豆は心臓のもつれにいい。じつにいい。（…）心臓のほぐれは浜納豆を満喫した結果であつて、僕はこの品の存在をぜひ僕の病院の炊事係に知らせ――しかし、僕は、食後、急にのんびりしたやうだ。病院の事態を思へばのんびりしすぎては困る。僕はかうしてはゐられない」。そう独りごちて一助は「あたふたと勤めに出かけ」るのだが、「独語」じたいがすでに仕草の予告（または実況中継）となるありようは、むろん他にも頻出する。

付けて、ほどなく鬱ぎこんで自室に籠もってしまうこの長兄と、三五郎と隣家の娘の親密ぶりに浮かべた「泪」を悟られぬように彼の部屋の世話をする「私」との場面。机の下に「脚」を入れ仰向いて天井ばかり見つめている兄の傍らに近寄ると、「私の詩作のために」黙って「机を半分わけてくれ」る一助のその仕草も、逸するに忍びがたい名場面となる。

491頁（7）　ジッドによる「純粋小説」の規定を日本において忠実に信奉し、たとえば「心理」の視覚化などを介してそれなりに実践したつもりが、その工夫の跡が私見にはいくぶん気恥ずかしい印象を抱かせる作家としては、『ルウベンスの偽画』（一九三〇年）、『美しい村』（三四年）の堀辰雄がいる。

495頁（8）『フィクションの機構』（一九九四年）の中村三春は「読者論」の観点から、『盛装』や『家族会議』などの「純粋小説」性を（浩瀚な知見とともに）熱心に擁護する。論中、「四人称」にまつわる「自意識」偏重の読解への批判は共感にあたいはするが、中村氏の擁護文にも、「読者論」一般が陥りがちなスコラ的悪平等の弊を否みがたい。尾崎翠の至言を転用すれば、そもそも、ヤウスの「期待の地平」にせよ、イーザーの「含意された読者」もエーコの「モデル読者」も、彼らのいう「受容者」たちはみなむしろ安閑として、言葉を一度たりとも強敵としては読まずに済むような場所に差しむけられているかにみえる。

引用註

主要出典

＊『明治文学全集』（筑摩書房一九六五―八九年）
＊『逍遥選集』（第一書房一九七七―七八年）
＊『南総里見八犬伝』（岩波文庫一九九〇年）
＊『紅葉全集』（岩波書店一九九三―九五年）
＊『二葉亭四迷全集』（岩波書店一九六四―六五年）
＊『鷗外全集』（岩波書店一九七一―七五年）
＊『鷗外選集』（岩波書店一九七八―八〇年）
＊『一葉全集』（筑摩書房一九七四―九四年）
＊『藤村全集』（筑摩書房一九六六―七一年）
＊『岩野泡鳴全集』（臨川書店一九九四―九七年）
＊『漱石全集』（岩波書店一九六五―七六年）
＊『志賀直哉全集』（岩波書店一九七三―八四年）
＊『徳田秋聲全集』（八木書店一九九七―二〇〇六年）
＊『芥川龍之介全集』（岩波書店一九七七―七八年）
＊『谷崎潤一郎全集』（中央公論社一九六六―七〇年）
＊『定本　横光利一全集』（河出書房新社一九八一―八七年）

＊『定本　尾崎翠全集』（筑摩書房一九九八年）

第一章

1『明治文学全集　53』一二八頁
2『日本古典文学大系　64』（岩波書店一九六二年）二三七頁
3『逍遥選集』第一二巻　三〇二、三頁
4『南総里見八犬伝』（六）　六〜八頁
5『「小説」論』（岩波書店一九九九年）九八頁
6『前田愛著作集』第二巻（筑摩書房一九八九年）三八二頁
7『「小説」論』（前掲）一一二頁
8『中国古典文学大系　28』（平凡社一九六七年）四三九頁
9『近松世話浄瑠璃論』（和泉書院一九八六年）三〇八頁
10『徳川文藝類聚』第十二（国書刊行会一九一四年）一四二頁
11『南総里見八犬伝』（八）一八頁
12『幕末・維新期の文学』（法政大学出版局一九七二年）一〇二頁
13『八犬伝綺想』（福武書店一九九〇年）二〇九、二一〇頁
14『江戸と悪』（角川書店一九九二年）二四頁
15『南総里見八犬伝』（十）巻末付録　三六八、三七〇頁
16『日本古典文学大系　64』（前掲）二一九頁
17『明治文学全集　2』一一頁
18　同右　三九五頁

19『日本近代文学大系　3』（角川書店一九七四年）二九九頁頭注
20『逍遥選集』別冊四　三八四頁
21『日本現代文学全集　16』（講談社一九六八年）三五七頁
22『鏡花全集』第二八巻（岩波書店一九四二年）六五九頁
23『随筆滝沢馬琴』（岩波文庫二〇〇〇年）八四、一七八頁
24『闇のユートピア』（新潮社一九七五年）二二一頁
25『前田愛著作集』第二巻（前掲）三九〇頁
26『「小説」論』（前掲）一四三頁
27『現代日本文学全集　2』（筑摩書房一九五四年）三八五頁
28『紅葉全集』第二巻　四二三頁
29『現代日本文学全集　2』（前掲）三八七頁
30『異様の領域』（国文社一九八三年）二三三頁
31『紅葉全集』第一〇巻　三一七頁
32『鷗外全集』第二五巻　三三一頁
33『紅葉全集』第七巻「解題」四八〇頁
34『紅葉全集』第一二巻　三一七頁
35『主人公の誕生』（ぺりかん社二〇〇七年）二二六頁
36『明治文学全集　18』三五八頁
37『柳田国男全集』第二三巻（筑摩書房二〇〇六年）五七二、三頁
38　同右　五七四頁

第二章

1 『明治文学全集 23』二六〇頁
2 『二葉亭四迷全集』第一巻 四〇〇頁
3 『二葉亭四迷全集』第五巻 二七〇頁
4 『逍遥選集』別冊一 四一〇頁
5 『逍遥選集』別冊三 一七頁
6 『断崖』(三)(岩波文庫二〇一〇年 井上満訳)四一一頁
7 『逍遥選集』別冊三 一五五頁
8 『二葉亭四迷全集』第五巻 一六二、一六三、二六七頁
9 『二葉亭四迷全集』第九巻 二四六頁
10 『二葉亭四迷全集』第一巻 一二二、一三七、一三九頁
11 『文体としての物語』(筑摩書房一九八八年)五四頁
12 『都市空間のなかの文学』(ちくま学芸文庫一九九二年)三三〇頁
13 『日本近代文学との戦い』(柳原出版二〇〇四年)一四七、八頁
14 『明治文学全集 26』二二八〜三〇頁
15 『侠美人』第二篇(金港堂一八八七年)一九頁
16 同右 一頁
17 『明治文学全集 26』三一八頁
18 『鷗外全集』第二二巻 一〇〇、一頁
19 『明治文学全集 28』二〇三頁
20 『明治文学全集 23』二七三、四頁

21　同右　二六四頁
22『鷗外全集』第三八巻　一五四頁
23『明治文学全集　23』二七四頁
24『鷗外全集』第二六巻　三四四頁
25『明治文学全集　26』二七二頁
26『文体としての物語』(前掲) 二一八頁

第三章

1『明治文学全集　2』一〇頁
2『物語のディスクール』(水声社一九八五年　花輪光・和泉涼一訳) 三一頁
3『明治文学全集　26』二八五頁
4『明治文学全集　23』二七三頁
5『鷗外全集』第二三巻　一六〇頁
6『鏡花全集』第二巻 (岩波書店一九四二年) 二八頁
7『現代日本文学全集　2』(前掲) 三六九頁
8『泉鏡花事典』(有精堂出版一九八二年) 三四頁
9『新　日本古典文学大系　36』(岩波書店一九九四年) 一〇六頁
10『新編　日本古典文学大系　78』(小学館一九九五年) 三九〇、一頁
11『日本現代文学全集　6』(講談社一九六三年) 二三六頁
12『人は万物の霊』(森話社二〇〇七年) 二七四頁
13『語る女たちの時代』(新曜社一九九七年) 二四八、九頁

14『魅せられて』（河出書房新社二〇〇五年）二六、七頁
15『内田魯庵全集』第一巻（ゆまに書房一九八四年）四一四頁
16『めさまし草』第五巻（めさまし社一八九六年五月）一一〜七頁
17『一葉全集』第三巻（上）四八四〜八頁
18『迷路の小説論』（河出書房新社一九七四年）六一頁
19『鏡花全集』第二八巻（前掲）五八九頁
20『鏡花全集』第一〇巻（岩波書店一九四〇年）三〇九、三一〇頁

第四章

1『明治文学全集 66』二九九頁
2『紅葉全集』第七巻　三九五頁
3『明治文学全集 94』二一五頁
4『明治文学全集 66』四頁
5　同右　七頁
6『日本現代文学全集 17』（講談社一九六六年）三一一頁
7『二葉亭四迷全集』第一巻　一五八、九頁
8　籾内裕子『日本近代文学と「猟人日記」』（水声社二〇〇六年）四九頁
9『二葉亭四迷全集』第一巻　四一四頁
10『世界文学大系 31』（筑摩書房一九六二年）三八五頁
11『ロシア文学講義』（ＴＢＳブリタニカ一九八二年　小笠原豊樹訳）八九頁
12『明治文学全集 42』五六頁

13『紅葉全集』第七巻　三九六頁
14『牛肉と馬鈴薯・酒中日記』（新潮文庫一九七〇年版）「解説」二九七頁
15『明治文学全集 66』三一頁
16 同右　二九頁
17 同右　三〇四頁
18 同右　二三頁
19 同右　一二一頁
20『日本現代文学全集 18』（講談社一九六二年）四二〇頁
21『散文の理論』（せりか書房一九七一年 水野忠夫訳）一五三頁
22『言語の牢獄』（法政大学出版局一九八八年 川口喬一訳）七二頁
23『日本現代文学全集 36』（講談社一九六八年）三九七頁
24『明治文学全集 43』三三頁
25『風俗小説論』（新潮文庫一九六九年版）三四頁
26『明治文学全集 67』三八五頁
27 同右　七三頁
28『巴里の三十年』（創藝社一九四九年 萩原彌彦訳）三三五頁
29『明治文学全集 43』四三頁
30『明治文学全集 67』一〇一頁
31『物語のディスクール』（前掲）一三二頁
32『自然主義盛衰史』（六興出版部一九四八年）三〇頁
33『「帝国」の文学』（以文社二〇〇一年）八六頁

34『明治文学全集 67』三七〇頁
35『泡鳴全集』第一一巻 三一三、四頁
36『ロシア文学講義』(前掲) 七二頁
37『泡鳴全集』第九巻 四二頁
38 同右 二九頁
39『明治文学全集 71』三九九頁
40『日本現代文学全集 29』(講談社一九六五年) 三九一頁
41『柳田国男全集』第三巻 (筑摩書房一九九七年) 四八七頁

第五章

1『漱石全集』第一一巻 五二七頁
2『鏡花全集』第一〇巻 (前掲) 三〇五頁
3『鏡花全集』第九巻 (岩波書店一九四二年) 二〇七、八頁
4『漱石全集』第一四巻 二九一頁
5『漱石全集』第一六巻 四五二頁
6『漱石全集』第二次第二五巻 (岩波書店一九九六年) 一〇七頁
7『散文の理論』(前掲) 三五〇頁
8『漱石全集』第一二巻 一九三頁
9『世界文学大系 76』(筑摩書房一九六六年) 三七〇、一頁
10『鏡花全集』第二八巻 (前掲) 六九九頁
11『鏡花全集』第九巻 (前掲) 二〇八、九頁

12　同右　二二二頁
13　『漱石全集』第一六巻　一二四頁
14　『フローベール全集』別巻（筑摩書房一九六八年）二六七、八頁（加藤晴久訳）
15　『漱石研究』第四号（翰林書房一九九五年）一二三、四頁
16　『正宗白鳥全集』第六巻（新潮社一九六五年）八九頁
17　同右　一四三、四頁
18　『小説家夏目漱石』（筑摩書房一九八八年）四二三頁
19　『漱石全集』第九巻　二三二頁
20　『漱石全集』第一六巻　五四一頁
21　『小説家夏目漱石』（前掲）四二〇頁
22　「『男と男』と『男と女』」・『批評空間』第六号（福武書店一九九二年）所収
23　『谷崎潤一郎全集』第二〇巻　五八頁

第六章

1　『明治文学全集　43』五九頁
2　同右　四〇九頁
3　『小林秀雄全集』第三巻（新潮社一九六八年）一一五頁
4　『小林秀雄全集』第四巻（同右）二四頁
5　『明治文学全集　43』五八、九頁
6　『小林秀雄全集』第四巻（前掲）二二頁
7　『志賀直哉全集』第二巻　五三八頁

8 同右　五三五頁
9 『文学の動機』（河出書房新社一九七九年）一一頁
10 同右　一五二頁
11 『迷路の小説論』（前掲）一四六頁
12 同右　一五二頁
13 同右　一五四頁
14 『志賀直哉全集』第八巻　二八頁
15 『徳田秋聲』（笠間書院一九八八年）二〇五頁
16 『物語のディスクール』（前掲）三〇頁
17 『小説家の起源』（講談社二〇〇〇年）八五頁
18 『言葉の呪術』（作品社一九八〇年）九五頁
19 『自然主義の研究』下巻（東京堂一九五八年）二三二頁
20 『言語のざわめき』（みすず書房一九八七年　花輪光訳）一九四、五頁
21 『東京物語考』（岩波書店一九八四年）一五頁
22 『ヴァージニア・ウルフ著作集　8』（みすず書房一九七六年　神谷美恵子訳）八五、七頁
23 『自然主義の研究』下巻（前掲）六八二頁
24 『小説家の起源』（前掲）五四、五頁
25 『漱石全集』第一六巻　七二三～五頁
26 『日本現代文学全集　58』（講談社一九六四年）一八一頁
27 同右　一八四頁
28 『志賀直哉全集』第三巻　四三二、三頁

29『芥川龍之介全集』第一〇巻　四〇八頁
30『荷風全集』第一二巻（岩波書店一九九二年）三〇頁

第七章

1『定本　佐藤春夫全集』第二三巻（臨川書店一九九九年）二七一、二頁
2『定本　佐藤春夫全集』第三五巻（臨川書店二〇〇一年）四八九頁
3『ポオ全集　2』（東京創元新社一九六九年）二四三頁
4『明治文学全集　7』一三二頁
5『漱石全集』第一六巻　六五一頁
6『明治文学全集　7』一三三頁
7『ポオ全集　2』（前掲）二四四頁
8『ポオ全集　1』（東京創元新社一九六九年）二四頁
9『定本　佐藤春夫全集』第三巻（臨川書店一九九八年）四四一頁
10『芥川龍之介全集』第三巻　三四九頁
11『鷗外選集』第一巻　一一五頁
12『定本　佐藤春夫全集』第一八巻（臨川書店二〇〇〇年）三〇五頁
13『定本　佐藤春夫全集』第三巻（前掲）月報二頁
14『中村光夫作家論集　4』（講談社一九六八年）一三頁
15『芥川龍之介全集』第一二巻　四一八頁
16『芥川龍之介全集』第四巻　三五六頁
17『悲劇の解読』（筑摩書房一九七九年）一八四頁

18『魅せられて』(前掲) 六九頁
19『ヴァレリー全集 3』(筑摩書房一九六七年) 一八二頁 (菅野昭正・清水徹訳)
20『谷崎潤一郎と異国の言語』(人文書院二〇〇三年) 一四四頁
21『谷崎潤一郎全集』第二三巻 九七頁

第八章

1『谷崎潤一郎全集』第二〇巻 一三九頁
2『谷崎潤一郎全集』第二一巻 八二、三頁
3『逍遥選集』別冊第三 九三頁
4『谷崎潤一郎全集』第二〇巻 八一頁
5『荷風全集』第一四巻 (岩波書店一九九三年) 四二四頁
6『谷崎潤一郎全集』第二〇巻 一〇六頁
7『鷗外選集』第一巻 一一五頁
8 同右 二二七頁
9『石川淳全集』第九巻 (筑摩書房一九六八年) 五三頁
10『鷗外選集』第一巻 二三二頁
11『鷗外選集』第一三巻 二九〇頁
12『大岡昇平集 14』(岩波書店一九八二年) 二七八、九頁
13 同右 三三七頁
14 同右 三一七頁
15『大塩平八郎』(東亜堂書房一九一〇年) 二三三頁

16『日本近代文学大系 12』（角川書店一九七四年）一八頁
17『石川淳全集』第九巻（前掲）一六頁
18『日本近代文学大系 12』（前掲）五八二頁
19『鷗外のオカルト、漱石の科学』（新潮社一九九九年）一〇二、一〇三、一一一頁
20『鷗外　闘う家長』（河出書房新社一九七二年）一九八、九頁
21『谷崎潤一郎全集』第二〇巻　一二七、八頁
22『考証「吉野葛」』（研文出版一九八三年）一〇九、一五二頁
23　同右　一七六頁
24『花田清輝全集』第一五巻（講談社一九七八年）四〇七頁
25『日本詩人選 18』（筑摩書房一九七〇年）二二頁
26『谷崎潤一郎全集』第一九巻　四二二頁
27『定本 佐藤春夫全集』第一九巻（臨川書店一九九八年）三一九頁
28『新編 日本古典文学大系 78』（前掲）三九八、九頁
29『石川淳全集』第九巻（前掲）三〇、一頁
30『鷗外　闘う家長』（前掲）七六頁
31『石川淳全集』第九巻（前掲）三三頁
32『谷崎潤一郎全集』第二一巻　三五四、五頁

第九章

1『定本 横光利一全集』第一三巻　五八四頁
2『現代日本文学論争史』上巻（未来社一九五六年）三一五頁

3 『定本 横光利一全集』第一三巻 一五二頁
4 『現代日本文学論争史』上巻（前掲）三七〇頁
5 『定本 横光利一全集』第一三巻 一六八頁
6 同右 一五五頁
7 『小林秀雄全集』第一巻（新潮社一九六七年）三三頁
8 『日本現代文学全集 78』（講談社一九六七年）二五三、四頁
9 『定本 横光利一全集』第一四巻 一三七頁
10 『日本現代文学全集 67』（講談社一九六八年）三六一頁
11 『ロシア・フォルマリズム論集』（現代思潮社一九七一年 新谷敬三郎・磯谷孝訳）一一九、二二七、二一七頁
12 『横光利一』（福武書店一九九一年）六〇頁
13 『現代日本文学論争史』上巻（前掲）二〇二頁
14 同右 二一八頁
15 『現代日本文学論争史』下巻（未来社一九五七年）四二頁
16 『日本現代文学全集 67』（前掲）三六七頁
17 『都市空間のなかの文学』（前掲）四九七、八頁
18 『構造としての語り』（新曜社一九八八年）五三五頁
19 『世界批評大系 7』（筑摩書房一九七五年）一一五頁
20 『梶井基次郎全集』第三巻（筑摩書房一九六六年）四六二頁
21 『昭和文学史』（筑摩書房一九六三年）八六、七頁
22 『小説は何処から来たか』（白地社一九九五年）二〇五頁

23『日本現代文学全集 80』（講談社一九六三年）一七〇頁
24『探偵のクリティック』（思潮社一九八八年）九二頁
25『尾崎翠』（河出書房新社二〇〇九年）一五一頁
26『定本 尾崎翠全集』上巻　一五、六頁
27 同右　三六七頁
28『尾崎翠』（前掲）二頁
29『定本 横光利一全集』第一三巻　五八八頁
30 同右　五八四頁
31『逍遥選集』別冊第三　四〇頁
32『横光利一』（前掲）一九〇、五頁
33『定本 横光利一全集』第七巻　二八五頁

＊各章のエピグラフに引いた外国作品の訳文は以下の訳者に依る。
第一章　横田瑞穂／第二章　長島確／第三章　朱牟田房子／
第七章　菅野昭正・清水徹／第八章　岡田弘・宇波彰

あとがき

二、三のきっかけに背を押されるようにして、ならばこのさい、自分なりの「大仕事」に着手してみようと意を決したのは、二〇〇六年秋口のことだから、こうして「あとがき」の筆を執るまでに、六年ほどの時間が流れている。わたしはその間、大学の業務を除くほぼすべての活動時間を本書のために費やしてきたことになるのだが、たとえば、そのきっかけなり、六年間の苦労や悦びなり、あるいは、目下の反省点などにつき、多少の言葉を連ねることはここに許されていよう。この仕事に着手しなかったなら、わたしはそもそも、『南総里見八犬伝』の原文など生涯ひもとくはずもなかった者である。それを相手取らねば本書じたいが成立せぬか、まったく別のものになっていたという意味では、森鷗外という作家がこの馬琴に準ずるが、鷗外の場合も、「ドイツ三部作」ならともかく、『渋江抽斎』や『北条霞亭』を熱心に読んでいる自分の姿など、かつてはまったく想像もできなかった。ことほどさように、本書のより多くは、これまで疎遠だったものへの応接の場所と化してもいるのだが、たとえばまた、そうした成りゆきが必ずしも苦痛ではなく、かえって貴重な体験であった理由などにつき、特記して一、二の感慨を披瀝することも、ほんらい、この場につきづきしい仕儀に類するだろう。

だが、冒頭付近に、これもまたひとつの「ロードス島」であるなどと大見得を切って始めてしまった書物である。いまさら、区々たる感慨や苦労話などを聞かされたところで、本書を読みおえたばかりの人々には、埒もあくまい。わたしなりの労作であることに変わりはないとして、本書が果たして、わたしにしか出来ぬ「大仕事」の実をあげているか否か、あとはもう問答無用、潔く読者の判断を仰ぐに若くはないのだが、ひとつだけ、扉語に借りたボルヘスの言葉が、J・リカルドゥー『言葉と小説』（野村英夫訳）の同じ扉語からの転用である事実は、ここに明記しておかねばならぬかとおもう。

その『言葉と小説』と、『小説のテクスト』と訳された続編、これら二冊の原書（*Problèmes du Nouveau roman*,1967 *Pour une théorie du Nouveau roman*,1971）を手にした学生時代から数えるなら四十年弱、『幻影の杼機――泉鏡花論』と題したデビュー作から指折れば三十年来、リカルドゥーは、逍遥における馬琴さながら――ただしたえず前向きな「生霊」のごとく――わたしに取り憑いており、その文芸理論家の第一声ともいうべきボルヘスの引用は、爾来久しく、数々の小著や小文のいわば潜在的な扉語やエピローグをなしてきたといっても過言ではない。それが、ほとんど解きがたいまでに「複雑」で、組成の綾を取り出すのが「困難」であるがゆえに、「小説の技巧」については、これまで誰もまともに論じえなかった。そう断ずるボルヘスの言葉もさることながら、ならばやってみせようではないかという潑溂たる活気とともに現にやってみせたリカルドゥーの、どこか不貞ぶてしく香具師めいた魅力なしには、わたしはたぶん、批評家になっていなかったとさえおもう。その点をこのように顕揚するのは、ひとつにはむろん、八〇年代以降、不学の身にはその消息を追いがたくなった存在にたいするオマージュであり、ひとつにはまた、リカルドゥーにたいするこの謝辞をもって一種の区切りをみずからに得るためでもある。現に、自分の始まりをこうして「あとがき」に記してしまった以上、このあとは、別の始まりを期するのが筋であるし、実際、そうしようとおもっている。

ただし、その筋じたいが、本書の表題を裏切ってしまうことは確かなようだ。どこかで区切りがつくようなら、それはすでに「技術」の名にあたいせぬからだ。この書物が横光利一で終わっているのは、本文にも記したごとく、その最高傑作『機械』からのいわば最悪の選択としてある「純粋小説論」が、『小説神髄』のぴたり半世紀後に書かれるという区切りの良さのうちに、文芸の「新興」と「復興」にまつわる大がかりな再帰性が認められたからであった。だが、小説技術の問題を横光ひとりに帰する理由は、むろんどこにもない。現に、「純粋小説論」の一九三五年より今日にかけて、ここに扱った諸技術は相応の変化を示し、そこにまたは、本書の視界には映じずにいた斬新な達成も加わってくるのだから、「日本小説技術史」なる試みには、とうぜんその続編が要求されることになるだろう。けれども、「技術」の一語を本書のようなかたちで強調こそせぬものの、たとえば、「日本『六八年』小説論」と副題した旧著『かくも繊細なる横暴』（二〇〇三年）などにおき、要求の過半にはすでに応えたつもりでいるわたしとしては、もし改めてそれが必要であるのなら、この続きは、本書の読者に委ねたいとおもっている。遁辞ではない。むしろ挑発として、わけても若い読者にむけ切にそう願っている。ならば、これよりずっと上手く、本格的に、あるいはスマートに、やってみせようではないか！　そう心する若者が一人でもあらわれるようなら、本懐これに優るものはないとおもう。少なくともわたしには、これ以上の書物を作る自信はないのだから……。

……と、きっぱりそう記す程度の「自信」をいまに抱きうるのは、つまり、本書をこうして完成しえたのは、まずはひとえに、『新潮』誌の編集長・矢野優氏のエディターシップの賜である。本書の各章にあたる九本の原稿を驚くほどの正確さで丹念に読み、毎回、過褒に近い感想や激励のうちにも鋭利なアドバイスを忘れぬ同氏との心地よい緊張感なしには、この「大仕事」は成立しなかったとおもう。記して謝意に代えたい。良く似た緊張感はまた、本書のために直接お世話になった新潮社の鈴木力氏とのあいだにも繰りかえされ、それが初出稿への手直しを大いに励ましてくれた以上、同様の謝意を次いで鈴木氏にも捧げねばならない。鈴木氏はその昔、『新潮』誌におけるわたしの最初の担当者でもあったのだが、このほど、本書をその最後の仕事のひとつとして新潮社を退職すると聞く。この書物が、同氏のキャリアに有終の美を添えるものであることを祈念しつつ、わたし自身の明日に臨みたいとおもう。

二〇一二年　盛夏

渡部直己

ま

み

は

ひ

ち

つ

て

う

え

お

あ

い

索　引

- 本文中（序文、引用註を除く）の著者名、作品名を、原則として五十音順に掲出した。
- 著者名が明記された作品は著者名の項に、また明記されていない作品は作品名の五十音に従って配列した。

　　例　『歯車』（芥川龍之介）　→　「あ」の芥川龍之介の項へ。
　　　　『源氏物語』　　　　　　→　「け」の項へ。

- 著者名、作品名がその章で広く取り上げられている場合は、章番号を大文字のローマ数字で表した。

　　例　志賀直哉　Ⅳ

- また、註の中で取り上げられている場合は、註の章番号を小文字のローマ数字で、註番号をアラビア数字で表した。

　　例　上田秋成　ii -3

- 頻出する著者名、作品名については、煩瑣を避けるため掲載頁の記載は主たる部分に制限した場合がある。

初出　「新潮」

第一回　平成十九年　十二月号
第二回　平成二十年　六月号
第三回　平成二十年　十二月号
第四回　平成二十一年　六月号
第五回　平成二十一年十二月号
第六回　平成二十二年　六月号
第七回　平成二十二年十二月号
第八回　平成二十三年　六月号
第九回　平成二十三年十二月号

装　幀　新潮社装幀室

渡部直己（わたなべ　なおみ）

一九五二年東京生れ。早稲田大学文学学術院教授。著書に、『幻影の杼機――泉鏡花論』（国文社、一九八三年）『読者生成論――汎フロイディスム批評序説』（思潮社、一九八九年）『谷崎潤一郎――擬態の誘惑』（新潮社、一九九二年）『日本近代文学と〈差別〉』（太田出版、一九九四年）『中上健次論――愛しさについて』（河出書房新社、一九九六年）『不敬文学論序説』（太田出版、一九九九年／ちくま学芸文庫、二〇〇六年）『かくも繊細なる横暴――日本「六八年」小説論』（講談社、二〇〇三年）『私学的、あまりに私学的な』（ひつじ書房、二〇一〇年）など多数。

日本《にほん》小説《しょうせつ》技術史《ぎじゅつし》

二〇一二年　九　月三〇日　発行
二〇一三年　七　月　五　日　二刷

著　者　渡部直己《わたなべなおみ》
発行者　佐藤隆信
発行所　株式会社新潮社
東京都新宿区矢来町七一
郵便番号一六二―八七一一
電話　編集部（03）三二六六―五四一一
　　　読者係（03）三二六六―五一一一
http://www.shinchosha.co.jp

印刷所／大日本印刷株式会社
製本所／加藤製本株式会社

ISBN978-4-10-386002-0 C0095